止狩台

贰

刘媛 著

江苏凤凰文艺出版社
JIANGSU PHOENIX LITERATURE AND ART PUBLISHING

图书在版编目（CIP）数据

止狩台. 第二部 / 刘媛著. — 南京：江苏凤凰文艺出版社，2020.9

ISBN 978-7-5594-4296-3

Ⅰ. ①止… Ⅱ. ①刘… Ⅲ. ①长篇小说—中国—当代 Ⅳ. ①I247.5

中国版本图书馆CIP数据核字（2020）第121579号

止狩台. 第二部

刘 媛 著

责任编辑 孙金荣
策划编辑 彭亭亭
特约编辑 郑嘉期
责任校对 孔智敏
出版统筹 孙小野
出版发行 江苏凤凰文艺出版社
南京市中央路165号，邮编：210009
网 址 http://www.jswenyi.com
印 刷 三河市金元印装有限公司
开 本 700毫米×1000毫米 1/16
印 张 29
字 数 550千字
版 次 2020年9月第1版
印 次 2020年9月第1次印刷
书 号 ISBN 978-7-5594-4296-3
定 价 59.00元

目录

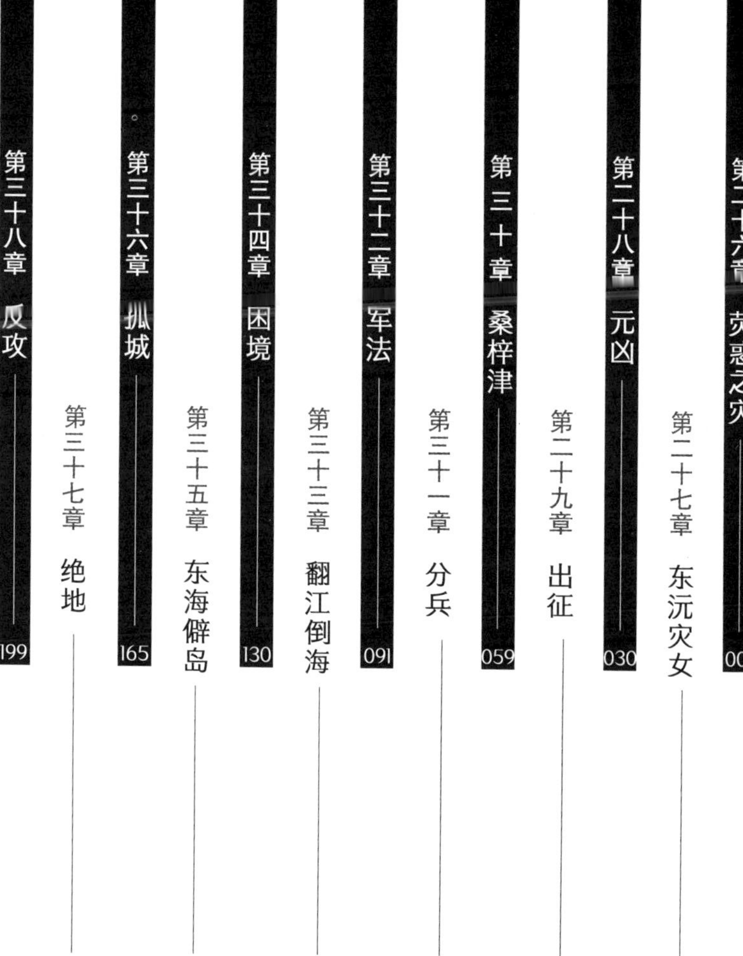

第二十六章 荧惑之灾

1

明幽、苏叶和蝉衣出了天问楼，汇入玄武大道的人流中。玄武大道是皇城的中轴线，此时正是丝竹盈耳，肴酒陈肆，熙来攘往，女不分锦裙素衣，男不论乌靴芒鞋，皆成群逐队，聚戏朋游。大道两边挂满了贴着灯谜的红灯笼，像两道无尽的火烧云，悠悠展展向前荡去。明幽三个一面猜灯谜，一面随众人往北走，走了一个半时辰，才到了龙朔宫前。

龙朔宫是皇权禁地，换作以往，以龙首桥为界，平民百姓都不得过桥，独上元节这日不同。大焉历代天子深知与民同乐的道理，每年今日，都在正仪门前竖起一面辉煌无双的灯轮，允许百姓过桥赏灯娱乐，明幽三个走过龙首桥时，正仪门前早已观者如垛。

上元灯轮高二十丈，以锦绣缠裹，金银缀饰，上挂五万盏七色花灯，缤纷夺目。此时正有两千余盛装男女围着灯轮挽手踏歌，好一派畅快洒脱。郎君们戴着如兽似怪的假面在人群中穿行，珠翠罗绮的宫女们亦三五成群从宫中出来了，她们用吕扇半遮俏目，含笑猜测那些假面下的真实脸庞。

明幽跑去和一群童子放烟花，苏叶和蝉衣在灯轮下看踏歌，苏叶忽然轻拉蝉衣的袖子，在她耳边道："姐姐，你看对面，弹琵琶的歌伎身边是谁？"

蝉衣依言看去，那歌伎左边是三个十来岁的少年，右边是两个深目高鼻的西域客，一个头戴帷帽、怀抱幼儿的青衣少妇，她疑道："没有我认识的人。"

苏叶道："你细细看那戴着帷帽的女子。"

蝉衣笑道：“乌纱遮住了她的脸，我如何看得清？”

苏叶道：“那你认不认得她抱的孩子？”

蝉衣这才细看那不过三岁的幼儿，回想了一阵，道：“是不是在丰水村买梨时见过的那对母子？”

苏叶道：“是，我记得那淘气孩子的模样，他不怕星官儿，一直想逗星官儿玩儿，他母亲好不容易才拉住他。”

蝉衣道：“正是所谓‘初生牛犊不怕虎’了。”见那幼儿小手握着一支糖寿星也忘了吃，睁着圆溜溜的眼睛惊奇四望，仿佛一切都是他从未见过的景象，着实憨态可掬，蝉衣忍不住怜爱地笑，那青衣少妇却半个身子封闭在乌色长纱里，在无拘无束的人群中稍显格格不入。

忽然，皇宫城头一阵鼓响，正仪门打开了，只见两列手持麈尾的宦官步出宫门，又一领事宦官出来，向百姓道：“圣上、太后驾临，臣民迎驾！”

灯轮下的民众都停歌止舞，跪拜在地，谁都不曾注意，那青衣少妇悄悄抱紧幼儿转身离去了。

须臾，两行威风赫赫的骁禁卫骑马驰出宫门，在灯轮下净出一条路，接着，十六个宦官肩抬一顶黄质紫络的銮舆，缓缓行来。舆上左坐卫熹，右坐崔太后，卫熹在仰头看那壮丽的灯轮，崔太后却在俯视跪伏的臣民，忽而，折腰低头的人群中兀然现出一个直立的身影，几乎同时，骁禁卫与宦官也看到了那人，同声道：“何人无礼，见御驾不拜！”

双手伏地、额头伏手的明幽、苏叶听见异动，都悄悄抬头看，这一看却大吃一惊：身边的蝉衣站得如玉树一般，直面銮舆。

明幽忙拉蝉衣的裙角，蝉衣却无动于衷，她与崔太后四目对视，犹如对峙。宦官们过来了，要将蝉衣捉拿，崔太后却道：“上元佳节，不好冲撞节气。”宦官们只好先站住。

十六个宦官抬着銮舆再走十几步，近了蝉衣身前，崔太后居高临下问：“你是谁？为何不拜天子，不拜太后？”

蝉衣道：“北凉遗民蝉衣，不拜敌国之君。”

崔太后久闻蝉衣之名，将蝉衣上上下下看了几眼，笑道：“北凉已归顺于我，你亦大焉臣子，安能不拜君？”

蝉衣道：“北凉曾败不曾降，我非你之臣，安能轻拜？”

崔太后道：“非我之臣？宋醇已逃难成寇，你有什么底气这样说话？”

蝉衣道：“北凉还剩一人流亡不降，我就还有一分底气！”

崔太后道：“好，待大焉灭绝北凉残部之日，我必在龙朔宫摆下庆功宴，请你赴宴，那时你拜是不拜？”

蝉衣道：“你若相请，我必提三尺之剑赴宴，龙朔宫敢不敢开宫门放我进去？”

明幽在旁心急如焚，见两边针锋相对，她要把话岔开，当即直身跪坐，笑吟吟向崔太后道：“太后殿下，明幽多年不见你了。”

崔太后一双刀目从蝉衣的脸上移开，看向明幽，在心中回想了一刻，方道：“这不是文昭侯的女儿吗？”

明幽道：“回禀太后，是我。”

崔太后微笑道：“我还是多年前在七夕节宴上见过你，有八年了吧？那时你还是个垂髫小丫头，如今出落得这样标致。我听说你嫁给了唐瑜，他怎么没陪你来逛逛？”

明幽道：“他在开元府值班。”

崔太后道：“唐瑜恪尽职守，当为官员楷模。”目光再一转，盯住了挽着明幽手臂的苏叶，问，“这位小娘子又是谁？”

明幽未及答话，崔太后将苏叶的面容一打量，自己道：“一定是唐珝之妾，苏叶。”

苏叶小声道：“是苏叶，太后殿下。”

崔太后的目光霎时凌厉了。

直到卫鸯驾崩之后，崔太后才知晓了丈夫在云阶寺的一夜韵事，她将云阶寺住持召进宫盘问一番，才知道卫鸯看中的女子是唐珝的宠妾。因唐之盈和唐瑜的面子，她将此节压下不提，可亲眼见到苏叶之后，心中一股业火却又升腾起来。崔太后盯着这小女子，在大庭广众之中忽然幻想起当夜寺中禅房，卫鸯和苏叶欢好的情景来，不知卫鸯怎样享用苏叶的年轻，苏叶又是否快意于卫鸯的力量？崔太后心中又酸又痛，险些喝令骁禁卫将苏叶抓起来，转念又想，此刻公然计较陈年旧事，世人定要说自己无度量，遂转向明幽道：“幽儿若有空了，便进宫来，陪我说说话。”

明幽忙道：“好。”

崔太后微微颔首，于是宦官们抬起銮舆往前走，走不出两步，崔太后再抬手，又叫銮舆停下。此时銮舆在离蝉衣一丈远的地方，崔太后再问：“你敢冒犯御驾，当真以为底气来自那流亡的几十个北凉禁卫？”

蝉衣听她话中有话，于是闭口不言。

崔太后冷笑道：“你的底气，是我大焉的后将军。”

话音刚落，忽听龙首桥那边，玄武大道的鼓楼传出急切的鼓点，紧接着，附近鼓楼的大鼓都响了，正仪门下人人心道：“刚刚才报过时，怎么又在响？”这念头刚起，便听见大道上几百几千个人在同声惊呼：“失火了！失火了！”

跪拜的人们再也顾不得了，纷纷直身，向玄武大道望去。大道尽头，几道火舌从地上一蹿而起，不知高十丈还是百丈，瞬间点燃了苍穹，那火势极迅猛，一眨眼的工夫，从一线红弥漫成一片赤，渐渐向北侵蚀而来，一名骁禁卫骑马掠过，大呼：“请圣驾回宫！”众卫皆拔刀在手以防不测，宦官们急忙掉转銮舆，抬着跑进正仪门，轰隆几声响，宫门关上了。

天子和太后一走，人群顿时大乱，各自起身要逃命，北边宫门紧闭，南边火焰正沿街直上，于是一些往东跑，一些往西逃，乱成了热锅上的蚂蚁。蝉衣牵着明幽，明幽牵着苏叶，在挨肩擦背的人群中随大流往前走，旁边有人挤，后边有人推，又有人急吼吼往她们之间轧，蝉衣紧紧拉着明幽，却敌不过后方潮涌般一股接一股的力量，明幽的手从她的掌心滑掉了，蝉衣急叫：“幽儿！”明幽也叫：“姐姐！”她重新伸手想牵蝉衣，一簇人从两个中间穿了过去，又一堆人找准缺口填了上来，两个人被越分越远，蝉衣踮起脚，看得见万头攒动，却再看不见那两个轻巧的身影。

蝉衣一面叫明幽、苏叶的名字，一面被人拥挟着向前，走至护宫河边，那身后的人不知是急着逃命，还是记恕这敌国女子和自家君主对抗，他忽然一手扯蝉衣的臂，一手推蝉衣的背，将毫无防备的蝉衣掀下了护宫河。

河水不深，蝉衣重重摔入河底，冰凉的河水浸透了衣裳，她屏住呼吸，浮出河面，入耳的第一个声音竟是：“快跑！灯轮要倒了！”

惊慌失措的人们不知撞了那灯轮多少回，九根支撑灯轮的铁柱已撞松六七根，早摇摇欲坠了，又有几个人冲过来，将一根铁柱撞倒在地，于是那二十丈高的灯轮再也挺立不住，扑倒在龙首桥前。

金铁撞地声、碎骨声、哭喊声，混成一片。五万盏花灯坠落，像下了一场火雨，火星落在缠裹灯轮的红绸绿缎上，化作熊熊烈焰，顺着灯轮的骨架爬，每爬过一节，就又惊起一段痛苦的喊声，是被灯轮压住不能逃脱的人在绝望呼救。焦煳味弥漫在龙朔宫前，不多时，一座华美的灯轮烧成了一个残酷的火球。

几个在护宫河南岸的人将蝉衣拖了上去，蝉衣逆着龙首桥上逃来的人，要再过北面去寻明幽苏叶，哪里挤得过去，一人推了蝉衣一个踉跄，道：“两头都起火了！还站着等死不成！”

蝉衣回看南方，玄武大道已成人间地狱，烈火所过之处，无论楼台轩阁，皆如火炉柴灶，门窗吐着火，冒着烟，半里以外混浊一片，只依稀见到许多挣扎奔跑的人影。蝉衣再看北方，灯轮已被吞噬殆尽，有许多人在救火，火焰却依然四处蔓延，护宫河冒出白气，热浪扑面，蝉衣沿着护宫河跑，怎么也看不到两个小娘子，眼见两股大火即将会聚，蝉衣终于向东逃去。

须臾工夫，北上的火与南下的火砰然相交，威势更甚，火舌如龙，以龙首桥为中心，向东西两面掳掠而去。皇城的房屋尽是木质，正是火兽的好猎物，数十条火龙沿街走巷，一路嚼啖，不但毁家灭舍，也将那些如蝼蚁的生命一并吞没了。蝉衣拼命向前跑，火龙在后紧追不舍，她的身侧不停响起噼里啪啦的木头烧裂声，屋瓦一行行地掉落。在她身前三丈远，一株枯树在灼热的火温中自燃起来，蝉衣跑过火树时，树后忽然转出一个小小的身影。

这个两岁多的幼儿，他的糖寿星早融化了，只余一根空空的木棍在手中没有丢弃。他不明白五光十色的景象为何忽然昏天赤地，不明白兴高采烈的人们为何忽然鬼哭神嚎，也不明白此刻母亲身在何处，他的眼中有一丝惊慌，却不哭也不闹，看见蝉衣，他还轻轻扬手打招呼。

蝉衣冲过去一把将幼儿抱在怀里，四望不见他母亲的身影，只好抱着他继续往前跑。她本已跑不过来势汹汹的烈火，何况又多了一份重量。火龙沿着街道两旁的房子攀爬，渐渐赶到了蝉衣的前面。烟更浓，气更热，蝉衣全身的肌肤都在发烫，她深深喘气，黑烟趁机往她的口鼻中钻，刺得她头晕目眩。

一根房梁横在街心，蝉衣越不过去了，她闻见自己的头发在发焦，她跪下来，低头看自己怀中的幼儿，那幼儿一直被她深埋在怀，吸入的浓烟比她少许多，只是鼻头额上有些烟痕，他不知所以地向蝉衣笑笑，蝉衣也向他笑笑。几个逃命的人从后赶来，穿过燃烧的房梁向前去，蝉衣急叫：“救救孩子！将孩子抱去！”火噬声将她的声音掩盖了。

蝉衣重将幼儿压在怀中，起身想穿过去，那房梁只粗一尺，蹿起的火焰却有半丈，在身前堵成一面赤墙，蝉衣才近前三尺，一道火爪扫过来，烧着了她的衣裳，她急忙后退几步，放下幼儿，脱去外裳，手上却已烫起了泡。

幼儿一离开蝉衣的怀抱便急促地咳，她慌忙再抱住他。火势早将两人包围，两边的火舌燎上蝉衣的脸，她再也无力站起来了，趴在地上，透过火墙看过去，那头也是一片火海，不知蔓延出五里还是十里，她的力气用尽，信心全失，只好弯腰跪伏地上，将幼儿护在怀里。幼儿似乎开始哭泣，蝉衣也噙泪道：“我，我护不了你多久了，可怜的孩子。”泪未出眶，已被烧干。

蝉衣的发梢被点燃了，背上一道一道似被撕开，是肌肤将要燃烧的先兆，她闭上眼，将头抵住滚烫的大地，等待自己化作火焰的一瞬间，忽然，一双手揽住她的肩，将她扶坐起来，蝉衣惊惶地睁眼看，看见了孙牧野。

孙牧野解下自己的衣裳，将蝉衣和幼儿从头到尾都包裹在里面。蝉衣什么也看不见了，只觉他把自己横抱起来，火和烟都被隔绝在厚厚的衣裳之外，她被稳稳妥妥地抱着跑。渐渐，身上的热在减退，闻到的烟在消淡，她知道，她和这幼儿都平安了。

2

自从卫鸯驾崩后，龙朔宫搜捕杜若的事也慢慢松懈了，杜若有时会抱着修儿去后山下的村庄买些新鲜蔬果。因这日是上元节，开元城一年中最热闹的时候，有形形色色的人，林林总总的玩意儿，她便瞒着薛让，以帷帽遮颜，带两岁半的修儿来见世面。修儿极少见生人，却不怯阵，那些戴着昆仑奴假面的郎君在擦肩而过时故意吓唬他，反而逗得他咯咯大笑，他在玄武大道上追着孩童们嬉乐，在灯轮下跟着踏歌的节拍摇头晃脑，仿佛对这座城有天生的亲近。

崔太后和卫熹从正仪门下出来时，杜若抱着修儿退出人群，远远走出半里外，才转身看了一眼，只见銮舆在灯轮下停留不动，她也无心了解，自带着修儿往东城去。母子俩在兴道街逛了不到半刻，便听见周围人喧哗道："城中走火了！玄武大道烧起来了！"杜若抬头一看，兴道街西面已冒出滚滚浓烟，她慌忙抱起修儿往东走，走出十多步再回头看，烟已化火，越烧越旺。

杜若随着惊恐的人群逃跑，帷帽在混乱中被掀掉，露出了容颜，她是曾在龙朔宫封妃的人，自是国色天姿，便有几个轻薄浪子凑过来，假意要帮她抱孩子，杜若不理，将修儿紧紧揽在怀里跑，浪荡子却紧追不舍，等到大街上人荒马乱，摊翻车倒，一切失了控，那几个浪荡子便强行拖过修儿，丢在地上，抱着杜若往僻静的巷子去，杜若一面挣扎，一面呼救，那时人人只求自保，谁也顾不上她了。浪荡子将杜若拖进一家无人的宅院，正欲施暴，大火却席卷而至，他们只好拖着杜若再往东走。所幸一队救火的骁翊卫正从这条路上过，见这女子在几个男子的挟持下呼救，当即制服了浪荡子，又指引杜若往安全处去，杜若却不听，她要回去寻子，两个骁翊卫追上来，强行将她抱上马，带她到了安全地。

这是城东一处十字路口。成百上千的军民都在奋力救火，一车车、一桶桶水从水沟、水井中汲上来，源源不断地送上火线，于是火龙在半条街外戛然止步，僵持不多时，又开始节节败退。杜若趁骁翊卫不注意，又要往火场中去，几个手疾眼快的中年娘子拉住她，道："那边还是大火滔天，娘子去不得！"

杜若心智大乱，尖声道："我孩子还在里面！"

那些娘子一个拦她的腰，一个牵她的手，劝道："兵家们已去救了，一定救出你孩子来。"

杜若急道："他们哪里知道我孩子在哪里！只能我去救！"

娘子们都道："你去也是徒劳，就在此地安心等等。"

杜若质问："你们可曾为人母？你们的孩子在火里，你安不安心？"

娘子们心中同情，却不能任杜若去送命，一面好言相劝，一面拉住不放，杜若挣不脱几双手，她知道每过一瞬，修儿活命的机会就少一分，想到儿子在火中不知受怎样的煎熬，她又急又恨，再也没有往日的温婉秀雅，开始哭骂抓打，骂这场火，骂拦她的人，抱着杜若腰的中年娘子脸上挨了她一巴掌，气道：“你要去就去！”说罢松开手，杜若一旦挣脱，便不管不顾地往前冲，忽然旁边闪过一个人，拉她的袖子，她发疯般大叫：“别拦我！”

那人却问：“这是不是你的孩子？”

杜若这才转头看，那人怀中果然抱着一个幼儿，正微张着嘴瞧失态的自己，愣愣叫：“阿娘。”杜若又惊又喜，一把将修儿接过来，左看看右看看，只是脸上沾了几块黑渍，却不曾受伤，她哭得更大声，抱着修儿跪倒在地，向孙牧野道：“多谢郎君救命之恩。”

孙牧野道：“你起来，不用谢。”

杜若站了起来，她绝处重生，转悲为喜，向修儿道：“你要向这位郎君说谢谢。”

修儿便道：“多谢郎君。”

孙牧野向修儿一笑，修儿忽然记起自己手中有糖寿星，便举起来递给孙牧野，道：“郎君吃。”再一看，早只剩一根光光的棍儿，他反倒不好意思了，赶紧背起双手，将木棍藏在了身后。

孙牧野要走，杜若道：“妾要请教郎君的姓名，好让修儿一世记得郎君的大恩。”

孙牧野道：“不需记，他不记得这场火才好。”一边说，一边走了。

回到蝉衣身边，孙牧野道：“送回他母亲了。”蝉衣便应了一声。孙牧野再道：“你就在这儿等着。”说完转身又走，蝉衣问：“去哪儿？”孙牧野回头看了她一眼，随一队骁翊卫往火场去了。

3

明幽和蝉衣走散之后，再不敢松开苏叶的手，两个人十指紧扣，被人潮挤到正仪门之西，苏叶被身后的几个大汉挤擦，不安叫：“幽儿！”明幽回头一看，怒将一个大汉一推，道：“走就走，不要乱动！”虽无家奴在身旁，她毕竟天生的矜贵气，果然震慑了那几个人。明幽再拉着苏叶往前去，却听周围乱叫：“倒了！灯轮倒了！”二人回头一看，那灯轮正如彩山倾倒，火墙坍塌，向广场覆压下来。

明幽急叫：“苏叶拉紧我！”她拼命向前挤，可不知有几十重人围堵着，哪里挤得过去，一盏盏花灯从灯轮上坠落，烧在人身上，叫痛声未停，灯轮落地了，千百个人被死死压住，明幽也被扑倒，她听见哭喊声此起彼伏，自己却不觉得痛，仿佛有人伏在自己背上，替自己承受了灯轮的重量，明幽回头一看，失声大呼道："苏叶！"

苏叶在灯轮落下的一刹那抱住明幽，将她扑倒在地，自己去挡灯轮的铁骨架，铁柱重重打在她的脊梁上，顿时痛晕了过去。明幽从她身下挪出来，去扳铁柱，柱子与整座灯轮铸死一体，凭她的气力怎么扳得开。明幽急道："苏叶！苏叶醒醒！"苏叶晕晕乎乎醒来一半。明幽又是推又是抬，不见铁柱动摇半分，她向四周呼救："谁来帮帮我！"大半人被压住了，死的死，号的号，小半人还在逃命，谁也顾不上明幽，明幽焦急哭道："我为什么不叫家奴一起！二郎！三郎！蝉衣！锦儿！"她乱叫了一连串名字，也无人来应她。苏叶微微抬手，往灯轮一指，明幽一看，灯轮上缠绕的绸锦都燃了，织成一片火网，顺着纵横交错的铁架烧过来。明幽又去抬铁柱，依旧抬不动，一道火舌近了苏叶不到半丈，明幽解下披帛去扑火，反将披帛也点燃了，另两道火舌也游走过来，明幽再也无法，只好守着苏叶哭，苏叶道："你自去，叫家奴们来救我。"明幽道："我走了，你就活不成了。"她想到自己不走，苏叶多半也活不成的，不由越哭越悲伤。

迫在眉睫之时，正仪门再次打开了。宦官们从宫中跑出来，或挑着水桶，或抬着水盆来灭火，又有许多骁禁卫在救人，明幽站起来大叫："救救我们！我们在这里！"因隔得远，禁卫们都没听见，明幽急步跑去拉住两个禁卫，道："救救苏叶，火就要烧到她身上了。"两个禁卫随她跑过来，合力将铁柱抬起几寸，明幽轻轻将苏叶拖出来，一个骁禁卫向西一指，道："你们往那边跑。"说完又救别人去了。

明幽问苏叶："你走不走得了？"

苏叶想起身，脊背立时钻心地痛，她又仰倒下去，摇头道："你快回去叫人，我走不动。"

明幽道："我背你！"说完将苏叶扶起来，自己背对她，道，"你趴在我背上。"

正巧有个青年人一阵风似的跑过，见状停步问道："她走不了吗？"

明幽道："她的背受伤了。"

那青年人犹豫了一瞬，还是过来蹲下，道："我背她吧。"

明幽慌忙向他道谢，将苏叶扶在那青年人的背上。青年人背起苏叶，和明幽一起往西跑，跑出半里地，过了虎翼桥，正撞上玄武大道的烈火，半面街都成了火炉，三人紧挨着护宫河跑，那河水冒着大片大片白烟，竟似锅中水要沸腾了一般，那青年背负着一个人，喘气越急，吸入的浓烟越多，他呛得眼泪直流，道："我不行了，你们自己保重。"说罢，放下苏叶，任由苏叶摔在地上，自顾自飞奔而去。

明幽在后乞求道："别丢下苏叶，苏叶走不动！"那人影却已消失在黑烟中。明幽自己背起苏叶，再往前跑。她纤纤瘦瘦，从没负过重物，在火、气、烟三重夹击之下，更是举步维艰，苏叶用仅剩的力气推明幽，道："幽儿，你自去，自去！"明幽道："不！"

双手更紧地环住苏叶，跑出几十步，终究没跑过从身后燃来的大火，火将她们包围的时候，明幽再也支撑不住，双膝一软，跌倒了。

两个人在火光中无力躺着，明幽中了烟毒，说不出话来，脸泛白，唇开裂，苏叶解下衣衫爬过去，捂上明幽的口鼻，为她挡一点烟毒，明幽衰弱地抬手指西，要她去逃命，苏叶道：“我，我也走不了，我们，要死在一块了。”明幽的余光不甘地往西瞧去，却瞧见一个身影迎着火而来，一路跑跑停停，寻寻觅觅。

等身影再近一些，明幽忽然叫道：“二郎！二郎！”她翻身摇苏叶，又笑又哭道，“二郎来了！”

苏叶勉强抬头一看，果然是唐瑜向二人这边来，她忙推明幽：“你快去！”

本已气枯力竭的明幽重有了求生的意志，她从地上爬起来，跌跌撞撞迎着唐瑜跑去，口中不住地呼：“二郎！”

苏叶眼睁睁看着明幽跑向唐瑜，也看着唐瑜向明幽冲来，两人还离一丈远，明幽软软站不住，唐瑜抢过来抱住了她。苏叶看见明幽在晕倒的一瞬间，手无力地向自己指了一指，唐瑜却什么也顾不上了，他抱着明幽，再不向别处看一眼，转身奔向了火场之外。

苏叶捡回自己的衣裳，捂住鼻子，向护宫河爬，祈望河水能救自己一命——她会水，兴许能游到安全的地方。双足的灼痛越来越烈，她知道是鞋子在燃烧，短短六尺路，却像爬了一世那样长。她爬到河边，离水只有半尺远，却再也不能动了，骇人的烧焦味从足到腿，再到腰，正一点一点蚀掉她的全身。苏叶看着赤红的河水，又眷念又绝望地闭上眼睛，她只能任自己长久睡去，可是双目合拢的一瞬，河水分明映出了一个人的影子。

苏叶来不及细看，那人已将她抱了起来。苏叶仰脸看他，烟再浓，她也看得清他的脸，她真想像明幽一样唤一声“二郎”，却终究没有出声。

4

唐瑜醒来时，分不清此刻是昼还是夜。帐外跳动着许多烛光，明幽守在床边，蒋医师刚刚转出屏风去，屏风还映着几个婢子的身影。见唐瑜睁开眼，明幽忙掀开床帐，道：“二郎醒了！”医师和婢子闻言，又转进屏风来。

唐瑜坐起身，问明幽：“你怎么样？”

明幽深吸一口气，道：“呼吸还觉得心口紧紧的，没有别的事。”

唐瑜点头，又问：“现在是什么时候？”

一个婢女回道："是辰时了。"

唐瑜便吩咐："取一套衣裳来。"

蒋医师劝道："二郎手臂和后背均有烧伤，药刚敷完，卧床将息为上。"

唐瑜道："我是开元府尹，开元城遭了百年不遇之灾，我怎么躺得下去？"

明幽急道："火已扑灭了，全城都平安了，你就歇歇吧。"

唐瑜道："只怕又有一场火要向我烧来。"他轻轻推开明幽，下床穿了衣裳，向蒋医师道了谢，出了房门。路过唐珝住的惜环院，他本已往前去了，走几步又转回来，进了院门，几个婢女在阁楼下侍立，见唐瑜过来，都行礼道："二郎。"阁楼上的苏叶听见，忙忍着剧痛将窗户打开，攀起身体往下看。

唐瑜在楼下问："苏娘子的伤要不要紧？"

苏叶连连摇头，道："不要紧。"

唐瑜道："那我便遣家奴去向三郎报平安。"

苏叶道："他夜里来过的，去看你时你还没醒，他又赶着走了。"

唐瑜点点头，这才转身出庭，带几个家奴往城中火灾处去了。

昔日兴盛繁华的玄武大道已不复存在。十里朱楼摧成残木，九重琼阁毁成焦土，一尺厚的灰烬铺满大道，仿佛玉人身上一道触目惊心的伤疤，云锦中央一个不忍直视的裂痕。风扬起碎木屑、破衣角，如垂死的蝶，劈头盖脸向人扑来，痛失至亲的男女老少相拥而泣，皇宫、凤阁、开元府和骁翊卫都来人了，和民众一同在断壁颓垣中寻找，希冀再找出幸存者来。

唐瑜下了马，徒步在街上巡视，有开元府的人看见他，都过来行礼道："府尹来了。"一时皇宫和凤阁的人都过来互见，旁边却有一个颓丧的中年男子听见称呼，当即问："你是唐府尹？"

唐瑜道："我是。"

那中年男子悲愤道："你睁眼看看，你治下的开元城成了什么样子！"

唐瑜默然。

街上百姓听说，纷纷围拢过来，当先一人道："唐府尹！我三个孩儿都被烧死了，我该找谁问罪？"

一个老者痛心疾首道："开元城三百年来都无事，偏你一上任就遭大劫，到底是天灾，还是人祸？"

唐瑜道："是天灾是人祸，唐瑜一定查清，请诸位给唐瑜一些时日。"

有人怒道："哪里是天灾？分明是官府疏忽的祸！"

众口煽动，又引得一妇人恸啕道："双亲没了，丈夫没了，孩子也没了，唐府尹，你偿命来！”她冲过来要撕扯唐瑜，被两个开元府吏架开，顿时惹了众怒，众人皆大叫道：“唐瑜失责，还拿百姓出气！”一时间，满街满巷的百姓都往这里涌来，将开元府的官吏团团包围，府吏们要开出一条路护唐瑜离开，百姓们哪里肯让，或骂，或哭，或诘问，更有要动手的，乱成一锅粥。

局面正要失控时，远处急鼓似的马蹄声响起，几匹高头大马飞奔而来，有人看清马上人的装束，叫道：“皇宫来人了！”

五六个宫人纵马驰近，当先一人打马分出一条路，走进包围圈，问：“哪一位是开元府尹唐瑜？”

唐瑜道：“我是。”

宫人道：“二圣宣唐瑜即刻进宫，入朝议事！”

5

今日龙朔宫的早朝，当然只议一件事：上元火灾。唐瑜走至太初殿前，因殿门大开，他清楚听见宰相端木拙在禀奏：“火于寅正扑灭。合开元府和户部的初计，毁舍七千两百二十三间，亡两千一百三十四人，失踪一百七十人，重伤四百六十八人，轻伤不计其数。”

言毕，赞礼官道：“开元府尹唐瑜入朝！”唐瑜闻言，迈步走进太初殿，两班文武大臣都严肃无声地睨视他，文臣列中走出一人来，持笏奏道：“御史大夫孙泽羽，奏请当面问责唐瑜。”

卫熹道：“准。”

孙泽羽问：“自古保城安民，火政最关紧。唐瑜上任开元府尹以来，如何防治火患？”

唐瑜回：“全城一百一十街，各设武侯铺一处，每处武侯十人；一千七百六十巷，每五巷设武侯铺一处，每处武侯五人；凡武侯二千八百六十人，负责治安火情，上元节当日，全数值守，不曾懈怠。城东南西北都有瞭望楼，水吏昼夜瞭望。街巷除临河、临溪之外，每二里设水缸五口。”

孙泽羽问：“水缸中是否有水？”

唐瑜道：“唐瑜节前一日巡查街市，水缸尽满。”

孙泽羽问：“上元节当日可曾巡查？”

唐瑜道：“因凤阁临时召见唐瑜，唐瑜特命少尹任传煜巡查玄武大道和东西两市。”

孙泽羽向御座道：“臣请宣任传煜进宫受询。”

卫熹道：“准。”

内侍监去了，须臾回殿禀道：“开元府少尹任传煜至。”

卫熹道：“宣。”

任传煜进了大殿，孙泽羽问：“上元节当日，唐瑜是否命你巡查玄武大道和东西两市？”

任传煜道：“是。”

孙泽羽问：“你是否执行了命令？”

任传煜道：“任传煜率开元府吏五十人，将玄武大道、东西两市的火情隐患排查了一遍。开元府有日志可证。”

孙泽羽再问唐瑜：“火灾起时，可有预警？”

唐瑜道：“唐瑜当时不在玄武大道。”

骁翊卫大将军许文普出列道：“玄武大道十座鼓楼皆鸣鼓预警。”

孙泽羽又问唐瑜：“火灾起时，你身在何处？”

唐瑜道：“因见天象有异，唐瑜刚回开元府，召回全府官吏待命。”

孙泽羽问：“火灾起后，你几时得报、几时到了火灾处？”

唐瑜道：“丑时初刻得报，丑时二刻赶至玄武大道。”

孙泽羽问：“彼时，开元府如何应对火灾？”

唐瑜道：“开元府上下官吏与骁翊卫、骁禁卫一起出入火场，扑火救人。”

孙泽羽问：“救出多少人？”

唐瑜道：“不能胜数。”

孙泽羽问：“你可曾亲自入火场救人？”

唐瑜道：“有。”

孙泽羽问：“救出多少人？”

唐瑜道：“未计其数。”

孙泽羽不再说话。

崔太后在帘后安静地听，此时方道：“孙大夫问完了？”

孙泽羽道：“回禀太后：问完了。”

崔太后道：“唐瑜责任几何？”

孙泽羽道：“须等彻查火灾因果，才能定责。”

崔太后道：“好。”她掀开珠帘走出来，立在玉陛之上道，“着开元府三日内查清火灾真相，否则，开元府尹当任咎问罪！”

6

唐瑜出了龙朔宫，过了龙首桥，沿着玄武大道一路打听，一些亲历浩劫的人还未散去，或在寻人，或在寻物，或在聚首探讨，唐瑜一问，他们都不约而同向南指[illegible]道，“火是从南边烧过来的！”

唐瑜遂一直向南去，问了十多人，走了十里，终于到了桃影河边。河水将玄武大道一截两段，北段千疮百孔，南段安然无恙，两段之间，昨日雕梁绣柱、今日遗骨残骸的天问楼便是第一栋燃烧的房屋。

天问楼的老板是波斯人李罗沙，他站在一堆焦土上，瞪着碧色大眼，向包围他的众人道：“一夜下来，我也是倾家荡产，怎么赔你们？这一条街几千家商户，个个都来找我，我赔不赔得起？”见到唐瑜过来，他大叫道，“唐府尹，你过来评个公道！”

众人道：“火就是从天问楼这里来的，罪魁祸首不是你是谁！”

李罗沙道：“又不是我放的火！天问楼也和别家一样烧成了灰。你们休要欺负异国人，我在开元城住三十年了！”

随行的官吏叫众人肃静，唐瑜问：“火是从天问楼烧起的？”

李罗沙叉着腰叹道：“明尊菩萨！有歹人来天问楼放火，五六十个家奴去河边打水来浇也没浇住，眨眼就把上下七层烧了通透，活像地狱！楼烧着烧着就要倒，若是往南边倒，倒进河里也没事了；偏偏往北边倒，压垮了邻家房子，于是呼呼啦啦一路烧过去了！明尊菩萨！我这天问楼去年才重修，是请天下最善修饰的宇文忬设计，总共花费三千两金……”

唐瑜问：“你亲眼看见有人放火了吗？”

李罗沙道：“我没看见，家奴咬金看见了，咬金在哪里？”

几个家奴回头喊道：“咬金，主人在叫！”

一个灰头土脸的小奴从焦木堆里直起身，一边用衣角擦拭捡出的银筷子，一边跑过来，交给李罗沙，道：“又找出这个。”

李罗沙把一支银筷子揣入怀里，道：“唐府尹要问你话，你把昨夜看见的事细细回明白。”

唐瑜遂问：“你亲见有人放火了？”

咬金回道：“亲见的。当时我在河边放完烟花，回天问楼的时候，抬头看见有个人在四丈高的台座上，脸上戴着假面，沿着主楼墙根鬼鬼祟祟地走，我只当是窃贼，还说不惊动他，且看他要偷什么，谁知他点燃了一尺来长的火把，我就边跑边喊抓歹人，他把火把一抛，直直抛进了二楼，只见火光腾地升起，火舌子从几十张窗户同时炸出来，足足炸出一丈远……”

唐瑜疑道：“火势断不至于如此凶猛。”

咬金道：“因为当时二楼是……是谁来着？”

身边酒博士道：“是崔六公子。”

唐瑜问：“哪个崔六公子？”

酒博士道：“就是常和府尹一起来的崔六公子。他爱喝酒，府尹也是知道的，他昨夜心情又不好，我端菜过去的时候，看见酒瓶倒了好几个，酒水流得满地都是，一遇明火，自然就爆发了。”

唐瑜问：“他逃出来没有？”

咬金道：“他从窗户跳下来了。那歹人见他，拔腿就跑，他就去追，等我上了台座，两个都不见了。”

唐瑜道：“你有没有看清歹徒戴的假面？”

咬金道：“我在台座下，他在台座上，隔得十来丈远，又是乌漆麻黑的半夜，哪里看得清。”

唐瑜沉吟片刻，向随行官吏道：“我们走。”

谁知一个来找李罗沙要赔偿的商户却闪身拦在马前，大声道：“唐府尹，你们说的这个崔六公子，是不是崔衡家的崔如祯？”

咬金在后应道：“是他！”

那商户道：“昨日崔如祯大闹开元府的事，全城人都听说的。唐府尹，他下午找你闹事，晚上就被人暗杀，莫非只是巧合？”

围观的商户们被点醒，顿时如惊飞的群鸦一般聒噪起来，纷纷道：“原来这场火是冲崔六郎去的！却害苦了万千百姓！”

“想杀崔六郎的人是谁？”

“唐府尹，你敢不敢查出真凶？”

“还是换个官来查他吧！”

一个府吏喝道：“休得胡言！”说罢右手握上刀柄，那些商户道：“要动粗了！想杀人灭口不成！”

唐瑜向府吏道：“不要争执，我们走。”说罢，掉转马头扬鞭而去。他知道流言蜚语会很快传遍开元城，他必须赶在被万众之口定罪以前，查出真相。

7

苏叶的后背骨裂了，脸上身上都有烫伤，涟儿正为她涂药，明幽进来了，苏叶见了要起床，又扯得背痛，道：“幽儿恕我失礼，不能迎接了。”

涟儿道：“上午二郎来看苏娘子，苏娘子还坐得起来，是不是病情又加重了？”

明幽在苏叶的床边坐了，道：“咦，二郎也来看过你了？”

苏叶道：“他是来看三郎走了没有，就在楼下一问，没有上来。”

明幽嗔道：“三郎是最没良心的，回来不到一个时辰，又急匆匆走了。”

涟儿道：“明娘子错怪三郎了。他如今是军人，来去不能自由，因是开元城本地人，才被准许回家探望一个时辰，拖延一刻钟回去也要挨军棍的。”

明幽笑道：“这个小丫头，你倒会向着三郎。”

涟儿道：“明娘子拿涟儿说笑！”端着药告了退，婢女筝儿却进来，道：“明娘子，不好了。”

明幽问：“怎么了？”

筝儿道：“几个家奴说坊间传起了唐家的闲话。”

明幽问：“什么闲话？”

筝儿道：“他们说是二郎指使家奴去天问楼放的火，还说二郎是为了报复崔家的六公子。”

明幽问：“又和崔六公子有什么关系？”

筝儿便将昨日唐瑜抓捕崔衡、崔如祯大闹开元府的事说了一遍，明幽听了又气又急，站起来道：“牵强附会造我家的谣！”命道，“叫那几个家奴来楼下，我细细问问，在哪里听谁说的，抓住了送去官府问一个诋毁之罪！”

筝儿答应了，掀帘而出，锦儿又接住帘子进来，道：“明娘子，宫中来了两个内侍监，说崔太后请明娘子进宫叙话。”

明幽奇道：“昨夜她叫我进宫玩，我当她是随口客气，今天竟真的来叫了。”

苏叶道：“难道太后也听见了坊间闲话？幽儿快去，向太后澄清。”

明幽便命锦儿去取正四品的命妇礼衣来，又向苏叶道：“我去一会儿就回。可你无聊了怎么办？”

苏叶道：“我眯一会儿眼，等你回来。”

第二十七章

东沅灾女

1

明幽在正仪门前下了马，随内侍监进了龙朔宫，十来个家奴婢女在门下等候。她坐上四人抬的宫舆，足足走了半个时辰，才走到太后居住的如意宫。崔太后正歪在榻上，一手枕头，一手握册，看得出神，明幽盈盈走过去，跪下道："臣明幽拜见太后殿下。"

崔太后仿佛才回过神，放下手中册，笑道："幽儿来了，快来我边上。"说完，指了指榻沿。她明明和明幽不熟，却做出亲昵的样子，明幽也不见外，依言上前，落落大方在榻沿坐了，笑问："太后在看什么书？"

崔太后道："不是书，是一封弹劾大臣的上疏。"

明幽心中一紧，问："弹劾谁的？"

崔太后道："弹劾光禄寺少卿赵天英。"

明幽轻舒了一气，因是公事，她不好再问，崔太后却笑道："这弹劾的罪名，倒也意外。"

明幽问："什么罪名？"

崔太后道："弹劾他有聚麀之丑。"

明幽道："什么叫聚麀？"

崔太后反倒吃了一惊，问："你不知道？"

明幽在明家时父母疼惜，去唐家后唐瑜爱护，从不让她知道世间的腌臜事，她一直活得如天真少女一般，哪里听过这等词，当下摇了摇头。

崔太后道："聚麀，是说他不顾父子人伦，与儿媳有私。"

明幽听懂了，惊得捂住嘴，说不出话来。

崔太后道："赵天英状元及第，为政十年敏达有绩，尤以高识经远著称于朝，昔年先帝曾说'赵天英有宰相才'，谁承想，才子未必是君子，暗地里竟做出禽兽之事，可叹，可惜。"

明幽低头不言，崔太后细察她的脸色，知她不愿议人是非，便一笑道："我不该和你说这些浊事。咱们说点别的解解闷。"说完，将奏疏递给了宫女。

明幽道："太后殿下，昨夜的大火有没有侵扰到宫中？"

崔太后道："没有。当时我和圣上入了正仪门，才想起你还在外面，再叫侍卫去寻你时，却找不到人了。你有没有事？"

明幽道："没事，过不多一会儿，二郎就把我和苏叶接回家了。太后知不知道火灾的缘起？"

崔太后道："我已命你夫君去查了，三日之后给我结果，若不能，你夫君的官职，我也保不住了。"

明幽翘嘴道："怕是等不到三日之后了。"

崔太后问："怎么？"

明幽道："现在外间有人污蔑二郎，说是他放的火，是为了害崔六郎，太后信也不信？"

崔太后道："崔六郎？我家那个崔六郎吗？"

明幽眼眸一转，想了想，道："是了，他是太后的侄儿。"

崔太后意味深长道："若说唐二郎要害崔六郎，我不信；若说崔六郎要害唐二郎，我还信些。"

明幽恼了，道："太后这话，幽儿不懂。"

崔太后伸出尖尖的两指，笑数道："一为父亲，二为美人，我家六郎和唐二郎有两重仇，要放火烧一烧，也说得过去。"

明幽果真气了，道："太后不该这样说话，逮捕崔公，是太后和圣上准的，二郎是奉命行事。"

崔太后笑道："那第二桩仇呢？"

明幽便低头揉披帛，半撒娇道："太后要拿幽儿取笑，幽儿不想回话了。"

崔太后自然不和明幽计较，她悠悠道："我是三年多以前听说这件事的。那年冬至，先帝在宫中大宴崔氏一族，我看遍诸席，独不见崔六郎，心中奇怪，他平日是最爱酒席享乐的，今日怎么没来？他父亲回我说，原来六郎中意文昭侯明如海的千金，求而不得，眼瞧着要嫁别人了，他心中不快，闷在家里不爱出门。我和在座的家人都笑，大家说，六郎是我们家子弟中最英俊的，惹了多少女孩儿为他伤心，那文昭侯的千金还瞧不上，难道要嫁宋玉卫玠不成？他父亲说，是嫁唐之弥的长子唐瑜，先帝也笑了，说‘既然是唐二郎，六郎输了也不冤’。”

明幽听得一愣一愣的，反倒害羞起来，只顾搓自己的披帛，崔太后问：“你心里也觉得我家六郎比不过唐二郎，是不是？”

明幽道：“不是！我……我不是权衡之后才选的他，我是……我只是看见他，就是他了。我眼里没有看见别人。”

崔太后看她容色真挚，心中暗道：“好个烂漫的小女儿，我竟有些不忍心算计她了。”

正思忖间，一个宦官进来禀道：“启禀太后，司天监黄冠子上疏。”

崔太后道：“司天监？定是和上元火灾有关了。呈上来。”

宦官将奏疏捧上来，崔太后歪在榻上翻看，看了两行，蓦然坐起，把明幽吓了一跳，明幽见她弯眉越皱越紧，试探问道：“太后殿下，怎么了？”

崔太后道：“黄冠子按天象推算出了上元火灾的祸起。”

明幽惊问：“祸起？”

崔太后似没听见一般，将奏疏反复看了几遍，掩了卷，复歪回榻上，轻轻叹气。

明幽见崔太后似乎遇到棘手之事，怕自己留在这里不便，只好道：“夜深了，幽儿先告退，改日再来看望太后殿下。”

崔太后方道：“这祸起，竟和你家有些牵扯，你留下帮我拿拿主意。”

明幽道：“难道天象也说，是二郎指使家奴放的火！”

崔太后道：“不是家奴，更不是唐二郎。”

明幽道：“那是谁？”

崔太后红唇轻启，吐出四个字：“东沅灾女！”

明幽由怒转惊，道：“东沅灾女？”左想右想，再问，“太后难道是在说苏叶？”

崔太后讶笑道：“这不是我封的名号，天下无数人都这样叫，难道你也不知道？”

明幽道：“我从未听见有人这样叫她，她是个平常女子，哪里就被天下人传言了？”

崔太后叹道：“你真真是被放在琉璃缸中活着，外面一点风声雨声都惊不着你。”

明幽的心全乱了，道：“她做了什么？为何要叫她灾女？昨夜的火灾明明不是她惹的，司天监为何要诬陷她？”

崔太后手撑螓首，闭上双眼，似已入眠，放明幽在一边胡思乱想，明幽自己哪里想得明白，她心乱如麻，慌道：“幽儿心中不安，求太后告诉幽儿。”

崔太后这才睁开眼，缓缓道：“这个故事，你既然不知道，我就从头和你说分明：说是东沅有支商队，走到哪里，哪里就有灾祸，全因商队中有个绝色的少女。先在东沅，她挑得沅王和王后反目，于是外戚反叛，东沅王权易主；后在东洛，两州节度使因她刀兵相向，皆被洛王赐死九族。后来，这支商队辗转来到了大焉。”

明幽问：“是不是苏叶的商队？”

崔太后自顾自道：“在大焉的第三日，这女子又被宰相的二公子看中，将她纳为小妾，时过半年，宰相犯案自裁，长子免官为民，次子入狱受刑。”

明幽大惊，道：“这是外人牵强附会，唐公自己犯了大错，株连了二郎三郎，和苏叶没有关系。”

崔太后道：“再后来，这女子游云阶寺，阴错阳差被先帝宠幸。”明幽听到此处，心中惊鼓般咚咚不停，生怕崔太后追怪此事，谁知崔太后神色平静，“先帝的事，你也知道了。先帝征战三十年，未尝一败，与那女子一夜风流之后，就在白鸢江上被一支鬼使神差的箭射中了，不治而崩。”

明幽张了张口，却说不出话来。

崔太后道：“若是一件两件，还算是巧合，若是三件四件，岂非命定？最后一件，便是上元火灾了。黄冠子的奏疏就在这里：祸自松隐来，灾从佩鱼起。你若不信，自己看。”

明幽将奏疏逐字逐句看过去，道：“佩鱼，是不是我家住的佩鱼巷？”

崔太后颔首。

明幽问：“那松隐呢？”

崔太后道：“是东沅境内的江。”

明幽双手微抖，发了半天愣，道：“这个黄冠子的名字，我似乎听过。”

崔太后闭目养神，淡淡道：“你细想想。”

明幽道：“三年前，我家府前的石狮子被雷击碎，也是这个黄冠子占卜，他说苏叶是妖狐，要祸乱唐家，唐公便命家奴打苏叶，要将妖狐从她身上赶走。”

崔太后将眼睁开一条缝，道：“唐公的为人，你也该知道，他是不是刻薄歹毒之人？”

明幽小声道：“唐公面上严肃，心地却是宽善的。”

崔太后道：“那他为何非要对一个小女子严刑拷打？”

明幽道：“我当时也不能明白。”

崔太后道：“只因黄冠子卜出，苏叶要害参商不见，兄弟反目！哪个做父亲的能容忍此事！”

明幽的心中，霎时重现了那个雷雨夜的情景，她想起一个本已忘记的瞬间：唐之弥一杖抽在唐瑜的身上，怒喝：“当初我叫你把这灾女赶走，你两个却沆瀣一气，瞒着我把她带进家门！”那时明幽只记得唐瑜被打，苏叶被打，唐珝大闹，慌乱中，竟把这一细枝末节忽略了，她神智混乱，重复道：“参商不见，兄弟反目？”

崔太后叹气道：“这也怪不得唐二郎，苏叶真真是不可方物的美人，哪个男人也抵御不住。”

明幽忙摇头道：“太后殿下，黄冠子在污蔑二郎，也在污蔑苏叶。二郎是清白的，苏叶也是清白的。”

崔太后道：“懵懂孩子，你被蒙在鼓里的事，真不知有多少。唐瑜明知道东沅灾女的过往，他为什么瞒着你？夫妻之间，是不是该知无不言？我今日不告诉你，你就要被瞒一辈子了。”

明幽问：“他为什么不和我说？”

崔太后道：“他若告诉你，见过苏叶的男人无一不被她迷住，你还放心苏叶住在唐府吗？”

言谈间，宦官又进来禀道：“太后，凤阁又呈上几封奏疏。”

崔太后问：“什么疏？”

宦官瞄了一眼明幽，道：“几位高官弹劾开元府尹唐瑜有唆使纵火嫌疑。现在流言满城，民心不稳，请太后暂停唐瑜职权，另选官员彻查纵火案。”

崔太后叹道：“唐瑜是做错了什么，怎么流年不利？好好的开元府少尹，被父亲连累去职，复出做开元府尹不足一年，又是火灾，又是谣言，这个位置竟又摇摇欲坠了。”

明幽悲伤道：“他没做错什么。”

崔太后道：“也许错在唐之弥吧。当初他若狠心将东沅灾女打死，就不会有今日之事了。”

明幽道：“不，我不信二郎是苏叶害的。”

崔太后道：“当初沅王不信，东洛节度使不信，唐翊不信，先帝也不信，结果呢？”

明幽无言以对，发了半天怔，起身道：“太后殿下，明幽累了，乞请告退。”

崔太后凝目将明幽看了看，道：“也好。改日有闲了，还来陪我坐坐。”

明幽行了别礼，出了正殿，心神恍惚地坐上宫舆，被四个宦官抬至正仪门下。那十余个家奴婢女本该在门外等候的，此时却挤在门洞中，东张西望等明幽来。明幽近前了，锦儿拿来帷帽，给她戴好，把她扶上马背，悄声道：“娘子，一会儿出了门，千万别说话。”

明幽问：“怎么了？”

锦儿道：“别说话就是了，更别说是唐瑜的夫人。”

明幽急怒道：“到底怎么了？”

侧门开了，人声随风声冲了进来，明幽看见了门外的景象：成百上千的百姓堵在宫前，张张脸上写着悲愤，一声叠一声请愿：“唐瑜纵火，请龙朔宫彻查！”黑簇簇的人影，布满了护宫河的北边和南边，拥塞了龙首桥，一直挤到破败的玄武大道。

明幽冷得浑身发抖，家奴牵着马在百姓中穿行，有人问：“你们是谁？”家奴们不敢应，只怕一说出是唐府的人，就要被围攻。一行人屏声敛息走至龙首桥边，明幽忽然一拉马缰，道：“停下。”

锦儿急道：“快快回家去，拖不得！”

明幽不听，勒转马头，扬鞭一打，又进了龙朔宫。

崔太后听禀明幽回来了，一笑道：“请进来。”

明幽进殿道：“太后殿下，明幽要救夫君，该怎么办？”

崔太后道：“去除灾女，祸乱自消。”

明幽道：“杀苏叶？我，我做不到！”

崔太后道：“那就还有一个法子。”

明幽问：“什么法子？”

崔太后道：“你将她送出大焉，任她再去祸害谁，都与我们无关了。”

明幽道：“那我送她回东沅，让她和父母团聚。”

崔太后笑道：“好没心计的孩子。你今日送她回家，唐瑜唐翊明日把她接回来，岂不白费力气？现如今，大焉的强敌，一为东洛，二为西项，不如把她送往西项，看她能再惹出什么动静！”

2

崔如祯在火灾中躲过一劫，只是脸上烫了两个泡，头发燎焦了许多。这是灾后第二日的中午，他坐在榻上生闷气，他娘子亲自端了一碗乳酿鱼进来，崔如祯看了一眼，道：“从早到晚都是水生食，现在讨吉利还来得及吗？”

娘子却无心和他玩笑，自将鱼羹放在食案上，又来揭他脸上的药贴，查看要不要换药，崔如祯歪头躲过去，道：“好都好了。”娘子横了他一眼，坐在一边不说话。

崔如祯拿过一个枕头垫后背，半倒下去，忽然问：“我们成亲多久了？”

娘子道：“快三年了。”

崔如祯道：“三年了。我忽然觉得有些对不起你。”

娘子问：“又怎么了？”

崔如祯道：“昨夜大火烧起的一刹那，我还以为要被烧死了，那时刻我竟没有想到你。”

娘子问："那你在想什么？"

崔如祯道："我在想楼上的客人走没走，若是没走，我要去救，再转念一想，人家早走了。"

娘子道："你就是这样，父母重要，朋友重要，一栋楼吃饭的陌生人都重要，独娘子不重要。"

崔如祯道："是我对不起你。"

娘子道："你真心觉得对不起我，就依我一件事。"

崔如祯道："你说。"

娘子道："把你那好酒的习性改了。你在外面赌博也罢，好色也罢，打架也罢，只要人是清醒的，我也放心些。"

崔如祯道："好。从此以后戒酒，谁劝也不喝。"

娘子的脸色和缓了些，道："当真？"

崔如祯道："我要么不答应，答应了就是。"

娘子这才嫣然一笑，拿银勺舀了鱼羹喂他，忽然婢女进门道："六郎，唐二郎来了。"

崔如祯道："不见！"

娘子道："上门就是客，不要失了大家礼数。"自向婢女道，"请进来。"自己转出屏风，从后门去了。

须臾，唐瑜进了房来，崔如祯冷冷问："你来做什么？"

唐瑜道："我来看望昔日的朋友。"

崔如祯一愣，便不再说话。

唐瑜挑个坐榻坐了，道："我听说火是从天问楼烧起的，你当时正在楼里吃饭，所以过来看看你。"

崔如祯道："我没事。"

唐瑜道："你和谁在天问楼过上元节？徐言徐行，明熙，还是袁青峰？"

崔如祯道："我一个人。"

唐瑜道："那怎么不叫我？"

崔如祯反问："你说呢？"

唐瑜道："是了，你中午才找我闹了一场，晚上怎么会叫我吃饭。"

崔如祯冷哼了一声。

唐瑜道："上元佳节，我也是一个人，只好去找端木相公喝淡酒。"

崔如祯心道："关我什么事？"却没有说出来。

唐瑜道："这样清静的上元节，于我是头一次。先前都是许多朋友一起过，一层天问楼要设二三十个席位，一圈酒敬下来，你还站得稳，我却头晕眼花，常常惹大家笑话。谁知世事难料，不过两三年光景，朋友们都一个个淡远了：宇文宸去了湘州守边；青岳自尽，起因是为帮我父亲，所以青峰、青嶂也和我家疏离了；唐三郎去了军营，难得回家一次。”他忽然一笑，淡然道，“还有很多朋友，我父亲出事之后，从我家门前路过也不会多瞧一眼。”

崔如祯问：“三郎为何要参军？”

唐瑜道：“他想为我分担唐家的责任。”

崔如祯道：“现在是战时，参军要上前线，太危险了。”

唐瑜道：“他已是男人，有他的抱负要施展，我留不住他。”

崔如祯问：“什么时候出征？”

唐瑜道：“过了惊蛰，天地解冻，大军就要东征润州了。”

崔如祯道：“他几时回城，叫他来看看我，我好久不见他了。”

唐瑜道：“好。”顿了一顿，又道，“崔公之事，三郎还不知道。他若知道是我签的逮捕令，一定要生我的气。你在围场救过他的命，是我家的恩人，他必说我忘恩负义。”

崔如祯道：“一点小事，不值得放在心上。”又道，“三郎也救过我的命，你记不记得？那年我和他在城外桃影河上泛舟饮酒，我怎么瞧着满河都是星星，月亮也有三五个，就伸手去捞，一个倒栽葱就下去了，河水虽不深，醉酒的人怎么游得动？家奴们都不在，是三郎跳下河把我拖上岸。然后两个往开元城方向走，他背我一会儿，我背他一会儿，不知怎的，走到一片瓜地里去了，我两个坐在田坎上说话，瓜农却以为我们是来偷瓜的，举着铁锨就过来打，足足追出我们两三里地。”

唐瑜道：“虽没被瓜农打，他回家后却撞见了父亲，还唤家奴拿酒来，要和父亲对酌，父亲气得罚他十日不得出门。”

说完两个都笑，崔如祯笑完了又叹气，道：“你家就两兄弟，他走了，家里岂不是更冷清？”

唐瑜道：“是，我多羡慕你们家，同胞兄弟五六个，永远不会孤单。”

崔如祯又恼道：“兄弟多有什么用？父亲没了。”

唐瑜道：“六郎何出此言？五六日后，崔公一定会回家。”

崔如祯猛抬头问：“当真？”

唐瑜道：“太后不会任崔家失去顶梁之柱，她不能驳回御史台，却能掌控大理寺。大理寺卿林玺知权变，太后一定会授意他放过崔公，他也一定会奉命行事。”

崔如祯道：“我姑姑，我自小就觉得她精细。在她心中，卫家比崔家重要。”

唐瑜道：“崔家是后戚，正是为了卫家，她一定会保崔家。”

崔如祯默了一阵，道："我岂不知这事与你无关？换作别人签逮捕令，我绝无二话，因为你是我朋友，我总过不去这道坎。"

唐瑜道："我也有一道坎过不去。在我家落难时不曾离去的朋友，被我在心间插了一把刀。"

崔如祯沉默了更久，后道："前些天，宇文四捎信回来，他下个月有探亲假，到时咱们一起聚聚。我的朋友也越来越少，别再散失了。"

唐瑜应了，又道："自签下逮捕令那刻起，我再不奢望能和你把酒言欢。"

崔如祯道："酒就算了，刚刚才戒。"

唐瑜笑道："怎么忽然想起戒酒？必是家中娘子教训了。"

崔如祯道："你也是知道的，厉害得很。不像你娘子乖巧。"

唐瑜道："明幽只是不当着外人闹罢了，回家也要清算的。"

崔如祯道："都难对付。没成亲以前咱们多自在，现在牵绊住了，玩也玩不痛快。"

唐瑜又是摇头又是笑，道："自己娶进门的，不是心甘情愿被牵绊吗？"

两人话了许多家常，临近黄昏，唐瑜才不急不慢起身，道："你先休息，我改日再来看你。"

崔如祯道："吃了晚饭再去。"

唐瑜道："我还要去追查火灾的元凶。三日之内查不出真相，朝野都不会放过我。"说完起身行了别礼，崔如祯忽道："你等一等。"

唐瑜从从容容看崔如祯。

崔如祯道："凶手被我抓到了。"

唐瑜作出意外之色，道："这是怎么回事？"

崔如祯道："这场火就是冲我来的。我亲眼看见火把从外面抛进来，就落在榻边，一地的酒都被点燃了，我冲到窗边看是谁，他转身想跑，我从二楼跳下去追，追了一里才逮到。"

唐瑜问："是谁？"

崔如祯起身道："随我来。"

唐瑜随崔如祯去了崔府西南边的一处下人马厩，马厩中无马，只有三四个执棍家奴围着一个人，那人双手吊在梁上，身子悬空，血首低垂，崔如祯进去便道："别打了，交给开元府。"

家奴们却道："已经死了。"

崔如祯上去探了探那人鼻息，向唐瑜摇摇头，又把那人的头揪起来，问："你认不认得？"

唐瑜自然认得崔家奴崔宗。一年前，他把唐瑜打倒在崔家的庭院中，一天前，崔如祯绑了他去开元府赔罪，几个时辰后，他在天问楼下纵火报复崔如祯，此刻已死在崔家奴的棍棒之下。

崔如祯道：“我本不愿别人知道这火灾是因我而起——死了那么多人，我怕百姓会怪在我身上。”

唐瑜道：“也是因我而起。若说百姓要恨，那不止恨你，也会恨我。”

崔如祯道：“如今已经在恨你了，我听说上千的百姓去龙朔宫请求罢你的官职。”

唐瑜点头缄默。

崔如祯道：“崔宗的事，不能张扬出去。”

顷刻，唐瑜道：“如今满城纷乱如麻，你去开元府报一个家奴失踪，开元府记一笔亡于火灾，了结此事。”

崔如祯道：“可不交出崔宗，你如何向朝野交代？”

唐瑜轻吁一声，道：“总归有法子。”说毕，转身出了马厩。

崔如祯送走了唐瑜，和娘子共用了晚膳，到晚间，应酬了几位来看望的朋友，子时才把人送走，正要入睡，忽然婢女道：“六郎，宫里来人了。”

崔如祯复穿正服，迎接内侍监王怀岁，王怀岁道：“宫外聚集的百姓都说六郎被火烧死了，流言传进宫中，惊吓了太后，特命小奴来看看。”

崔如祯道：“请回太后：侄儿无恙。”

王怀岁笑道：“若无事，就请六郎亲自去如意宫报一声平安，好教太后安心。”

崔如祯推不过，便随王怀岁去了龙朔宫。到了如意宫正殿之下，他三步并作两步往玉阶上去，冷不丁抬头，和明幽撞了正面。崔如祯先是大感意外，再细看明幽，见她六神无主、魂不守舍的样子，便知是因为唐瑜。他想起昨夜在天问楼没有打成招呼，这次不如主动寒暄，于是他先向明幽一笑，刚要开口问，明幽却红着眼蹙着眉从他身边逃过去了。

崔如祯收回尴尬的笑容，进殿拜了崔太后，问：“姑姑，她来这里做什么？”

崔太后问：“哪个她？”

崔如祯道：“唐瑜的夫人。”

崔太后道：“知道是别人的夫人，你还关心什么？”

崔如祯语塞。

崔太后又道：“圣上刚刚还在问，六表兄到底有没有事，夜深了我先请他睡了。你过来，让我看看伤怎么样。”

宫女在崔太后的床榻下首放了一个坐榻，崔如祯上前跪坐了，崔太后在灯下把他的脸瞧了瞧，问涂的什么药，崔如祯答了，几句家常后，崔太后问："你怨我抓了你父亲吗？"

崔如祯便道："姑姑真狠得下心。"

崔太后道："谁叫他昏头聩耳，动卫家的酒！孙泽羽当着少帝的面，说他偷了少帝孝敬先祖的酒喝，你教少帝心中如何想？我再护短，也不敢在此刻护崔家人，只好让几法司去查。退一万步说，那御史台是我让重建的，孙泽羽也是我亲点的大夫，我若驳回了，他们如何立威于朝堂？文武百官谁还怕他们？"

崔如祯道："父亲不知道那是祭酒，黄如志那狗东西，上了他的千秋大当。"

崔太后叹了一口气，道："大理寺卿林玺是个听得进话的，我已经和他说了，黄如志必须送去沧山，至于你父亲，就说他虽在席上，却一口祭酒没喝，免除刑罚，到时候圣上下旨，削去他的尚书令了事。等你父亲出来，你把我的话带给他：望他从此长个教训，别再和那些浊流小人混了，从此安心治学治家罢，朝廷不适合他——尚书令的虚职还坐不稳，当心族里子孙都把他看扁了！"

崔如祯应了，又道："孙泽羽也是个软硬不吃的，姑姑用他，不是又自寻烦恼吗？"

崔太后道："平衡之术，你如何懂得。四大法司，既要薛让和孙泽羽那样不近人情的，也要林玺和雷英那样通权达变的。全是和顺的，做不成事；全是刚愎的，也要坏事。"姑侄两个叙了一会儿闲话方散。

3

唐瑜从崔府出来后，掉转马头又往开元府去。开元府为了大灾之后的补救事务，半夜亦是灯火通明，唐瑜召集了两名少尹和各房主事，商讨灾后救治、治安、钱粮补偿等事宜，府吏忽然进堂道："府尹，夫人来了。"

唐瑜心中一跳，忙出堂去迎，明幽站在阶下，见了唐瑜，哀哀地扑进他怀里，唐瑜却将她轻推开，道："属下们都在看着。"又问，"这么晚了，你来做什么？"

明幽道："我担心你。"

唐瑜道："我事务繁忙，今夜不能回家，你先回去。"

明幽道："那我就在这里陪你。"

唐瑜道："官吏们都在里面等我，现在不是儿女情长的时候，我顾不上你。"他问明幽身后的锦儿，"家奴来了多少？"

锦儿道："十来个，都在府外候着。"

唐瑜转身唤自己的家奴："唐晋，你再叫几个人护送娘子回家。无论路上遇见什么，别停留，别过问。”说完转身就往堂内去，明幽急道：“我真的有事和你说！”

唐瑜道：“等我回家再说。”头也不回进堂去了。

4

明幽回到家，独自坐在房中胡思乱想，眼见窗纸从黑变白，再由明转暗，却始终不见唐瑜回来，到了黄昏时分，锦儿进来道：“明娘子，府外来了几个宫人，说要见你。”明幽道：“请进来。”锦儿应了要去，明幽又道，“别叫他们进来了，我出去见他们。”

明幽走出唐府，果然看见一个宦官、四个骁禁卫站在门口。见了明幽，宦官王怀岁上前道：“唐夫人，这四名骁禁卫是太后钦点，来护送苏娘子出国境的。”

明幽道：“我自己叫家奴送她。”

王怀岁道：“唐夫人没有出过远门吧？大焉各州各郡都有关卡，若没有关牒，被抓住了要问官。现在有骁禁卫手持圣旨，才保万无一失。”

明幽默了半晌，道：“你们先等着，我去叫她。”低头回了唐府，虚虚懦懦地去见苏叶。苏叶的药放在床边的小几上，已快凉了，她唤了几声涟儿，没有回应，只好自己起身去拿，稍稍一动，背上就骨裂血流，她痛得伏在床边喘气，明幽进来看见了，慌忙端了药，坐在了苏叶的床边。

苏叶的额上堆着豆大的汗珠，道：“幽儿，你今日一直没来看我，去了哪儿？”

明幽低低道：“我觉得心口发闷，一直在睡。”

苏叶遂伸手抚她的心口，道：“现在好没好？吃药了不曾？”

明幽道：“已经好了。”她用勺子一口一口喂苏叶吃药，道，“你的伤痛不痛？”

苏叶道：“不知怎么，比前日昨日还痛。”

明幽道：“咱们明日换个医师来瞧瞧。”

苏叶道：“兴许熬两日就不痛了，总是惊动医师，别人要说我难伺候了。”

明幽便拿勺子搅着药汤不说话。

苏叶道：“幽儿，我听说，昨夜百姓都在宫前请愿罢免二郎，是不是？”

明幽道：“是。”

苏叶道：“二郎现在在哪儿？他有没有事？”

明幽道：“他在开元府。”

苏叶道：“百姓会不会去开元府闹？”

明幽道：“不知道。”

苏叶道：“圣上太后会不会听信流言，罢免二郎？”

明幽道：“不知道。”

苏叶摇她的手，道：“幽儿快去看看他，不用陪我。”

明幽将勺子放回药碗，又将药碗放回小几，道：“苏叶，有一件事，我要和你说。”

苏叶道：“什么事？”

明幽道：“太后，她想见你。”

苏叶惊道：“她为何想见我？”

明幽瞳光闪烁，道：“我不知道，她没有和我说。”

苏叶的脸越发煞白，半晌方道：“太后一定是因先帝的事记恨我。”

明幽道：“她叫了几个宫人来请你，就在府外候着。”

苏叶摇首道：“我不能去，太后会杀了我，我不去。”

明幽道：“她……她说就是问你几句话，不会为难你。”

苏叶道：“她若要问，叫人来问就是，我什么也不瞒她，可我不能进宫去。”

明幽道：“骁禁卫就在外面，你不出去，他们也要进来的。”

苏叶慌忙拉明幽的手，道：“幽儿，你救救我，别让我出唐府，我去了就没命了。”

明幽道：“我也……也没什么法子。她是太后，她的命令谁敢违抗。”

苏叶道：“你和太后说说情，好不好？你的夫君是开元府尹，父亲是文昭侯，你说话太后会听的。你说苏叶做错了事，苏叶对不住她，可是事情过去许久了，求她宽宏大量，放过苏叶。”

明幽用游丝般的声音道：“我说过了，可是她不听。”

苏叶乞求道：“那你请二郎去和她说，她看在二郎的面上……”

明幽蓦然站了起来，走出几步，回头道：“二郎都是自身难保，哪里还说得上话。”

苏叶怔了怔，哑口无言。明幽又走过来，半蹲半跪在苏叶的床前，道：“苏叶，我，我……”却又把话咽了下去。

苏叶道：“我非去不可，是不是？”

明幽道：“你放心，不会伤你的性命。”

苏叶仿佛叹息一声，道：“好。”忍痛起了身。明幽亲自为苏叶换了衣裳，拢上头发，扶着她出了惜环院，一路上的奴婢看见了，都问：“两位娘子要去哪里？”明幽道：“一会儿就回来。”

到了府外，雁羽马车早已候着，婢女将苏叶扶上去躺着，闭了马车门。骁禁卫都上了马，王怀岁向明幽拱手道：“夫人请回，我等去了。”

明幽看着一行人走出十余步，忽然叫道：“等一下！”

王怀岁停马问：“夫人还有事？”

明幽道：“我要送送她。”向婢女道，“牵马来。”

王怀岁劝道：“夫人还是回府歇着好。”

明幽不听，骑上马，走在马车之右，道：“苏叶，我陪你走一段。”

苏叶在车中应道：“好。”

一行人终于启行，走出佩鱼巷，直直往城西去。走了近两个时辰，到了西城门下，门虽关了，骁禁卫一拿出圣旨和关牒，守将便放他们出了城。

王怀岁又劝道：“唐夫人就在此止步吧，城外夜间有野兽出没，只怕惊吓到夫人。”

明幽道：“我再送一段路。”

苏叶却在车中听到“城外”二字，她打开车窗，入眼竟是一望无际的旷野，忙问：“这是哪里？”

明幽见苏叶觉察了，不敢答话，一打马冲去了队伍最前头，苏叶大声追问：“幽儿，你要带我去哪儿？”她爬去拉车门，车门却从外面绑上了，她惊慌失措道，“不是说进宫吗？你为何要骗我？”

明幽无言以对，细细的鞭儿将马越打越快，众卫只好加速跟上，马车一颠簸，苏叶在车中痛得锥心刺骨，她拼命拍打车门，叫道：“幽儿！我要回家！你带我回家！”

第二十八章

元凶

1

明幽一行刚出西城门，开元城的夜寂就被打破了。两千武侯在全城一百零八条街、一千七百八十巷中展开了搜查。武侯们手持搜查令，挨家挨户敲门进去，一边对户口，一边询问："近日可曾见生人出没？家中可曾住过外人？"也有说见着生人的，也有说没见着生人的，却都道："哪里敢藏外人在家中？"武侯们临走时少不得提醒："若藏匿罪犯，与犯人同罪；若见生人不报，徒刑一年！"

闹了半夜，全城的百姓都醒了，因事关重大，也都顺从了官府的搜查。到下半夜，便有武侯公开道："城中藏有敌国细匪，若见可疑人迹，速速去武侯铺报告！细匪凶悍，切勿自行捉拿！"

满城哗然。一行行全副武装的骁翊卫从大街小巷驰过，百姓们打着灯笼守在屋前，一见卫兵停马便问："哪国的细匪，西项还是东洛？"有卫兵道："还在查。各自回家看好门户，莫叫匪徒乘虚而入。"百姓又问："放火的就是他们？"卫兵道："八九不离十了。"

百姓们哪里肯回去，左邻右舍都聚在一起探讨，更有血气方刚的青年人与官兵一起搜寻起来，犄角旮旯都不放过。不多时，只见一人被骁翊卫抓住，蒙了脸押过大街，围观的百姓都传道："抓到细匪了！"反惹得那人叫道："我是本地的贼，不是敌国的匪！"有百姓竖耳听他的口音，证实道："是本地人。"

纷纷扰扰，一夜未宁，直到城中一百零八面报晓鼓渐次响起，许多人熬不住困倦，已准备回家休息了，忽然大街尽头传来急促的马蹄声，百姓们探头望去，只见几十匹骏马风卷而来，后跟着十辆囚车，每一辆车中都有一名封了口、绑了手的匪徒。

有人问：“细匪抓到了？”一个武侯高声应道：“抓到了！”又有人问：“哪国的细匪？”不等武侯回答，有人道：“这白面削身的模样，难不成是东洛的？”顿时众人都道：“果然像东洛人。”武侯们再不答话，领着囚车往开元府去，而街上百姓将“抓来的是东洛细匪”的消息口口相传，两个时辰后，整个开元城都听说了。

2

载着苏叶的马车走得并不快，一夜之后，才走出未离原，到了宁州境内。天明时，明幽听不见苏叶叫了，便下马悄悄跑到车边，踮起脚从车窗缝往里瞧，隐约看见苏叶倒在榻上，不动不响，她慌忙叫：“停车！”

骁禁卫吆停了马，明幽爬上马车，解开车门绳索，弯身进去看苏叶，苏叶的面色惨白，双目涣散，魂魄已似飞了一般，明幽颤声道：“苏叶，你、你没事吧？”

苏叶方回过神，用虚淡的眼睛看她，道：“幽儿。”

明幽道：“我……”

苏叶问：“我做错了什么事，你要赶我走？”

明幽不敢说，只道：“我、我对不起你。”

苏叶道：“你怎么了？还是我怎么了？别瞒我，告诉我。”

明幽把头摇得发髻也乱了，钗也掉了，却一个字也不肯说。

苏叶道：“你说出来，我若错了，我会改，只是别赶我走，我没有地方可以去。”

明幽还摇头，苏叶便哀求道：“无论如何，你该让我明白！”

明幽道：“你……你……二郎……”吐了几个字，她又不知该如何说下去——自己到底是害怕苏叶给二郎带来灾祸，还是忌惮苏叶和二郎的传闻？

苏叶听见“二郎”两字，却不再追问，悄悄松开了牵着明幽衣袖的手。

明幽道：“我对不起你，你怪我我也无怨。”

苏叶道：“我不怪你，是我的错。”

两个人相对无言，明幽啜泣，苏叶沉默，过了许久，苏叶方道：“我再求你一件事。”

明幽忙道：“你说。”

苏叶道：“你要我走，就让我回东沅去。我回家，和爹娘在一起，他们一直在等我回去的，我不能再去别的地方。”

明幽道：“太后不许你回东沅，她要你去东洛，或是西项。东洛和大焉就要开战了，我不放心你去，只有去西项，你也许不会有事。”

苏叶道："也许不会有事？我孤身一人被丢去异国他乡，你说我还有活命吗？"

明幽道："可是太后之命，我怎敢违抗？火灾之后，二郎朝不保夕，只有太后能保他。"

清泪淌过苏叶的脸颊，她闭了眼。不知过了多久，听见王怀岁在车外道："唐夫人，该走了，不然入夜也到不了宗山城。"

明幽只顾看苏叶，苏叶黯然道："好，好。我去西项。"

车轱辘吱呀吱呀艰涩地响，马车又慢慢向前去了。

3

当全城报晓鼓都息止，唐瑜站在开元府门口，看着十辆囚车歪歪扭扭开过来停下，武侯们将十个纵火嫌犯抓下车，移交给了开元府缉捕司，缉捕司将嫌犯关进审讯室，唐瑜随后进去，不到一个时辰出来了，袖手坐在椅上闭目养神，也无人敢上前询问，忽然唐晋进门道："二郎，娘子的婢女来了。"唐瑜睁眼问："什么事？"锦儿匆匆忙忙进来，开口便问："二郎，娘子在不在这里？"

唐瑜道："不在。她不在家吗？"

锦儿一听不在，当下哭道："明娘子昨晚带苏娘子出门，一夜都没回家。"

唐瑜蓦地站起，道："她说没说去了哪里？"

锦儿道："我们问了，娘子不肯说，又不许我们跟着。"

唐瑜道："就她们两个？"

锦儿道："是宫中来人，把两位娘子接走的。"

唐瑜一边往外走，一边叫唐晋牵马，锦儿跟在身后道："前儿晚上崔太后唤娘子进宫说话，娘子回来后就神思恍惚，睡也睡不好，吃也吃不下，问又什么也不说。昨儿晚上又有宫人来家，明娘子就把苏娘子扶上马车，一起去了。"

唐瑜翻身上马，先往龙朔宫去，把守正仪门的禁卫将唐瑜拦住，道："唐府尹未受宣召，不能入宫。"

唐瑜道："太后昨夜宣家妻进宫，一夜不曾遣回，唐瑜来请太后明示究竟。"

禁卫却记得，道："太后是前夜请唐夫人来说话，昨夜并未宣召。"

唐瑜道："昨夜有宫人亲去唐府接了家妻来，如何说未宣召？"

领头的禁卫拿出出入簿来，翻给唐瑜看，道："实是正月十六戌时二刻入宫，丑时三刻出宫，未曾留宿夫人。昨夜没有夫人进宫的记录。"

原来进出龙朔宫的一切人员身份、姓名、进出时刻都被簿子记录了，唐瑜看了看，果然没有明幽出入的痕迹，只好打马离了正仪门，转往明府去。

明家奴正在打扫前门，看见唐瑜来，都迎上去作揖道："姑爷来了。"

唐瑜问："娘子有没有来家？"

家奴们互相一看，都道："不曾回来。"

唐瑜不放心，下马进了明府，明熙虽不在，文昭侯和夫人却在家，唐瑜跪行子礼，明夫人先问："幽儿怎么没和你一起回来？"唐瑜心知不妙，如实将前后都说了，文昭侯和夫人慌忙叫了三四百个家奴去满城寻。唐瑜自辞了岳父岳母，又去孙府找蝉衣，蝉衣也说没见，唐瑜再去和明幽有来往的几位娘子家问，都说不知去处，唐瑜心急如焚，纵马在开元城寻了几条街，忽然想起明幽是和苏叶一起，兴许两人是到军营见唐翊去了，于是又出城往校军场来。

到校军场时，士兵们正在早练，唐翊和十九个士兵站成一排习射，若是长箭脱靶便要受罚，他正专心致志瞄准，忽然一个士兵高声道："唐翊，你哥哥来找你！"唐翊惊讶回头，手指一松，箭往别人的靶上去了，士兵们都喝倒彩，道："唐翊，要举五十次石锁！"唐翊道："一会儿回来举！"说完一路小跑去营门口见唐瑜，唐瑜问："明幽和苏娘子有没有来找你？"唐翊奇道："怎么会来找我？亲朋无故来探视，我又要受罚！"唐瑜最后一丝希望落空，终于显出心惊之色，唐翊忙问："怎么了？"

唐瑜道："前夜太后找明幽进宫说话，明幽出宫后就去开元府找我，那时人多事杂，我虽看出她遇到了事，却执意要她回家，待我忙完再说。昨夜又有宫人去家中找她，她带了苏娘子一起去了，又没叫家奴，又不说去向，一夜未归，我去龙朔宫寻人，龙朔宫却说昨夜她们不曾进宫。"

唐翊浑身汗毛直竖，问："在城中找了没有？"

唐瑜道："唐明两家家奴都在寻找，还不知下落。"

唐翊道："我和你去找！"说完让唐瑜先等着，自己转回校军场找孙牧野请假，孙牧野听他说完原委，便点头放人，兄弟俩策马在未离原上四处问寻踪迹，近中午时，两个寻到未离原之西，终于一个住在官道边的私驿店主道："早上看见一个华衣小娘子，同几个兵家装扮的人，拥着一辆马车往那边去了。"唐瑜和唐翊加紧扬鞭，往西驰去。

4

月上旷原的时候，明幽一行终于到了宗山城下。过了时辰，城门早严闭了，王怀岁在城下叫道："龙朔宫内侍王怀岁请城门守将说话！"

城头值守的士兵听说是龙朔宫人，便去请了守将出来，守将问："什么事？"

王怀岁道：“奉太后旨意，送人离境，沿途见旨放行。”

守将下了城头，把城门打开一条缝，带一队士兵出来道：“有凭证没有？”

四个骁禁卫一齐拿出关牒，守将接过验看了，又问：“马车里是什么人？”

王怀岁道：“要送离境的人。”

守将道：“也要有凭证。”

王怀岁拿出圣旨给他，守将看明白了，打开车门一瞧，道：“圣旨说送一个人出去，里面怎么有两个？”

王怀岁道：“躺着的是要出去的，另一位是来送行。”他走到马车边，伸手道，“唐夫人请下车。”

明幽看苏叶，苏叶却漠然看着车顶，明幽心中愧疚，说不出诀别的话，扶着王怀岁的手臂下了车。

守将指着骁禁卫道：“你们和这辆车可以过去。”又问王怀岁，“你有没有关牒？”

王怀岁道：“我是送行，至此而止。”

守将点点头，向城头招招手，那城门便开了，明幽和王怀岁眼看四个骁禁卫分在前后左右护着马车，往深邃的门洞里去，很快没入阴暗中，守将和士兵也都进去了，关门声响起，两扇厚重的城门从两边往中间合，马车碾地的声音被挤得越来越远，眼看只剩一条拳头大的缝，明幽忽然道：“等一下！”

她跳下马，冲过去用双手挡城门，却被两扇门一夹，手指痛似断了一般，她尖叫一声，犹道：“开门！”

守将在内听见了，忙命开门，明幽闪了进来，一边跑一边道：“不去了！苏叶不去了！”她追上马车，爬上去打开门，道：“苏叶，你哪里也不去了，我们回家。”苏叶却早在身心两重痛楚中昏了过去。

明幽又下了马车，去拉转马头，王怀岁打马上来，道：“唐夫人这是做什么！”

明幽道：“我不许苏叶去了。”

王怀岁道：“唐夫人，事已至此，可不许变卦。”

明幽道：“我说不许就不许！”

王怀岁道：“送她出境是太后亲下的命令，谁敢违抗！”

明幽道：“那你回去让太后治我的罪！”说话间，已将马车掉了个头，一个骁禁卫下了马，过来夺马车缰绳，道：“唐夫人，你若带走苏叶，我们怎么向太后交代？”

明幽反问：“你们生生把苏叶往黄泉路上送，怎么向良心交代？”

王怀岁沉下脸道：“唐夫人这倒是把我们往黄泉路上送！”

骁禁卫闻言，都来拦阻明幽，两个人来拖她的手臂，明幽挣扎，挣不脱便怒道：“我是文昭侯之女，唐瑜之妻，你们敢碰我！”说得骁禁卫松了手。

王怀岁也下了马，不顾礼数，抢上前将明幽抱住，向骁禁卫道：“你们自去，不要管她。”骁禁卫听了，便撇下明幽，将马车门关好要上路，明幽叫得声嘶力竭，道：“不许走！不许走！走了我饶不了你们！”

明幽越反抗，王怀岁越抱得紧，冷笑道：“是唐夫人自己把苏叶送到这里来的，你饶不了谁？”

明幽一听，顿时哭得不能自已，道：“苏叶！我对不起你！”

四个骁禁卫各自上了马，还没扬鞭，忽听一个声音道：“且慢！”众人又回头看去。

目瞪口呆的城门守将此时才回过神，他走上前来，用手中的刀鞘敲了敲王怀岁的手臂，道：“你虽不算男人，到底也不是女人，对这位夫人扯扯抱抱的，好不好意思？”

王怀岁一愣，讪讪收回了手。

守将问明幽：“你刚刚说你是谁的妻子？”

明幽道：“唐瑜。”

守将道：“开元府尹唐瑜？”

明幽道：“是。”

守将道：“他是我们将军的侄子。”

明幽方才反应过来，这已是唐瑜叔父唐之盈的地界，她知道得救了，一下了软坐在地上，泣道：“你们救救苏叶！”

守将便向王怀岁和骁禁卫道：“你们回去，马车留下。”

王怀岁骂道：“胆大包天的贼军汉！这是太后的旨意，你抗旨试试！”

守将反骂道：“老子去年还随唐将军兵谏太后！我怕她不成！”

王怀岁被堵得一句话也说不出来。他知道自卫鸯去世后，各州兵马都划地自重，名义上归天子，实则拥护自家节度使，已经渐渐不好节制，自己在唐之盈的地面，实在没有一分力量。那四个骁禁卫却不懂，他们听见守将出言不逊，立时抽出刀来，那守将冷笑道：“宫中的黄毛孩儿，也吓得住我们？”手下士兵也抽出刀来对峙，眼见火拼一触即发，忽听城门外又响起蹄声，很快，两个身影出现在门洞前。

王怀岁认得两兄弟，先行礼道：“唐二公子，唐三公子。”两边都收了刀。

唐珝冲过来打开马车门，叫道：“苏叶！”他好心去抱苏叶，却牵扯了苏叶背上的伤，苏叶痛醒过来，汗和泪一起掉，泛白的唇直颤抖，却说不出一个字。

唐瑜下马去了明幽身边，却把目光锁在王怀岁脸上，问：“怎么回事？”

王怀岁道：“我们是帮唐夫人的忙，唐府尹该问夫人。”

唐瑜便问明幽：“怎么了？”

明幽的神智濒临崩溃，她离了唐瑜，还想远远逃离众人，又不小心绊足摔倒，跪坐在地上，终于哭道："是太后，她说这一切都是因为苏叶！她说……说苏叶是东沅灾女，在哪里哪里就有祸事：火灾是苏叶惹的，战败也是苏叶惹的，我们家多灾多难都是苏叶惹的，她还说，还说……你和三郎要为苏叶反目成仇……"

马车中的苏叶听见明幽的话，冤急攻心，哇的一声口吐鲜血，洒在唐翊的衣裳上。

明幽委屈抽噎道："龙朔宫前许多百姓请愿罢你的官，弹劾你的奏疏一封一封往太后面前送，我怕……怕你和唐公一样……怕唐家又重复当年旧事，我有什么错？"

众人无言，只听明幽哭得喘不过气。许久，唐翊钻出马车，向唐瑜道："苏叶要休息，我带她去叔父那里，请叔母照顾她一阵子。"

唐瑜道："好。"于是唐翊赶着马车往宗山城中去了。

王怀岁拱手道："唐夫人要送苏娘子出境，因没有关牒，太后为助夫人，才遣我等护送周全，事到如今，我等也只好回宫，一一禀明太后。"

唐瑜不应，王怀岁和骁禁卫也上马而去。

城头守将道："将军和夫人大概还不知道二公子、三公子来了，要不要我去禀报？"

唐瑜道："不必了，我们现在就回去。"城头守将应声，也走开了。

唐瑜静静站在原地看明幽，并不上前宽慰安抚，等明幽自己哭够了，抬着红肿的双眼看他时，方道："我们走。"自上了马，明幽畏畏缩缩也上了马，随唐瑜驰出了宗山城，可唐瑜并不等她，反而纵马越奔越快，她要拼命挥鞭才跟得上。两骑在长长的官道上一前一后疾驰，始终隔着四五丈的距离，漫漫一夜以后，进了开元城的西城门。到了城中，唐瑜打马越急，明幽终于追不上了，她索性驻了马，看唐瑜等不等她，唐瑜却似乎全然不觉，也不回头看她一眼，自往龙朔宫方向去，明幽戚戚然出了半天神，才信马由缰地走，到了佩鱼巷口，那马要转进巷去，明幽却一拉缰绳，对马儿说道："我们回明府去。"

5

正月十九上午正卯，崔太后给唐瑜的三日时限到了，当太初殿门开启，百官左右棋列时，难得下一次沧山的薛让也出现在朝堂之上，他站在文官班第二行向后看，却没看见唐瑜的身影。御座上，卫熹问道："唐瑜何在？"

丁怀安回禀道："唐瑜未入宫。"

卫熹道："速宣！"一层一层得令去了，顷刻回来禀道："唐瑜不在开元府，也不在家。"

两位文官轻声耳语道：“莫不是无力破案，畏罪潜逃了？”

崔太后道：“命骁禁卫全城寻人。”丁怀安领命去了。

崔太后今日画了上挑眉，威仪俨然，又问：“骁翊卫将军许文普何在？”

武官班中，许文普出列道：“臣在。”

崔太后道：“我听闻昨夜皇城纷乱不宁，有骁翊卫出入民舍，是何故？”

许文普道：“开元府得到线索，纵火嫌犯还藏匿城中，因武侯人手不足，所以骁翊卫施以援手，协同搜捕嫌犯。”

崔太后问：“抓到没有？”

许文普道：“骁翊卫无所获，风闻开元府的武侯寻到了。”

崔太后微一沉吟，道：“开元府尹不在，先传少尹来答话。”丁怀安应了要去，殿门外忽道：“开元府尹唐瑜至！”

崔太后立刻道：“叫进来！”

满面风尘的唐瑜疾步进殿，在玉陛下行臣礼，崔太后问：“早朝严穆，不是儿戏，唐瑜何故迟到？”

唐瑜道：“太后容唐瑜先结上元火灾案。”

崔太后道：“说来。”

唐瑜道：“经查，火灾元凶有十，皆为东洛人，潜藏开元城二十日有余，趁上元佳节市井紊乱，一人在天问楼下纵火，九人毁天问楼北边楼柱，致使高楼向北倒塌，火势蔓延至玄武大道。”

霎时，满殿皆是文武百官耸然吸气声。

崔太后问：“十人都招了？”

唐瑜道：“都招了。有供词手印为证。”遂奉出十卷供词，丁怀安接了，呈给崔太后，崔太后看了许久，又递给卫熹，卫熹一看，奇道：“这上面有六表兄的证词？”

唐瑜回道：“是。当时崔如祯正在天问楼，火起之后，他试图追拿元凶，对方人多势众，他力单不敌，却听见了十人彼此呼应的口音，确是东洛人无疑，开元府依此线索，才得以破案。”

崔太后沉思许久，道：“好，十人既已落网招供，着开元府立刻移送至御宪台，着薛让亲自断案审判。”

薛让正要应声，唐瑜忽道：“回禀太后，嫌犯出不了开元府了。”

崔太后追问：“为何？”

唐瑜道：“嫌犯早有必死决心，事先含了裹毒汁的蜡丸在口中，被捕之后，齐齐咬碎蜡丸，吞下毒汁，自尽而死，无一人救活。”

举朝纷然，大臣们再顾不上朝堂礼仪，与左右前后交头接耳起来，或是不信，或是讶异，满殿蜂鸣般的嗡嗡声。薛让双目悄睨唐瑜，见他不动声色，便暗自冷笑了一声。

薛让不信唐瑜的话。若十个“东洛嫌犯”决心赴死，应该在被捕的一刻就自行了断，何须等入了开元府，为唐瑜写下供词？那案卷上的红手印，除了替唐瑜解脱，全无别的益处，薛让不信“东洛嫌犯”临死之前还有救助唐瑜的良心。纵火者一定另有其人，唐瑜要么找不到，要么湮灭了，却抓了十个替罪羊。可这替罪羊从何而来？薛让的心开始转动了，转得如戗风中的风车一般。

崔太后沉吟良久，道：“着凤阁布告天下，上元火灾案告破。着开元府将十人弃尸西市口，以告慰亡灵，安抚百姓。”

端木拙和唐瑜应了，薛让的思索却未停。他在上朝的路上，已听见大街小巷的百姓在传说嫌犯是东洛人，那亲眼见到囚车过街的人站在街边指手画脚，言之凿凿道：“一看就是江东人的相貌，细眉细眼，脸白得像鱼肚，不是中原人。”

薛让料想唐瑜不敢拿开元城的平民来顶罪。但凡大案，弃尸西市口是惯例，他拿平民冒充，若被围观的百姓认出一两个来，弥天大谎就会被拆穿，唐瑜不会冒此风险。这十人一定是东洛人。可是焉洛断交三年，境内的东洛人早已遣送出境，边界又有重兵把守，唐瑜在短短三日之内，如何无声无息找来十个东洛人？薛让想不明白。

上元火灾案尘埃落定，又听崔太后问：“众卿还有事否？”

兵部尚书魏无伤出列道：“臣有一事，要告知太后。”

崔太后道：“魏尚书请说。”

魏无伤道：“昨夜满城传闻纵火犯是东洛人，民愤激怒。有三百名青壮子弟今早来到兵部，请求从军入伍，将来征战东洛，为葬身火海的亲友雪恨。”

崔太后遂问武官班中的孙牧野：“孙将军，你收不收这三百名开元城子弟？”

薛让的耳中忽然一阵轰鸣，他的眼帘蓦地张开，心中终于亮如明镜：十名“东洛嫌犯”的来处清楚了。薛让看孙牧野，而孙牧野在低头看自己的衣袖，仿佛对一切漠不关心，听见崔太后问，遂简短道：“收。”

崔太后含笑点头，再问众臣：“谁还有奏？”

唐瑜出列道：“唐瑜还有奏。”

崔太后道：“讲。”

唐瑜道：“太后方才问唐瑜何故迟到，唐瑜现在回复太后：前夜唐瑜的家人明幽、苏叶失踪，唐瑜是寻人去了。”

崔太后高眉一挑，笑问：“寻到没有？”

唐瑜道：“寻到了。明幽安然无恙，苏叶也安然无恙，已在家休息了。”

崔太后道："这就好。"

唐瑜抬头看珠帘后的那双眼，道："唐瑜还有一句话禀告太后：太后将来还有旨意，请直白吩咐唐瑜，家妻不是国家命官，不受朝廷差遣，何况懵懂无知，不能领会太后的心思，担心办错太后的差事。"

崔太后掀开半边珠帘，接住了唐瑜的眼神，道："好说。"

6

朝会散后，薛让没有着急回沧山，而是去了西市口。十字路口的老柳树边，是开元城公开处决罪犯的地方，此刻树下横着十具东洛人的尸体，供民众观览评点。薛让不看尸体，却看那些围观的活人。他冷眼把男女老少一一看过去，品他们悲痛的脸，听他们愤怒地骂——民与官的矛盾，就此摇身一变，成了国与国的仇恨。忽然有人高叫："唐府尹来了！"

薛让和民众一齐回头看，唐瑜纵马缓缓过来了，众人让开一条路，他到了老柳树下，把死去的东洛人都掠了一眼，目光只有薛让一人读得懂。百姓虽不清醒，却真朴，不知谁叫了一声："唐府尹，我们错怪了你！"一人带头，众人紧随，都作揖道："贤官当政，开元之幸！"

唐瑜下了马，向开元城的父老还礼作揖，礼来礼去，便看见了薛让。两人隔着几重平民相对一笑，薛让的笑如重逢知己，唐瑜的笑却如偶遇路人，下一瞬，各自转身上马去了。

7

上元火灾一案刚刚了结，龙朔宫中突然传出消息：崔太后病倒了。尚药局的奉御和司医们会诊了七日，也查不出病因，只好开些稳妥的滋补养生药，请太后少劳心神，静养顺调。谁知太后的病越养越重，不出十日，竟是日昏夜迷，汤药难进，卫熹在榻前旦夕侍奉，再也无心顾及朝政。

这日，龙朔宫颁下圣旨：凡居开元城的从三品及以上命妇，皆须入住云阶寺，晨昏为太后祈福。于是王公、宰相、尚书、将军的夫人们，都乘着金辇玉车，呼奴唤婢，上了梵音山。众夫人面上是为崔太后吃斋念佛，暗地却或是攀比，或是结交，扰得佛门净地犹如蜩沸。也有两三位不惹事的夫人，权当是来山中养心清肺，那崔太后的生死，谁会当真往心里去。

又过了十日，一条流言从开元城传向八州，说是礼部在暗中寻找上等的金丝楠木。世人都说，只怕崔太后不行了。

二月初一，龙朔宫再颁圣旨：八州节度使夫人须入开元城，进云阶寺；节度使长子须入宫庙，与皇帝同斋同祈。

雍州节度使百里旗接到圣旨，问幕僚："去也不去？"

幕僚回："夫人可去，公子不可去。"

百里旗道："要么都去，要么都不去，一个去一个不去，人情只做一半，不如不做。"

幕僚道："若是不去，恐龙朔宫生疑；若是去了……"

百里旗将圣旨抛在桌上，道："我无异心，天地可鉴。叫夫人孩子收拾行装启程。"

过了五日，下属来报："百里将军，芦州节度使来信，问将军的夫人公子去也不去？"

百里旗道："回信说早已去了。"芦州节度使接到回信，想了半宿，也叫夫人公子去了。

宁州节度使唐之盈接到圣旨，先道："我儿子早被他们整死在开元城了，现在叫我上哪里找儿子送去！"气了半晌，又冷笑道，"唐瑜在开元城，唐琊在军中，我夫人还用去开元城？"将圣旨置之不理。

湘州节度使简光耀看了两遍圣旨，对夫人道："先静观其变。别人去，我们也去；别人不去，我们也不去。"过了十日，打听消息的人回来，道："宁州节度使、夜州节度使、章州节度使没去，余者都启程了。"

夫人道："已去了四家，咱们去不去？"

简光耀道："先等等。"

过了五日，下属飞马来报："后将军孙牧野率涅火军五万，在未离原和章州边界军演。"再过三日，又来一报："章州节度使夫人和公子往开元城去了。"

翌日，简光耀夫人登车，再过五日，夜州节度使夫人也动身。一月之内，七州节度使的夫人和公子均抵达开元城，夫人都上了云阶寺，公子都进了龙朔宫。

此时云阶寺却空了，除了比丘尼，再无闲杂人。夫人们稍事休息，各自相见了，便一齐前往大雄宝殿诵经，一炷香未完，忽听殿外报："太后至！"夫人们齐齐迎出殿外，先俯首叩头，听崔太后道了"诸位夫人免礼"才敢起身抬头，只见崔太后身骑骏马，神采英华，哪里有半分生病的迹象？

崔太后下了马往殿中走，众夫人敛容叉手跟进去，坐定后，崔太后笑道："诸位夫人见了我，一定心中诧异，我究竟是病愈，还是佯病？如实对诸位说，我是有病，却是心病，所以劳请诸位千里而来，为我宽怀。"

众夫人面面相觑，丰州节度使夫人先问："太后有何心病？妾等一定为太后释解。"

崔太后道："诸位夫人的夫君都是封疆大吏，抚镇一方，武功赫赫，不但能守土御敌，远扬国威，连我在深宫之中，耳边也听得见各家练兵的弓刀响。"

众夫人忙叩首道："妾等夫君以身许国，俯首供圣上和太后驱驰，万死不敢有二心！"

崔太后道："话虽如此，毕竟先帝去后，宫中只余我孤儿寡母，难免有杞天之虑。王师即将东征，届时开元如空城一座，若哪位将军的兵马不小心踏入未离原，岂不惊扰圣上？所以不得已，请了诸位夫人和公子来皇城，陪我母子消遣一段时日。城中已备下府邸，一切供应与诸位在家同等，若是将军们思念妻子，随时可来皇城探亲，只是夫人和公子却不能轻易出城去。"

末了，崔太后微微欠身道："我这点伎俩，未必瞒过了诸位将军和夫人，可是将军们依旧愿放夫人和公子来，足证忠诚坦荡。他日收复润州，也有诸位将军和夫人的功劳，王师大胜凯旋之时，我亲自送诸位夫人和公子上归家之车。"

8

三月初一，兵部下文，命芦州节度使领兵八万南下，屯于芦州、宁州交界；夜州节度使领兵七万北上，屯于夜州、宁州交界。三州兵马纵连一线，千座烽火台遥相呼应，朝烟起而夕援至，共筑起一条抵御西项的防线。西边解除了后顾之忧，东征大事便迫在眉睫。

第二十九章

出征

1

明幽回了明府，把自己锁在未出阁时住的绣闺里，自己不出去，也不许别人进来，成日茶饭不思，以泪洗面，任婢女们怎么劝，就是不开门。明如海夫妇坐不住，一齐来到绣帘外，明如海先训斥："你反思你的过错没有？自小我请先生教你读书是为了什么？为的是开慧启蒙，不做凡俗蒙昧人，可你呢？听了些捕风捉影的话，不加甄别，自乱方寸，此一错；你自己拿不定主意时，就该告诉家人，我们帮你辨别是非，你却隐瞒不报，擅自决策，此二错；既犯下错误，就该直面担当，你却还学童子任性，闭门绝食，故意让家人担忧，此三错！你若听得进我的话，立刻出来，该洗漱洗漱，该进食进食，末了回唐家去。"

明夫人却道："唐瑜又没来接，她怎么回去？"

明如海道："她自己做错事跑回来，要谁接？"

明夫人道："就是我女儿把天捅了个窟窿，他唐瑜不来接，我们绝不去！"

明如海道："母女都不可理喻！"说完甩袖而去，明夫人在帘外又安慰了半天，明幽始终不应，只好也忧心忡忡地去了。

又过了一日，嫂嫂甄婉也来帘外劝道："我明白，你是听信了唐二郎和那女子的传闻，才会心慌意乱，对不对？天下做妻子的，没有谁是宽宏不妒的，换谁能装作不在乎？你只是一时糊涂，唐瑜哪里舍得真心怪你？何况那女子终究没出什么事，你愧疚什么？退一万步说，你在唐家是宗子正妻，她是支子侧妾，地位天差地别，莫说你要赶她出门，就是要平白无故治死她，也是理所当然，谁敢治你的罪？"

一席话倒说得明幽心疼起来，在内怒斥道：“你别这样说人家！”

不久明熙也来了，问：“你要不要吃饭？你不吃饭，母亲怪的却是我。”

明幽压根不理他。

明熙道：“我也弄不懂你们女人，七八门子的醋乱吃，吃醋吃到小叔子的妾身上，你日后一味怎么想？外面人胡说，你就胡信，成日家疑神疑鬼，累不累？拈酸吃醋，那是村妇的做派，你是大家闺秀，怎么也小肚鸡肠？别说唐瑜没有外心，就是有了，你也要学会容纳，这才显出做主母的大度……”

话未说完，甄婉高声道：“你这什么意思？你是说给她听，还是说给我听？”

明熙道：“我说错了吗？你们两个都该听听！”

甄婉道：“你带一个回来试试，看我怎么容纳！”

明幽在屋内叫道：“你们要吵回房去吵！我不爱听！”于是明熙夫妇气冲冲拌着嘴下了阁楼。

此日过后，明幽容锦儿在每天中夜进屋，照顾她饮食沐浴，白天却还是闭门思过，谁也不见，如此昏昏沉沉不知过了几日，这日清晨，锦儿在门外叫道：“小娘子，二郎来了。”

明幽倏地从床上坐起，心跳得一突一突，锦儿拍门道：“小娘子快开门。”

明幽不知怎的又委屈起来，复躺下道：“我不见他。”

锦儿道：“别闹了，快起来。”

明幽道：“我偏不起！”

锦儿道：“小娘子是真心呢，还是假话？”

明幽道：“真心不见。”

锦儿道：“好，可是你说的。”转向楼下道，“二郎，娘子说不见你。”

明幽竖起耳朵听，却什么也听不见，过不到一刻，她跳下床，隔门叫：“锦儿。”

却听门外响起唐瑜的声音：“明幽。”

明幽生平头一次听见夫君叫自己的全名，知道那场气还没消散，她咬着唇不答，唐瑜又在外道：“明幽，随我回家。”

明幽重又回到床上，拉被子蒙住了头，泣声道：“这里就是我的家！我哪里还有别的家！”

2

明幽关自己的禁闭足足关了两月，唐瑜每隔十日来一次，明幽次次都不见。明幽的心思不能明说：她越是理亏，越要丈夫温言软语哄自己，好让自己心中有个底；唐瑜的心思却在另一层：他对明幽是宠而不纵，这回错在明幽，又是大错，所以偏偏不肯甜言蜜语地哄。夫妇俩隔着一道帘子长久僵住了。

转眼到了三月末，这日定昏之时，明幽还百无聊赖半躺床上，闷闷无事可做，忽听窗户“咔嗒”轻轻一响，阁外的黄鹂清鸣乘隙而入，她知道窗户被打开了，又是锦儿从窗户悄悄递茶饭糕果进来，便消沉道：“我什么也不想吃，你拿走。”谁知无人应，只是窸窸窣窣的衣衫动，明幽没好气道：“我要一个人待着！不要你进来。”只听窗边的桌子脚擦地，想是桌面晃了，又一声“哎哟”轻吟传来，明幽听声音不对，从床帐内探出头，却见伏在桌上不敢动的人儿是苏叶，她慌忙叫道：“苏叶！”

苏叶忍着痛，向明幽笑道：“幽儿，我不敢下来。”

明幽不穿鞋便冲过去，一边将苏叶扶下地，一边问：“你怎么来了？你的伤好没好？”

苏叶道：“本来好了，刚才爬窗又扯了一下。”

明幽道：“你，你不是在叔母家吗？”

苏叶道：“昨儿三郎接我回家了，你却不在家里，是不是我不来接你，你就不肯回去？”

两个在床沿并肩坐了，明幽羞愧难当，只搓着衫角，低头不说话。

苏叶道：“先前我在荔枝巷住了一阵子，是你接我回家的，如今该我接你回家了。”

明幽又眼圈儿发红，道：“你不恨我吗？不怪我吗？”

苏叶道：“假如你装作什么也没发生，我也许还会怪你，可你这样监禁自己两个月了，我哪里还舍得怪你？”

明幽道：“我犯的不是小错，你险些连命都没了，你该记恨我一辈子才是。”

苏叶轻快道：“你瞧我现在不是好好的？叔母煨的汤好喝极了，我又胖了一圈，她教我做了鲜奶蟹肉汤，改日我做给你吃。”

明幽问：“叔父叔母好不好？”

苏叶道：“叔父巡边去了，只有我和叔母在。我看得出，她过得寂寞得很，只是不和小辈说。我本想多陪陪她，可是三郎去接时，叔母又执意要我和他来。我先想，是不是我给她添了麻烦，她不愿意我住她家了？后来又想，她心里一定是想我留下的，只是三郎要出征了，今后见面不容易，所以放我回来，和他相聚几天。过段时日，咱们再去宗山城看望她。”

明幽应了，又道：“三郎要出征了？”

苏叶道：“不过三五天就要走了。”

明幽道：“那几时回来？”

苏叶道："打仗的事，谁说得准？几个月总是要等的。"

明幽到："那咱们家要几个月不能团圆了。"

苏叶道："所以，你要和我回去。"

明幽垂头道："出了这样的事，我们还能像以前一样吗？纵然面上和好了，你心里一定有结的。"

苏叶挽她的手，温柔道："若有结，咱们一起解开，别让它一直在心中绞着。你难道要在娘家住一辈子吗？你多罚自己一天，我们就多担忧你一天，你要是闷出病来，我反要内疚了，这样你愧我、我愧你，何时是个头？"

明幽破涕而笑，道："那，那我和你回家去，我再也不胡闹了，咱们和和气气过日子。"

苏叶应道："好。"

明幽欢欢喜喜起身，放了锁开了门，向楼下的婢女们道："我要吃饭、沐浴，还要梳头打扮，你们快上来！"又跑到衣柜前，和苏叶嬉闹着挑了半天衣裳和首饰，回唐府去了。

3

是夜，唐瑜在书房读闲书，婢女道："二郎，娘子回来了。"

唐瑜一手撑额，一手持卷，只微微抬眼看，果然见明幽挪进房来，站在门边不吭声。

唐瑜自将目光收回书卷。

明幽见唐瑜不理自己，遂讪讪过来坐他边上。正巧婢女端茶来，她接了茶，放在唐瑜案上。

唐瑜装看不见。

明幽又拿剪子剪灯花，将烛光挑得又明又稳，照得书房一片静暖。

唐瑜只顾看书。

明幽急道："你要训就训，要骂就骂，不要闷着生气不理我。"

唐瑜还是沉默。

明幽便夺下他的书，自己钻进他的怀里，道："你不爱幽儿了吗？"

唐瑜不推开，也不回抱，只低头看她，问："你是幽儿？"

明幽道："我当然是幽儿。"

唐瑜道："你不是。"

明幽道："我怎么不是了？"

唐瑜道："幽儿思无邪，行有节，又聪明，又善良。"

明幽道：“我已知道错了，我悔过了两个月，你还来怨我。”

唐瑜心一软，叹了口气，道：“以后别再任性胡为。我一心护你洁净，不让你沾染外间的污浊，谁知道却害得你天真过头，别人稍一怂恿，你就不懂分辨是非利害。那崔太后是在吃苏娘子的陈年旧醋，她知道若自己出手报复，唐家势必反抗，所以把你当匕首使，叫你去伤人，让我们拿你没办法。当时若大错铸成，我们以后如何面对三郎？”

明幽道：“以后再不会了。”

唐瑜见她楚楚可怜，不似往日娇骄二气，终于心软，揽住她温存一阵，道：“好了，你先去睡。”

明幽道：“我还有一件事要问你。”

唐瑜道：“好。”

明幽道：“你是不是早已知道他们都说苏叶是‘东沅灾女’？”

唐瑜问：“怎么？”

明幽道：“你早知道，为何不告诉我？”

唐瑜道：“这本不值一提。”

明幽道：“崔太后说……”

唐瑜道：“她怎么说的？”

明幽道：“她说你明知道苏叶是灾女，却瞒着我，是怕我忌惮她的美貌。”

唐瑜道：“我不说，因为那是闲人栽给她的污名，多传一次，就多伤害她一分，我何必说？”

明幽心结终解，埋头在他胸膛道：“我错怪你了。”

唐瑜便俯首吻她的额，忽然婢女道：“三郎回来了！”

唐瑜忙松开明幽，自己起身去门外迎，唐珝正大步流星往阶上走，见他便问：“嫂嫂在不在？”

唐瑜拦在唐珝身前，低声道：“她已知错了，你不要再闹。”

唐珝面无表情地看了看哥哥，道：“我有话和你们两个说。”径自从他身旁闪过，进了书房，吓得明幽坐在榻上往后缩，唐瑜随后跟进来，坐在明幽身边。唐珝在下首坐了。

唐瑜先问：“今日怎么有空回家来？”

唐珝道：“我请了假。”

唐瑜道：“我听说涅火军要东征了。”

唐珝道：“后天就走。”

唐瑜道："那你在家多住一天。"

唐琊道："我回来是有件大事要做。"

唐瑜揣测他的神色，问："什么大事？"

唐琊道："明日我要和苏叶成亲。"

明幽吃惊道："明日？"

唐琊道："是。我等不到别的时候了。"

唐瑜道："太仓促了，家里什么都没有，等你出征回来再说。"

唐琊道："不需要什么。"

明幽怯怯道："三书六礼未行，聘礼嫁妆未备，这样成亲，多委屈苏叶。"

唐琊道："我不娶她，她会受更多委屈。"

明幽不敢说话了。

唐琊道："我要离家千里，她一个人在家中，无名无分，谁都可以欺负她，只有我把她拜迎入堂，做我唐家正妻，就没人敢欺负她了。"

明幽细声道："我早知道我做错了。"

唐琊顿了一顿，放缓道："过去的事就过去了，我希望以后，嫂嫂可以真正把她当家人。我们家走到今天不容易，许多人想打垮唐家，拆散唐家，哥哥和我都撑得住，怕只怕风波不从眼前来，却从身后起。嫂嫂若出事，哥哥会垮；苏叶若出事，我也会垮。"

明幽道："知道了。"

唐瑜向唐琊道："明日就明日，我此刻就去布置，能备的都备下，来不及备的，你请苏娘子多包涵。"

唐琊道："一顶百子帐、一双同牢盘、两瓢酒足矣。"

唐瑜道："要请哪些宾客，你写下来给我。"

唐琊道："我们四个都在就够了。"

唐瑜道："依你。"

唐琊起身，向二人跪拜行大礼，唐瑜和明幽忙也起身。唐琊合掌在地，伏额于上，道："世人云'长兄如父，长嫂如母'，父母归天后，一直是哥哥嫂嫂照顾唐琊苏叶，唐琊心中都明白。明日之后，唐琊生死在外，顾不上家里，苏叶就托付给哥哥嫂嫂，千万别慢待了她。"

唐瑜将唐琊拉起来，在他背上拍了一拍，道："你随我去家庙，遥告父母你要成家了。"

唐琊道："好。"

兄弟俩一起出了门，明幽却怔怔坐回榻上，千头万绪理不过来，锦儿过来问："娘子现在睡是不睡？”

明幽又一下子站起来道：“嫁衣！”

锦儿倒吓了一跳，道：“什么嫁衣？”

明幽道：“苏叶的嫁衣！样样都可以缺，嫁衣怎么能缺？”她一边向外跑一边道，“咱们快做嫁衣去。”

锦儿随明幽到了唐府堆放绢锦绸缎的阁楼，锦儿掌灯，明幽将箱子、柜子、屉子哗啦啦地打开乱翻，急道：“去年阿娘送我的那卷青霓缎呢？”锦儿道：“那一边都是锦，缎在这边。”明幽又来这边翻了半天，好容易在柜子最上层找着了，她抱着缎子冲下楼，道：“再晚些，天都亮了。”

4

唐瑜领着唐玥去了家庙，在父母灵位前上了香，一个时辰后方回府。唐瑜一进卧房，见明幽未睡，和锦儿、筝儿几个都在大榻上，把一卷青缎子铺开裁剪，唐瑜道：“做嫁衣呢。”

明幽来不及应他，拿自己当年的嫁衣铺在青缎上，对比裙长袖短，道：“就照我这件大小做，我和苏叶身量差不多的。”

锦儿找尺，筝儿拿剪，[illegible]儿穿针，明幽挑线，谁也顾不上唐瑜，他只好自己倒一杯热水饮了一口，坐在一边看，只见锦儿拿尺压着缎，明幽用黛笔沿尺画线，整个人跪伏缎子上好不专心，他问：“你还不去睡？”

明幽道：“明日做来不及的。”

锦儿道：“娘子去睡，我们来做。”

明幽道：“我做。”又抬头问唐瑜，“我亲手为苏叶做嫁衣，三郎心里就不会怪我了罢？”

唐瑜道：“三郎没心计，他口中说过去了，心里也就是过去了。你别放不下。”

明幽叹了一口气，又俯身沿着画线裁布，裁出一个大样儿，再细剪细修，她忙活了一会儿，忽然含笑问：“你猜我的嫁衣是谁做的？”

唐瑜道：“明府针线娘子？”

明幽道：“我阿娘一个人做的。她在一边做，我在一边看，又听她说了一堆道理：去了别人家，说话要怎样，待人要怎样，这也比不得家里，那也比不得家里，倒像我是来唐家做客似的。我说，‘阿娘，做了别家人，就一点错不得，那日子会多累，我不嫁了好不好？’阿娘说，‘那倒好，不如一辈子都在阿娘身边，省得阿娘时时想你念你。'"

唐瑜笑道："那你怎么不听阿娘的话？"

明幽眼珠一转，道："我转念又想，若是不嫁了，要娶我的人怎么办？他也会时时想我念我的，左右权衡，还是出嫁了好，可以一时陪他，一时回去陪阿娘。"听得唐瑜含笑抿了一口。

说话间，嫁衣的大样儿也修好了，明幽和几个婢女或是缝袖，或是缝裙，过了丑初，那几个婢女都是十来岁的小女儿，早困意上涌，明幽遂道："你们去睡，我自己来做。"

锦儿道："娘子一个人忙不过来。"

明幽道："我一边做衣裳，一边还要哄你们几个，才是忙不过来呢，你们都去休息，让我清清静静做还快些。"

筠儿的眼睛睁不开，口中含糊道："我就睡一刻，一刻之后再帮娘子做。"说完伏在案上，昏昏睡去。明幽道："你们两个扶她去睡吧，我若要帮忙，再叫你们。"锦儿和筝儿便扶了筠儿去了外间。

明幽又向唐瑜道："你也去睡。"

唐瑜道："我又不困。"

明幽道："明天还有许多事要忙，你趁早歇歇。"

唐瑜道："看一会儿就去歇，难得看你做女红。"

明幽白了他一眼，手中却不停，一针一线缝了右袖边，再去缝左袖，缝了半个时辰，她抬头闭眼，衰弱道："脖子要酸掉了。"

唐瑜便走过来，给她揉脖子，明幽就势靠在他肩上，道："我，我也实在困得很。"

唐瑜道："叫婢女们来做，你去睡一会儿。"

明幽道："半夜三更的，让她们好好睡吧。"揉了揉眼睛，又开始缝长裙，唤唐瑜道："你去沏壶茶来。"

唐瑜应了，自去外间，拨开炉灰扇开火苗，煮水洒茶，三沸之后，离火倒碗，端进卧房，却见明幽已蜷在榻上睡着了。唐瑜悄悄走过来，将茶放在案上，茶碗触木之声轻如滴水，却惊得明幽翻身坐起，问："几时了？"

唐瑜转头看沙漏，道："寅时二刻了。"

明幽探过身，取茶深饮了一口，拿过长裙来接着缝，唐瑜半倚着，和她说话提神。到卯初，一件嫁衣初初缝合，却是素淡无缀，明幽拿了自己的嫁衣来看，见青衣上绣着宝相花，前后各十二朵，两袖各六朵，又笑又叹道："这可累人了。"将茶饮见了底，从针线篮中挑出同色丝线，穿针走线，一瓣瓣、一枝枝地缝，道："现在才知阿娘当初多辛苦——我倒像在嫁女儿呢。"

唐瑜道："今后我们若有女儿，我请天下最好的绣娘给她做嫁衣，再不劳烦她的母亲。"

明幽道："你想要女儿吗？"

唐瑜道："你呢？"

明幽道："若是时节太平，就要女儿；若是时局动荡，就要儿子。"

唐瑜道："会动荡吗？"

明幽叹气道："将来的事谁知道呢？眼见又要打仗了。"

夫妻两个有一搭没一搭说话，只听屋外渐渐有了人声，明幽惊看窗户，见红日烧窗，道："天亮了。"更加快了手中活计。不一会儿锦儿端了早点进来，道："娘子留着我来吧。"

明幽道："就剩七朵了，我自己绣了才一致。"

直到辰时将尽，明幽终于绣好最后一朵宝相花，打结剪线过后，一下子倒在榻上道："绣得好不好，我都尽力了。"

唐瑜拿一床被子来为明幽盖上，方出门去找李行俭，明幽忽又醒来叫道："锦儿。"

锦儿进门应了，明幽道："去请蝉衣姐姐来，苏叶今天要出嫁，我和她就做苏叶的娘家人。"

锦儿应声去了。中午时，明幽浅浅睡过一觉，正在看婢女们把嫁衣熨平，蝉衣来了，一进门便笑问："新娘子在哪里？"

明幽起身来迎，道："姐姐，我等你来一块儿去见苏叶。你看我给她做的嫁衣美不美？"

蝉衣一看却讶然，道："怎么是青色的？"

明幽道："大焉的女儿出嫁都穿青色，北凉难道不是？"

蝉衣道："我们是穿红色。"

明幽想了一想，道："咦，那倒更喜庆。"她怀抱嫁衣，和蝉衣一起去惜环院，又问，"姐姐，你的婚礼是什么样的？"

蝉衣仿佛没听见。

明幽再问："热不热闹？"又自问自答，"公子醇娶妻，是北凉的大事，当然热闹了。"

蝉衣微笑道："那天的情景，我不愿意再回想。"

明幽奇道："为什么？"

蝉衣不答。

明幽道："你不想说，那我不问了。"走了几步又忍不住道，"一定是公子醇惹你生气了。"

蝉衣道："不是因为他。"

明幽迷糊道：“哦。”心中一万个好奇，却忍住了不提。

两个一起走到阁楼下，明幽欣欣然叫道：“苏叶！”

涟儿却从窗户探出头来，道：“明娘子、蝉衣娘子，苏娘子不在。”

明幽一怔，问：“她去了哪儿？”

涟儿道：“一大早就独自出去了，说少时就回来，至今不见回。”

明幽又问：“三郎呢？”

涟儿道：“三郎在后花园习射，说一日不能落下。”

明幽呆了半晌，道：“今天是大喜日子，苏叶会去哪里？”

蝉衣道：“她说少时就回，我们等一等就是了。”

5

早过了闹樱时节，只余几根枯瘦的枝丫突兀地向天伸张，低诉着惭窘和无望，那口井却重现生机，夏水清凌凌地向上泛，仿佛下一瞬就要溢出来，将苏叶淹没。

苏叶慵懒无力地倚伏在井边，手枕着井沿，头枕着手，似已睡着一般，可一双眼睛分明睁着，许久，身后有尼诵道：“阿弥陀佛。”

苏叶从冥思中惊醒，抬起头来，只见方丈觉静在小径尽头合十而立，她忙起身行礼，道：“觉静法师。”

觉静缓步而来，道：“我听说有个小娘子在井边坐了一上午，便知是你回来了。”

苏叶声音轻弱道：“我想念那树樱花，所以回来看看。”

觉静道：“花期早尽，花迹难寻，你又徒来一趟。”

苏叶道：“它在我眼中开着，我看得见，一片片花瓣都清楚极了。”

觉静道：“幻真不辨是自欺。”

苏叶道：“我……我只欺自己，不欺别人。”

觉静道：“不欺别人？这话也是自欺。”

苏叶垂首不语。

觉静道：“苏叶，你和云阶寺早已缘尽，今后不该再来了。”

苏叶过了许久才点头，和觉静擦肩而过，走出几步，又回身乞求道，“明年春天，樱花开时，我能不能再回来看看？”

觉静道：“此樱再无重开日。”

苏叶道：“法师何出此言？”

正在此刻响起凌乱的人声，几个俗家劳工扛着斧、锤、锄走了过来。觉静道：“这片园子残破多时，早该修葺了。我请了工匠来，把园中旧物一应断舍，另修好景。”

工匠们围住那株樱树，左一斧，右一斧，在树干上砍出斑驳的痕，树冠摇摇欲坠，一个工匠将绳打圈，套中树冠，两个工匠大喝一声，合力一扯，树倒塌了，枝丫折断成截，迸得满园都是。苏叶浑身战栗起来。当工匠们把脚踩上横倒的树干，高举起手中斧头，她终于黯然转身离去。

6

是夜星辰炳粲，霁云朦胧，檐下那名唤思奴儿的鹦鹉叫道：“窈窕淑女，君子好逑！窈窕淑女，君子好逑！”

苏叶在梳妆台前坐着，任蝉衣为她化新妇妆，蝉衣一面勺妆粉在掌心，一面道：“几年不施粉黛，我的手也生疏了。”

苏叶看镜中自己的脸，道：“姐姐随意，化成什么样都不要紧。”

蝉衣打量她的神色，道：“随意？这可不该是新娘子的想法。”

苏叶道：“我早进了唐家的门，比不得真正待字闺中的女儿出嫁，今日不过补一个礼，何必太认真？”

蝉衣微微摇了摇头。

苏叶道：“幽儿说她出嫁时，觉得又新鲜又忐忑，姐姐，你出嫁的时候是怎样心情？”

蝉衣将妆粉调匀了，在苏叶的脸上先点后抹，苏叶问：“姐姐？”

蝉衣笑道：“是在问我吗？”

苏叶道：“是。”

蝉衣转过脸，去梳妆台上翻寻螺黛，口中道：“我的心情，又幸福又悲苦，说了你们也不明白。”

苏叶将眼闭上，等蝉衣来描眉，轻轻道：“我明白。”

忽然明幽欢笑着跑进门道：“新郎官儿来了！”

蝉衣也笑道：“新娘子还在梳妆，让他等着！”

明幽冲到窗边向下道：“三郎等着，莫催妆。”

唐玥在楼下应道：“我不催，你们慢慢化。”

蝉衣果然故意慢条斯理地为苏叶画眉、涂胭脂、修容、点唇，苏叶忍不住道：“姐姐，我坐得腰也酸了。”

蝉衣道：“你是怕楼下那个站得腰酸吧？”

明幽道：“三郎那个急性子，今日居然老老实实站在原地，一点不闹。”

苏叶道：“你叫他上来得了。”

明幽道：“哪里就站疼他了！”

苏叶道：“他明日要行军，别让他累着。”

蝉衣将唇脂放回梳妆台，将苏叶的脸端详一遍，道：“好了，新妇可以出阁了。”

明幽遂到窗边叫道：“三郎上来吧。”

梯上随后响起脚步声，唐珝怀抱一只大雁，三步并作两步上来了，进了门，只见苏叶居北面南，坐在一具马鞍上，以团扇遮面，瞧不见容颜，唐珝笑眯眯走过去，居南面北，跪在苏叶身前，将大雁放下，婢女以红绸裹雁抱走了，唐珝伏低身子，从团扇下瞄苏叶的脸，道：“还遮？放下来让夫君看看。”

苏叶红唇含笑，却举着团扇不肯放下，唐珝向左探头，她便移扇往左；唐珝向右探头，她又移扇往右，明幽在边上假意蒙眼道：“腻腻歪歪，没眼看了。”

唐珝等不及，索性将苏叶抱住，苏叶惊叫一声，扇子掉落在地——似蹙似悦的眉，又惑又真的眼，亦诱亦纯的态，全被唐珝看去了。苏叶假意嗔怨，要从他的怀中挣脱，唐珝反将她横抱着站了起来，二人的脸近在咫尺，苏叶回看唐珝的眼睛，看见他眼中蕴含的惊喜和温柔，心中一软，终于伸手环住了他的脖子。明幽和蝉衣都拍手笑，唐珝抱着苏叶冲出了房门。

一条红毡从惜环院一直铺到后花园，唐珝抱着苏叶走过去，一路不闻丝竹，不见宾客，只有唐府的婢女三三两两藏在花丛后，笑着目送二人。一顶百子帐在后花园西南角已经搭好，早有傧相候着，见二人来，遂高声道：“一双青白鸽，绕帐三五匝，为言相郎道：绕帐三巡看。”唐珝将苏叶抱进帐中放下，二人互礼毕，在榻上并肩而坐，傧相又道：“一双同牢盘，将来上二官。为言相郎道：绕帐三巡看。”一个婢女端来同牢盘，请唐珝、苏叶各吃三口；又一个婢女端来两只半瓢，瓢中盛着清酒，唐珝、苏叶各拿一瓢饮了；再一个婢女上前，用五色丝棉将唐珝的左脚小趾、苏叶的右脚小趾系在一起，只听傧相道：“系本从心系，心真系亦真。巧将心上系，付以系心人。”于是诸礼齐毕，一应人等慢慢退出百子帐，垂下帐幕，将一对新人留在帐中。

唐珝看苏叶，苏叶看唐珝，唐珝笑着挠挠头，道：“这就完了？”

苏叶道：“不然呢？”

唐珝道：“以前我陪朋友迎亲好多次，哪次不是花天锦地，那时我压根没想过成家，却知道将来我的婚礼一定比他们都热闹。现在真成家了，婚礼却这样简朴。”

苏叶一边拔头上的钗环，一边道：“纵然凤冠霞帔，天明以后也要束之高阁的，不如就这样素素淡淡，也不劳累，也不失落。”

唐珝道：“我也看透了许多事，一时浮华不如一世安稳，今后我好好对你，不叫你后悔做了唐三夫人。”

苏叶怔怔道：“唐三夫人？”

唐珝道：“就是你。”

苏叶吐舌笑道：“我可学不会做‘夫人’。”

唐珝道：“做夫人多简单，就像嫂嫂那样。”

苏叶道：“我不是幽儿，她在家里像个小孩儿，可在外人面前又端庄又得体，应酬往来落落大方，果真有个夫人样，我学不来。”

唐珝道：“那你就做叔母那样的夫人，不想应酬就不应酬，谁也不能勉强她。”

苏叶咯咯笑道：“叔母那样凶，我更学不来。”

唐珝想了想道：“也是，你若学叔母拿大棒子撵人，我也只好学叔父，躲在边疆不回来了。”

苏叶为他解了衣衫，偎着他躺下，把手放在他的掌心，道：“你这次出征，要什么时候才能回来？”

唐珝道：“用不了多久，说不定你的《秋夕图》还没绣完，我就回来了。”

苏叶道：“我日也绣，夜也绣，三个月就绣完，你回不回来？”

唐珝道：“一定回来了。”

苏叶道：“一天也别忘了家中有人在等你。”

唐珝道：“一刻也不忘。”

两个人十指交错，苏叶用小指尖在唐珝的手上轻轻逗弄，唐珝问：“你……你的背伤还痛不痛？”

苏叶道：“不痛了。”

唐珝道：“当真不痛了？”

苏叶道：“嗯。”

唐珝道：“你若痛了就告诉我。”

苏叶道：“嗯。”

唐珝遂一个翻转，将苏叶卷入身下，把她温柔爱抚，不多时，苏叶身子被唐珝的气息烧得滚烫，腻声道：“你快些。”唐珝在她耳边撩拨道：“从前总是叫我慢些呢。”苏叶眼波化得绯而媚，用白皙的腿去缠唐珝的腰，唐珝按捺不住，立时把她充盈了。

只过半刻，苏叶的叫声逸出了百子帐，满庭盛开的鲜花都被逗弄，在月下含笑摇曳，帐外侍奉的婢女们闻声也羞红了脸。苏叶在迷醉中莫名想起一事，轻喃道：“我是灾女，你沾了我，怕不怕打败仗？”唐珝越发用力起来，倔强道：“等我打了胜仗回来，就不会有人这样说你了。”

7

子夜深沉，孙牧野把弓、箭、箭囊、横刀、火石、毡帽、毡衣、干粮都收拾妥当了，又去马厩喂饱了马，去虎舍对星官儿说了半天话，最后往蝉衣的卧房而来。

因是夏初，天气渐热，门帘从厚布换成了轻罗，隐约看得见蝉衣坐在梳妆台前，握着散下的长发出神，孙牧野站在帘外叫：“蝉衣。”

蝉衣不回头，只从梳妆镜中看，孙牧野黑乎乎的身影倒映在镜中。

孙牧野道：“大军明日东征，我一会儿要去军营里睡，来和你道声别。”

蝉衣道：“知道了。”

孙牧野道：“这一去，怕要两三年才能回来。”

蝉衣道：“嗯。”

孙牧野道：“你别总是一个人闷在家里，多出去逛逛。”

蝉衣道：“嗯。”

孙牧野道：“也别回家太晚，若要出城去，一定带上星官儿。”

蝉衣道：“好。”

孙牧野道：“你要不要买几个婢女陪你？”

蝉衣道：“不用。”

孙牧野道：“钱都放在书房左边的房间里，没有上锁，你要用自己去拿。”

蝉衣道：“好。”

孙牧野道：“门仆是忠厚人，他会照看你。”

蝉衣道：“好。”

孙牧野道：“若遇到难事，你就去找唐瑜，我帮过他的忙，他一定会帮你。”

蝉衣道：“好。”

孙牧野不说话了，却又不走。

蝉衣问：“还有什么事？”

孙牧野道：“我担心我一走，你也走了。”

蝉衣道：“四面八方都是关卡，我能去哪里？”

孙牧野道：“谁说得准。”

蝉衣道：“那我趁空了逃逃看。”

孙牧野道：“你别走。”

蝉衣不应。

孙牧野道：“我怕我回来的时候，家里已经没人了。”

蝉衣依旧不应。

孙牧野示弱道："你看在我救你出火海的分上，也不该不辞而别。"

蝉衣道："那等你回来，我当面辞行，算是道义了，你放不放？"

孙牧野道："不放。"

对话又被封死了，蝉衣低头梳发，不再理他。

孙牧野道："我若回不来了，会有人拿一张关牒给你，到时你要去哪里都行，没人会拦你。"

蝉衣问："回不来了？"

孙牧野道："会有许多战士再也回不来，我兴许也是。"

蝉衣梳了半天头发，道："知道了。"

听不见回音，她又抬头从镜中看，孙牧野还杵在外面，她问："你还有话说吗？"

孙牧野道："还有一句。"

蝉衣道："说。"

孙牧野道："我没帕子用，你把你的帕子给我。"

蝉衣道："书房西边柜子上的竹篮里有几张新帕子，自己去拿。"

孙牧野道："你去拿新的，我用旧的。"

蝉衣道："你若爱用旧的，去找别人要。"

孙牧野道："我要你的。"

蝉衣道："我不能给你。"

孙牧野问："为什么？"

蝉衣道："自己去想为什么。"

孙牧野闭上了嘴，蝉衣看他要走不走，道："再不去军营，天都亮了。"

孙牧野道："那我走了。"

蝉衣道："嗯。"

孙牧野转身下阶，走出二三十步，若再转弯，就看不见蝉衣的卧房了，他忍不住回头看，房中烛火已熄，屋舍陷入黑寂。

8

翌日，唐珝作为孙牧野亲兵营的一员，随队伍进入了未离原。袤原许久没这样热闹了：百姓扶老携幼，充路盈野，为大军送行；一队队骑兵、一列列步兵纵横穿行，扬起原上浮尘。几个突击兵从亲兵营边掠过，当先一个校尉取笑唐珝身前的苗车儿："苗车儿，你这样胖，把马背都压弯了！”苗车儿嘿嘿地笑，也不还嘴。驻扎在未离原四面八方的军队都已调动，同往一个地方集结：止狩台。

唐珝生在开元，长在开元，他曾在无数次游乐、行猎时路过止狩台，却从未真正留意过它。在唐珝的记忆里，这只是一座古旧的黑石台，又佩高，又砾宽，可它今日醒了，活了，它亲切地俯视着八万子弟兵，任他们在自己面前放纵奔驰，像一个严父在包容即将远行的孩子。

军鼓八十一响后，天子当先，百官随行，登台祭天祀祖；须臾，一骑自西而来，在七军注目中下了马，也往高台上去，正是孙牧野。唐珝驻马在军阵首排，清清楚楚看见卫熹手持符节和斧钺，南向站在九鼎之前，目迎孙牧野。孙牧野登上高台，北向卫熹、九鼎和社稷而跪，卫熹与他不知说了几句什么话，便将节钺授之，孙牧野持节起身，面向八万涅火军高举而示，霎时，七军欢呼，天摇地动。

唐珝兴奋得起了一身鸡皮疙瘩，向身边战士杨小满道：“咱们几时也能去台上威风威风？”

杨小满翻白眼道：“前左右后四大将军，你做了哪一个，带兵出征时，都能去台上晃一晃。”

唐珝道：“那我做前将军！”

杨小满道：“那可不得了！天子要专门在止狩台上设坛拜将呢！”

唐珝满是羡慕地抬头看孙牧野，道：“我将来一定拜前将军！”

杨小满道：“你和台上那后将军比一比，看谁先得？”

唐珝还未说话，忽然一排牛车也自西而来，停在高台下。唐珝定睛一看，十辆牛车，关着十个囚徒，二十个持刀士兵上前，把十人拖下车，押往台上去了。

唐珝奇道：“这是怎么回事？”

杨小满答道：“献俘。你没听说过吗？”

唐珝恍然大悟：“是不是上次打东洛抓回的俘虏？”

杨小满道：“是。每次出征前，都要拿战俘祭旗，祭奠以前牺牲的同袍。”又压低声音道，“从前先帝祭旗，哪回不杀百来个战俘，孙将军这次才抓回来二十个。”

唐珝点了点人数，道：“只有十个，还有十个呢？”

杨小满和唐珝一样是新兵，虽然不知道，却故作老行，道：“可能留着开战前用，我听说开打当天也要杀俘的。”

献俘毕，孙牧野下了高台，重回马背，策马在军阵中巡视一遍，道：“王师出征，七军竞发！”阵中将士齐声应道：“东去！东去！”

大军开拔了。孙牧野一骑领先，右虞候军、右厢两军、中军、左厢两军、左虞候军依次出发。唐玥跟在孙牧野之后，作别止狩台，往东方而去。百姓们夹道相送，千万道目光汇聚过来，唐玥起先以为他们是在看孙牧野，可当他细看时，每一双眼睛都在切切寻找不同的人，兴许是儿子，兴许是丈夫——再低微的士卒，在家人心中都比孙牧野重要得多。唐玥听见有人在叫："十四郎！十四郎！"唐玥身后不远一个士兵应道："阿爹！"那人道："平安归来！"士兵道："是！"

唐玥还觉得新鲜，看见人群中有位小娘子哭红了眼，便悄悄叫杨小满看，笑道："那是谁家娘子？哭成这样，他还舍得走？"

杨小满随口笑道："换作你，你舍不舍得？"

唐玥道："我不让我娘子来，她一哭，我真走不了了。"

他一边说笑，一边将张张脸看过去，笑的泪的，千种表情，一般离愁。不期望地，他遇上了一双再熟悉不过的，温和润明的眼。

唐瑜一身布衣站在人群当中，微笑看他。唐玥一愣，收敛了嬉笑，动了动嘴唇，想问"你怎么来了"，马却还在向前去，他忙拉马缰，马一停，后面立刻叫道："走！走！"他只好放马前进，再回头时，离唐瑜已经三四丈远了，唐玥急忙举起右手挥别，唐瑜也高高举起右手应他，手掌轻轻向前推，仿佛在说"放心去，别流连"。唐玥走出几步又回头看，他忽然发现唐瑜在万众之中也微小得很，只是一眨眼，就已看不见了。

一行行骑兵过去，唐瑜也分不清哪一个背影是唐玥了——都是一般强壮，一般昂扬，都是厚铠甲罩着宽肩膀。唐玥是几时长大成人的，唐瑜说不上来。或许是他长到十二三岁，渐渐不叫自己"哥哥"而改口叫"唐二"；或许是三年前那个雷雨夜，他抱着受了鞭笞的苏叶走出正堂，满是悲怒地质问"你将心比心，嫂嫂也是你带进唐府的，她若在我们家受了委屈，你要怎么办"；或许是他出狱后不久，走进书房对自己说"我想把家的责任为你分担"；或许就是此刻，他穿上了戎装，去千里之外为国家征战。

大原上只看得见王师的末队了，送行人都渐次离去，只有唐瑜还不肯走。他不知道若父亲在世，会不会放唐玥去，也不知道将唐玥托付给孙牧野是对是错。他和孙牧野并不认识，可当唐玥说要参军的时候，他所能信任的只有孙牧野。孙牧野会好好把唐玥带回来吗？唐瑜想一直守在原地等来答案。

9

三个月后，前方战报传回开元城：后将军孙牧野、皖州节度使肖汉卿击败祝子钦于白鸢江。祝子钦顺江退却，肖汉卿率水军追击，孙牧野则率八万涅火军登岸，往润州腹地去了。

第三十章

桑梓津

1

早在四月初，大焉便将战书送到了东洛。崇宁宫一接书，立召润州节度使丁明焕回都城黄武。当日朝堂上，洛王公治贤先问丁明焕：“焉贼贪心，欲再犯我润州，将军有何对策？”

丁明焕道：“祝子钦已率六万水师拦驻白鸢江上，焉贼若敢来，卫骞当日旧事，必重现于孙牧野身上！”

公治贤问：“若白鸢江守不住，又该如何？”

丁明焕道：“焉贼若进入润州，臣以为，野战为上。”

兵部尚书郑重立刻出列道：“此乃下下策！”

丁明焕便道：“愿闻郑尚书的上上策。”

郑重道：“我占高墙深池之地利，该固守坚城，迫使焉贼强攻，如何弃城去野，与焉贼对战？”

丁明焕道：“我主野战，其因有三：润州本为中焉领土，城中百姓向背难测，一旦焉贼屯于城下，洛军首要御城外之敌，次要防城内之变，首尾难顾，此其一；润州境内河溪纵横，野战即为水战，是洛军之长、焉贼之短，此其二；焉贼主帅孙牧野为北人，善攻关叩城，却不善驭舟驾船，此其三；综此三述，臣向陛下立誓：孙小贼纵然侥幸过了白鸢江，也绝过不了沙麓河！”

公治贤再问郑重：“郑尚书以为如何？”

郑重道：“臣依然以为，守城为上。焉贼渡江深入，粮草难继，必求速战速决。攻城少则数月，多则经年，最为焉贼所忌。我军囤粮固城，便可以逸击劳，丁将军偏要开门迎战，正中焉贼下怀。当日祝子钦与孙牧野对战于皖州扶风城外，大败而退，丁将军自问：两军布阵交战，你比祝将军如何？”

丁明焕道：“祝子钦在地上打，我在河上打，不一样！”

公治贤左右为难，便问群臣：“众卿以为，是郑尚书有理，还是丁将军有理？”

群臣顿时炸开了锅，一半赞成郑重，一半声援丁明焕，纷纷不定。公治贤瞟了一眼林渊泓，见他袖双手、垂眼帘，遂问：“林相公是何意见？”

林渊泓转而问丁明焕：“丁将军有信心阻焉军于河上？”

丁明焕回道：“只要扼守沙麓河桑梓津，管教焉贼有来无回。”

郑重问：“若守不住白鸢江，又怎守住小小一条沙麓河？”

丁明焕道：“江战河战是两回事，郑尚书也是行伍出身，怎么不明白？”

郑重气得咬牙。

林渊泓思忖半晌，道：“臣以为，当用丁将军之计。”

公治贤便道：“好，那就依丁将军。润州现有兵马多少？”

丁明焕道：“五郡共有三万骑兵、五万步兵。”

公治贤道：“朕再调拨两万骑兵、两万步兵给你，千万守住！润州若再失守，东洛本土危矣！”

丁明焕慨然领命道：“敢不报效圣主言从计纳之恩！”

郑重从鼻腔中重重出了一通气，再不言语。

丁明焕离开黄武，回到润州，巡视各地的布防，五月十六接到焉军抵达白鸢江西岸的消息，当即率四万兵马往桑梓津赶，一路向五郡发令，声言：“各郡调拨一万精兵，十日之内到沙麓河桑梓津集结，逾时立斩！”

2

六月二十七，焉军击败祝子钦，踏上了润州的土地。孙牧野一边往润州境内第一座重城——泽阳进发，一边下令分兵：命云麾将军殷虚领三万兵绕过泽阳，东去沙麓河，抢占桑梓津；自家领四万兵攻打泽阳城。

殷虚接到命令，皱眉看了半晌，叫传令兵问话：“要不要先合力打泽阳，再同去桑梓津？”传令兵去了一天回来，道：“孙将军说一刻别停，快去。”殷虚便去了。

走了五日，殷虚到了桑梓津西岸，只见东岸洛旗连片，铁壁固垒，知道来迟了，便下令就地扎营，和洛军隔岸相望。又过十日，传令兵再传讯：“孙将军攻下了泽阳城，即日往桑梓津来。”

是时殷虚正坐在河边树荫下修胡须，道：“叫他休急，反正一时半会儿也过不去河了。”

3

河宽二十丈、水深三丈的沙麓河是白鸾江支流，往上水势险恶，往下屏山夹河，唯此五十里桑梓津，是东渡的唯一地点。十日后孙牧野也到了东岸，只见白日晃晃，大河滔滔，岸边散落着一些残箭破矢，原来两军虽未直接交锋，却隔着河水互射了许多天，因河风猛烈，长箭晃晃悠悠飘至对岸，杀伤之力大减，徒斗气示威而已。

殷虚正负手看士兵们造舟编筏，见孙牧野来了，悠悠问：“是不是发现打泽阳挺容易的？”

孙牧野不说话。

殷虚抬起下巴往东边一指：“重兵在这儿候着呢！”

孙牧野问：“打过没有？”

殷虚道：“你去试试。”

孙牧野看了看对岸严阵以待的洛军，一时未吭声，后道：“要有舟才过得去。”

殷虚道：“这不正造呢？”

孙牧野问：“造了多少条？”

殷虚道：“一百来条。洛贼坚壁清野，把附近的树木和竹子都砍得差不多了。”

孙牧野道：“所以我让你们早些来。”

殷虚道：“我们还没过白鸾江，人家就在这里候着了，怪我咯？”

孙牧野问：“对岸有多少兵马？”

殷虚道：“九万。”

孙牧野道：“至少要四万人过去打。”

殷虚道：“那至少得五百条舟。”

孙牧野道：“五日之内，再造四百条出来。”

殷虚道：“上哪儿找木材去？！”

孙牧野道：“烧火的柴，搭帐篷的木，杀了牛剥牛皮，牛杀光了杀羊，总不能困死在润州第一条线！”他转身上马，向传令兵道，“传令七军：沿河三十里，分七处扎营。”

焉军的动向，对岸的洛军清晰可见。丁明焕本将主力集中于殷虚对面，现在焉军七军七将一字排开，实不知焉军将从何处发起主攻，遂也将九万兵力分散，把对岸一军一部都盯住了。

4

夕阳西照的时候，河风渐渐凉爽了，焉兵们因为白鸢江和泽阳城两战两捷，心头畅快，削木头和编草绳的劲头都足得很，唐玥也在高高兴兴随几个亲兵扎皮筏。一整张牛皮缝紧后，只在右后腿留了个孔，要人往里吹气，吹胀后，才能浮在水面上。杨小满知道吹气费力，便使唤道："苗车儿，你来吹。"

苗车儿正在绑木筏，听见唤他，便跑过来，对着孔吭哧吭哧地吹，吹了四五十口，一张大脸涨得通红，杨小满道："好了，当心吹昏头。"又道，"唐玥，你来接着吹。"

唐玥道："好！"接过牛皮，却见孔上沾了苗车儿吹出的水汽，便有些犹豫，杨小满催道："快吹！"

唐玥勉强要凑上去，离孔三寸时，又闻见一股生剥牛皮的腥臭，不禁又顿住，苗车儿问："你怎么了？"

唐玥不知如何回答，忽然远处许多人叫："开饭了！"他忙拿绳子绑紧了皮孔："我一会儿再吹。"

一个亲兵拎过来一桶汤，先舀了一碗给唐玥，道："唐三郎，你先吃。"

唐玥一面说"谢谢"，一面接过碗，见那汤水半绿半黄，分不清是什么食材，上面浮着一层草木灰，碗沿有半个乌泥指印，另一半是已在汤里泡化了。

那兵见他不喝，便道："是不是看这些天吃的比前些日子差了？战事越往后，吃得越粗糙，你别介意。"

唐玥捧着碗小声道："不是。"

士兵们都围着分汤，谁也不知唐玥泛起了另一层心思——这破碗盛的污汤，正是他在大理寺狱中吃过的食物。霉气从碗里冒出来，唐玥恍惚回到了那段不堪回首的岁月：昏黑的牢房，腐臭的气息，沉重的镣铐；三天五天吃不到一粒米，他饿得瘫在地上，心中暗自希望有人送食物来，可当狱卒在外喊"唐玥，叫一声阿爹，我给你肉吃"的时候，他却咬着牙怒回："滚！"于是又要挨两三天的饿。等到狱丞来视察牢房，怕出人命，才急急给他一碗稀菜汤。碗从窗口斜递进来时已洒了一半，唐玥捧着半碗汤水狼吞虎咽，吃完碗里的，又去寻滴在门上的、流在地上的，食物在他的喉中往上翻，他拼命咽回去，对自己说："活下去！"

可他如今再不愿那样活着了。

士兵们吃了一碗又去添，苗车儿路过唐玥身边时问："你怎么不吃？"

唐玥将碗递给苗车儿，道："你吃吧，我不饿。"

苗车儿接了过来。黯然失落的唐玥离了众兵，悄悄往自己的军帐去，却全然不知他的一切行为，都被不远处的孙牧野看在了眼里。

5

四日后的中午，殷虚派人来报："三百木舟、一百竹筏和一百牛皮筏子都备齐了。"又道，"牛已杀光，若是不够，还有八百只羊。"孙牧野道："先留着。"那人得令去了。

下午时分，孙牧野召集军中将领议事。涅火军现有四位将军：后将军孙牧野，云麾将军殷虚，归德将军吴九龄，忠武将军王虎。孙牧野先道："斥候已经探明，对岸有洛贼九万，主将是丁明焕。我军现有兵马七万五千。依三位将军看，这仗该如何打？"

一时无人答话。孙牧野问殷虚："殷将军可有破敌之策？"

殷虚道："没有。"

孙牧野又问吴九龄："吴将军怎么看？"

吴九龄摇头道："不好打。"

孙牧野再问王虎："王将军呢？"

王虎抱拳道："但听后将军调遣。"

孙牧野沉默片刻，后道："三位将军不说，孙牧野就说了：明日卯时一刻，强渡桑梓津。请殷虚将军为先锋。"

殷虚软绵绵地坐在椅子里，幸亏有手肘撑住头，不然早陷了下去，他含糊说了一句话，可手掌恰好盖住了鼻子和嘴，谁也没听清他在说什么。

孙牧野问："你说什么？"

殷虚把手掌移开，简洁道："我不去。"

孙牧野问："为什么？"

殷虚懒拖拖道："水战可不比陆战。陆战咱们有马，迎头调到箭雨，躲得开，那船在河里，进退都慢，到了河中央，就是个靶子，谁当先锋谁送死，我不去。"

孙牧野道："殷字营是右虞候军，你不当先锋谁当？"

殷虚道："那就换一部来做右虞候军，我们殿后。"

孙牧野直视殷虚，殷虚面不改色，左手撑头，右手五指在椅子扶手上敲得嗒嗒响。

当是时，亲兵乔恩宝、唐玥、苗车儿、杨小满皆守在孙牧野左右，见孙牧野被驳难，乔恩宝第一个按捺不住，厉声道："殷将军公然违抗军令，触了军法！"

殷虚整个人猛地精神了，说话声也变得又高又清晰：“那就请孙将军把我按军法斩了！”

殷虚有他的底气。他本是宁州军出身，当年西项连下燕、朔、云三州，挟并吞八荒之势来到云宁边境，是时，宁州军已大半溃不成军，只剩殷字营二百士兵坚守孤丘，如一只狡狐陷于群狼之围，三千项军强攻七日，竟不能克。而后卫鸯领兵来救，殷字营突破重围，与卫鸯军会师，卫鸯见殷字营将士血战之后，神不慌，意不乱，冠正而甲齐，大奇之，战事结束后，便亲自去找宁州节度使要人，把殷字营划到了涅火军。殷虚在卫鸯麾下常任先锋，冲坚毁锐，攻无不克，一支花髯戟在列国诸军中打出了名头，卫鸯曾赞：“舞戟之术，四海首称殷虚”，当卫鸯离世，殷虚便是涅火军上下认定的第一将。

孙牧野心中明白，殷虚是涅火军旧将，而自己是中途进来的外人，若斩殷虚，殷字营必反，涅火军必反，他只能妥协，于是转向吴九龄道：“请吴将军做先锋，立跳荡功。”

吴九龄看了半天帐篷顶，好像此刻才回过神来，道：“这可好笑了，殷字营的命是命，吴字营的命不是命？”

孙牧野道：“谁的命都是命，可战场拼杀，总要有人做先锋，若是惜命，何必参军？”

吴九龄问：“那你怎么不去？”

杨小满顿时怒道：“孙将军是涅火军主帅，怎能当先锋？”

吴九龄冷笑道：“昔年先帝为主帅，从来身先士卒，躬冒矢石，孙将军这主帅当得容易多了。”

殷虚又用手掌捂住了嘴，瓮声道：“孙将军战北凉、收皖州时，也是冲锋在前，现在不知怎的，架子大起来了。”

帐中的气氛好似一根拉紧了的弦，唐琊觉得要有一场冲突骤起，心跳得咚咚的，可孙牧野平静得很，过了片刻，他起身道：“行，我去。”

吴九龄道：“军中无戏言！”

孙牧野转头向乔恩宝道：“召集八千亲兵帐外集合。”

乔恩宝昂然道：“是！”按刀出了中军帐。

殷虚问：“八千？你只有这点人？”

孙牧野的八千亲兵，是随他攻过北凉的亲兵，如今看来，也是他能调动的全部兵力。他不明白殷虚是疑问还是讥讽，索性不答话，只道：“我与诸位来到此地，是为国家收复故土，孙牧野的八千亲兵，也是大焉的子弟，明日之战，若我们力有不及，援还不援，各位将军看着办。”说罢，带起一阵风往帐外去了。

6

破晓，尖锐的号角声响彻大河河面，把两岸的大军都惊动了。一刻工夫，洛军列好了阵形：木车、大石、黄土堆成一堵半人高的墙，横在东岸边，墙后依次排着一千投石兵、三千强弩兵、五十弓箭兵、八千长矛兵、两万重甲步兵，单等焉军渡河来攻。

孙字营八千精兵也集结完毕了。这八千人多半是北方来的骑兵，这回只能弃马上船。五百条舟筏能载一万五千兵，孙字营只填满了二百七十条。一舟三十名士兵，一人掌舵，十人划桨，余下的个个手持铁弩，身背弓箭，腰佩横刀，又在舟上放了长矛，供登岸抢滩时用。不多时，孙牧野身穿重甲、手提坚盾从中军帐里走出来，他一边用刀鞘把盾敲得铛铛响，确认这厚度经得住强弩射击，一边检视自己的兵，见一个小战士头上只绑了抹额，便问："头盔呢？"

那战士道："头盔挡目光。"

孙牧野道："戴上。"

那战士道："我躲得开箭矢！我不是新兵。"孙牧野摘下自己的头盔，不由分说往他头上按下，又问众战士："弓弩刀盾，备齐了没有？"

战士们道："备齐了！"

孙牧野提着横刀向后一指，身后不远处，重重层层全是别营兵马在围观，他厉声道："别部的兄弟们在看孙牧野的兵如何做表率！今日若在众目睽睽下丢了人，涅火军中军，别部来做；涅火军主帅，别人来当！"

众战士激愤满怀，皆道："我为中军，绝不谦让！"

孙牧野道："拿下桑梓津，孙牧野在中军帐才坐得硬气，孙字营才当得起六军拱卫！请诸君随我奋战，勿胆怯，勿退后，勿投降！"

众战士皆以矛击盾，连声道："攻！攻！攻！"

不远处，殷虚斜靠在帐门柱上看热闹，嘴里嚼着一截杨柳枝洁牙，笑向亲兵道："少年人，易激动。"

孙牧野大步往舟上去，刚一抬脚，又想起一事，回头向身后的唐珝道："你回帐去。"

唐珝在攻白鸢江时留守岸边，攻泽阳城时被调去守军资，这回满心以为能亲历战争，正紧张得全身微抖，闻言一愣，忙道："我也是你的亲兵！"

孙牧野道："回去。"

一身戎装的唐珝因为被轻视而愤怒，他不回话也不走，气呼呼地和孙牧野对视。

孙牧野向乔恩宝道："把他架回去。"

乔恩宝和几个亲兵便去拉唐珝，唐珝猛地将他们甩开，自己退着走，怒道："你瞧不起我就直说！”

孙牧野没空理唐玥了，他踏上舟头，岸边五十鼓手擂起牛皮大鼓，为八千士兵壮行，与此同时，对岸的鼓声也咚咚传了过来，洛军齐骂道：“焉贼！过来送死！”

孙字营二百七十条小舟如一张舟网在河面铺开，破开百道水痕向东岸而去，厚盾把小舟罩得如铁龟甲一般，战士们在甲下沉默地上弩、搭箭，行至河中，掌舵兵叫道：“矢石来了！”

仿佛天裂了一般，成千累万的顽石从天而降，百钧落石之力，击在舟头、舟尾、舟身，小舟顿时左摇右晃，失了重心；遭了二轮石攻之后，盾甲一面一面陆续碎开，铁矢和长箭乘隙而入，射向了盾甲下的战士，刹那间负伤无数。箭石在上，急流在下，群舟一时不得寸进，纷纷杂杂的落石声中，焉军号角一声紧接一声高高扬起，是在号令各舟奋力向前，舟中战士互相勉励道：“用力划！冲！冲！”众桨手同声呼和，齐心摇桨，一刻之后，百只轻舟越过了河心。离东岸十丈之时，号角声猛然一转，迫急而尖厉，是在下令还击，士兵们听令，举起铁弩长弓，顶着矢石站上舟头，上千张弦同时松弛，桑木重箭穿刺而去，与洛箭在空中交错之后，往岸上的洛军阵中扎去。

洛军首领正是丁明焕。他策马去高处一看，见渡河来的不过两百小舟，估算不到万人，那焉军大部还在岸边袖手观望，遂喝道：“来犯焉贼不过五六千人，怎么势头反叫他们压了过去？投石兵，把石头尽数往焉贼头上砸；弓弩兵，我为何不见空中有箭？”

洛兵又将大石放上投石车，将长箭安上弓弦，旗兵一挥旗，石箭齐发，遮天蔽日，焉军的进攻之势又被压住了。未参战的焉兵都在岸上看，只见那二百小舟如二百只瓜，在河上载浮载沉，每一轮矢石下来，便有几只瓜破了，战士们失了遮挡，负伤者越来越多。转瞬间，河面铺满了半尺厚的断箭，如同一张乌木被，把河床盖得严严实实，众焉兵看得胆寒，心中暗自猜道：“这阵势，换成我们，过不过得去？”殷虚也道：“这群懵童子，该回来了。”

困于河上的群舟却毫无后退的意愿，渐渐有三三两两的残舟突破箭网石阵的封锁，向东岸挺进，当先一舟的盾甲全碎了，三十余焉兵全无防护，一面张弓与漫天石雨对抗，一面向前急冲，西岸焉兵皆振呼道：“冲过去！”东岸洛兵也发现了这舟，齐声叫道：“投石兵！砸了这舟！”

洛兵推来投石车，将二百斤重的圆石放了上去，待那小舟刚刚起势，圆石冲射而出，与无数铁矢一道攻去，恰恰砸在小舟正中，河水激起二丈高的浪，舟身断裂了，三十焉兵一同落入河中，西岸焉兵顿时鸦雀无声，殷虚问：“谁在那舟上？”有眼尖的回他：“像是乔恩宝。”

乔恩宝与同伴一道落了水，沉重的铠甲裹着他们往河底坠，乔恩宝不会水，胡乱挣扎了两下，急坠了一丈余，他心知这回恐难逃一死，忍不住想呼喊，而下一瞬，孙牧野一个猛子扎下来，寻到了他。一支长箭追索而至，恰好扎入孙牧野的肩胛骨，乔恩宝忙推他，道：“去！”孙牧野不听，抱着乔恩宝奋力往上拖，还有许多焉兵也入水来救同伴，紧随而来的是多如牛虻的箭与矢，河水渐渐漂红，乔恩宝大叫：“去夺滩！别管我们！快去！”孙牧野咬着牙拖着他冒出水面，往一截浮木那里游。

孙牧野是主帅，他一入水，顿时惊动了河上各舟，纷纷告急道：“救孙将军！救孙将军！”百十条舟一齐往这边聚集，那呼喊声却也传到了洛军阵中，丁明焕闻之大喜，叫道：“孙牧野在河里！剿杀！”洛军大为振奋，三百投石车、三千张弩、五千张弓同时发动了猛攻。焉军二百小舟原本分散在河面，此刻却密麻麻围成一团，洛军正好聚万力于一点，攻势如狂风抢卷，暴雨滂注，打得水中焉兵冒不出头，水上小舟一条条翻仰，乔恩宝见身边战友溺死重伤无数，对敌军几无还手之力，不免愤然道：“这样输，不甘心！”话音未落，东岸上鼓声再起，又有焉军下了河，领头的是忠武将军王虎。王字营精锐尽出，三百舟筏破浪赶到，把孙字营的将士一个个救了上来。寻到河里的孙牧野，王虎伸手拉他上了竹筏，道：“撤，改日再战！”

7

黄昏，焉军营地不远处燃起了百堆烈火，焚烧牺牲的战士遗体。孙牧野坐在火场边饮酒，把一堆刻了姓名的木牌一个个翻看。殷虚走过来，孙牧野头也不抬，殷虚便找话道：“洛贼真豪爽，一天射完了十年的箭。”

孙牧野自顾自饮。

殷虚问：“牺牲了多少？”

孙牧野道：“一百二十四。”他抬眼看殷虚，“他们本不该死，至少不该今日死。”

殷虚干咳了一声，道：“我瞧今日的局势，蛮力是冲不上去的，冲上去也不好打，得想别的法子。”

孙牧野闷了半晌，道：“我有法子。”

殷虚道：“哦？”

孙牧野道：“我在河上想到法子了。”

殷虚道：“说来听听。”

孙牧野还没开口，却见杨小满急匆匆跑来，老远便叫：“孙将军！”

孙牧野问：“什么事？”

杨小满道："打起来了！"

孙牧野起身再问："说清楚，谁打起来了？"

杨小满道："乔恩宝和唐玥打起来了！"

8

唐玥被架回军帐之后，孤零零在帐中躺了一天。晚饭时，苗车儿来问："唐玥，你要不要吃饭？"唐玥道："不吃。"苗车儿去了。过一会儿，杨小满也进来问："唐玥，你这样躺着不无聊？"唐玥道："习惯了。"杨小满道："走，咱们看斩逃兵去。"

唐玥问："斩逃兵？"

杨小满道："今天有人怯战逃回来，被抓住绑了，军正判了他死刑，一会儿就行刑。"

唐玥道："杀人有什么好看的？"

杨小满道："看个热闹。"

唐玥道："要去你去，我不去。"于是杨小满也去了。

唐玥翻一个身准备睡了，忽而听见有人一阵小跑，掀帐进来，他只当是同住的伙伴，也不回身，谁知那人再无声响，似乎站在帐中一动不动，只是喘气声急，唐玥忍不住翻身一瞧，却是个不认识的小兵，双手被反绑在身后，他吃了一惊，忙坐起来问："你是谁？"

那小兵道："唐三郎，救救我！"

唐玥道："你怎么了？"

那小兵道："今日渡河，我……我逃回来了，现在他们要杀我！"

唐玥道："你为何要做逃兵？"

小兵道："我不能死！我是家中独子，爹娘半生只得我一个，我死了，谁为他们养老？"

唐玥迟疑道："可你犯了军法，我哪里救得了？"

小兵道："你是唐家三郎，你哥哥是帝师，是开元府尹，你去向孙将军求情，他们一定饶我！"

唐玥犹豫了，那小兵叩首在地，道："爹娘尚在，不敢先死！"

唐玥还没说话，又听帐外一阵喧哗，许多人追近了，那小兵急道："三郎，救我！"

唐玥道："好，你到我身后来。"

那小兵忙跑到唐玥身后躲着，唐玥的心跳也快了，眼见帐布上人影幢幢，随后帐门被掀开，五六个兵走了进来。

带头的正是乔恩宝，见到那小兵，笑道："我说你能逃到哪里去。"他无视唐玥，直接绕过去抓人，"走，生死就是一刀。"

唐玥一下抓住乔恩宝的手臂，道："你别杀他！"

乔恩宝问："怎么了？"

唐玥道："他不是故意做逃兵，是因为他家里还有父母。"

乔恩宝道："这就奇了怪了，谁家里没有父母？"

唐玥道："他是独子，他死了，父母怎么办？"

乔恩宝道："今天你为了父母逃命，明天他为了儿女逃命，索性大家都不打了，高高兴兴回家团圆，行不行？"

唐玥道："我……我不是这个意思。"

乔恩宝道："那你什么意思？这个逃兵饶了，下回别人跟着逃，千人万人都做逃兵，仗还打不打？"

唐玥妥协道："就这一回。"

乔恩宝道："军正下了判书的！"

唐玥道："我已经答应要保护他了。"

乔恩宝道："那你可要食言了。"说完又去拖那小兵，唐玥一下闪到小兵身前挡着，推了乔恩宝一把，道："我说到做到！"

乔恩宝也气道："唐玥！这里不是开元城，姓唐的说了不算，你明不明白？"

唐玥道："和我姓什么没关系！"

两个兵又来拉他，道："唐三郎，军法在上，你别捣乱。"

唐玥硬护着小兵不让，道："我一会儿去和孙将军把实情说明白，你们等一等。"

乔恩宝的眼珠一转，道："好，你现在去说，他在营地西北边一里远，我们在这儿等着。"

唐玥道："好！"向小兵道，"你随我去。"

乔恩宝道："别带逃兵去。"

唐玥问："怎么？"

乔恩宝道："殷娘子也在那里。昨日他们在中军帐里怎么让孙将军难堪，你也亲眼看见了，如今孙字营出了逃兵，当着殷娘子，孙将军脸上过得去？你单独去把他拉到一边，悄悄地说。"

那小兵忙道："唐三郎，你带我去！"

乔恩宝骂道："孬种，你就躲着吧！孙字营丢不起这脸！"

唐玥道："我回来之前，你们不许动他。"

乔恩宝道："放心，我们等孙将军的回复。"

唐玥道："君子一言，驷马难追。这么多兄弟都听见的。"

乔恩宝拍他肩膀道："你信不过我？"

唐玥道："信得过。"

乔恩宝道："那你快去。"

唐玥便向那小兵道："我去请孙将军放你，你安心等着。"立马出了帐，一路小跑往西北去，跑出百来步，忽听得身后"哟嗬"声沸起，回头一看，自己帐前围了许多士兵，他心中大叫不好，又转身跑回来，从人群中挤进去一看，那小兵已身首分离，血流一地。唐玥怒不可遏，冲过去一拳打在正擦刀的乔恩宝脸上，道："卑鄙小人！"

乔恩宝道："我执行军法，怎么卑鄙了？"

唐玥道："你刚才怎么答应我的？"

乔恩宝笑道："那是哄小孩子的权宜之计，谁当真了？"

唐玥悲愤异常，抽出横刀向乔恩宝一劈，道："偿命来！"

周围士兵叫道："唐玥，军中持械私斗，也是死罪！"

乔恩宝险些被砍中，也动了肝火，他把刀丢在地上，一边脱上衫一边道："来来来！咱们不斗，就练练筋骨！"

唐玥道："好！"也扔了刀，赤了上身，把抹额一紧，冲过来扳住乔恩宝的肩就要摔，乔恩宝道："好小子！动真格的！"说完弯下腰，反抱住唐玥的腰一举，倒把唐玥摔在地上，唐玥爬将起来，依样俯身去抓乔恩宝的腰，乔恩宝也压低身子防御，两个人绕着圈斗起相扑来。唐玥寻不到乔恩宝的破绽，便伸双手去推乔恩宝的肩，乔恩宝就势拉住唐玥的手，一扯一顺，唐玥扑倒了，众士兵都起哄道："唐三郎输了！"乔恩宝坐在唐玥身上，作势挥拳，道："小子，认输吗？"唐玥猛然伸手，把乔恩宝的脖子死死勒住，再一翻身把乔恩宝反压，一拳捣在他的脸上。围观的士兵多数与乔恩宝熟，与唐玥生，见乔恩宝吃亏，立刻来拉唐玥，劝道："唐三郎，算了算了。"唐玥被拉起来，乔恩宝一起身便踢他肚子，唐玥又拿膝盖顶乔恩宝的心口，相扑成了斗殴，一时打得难解难分，到后来两人顶牛僵持，你扳住我的肩，我箍住你的臂，谁也胜不了谁，忽然乔恩宝发觉围观士兵都安静下来，也不叫好喝彩了，他拿眼睛一瞟，瞟见了站在人群外的孙牧野，赶忙松手，向后让了一步，唐玥的力气一下子遇空，险些踉跄扑倒，还不罢休，向着乔恩宝的鼻子又一拳，这一回，乔恩宝不躲不让，哎哟一声，鼻血流了出来，唐玥方才停住了。

乔恩宝一边擦鼻血一边叫："孙将军！"

唐玥一愣，顺着乔恩宝喊的方向看，这才发现了孙牧野。

孙牧野走过来问：“怎么回事？”

乔恩宝道：“四华子今天做了逃兵，被军正判了死刑，唐珝拦着不让行刑。”

孙牧野问唐珝：“你怎么拦着？”

唐珝道：“他是家里独子，他怕父母无人赡养才逃的。乔恩宝说了暂不行刑，等我回明你了再说，可我一转身，他就把人杀了！”

孙牧野道：“你来回我，我也要依军正的判罚行事。”

唐珝道：“这不一样！”

孙牧野问：“怎么不一样？”

唐珝心急不会措辞，只道：“就是不一样！”

孙牧野再问：“打架是谁先动的手？”

士兵们齐声道：“是唐珝！”

孙牧野道：“关两人的禁闭。唐珝两天，乔恩宝一天。”

唐珝道：“乔恩宝言而无信，要不要罚？”

孙牧野问：“军法有这一条没有？”

众士兵都笑回：“没有！”

孙牧野道：“没有就不罚。”说完转身就走，唐珝在后不服气道：“他是你亲兵，你就护着他！”孙牧野充耳不闻，几步走远了。

唐珝和乔恩宝被分别关进了两个马厩。夜深以后，乔恩宝气消了，隔着一堵草料和唐珝打招呼，道：“唐三郎，莫生气了。”

唐珝装没听见。

乔恩宝道：“以后咱们说一是一，再不骗你了。”

唐珝道：“我再不会信你！”

乔恩宝道：“刚刚孙将军叫人来说，我们关一两个时辰就出去。”

唐珝问：“真的？”

乔恩宝笑道：“说了再不信呢？”

唐珝又上了一回当，决心再不和乔恩宝说一句话。乔恩宝甚是无聊，又在那边变着法儿逗唐珝聊天，唐珝不理他，数着眼前飞来飞去的苍蝇蚊子，怎么也睡不着。到下半夜，忽然营地中号角声大作，两人忙站起来看，只见将士们纷纷从帐中跑出来，不到半刻，都在空地集合了，骑兵们听完主将说话，都跑来马厩牵马，乔恩宝问一个兵：“是有敌情吗？”那兵道：“要和右厢军换营地了。”唐珝忙问：“那我们呢？”那兵道：“孙将军说不到时候不放你们出来。”不多时，又有许多步兵来拆马厩，把仅剩的几根木头一起抬走了，留下唐珝和乔恩宝守着乱糟糟的草堆不知所措。

9

虽然白天大胜，丁明焕却无心睡眠，还在中军帐里看兵书，到了下半夜，他隐隐听见对岸人喊马嘶，又有士兵进帐来报："丁将军，焉贼正在调动兵马。"

丁明焕出帐去看，只见焉军竖起中军大旗，骑兵、步兵都往南去，他忙道："我们也南去！别被甩脱了！"

丁明焕早将九万兵力也分成七军，一对一盯紧焉军，西岸怎么动，东岸也怎么动，严防焉军寻到空子悄悄登岸，他自己主盯焉军中军，绝不许孙牧野消失在自己的眼皮底下。

焉军看见了对岸的洛军，却不恼火，隔着河招呼道："我们和右厢军换营，你们呢？"洛军回应道："巧得很，我们也是！"于是两军夹河同进，走了十多里，那边孙牧野扎营，这边丁明焕也扎营，洛军的中军帐刚刚搭好，却听见那边又在吵，焉军主动叫道："我们又要和左厢军换营，你们去不去？"洛军道："顺路顺路！"

焉军中军向北驰去，时而和右虞候军擦身而过，时而和左厢军并驾齐驱，七军都调动起来了，北的去南，南的来北，没一刻停歇，丁明焕跟着孙牧野跑上跑下，扎了四回营，换了五回方向，累到大半夜，他忽然醒悟过来："任孙牧野耍什么花招，没有船就过不来，我只跟紧他们的船不就行了？"于是问："焉船都在哪里？"稍后，士兵来回："分在三处停泊，各自相去十里。"丁明焕问："一处有多少只？"回："不到两百只。"丁明焕知道焉军的底，总共就五百来只船，现在都在这三个地方，遂也将全军分成三部，固守三处，任焉军怎么转移，他都岿然不动了。

焉军的调动直到天明才止。适时东方朝阳升起，丁明焕又来到河边，把桑梓津从南到北五十里巡视了一遍，只见焉军的布防和昨日并无二致，还是七军七处连营，右虞候军、右厢两军、中军、左厢两军、左虞候军次第排开，他心中怪道："焉贼折腾整整一夜，到底图什么？"

丁明焕疑虑重重，北上出桑梓津二十里，便见河窄流急，河中礁石遍布，舟不能行，筏不能过，他还想往上去，卫兵道："越往上越凶险，焉贼无论如何过不来。"丁明焕听了，便勒转马头往回走，南下出桑梓津二十里，只见两岸直山如刀，猿猴也难立足，人马绝上不去，丁明焕又找手下将领问话，将领们都道："人马都是跟紧的，没看出他们有什么打算。"丁明焕的心放下了。黄昏时回到中军，卫兵端来一碗鱼汤稀饭，他端起碗喝，喝到一半，一根鱼刺卡住喉咙，咳也咳不掉，叫也叫不出，卫兵忙端来醋水，灌了两碗，才勉强将鱼刺咽了下去。

丁明焕只觉一颗心悬着不到底，可哪里不对又说不上来，剩下的汤饭再也吃不下去，干坐半天，忽听帐外士兵在问："还有哪部兵没吃饭？"

有人应："都吃了。"

士兵又问："战马的夜草都拉来了没有？"

帐中的丁明焕周身一凛，霍然起身，道："快去数数焉军还有多少战马！"

卫兵一愣，道："什么？"

丁明焕道："传令各军，去数对岸焉军的战马！"

命令下发到各军，都派人去一五一十地数，把对岸散放的、圈住的战马都数了一遍，先后报上来：焉军右虞候军三千、右厢两军两千、中军两千七、左厢两军一千二、左虞候军一千，共计九千九百匹。

丁明焕的脊背在发冷，问部下："前日探子来报，焉军有多少骑兵？"

部下你看看我，我看看你，终于有一人道："两万两千。"

丁明焕把碗啪地摔在地上，道："那还有一万两千一百匹战马去了哪里？"

几个部下不能答。

丁明焕火速往帐外冲，口中大叫："全军十足戒备！"一出帐，便听见营地四方都在喊："焉贼来犯！焉贼来犯！列阵迎敌！"

大河对岸，焉军左、中、右三军同时吹响了号角，五百木舟、竹筏和牛皮筏在大河上齐头并进，直向东岸开来。洛军早将九万精兵分作三军，此时也迅速往河滩上集结，转眼布好了阵形，单等焉军上岸。坐镇中军的丁明焕策马巡阵，高呼道："成败在此一役！莫惜矢石！把焉贼打到河底去！"

今日的焉舟比昨日众，也比昨日疏，五百舟把战线铺了三十里，进鼓声也绵延了三十里，浪头驮着轻舟，一如万马奔腾，烈烈轰轰，声势浩大。洛军的矢石不知该瞄准何处，便漫无目的往河上乱撒，十射而九空，三轮箭射完之后，洛兵上弦之速，渐渐慢于焉舟冲驰之速，便有焉舟如灵活的游鱼逃脱稀松的箭网，往东岸逼近。先是一舟两舟，再是十舟百舟，最后四百五十焉舟结成舟阵，破了洛军箭石的防御，一万余焉兵抢上了滩。

河滩上，拦着一排长墙，以木车和石土堆砌而成，墙后守着洛军长矛兵，伸出千支长矛，往焉兵身上刺。重甲焉兵上前，一边以长矛反击，一边以刀斧劈砍，要把守墙攻破。丁明焕纵马巡视第一圈，尚见两边打得有来有回，巡视第二圈，便见长墙断了几个口子，焉兵陆陆续续冲进来，与洛兵捉对厮杀，再巡视第三圈，便见有个口子拉了十来丈宽，近百名焉兵如入无人之境，又闯又杀，当先一个戟将，容貌俊秀，一身金铠熠熠生光，手中丈二花髯戟刺如赤链蛇舌，扫如金钱豹尾，戟风所至，洛军如波开浪裂，丁明焕忙问："那边是哪个贼子？"

洛兵回道："用戟，是殷虚！"

丁明焕拍马上前，叫道：“取孙牧野首级，赏金二千斤；取殷虚首级，赏金一千斤！”

殷虚应道：“丁明焕！你不记得被殷虚打哭的时候了？”

丁明焕高声问：“殷虚，孙牧野在哪里？”

殷虚道：“你只认得孙牧野，不认得殷虚？”

丁明焕笑道：“怎么不认得？焚香婢生养的私儿！”

殷虚怒发冲冠，戟风变厉，道：“一定打到你终生不忘！”殷字营一万精兵此时已聚首于一处，不到一刻，便把长达六里的洛中军防线扯了个粉碎。

不多时，焉舟两次往返，又送来三万兵，殷虚部、吴九龄部、王虎部已尽数登岸，分别缠斗洛军中军、右军和左军。丁明焕却不慌不忙，数着焉军三四万人都过了河，便道：“收网了！”把令旗一招，叫待命的重甲骑兵全部投入战场。在中军，约一万洛骑组成方阵，倚仗包了铁甲的战马，一步步推过来，殷字营全是步兵，见有铁蹄杀来，便一声令下，渐次退出残墙，聚于河滩之上，丁明焕眼看计谋成功，喜得挥手道：“把焉贼全赶下河！”话音未落，忽闻军阵之北传来冲锋的号角，忙问：“哪来的声音？”

北边的右军阵隐约乱了，多人在呼：“孙牧野！孙牧野在攻右军！”丁明焕大惊，当即道：“骑兵！随我去救北边！”殷虚应道：“你敢去！”把戟一招，殷字营立刻聚成锥形阵，向洛骑兵反推过去，洛军若回身去阻击孙牧野，必被殷虚追袭后背，丁明焕只好道：“先斩殷虚！速战速决！”

殷虚道：“斩首多少金？”

丁明焕道：“三千斤！”

殷虚赞道：“本该强过孙牧野！”

丁明焕亲自入阵强攻，要急速打垮了殷虚，才有余力去战孙牧野，可殷字营勇悍难敌，洛骑冲突不出，两边战得难解难分，只一炷香的工夫，北边又起了烟尘，丁明焕问：“怎么回事？”

洛兵们一个个往那边看，又一个个把话传过来，道：“孙牧野攻来了！”丁明焕策马去高处，果见北边尽头，一片焉军骑兵踏入了洛军右军，轰隆隆如天兵战车，把一路所遇之阻碾得粉碎，洛军军旗倒伏，战马溃逃，丁明焕急怒攻心，大声喝问：“他们怎么过河的？！”

10

孙牧野清楚，两岸相隔只有二十丈，自家的一举一动都逃不过对岸的监视，他不能在洛军的睽睽注目之下分兵，他的计策，便是趁夜半天黑，频繁调兵，乱中求变。

从左虞候军到左厢军，从右虞候军到右厢军，每与一军合营、错营、分营之时，他都悄悄把精锐骑兵分出来，撤出营地。十多次转营之后，中军六千骑兵、右虞候军三千骑兵、右军一千骑兵、左虞候军两千骑兵神不知鬼不觉地远离了河岸，再北上桑梓津，在津北二十五里处停了下来。白天丁明焕也曾北出桑梓津，却只停留在二十里远的地方——他若再往前走五里，便能看见对岸乌压压的一万两千匹战马和一万两千名轻骑兵。

焉军已没有木材、竹子做舟筏，却还剩八百只食用的羊。焉兵杀羊取皮，做成了六只长宽各五丈的羊皮筏子，以铁杆、铁索、草绳把六只筏子捆成一体，一头绑在西岸，选五十名善泳死士，牵引另一头游过河，绑在东岸，半天之内，沙麓河上横起了一道浮桥。骑兵们牵着马过了河，等到开战之际，也向洛军发起了攻击。洛军九万兵马若合在一处，这一万轻骑兵也难敌，偏偏丁明焕将大军分作三处，一处只有三万人，是以孙牧野全然不惧。当是时，洛军右军正在河边与吴字营陷战，孙牧野率一万焉骑自北而来，阴袭左翼，猝不及防的洛军战阵一冲即溃，孙牧野与吴九龄部会师，再与殷虚部同攻洛中军。丁明焕眼看大势已去，遂长叹一声，南下与左军合流，一起向东撤去。焉军以战损四千的代价，夺下了桑梓津。

第三十一章

分兵

1

七月二十六，焉军全员渡过桑梓津，兵分四路向泸陵城进发。正是秋深稻熟的时节，大军所至之处却只见大片光秃秃的矮谷桩，乡里空无一人，原来东洛坚壁清野，早将粮食抢收、人畜悉迁，叫焉军寻不到一粒粮，找不到一个向导，近八万人马的食物全要从大焉本土千里迢迢运来。

孙牧野一路未遇洛军抵抗，心中疑问："东洛是不是换帅了？"过了一日，果然斥候来报："丁明焕兵败之后被召回黄武，洛王公治贤在宫前燃大鼎，烧滚油，把丁明焕活活烹死了。"孙牧野问："现在主帅是谁？"斥候回："东洛兵部尚书郑重。听闻郑、丁二人战见不同，丁明焕主野战，郑重主守城。"孙牧野遂率大军长驱直入。

八月十二，孙牧野部抵达泸陵城北；八月十三，殷虚部抵达城西；八月十五，王虎部抵达城东；八月十九，吴九龄部抵达城南，对泸陵城形成了合围。

润州曾是大焉最东边的州，与东洛接壤，大焉世代重视润州的城防，重镇大城都是高壁深河，最难攻取。郑重接任主帅之后，又加固城墙，挖深护城河，当焉军兵临城下时，面对的便是一座铜墙铁壁般的堡垒。自八月二十二起，焉军四面合攻了三回，回回无功而返。

转眼到了十月下旬，这日殷虚不知从哪里弄来一条河豚，重约斤半，颇肥盈，他兴致勃勃亲自动手烹鲙，刚剥去鱼皮，亲兵来找他说话，笑道："殷将军，我听说吴九龄将军对孙牧野有意见。"

殷虚问："怎么？"

亲兵道：“吴将军想先打荥华，孙将军偏要打泸陵。”

殷虚道：“为何要打荥华？”

亲兵道：“吴将军说荥华城池比泸陵小，守军比泸陵少，好打些。”

殷虚把厨刀翻舞如一片飞霜，顷刻去了鱼头、鱼脾、鱼肾，冷笑道：“这么多年吴九龄的眼光不见长，走荥华道，之后有两河三溪；走泸陵道，之后是一马平川，咱们骑步兵多，当然走泸陵。”

亲兵道：“吴将军虽守在城南，心中却不爽快，有些兵将私下议论，怕要生变。”

殷虚道：“生变？”

亲兵道：“听说吴字营的辎重都没全放，随时要走的架势。”

殷虚把白滚滚的鱼身剖得干干净净，刚切成两半，忽然问道：“我割了鱼肝没有？”

亲兵一愣，道：“我没注意。”

殷虚回想了一阵，却想不起来，便依旧脍鱼，把一团鱼肉切得丝薄如絮，装入白瓷盘，调了一碟青葱、一碟芥酱，端着找孙牧野去了。

孙牧野正在吃野菜下饭，见殷虚端了一盘细白肉丝进帐，便问：“这是什么？”

殷虚道：“河豚，吃过没有？”

孙牧野道：“没有。”

殷虚便把盘子放上食案，道：“你先尝尝。”

孙牧野警觉而问：“为什么给我？”

殷虚道：“河豚是人间绝味，只是肝脏有剧毒，若内脏未去干净，吃下必死。”

孙牧野道：“那去干净没有？”

殷虚笑道：“我不记得了，所以请你先试试。”

孙牧野当然不动筷。

殷虚道：“江海第一鲜，值得一死。”

孙牧野还是不动筷。

殷虚道：“你替我尝了，我便教你破泸陵的法子。”

孙牧野立马夹了一缕肉，蘸了葱品尝，殷虚问：“如何？”

孙牧野道：“没味道。”

殷虚叹气道：“牛嚼牡丹。”

孙牧野又吃了两口，殷虚道：“悠着点儿。”

孙牧野问：“法子呢？”

殷虚道：“挖地道。”

孙牧野道：“城外有护城河，若把河床挖塌了，淹的是挖地道的焉军。”

殷虚道："懵童子。我们不但要挖塌河床，还要挖塌城墙。"

孙牧野便开始想。

殷虚又道："挖出地道，先用木柱子撑住，河床和城墙一时就塌不下来，等士兵都撤出地道，再在里面生火，一旦柱子被烧毁，河床和城墙齐塌，洛贼绝对守不住。"

孙牧野想了片刻，道："好，挖地道。"

殷虚一笑。他见孙牧野吃了河豚依然无事，便起身端回那盘肉，扬长去了。

2

当日入夜，东、南、西、北四处焉军同时动工了。因怕守城洛军发觉，地道口远远开在八里之外。孙字营也被调去挖地道，第六日轮到了唐翊，他也扛起铁锹，与杨小满几个一同去，到了地道口，那监工的百夫长问："你们是哪一部？"

杨小满道："我们是孙将军卫队。"

那百夫长便脸色转阴，嘲道："怪道一个个细皮嫩肉的，不像军人。"

杨小满道："我们也上阵杀过敌！"

百夫长问："你杀了几个？"

杨小满便语塞。百夫长道："老子当年跟着先帝打仗，从来硬桥硬马横冲直撞，如今跟了孙将军，天天掏这耗子洞。"

杨小满道："我们跟着孙将军，过了白鸢江！"言下之意，便是暗讽先帝卫鸯兵败白鸢江，百夫长那一伙听出来了，当下怒喝道："你想死！"

杨小满又不吭声了，唐翊道："我们是来干活的，不是来吵架的。"

百夫长道："下去挖！挖五丈，短一寸也别上来。"

杨小满道："这可奇了，说是每队挖三丈就换人，怎么我们挖五丈？"

百夫长道："你们是主帅亲兵，要给我们做榜样。"

唐翊道："行，我挖五丈，你也挖五丈，如何？"

百夫长猛地一甩鞭，道："休和我讨价还价！我是监工，谁误工我都敢打！"

杨小满和几个亲兵便拉唐翊，道："算了，不和他吵。"

唐翊把那百夫长看了几眼，转身随十多个同伴下了地道口，向里走了三里多，到了尽头，众人分工，或挖掘，或移土，另有三个工兵用木板和木柱撑住上顶，以防塌方。约过了一个时辰，地道向前深了一大截，众人皆累得热汗蒸腾，唐翊取皮尺一量，道："过三丈了，咱们走。"杨小满道："怕那监工的不依。"唐翊道："他敢不依！"

唐翊领头，一行人爬出了地道口，那百夫长见了问："五丈挖完了？"

唐翊道：“说了挖三丈，就是三丈。”

百夫长怒道：“我的话也是军令，你们不听，我是要罚的！”

唐翊道：“你动我试试！”

百夫长向四周士兵道：“瞧瞧，仗着是孙字营，威风得很。”

有好事者笑道：“你若不罚他们，还怎么管我们？”

百夫长道：“先关起来，我去和孙将军说。”手下的兵便来抓杨小满，唐翊闪身挡在杨小满身前，百夫长道：“先抓这小子！”未等说完，唐翊飞起一脚踢在他腰上，百夫长骂道：“兔崽子，反了！”一鞭甩向唐翊，唐翊反手一铁锨盖了回去，这一闹，百夫长手下几十个兵都不依了，齐叫道：“孙字营仗势欺人！”全冲了过来，杨小满等人也叫道：“打就打！”迎头上去，双方顿时缠斗成一片，周围将士听到了动静，纷纷跑来拉架，一个老成些的十夫长见势不妙，悄悄向一个小兵道：“快去禀报孙将军。”

3

当日上午不到卯时，孙牧野刚睁眼，卫兵进帐禀道：“吴九龄将军来了。”话音刚落，吴九龄气冲冲掀帐进来了，将手中断成两截的铁铲“啪”地扔在孙牧野面前，孙牧野见那铁铲上沾着许多血污，便问：“怎么回事？”

吴九龄沉着脸道：“昨夜塌方，挖的一里多地道全垮了，二十个兄弟被埋在里面，刚刚才被挖出来。”

孙牧野问：“救活了几个？”

吴九龄道：“一个没活。”

孙牧野默然。

吴九龄问：“地道还挖不挖？”

孙牧野道：“当然要挖。”

吴九龄道：“再塌了怎么办？我的兵不该这样死！”

孙牧野道：“四面挖地道，独你们塌方，是什么缘故？我再分一个工兵营给你。”

吴九龄道：“我们不挖了。”

孙牧野道：“吴将军，军令是以后将军之名下发各军的，如不能按期完工，孙牧野少不得以军法论处。”

吴九龄冷笑道：“孙小子，休拿后将军的名头吓唬人，我随先帝打天下时，你父亲都只是个小小的校尉！”

孙牧野长身而起，道：“我不曾吓唬将军，将军也别拿话刺我！”

吴九龄道：“那你放一放架子，听我们一句劝——我好歹比你多吃几十年军粮！”

孙牧野便道：“请将军指教。”

吴九龄道：“放弃泸陵，转攻荥华。”

孙牧野道：“我早说了，不打荥华。”

吴九龄道：“洛贼知道我们必走泸陵道，所以重兵堵在这里，荥华道却疏于防守，我们突袭荥华，攻其不备，有何不可？”

孙牧野道：“荥华道多水路，城好打，路不好走。”

吴九龄道：“取一座城是一座城，总比如今三个月还摸不到城门强！如今军中怨声不绝，攻下荥华，也能振振士气！”

孙牧野道：“取来的都是空城，十座百座有什么用？不灭洛军主力，你今日攻下了城，他明日又夺回去，拉锯到几时？”

吴九龄又冷笑道：“少拿虚话哄我。你是北人，不敢水战，荥华道多水，所以你不去。”

孙牧野道：“桑梓津我也打下来了！”

吴九龄道：“那荥华由我来打！请孙将军下令分兵，吴字营自去打荥华！”

孙牧野道：“我没兵分了！”

两个人吵得火花四溅，帐外的卫兵们都忍不住掀帐看动静，只见孙牧野把桌上竹笔掰断了一根又一根，后来没东西给他掰了，又将双手关节按得爆竹般响，紧紧盯着吴九龄道：“吴将军，仔细听孙牧野一句：好生守城南，挖地道，他日与三面大军合力攻城，若有一刻延误，主将当斩！”

吴九龄高昂着头，笑道：“黄毛小子，你斩我，问问八万涅火军答不答应？”

孙牧野道：“我是涅火军主帅，生杀大权在我，不问任何人。”

吴九龄道：“可得意了你！先掂量掂量，你手下有多少死心塌地的兵？”也不行礼，转身摔帘而去。

孙牧野被吴九龄劈头盖脸一顿抢白，好不容易把怒火压下去，可火苗还在心中要燃不燃，此刻若谁来煽个风，必能熊熊燎原，卫兵们晓得其中厉害，都不敢惹他，他也不理别人，一个人闷坐到下午，忽然传令兵奔驰而来，道：“有急报呈孙将军！”

孙牧野立刻掀帐出去问：“什么事？”

传令兵道：“吴九龄率部撤离城南，往荥华去了！”

孙牧野喝道：“牵马！一千骑随我来！”

一千骑兵立刻集合上马，随孙牧野去拦截，飞鞭急行五十余里，也没见着吴字营的后军，只见沿途散落的旧器，昭示吴字营的一去不返。孙牧野情知追不上了，又勒转马头回了中军帐，从城北调六千人，城东调五千人，城西调六千人，补了城南的空缺，只是四面的兵马都锐减了。

到了中夜，一天未吃未喝的孙牧野打算蒙头就睡，刚拉上被子，又听帐外一匹快马匆匆而来，接着是嘀嘀咕咕的细语声，孙牧野大声问："谁来了？在说什么？"

守在帐外的乔恩宝道："是地道那边的事。"

孙牧野道："说！"

乔恩宝道："是唐翊他们几个。"

孙牧野问："他又怎么了？"

乔恩宝无法，只好道："和监工的打起来了。"

孙牧野咬了半天牙，起身挽了挽袖子，又出中军帐，往挖地道处去了。

4

此刻的地道口已像内讧的鼹鼠窝，沸反盈天，不可开交，一团人吵，一团人打，剩下的人劝也劝不住，拉也拉不开，忽然一人道："孙将军来了！"众兵闻声急忙住手，唐翊也一惊，回头一看，便看见了一脸业火的孙牧野。

孙牧野上前来，强忍怒气，问："谁先动的手？"

百只手臂一齐指向唐翊："是他！"

孙牧野问："怎么回事？"

百夫长道："我说孙将军的卫队当做榜样，要他们挖五丈，他们不听，只挖三丈便要走，我若不处罚他们，不足以服众。"

孙牧野看唐翊。

唐翊道："别人都是挖三丈！他听说我们是孙字营，就让我们多挖两丈，我们不给人这样欺负！"

杨小满插嘴道："他说跟着先帝打胜仗，跟着孙将军就是挖耗子洞！"

此话一出，众人齐静下来，只闻一片低沉的呼吸声，半晌，孙牧野道："唐翊先动的手，关他禁闭。"

唐翊道："我没错！"

孙牧野道："谁先动手谁错！"喝叫卫兵，"押下去！"

乔恩宝应了，问："关多久？"

孙牧野道："关到打下泸陵城。"

两个卫兵押走了唐翊，孙牧野还站在原地，那百夫长气虚，先道："孙将军……"

孙牧野看着他，冷然道："带上你的兵下去挖，十丈以后再上来。"

5

郑重此刻既不在泸陵，也不在荥华，只在后方坐镇指挥。冬月初一，他接到焉军分兵的军报，得知吴九龄独自往荥华去，大喜过望，亲自领兵六万，赶来增援。

冬月初七，吴九龄率部抵达荥华城下，冬月十一，吴字营向荥华发动攻势，激战两个时辰，未能克，六万洛军却随之而至。一万八千焉军前被荥华城堵路，后被郑重断道，危在旦夕。郑重却不慌不忙，围而不打，只道："坐等孙牧野来救，一网收个干净。"

冬月十五，正在巡营的孙牧野收到了吴字营被困的军报，过不多时，卫兵报："王虎将军要去救吴九龄，王字营的骑兵都上马了！"孙牧野立即掉转马头，单骑向泸陵城东而去。

到了王字营驻地，那营地前方一如往常，后方却在悄悄变动——骑兵列出了开拔的阵势，只等天黑，便要无声无息撤离城下。孙牧野纵马在阵列中急驰，问道："王虎将军何在？"

王虎闻声策马过来，叫道："孙将军休怪，我与吴九龄是二十三年生死之交，他有危难，不可不救！"

孙牧野指着泸陵城道："王字营一撤，泸陵城之围便败了，望将军以大局为重！"

王虎道："泸陵回来再打！救吴九龄却不能拖！"

孙牧野道："郑重布下重兵，正为打援，将军去荥华，未必救得出吴九龄，却要置泸陵焉军于险地！"

王字营将士不忿，皆道："孙将军等着瞧，看我们能不能救出吴将军！"

王虎向孙牧野道："先帝掌涅火军时，上下将士生死与共，从来没有坐视不救的时候。"

孙牧野闻言大怒，道："此刻若是先帝坐镇中军，王将军岂敢擅自出走！"

王虎便沉下了脸，道："这话说重了，我一片公心为军为国，天地可鉴！"

孙牧野道："既有公心，将军当留守泸陵！"

王虎身后一圈骑兵却叫："或走或留，王将军自家说了算！"

王虎一时犹豫了。他想的是泸陵城迟早都可以打，吴九龄却等不起，故当先救吴九龄，再回来合攻泸陵；孙牧野看法却不同，他认为王虎未必救得出吴九龄，也明白王字营一走，剩下的焉军挡不住城里的洛军，因此不能放王虎走。王虎一沉默，手下将士便又开始一队一队集结，王虎叹了口气，道："孙将军先撑住，待我和吴九龄回来，打下泸陵，再向你请罪。"

突然哨楼上响起铜锣声，哨兵道："洛贼来了！"

守城洛军此刻也发觉了焉军的异样。当初吴九龄撤离包围圈时，洛军恐其中有诈，未敢趁机突破，后来得知孙、吴不和，吴九龄果真是走了，皆追悔不已，此刻看王虎部有异动，岂能再错过，便派了一支四百人的轻骑，出城探虚实，离辕门五百步时，孙牧野忽地打马，跃出辕门，奋然向敌阵冲去，王字营众兵惊呼道：“他一个人去了！”

洛兵见旷原上仅一骑来袭，皆士气高振，纵马迎战。孙牧野在枣红马上力挽强弓，一箭正中洛兵当先一骑，洛兵亦松弦还击，数十支箭盯准这一人一马，尖啸而至，枣红马马首中箭，长嘶一声，掀下了孙牧野，四百铁骑如骇浪，眨眼把孙牧野淹裹了，王虎忙道：“救人！”亲率三千骑兵出动，卷云踏尘赶来救援，遥见洛骑百支长矛齐向中心猛刺，乱光晃作一团，又见中心一矛，逆百光而动，或守如石垒，牢不可破，或攻如风发，锐不可当，矛尖所至之处，血水四溅，下一刻，洛兵见大部焉军已至，便一声令下，打马而退。四百骑撤后，但见地上横着五个洛兵尸体，枣红马负伤跪地，而孙牧野稳稳站着，目迎王虎前来。

王虎下了马，与孙牧野面对面站着，孙牧野道：“将军又救了我一次。”

王虎道：“客气。”

孙牧野道：“将军欲救百里之急，为何不救城下之危？”

王虎道：“我参军的第一天，就认得吴九龄了，我们一个营打出来的，并肩走到今日。”

孙牧野道：“三面城下的将士，都想与王字营并肩再走二十年！”

王虎把这话思索了片刻，长叹一声，道：“好，打下泸陵城，再去见吴九龄。”

6

冬月二十五，焉军提前过年了，营地千口大锅一同升起，煮开排骨汤后，下起饺子来。战士们二三十个围成一堆，捧着大碗守饺子熟，有耐不住馋的小兵悄悄舀出一碗骨汤喝，又烫得直跳脚，大家便嘻嘻哈哈拿他取笑，好不欢乐。

唐玥还在马厩里关着，只有甜瓜在身边陪他。他搂着甜瓜，伸长脖子看营地的动静，嘀咕道：“一口锅里最多一块骨头，汤淡得跟水一样，有什么好吃的？”

甜瓜从鼻子里喷了一气，仿佛不赞同他的意见。冷风送来骨汤热香，唐玥嗅了一嗅，道：“水韭馅的，没什么吃头。”

甜瓜又喷了一气。

唐玥道：“不就是饺子嘛，等回了开元城，咱们吃个够。虾皮鸡蛋馅的、胡椒羊肉馅的、菠菜蟹肉馅的、五香海肠馅的……”他的自说自话被一阵欢呼打断了——炊兵们揭开了锅盖，放跑了一朵白气，探下大勺一舀，七八个饺子荡在勺里，往挤过来的碗里倒，嘴里嚷着："莫慌！莫慌！先吃着，还要下的！"

唐玥不吭声了，他落寞地垂下头，往草料堆上歪了下去。

甜瓜探头过来看唐玥，唐玥道："看什么？我又没哭。"一边说，一边却用手臂挡眼睛，问道："等打完这一仗，咱们还当不当兵了？"又自己回答，"我不想当了。咱们回去叫唐二养着，唐二俸禄高，咱们想吃什么吃什么，想喝什么喝什么。"

甜瓜晃了晃脑袋，唐玥道："不同意？那你说怎么办？你瞧瞧咱们现在的处境。"

说话间，马厩外响起一阵跑步声，唐玥忙跳起来看，只见苗车儿双手捧着一个大碗跑了过来，唐玥问："苗车儿，你给我送饺子来了？"

苗车儿嘿嘿一笑，道："今天吃年夜饭，不能饿了你。"

唐玥高高兴兴接过碗，先喝了一口汤，顿时口里咸津津，肚中暖融融，忍不住赞道："真好吃！"

苗车儿笑道："你慢些，莫噎着。"

唐玥问："你自己吃了没有？"

苗车儿道："我一会儿再吃。"

唐玥忙把碗伸向苗车儿："咱们一块儿吃。"

苗车儿把碗往回推，道："你先吃，剩两三个给我吧。"

唐玥道："怎么给你吃剩的？现在就吃。"拿筷子挑起一个，递在苗车儿嘴边，苗车儿躲道："我给你吃脏了，你不比我们邋遢。"

唐玥道："你不吃，我也不吃了。"苗车儿无法，就着唐玥的手，小心翼翼衔下饺子来，唐玥道："看你五大三粗的，吃东西怎么这样扭捏！你像我这样。"他夹起一个饺子囫囵往嘴里塞，又夹了一个喂苗车儿，苗车儿笑呵呵张嘴接了。

唐玥道："将来回开元城，我请你吃个饱，我包下天问楼给你吃。"

苗车儿问："天问楼是什么地方？"

唐玥道："饺子馅儿肉多的地方，虾肉羊肉鱼肉鸭肉蟹肉，什么肉都有。"

苗车儿道："好！咱们打完润州就去。"

唐玥道："回城当天就去。"

两人隔着栏杆，同享了一碗饺子。眼看天快黑了，那边营地吃完了饭，收锅的收锅，灭火的灭火，又听见十夫长、百夫长们在吆喝："各队集合！"苗车儿一拍脑门道："忘了还有正事！我先走了！"说完转身跑了。

唐玥踮起脚看，只见将士们都在穿甲、戴帽、拿刀枪，各自往各自的阵列里去，不多时，千夫长们也出来了，孙牧野当头，一边和部下说话，一边往各阵去巡视，唐珝激动得浑身发抖，回头向甜瓜道：“要总攻了！就是今晚！”他出不去马厩，便把几堆草料堆在一起，爬上去观望。

不多一会儿，三军列好了阵，全是步兵，徐徐向泸陵城进发；唐珝再看地道口，果然已站满了拿着火把的士兵。想来地道已经挖至城墙之下，因为有木柱支撑，才不至于垮塌，一旦将木柱烧毁，护城河和城墙势必崩毁，便是焉军攻城略地的时候。唐珝只挖了三丈的地道，却也有十足十的责任心，此刻他忧急交加，默念道：“若是火太小，烧不掉柱子怎么办？若是土太厚，塌不下来怎么办？若是塌下来，咱们的兵正好掉下去怎么办？城墙倒了，攻城还有没有别的困难？”

他在严冬中热出一身汗，站在草堆上直搓手，先看大军远去的背影，又看地道口的动静，再看看天色，心道：“是时候了！怎么还不点火？”又过了三刻，地道口才有了动静，举着火把的士兵们先围在一处，又四散跑开了，唐珝看不清他们的动作，却知道火把一定丢下了地道。只一眨眼的工夫，地道口隐现火光，然后青烟漫出，风越吹越浓，越吹越多，一时遍野都没入烟中，忽然浓烟里传出一声巨响，是土落地、火烧木的声音，唐珝和士兵们一齐欢呼道：“垮了！”

大地开裂了，一道三四丈宽的地缝在惊心动魄地变长、加深，伴着浓烟烈火，一路延伸，一路毁灭，从北至南，向泸陵城爬行而去。焉兵们早知道地裂的线路，都站在裂线之外，等候大地之爪将护城河绞碎，将城墙撕裂。

天黑尽了，唐珝什么也看不清了，他在烟霾中竖起耳朵听，听见裂地声越来越远，到最后几乎已耳闻不见，他在草堆上急得团团转，转了两圈，忽然听见泸陵城那边仿佛平地起雷，声震如天崩地裂，脚下的草堆摇晃起来，厩中的马儿受惊长嘶，他才长舒了一口气，营中的士兵们也在相互告知：“泸陵城墙垮了！”

唐珝爬下草堆，抱住被惊吓的甜瓜安抚，心中幻想此刻的泸陵城下，大军一定吹响了冲锋的号角，为何不用骑兵？也许是怕战马失蹄，踩下塌坑，踩到碎石，可是步兵的速度却慢一些。也不知城墙垮了几丈宽的口子？若只有一两丈，少不得还要牺牲将士；若有三四丈，仗就好打了。今日哪一部会立跳荡之功？孙字营还是殷字营？若是败了呢？焉军又该怎么办？唐珝胡思乱想了许久。过了两个时辰，终于听外面的士兵喊道：“有人回来了！”

唐珝跑到马栏边看，回来的是一小队兵，估计是老兵，因为在他们平静的脸上读不出胜败，他忍不住叫道：“兄弟！打下来没有？”

一个道：“打下来了。”

唐珝的心落了地，又问：“为何还不见大军归营？”

那兵道：“殷将军守城清剿残余，孙将军和王将军领兵往荥华去了！”

7

四日后，荥华城下的郑重收到了泸陵城被攻破的消息，立即下令全力围歼吴九龄。当日，九万洛军向吴字营一万八千兵发起了总攻。上午时，两边难分胜负，战至午后，焉军伤亡过半，洛军却兵力有余，一部一部源源不断注入战场，焉军便渐渐不支。吴九龄无谋，却有勇，他有一双重约五十一斤的铁锤，锤下破碎的人头数以百计，在此刻，也已击杀十二人，只是身边倒下的战士越来越多，这大局已非一人之力能够挽回。吴九龄的马已战死，他徒步向郑重杀去，四五个亲兵在身侧护卫，七八洛骑追来，飞掠而过的瞬间，手起刀落，砍断了亲兵的头颅，吴九龄犹孤身向前冲，向郑重呼道："你来！与我决一死战！"郑重不理会，从容指挥东洛三军一步步收缩包围圈，不到三刻工夫，仅剩的四千焉军被困在半里之地，天上箭矢密布，地上洛骑横扫，已然成为案上鱼肉。三个洛兵同向吴九龄杀去，吴九龄架双锤抵住两柄长刀，另一柄刀刺穿了他的右肋，吴九龄把锤向下一砸，将那刀柄折断，留下刀身还在肋骨中卡着，再一锤挥去，那洛兵的头如瓜四裂，另两个洛兵回刀再杀，吴九龄右锤甩出，把一兵连人带刀甩出一丈远，左锤砸向一兵的胸口，这几回合，耗尽了吴九龄最后的气力，两个洛兵虽死，他也再举不动锤了，仰天高呼："如此战败，九泉之下愧见先帝！"忽而，战场之外响起焉军昂扬的号角，吴九龄抹去眼中之血，看见洛军右翼乱了，一面满是血迹的焉军旗帜破阵向他而来。

8

焉军击退了郑重，返回泸陵城休整。翌日一早，殷虚去看望吴九龄，见他身上大小十处伤，医兵正在上药，因问："伤重不重？"

吴九龄道："死不了。"

殷虚道："那就去见孙牧野，道个歉。"

吴九龄道："道歉？我可拉不下脸。"

殷虚道："给他个面子得了，我看那小子也是个记仇的货，你们僵着，仗还怎么打？"

吴九龄想了半天，赌气道："去就去。要不要背荆条？"

殷虚笑道："你就是背了，他敢不敢打？"

吴九龄穿了衣裳，和殷虚一道往中军帐来。孙牧野正与一名军正、四名执法军士说话，一听吴九龄来了，直身而起，道："请。"

吴、殷二人进了帐，孙牧野道："我正打算去请将军，谁知将军自己来了。"

吴九龄走上前，半跪道：“吴某来向孙将军请罪。悔不听将军之令，擅自分兵，以致战败。”他解下腰间马鞭，双手奉上，“任将军鞭罚，绝无怨言。”

孙牧野不接马鞭。殷虚道：“鞭子先记着，下次再犯，一并重罚。”

吴九龄笑道：“没有下次了。”正要起身，却听孙牧野道：“吴将军的罪太重，一顿鞭了赎不回。”

吴九龄一愣。殷虚问：“孙牧野，你说什么？”

孙牧野向军正道：“请军正说，违抗军令，私自分兵，该怎么判？”

吴九龄的脸色霎时大变，殷虚指着军正道：“你小心说话。”

孙牧野道：“不是他说话，是军法说话！”转向军正道，“你是军中执法之人，你若不敢说话，就谁都敢犯法！”

军正只好道：“其罪当斩！”

孙牧野问吴九龄：“吴将军听见了？”

吴九龄从地上站起来，缓缓道：“孙将军下这个斩令试试。”

孙牧野喝道：“你吓不住我！今日纵然吴字营反，我也要斩你；纵然殷字营也反，我还是要斩你；纵然涅火军全军皆反，我也必斩你！一万八千人带走，只有三千人回来，你愧做主将，愧为焉军！”

殷虚道：“孙牧野，你弄清楚，吴九龄是先帝旧将，你就为这事把他斩了？”

孙牧野愤然道：“先帝托付给我二十万兵，却没能托付一个将！将军们个个仗着军功，仗着资历，屡屡和我作对！我是先帝拜的后将军，你们为何总是轻慢我？出征前，天子在止狩台上授我节钺，我是代天子行狩，为国家征战，我的命令重于泰山，岂容儿戏！”说完，往身后一指，那柄天子授下的黄钺，正立在中军帐内，俨然有光，孙牧野道：“节钺在上，全军听令：吴九龄当斩！执法军士，即刻行刑！”

殷虚“唰”地抽出横刀，厉声道：“谁敢！”

执法士兵左右为难，一个道：“孙将军，饶过吴将军。”

几个士兵齐道：“请孙将军网开一面！”

吴九龄冷笑道：“你可看清楚了，这军队到底是谁的？”

孙牧野越是叫不动兵，就越是决心处死吴九龄，他将手按上刀柄，道：“你们是要我自己动手？”

忽听一个声音道：“我来！”

孙牧野身后一个卫兵站了出来，却是乔恩宝。乔恩宝眼见孙牧野受阻，仿佛自己受辱一般，不待孙牧野回话，拔出横刀，直往吴九龄的心口划，吴九龄急向后退，站在帐口的杨小满见乔恩宝动了手，也举刀向吴九龄后脑砍，吴九龄大喝一声，发力要抵挡，可他在昨日遭受的伤，仿佛此刻才发作，十道伤口齐裂，把他的身子如破布一般撕碎了，只能眼睁睁看着两刀砍来，殷虚忙抽刀来护，孙牧野斜拦过来，以刀鞘挡了回去，殷虚正要回招，却听吴九龄沉闷一哼，脖颈生生断了，身子扑倒在地，头也掉落下来。

孙牧野冷冷收回刀，向执法士兵道：“提上吴九龄的头，传与七军看遍。”

殷虚大吁一声，退了一步，坐回椅子，半晌，道：“孙牧野，我从此记住你了。”

孙牧野反问：“难道以前没记住？”

殷虚从椅子上猛然站起，疾步出帐而去。

9

焉军在泸陵城休整了五日，计划明日继续东进，傍晚时分，孙牧野巡查了各军，刚回营下马，乔恩宝上来禀报：“殷娘子还在闹别扭。”

孙牧野问：“他又怎么了？”

乔恩宝道：“他说不当右虞候军先锋了，要当左虞候军殿后，还把舟船全收走了，说是殷字营造的，不给孙字营用。”

孙牧野道：“随他！”

乔恩宝问：“那哪一部做先军？”

孙牧野道：“我。传令下去，六万焉兵分作三军进发：孙牧野部为先军，王虎部为中军，殷虚部为后军。”

他一边布置，一边要进帐，忽然觉得有人紧随在自己身后，便回头看，只见唐珝凑在他面前，一双眼睛紧张地看他，有话要说，却又不敢开口——两次禁闭，已磨平了这少年的张扬气。

孙牧野问：“有事吗？”

唐珝道：“有，有点小事。”

孙牧野道：“说。”

唐珝道：“我想去先锋营。”

孙牧野问：“为什么？”

乔恩宝笑道：“唐珝，是不是觉得我们欺负了你，所以不想在卫营了？”

唐珝道：“不是。”

孙牧野问：“那为什么？”

唐珝道：“先前在你家里，你问我为什么要参军，我和你说过的那些话，你记不记得？”

孙牧野道：“记得。”

唐珝道：“我把我的志向告诉你，是因为我信任你，我以为你收下我，就是认同我，支持我，可是现在……现在，我失望了。”

孙牧野问：“对谁失望？”

唐珝道：“对我失望，也对你失望。”

孙牧野道：“你对自己失望？”

唐珝道：“是，我以为我会沙场立功，可到今天，我除了打架，什么也没做成。”

孙牧野道：“你也对我失望？”

唐珝道：“你对我的态度，叫我失望。”

孙牧野道：“你想我怎么做？”

唐珝道：“不要让我跟在你身后，让我冲到前面去。”

孙牧野凝视唐珝不说话了。

唐珝道：“别人说，你舍生忘死是因为你的父亲，是不是？”

孙牧野还是不说话。

唐珝道：“我也可以奋不顾身，也因为我的父亲、我的哥哥。”

孙牧野转身往中军帐走。

唐珝追在后面道：“请你放我去，你看看我能不能杀敌，能不能立功。”

孙牧野向乔恩宝道：“送他去先锋营。”

唐珝大喜，行礼道：“谢谢！”

乔恩宝拍唐珝的背，道：“走吧，以后莫忘了你是主帅卫营出去的，别丢咱们的人！”

唐珝道：“好！”随乔恩宝转身就走，孙牧野听见两个离开了，又转头看他们的背影。忽然一骑从西而来，引得营地一阵喧闹，士兵们纷纷道：“信使来了！开元城来的信使！”满营的人齐向信使涌去。

那信使一匹马驮着两只大布袋，驰过营地，看见唐珝，叫道：“唐三郎！有你的包袱！”

唐珝喜道：“我家里给我寄东西了！”向信使冲过去，信使也向他奔来，丢下一个包袱，众人都道：“唐珝，你哥哥给你寄什么了？”

唐珝兴冲冲把包袱打开，先后取出两套冬衣、两双狐毛靴、一把棉袜、一包羊肉脯、一袋葡萄干、一吊钱，还有一张手巾，巾上绣着护佑平安的花鸟。围观的士兵们啧啧作声，一个笑道：“唐珝，你的鞋还没穿坏，给我吧！”唐珝便递了一双给他，另一个道：“还有一双给我！”唐珝却道：“要给小满，他的鞋坏了。”他站起来叫：“杨小满！”

这一边，信使的马也被围得水泄不通，这个问：“有我的信没有？”那个问：“我阿娘有没有捎东西来？”信使道：“不要慌，不要忙，报名字，一个一个来！”他扬起手中一札纸问：“这些都是沈字营的！谁来取？”一个千夫长伸手道：“我都带去。”信使又喊：“宋二毛是谁？”大伙儿便一起帮他叫：“宋二毛！宋二毛！”一个年轻士兵从远处跑了过来，问：“有我的信？”信使道：“就一句口信：你爹把邻家的地买了过来，问你是盖房还是种田？”宋二毛一愣，笑道：“这也值得问！”

孙牧野一直站在帐口，不进也不出，右手拽着帘子，一动不动，他盯着马背上那两个布袋，一拨人过去，布袋瘪了一些，又一拨人过去，布袋又瘪了一些，过不多久，人都散了，包袱好像空了，又好像还藏着一两件东西。信使牵着马走向这边，他以为信使是冲他来的，便站着等，可信使没有看他一眼，而是牵马过营，找了一处还在吃饭的地，和士兵们挤着坐下了。孙牧野轻轻掀开帘子，进了帐篷。

第三十二章 军法

1

腊月到了，崇宁宫外滴水成冰，宫中百官却汗流浃背——殿前七鼎又烧沸了。被去了冠袍的东洛兵部尚书郑重全身被缚，跪在殿前，公治贤问："泸陵城破了，六万大军折损一半，郑重，你还有何话说？"

郑重道："焉贼刁悍，臣败了，无话可说。"

公治贤道："出征前你如何说的？"

郑重道："臣发誓驱逐焉贼出境，如不能，愿步丁明焕后尘。"

公治贤道："这是你自己立的誓，可怪不得孤。"

郑重叩头称谢，决然起身，向热油翻滚的大鼎走去，公治贤先闭目，再以袖遮眼，道："你的家小，国家养之，勿虑！"

郑重道："谢陛下！"纵身跃入大鼎，油烫皮肉，他忍不住一声厉叫，可叫声刚出，又戛然而止，身体沉入了鼎底，焦味散入了大殿。百官骇然无声。

公治贤闭眼问："好了没有？"

内侍监回："好了。"

公治贤还不敢睁眼，只道："快快把鼎抬走！"内侍监忙招呼侍卫将大鼎抬离了殿前。

公治贤许久才放下袖子，俯视殿中众人，个个惶惶不安，他问："焉贼长驱，如入无人之境；将帅无能，以致节节失利。为之奈何？"

满堂肃静。

公治贤道：“丁明焕主对攻，败了；郑重主守城，又败了。满朝文武，孤不知道谁的计能听，谁的谋能用？”

百官默然。

公治贤见无人自荐，便自己点将，道：“张爱卿是武将世家，祖、父皆为东洛名将，有张爱卿压阵，何愁焉贼不退？”

张天刚忙跪下道：“臣无能，不堪砥柱之任。”

公治贤略一沉吟，又转向道：“聂将军屡次讨伐海夷有功，对付孙牧野，自然手到擒来。”

聂中成也跪道：“老臣讨海夷时心口中箭，如今饮食尚有困难，实在心有余而力不足。”

公治贤勃然大怒，道：“平日一个个自命不凡，你有经世之才，他有救世之略，正值国家危难之际，便你也才疏，他也智浅，纷纷谦逊起来了！既然老的老，病的病，国家养你们何用！”喝命侍卫，“把张天刚、聂中成一齐下鼎！”

此言一出，满殿惊恐，道：“陛下息怒！圣人以仁治国，勿轻言生杀！”

公治贤道：“我对你们仁，谁对我仁？只怕焉贼杀进崇宁宫，把刀架在我脖子上，你们也如行尸走肉无动于衷！全下鼎！全下！”

侍卫们听也不是，不听也不是，公治贤怒道：“你们不听圣命？连你们一起下鼎！”

内侍监忙向林渊泓道：“林相公，你说句话。”

公治贤这才想起还有一个林渊泓，便住了口，看他是何神色。林渊泓静如止水，袖手在文官班中站了半晌，这才缓步出列，道：“林渊泓微才末学，愿往润州，御挡外敌。”

公治贤大喜过望，道：“林相公临危担当，不愧国之名士！”

林渊泓道：“臣有一言，请陛下入心：驱逐强敌非一日之功，愿陛下沉心静气，不因一城得失问罪，不因一时胜败追责，对将士任之则信之。不尽逐焉军，臣不旋踵班师；未尽失润州，陛下不治臣之罪。”

公治贤道：“好好好，都依林相公。”向内侍监道，“取节钺来！”

内侍监捧来节钺，公治贤当阶面南，持节钺向林渊泓道：“孤拜林渊泓为大都督，统领润州各军，西御焉贼！”又笑道，“出将入相，林相公可为当世第一人矣！”

林渊泓在心中叹息一声，从公治贤手中接过了丁明焕、郑重留下的节钺。

公治贤又问：“白鸾江上是什么动静？”

林渊泓道：“祝子钦还和肖汉卿对峙于沧澜湖。”

公治贤问：“要不然，调祝子钦来润州，另派将领去沧澜湖？”

林渊泓道：“沧澜湖一旦失守，焉贼可顺水直到黄武城下，千钧一发之际，不可临阵易帅。”

公治贤忙道：“那要不要调兵增援？”

林渊泓道：“东洛二十万舟师，五万归祝子钦，十万守王城，五万在东海防范海夷，已无可调之兵。”

公治贤道：“海夷有什么要紧？速调两万给祝子钦！”

林渊泓道：“若海夷作乱，东洛便要东西作战，五万舟师不可动。”

公治贤道：“林相公，上一次打焉贼，你非要调回打海夷之军；这一次我要调兵回来，你又说不能动，是何道理？”

林渊泓道：“上一次打海夷有九万军，臣主张调回四万，留五万。五万，是臣估算足以镇守东海的兵力，如今东海恰有五万，臣劝陛下一兵勿动。”

公治贤道：“留四万，调一万回来，如何？”

林渊泓沉默。

公治贤遂道：“立即下旨：召回东线一万精兵，增援西线祝子钦。”

2

乔恩宝把唐翊带到前哨营，找到营长侯文远，和侯文远嘀咕了几句，便向唐翊道：“我走了？”

唐翊应了，又道：“先前我打过你，你别记仇。”

乔恩宝笑道：“浑小子，我也打过你，早扯平了。”

唐翊道：“好。”

乔恩宝道：“你若待得不舒服了，还回来。”

唐翊道：“行。”乔恩宝便骑马回去了。

侯文远把唐翊一打量，歪头道：“随我去那边。”一边走一边道，“你小子不识好歹！将军的近卫，别人想当当不了，你倒要出来。近卫是什么？贴身将军左右的人，将军吃肉你们也有汤！你跟他三五年，他自然要提拔你们，至少是个中郎将，才对得起你们跟他一场，这是军政场里大家心知肚明的规矩。我们是从山脚爬，你们是从山腰爬，省了多少事？偏偏现在急着出来，你说你当兵才一年，我现在就是给你个百夫长，底下的兵不服你也难做。”

唐翊道：“我不是为做官。”

侯文远道：“到底是孙将军的人，要是让你当个小兵，他脸上不好看。这样吧，先给你个十夫长看看。”

说话间，走到一处帐前，一火兵正聚在一起聊天，侯文远道："你们都过来！"

士兵们都小跑过来。侯文远向唐珝道："他们的十夫长前日在哨楼上被一支冷箭射死了，现在你做他们的十夫长。"转向士兵道，"这是唐珝，孙将军卫队来的，你们今后听他的。"

士兵们向唐珝行礼道："十夫长。"

唐珝忙回礼，又问侯文远："他们是不是就叫唐字营了？"

侯文远道："叫前哨营丙火！给你十个人就敢挂姓称营，给你头蒜你要掰开当虎符用了！"

士兵们哈哈大笑，唐珝却有些脸红，侯文远道："小子，好好干。莫嫌放哨枯燥，咱们前方就是洛贼，后方就是焉军兄弟，几万大军全靠我们警戒守卫，出不得半点差错！给我盯紧了前方的动向！"

唐珝挺直胸膛道："是！"

3

腊月初十，孙牧野率军往兰芝浦去，探路斥候回："北路约六万洛贼把守，南路约三万。"孙牧野遂投南路而来。走了十一日，到了兰芝浦西岸，他领八九骑登上一处矮丘眺望，只见东岸洛军一扫败象，军容肃整，旌旗鲜明，三军按阴阳环中之术布阵，左、中、右三阵相扣，大、中、小各阵相套，一见便是行家的布局，孙牧野问："东洛又换帅了？"问话间，斥候果然来报："郑重也被下了油锅，现在是宰相林渊泓做大都督。"孙牧野转头问部下："谁和林渊泓打过？"部下都道："没打过。他不是文人吗？"

孙牧野打马下了矮丘，沿着兰芝浦西岸疾驰，细细琢磨洛军的阵形。只见洛军南依山峦，面西布阵，右军多为骑兵，中军多为弓弩兵和车兵，左军多为步兵，孙牧野问："你们看从哪里打？"

两个千夫长齐道："先攻左军为上。"

孙牧野不答，纵马上下十几里，方道："我们走错路了。"

乔恩宝问："为什么？"

孙牧野道："打不下来。传令全军后撤，改走北道。"

千夫长们面面相觑，一个道："若林渊泓追击而来，怎么办？"

孙牧野道："我断后。"

隔日，坐镇中军的林渊泓听见了焉军初到就后撤的消息，知道计谋被识破，心中叹道：“孙牧野明锐机变，实难对敌。要胜焉军，人谋不足，还需仰仗天时了。”

林渊泓早熟悉兰芝浦的地形：北高南低，东高西低。焉军若从北道而来，是自上而下俯冲，洛军处劣势；焉军若从南道而来，需自下而上仰攻，洛军占先机。于是他事先在北道布下重兵，迫使焉军走南道，孙牧野是外来人，对地形不熟，果然走了南道。兰芝浦右为高，左为低，林渊泓便陈骑兵在右，步兵在左，引诱焉军攻己步兵，再以中军车兵分割中路，左军骑兵包抄后路，将焉军尽数绞杀。孙牧野在兰芝浦上下走了一趟，知道林渊泓的阵法难破，索性后退。他亲自断后，也是诱使林渊泓弃守阵、变攻阵来打自己，谁知林渊泓泰然不动，孙牧野也知道棋逢对手，只好转而向北去。焉军一走，林渊泓也挥师北上，和北道六万洛军会合，异日再与孙牧野一战。

4

二十三日后，焉洛两军在长芦坡再次相遇，大军就地扎营。正是夜饭时候，唐玥和士兵们一起搬木头搭哨楼，侯文远一路巡查而来，见了唐玥，笑眯眯道：“唐三郎，你怎么不早说你是唐家三郎？”

唐玥听出了言下之意，便道：“早说又怎么样？”

侯文远道：“早说我就不收你了。”

唐玥问：“为什么？”

侯文远道：“战场上刀枪不长眼，你若蹭破一点皮，我们还敢不敢回开元城？”

士兵们闻言都问：“侯校尉，这是什么意思？”

侯文远道：“什么意思？正四品开元府尹的弟弟在你们这里！今后你们不小心些，叫他掉了半斤肉，上面怪罪下来，只好都去戍边了。老实说，孙将军嫌你是烫手山芋，才把你扔出来，是不是？”

唐玥道：“我自己要出来的。”

士兵们都问：“唐玥，唐府尹当真是你哥哥？”

唐玥撇嘴，道：“是。”

一个兵道：“那先前的唐相公是你父亲？”

唐玥道：“是。”

那兵道：“对面的林渊泓是你父亲的门生，不如请你哥哥去和谈，叫他们老老实实把润州还回来，如何？”

唐玥倒吃了一惊，道：“他是我父亲的门生？”

那兵道：“我听说林渊泓先前在大焉考过科举，是你父亲点的状元。”

另一个笑道："这下可好，假如咱们战败做了俘虏，看在唐珝的面上，咱们也死不了。"

侯文远一脚踹在那兵的屁股上，道："败你个全家遭瘟的！丧气！你应该说：林渊泓早晚要落在咱们手里，看在唐珝的面上，咱们可以饶他一命！"

士兵们都笑称是，只有唐珝把木头扛在肩上悄悄转身离去，侯文远道："唐三郎，你若累了就先吃饭，叫手下这几个做。"

士兵们又起哄，道："侯校尉，没见过这样偏心的。"

侯文远压低声音道："老子在皇城当兵时吃过亏，如今知道哪些惹得起，哪些惹不起了，你们年轻，才吵着要天公地道，多浪几年就懂了！"和士兵们说笑几句，又往别处巡查去了。

士兵们把木头在一处堆齐，开始搭柱建梁，一个叫王春的士兵向唐珝道："唐三郎，我先前就觉得你和唐府尹长得像，只是你不说，我也不好问。"

唐珝道："你见过他？"

王春道："从军前我在开元府边上的茶店做博士，早晚都见到你哥哥骑马从店前过。"

唐珝道："唐二的马黝黑黝黑的。"

王春道："是了，那马的皮毛像黑缎子似的，走在街上真个儿漂亮。"

唐珝道："他的马叫海云阑，脾性怪得很，在外面火气了得，别的马若敢冲它喷一喷气，它一定尥人家两蹄子；在家却打不过甜瓜，它俩关在一个马厩里，甜瓜不许它站在边上，把它赶到角落去，自己占老大一块地，它也不吭一声。后来唐二无法，把海云阑牵到隔壁的马厩，甜瓜却又不干，一晚上又吵又跳，家奴们只好把海云阑又牵回来，让两个在一处。"

王春道："这一对马儿也是冤家了。"

唐珝道："我们家的马儿、貂儿、猞猁狲，还有鹦鹉，千奇百怪的事说也说不完。"

忽然传令兵纵马飞来，口中大呼："将军有令：明日辰时将与洛贼大战，各营各司其职，勿出差池！"那骑驰过前哨营，特意叮嘱道，"当心洛贼趁夜偷袭，前哨营三百双眼睛，今夜一双也不能闭！"

唐珝和士兵们加紧搭建，一个时辰后，丙火的两座哨楼立在了大营外五十步远的地方。一队人匆匆吃完一锅杂菜面，唐珝便开始分工：一人守左边的哨楼，一人守右边的哨楼；自己带着两人骑马在营边巡视；余人下半夜轮换。唐珝巡视的范围只有四里，两刻钟即可来回，他往返十多次，把上半夜平平常常地过了。到下半夜，他上了哨楼，往火盆里添了柴，遥看天上星辰，在心中算着辰时还有多久到来。卯时初，身后的大营渐渐有了响动，士兵们陆陆续续从帐中出来，升锅造饭，穿甲装箭，不多时，对面的东洛营地也亮起了许多火把，马嘶声零星可闻。唐玥看见侯文远在哨楼下站着，便问：“侯校尉，我们出不出战？”侯文远头也不回道：“我们守营！”

待到辰时五刻，四万焉军集结完毕，骑兵在前，步兵在后，缓缓穿过辕门，向东进发。唐玥在哨楼上踮起脚尖看那一行行前进的火把，最前头的骑着火红马，正是孙牧野，唐玥想大声给他打个气，孙牧野却去远了。

东方晨光染红长芦坡时，大战开始了。千万匹战马踏起的灰尘滚滚滔滔，把一片长芦坡掩埋，唐玥只隐约瞧见大焉的朱红帜和东洛的青紫帜缠作一团，马军步兵的影子糊糊绰绰，再分不清哪军是焉，哪军是洛，只一时看见战阵往后移，似乎是大焉落了下风；不多时战阵向前推，似乎是东洛乱了阵脚，两边斗得难解难分。

侯文远也爬上哨楼，手搭凉棚看了半天，道：“看起来不好打。”

唐玥问：“洛军有多少人马参战？”

侯文远道：“听说六万。”

唐玥道：“咱们少些。”

侯文远道：“殷娘子在后方闹脾气，叫不动，只有这些人了。”

唐玥道：“我也去！”

侯文远道：“你去能定胜负吗？多你一个不多，少你一个不少，倒是这座哨楼，缺你不得。”

唐玥道：“现在谁会来偷袭？用不着放哨。”

侯文远道：“一听就是新毛鸡！说不准此刻就有伏兵从左来，从右来，抄你的大营，断你的退路！”

唐玥听了耸然，向左看了看，枯林纹丝不动；向右看了看，杂草一望无垠，绝不是有伏兵的样子，便道：“你少吓唬我。”把长矛往侯文远怀中一递，“劳烦你替我放一阵哨。”转身就跑下哨楼去，侯文远火道：“你懂不懂军纪？老子替你放哨！”

唐玥回了大营，兴冲冲取来自己的弓箭和横刀，一边戴头盔，一边蹭进了待命的后备军。士兵们见挤进来一个陌生人，都一脸疑问，一个百夫长指着他问：“那人是谁？怎么进了我的营？”

忽听辕门外有马蹄迸发之声，一时大家忘了唐玥，都向辕门看，一骑传令兵驰了进来，一个千夫长策马迎上去，喝问：“可是要增援？”

那传令兵大声道：“不用了！洛贼退了！大军即刻回营！”

军阵霎时从安静变得喧哗，欢呼声中夹杂着疑问：“洛贼如何这般不经打？”

一个兵笑道：“书生带兵，弱不禁风！”

大营的气氛欢快起来，不用再上战场，军阵便三火四队就地解散，七嘴八舌讨论战局，只有唐玥说不清是高兴还是失落，他把背上的箭囊解下来提在手里，重新爬上了哨楼。

5

长芦坡一役，东洛只损失了二千士兵、五百战马，林渊泓即下令后撤，将长芦坡拱手让出，焉军遂以破竹之势收复了丹寿郡，于二月十一进军永宁郡。洛军始终在前方作抵挡之态，只是回回交锋都呈败象，大小三战之后，其势越颓。到大焉允治三年四月，永宁郡光复，焉军转而挺进上姚郡。唐玥始终行驰在大军最前方，却一直没能与洛兵实实在在打一次。唐玥明白，全军上下都知道他的身份，谁也不敢让他入阵冒险，他几次求战不成，心也就慢慢惰了。

四月十八，焉军进驻上姚郡的秀春野。正是南方栽秧时节，平野上布着汪汪水田，田中秧苗青油油好生喜人，孙牧野的军令传下来：严禁毁庄稼，严禁入民宅，严禁取民财物，严禁奸淫妇女，于是骑兵牵马走阡陌，步兵收戈过树林，在秀春野之南驻扎了下来。大军征伐一年，越往东进，补给线越长，孙牧野决定在此休养半月，等待后方补充军需。

这日清晨，一声鸡鸣叫醒了唐玥，他出了军帐，爬上瞭望哨，换下守了半夜的士兵，自己站岗。哨楼在一条二尺深的小溪边，溪对面是一座村庄，鸡鸣引出犬吠，不一会儿村中人都醒了，农夫们赶着牛往田里去，毫不在意半里外磨刀试枪的六万兵马。

一个时辰后，侯文远也爬上哨楼来，丢给唐玥一个藠头饼，唐玥掰下一块放在嘴里，只觉又干又无味，便不吃了，侯文远道："还挑三拣四？挖草根吃的日子还在后头！"

唐玥问："你说这仗还要打多久？"

侯文远道："去年三月出征，现在是四月，一年打下两个郡，还有四个，只怕还要一年。"

唐玥道："越往后，是越好打，还是越难打？"

侯文远道："这可难说。只要歼灭林渊泓，东洛也没多少兵了。只是咱们的兵也越打越疲，战马越打越少，后勤越来越难，这一年累死的运粮征夫也有两三千人。"

唐玥便叹气。

侯文远道："怎么，累了？"

唐玥又道："我和我娘子说，三五个月就回去的，她一定怨我骗她。"

侯文远道："你回得去，家里人就高兴了，谁还怨你？"

唐玥道："也是。"

侯文远俯望远方出了会儿神，道："等我回去时，儿子都满十六岁了。"

唐翊道："你有儿子？"

侯文远道："就一根独苗。"

唐翊问："听不听话？"

侯文远叹气道："若是听话，老子也不用在两千里外惦记了。"

唐翊道："十五六岁的孩子，没有听话的。"

侯文远道："最恨的是不肯读书。我和他说，不指望你做官，只求你也识几个字，哪怕去衙门做个小吏，也比我们刀口上搏命强。他却不明白，看邻家郝五在药铺做伙计，月月都有二三百文，这钱来得快，便也想去做伙计。殊不知抓药的活计，你做得，他也做得，老板今日开心了雇你，明日不开心了雇他，饭碗在人家手里，给你你吃一口，不给你你就滚，哪里比得有一技之长在身？你若有学问，就是不在衙门当差，自己开个学堂，或者替人写信写铭，也管个温饱，也受街坊尊敬，是不是？我像求祖宗一样求，就是不听，如今只在街头和郝五那几个鬼混，他母亲几天见不到他回家，怕他打架惹事，反怪我从来不管束儿子，我说我在军营，想回就能回的？她说你长年累月就在军营，老婆儿子还要不要？我说我不当兵，拿什么养你们？先前打仗，肋骨断了两根，负不得重，回去当苦力也没人要。"

唐翊道："你儿子不懂事，现在你们说什么，他横竖不会听，要等他将来摔了跟头，才知道后悔。"

侯文远道："我怕他将来不悔恨自己，倒怪我们没本事，没有万贯家财留给他。"

唐翊便摇头。

侯文远道："我先前听说开元府在招送公文的差役，我那小子别的好处没有，就是跑得快，说话也利索。"

唐翊醒悟过来，道："回去我和唐二说，叫你小子去当差。"

侯文远笑道："我想让他多和官府的人打交道，叫他看看吃皇粮的好处，说不定就悟了。"

唐翊道："你放心，唐二从来听我的。"

侯文远向唐翊拱拱手，当是道谢，又唠了一个时辰，方才告辞回了大营。

6

唐翊守了一个上午，交班后便在营地里闲逛，有一瞬间他想去看看孙牧野，可是忆起那张横眉冷对的脸，心中便对自己说算了，回了自己的哨楼。天色放晚，他的一伙人正在小溪边生火做饭，唐琍问："今晚吃什么？"

王春道："芋头糊蒸熟了和米饭。"

唐琍道："我白天看见溪对面长着野菌，我去摘来煮汤。"一起身，往溪对面一看，忽道，"有人过来了。"

小溪对面，一个银须老丈被一个及笄少女搀扶着，正往这边来，唐琍大声问："你们是谁？"

老丈闻言，拐杖往身后的小村一指，笑道："某是这何家村人，见故国王师威降，特备薄食，前来劳军，兵家勿怪。"他身边的少女也怯怯地举起竹篮示意。

杜敏道："过来说话可以，食物不敢受！"

老丈躬身道："谢兵家。"遂携少女，踏上尺余宽的独木桥，走过溪来。

王春问："老丈贵姓？"

老丈笑道："何家村人，自然姓何，单名一个贤字。"

唐琍道："何老丈多大年纪？"

何贤道："某七十有三。"

唐琍道："气色倒像五十多岁的。"

何贤道："江东风物怡人，最合终老。何家村百岁老人便有三位，我还算后辈小生！"

王春笑道："何老丈，你那篮子里装了什么？"

杜敏道："你不是明知故问吗？说了不许吃百姓食！"

王春道："我就看一看！"

何贤从少女手上接过竹篮，揭开青布，道："是重孙女儿做了两只蒸鹅。兵家们一路水宿风餐，不辞劳苦，农家人没有好肉招待，只宰了两只家鹅，千万莫嫌粗鄙。"说完，躬身奉上竹篮。

两只冒着热气的蒸鹅躺在篮子里，香味四散。士兵们都看着唐琍不吭声，唐琍道："军纪说了，拿百姓一针一线，都要受罚。"

王春道："不是咱们拿的，是老丈自己送的。"

吕广道："大营离得远，就咱们这几个，老丈不说，又没别人知道。"

何贤笑道："不说，不说。"

唐琍还是犹豫，何贤道："兵家不受，某就跪下了。"

王春道："十夫长，你接过来吧！"

唐琍只好接过竹篮，何贤方开怀一笑，逐个向士兵们拱手行礼，道："愿王师百战百胜。"士兵们都还礼，何贤便与重孙女儿转身回去，杜敏抢上去扶，道："老丈过溪小心些，莫掉进水里。"

何贤一边走一边道："不妨，不妨。今年这溪水倒比往年浅了许多。"

杜敏问："是不是雨水少？"

何贤道："雨水却不见少。村中都奇怪，往年四五尺深的溪水，今年怎么只有一两尺。"说完和重孙女儿一前一后去了。

杜敏回来坐下，却又伸长脖子看独木桥上的身影，王春故意问："杜敏，你在看什么？"

吕广笑道："他在看人家重孙女儿！"

杜敏红了脸，道："休胡说！"

唐珝把蒸鹅放在油纸上，拿刀分解了，一一递给围火而坐的士兵。饭也熟了，杜敏一边盛饭，一边道："江东女儿都白得像笋心儿似的。"

吕广道："你还惦记呢！"

王春咬了一口鹅腿肉，道："杜敏，你要赏鉴女人，可要跟十夫长学，十夫长在开元城什么样的女人没见过？"

唐珝道："那是。平康街的舞伎、义宁街的胡姬，我一个个都叫得出名字。"

杜敏问："十夫长，东南西北，最美的是江东女人，是不是？"

唐珝悠然道："这就难说了，各有各的好。比如东洛女人，好就好在一个'柔'字，身段也柔，声音也柔，你若在她腰上握一握，她便撑不住要倒在你怀里；你若在她耳边吹一吹气，她便要喘，叫你心头的火浇也浇不下去。"

众兵听得目瞪口呆。唐珝道："再说北凉女人，可是另一番风情了，也是一个字：冷。长生阁以前有个北凉来的琵琶伎，月里嫦娥也不如她美，每逢她奏琵琶时，公子们送的缠头堆满半殿，也换不来她笑一笑。只弹三曲，弹完便走，有一次一个姓董的——是个不知轻重的乡巴佬——送她一串灵蛇珠，只求她再拨一个音，她反叫婢子送姓董的两箱荆山玉，请他出门去。她若留在开元城，半城的珍宝都要归她，可她只住十日就走了，谁也不知去了哪里，坊间还传说，她回月宫去了。"

他说完，见士兵们个个把蒸肉撕嚼，忍不住道："给我一点。"杜敏便给了他一只鹅翅膀。

吕广道："还没说完呢，西项女人如何？"

唐珝笑道："天下七国，单比身形，西项女人数第一。那可真是……啧啧，一面团扇遮不住一边胸，腰却只有一支筷子宽……"

士兵们都起哄，道："十夫长吹牛，哪有那样细的腰！"

唐珝道："真的！我拿手比过！"他把手掌张开，"就拇指到中指这样宽！"

杜敏问："那南荆女人呢？"

这可难住了唐翊，道：“南荆和我们隔了百重山，少有往来，我还真不知道。”

一个道：“我听说南荆女人会下蛊。”

吕广道：“我还听说她们头顶有耳朵，身后有尾巴。”

唐翊道：“有这样的女人，早被抓到长生阁竞价了。”

再一个问：“十夫长，说了半天，你怎么不说说开元城的女人？”

唐翊道：“开元的女人最惹不起，我在城里活了二十年，也捉摸不透她们！一时温顺像兔儿，伏在你膝上讨欢；一时傲气像猫儿，在你眼前悠来晃去，却尾巴毛也叫你摸不着；今日她爱你缠你，仿佛一刻不见你就活不下去一般；你当真疏远她了，她洒洒脱脱转身就走，明日再见，人家又有新郎君护驾出游，没你过得更称心如意！天下之大，哪里不是男人玩女人？偏偏开元城的女人，我时常弄不明白，到底是我们玩她们，还是她们玩我们？”

他说得口干，因问：“水呢？”

士兵们纷纷找水，吕广悄悄笑道：“十夫长，我这里有酒。”

唐翊道：“不许喝酒。”

吕广却从包袱里拿出酒来，道：“就这一瓶，一人一口就没了，哪里喝得醉？只是解渴用的。”

唐翊抬头四望，身后大营篝火稀疏，身前小溪流水轻缓，溪对面的田野上见不到半个人影，仿佛一片太平之景，遂道：“一人只许喝一口。”

士兵们高高兴兴地分碗倒酒，酒味、肉味杂在一处，众人的兴致越发高昂，一个又问：“十夫长，我听说东沅的女人最美，从十四到四十，找不出一个丑的，这话当真？”

唐翊一愣，端着酒碗半天不说话，王春笑道：“连十夫长也难住了？”

唐翊的目中现出一丝柔软，不由自主抬碗抿了一口，悠悠道：“我不说。”

士兵们道：“怎么又不说了！说来听听！”

唐翊道：“我不知道。”

吕广问：“是不说，还是不知道？”

唐翊又喝了两口，道：“我不说，也不知道。”

吕广给他添了半碗，道：“再喝一口，不碍事。”

唐翊的思绪飞到了两千里之外，酒入肚中，不是辣，却是甜，不一会儿连嘴边都漾出了笑意，杜敏道：“十夫长有心事了。”

吕广道：“十夫长喝得不够多，所以不说。”

大家都道：“再叫他喝！再叫他喝！”

吕广又拿出一壶酒来，给唐翊倒满。唐翊问：“这里离东沅有多远？”

杜敏遥指东北方，道：“就在东洛之北。”

王春道：“东沅是一鞭子就能跑出头的地方，咱们收复润州后，转攻东沅如何？一天工夫就能打下来，从此东沅女人就是大焉女人了！”

吕广道：“那人家也瞧不上你个穷小子，都归开元城的[illegible]了！”

唐玥听不见士兵们说话了，他一直在看东北方向，仿佛看得见那座小城，看得见黛瓦人家窗下清婉的河、门前幺袅的柳，欸乃的桨声划开烟雨，一叶乌篷船从青石桥下穿过，船头一个少女撑着纸伞，用纤柔的嗓音轻轻叫卖松隐江鱼。唐玥在心中道：“转过头来，我看看你的脸。”可那乌篷船在春雨丝中飘远了。

唐玥又喝了半碗酒，蓦然惆怅起来，问道：“这仗还要打多久？”士兵们却饮酒的饮酒，说笑的说笑，没人听见唐玥的问话，唐玥自己把酒倒上，喝一口，想一阵心事，王春在身边瞧见，又把自己的酒倒一半给他，道：“你喝困了好睡觉。我放哨。”唐玥把酒一饮而尽。四五碗酒入喉，他终于困意上涌，向后仰躺在地，双臂枕头，听士兵们说话，这一堆在说：“打完东洛，就打南荆，咱们看看南荆女人是不是真的长尾巴。”那几个在问：“沧澜湖那边怎么样了？肖将军和祝小贼还分不出胜负？”

唐玥听了一会儿，眼帘重得睁不开，慢慢闭上了。不多时，众人话声也稀少下去，渐渐只剩两三个人在细语，再过半刻，便一丝人声也不闻了。唐玥不知睡了多久，忽听有人在叫：“唐玥，起来行军了！”他一下子睁开眼，但见夜幕深沉，四面寂静，哪里有行军的迹象，他喃喃道：“你别骗我。”翻了个身再睡，须臾，又听一人叫：“唐玥，这回你打头阵，敢不敢上！”唐玥大叫：“敢！”却听不见那人回话，于是又睡去。

仿佛睡了长长的一夜，唐玥又听见叫：“十夫长！洛贼来了！”唐玥口中直道：“打！打！”身子却动弹不得，忽觉有人在拉他的手，把他用力拖，几个声音一起喊：“十夫长！十夫长！起来！”唐玥迷迷糊糊睁开眼，看见了王春和吕广惊怖异常的脸，他一个激灵醒过来，众兵一起道：“洛贼过河了！”唐玥急忙翻身去看，小溪边，月色下，一片东洛铁骑践溪而来。

东洛的驻军远在二十里外，却在今夜派了三百精骑来劫营。一个斥候乔装成村民，沿着溪岸暗暗探查，把几十座哨楼一一探过之后，终于查出焉军防线最薄弱的一节：唐玥的哨点。当唐玥和士兵们饮酒说乐子的时候，洛军已在村后悄然以待；当最后一名焉兵醉倒在地，三百洛骑已手持马刀立在了对岸。他们原想快速过溪，将这群哨兵砍杀在醉梦之中，可是说巧不巧，当先一骑刚一下溪，马便踩中了滑溜的水草，一下跌在水中，马嘶尖厉，惊醒了杜敏，他翻身一看，吓得肝胆俱裂，慌忙叫醒同伴，捡起长矛向洛骑冲了过去。他们既喝了酒，又是徒步而战，自是敌不过有备而来的洛军精骑，唐玥清醒过来的一瞬间，已看见洛军的马刀劈中了同袍的头颅，还剩王春和吕广两个把唐翊往后拖，道：“十夫长，咱们快跑！回大营！”

惊慌失措的唐翊被两人拖了几步，忽然道：“告警！要向大营告警！”他拼尽气力站直了向哨楼跑去，马蹄声追近了，吕广斜挡出来，一把横刀劈中马腿，他再冲向另一骑，刀还未劈下，三四支箭从黑幕中钻出来，全刺在他的胸膛。

唐翊和王春跑到哨楼下，又一骑追上来，王春推唐翊上楼，道：“你先上。”

唐翊把手中横刀给了王春，自己往哨楼上爬，紧随而来的洛骑看见了，知道他要击铁报讯，都道：“射他下来！射他下来！”团团围住了哨楼。

唐翊爬到一半，被一支短矢射中了小腿，他忍痛往上爬，听见下面王春和洛兵刀对刀拼得铛铛响，也不敢回头，三步并作两步爬上去，用力敲响了那面铁钟，敲六下之后，相邻几座哨楼皆击钟回应，他知道警报已传出，这才长吁一口气，双腿一软，倒在地上，又听哨楼下惨呼不断，探头一看，王春的身子被一柄大刀砍成了两截。

洛兵是轻骑偷袭，听见警报传开，知道耽误不得，立马兵分两路，一路往左，一路往右，左路向焉军大营里掷火把，右路去邻近的哨楼袭杀，只有两骑，眼看着唐翊上哨楼的，不依不饶，一个向同伴道：“你射箭，我去把他逮下来。”另一个应了，举起铁弩，直往唐翊藏的地方连射十矢，射得唐翊起不了身，他知道这哨楼有二十七步梯，便匍匐到楼梯口，心中数着那洛兵上来的步数，数到二十五，那洛兵刚冒头，唐瑜猛地把匕首向他面上掷去，那洛兵歪头一躲，匕首掷空了，洛兵一跃而出，先向唐翊的头踩了一脚，又一膝砸在他的心口，压稳了身子，便抽出横刀来割喉，唐翊大呼一声，十指直掏那洛兵的双眼，那洛兵下意识扭头躲闪，唐翊一拳打中那洛兵鼻子，又赤手去躲刀，那洛兵忍痛把刀往下一抡，唐翊架双臂去挡，刀光一闪，刀锋已入骨二寸，唐翊在这一瞬全然不知痛，反手一掌打那洛兵的喉，这求生一掌，打碎了洛兵的喉结，洛兵吃痛大喊，滚在一边，向下道：“上来救我！”楼梯上很快又响起脚步声，唐翊拾起刀，在那洛兵脖上一划，又去楼梯口等着，继续数脚步声，数到二十三，那人的头一冒出来，唐翊突地把刀抡过去，可血淋淋的双臂使不上力，刀掉在地上，唐翊空手纵身向那人扑去，欲与他同归于尽，那人却叫道：“是我！”唐翊定睛一看，上来的竟是侯文远。

侯文远听见唐翊哨楼的击铁声，知道这边出了事，顾不得别的，只身往唐翊的哨楼来，他暗中一箭射死了楼下洛兵，上了哨楼，把唐翊扶了下来。地上两匹洛军战马识得焉军装束，转身就跑，只有侯文远的马还在原地候着。侯文远道：“你上去。”唐翊问：“你呢？”侯文远道：“先上去再说。”把唐翊托上马，在马屁股上一拍，马小跑起来，他在一边快跑跟着，两人一马跑出两百多步，突听前方马蹄声急，一群东洛骑兵从黑暗中闪将出来。

洛兵们烧了几座哨楼，杀了几十个焉兵，正往后撤，却又撞上两个送死鬼，一个个把刀拔得哗哗响，迎面直冲直撞而来，侯文远大喝一声，扬鞭在马屁股上死命一抽，道：“跑！跑！跑！”那马大为吃痛，扬蹄从洛骑侧面掠过，侯文远大刀在手，也奋力奔跑，却是向着洛骑正面。

洛兵战马奔速极快，眼看那匹焉马从身侧掠过，却来不及勒马转向，于是都向侯文远涌去，唐珝在马上高喊：“侯校尉！你快逃！”

侯文远被包围了，他手舞大刀迎向几十把锐戈利矛，口中大呼：“唐珝！莫忘记你答应我的事！”

唐珝在马上逃出二三十步，便看不见侯文远的身影了，只看见一股鲜血从洛骑中冲起，溅出一丈高。

7

当夜过了子时，孙牧野还在帐中和王虎说话。王虎道：“今日补给都到了。我听说前阵子户部尚书赵自芳抱着算盘上朝堂，当着太后、圣上和文武百官的面打算盘，说开战以来军费剧增，国家一年赋税三千万贯，有两千万贯用在了我们身上。之后运来的冬衣冬被就少了一半。没过几日，我又听说端木相公找赵自芳谈了一席话，又把该补齐的都补齐了。”

孙牧野一笑，道：“你猜端木相公和他说了什么？”

王虎道：“我猜不到。”

孙牧野道：“我猜相公说，润州一年赋税有四百万贯，早一年收回来，便早一年收四百万。两千万军费，五年就收回来了。”

王虎道：“赵自芳也只听得进这个。”

孙牧野道：“大军在外，若朝中无人支持，要横生多少困难。”

王虎是经过事的，叹气不语，此时帐外马蹄声连珠起，下一刻乔恩宝掀帐进来，禀道：“两位将军，有洛贼来劫营。”

孙牧野问：“多少人？”

乔恩宝道：“三百来骑。”

孙牧野和王虎一起出帐往东看，遥见辕门外火把如星河，隐隐有战马驰突的影子，王虎道：“只怕中军也不安稳。”告辞回去了。孙牧野站了约两刻，又有人来报：“洛贼退了，还在清点损失。”孙牧野遂回帐等着。到丑时三刻，战报传来：“杀洛贼十一人，获战马四匹。我军亡三十七人，伤八人，被毁哨楼两座，营帐五座。前哨营营长侯文远战死。”孙牧野道：“三百人马从平野过来，五十座哨楼没人看见？从哪路来，自哪点攻破，天明之前告诉我。”

寅初，前哨营校尉姜福生气冲冲来报：“洛贼以何家村民居为掩护，攻破村对面的哨楼，进而逼近大营。”

孙牧野问：“谁的哨楼？”

姜福生道：“谁的哨楼？孙字营出去的唐琊！”

孙牧野一怔，双拳互握紧了。

姜福生道：“将军若要问唐琊是怎么放哨的，我去看过了：十来个兵到死酒气都没散，地上碎着酒瓶子，肉骨头！”

孙牧野把指关节重重按下去，问：“他是死是活？”

姜福生道：“被救下来了。”

孙牧野的一分担心立时化作十分愤怒，大声喝道：“把他绑了带来！”

寅时一刻，士兵们押着五花大绑的唐琊来到中军帐前，唐琊不敢直视孙牧野的眼神，只在一丈外站定。他不开口，孙牧野也不开口，两个人对站着僵住了。将士们彻夜未睡，听闻消息，都来看孙牧野如何处置，不知围了十重还是八重，一支支燃烧的火把将唐琊的脸烤得发烫，四周越安静，他越窘迫，不知过了多久，他支撑不住，不自禁在上百双眼睛的注视下跪了下去。

孙牧野开口问：“洛贼从你那里打开口子的？”

唐琊垂头应道：“是。”

孙牧野问：“他们过来时没人看见？”

唐琊的声音越发微弱：“没有。”

孙牧野问：“为什么没看见？”

唐琊不敢答。

孙牧野厉声道：“一五一十说！”

唐琊道：“我们喝了点酒。”

孙牧野问：“单是酒？”

唐琊道：“还吃了鹅。”

孙牧野问：“哪来的鹅？”

唐琊道：“溪对岸的村民送的。”

孙牧野道：“你倒不见外！”

唐琊把头垂得更低了。

孙牧野问：“你手下还有几个兵？”

唐琊不听则已，一听泪充眼眶，道："全死了。"

孙牧野道："十条人命！算谁的！"

唐琊猛然昂首道："我！是我的罪过！"

孙牧野道："你此刻知道了是你的罪过！"

唐琊不能还口。

孙牧野指着人群中的姜福生，厉声道："前哨营的人指名道姓说是孙牧野的兵犯了错！你当初怎么说来？要上前线，要杀敌立功，结果呢？"他几步上前，一把揪起唐琊的后衣领，把他半提起来，逼他和自己对视，"你堂堂正正战败我不怪你，可你和手下喝得烂醉，敞开大门把敌人放进来烧杀！三十七个兄弟的死是因为你唐琊在喝大酒，吃大肉！你看着我！"他越把唐琊向上提，唐琊越埋着头不敢看他，孙牧野怒道，"你看着我说话！唐琊！你忘了你怎么来的军营？你不为我争口气，也为你兄长争口气！"

唐琊叫道："你杀了我，为牺牲的同袍偿命就是！"

孙牧野一把将唐琊摔在地上，不说话了。

唐琊道："你下令吧！还是要我自裁？"

孙牧野深深喘气。围观的士兵们鸦雀无声，都在等他下令，他却迟迟开不了口。一两个人的性命，孙牧野未必顾惜，可他一直记得当初唐瑜向自己跪拜的情景，记得那一跪在心中击打的重量，也记得自己说了"只要我无事，他一定无事"，他和唐瑜并无交情，可诺已许下，便要践行，他今日若杀了唐琊，他日如何向唐瑜交代？

孙牧野下不了决心，便回头看了乔恩宝一眼，乔恩宝会意，站出来道："把唐琊押去军牢关了，听候发落。"

两个兵正要上前拿人，却听人群外一个声音道："就在此时发落！"

士兵们都往后看，一看之后，立刻分出一条道，只见一人悠然走了出来，却是殷虚。

一直消极怠工的殷虚连战袍也不穿了，却穿一身剪裁考究的绀蓝色宝字纹圆领袍，不像舞枪弄棒的武人，倒像经手百万买卖的雅商，他捏着铁核桃走到孙牧野面前问："怎么不当场发落？"

乔恩宝道："唐琊违反军法，自有军正审判，有了结果，一定告诉殷将军。"

殷虚道："那便请军正来，在这里当众审判。"

乔恩宝明着抬杠："一时半会儿找不到人。"

殷虚道："我凑巧遇见了。"高声叫道，"请上来！"

人群再一次分开，殷虚的亲兵拥着五个人走了过来，围观士兵窃窃互问："这五个是谁？"

殷虚道："一个军正，四个执法军士，当初裁决吴九龄好生利索，今日我出面，请他们来断一断洛贼劫营案，千万别混天瞒海，不了不当！”

孙牧野道：“你记性倒不错！”

殷虚道：“好着呢！”

孙牧野看着军正，还没说话，殷虚道：“快快判决，我们洗耳恭听。”

军正却看孙牧野。

殷虚道：“没有孙将军的眼色，军正不敢开口，这军营中到底是将大，还是法大？若是将大，你直说一声把这小子饶了，我们也无二话；若是法大，便请军正依照军法，判决这小子该怎么罚。如何办，你自己看，六万将士就等着上行下效。”

孙牧野被将了一军，知道收不了场，只能向军正道：“你说，怎么判。”

军正道：“饮酒误事，斩。”

孙牧野又沉默了。

殷虚故意问：“我听清楚了，你呢？”

孙牧野不理。

殷虚又问：“四个执法军士在哪里？”

唐珝道：“不劳烦军士！拿刀来，我自裁！”

殷虚赞道：“小子有骨气！”亲自上前给唐珝解绑，孙牧野一个闪身拦在中间，殷虚问：“怎么？”

孙牧野道：“两百军棍，如何？”他决心要留唐珝的性命，便和殷虚讨价还价起来。

殷虚道：“两百棍下去，骨头也碎了，皮肉也溶了，不如一刀砍断脖子，给他个痛快。”

孙牧野道：“两百棍！”

殷虚眯着眼打量孙牧野，道：“我不懂了，你和这小子到底有恩，还是有仇？”

孙牧野犯狠道：“两百军棍！依照军法，棍刑最多一百，这次打他两百，我让到这一步，你再不让，日后可不好相见了。”

殷虚在心中盘算开了。那军棍的力道他清楚，二十棍以内，皮开肉绽；五十棍以内，伤筋动骨；百棍以内，非死即残；两百棍下去，死得都没有形状了。既然孙牧野铁了心不再让步，他便顺势道：“好，两百棍。”

下一刻，两个执法军士拿来军棍，把唐珝按在地上，举起棍子要开打，孙牧野却道：“等一等。”

众人又看过来。

孙牧野一边脱衣衫一边道：“我替他受一百棍。”

殷虚道：“如何你替他受？！”

孙牧野道：“都知道他是孙牧野的兵，他犯下大错，我负首责。”他把衣衫一除，又引得众人脊背发寒：那身体满是伤疤，有几处重创，半尺长的创口裂开翻卷，已再不能愈合，像几条凶悍的蜈蚣，缠定了他毕身。唐玥忽然泪如泉涌，道："关你何事！我自己受！两百棍都向我来！是我一人的错！"

孙牧野不理他，在他身边跪下，道："来，他一百，我一百。"

乔恩宝道："孙将军，我替他受！"

孙牧野道："立刻行刑！天快亮了，我还有事要做！"

殷虚道："一百棍下去，怕你什么也做不成了。"

孙牧野道："你瞧好了。"向执法军士喝命，"棍来！别手抖！"

两个执法军士无奈，一个站在孙牧野身后，一个站在唐玥身后，道："将军，得罪了。"

孙牧野道："好说。"

两个军士便抡圆军棍，打了下去。棍挟风声，直扑人背，唐玥被一棍打中脊梁，顿觉一股烈火直蹿后脑，几乎失去知觉，忙转头看孙牧野，孙牧野的额上青筋一道道凸起，也在用全身之力抵御棍击。十棍下去，唐玥只觉脊柱在一节一节断掉，啪啪裂声不绝；二十棍后，他背上的血水扑上了脸，溅下了地；三十棍后，唐玥的后背仿佛成了臼中肉，被木棍捣得稀烂，他暗中绝望道："一百棍，孙将军如何撑得下去？"第四十棍打来，唐玥身子不由自主向前一扑，险些倒地，孙牧野看见了，喝道："跪直了，扛住了！"唐玥大声回道："是！"死命咬牙挺直了背脊。五十棍下去，唐玥全身都被铁水浇烫一般，四肢百骸，无一处不在燃烧；六十棍下去，旁观将士见二人脸色青灰，背上没有一块好肉，三三两两道："够了，不要打了。"殷虚道："少一棍都对不起孙将军说的那句'军法在上'！"孙牧野应道："没错！"七十棍后，唐玥觉得自己没了骨头，只剩一堆肉留在当地，仅凭一股气支撑不倒；八十棍后，那股气消散了，他失了支柱，倒了下去，棍还没停，只是轻了些许；九十棍后，唐玥目中有了幻象，他看见父亲、兄长、妻子都在向他而来，忙叫道："别见我！我愧对你们！"又十棍之后，一百棍打完，四周将士都叹道："总算完了！"唐玥昏了过去。

乔恩宝赶过来扶孙牧野，孙牧野却栽在地上，缓了几口气，慢慢爬到唐玥身边，撩开他满脸的汗发，看他。半晌，唐玥的眼睛睁开一条缝，把他回看，孙牧野放了心，自己站起来，踉踉跄跄回中军帐去了。

第三十三章 翻江倒海

1

伤痕累累的唐珝在帐中昏睡了一天。第二天，苗车儿进帐来看他，唐珝的愧悔未消，小声道："苗车儿，你来做什么？"

苗车儿把两个煮熟的鸟蛋塞进唐珝手里，道："我来看望你。大军明日要开拔了。"

唐珝"嗯"了一声，问："孙将军怎么样了？"

苗车儿道："皮肉伤虽重，人倒是清醒的。"

唐珝叹气。

苗车儿道："你们两个伤没痊愈，行军要吃苦头的。"

唐珝道："我不怕。"

苗车儿道："不如你还回卫队来，我可以照看你。"

唐珝道："我要回前哨营去。"

苗车儿问："还回去做什么？"

唐珝沉默半刻，问："以后我放哨，你们放不放心？"

苗车儿道："我自然是放心你的，可是他们……"

唐珝问："他们？包括孙将军吗？"

苗车儿道："我也不知道他信不信你。乔恩宝也说要你回卫队，他一句也不答。"

唐珝道："等这场战事结束，他一定不要我在军中了。"

苗车儿："只怕你自己也不想留了。"

唐珝不置可否。

苗车儿道："你听说西边的事了吗？"

唐珝问："什么事？"

苗车儿道："咱们来打东洛，西项就想打咱们，可到现在还是不敢打，他们也有顾忌。"

唐珝问："顾忌什么？"

苗车儿竖大拇指道："当然是顾忌你叔父！你叔父是大英雄。咱们在东边打了一年，西项都没有出兵，全因有你叔父镇守。"

唐珝叹气道："千万别叫他知道我在这里的事。"

苗车儿道："你也有机会立军功，莫泄气！"

唐珝道："好！"

两个聊了一会儿，苗车儿道："我要回去了，晚上有空再来看你。"

唐珝翻身从枕下掏出一封信，道："我给哥哥写了封信，麻烦你交给信使，请他带去开元府。"

苗车儿把信揣入怀里，道："行。"

唐珝道："叫信使千万叮嘱唐二，信里的事，他一定要听我的。"

苗车儿应了，起身小跑出了帐。

2

攻下了秀春野的焉军再次启程，唐珝骑在甜瓜背上随大军东去，进入义章郡。这一日，天蒙蒙将明，唐珝听见帐外有细语声，便爬起来掀开帐帘看，十步开外，几个兵正在议论昨夜的战事，一个问："战果如何？"一个道："首级只得三百多，俘虏二十来个。"又一个道："林渊泓带兵太飘。"另一个道："孙将军一直想找洛贼主军决战，始终不得。"

唐珝听得入神，便朝那几个兵去，谁知那几个兵见了他，却骤然把声音放低，一边说，一边走远了。

唐珝尴尬地转身回帐，又听见一人叫："唐珝！"

唐珝回头一看，却是前哨营的兵，忙问："什么事？"

那兵道："营长问你伤好了没有，好了还回去站岗。"

唐珝大喜，道："好了！就去！"冲回帐里把衣裤被褥都卷好捆了，骑马赶回了前哨营。

此时前哨营三百人正集合在辕门外，听营长姜福生下任务，唐珝小心翼翼往队伍里钻，姜福生看见了便叫："唐珝！"

唐珝应道："在！"

姜福生问："伤好全了没有？"

唐珝道："好全了！"

姜福生道："丙火又添了十个人，还是你做十夫长。再出半点差错，我绝不上报，当时立斩！"

唐珝大声道："是！"

姜福生便开始一火一火细下任务，正在布置，传讯兵跑来道："孙将军来视察前哨营了。"姜福生理了冠服去迎。

大伤初愈的孙牧野骑马踱来，唐珝看见他，记起他当日力保自己的恩情，便想跟他打招呼，孙牧野也看见了阵中的唐珝，却视若无物，把眼光一掠而过。姜福生把前哨营近日的动向汇报了，又道："洛贼退干净了。"

孙牧野问："往哪里退的？"

姜福生道："南下到寿陵郡。"

孙牧野道："我们得追过去。"

姜福生问："几时启程？"

孙牧野道："五日之内。"

姜福生道："此时可以遣哨骑探路了。"

孙牧野点头。

姜福生左看右看，思量派哪一火做哨骑，孙牧野向阵中道："唐珝。"

唐珝料不到他会叫自己，慌忙抬头应道："在！"

孙牧野道："你做哨骑，把前路探明，做不做得到？"

唐珝道："做得到！"

孙牧野道："后天回来复命，不得迟误。"

唐珝道："是！"

3

唐珝和他的十名士兵换了布衣，驰出辕门，踏入润州的翠原，恰如几只幼燕逃离鸟巢，飞上青天。唐珝从马鞍下取出一支笔和一张纸，瞧着远处的山走势，近处的水流向，一个劲写写画画，一个绰号叫刁蛋的老兵问："十夫长，这时候还有心情画山水？"

唐珝道："我在画地图。"

刁蛋问："你画地图做什么？"

唐玥道："我们不是来探路吗？要把道路的曲直、山川的走向都画清楚，大军才知道怎么走。"

这话一出，手下的兵都笑起来，唐玥道："你们笑什么？"

刁蛋道："哪里的兵要开拔了才画地图？"

唐玥道："已经画完了吗？"

刁蛋道："还没开战前，咱们早有斥候悄悄入润，把润州大城小堡、旮旮旯旯的形状都记下带回去了，不然咱们这一年靠什么行军打仗？"

唐玥"哦"一声，把纸笔放回马鞍下。一行人马驰出两里地，他又问："那咱们出来干什么？"

刁蛋道："看洛贼撤退时有没有犯坏。前路捣毁没有，桥梁烧断没有，若有，就要叫右虞候军提前来铺路修桥，再观察有没有埋伏，好叫大军做准备。"

一个问："若遇到洛贼的重兵埋伏，咱们不是死定了？"

刁蛋道："埋伏是冲着大军来的，咱们这几个小蚂蚁，杀了也没用。若他们没被发现，肯定放咱们回来；若被发现了，也只好杀我们灭口。所以咱们就算看见了，也要装作没看见。"

另一个再问："哪些地方容易埋伏？"

唐玥道："险阻、潢井、葭苇、山林、蘙荟。"

刁蛋笑道："十夫长这倒懂。"

唐玥道："我读过兵法！"

人马又走出十里，眼前一片葱郁草地，青草深没马蹄，唐玥才要一猛子扎进去，刁蛋道："慢着！"

唐玥勒马问："怎么了？"

刁蛋下了马，脚贴着地向前挪，士兵们也照做，挪了十来步，只听"铛"一声，一枚四爪铁钉被一个士兵踢中，自草丛中蹦飞出来，刁蛋道："看吧，撒了扎马钉，马蹄踩上去要烂！洛贼心眼死坏！"

唐玥和士兵们粗略一查，方圆一里的草地里，竟有上千枚扎马钉，众人扫出一大半，堆成小山，这才上马绕行而去。

到次日，唐玥记下了三处路断，两处桥塌，一处地上有铁钉，一处坡上有落石。当头顶阳乌渐渐西行时，一伙人走到了萦水边。润州十河千溪，最称萦水为美，此时晴照江水暖，柳映江光青，好一道九曲碧练向东飘洒，把水乡之美尽数诠释了。走不多远，便见岸边零星散落着旧衣服、破马鞍、烂铁锅，是大军驻扎的痕迹，刁蛋道："十夫长，大军都是逐水扎营，再往前走，洛贼就多了，现在不敢打照面的。”

唐珝点头道：“咱们回去。”

一伙人勒马往回走，却不走来时的陆路，而是沿着萦水向西行，一路余晖寥寥，芦苇萋萋，刁蛋赞道：“好一湾水。”

唐珝马鞭往前一指，道：“前面有个渡口，咱们去那里装水喝。”

众人打马往渡口去，只二百来步便到了。众人下马取水囊，刁蛋一边取，一边往栈桥上看，忽然道：“十夫长，那里有个人。”

唐珝扭头一看，果见栈桥尽头、暮烟深处立着一人，模糊见是一身青衫，一顶折上巾，唐珝把四周看了看，道：“是平民。”和士兵们也往栈桥上走。那人早听见了马蹄声，双手笼袖，安然观望，见士兵们迎面过来了，遂侧退两步，让士兵们擦身过去。

唐珝几个到了桥头，才见桥下还停着一叶轻舟，舟头坐着一个船夫，刁蛋问：“船夫，你们从哪里来？”

船夫却在缩着肩打盹，刁蛋又叫：“船夫！”

那船夫猛然发觉有人在叫，慌忙站起来，凑身张嘴听着，刁蛋问：“这里叫什么地儿？”

那船夫“嘿嘿”一笑，拿手指了指嘴，鲁钝地“呜啊”作声，一个兵道：“是个哑巴。”

刁蛋便低头灌水，他瞧见露出水面的桥柱上还有三尺长的深色苔痕，道：“原先这一截是浸在水下的，怎么江水矮了下去？”

一个道：“莫非润州今年要大旱。”

刁蛋道：“前一阵雨下得也不少。”双掌合拢，捧一汪江水喝了，又拿水囊去灌，一边灌，一边斜眼偷看两丈外那书生，忽然，他压低声音向唐珝道：“十夫长，你看那书生像谁？”

唐珝正在俯身洗手，听刁蛋问，便随口问：“像谁？”

刁蛋道：“我看像你。”

唐珝道：“不像！”转头悄悄打量那人，见他虽衣着朴素，却文质彬彬，脸上无事也含两分微笑的模样，却与唐瑜神似，便道：“他像唐二。不过唐二从来不穿粗布衣裳。”

一伙人喝饱了水，灌足了水囊，有说有笑地往回走。唐珝离书生近了，更觉这人和颜可亲，仿佛唐二就在面前，他在那一瞬忽然想念起哥哥来，不由停下脚步，站在书生面前，躬身小揖，道：“先生见礼。”

书生脸上的笑意更多了一分，也躬身还揖，道：“军士多礼。”

他一开口，唐珝反倒吃了一惊，道：“听先生的口音，是开元城的人？”

书生道：“开元城中，安业街人。”

唐珝欢喜道：“我家住开元城东，崇仁街。”

书生笑而长揖，道：“异乡逢乡人，更添思乡意。”

唐珝忙也长揖，又问：“先生为何来润州？”

书生道：“为生计故，流离转徙，漂泊不定。”

唐珝道：“润州战火四起，兵荒马乱，先生行路千万小心。”

书生道：“多谢关照。”

刁蛋听不得两个文绉绉磨腻，叫道：“十夫长，再不走，天就黑了。”

唐珝便向书生行礼道：“先生告辞。”

书生也回礼道：“军士慢去。”

唐珝走出两步，又道：“将来回了开元城，先生可以去我家做客。我哥哥和你有些像，你们一定聊得来。”

书生问：“不知尊府何处？”

唐珝道：“崇仁街佩鱼巷，唐家。”

书生一笑，道：“若有缘回开元城，一定登门拜谒。”

唐珝便告辞，率十骑往回疾行，不出百步，忽听萦水上遥遥有人在唱：

天心待破虏，
阵面许封侯。
却得河源水，
方应洗国仇！

唐珝回头一看，只见江心一舟凌波，舟头立着那青衣书生，唱歌的却是船夫，刁蛋疑道：“他不是哑巴吗？”

唐珝听清了歌词，浑身一凛，打马扬鞭，叫道：“追回去！”

一行人立即掉转马头，追回渡口边，小舟却远在一里开外了。那船夫见焉兵追来，一面不慌不忙地摇桨，一面笑喊：“焉军免送！我家大都督去也！”

众兵一听，齐惊呼道：“是林渊泓！”

唐珝下了马，急取劲弓长箭，拉圆了射去，恰恰在舟尾落入江中。士兵们一片接一片的箭网撒过去，却始终捕捞不到那叶小舟，林渊泓在舟尾含笑向唐珝拱手道别，唐珝只能眼睁睁看着小舟缥缈缈一去数丈，转瞬消失在烟水尽处。

4

出行三日后，唐珝率哨骑队回了辕门。姜福生听了汇报，拿着笔记要去找右虞侯上报，顺口道："乔恩宝早上问你回来没有，你既然来了，就去中军帐，向孙将军再汇报一次。"

唐珝把遇见林渊泓一事隐瞒了，心中发虚，道："你去和他说，我就不去了。"

姜福生道："人家过问了，你就该去打个照面，这是礼数。难不成你架子比将军还大？"

唐珝只好去了。

孙牧野此时正在中军帐和将领商议军务，他道："丁明焕一次战败，下了锅；郑重一次战败，也下了锅；林渊泓节节败退，为何安然无事？"

王虎道："显然洛王知道林渊泓的意图，才容忍得他。"

孙牧野道："我也想知道他的意图。"

王虎道："或许林渊泓想诱我孤军深入，断我后路，截我粮草，围而困之。"

孙牧野道："所以我叫各军备足十日的粮草，十日之内，焉军有力量突破洛军包围，林渊泓不会不明白。"

另一将道："或许他想借险地之力，设伏歼我。"

孙牧野指了指地图，道："寿陵郡内没有险地，萦水也不必渡，他在哪里设伏？"

众人无对。孙牧野看殷虚道："殷将军有何高见？"

殷虚正拿一把小锉刀磨指甲，也不抬头，道："把斥候叫回来问问不就得了？"

孙牧野问身后："斥候回来没有？"

乔恩宝出帐去问，顷刻回来道："五日前派出的斥候，到今日还没有音信。"

殷虚起身拍拍衣裳，道："等斥候回音，以后没有着急的军情休叫我。"说完去了。

王虎干咳了一声，道："孙将军刚才说寿陵郡内无险地，怕不见得，前面有一处名叫青苎原，林渊泓多半在此处迎战我军。"

孙牧野又看了看地图，向乔恩宝道："再遣一拨斥候去探个明白。"乔恩宝得令去了。这边孙牧野和众将商议了半天，也各自散了。

须臾，乔恩宝回帐来，禀道："唐珝在外面候着，叫不叫？"

孙牧野道："叫。"

乔恩宝把唐珝叫了进来，孙牧野问："几时回来的？"

唐珝道："刚回来。"

孙牧野道："说说。"

唐玥道："一处原上撒了铁钉，被我们扫了；一处坡上有落石，也被我们推了。路断了三处，桥塌了两处。没见到埋伏。"

孙牧野道："好。"

唐玥道："还有问的没有？"

孙牧野道："没了。"

唐玥也不吭气了。

孙牧野问："你还有什么要说的？"

唐玥道："没，没有。"

孙牧野点头。

唐玥道："那我回去了？"

孙牧野又点头。

唐玥行过礼，掀帐出去了，却又不走，站了半盏茶的工夫，返身回来，重掀开了中军帐。

孙牧野问："怎么？"

唐玥道："我还有一件事没说。"

孙牧野道："说。"

唐玥道："我在萦水边遇见了林渊泓。只有他和一个船夫，我不认得他是谁，就放他走了。后来那船夫在江上唱什么破虏、国仇，我再掉头去追，没有追上。"他拼着一股气说完，再等着孙牧野发落，半天听不见动静，他又悄悄抬头，看孙牧野的脸色。

孙牧野道："你何止放他走？你还请他去唐家做客呢。"

唐玥先是一惊，后是一怒，道："谁告的密？小人！"

孙牧野反问："难道告错了？"

唐玥道："我自己会说，不需人告！"

孙牧野道："这是战时，纵然有条可疑的猫狗，也该抓回来问一问，一个大活人，你就那样放走了。"

唐玥道："是我疏忽了，随你处置！"

孙牧野道："去找执法军士，领十军棍。"

唐玥转身便去了。孙牧野回头看乔恩宝，乔恩宝笑道："小子秉性倒耿直，可真不是打仗的料。"

孙牧野若有若无地叹了口气，想说什么，却没说出来。

5

五月十四，林渊泓领兵进了尺函谷，驻于青茔原上的竹枝城，五月十九，焉军跟至，在尺函谷外五十里扎营，十日之内不曾移动一寸。林渊泓听说，笑向左右道："孙牧野起了疑心，不肯进谷。"

一位将领道："青茔原四面环山，只西边一处尺函谷，东边一处石踪关，进易出难，任谁也不敢轻举妄动。"

说话间，卫兵报："监军宦官仇忠来了。"

林渊泓皱了眉，道："请。"

帐帘掀开，仇忠踱了进来，也不行礼，袖手问道："林都督，几时与焉贼决战？"

林渊泓道："还不是时候。"

仇忠道："几时才算时候？"

林渊泓道："我心中自有数。"

仇忠怒道："都督好生傲慢！休在我面前惺惺作态！都督领兵以来，大小未尝一胜，六军士气颓丧，朝中劾奏累案，是仇某在圣上面前力保，都督才坐得稳这中军帐！若都督始终怯战，那丁、郑二位将军的结局，也是你我的下场！"

林渊泓道："仇都监若担心身家性命，便请早回黄武去。"

仇忠冷笑道："都督倒是早盼望仇某走人了——若不是仇某在这里镇着，润州早被都督卖了！"

林渊泓问："何出此言？"

仇忠道："如今军中流言横行，说都督曾在中焉求学取仕，多的是故人旧友，或许念了旧情，或许收了重礼，才故作不敌，任贼进犯！"

林渊泓面现怒色，道："林渊泓家住黄武城外，五间宅，四亩田，仇都监只管遣人去抄，看看林渊泓收了多少贿赂！"

仇忠道："休急，再败之日，何止有抄家的罪！"

林渊泓道："孙牧野的习性，我已了如指掌。自今日起，成败决于我，不决于他。"

仇忠冷笑道："我看都督打仗不行，打诳语真是一把好手，真有计谋，你说出来！"

林渊泓傲然道："我的计谋，可与将说，与兵说，却不必与宦官说。"

仇忠气得脸发白，道："我是圣上派下来的监军，你辱我，便是辱圣上！"

林渊泓道："监军？仇都监自从来了军营，不见一日监督，倒在圣上那里挑拨了多少不是，林渊泓今夜必上疏圣上，请将仇都监调回崇宁宫，做你分内之事。"

仇忠气急反笑，道："好，好，好。今夜我也上一道疏，看看圣上是听你的，还是听我的。”

帐中众将忙劝道：“仇都监，奏疏轻易上不得。”仇忠不听，怒气冲冲拂袖而出。

六月初四，仇忠的上疏送到了公治贤的案上；六月初九，公治贤的王旨传到军中，急命林渊泓十日之内兴兵，与焉军决出胜负。林渊泓置之不理。

六月十二，公治贤第二道王旨下达，明言：七日之内兵戈不动，立押林渊泓回崇宁宫问责。洛军万夫长、千夫长、百夫长齐聚中军帐外，请命出兵，林渊泓闭帐不见。

六月十四，公治贤第三道王旨送到军中，只八个字：“五日不战，九族当诛。”洛军三位将军破帐而入，三把横刀险些出鞘，个个声色俱厉斥责林渊泓，要请虎符出兵，林渊泓闭目端坐，不发一言，三位将军闹了半宿，愤愤而去。

到六月十八，仇忠在千百名肃立将士中分出一条路，将一辆空囚车赶到中军帐前，道：“天亮之后，都督便要启程回宫了，不知宫中大鼎可曾烧沸？”

黄昏初临，中军帐内亮起一粒灯火，帐外的将士们把呼吸也放轻了，生怕一个不小心，那灯火就会黯然熄灭。过了许久，一骑飞奔而来，将士们都循声回望，只见马上御使高举王旨，大声道：“第四道王旨至！林渊泓听旨！”

中军帐帘打开，林渊泓走了出来，御使脸色凝重，道：“王旨上只有四字。”

林渊泓听旨。

御使厉声念道：“战，或不战！”

林渊泓缄默。

人群中，一个士兵高声叫道：“林都督，我们不愿再退！愿与焉贼决一死战！”

此言一出，群情激奋，千百个声音一起道：“不愿再退！愿决一死战！”

将军们拱手道：“请都督下令，立即出兵！”

林渊泓终于叹息一声，吐出一字：“战！”

大营立时爆发出雷鸣般的欢呼，将士们向八方散开，骑兵们跑去牵马，步兵们奔去操戈，千百张口在相互传告：“磨刀穿甲！与焉贼决战！”

至定昏时，东洛马步车各军集结完毕，一列列掉头再出尺函谷，向焉军驻地开去。

6

此时的青苎原之南，岭上悄然立着三匹马，马上三人虽是猎户装扮，面上却显出军人的机警与凝重，正是焉军派出的第二拨斥候。三人此番有两个任务：一为窥探洛军的动向，二为寻找失踪的第一拨焉军斥候。三人俯望黑夜的青苎原上，千万火把连成数条火龙，蜿蜒出原向西，知道大战在即，一个道：“洛贼出兵了，要速速禀报将军。”

另一个问："前一拨兄弟还没找到，怎么办？"

一个扎鹿皮抹额的斥候道："你们回大营去，我再向前找。"

那两人问："你一个人行不行？"

鹿皮斥候挥手道："你们去，我天明就转来。"

那两人都知道军情紧急耽误不得，于是拱手掉头而去，鹿皮斥候眼见两个兄弟翻过山背去得远了，方打马继续往前走。

杳无人烟的荒岭，无端生出一条若隐若现的草径，径上倒伏的杂草都还鲜嫩，仿佛不久前还有人踩过，便是这三名斥候梭巡于此的理由。虽走了两个同伴，鹿皮斥候却决心追寻到底，他牵着马小心翼翼地走，那小径时而显，时而没，天上又无月少星，分外难行，一人一马走了约两个时辰，才下了这山头，上了那山头，又爬了一个多时辰，离山尖儿只有三尺远，马儿却不肯再爬，尥蹶子要下去，斥候向上拉，马儿向下拽，两个角力一阵，好不容易将马儿拉上山尖，斥候用手轻抚马头，道："莫怪我弄疼你，你若乱跑，我上哪里找你？"那马只冲着山下喘粗气，斥候于是也朝山下看去，这一看，却怔住了。

山下不是峡谷，却是一片深邃的湖水，黑澜澜不知广百顷还是千顷，湖面缀着淡星，鹿皮斥候万想不到丘岭之中还藏着如此造化，不由轻叹一声，拍拍马头道："真是人间奇景，是不是？"那马儿只把蹄子尥得嗒嗒响，斥候又自言自语道："四面山丘环抱，这样大的湖是如何生出来的？"

他一面想，一面看，目光转到湖水北面，却见那边两山之间有个口子，湖水稍不留意就要泻出去，却偏偏被拦住了。鹿皮斥候心中隐隐生疑，他牵着马沿着山脊往那边走，再走得近些，终于看得分明，是山口处以木石筑起了一道高坝，才将一潭湖水困在谷底。

那高坝决计不是天生而成。

鹿皮斥候再转头，眺望山口之外。

方圆十二里的青苎原便在下方，一览而尽。

鹿皮斥候只觉一股寒意从足底升起，顺着脊背直激心口，他火速翻身上马，重重击下一鞭，大喝道："走！"

马儿将前蹄高高扬起，正要飞奔，却有一道尖锐短促的啸鸣骤然而起，紧接着，一支不知来处的长箭刺透了鹿皮斥候的胸膛。

7

一拨又一拨哨骑，将洛军进犯的急报传入焉军中军帐。孙牧野已在尺函谷外徘徊了近一月，得知林渊泓主动回军，出谷决战，正中下怀。丑寅相交时，孙牧野下令己部为前军，王虎部为中军，出营十五里，排兵布阵，候洛军至。又叫传令兵去找驻扎在后方二十里的殷虚，命他做后军接应，殷虚回话说早饭还没吃，孙牧野咬牙提棒去了前线。

辰时，焉洛两军在平野开战。唐珝已不记得是第几次作壁上观。他和自己的一火哨兵站在不远处的半坡，看着两道钢铁洪流砰然相汇，刀光交震，血色横飞。焉军自信骑兵强于洛军，故弃守势，用攻势，中路布三千重骑突击，左右各有二千重骑为翼，两万重甲步兵紧随骑兵之后，迎头出击；洛军将士早恼火于林渊泓的示弱战术，一年积愤在此一朝爆发，怨气攒于刀口，恨意聚于枪尖，以必死之心与焉军正面交锋，焉军终于遇见入润以来最激烈的抵抗。这一场战，自日出到日中，两边换了三拨精兵轮番厮杀，始终不分胜败。

唐珝在马上拉满了弓，向战场瞄了半天，可是两军马颈交缠，人身互搏，血染红战袍，敌我已难分清，那一箭始终射不出去，箭镞转向之后，唐珝看见了冲突驰骋的孙牧野，他连忙放下弓箭。

孙牧野领着一千轻骑做奇兵，贴着洛军侧翼游走。轻骑们手持马槊，孙牧野却挥一条狼牙棒，见着洛军阵的缝隙便撕裂进去，或刺或打，搅得军阵七零八落，再转而领兵出阵，再寻下一处破绽。焉军四五股奇兵左右袭扰，洛军的侧翼始终不得安宁，正面重兵不能不回护接应，阵脚便渐渐乱了，指挥焉军正面主攻的将军王虎瞧准时机，再调五千步兵入战场，猛攻之下，洛军终于渐显败象。

眼见时机来临，战场各处的焉军令旗相继变了招式，游走的数股奇兵都望见，纷纷掉转马头，向洛军后方包抄而去，意图前后合力，围剿洛军。东洛主将看得分明，急向传令兵道："鸣金！收兵！"

立即，战场上鸣金声四起，洛军摆出撤退之阵，以精兵强将牵扯焉军，掩护伤兵羸兵一部一部撤出战场。孙牧野下了决心此役歼灭东洛主力，当下再命各处令旗变换，鼓舞焉军乘胜追击。他将狼牙棒换成角弓，在疾驰中引弓射箭，把敌将一个一个射下马，他既身先士卒，将士们自然勇往直前，须臾，大焉各军连成一堵密不透风的铁墙，将洛军羊群般向尺函谷撵去。

尺函谷是条长百丈余的浅谷，两边矮丘只高四五丈，孙牧野到此却喝住奔马，急命各部暂缓追击，亲兵眼看一串串洛兵入谷而去，问他："还追不追？"

孙牧野的马也战得正酣，喘着粗气要往前去，孙牧野却紧紧勒住马缰，仰盯着矮丘不说话，一时几处的传令兵都来问："将军，要不要追击？"

战马暴躁地盘桓了两圈，两边矮丘上终于有了动静——几个斥候现身丘上，高举令旗，表明四周并无埋伏，孙牧野这才策马举弓，向身后各部示意，全力追击，于是焉军万余铁蹄轰隆隆碾过尺函谷，倾下了青苎原。

8

唐珝一火赶到尺函谷时，焉军的骑步兵都尽数过去了，他爬上矮丘，十里青苎原的战局尽收眼底，只见洛军且战且退，焉军步步进逼，两军缠斗着，眼看就要过了巴掌大的竹枝城，往那一头的石踪关而去。

哨兵们眼见胜利在握，个个脸上是抑不住的欢喜。刁蛋意气风发地俯视青苎原，指着四周环抱的丘山，笑道："你们看，这里像不像个脚盆？若有一壶热水倒下来，老子也可以好生泡个脚了。"

一个道："有这么大的脚盆，也没这么多水给你洗。"

刁蛋伸懒腰道："一会儿吃了晚饭，去萦水洗澡！谁去？"

另一个道："萦水都快见底了，洗什么洗？"

唐珝忽然问："水去了哪里？"

刁蛋一愣，笑道："什么？"

唐珝却不笑，他看着乱战未休的青苎原，脸上忽然现出异常的慌张来，脱口喊道："回来！都回来！"可那声音在天地间轻如蚊蚁，原上厮杀的人谁也听不见。

刁蛋道："回来做什么？十夫长……"话音未落，唐珝已猛地跳上马，奔过尺函谷，向青苎原冲了下去，一路遇见追击的步兵，他大叫道："别下去！别下去！"

无人听这小小哨兵的阻拦，士兵们依旧踩沙踢石往战场里赶，唐珝焦急万分，一边纵马一边问："孙将军在哪里？"有人道："自然在那边杀洛贼！"

唐珝打马狂奔上千步，满原七八万人马乱乱纷纷，战的逃的，伤的死的，骂的叫的搅在一处，哪里找得出孙牧野来，他见焉兵便问："孙将军在哪里？"

自顾不暇的士兵们并不应答，唐珝向四周的人喊道："谁去告诉孙将军，全军撤出青苎原！"

始终无人理他。

唐珝在往前赶，大军却也在往前追，无论焉兵洛兵，此时都已过了竹枝城。气急交加的唐珝找不到孙牧野的身影，眼看时机一瞬一瞬地流逝，他终于咬牙勒转马头，单骑退出了尺函谷。

9

青苎原上的战斗持续不满半个时辰，洛军再次突破焉军的围剿，向石踪关逃窜。那石踪关建在半山隘口，洛军一旦占据，焉军难以仰攻，于是孙牧野领着一千轻骑突到洛军之前，意图截断通往石踪关的路，可是后继军没有跟上，洛军以三千重骑开路，冲垮了孙牧野的兵，他不得已只能在洛军边缘轻袭，虽然先后击杀了数十洛兵，可无重甲骑兵硬战，只能眼睁睁看着洛军往石踪关退却。

直等洛军退出近万人，焉军主力才列好阵形，冲将过来，孙牧野迎过去问王虎："怎么晚了一步？"

王虎答道："几支精兵都被打散了，洛贼虽是败逃，却还有些战力。"

孙牧野只能摇头作罢。

王虎再问孙牧野："攻不攻关？"

孙牧野仰头看了看石踪关，道："先把原上洛兵清干净，石踪关等殷虚来打。"

突然，青苎原东南方的丘岭中冲天一声巨响，直慑苍穹，四万焉军将士皆觉足下大地颤了一颤，上千匹战马一齐受惊长嘶，孙牧野问："什么声音？"

不等话落，全军士兵已惊呼起来："水！水！"

东南方向，丘谷深处，一道洪水冲破山峦，摧石载木，崩泻而下，眨眼之间，万钧巨流坠入平原，向大军卷洒而来。

孙牧野这一惊非同小可，叫道："撤！"

军阵早不稳了，一听此令，都连忙转马向回走，正在此时，西北山岭中也猝然响起炸石开山之声，乱石轰隆隆往下滚，碎木密匝匝往下落，大水茫荡荡往下注，盖原之势，已然胜过百万雄兵。焉军冲在最前方的二百战马正与咆哮而来的浪头相遇，瞬间被掀翻埋入水底，余下焉军退了回来，叫道："走不成了！"

此时，东南的水阻了焉军东攻石踪关，西北的水拦了焉军西回尺函谷，大军被困在原中。洪水仿佛有翻江倒海之多，一瞬一尺地暴涨，不将青苎原灌满不肯罢休。军阵边缘的战马已被淹没马蹄，孙牧野举目四望，看见了原上那座小城，他率先打马向城下去，呼道："传令各军，打下竹枝城！"

全军的令旗一起指向了竹枝城。大军兵分四路，将竹枝城团团围住。洛军留了两万兵力守城，此刻分布于东南西北四方城头，抵御蜂拥而至的焉军。四百架投石车推出来，瞄准城下，将几百斤的石块、环抱粗的圆木噼里啪啦往下投。焉军这一回未料到要攻城，没带入云梯、撞车等重器，仅凭马槊和弓箭仰攻，分外吃力，城上洛军毫发无伤，城下焉军已大片倒下。一里之外，洪水如猛兽，将焉兵往城下驱赶，赶到投石车与箭矢的射程之内。眨眼间，城下方寸之地挤了四万焉军，乱糟糟进无门、退无路。孙牧野犹率精兵攻打城门，那城门事先被加固，厚约二尺，一时劈凿不开。正焦灼间，原上各处响起一阵不疾不徐的号角，焉军将士回头一看，千百条洛舟洛筏从四面八方乘水而来，当先一舟立着一个布衣书生，青衫角在破浪急行中翻起，正是林渊泓。

10

林渊泓在继任大都督的首日，便定下了以水攻焉的战略。当六万洛军在前线和焉军对峙时，余下的洛军却在后方执行一件更艰巨的任务：挖道引水。三万将士日夜赶工，开沟辟渠，将东水引西、南水调北，润州八河九溪的水，都被中途分流，绵延百里之后，最终汇向同一个地方：青苎原。

林渊泓算准了孙牧野。他知道孙牧野不贪虚功，不在意空城空郡的得失，必然紧追洛军主力以图全歼，于是他带领洛军从容退过长芦坡，退出丹寿、永宁、上姚、义章四郡，把润州大半尽数让给焉军，只为了一步一步将焉军引到他定下的决战之地。他也算得准孙牧野多疑，决计不会轻易进入尺函谷，遂与监军宦官仇忠商议，二人合唱一出戏，作出林渊泓是万般无奈才匆忙决战的架势。仇忠先是不肯，道："圣上非明智之君，我若上疏弹劾都督，只怕圣上当真，降罪下来，都督轻则撤职，重则抄斩。洛军失了都督，润州再无回天之力。"林渊泓起身向仇忠长揖在地，道："若渊泓遭难，都监自领兵出战，只要将焉军引入青苎原，大事可成，渊泓死可瞑目。"仇忠向林渊泓长揖回礼，应了他的计谋。当公治贤一连四道王旨下来，洛军中知情或不知情的将士，一起假假真真应和了二人的戏，在暗处窥探的焉军斥候将见闻传回焉军大营，孙牧野终于消除疑虑，一头钻进了林渊泓布下的圈套。

11

洪水节节蔓延，竹枝城下的容身之处越缩越小，焉军眼睁睁瞧着东洛战舟十面合围而来。孙牧野纵马在军阵中梭巡，叫道："弓弩兵！压住洛船！"

弓兵弩兵重列方阵，挽弓上弩，把长箭铁矢往舟群射去，三轮过后，弓弦声减弱下来，只百十支长箭在空中稀疏地飘，孙牧野道："弦声莫停！"一个弩兵道："鏖战大半日，箭筒早空了！"孙牧野一看，弓弩兵背上的箭筒果真都空了，他心中一紧，提了马槊在手，道：“矛兵枪兵，上前迎敌！”骑兵们下了马，和步兵一道，站到军阵最前沿，将长枪长矛立成锋林，只等与洛兵短兵相接。

洛军监军仇忠虽是宦官，却善使吴钩，他曾目睹了洛军兵败白鸢江，也亲历了连让四郡，心中积怨实难消解，他亲领六千精兵冲到西城门下，与焉军厮杀在了一处。两弯吴钩见矛则绕，见刀则挡，见人则刺，瞬间扯碎了焉军的防线。他抓住一个重伤的焉兵，喝问：“哪一个是孙牧野？”那焉兵反手一刀，划破了仇忠半张脸，仇忠大怒，用钩头砸碎了焉兵的面目，再起身高叫：“哪个是孙牧野？叫他来和我一战！”几个焉兵齐将横刀劈过来，仇忠迎着刀锋，钩身粘横刀，钩尖劈头颅，四五个焉兵眨眼殒命，焉军大骇，一时无人敢近前，仇忠拎着滴血弯钩站在当地，叫道：“孙牧野！出来战个痛快！”

此时，数场箭雨下过，焉军能战之兵十不满五，洛军却源源不绝登了岸。仇忠再得二千强援，如虎添翼，在城下且战且寻，一心要与孙牧野决个高下，忽见前方竖着焉军的中军大旗，旗下一名将军正以马槊御敌，仇忠将钩上鲜血往臂弯里一擦，迎着那名将军去了。二十名亲兵左右开路，仇忠杀至那将军面前，挥钩直抹那将军之颈，那将军举丈二长的马刀横格，避开钩尖，再以刀头反挑，仇忠也躲了过去，二人战了十回合，仇忠的短钩始终近不得身，心道：“姓孙的果然有些手段。”再缠斗二十回合，仇忠故意高举双钩，把胸腹坦坦暴露，那将军以为是破绽，大刀平平扫过来，要将仇忠拦腰斩断，仇忠果真躲避不及，肚子从左至右被破开半指深的伤，下一瞬，他趁大刀势重难回手，一蹲身，一钩把那将军腿筋钩出，反手一拔，那将军仰摔在地，仇忠扑上去，另一钩抵住那将军心口，道：“孙贼，认不认输！”那将军大啐一口，骂道：“东洛鼠辈！”仇忠勃然大怒，双钩齐捣入那将军心窝，刹那间，洛兵欢呼震天。

那将军气息未断，仇忠便生割下他的首级，高举呼道：“孙贼已被枭首，你们降不降！”陷入苦战的焉兵们听见了，慌忙转头看，却见仇忠举着王虎将军的头颅。洛兵不知底里，皆道：“孙牧野死了！焉军败了！”一个一个口口相传，不多时，四方焉军都听说了。失了主帅，如失了主心骨，许多焉兵便有些迟疑，挽弓的住了手，攻城的松了力，军心渐次涣散。北城门下，一个洛军将领纵马驰入焉军阵中，叫道：“孙牧野已死，投降者生，顽抗者亡！”便有三三两两焉兵放下了兵器，众多战马左徘右徊，不知该往何处去，忽然一箭自东而来，直入那洛军将领之喉，众焉兵扭头看去，一匹枣红大马长鬃飒飒，马上人正是孙牧野。他单骑冲突于乱阵之中，张弓专寻洛军的头领，箭无虚发，洛军顷刻失了三个百夫长，忙叫道：“杀此人！”一队队赶来围堵。孙牧野的箭已射完，便抛了弓，换了一双狼牙棒，分风劈流，洛兵如田里甘蔗般一杆杆倒下，焉兵大喜呼道：“孙将军还活着！”这话也被洛兵听见了，也大叫道：“这才是孙牧野！

杀！杀！”各支洛军齐道：“活捉孙牧野！”还有人叫：“快去请仇都监！”

焉军与洛军同时向孙牧野赶去。一行焉骑兵冲在头里，却正遇一排洛步兵斜杀而出，挥一行马刀直砍焉战马的马腿，只听骨折声不绝，数十双马腿飞出，马身砰然跪地，摔下无数焉兵，不及起身，便被剁得身首分离。上百洛兵分两路，向孙牧野围拢，恰如两钳头互咬，要将孙牧野咬噬。孙牧野趁合围未成，试图打马冲出，可面前横拦出一行洛弓兵，铁矢乱纷纷扑来，生生将一人一马逼了回去。合围既成，洛军士气愈发振奋，视孙牧野如笼中困兽，杂嚣嚣道：“砍孙贼的马！砍孙贼的头！”孙牧野打马奋蹄，在包围圈中且搏且突，要撕开一个缺口出去，只是寡难敌众，下一瞬，枣红马周围的敌兵从三重变成五重、七重、九重，他一身轻甲上镶了七八支箭，右脸也被长矛挑破。不远处，乔恩宝与数十卫兵拼命要打破包围来救，被一队重甲洛骑死死拦住。孙牧野那一双狼牙棒击碎人头二十余，此刻血迹斑斑，连锤头钉也钝了，再击下一个洛兵时，那洛兵双锏一架，架住了他必得之招，孙牧野心知力穷，此劫难逃，便举棒向十丈之外的乔恩宝频挥，要他们自寻生路，乔恩宝大呼道：“你撑住！我来了！”孙牧野不应，打马自向三柄尖刀迎了上去，正在此时，远方响起异于东洛的号角声，枣红马厉嘶一声住了蹄，孙牧野回望，只见青苎原西面，尺函谷口，殷虚领兵到了。

此时原上洪水已约四尺深，马不敢入水，所幸殷字营还有六百木舟竹筏。一万四千兵乘上舟筏，朝竹枝城下的战场进发，舟头一万张强弩齐开，三万支黑矢向水上游曳的洛舟狠压，大原上空如同多了三万只鹰隼，向游鱼般的洛舟捕杀而去。

林渊泓的心中，早因焉军的后军生了隐忧。他原想诱使焉军前、中、后三军一起入谷，一举歼灭，可焉军的后军始终不和前军、中军同流，总是远远落在后面，战又不战，走也不走，林渊泓便知道，若有变故，必来自殷虚，此时见殷字营现身，遂急召八方洛舟前来阻击，决不许殷虚与孙牧野汇合。一时洛舟向殷字营的方向齐聚，离五十步远时，洛兵们举火把，烧薪柴，焚战舟，然后弃舟入水，目送二百火舟如火球，撞进了殷字营，燎燃了焉舟阵。水面上浮起半里火海，洛兵们击掌道：“援军也没了！”欢声未落，火海里百只焉舟疾冲而出，势头不减，林渊泓忙再调洛舟层层拦截，怎奈殷字营越战越勇，千只洛舟三拦而无果，终于被殷字营打到了竹枝城下。

此时城下焉兵已不满万，又被割裂成零碎几段，几乎告了溃败，殷字营一路聚残部，收散兵，不多时重整了两万军。殷虚杀到北城门下，遇见了受困的孙牧野，他率数十亲兵纵马入阵，冲破了洛兵的防线，与孙牧野碰了头，十来个亲兵要护住孙牧野，孙牧野却不甘示弱，甩开亲兵的围护，再挥狼牙棒击退二洛兵，殷虚揶揄道：“你倒是输人不输架子。”花髯戟一挑，拨开了一支射向孙牧野面门的箭。随后焉军大部赶到，洛兵亡者过半，遂知难而退。

殷虚与孙牧野对视了一眼，孙牧野又指了指他身后，殷虚转头一看，上万洛兵弃舟登岸，加入战场。孙牧野道："我拦着，你去攻城。"殷虚心中还有气，不肯听他命令，反问："怎么不我拦着，你攻城？"孙牧野二话不说，提起狼牙棒便进了城洞，身后无流矢飞来，他知道是被殷字营挡住了。几十个焉兵跟上来，和他一道用刀、枪、斧，对着那木城门拼命砍、刺、劈，此刻除了蛮力，再无别的办法。不知过了二刻还是三刻，城门碎了四五个人头大的口子，焉兵们赤手去抠，去扳，硬生生破开一个半人高的洞，城中还有守军，正借着门洞往外射箭，孙牧野当先冒着长箭钻了进去，乔恩宝与众兵都跟上了。

殷虚率领一万焉兵和两万洛兵拼了近半个时辰，终于听见城头在叫："殷将军，进城来！"殷虚便下令焉兵一队一队往城中撤，转脸看见孙牧野提着两把横刀又从城里出来，便问："你又出来做什么？"

孙牧野问："你看见苗车儿没有？"

殷虚问："谁是苗车儿？"

孙牧野不答，自顾自往战场里去了。他身负重伤，只能以刀撑地，慢慢寻找，走了百来步，看见两个人相互搀扶着，从水里往岸上走，一个是苗车儿，另一个却是唐珝。孙牧野走不动了，只站在原地等两个，忽见两人身后又冒出一个洛兵，举刀向唐珝劈，他正要出声提醒，唐珝却也瞟见了，一把推开苗车儿，转身打斗两个回合，把那洛兵按在水里。

唐珝向殷虚通报了消息，随殷虚一同来了青苎原。他在渡水时被两支铁矢和一支长箭射中，血从铠甲下渗出来，流了一路，虽然勉强到了岸边，却半身栽入水中，再也起不了身。生死存亡之战，两边都顾不上他，他独自昏昏伏了半晌，听见苗车儿叫："唐珝！"被他从水中抱起来，唐珝衰弱道："苗车儿，我来救你们了。"苗车儿道："好！"说完要把唐珝背起，却"哎哟"一声，自己也跪在水中，唐珝一看，苗车儿半边腰的肉都被削下一大块，他便反来扶苗车儿，道："咱们一起走。"

两人走出几步，一个洛兵从身后赶来偷袭，唐珝听见踩水声，侧头一瞟，正见刀光劈来，他三下两下将那洛兵制服，按在水中，拔出横刀正要刺，那洛兵却叫道："小郎君饶命！"

唐珝咬牙道："你们杀了我们多少人！好意思叫饶命！"

洛兵道："我一人也不曾杀！"

唐珝一愣，道："当真？"

洛兵道："当真！我原是石村农人，是差役半夜闯我家的门，强抓我入伍，我若不来，一家四口都要充军！我何曾敢杀人！"

唐玥打量那洛兵，见他已过中年，面色枯黄，皱纹横生，果是底层贫贱人，他咬了咬牙，道："你，你不可再参战！"

那洛兵流下泪，道："我恨不能此刻回家去，还参什么战！"

唐玥便收了刀，转身扶起苗车儿往岸上走，没出三步，便听远处一人放声吼道："小心！"

唐玥抬头一看，正见到孙牧野又惊又怒地向自己跑来，他还不知为何，却听苗车儿一声惨叫，又见一个身影闪了出来——正是那被他饶过的洛兵。那洛兵一刀刺穿了苗车儿的后背，又向唐玥心口扎，唐玥怒喝一声，拔出横刀一挑一劈，那洛兵的武艺粗糙，闪躲不得，从脸至腹被划开一道，惨叫着逃开了，唐玥抱起苗车儿问："你，你怎么了？"苗车儿在唐玥的怀里，浑身止不住地痉挛，脸色一点点灰下去，他看了看唐玥，又看向正朝他奔来的孙牧野，他把双眼睁得极大，是急切地盼着孙牧野快来，与他再说几句话，可就在孙牧野离他只有二十步远时，他撑不住了，他用尽最后的力量想喊出一声，却什么也没喊出来，蓦地闭了眼，咽了气。

唐玥亲历一个活生生的战友死在自己怀中，心中又惧又悲，泪水夺眶而出，叫道："苗车儿！我……我……"却被赶过来的孙牧野揪住后背，甩在一旁。孙牧野自己抱起苗车儿往岸上拖，拖了两步，气力难支，也跌倒了。这一番动静总算被焉兵们注意到了，几个人冲过来，两人扶起孙牧野，两人抬起苗车儿，一人来拉唐玥，将三个拖进了城，关上了城门，唐玥扑过去死死抱住苗车儿，大叫："苗车儿！起来！你起来！"

一个兵探了探苗车儿的鼻息，摇头道："没气了。"

唐玥大恸，狠狠捶打自己的头，道："我偿命！我替苗车儿偿命！"

两个兵过来拉他，劝道："你冷静些。"

唐玥心智忽地失了常，道："我替三军将士偿命！打败仗是我的错！"

一个兵道："打败仗是大家的事，不是你一个人的事。"

唐玥痛呼道："是我一个人的事！我早该发现这场水祸，我早该发现的！"

坐在一边的孙牧野听了这话，猛地站起，将众人推开，一把拎起唐玥的衣领，问："什么早该发现？"

唐玥泣道："当初在秀春野，我听见村人说起今年的溪水比往年少，我没在意，后来在萦水边，士兵们也说水面矮了许多，我也没放在心上。当时若仔细想想……我若能再想想……哪怕、哪怕是回去和你们说一声，今日……今日也不会遭到这场惨败！我是哨骑，我早该警觉的，可我……"

话未说完，孙牧野大喝道："你该偿命！"

唐玥道："是！你让我去偿命！"

孙牧野道：“好！”向众人道，“把城门打开！”

众人不敢动。暴怒的孙牧野见无人理会，便自己拖起唐玥，一路从地上往城墙上去，恨声道：“我饶过你一回！饶过你两回！你早该被处死！如何活到今日！”沿路众将士见孙牧野怒如雷霆，无人敢上前劝阻。孙牧野把唐玥拖上城头，提起来往城墙外掀，道：“下去！我后悔收你，后悔救你！我留你有何用！”

唐玥高悬于城墙之外，孙牧野只以单手提住他的腰带，只要手指略松一松，他便要坠下城去，连城下收拾残局的洛兵也看见了，都在下面讥笑哄抬，道：“扔下来！扔下来！”唐玥也愤然道：“你松手！我偿命！”

孙牧野的手臂抖个不停，险些要下决心把唐玥摔下去，忽然一只手伸过来，也拉住了唐玥的腰带，道：“你发什么疯？”

孙牧野回头看，殷虚手一提，把唐玥从墙外提了进来，问孙牧野：“谁领兵下青苎原的？谁下的令？”

不待孙牧野回答，殷虚又道：“打败了，怪在他一人身上，你好意思？”他向唐玥招招手，领着他往城下去，明着说唐玥，实则说孙牧野，“打个败仗至于这样？出息！”

孙牧野一个人站在城头俯瞰平原，洪水终于不再上涨了，得胜的洛舟来回嬉游，向城头叫道：“孙牧野！快投降！”

12

六月二十四，崇宁宫收到捷报：“歼灭焉贼三万余，得战马两千匹，粮草兵械不计其数。枭王虎首级，困孙、殷残部一万二千人于竹枝城。”

六月二十五，龙朔宫收到凶讯：“三万将士同日牺牲。忠武将军王虎殉国。孙牧野、殷虚受困竹枝城。”

第三十四章

困境

1

竹枝城的西南角原是韭菜地，因居民早已被洛军迁走，荒芜了多时，焉军入城的第二日，在此处挖了个三丈深、五丈宽的坑。又有两百一十四名重伤员死去，刻着名字的木牌被从身上翻出来，收藏在一处，遗体被抬入坑中。孙牧野率全军将士以军礼为同袍送行，把仅剩的几囊酒尽数向深坑倾洒了。有士兵要掀土埋坑，孙牧野道："火葬。"一个百夫长道："魂烧没了，去不了黄泉，也回不了世间，你叫他们漂泊去哪里？"孙牧野心中的担心不好明讲，只道："魂和名字都镶在了木牌上，以后我带他们回家乡去。"

士兵们点燃旧衣，扔进深坑。众人眼瞧着坑中遗体冒出烟，生出火，心情不觉悲凄，忽然远远有人叫："谁敢用火烧！"

一行人急急奔来，众人都认出是王虎将军的亲兵，领头的焦面军汉是百夫长罗伟，当头质问道："王将军为国牺牲，孙将军为何不让他安息？"

孙牧野道："火葬也是安息。"

罗伟道："你把他烧得面目全非，去了黄泉也无旧部认得，叫什么安息！"

王虎的亲兵要为王虎讨公道，孙牧野的亲兵却要为孙牧野出头，那杨小满正站在孙牧野身边，见罗伟的眼珠险些鼓到了孙牧野的脸上，便嘲道："头还在洛贼手里呢，烧不烧都没人认得，你白担心什么？"

罗伟一干人立时被激怒，哗啦啦拔出横刀来，孙牧野道："要打去城外打洛贼！"

罗伟道："孙将军别忘了，王将军是代你送死！你这样待他，王字营心寒！"

杨小满藏在孙牧野身后道：“可不要脸了！自家打不过仇忠，却怪在我们身上？”

罗伟冷笑道：“当时孙将军若在西城，死的就不是我们将军了。”

杨小满道：“若孙将军在西城，死的就是东洛那没根的妖人！”

孙牧野转身道：“你少说两句。”话音未落，两柄刀锋从他双耳边划过，直劈杨小满，孙牧野来不及细想，伸手擒拿了一柄，乔恩宝也飞起一脚踢掉一柄，罗伟大怒道：“孙牧野，你把四万兄弟带来青苎原，只剩一万困在这死城，被洛贼打得没处逃，对付我们却好生勇武！”

孙牧野道：“有话说话，不准内斗！”

罗伟道：“是他先侮辱我们将军！将军尸身还在这里，他为何敢冒犯！”

一个旁观的别部士兵道：“王将军没了，活该你们吃亏。”

孙牧野转头向杨小满道：“你道歉。”谁知身后却不见人影，孙牧野便向罗伟等人道：“杨小满说话犯忌，我会罚他十军棍。”说完，自己向坑中的王虎遗体叩头，三拜后起身道：“竹枝城小，一万人挤在这里，没有多余地方把牺牲将士好生安葬，不如焚火化烟，随风回到故乡去。”说完独自往回走，忽而守南城的焉兵来报：“孙将军！洛贼在往城内抛尸体！”

孙牧野道：“都收了，一起送到这里火葬。”

走出几步，守北城的焉兵也来报：“孙将军，洛贼在城下挑衅。”

孙牧野便去北城看动静。登上城头，只见一群洛兵在城下一边跑马一边叫：“孙牧野，快投降！学你爹，快投降！”焉兵们都偷看孙牧野的脸色，孙牧野转身便走，洛兵们犹一直不停地喊：“孙牧野！你爹叫你快投降！”

2

中午时候，乔恩宝去看望杨小满。杨小满挨了十军棍，趴在席上动弹不得，右手在包袱里窸窸窣窣地摸，疼得“哎哟”直叫唤，乔恩宝道：“你找什么？我帮你拿。”

杨小满道：“我饿昏了头，包袱里好像还剩个藠头饼。”

乔恩宝从怀里掏出两个饼，道：“孙将军叫拿给你吃。”

杨小满道：“我不吃他的东西！”

乔恩宝道：“火气还挺大。”

杨小满道：“你说，这事他做得对不对？为了王虎的几个兵打我！”

乔恩宝道：“你真不该说王将军。他是为国捐躯，孙将军的心中又对他有愧。”

杨小满道：“是罗伟先给他难堪，我才为他出头，罗伟的唾沫星子又没喷我脸上，我为什么站出来争这口气？是为我自己吗？”

乔恩宝沉默半晌，道：“王将军留下的兵有两千多，孙将军要安抚他们的情绪，若不罚你，这两千兵要反。”

杨小满道：“人家靠山都没了，还这样轻狂，要安抚！我们主将还在，反倒该吃亏。”

乔恩宝道：“你站在他的境地想想。”

杨小满道：“我请他站在我们的境地想想。人家都说做主将的亲兵安逸，可做他的亲兵呢？搬辎重、挖地道、伐木造船，和最下等的兵卒一起做粗活累活。回回打仗冲在最前头，什么箭矢木石没挨过。”他把衣衫一扯，背上新的旧的伤一起露出来，“吃苦受累，我们也没怨过一声，不求将来升官晋爵，只求有事有难的时候，他能站出来向着你！别说今日我不算错，就是真错了，他也不该罚我！为什么王将军死都死了，士兵们还拼命维护他？当初王将军是如何待自家兵来？谁朝王字营喂马的兵放个屁，王将军都要把他屁眼缝上，把他们惯得现在都是横着走！孙字营的兵呢，谁敢在外面和人起争执？王字营惹不起，殷字营更惹不起，我们是最弱等的！”

乔恩宝听了半天牢骚不接口，杨小满也不说话，忽然屋中响起一阵咕噜声，乔恩宝问：“什么声音？”

杨小满道：“是我肚子在叫，你去翻翻我包袱。”

乔恩宝翻了半天，道：“真没有。”

杨小满便哀叹道：“要饿死在这里了。”

乔恩宝道：“你不吃他的，那我去拿我的来。”

杨小满道：“好。”

乔恩宝小跑出屋，先去自己的住处寻，把衣衫布包抖了一遍，只抖出几粒杏仁，他出门问几个士兵：“我包里的两袋炒米呢？”士兵们都摇头说不知道，乔恩宝道：“你们谁有吃的，借我一些，以后还你。”

几个士兵你看我，我看你，终于有人从怀里掏出半个饼递给他，乔恩宝接了，出门又往杨小满的住处去了。

3

黄昏时，孙牧野去巡查全城，一个千夫长找来，道：“孙将军，我手下六百多个人，没吃的了。”

孙牧野问：“都吃完了？”

千夫长道：“就昨晚在一家米柜里翻出一缸米，六百个人一起喝了粥。”

孙牧野道:“我想办法,晚上给你。”说完擦身过去,千夫长在身后道:“怎么想办法?哪部兵都没在冲锋打仗时带吃的。”

孙牧野走了几步又停下，向亲兵道：“传令所有将军、千夫长、百夫长、十夫长，都在城中井水处集合。”

4

一万焉军入城后，被重编为十支队伍，分驻小城四面，孙牧野主西北，殷虚管东南。此时十夫长以上的军官，多半都到了，只剩一个千夫长、两个十夫长始终没来，孙牧野叫卫兵去催，须臾，卫兵来回道：“都在昨夜死了。”

孙牧野问殷虚：“你那边还有食物没有？”

殷虚翘腿坐在井沿上，道：“没有。”

孙牧野眼尖，瞧见殷虚身后的卫兵动了动嘴，又忍住没说，便道：“你说，有没有？”

殷虚回头瞄那卫兵。

卫兵笑道：“殷将军，藏着吃独食，同袍知道后要瞧不起殷字营的。”

殷虚道：“要说你说，我不说。”

卫兵便道：“昨晚我们在一家地窖里搜到了五缸米。”

孙牧野向一队亲兵道：“去搬来。”又吩咐另一队，“再把全城房屋细细搜一遍。”

亲兵们应了去了。孙牧野向众人道：“大家都是从战场上退到这里，谁也没随身带几十斤粮米，有心的怀里揣了两三个饼，无心的只佩了刀枪，如今困在这里，不能各顾各，有吃的吃饱，没吃的饿死。有一道军令，立时执行：全军上下，无论将士，都把吃的喝的尽数上交，囤在一处，我出十个人，殷将军出十个人，一同看管，每日按人头分配。谁私自藏食，斩；谁知情不报，斩！请诸位立刻去，把各自队伍能吃的都收上来，一粒米也别落。”说完，自己从怀里掏出一个饼放在井沿，再敞开衣襟，以示再无私藏，军官们不敢迟误，分头去了。

只剩殷虚和孙牧野两个，一个坐着，眯眼看云，一个站着，低头踢石子，谁也不和谁说话，过了半晌，殷虚先叹道：“此刻应该回大营去，大营里有菜，有肉。”

孙牧野道：“早被洛贼抢走了。”

殷虚道：“守大营的还有七八千弟兄，多半也战死了。”

孙牧野道：“是。”他把脚下石子踢出老远，“我宁愿他们降了。”

殷虚斜眼看他，问：“你呢，降不降？”

孙牧野回看殷虚，不语。

日落后，军官和亲兵们都回来了。井边一家院落已被扫洗干净，军官们依次把包袱扛进正堂去，乔恩宝和几个亲兵一边清点，一边记账，过了大半个时辰，乔恩宝出来禀道：“有十五缸米，两千多个饼，八百多袋炒米，五十八袋肉脯，一百多个果子。”

孙牧野在心底重重叹了口气。一个百夫长道：“一万一千张嘴，这些只够吃两天。”

孙牧野道：“肉和果子分给重伤兵，千夫长每日来领十斗米。”

一个千夫长道：“一千人吃十斗！一人一天入口不到二两米！”

孙牧野火道：“我难道有米山肉林藏起来不给你们！你想要多少，你说！”

殷虚也悠悠道：“冲孙牧野吼有什么用？他又不会下蛋。”

孙牧野道：“就这样定！我和殷将军出人看守这个院子，每日卯时千夫长按人头来领，谁私下来要，谁私自给人，谁谎报多领，都是死！”

无人再发话。

殷虚看了半天云，问身边人：“一个兵一天吃一两米，你们猜最开心的是谁？”

身边人回道：“林渊泓！”

殷虚道：“错。”他背着手，施施然离去，口中道，“是户部尚书赵自芳。”

5

开元城在六月二十五得知了焉军惨败的消息，唐瑜夜夜不能安睡，白日依旧去给卫熹授课。这日是七月初一，晚夏的龙朔宫透出一股慵懒气，只有帘外一对黄莺儿还活泼，一时水上逗红藕，一时墙下弄蔷薇。卫熹没了严父的约束，母亲也渐渐放任他，他被千依百顺的宫人簇拥久了，终于发觉了做帝王的好处来。此时唐瑜立在书桌前讲读《左氏春秋》，隐约在说什么“晋侯秦伯围郑”，他听不进去，右手把一支笔转得起风生花，忽然唐瑜止了话，他抬眼看，见唐瑜目光庄重地看自己，方收敛仪容，借口道：“老师，年代太久远的书，卫熹读不明白，说近些的事吧。”唐瑜想了想，另择一卷，讲起“先汉所以兴隆、后汉所以倾颓”之类的事来，卫熹听了几句，悄悄瞟侍读的小宦官，见一个小宦官正在垂头打瞌睡，他便从琉璃碗里取一颗荔枝掷过去，小宦官的脸被冰凉的荔枝砸中，“哎哟”一声，慌忙站起来，撞动了书桌，卫熹和侍读童子们一同笑起来，笑完才想起老师还在场，他又抬眼看唐瑜。

唐瑜将书卷放回书桌，道：“帝无帝范，不能受唐瑜一人尊重，如何受天下尊重？”

卫熹道：“我只是……只是有些困倦了，老师，我歇一刻再读书。”

唐瑜道：“此刻农人耕作于田，商贾奔波于道，学子闭门苦读，战士鏖战不休，天下虽大，无一人敢歇，陛下肩上责任重于千千万人，怎能有一刻疏忽？”

卫熹嘟着嘴翻书，又道："我并不想背这样的担子。"

唐瑜道："天命授予陛下，是相信陛下仁明，必能引领国家复兴，陛下不可辜负上苍信任。"

卫熹道："国家复兴？这样艰巨的事，我哪里做得到。"

唐瑜道："陛下有心，全焉助之；陛下无志，全焉怠之。"

忽然内侍监来报："陛下，有使自东洛来！"

卫熹问："东洛的使者？"

内侍监道："是洛王遣来的使者。"

卫熹道："叫他去见太后。"

内侍监应了要去，唐瑜道："留步。"内侍监又站住了。

唐瑜向卫熹道："陛下是一国之君，应当自己面见洛王之使。"

卫熹道："我不知道说什么。"

唐瑜道："先问民生，再问宰相，最后问洛王。"

卫熹便道："好。"

内侍监去了半晌，将东洛使者江慈领了进来。青苎原一战东洛大胜，崇宁宫纳了林渊泓的谏，立派名士江慈赶来开元城，要与龙朔宫谈判。江慈入了书房，只见焉天子卫熹坐在正中，一个年轻文官坐在右榻，江慈上前行礼道："东洛江慈拜见焉天子。"

卫熹道："先生请坐。"

江慈谢礼，在左榻坐了。

卫熹问："先生千里而来，旅途是否辛苦？"

江慈道："路平尘轻马蹄急，千里近如咫尺。"

卫熹又问："战事未休，东洛百姓是否无恙？徭役是轻是重？收成是加是减？"

江慈道："洛王仁厚，徭役轻于列国；洛土富饶，年年五谷丰登。"

卫熹哑了口看唐瑜，唐瑜笑问："交兵之后，丁郑二位将军安好？皖润回归，东洛田税还余几何？"

江慈被堵了话，反问："不知先生尊姓？"

唐瑜道："下走唐瑜，幸会先生。"

江慈避席而拜，道："原来是唐瑜公子，久仰。"唐瑜也避席回礼。

两边回席之后，卫熹再问："林渊泓先生近来无恙？"

江慈面露不悦，道："陛下错了主次：如何不先问吾王，却问吾相？"

卫熹不知如何作答，只看唐瑜，唐瑜不经意显出轻慢之色，道："青苎原之战，洛军谋略雄奇无双，从此天下皆识林渊泓，不识洛王！"

江慈愠道：“唐先生无礼，非名士之风！”

唐瑜复又展颜，不再答话。

江慈道：“既说到青苎原一节，江慈便将来意说明：如今焉军大败，孙、殷二位将军被洛军困在竹枝城，插翅难飞。吾王有海涵地负之量，虽为战胜之方，情愿主动议和，只要龙朔宫依了崇宁宫一件事，东洛愿将竹枝城内焉军将士安然送还！”

卫熹大喜道：“当真？”

唐瑜问：“什么事？”

江慈道：“焉军悉数撤离润州，两国以白鸢江为界，皖州归焉，润州归洛，结为盟好，永不互侵！”

卫熹道：“润州归东洛？润州可是大焉旧土！”

江慈道：“润州入东洛版图二十年来，东洛也待之如子民，如何归不得？”

卫熹沉吟不语。

江慈道：“竹枝城内一万焉军伤者过半，粮不足三日之用，眼下洛军破城如破窗纸，是顾念昔日两国情义，才不轻言斩尽杀绝。一线生机全在陛下手里，请陛下三思。”

卫熹看唐瑜，江慈也顺着他的目光看唐瑜，道：“江慈听说唐先生的胞弟也在焉军阵中，可有音信传回？”

唐瑜道：“杳无音信。”

江慈道：“江慈回去后，一定请林大都督寻查令弟的下落。”

唐瑜离席长揖作谢，江慈还礼后，再问卫熹：“陛下思虑如何？”

卫熹问唐瑜：“老师怎么看？”

唐瑜道：“回陛下：唐瑜虽生长在开元城，祖籍却在皖州。唐瑜幼时，年年随父亲回乡祭祖，后逢战乱，皖州沦丧，唐瑜从此再没能回故乡。二十年光阴荏苒，皖州再不是当年皖州，可是在唐瑜的记忆中，故乡还是旧模样。”

卫熹问：“什么模样？”

唐瑜道：“夕阳醉照，芳草芊绵，茫茫江上千帆来回，皖润渔人同饮一江水，对唱柳枝词。”他说得目色越发温柔，“大焉有谚：江左郎才，江右女貌。皖州少年郎最爱润州黄花女，黄昏之时，少年们竞相摇船争渡大江，为心上人送去菱荷香。”

卫熹听得茫然，道：“先生的意思……”

唐瑜道：“润州送不送与东洛，陛下做不得主，唐瑜做不得主，皖润两州的百姓才能做主，十三州百姓都能做主。陛下在心中问问两千万百姓，润州能不能拱手送人？”

卫熹顿觉肃然，道：“百姓一定不愿国土分裂出去。”

唐瑜微微颔首，再不说话，要卫熹自己答复，卫熹遂对江慈道：“润州是大焉的领土，润州百姓是大焉的子民，朕决不能放弃。”

江慈道：“陛下此言，将置竹枝城的焉国将士于何地？”

唐瑜朗声道：“大焉援军此刻已兼程赶赴青芒原，请先生回告林渊泓：又一场苦战将至，当心崇宁宫前的铜鼎再次烧沸！”

江慈反唇相讥道：“请龙朔宫静候贵国后将军、云麾将军的首级归来！”说完，起身向卫熹拜，与唐瑜互拜，昂首出门而去。

直等江慈出了门，唐瑜才显出凝重之色，卫熹问：“先生，孙牧野他们撑不撑得住？”

唐瑜轻声道：“我信他。”起身行礼道，“唐瑜想去看望太后，说说军事。”

卫熹道：“先生自去，我再看会儿书。”

唐瑜遂退出书房，去了崔太后住的如意宫。崔太后正在批阅奏章，听说唐瑜来了，放下朱笔道：“请进来。”

唐瑜进殿拜见了，崔太后问：“圣上近日功课如何？”

唐瑜道：“圣上聪睿卓异，将来必成明智之主。”

崔太后便微笑颔首，又拿一封奏折给唐瑜看，道：“章州节度使文宗海今日已率四万大军自皖州出发，横渡白鸢江，赴青芒原解救孙牧野和殷虚。唐先生认为此行胜算几成？”

唐瑜道：“三成。”

崔太后蹙眉道：“只三成？”

唐瑜道：“青芒原在润州深处，林渊泓不会坐等焉军长驱直入，必分兵西来，占据江边坚城泽阳，阻击文将军，文将军想要抵达竹枝城下，不易。”

崔太后道：“这可如何是好？”

唐瑜道：“臣有一计。”

崔太后道：“讲。”

唐瑜道：“洛国之东，有海民叛乱，头领自封海夷侯，率三万海民占据东海岛屿，洛军连年讨伐，不能克除。眼下若海民反叛，洛国将东西两面应战，海民一旦起势，洛必调西线之兵支援东线，则西线力量减弱，焉军可乘虚而入，解围竹枝。”

崔太后听得入神，问：“如何能让海民作乱？”

唐瑜道：“大焉当派特使，前往东海，说动海夷侯。”

崔太后摇首笑道：“海夷是未驯良的野人，传言他们说的是犬语，吃的是人肉，不通中原礼仪，不懂世事情理，谁愿意舍身涉险，去野人岛上做这个说客？”

唐瑜长揖道：“唐瑜愿往。”

6

同是七月初一，竹枝城里饼、炒米、肉脯和果子都吃尽了，只剩三斗生米在最后一个缸底。卯时，千夫长们来领粮食，乔恩宝拦在院门口不让进，道：“总共只剩三十斤米了，若是平分，你们一个也只得三斤。”一个千夫长道：“一千个人，吃三斤米？”乔恩宝道：“所以等孙殷两个来，他们说怎么分就怎么分。”

过不到半刻，孙牧野来了，殷虚不来。孙牧野自己进正堂，伸手在缸底捞了一捞，什么话也没说。乔恩宝把三斗米包好，背出来，放在地上，一群人看着这包米，都不吭声，半晌，一个步兵校尉道：“有一个法子。”

孙牧野问：“什么法子？”

步兵校尉道：“杀战马。”

此言一出，一个骑兵千夫长道：“不行！”

步兵校尉道：“人都快饿死了，你们还舍不得马？城角关着一千多匹战马，如今草料也吃得差不多了，你不杀，它们也要饿死。”

骑兵千夫长手按刀上，道：“我说不成就是不成！”

步兵校尉被他的动作激怒，也作拔刀状道：“你吓唬谁？我今日杀一匹马，你便要杀我？你心疼你的马，我心疼我的兵！”

骑兵千夫长道：“马是骑兵的腿！洪水退尽后，大军突围，要靠骑兵冲一条路出去，马死了，就冲不动！”

步兵校尉道：“人全饿死了，拿什么冲？”

两人一吵开，在场的都七嘴八舌争了起来，步兵全叫杀马，骑兵全说不准杀，吵嚷了半天，一个百夫长道：“孙将军，你说怎么办？”

沉默了许久的孙牧野道：“不能杀马。”

步兵校尉道：“那你说，千万张嘴吃什么！”

孙牧野道：“三十斤，和水煮，能分一勺吃一勺，能分一口吃一口，人人都有。”

校尉道：“一人就一口米汤！”

孙牧野道：“那就一口米汤！”

乔恩宝把米均匀倒成十份，千夫长们各抱着三斤生米去了，孙牧野犹坐在井沿生闷气，乔恩宝走回院子，在床上地上拣了半天，拣出半把米粒，出来道：“咱们就吃这个。”

孙牧野道：“你们吃。”

乔恩宝道：“你呢？”

孙牧野道：“一天也饿不死。”

乔恩宝道：“那明天呢？”

孙牧野不语。

乔恩宝和几个卫兵打了井水上来，支起锅，把米粒放进锅里煮，不多时，半锅米汤烧沸，乔恩宝打了半碗，递给孙牧野，孙牧野不接，忽听城墙上一阵骚动，士兵们都伸长脖子往东北角看，乔恩宝起身问：“怎么回事？”

墙上一个兵道：“步兵们找马去了！”

孙牧野便起身往马厩跑去。

东北角的一片空地，挤着一千来匹孙字营和殷字营的战马，每日只靠几口草料为食，也是奄奄一息，步兵们冲到此处，看守马厩的骑兵拦住问：“你们来做什么？”

步兵们道：“杀马！吃肉！”

骑兵道：“军中纪律，杀人杀马一个罪！”

步兵们道：“要杀也等我们吃饱了杀！”说完要将那骑兵拖开，骑兵不让，道：“我需去禀报孙将军和殷将军！”

一个步兵叫道：“十天没吃过一顿饱饭，日日都是一碗米汤，谁受得住？就是他两个在这里，我们也不依了。”

孙牧野在后高声道：“不依要怎样？”

步兵们回身看，孙牧野大步走过来，问：“刚才谁在说话？”

一个步兵站到他面前，道：“孙将军，是我在说话。”

孙牧野道：“再说一次。”

那步兵道：“弟兄们饿得心头发慌，眼前发黑，不想再喝米汤。这些马纵然今日不杀，明日也要杀，不如今日让弟兄们吃一顿饱饭。”

孙牧野道：“明日也不杀。”

步兵们道：“你要看我们活活饿死？”

孙牧野道：“我要靠这些战马出城作战！”

一个步兵问：“几时能出城打？”

孙牧野道：“洪水每日都在退，十日之内，青苎原的土地都要冒出来。”

步兵们纷纷道：“那这十日怎么过？”

孙牧野不吭声。

一个步兵高声叫道：“你也没法子！就是宁愿步兵死，也不愿战马死！”

步兵们一起道：“我们不想死！我们要吃马！”说完当着孙牧野的面，将那骑兵拖开，去扳马厩门栏，孙牧野去挡门栏，也被一个步兵拉住，门栏开了，步兵们提着刀一拥而入，冲着最近的一匹马去，那马惊慌要逃，却已被步兵们围住，当先一个把长刀高高举起，要照马脖子砍落，却听背后一声大喝，一把横刀从他后背刺入，从心口冒了出来，步兵们回头一看，杀人的是乔恩宝，乔恩宝从那人身上拔出横刀，凄怒道："大军虽败，主帅还在，违反军令者，杀无赦！"

步兵们万没想到孙牧野的亲兵真动了手，齐声道："你们杀自己人！"说完刀光剑影，都向乔恩宝扫来，孙牧野不能袖手旁观，他抽刀抢上前，把砍向乔恩宝的刀格开，道："住手！"

步兵们见是孙牧野本人，到底不敢放肆，都强压怒气收了手，只道："杀人偿命！主帅的亲兵也不能乱杀人！"

孙牧野道："他没杀错！"

步兵们道："你维护亲兵，维护战马，独独不管我们的死活！"

却有另一个人叫道："他也不管亲兵的死活！"

孙牧野转头看，一人分开众人走到他的面前，孙牧野看清他的脸，心头一落，问："杨小满，你来做什么？"

杨小满虽是孙牧野的亲兵，此刻却站在步兵群中，向孙牧野道："我来找吃的，我不想再喝米汤。"

孙牧野道："我每天和你吃的一样。"

杨小满道："你吃什么是你的事，这十日你不曾过问我，现在也别过问！"

乔恩宝道："杨小满，此刻不是争执的时候，我们回去。"

杨小满道："我不回孙字营。"

孙牧野问："那你去哪？"

杨小满道："哪有吃的我去哪！这马厩里有吃的！"

步兵们见孙牧野的亲兵反了，格外激动，都怂恿道："吃马肉，吃马肉！"

杨小满果然抽出刀，向乔恩宝道："我要吃马肉，你杀不杀我？"他转过身，反手把刀面在背上一拍，向孙牧野示威道："朝背上来！要打要杀都使得！"

众人只见杨小满的后背皮肉溃烂，蚊子苍蝇贴着身子飞，不由得静下来，杨小满道："杀不杀？不杀我，我就去杀马了。"说完便向马群去，乔恩宝拖住他劝道："杨小满，你别此时让他难堪。"杨小满反手将横刀一抡，险些划上乔恩宝的脸，道："谁也顾不上谁了！"

孙牧野道："你若认为我们没顾过你……"

杨小满道："若顾我，给我些药，我的背烂了。"

孙牧野道："药早用完了。"

杨小满道："给谁用了？"

孙牧野道：“伤兵。”

杨小满道：“我也是伤兵！我是如何受的伤？”

乔恩宝又来拉杨小满，道：“我们回去说。”

杨小满甩脱他的手，道：“等我吃饱了说！”

步兵们都吆喝道：“杀马吃肉！咱们一起！

杨小满道：“一起去！”带领步兵们向马群冲去，孙牧野动了动唇，没说出话，忽然一支长箭呼啸而来，直直射中杨小满的琵琶骨，将他撞仆在地，步兵们耸然驻足。杨小满支起上身转头看，殷虚的亲兵背着弓、拿着刀进马厩来了，杨小满不怒他们，却转怒孙牧野，他手指背上的箭，向孙牧野道：“你看看，你看看！”说完伏地痛哭起来。

7

七月十三，江慈回到崇宁宫，向公治贤禀报与龙朔宫的谈判结果。江慈道：“焉天子不愿放弃润州，拒了和谈。”

公治贤道：“他们不管孙牧野的死活？”

江慈道：“一人不如一州重要。”

公治贤问：“拒绝和谈，是那小天子自家说的，还是皇太后说的？”

江慈道：“是天子老师教的。”

公治贤问：“谁？”

江慈道：“唐瑜。”

公治贤道：“唐瑜？中焉先相唐之弥之子？”

江慈道：“正是。”

公治贤将细髯捋了捋，笑道：“洛之渊泓，焉之唐瑜，凉之宋醇，项之秋藏，皆是当世名公子，依江爱卿所见，唐瑜品貌风度比林渊泓如何？”

江慈道：“唐瑜虚有其表，实则倨傲少礼，不及林渊泓风雅醇正。”

公治贤一听，便知江慈在中焉吃了亏，笑道：“他说了什么话，冒犯了江卿？”

江慈道：“唐瑜冒犯的不是江慈，是陛下。”

公治贤的笑容蓦然收紧，问：“他说孤什么？”

江慈不敢答。

公治贤道：“快快说来，不要曲隐。”

江慈道：“唐瑜说：‘青苎原之战，林相公谋略雄奇无双，从此天下皆识林渊泓，不识洛王！’”

公治贤的脸塌了，背着手转了两圈，怒道：“是孤将他封相拜将，孤难道没有知人善任之功？换了别家君主，谁能容忍林渊泓一败再败，连让四郡？”

江慈道：“陛下乃明智之主，海内诸君莫及！”

公治贤脸色稍缓，道：“唐瑜小儿，不值得孤计较。”

江慈忙应：“正是。”

公治贤又道：“焉天子年幼，受这样的老师教导，将来难免要走偏差。他授课便授课，国家大略与他何干？他是尚书还是宰相？”

江慈道：“唐瑜若为尚书，必擅权；若为宰相，必摄政！”

公治贤点头叹道：“可惜中焉弱母稚儿，只好由得这些人胡闹！换作我……”他止了话，又团转了几圈，叫道，“来人！”

内侍监上前应道：“陛下，有何吩咐？”

公治贤道：“备下玉辇，即刻启程，孤要去青苎原劳军。”

8

七月二十二，青苎原的洪水退了，东洛三万将士站在没过小腿肚的泥沼里，受了公治贤的检阅。竹枝城内的焉兵也站在城头看动静。公治贤要往城下去，身后的林渊泓道：“焉贼还残存箭矢，陛下当心误伤圣体。”公治贤笑道：“孤岂是怯懦畏死之人？”林渊泓只好跟了去。

到了近城二十丈处，公治贤叫玉辇停下，命一个侍卫上前喊话。那侍卫到城下，叫道：“东洛圣主驾临，焉贼快快出城投降！”

一个焉兵叫道：“劳驾问一声，我们的援军来了没有？”

侍卫道：“刚过白鸢江，就被堵在泽阳城，一步也动不了，你们别妄想了！”

焉兵问：“你们守泽阳的是谁？”

侍卫道：“是仇忠仇督军！”

焉兵们一听说是斩了王虎的仇忠，便不说话了。

侍卫道：“圣主仁慈，只要你们缴械投降，绝不伤你们分毫。”

焉兵问：“当真？”

侍卫道：“圣主金口玉言，岂是儿戏？”

焉兵们互相看，一个悄悄道：“要不，我们去问问孙将军？”

众人都道：“好，你快去。”

那焉兵便一路小跑下了城墙，去找孙牧野。

尚在初秋，竹枝城内的树枝都光秃了，叶子全入了肚，树皮也被割得斑驳，这日两个兵在枝头抓住一条无处躲藏的小蛇，在井边剥皮，剁肉，煮汤，孙牧野坐在锅边煽火，那士兵跑来道："孙将军，洛王亲自来城下劝降。"

孙牧野问："他怎么说？"

士兵道："说是只要投降，便平安送我们回大焉。"

孙牧野道："不降。"

士兵"哦"了一声。

孙牧野一边煽火，一边抬头看他，问："你们想不想降？"

士兵立正道："我们听将军的。"

孙牧野道："那就回不降，不要和他们啰唆。"

士兵道："是。"说完转身便跑，却撞上来找孙牧野聊天的殷虚，殷虚问："跑这么急，有什么事？"

士兵道："洛王在城下劝降，我们来问孙将军怎么回。"

殷虚用下巴指孙牧野："他怎么说？"

士兵道："孙将军说不降。"

殷虚道："就这两字？"

士兵道："是。"

殷虚道："懵童子，殷字营赶驴的兵也比他聪明些。"

在场的士兵都听见了，忙向殷虚使眼色，暗示孙牧野也听见了，殷虚毫不在意，向那士兵招手道："附耳过来，我教你怎么回。"

那士兵凑过来，殷虚在他耳边嘀咕了两句，那士兵惊疑道："若林渊泓应了怎么办？"

殷虚道："再给他十条命，他也不敢应！"

士兵去了。殷虚踱过来，看士兵们把蛇肉沫下锅。孙牧野问："你怎么说的？"

殷虚道："我说投降也成。"

孙牧野道："你不会。"

殷虚道："哦？"

孙牧野道："我知道你不会降。"

殷虚道："这话舒心。"

那士兵跑回城头，依言向城下道："我们将军说了，投降也成！"

那侍卫问："当真？"

士兵大叫道："当真！不过我们只降林相公，不降洛王！"

城下，公治贤和林渊泓同时陡然变色。焉兵道："林相公胸中韬略举世罕见，我们输得心服口服！"

另一个焉兵也叫道："我们是败给林相公，不是败给洛王，要降只降林相公！"

一时城头焉兵都叫道："林相公过来受降！洛王免谈！"

林渊泓面露尴尬之色，躬身向公治贤道："焉贼在使离间之计，圣主明鉴。"

公治贤满脸堆笑，道："焉贼这点伎俩，骗不过孤。"他招手，要林渊泓上玉辇来，林渊泓遂下马登辇，公治贤搀住林渊泓的手，与他同辇返回。玉辇走出青苎原，公治贤问林渊泓："几时能下竹枝城？"

林渊泓道："一月之内，焉贼必溃。"

公治贤道："他们早已矢尽粮绝，如何还要拖一个月？"

林渊泓道："焉贼在作困兽之斗，不如慢耗，静待焉贼意志崩溃。"

玉辇往前走了十余丈，公治贤发话道："十日足矣。八月初五之前，孤要收到竹枝城破的捷报。"

9

季节已入了秋，夏雨却还在青苎原的上空逗留。雨珠在乌云中蓄了七天，这夜终于沉得藏不住，纷纷坠落下来，炒栗子般在竹枝城中爆开了。杨小满仰躺席上，把背死死压住，不叫绿头蝇钻进去。他用手撕开薄被，扯出一团棉絮，借闪电划过的光将棉絮看了一阵，硬塞进嘴里，干嚼半天，闭眼咽了下去。雷声闷得人心房绞痛，杨小满把薄被拉上来，整个人缩进被里，说不上冷还是热，瑟瑟发抖。响雷从屋顶滚过之后，响起一阵敲门声，杨小满不应，来人敲了半天，开口叫道："小满，开门。"

杨小满听出是孙牧野的声音，道："杨小满死了，你不用再敲。"

孙牧野道："别赌气了。"

杨小满又用被子盖住头。

孙牧野道："你开门见我。"

杨小满不理。

雷声周而复始转了回来，孙牧野把门砸了个窟窿，探手进门，拉开门闩，自己走了进来。

杨小满还埋在被里不吭声，孙牧野坐到他身边，来拉被角，杨小满死死抓住不放，孙牧野道："我看看你的背。"

杨小满道："烂了，好不了了。"

孙牧野道："我挖到一棵三七，帮你涂在伤口上。"

杨小满道："你不是巴不得我死吗？"

孙牧野把被子扯开，推杨小满翻了一面，把三七咬成两半，一半递到杨小满嘴边，道："吃了。"杨小满不动，孙牧野撬开他的嘴，硬塞了进去，把另一半自放嘴里嚼，嚼碎了往杨小满的背上抹，又从怀里掏出一把烧火剩下的木灰，撒在伤口上。

杨小满一边嚼三七，一边噙泪道："你现在做好人有什么用？"

孙牧野道："我没想到十棍会伤得这样重。"

杨小满道："又没药，又没吃的，你说重不重？"

孙牧野道："我对不住你。"

杨小满道："迟了，说什么都迟了！我后悔做你的亲兵！"

孙牧野不吭声。

杨小满道："一同参军的开元城子弟都去了前锋营，我却被分到卫营，早知如此，我也去前锋营，和他们一起痛痛快快死在洛贼刀下，也比现在生不如死好！"

孙牧野问："你们多少人一同参军的？"

杨小满道："三百。"又哽咽道，"如今只剩我、李三狗、杨元生了。"

孙牧野心中一跳，问："你们几时参军的？"

杨小满道："洛贼烧了玄武大道之后。"

窗外闪电如匕首，刺中了孙牧野的心，他抹灰的手微微抖了起来。杨小满不察觉，自伤心道："我家就住玄武大道的中间，楼下三间门店，一年收租子也要收三十贯，日子过得好生舒畅。一把火来，房子没了，妹妹没了，阿娘也病了。官府说是洛贼干的，我便要参军杀洛贼，阿娘不许我来，我偏要来，我说要杀几个洛贼，妹妹在天上才能瞑目。止狩台誓师那天，我们跟在你身后往东来，我兴奋得很，觉得我们隔几天就能得胜归来……那时我如何知道会走到这样的境地，我……我再也回不去家了。"

孙牧野道："你们错信了我。"

杨小满道："是，我们还以为你能带我们打胜仗。"

孙牧野道："对不住。"

杨小满道："说对不住又有什么用？我就要死在这里了。"

孙牧野道："你不会死。"

杨小满哭道："会死，我今夜就会死，我熬不过去了。"

孙牧野来握杨小满的手，杨小满把他推开，道："你出去，我要睡了。"

孙牧野不动。

杨小满激动起来，乱挥双手，道："你走！你坐在这里我也不会原谅你！"忽然一阵头晕眼花，伏在席上干呕起来，孙牧野来扶他的肩，杨小满蓦然回头，睁着发白的眼，张着流血的口，叫道："你滚出去！你以为坐在这里便能求一个心安？！"

孙牧野骇然起身，倒退两步，杨小满狠狠道："别让我再看见你！"

孙牧野慢慢退出了门外，瓢泼大雨打湿了他的衣衫。他在雨中面向木屋站定，看着黑洞洞的门发呆，杨小满不再咆哮，只轻咳了几声，便不再有动静。孙牧野任凭暴雨打在头上，打在眼中，把里里外外的衣裤湿透了，不知过了多久，雨水漫过脚踝，屋内的杨小满忽然叫道："阿娘！阿娘！妹妹！"

孙牧野下意识动了动脚，又不敢进去。杨小满再叫道："妹妹，看我杀洛贼了！我，我为你报仇了！"说完，又陷入死一般的静寂。

再过半个时辰，雷声越来越密集，响声中分明夹杂着杨小满的哭喊："阿娘！阿娘！我饿！饿痛了！阿娘，快给我做吃的！"

孙牧野转身冲出了院子，在闪电的指引下向马厩而去。守马厩的士兵被木栏拉动的声音惊醒，跑出来见是孙牧野，问："孙将军，你来做什么？"

孙牧野跑进马群中寻找，找自己的那匹枣红马。那马见到孙牧野，欢叫一声，从棚下奔出来，用嘴去衔孙牧野的衣肩，把他往马棚里拖，不叫他淋雨，孙牧野不去，他伸手揽住马脖子，把脸贴在马鼻上。这马是他离开夜州时，拿犀角换的寻常农家马，个子不高，跑得也不快，他却始终舍不得换。马儿随他征战几年，早和他心灵相通，孙牧野闭着眼，喃喃对它说些人和马都听不懂的话，几个士兵追上来，问："孙将军，这么晚了，你要马做什么？"

许久，孙牧野一手搂紧马脖子，一手去抽刀，那马觉察不对，扬起马头要躲，孙牧野将它一按，轻声道："别怕。"马儿又安静下来，垂头和孙牧野依偎。孙牧野抖着举刀的右手，抵住马的咽喉，道："我又对不住一个。你也恨我就是了。"他闭上双眼，把头埋在马鬃毛里，手腕用力，割向了马喉，马剧痛难忍，昂首长嘶，孙牧野咬牙把刀再刺深一寸，怆然道："恨我！"马在孙牧野的臂弯挣扎了一阵，气力尽失，倒在一地泥浆之中。

孙牧野跪在马面前，将马腿肉割下一大块，抱着离开马厩，奔去井边，在檐下生火烧水煮熟了，盛入碗中。他脱下衣衫，盖住碗口，一路急跑到杨小满的屋子，叫道："小满，吃饭了！"他看向草席，席上的人扭成一团，一动不动。

孙牧野轻轻走过去，把碗放在杨小满的头边，摇他道："小满，起来，有肉吃了。"

手掌下的身体早已僵硬。

孙牧野坐在席边端详杨小满，那张年轻的脸到死犹带着委屈和愤怒。孙牧野拉过被子给他盖好，道："睡醒了起来吃。"他知道杨小满再不会回应，坐了一会，便伸手在杨小满的怀里寻找，找到了刻着名字的木牌，把那名字反复摩挲，不知何时，雷声寂了，大雨停了，一抹阳光斜入屋来，一个士兵找进屋里，道："孙将军，有军情。"

孙牧野抬起疲惫的双眼问："什么事？"

士兵道："城外的洛贼说，我们的援军在泽阳城被仇忠打败，文宗海将军已经回去了。"

孙牧野木然。

士兵问："孙将军？"

孙牧野道："知道了。"

士兵又道："草根树皮都吃光了，千夫长们在问今日怎么办。"

孙牧野道："杀马。"

士兵一愣，道："杀马？"

孙牧野道："一日杀十匹。"

士兵道："是。"他转身走到门口，又道，"将军，杀了马，可就绝了突围的路。"

孙牧野道："先活下去。"

第三十五章

东海僻岛

1

八月初一，竹枝城东南角的深坑已被灰烬填满，还依稀可见烧不尽的残骨和碎甲，又有十来个将士被覆了上去，酒已倒干，活下的人只能把一碗碗水浇于地下，送别同袍。一个士兵看着数十具遗体道："我们千夫长也在里面。"另一个道："谁来补缺？"众人都看孙牧野，孙牧野问："还有多少人？"士兵们道："九千两百多。"孙牧野道："九个千夫长够了。"忽闻小城四面同时响起号角声，哨兵们预警道："洛贼来了！"孙牧野把碗中水滴干，和士兵们往城墙上去了。

这一日是公治贤给林渊泓的最后时限，洛军向竹枝城发起了总攻。三万洛兵推出五十架三丈入云车、四辆千斤撞车，东南西北合围而来。城中焉兵全上了城墙，一面只得两千余人。西城面，弓箭兵们舍不得早早松弦，只将弓拉满，瞄着入云车不敢松手。十座入云车开来，离城只有三丈之时，焉兵才将强弩迎面射去，入云车以坚盾遮挡，射之不破，巨轮滚动，焉兵眼睁睁瞧着入云车挨上了城垛，坚盾打开，二百洛兵登了城，一个焉军百夫长挥动大刀，叫道："杀洛贼！叫他们一个也回不去！"焉兵们大声应道："今夜吃洛贼肉，饮洛贼血！"遂与洛兵白刃相接。

东城面，洛军长梯搭上了城墙，城下还有弓箭阵，长箭化作蝗灾，乌麻麻往城头扑，打得焉兵无法冒头，洛兵趁势往上爬，但觉头上箭矢越来越少，知道焉军被掏空了，上下呼应道："焉贼没箭矢了！上！上！"一串串蚁涌而上，忽而城头飞出一块块杂物，却是门板、窗棂、床榻，乃至桌子、椅子、条凳，全是从城中民居拆卸来的，梯上洛兵顿如枝头一排断翅的麻雀，接二连三从空中掉落下去，长梯也如细枝般折断了。焉兵用投石车装了杂物，向城下洛兵密集处投射，一只凳砸中一个，一张床却砸中一群，洛军的攻势暂时受阻，一个将领怒心难遏，将手中马鞭甩得啪啪响，催道：“登城！登城！”

南城面，十五座八云车迎着砖头、瓦片、土块的反击，把成百的洛兵送抵城头。每架车中有四五百洛兵，焉军却只分得出三四十人堵截。焉兵们个个以一当十，把一车又一车洛兵拦在城墙之外，拼死不叫敌人登城散开。孙牧野站在城垛口，持一支长矛把冲过来的洛兵一个个挑下城去，不多时，半个矛身染得血红，突然一个士兵过来叫道：“城门要破了！”孙牧野立叫身后的兵上来补缺，自己提着断矛往城下去，忽听城外八面金钟齐响，他不信自己的耳朵，问士兵：“什么声音？”士兵疑道：“好像洛贼在鸣金。”

孙牧野到了南城门下，只见城门已经破出丈宽的大洞，门外洛兵在叫：“哪里有鸣金声！听不见！杀进城去！”十七八个一起杀进来，孙牧野和四个士兵迎上去，刀光连成一道铁壁，水泼都难进，洛兵们进两步，退三步，四五个回合后被逼出门外。焉兵抬来木板堵门洞，洛兵在外道：“弩车！再射城门！射城门！”不料后方又起鸣金声，洛兵们不解，纷纷道：“为何此时叫退兵？”一个洛军百夫长道：“退了！”一个洛兵道：“破城就在眼下，不能退！”百夫长喝道：“退！不然我先斩你！”洛兵们愤然扔下断刀缺剑，向门洞重重啐了几口，转头去了。

孙牧野靠在门边喘气，直等洛军去远了，才向士兵们道：“把门钉好。”又去北城看动静，北城门已塌了半扇，门下尸体三成是焉兵，七成是洛兵，殷虚正拿帕子擦拭戟身，见了孙牧野便道：“北城归你管的！老子来找你说话，遇到这桩生意。”

孙牧野道：“南城我也替你守住了！”

2

今夜的洛军无人吃得下饭。太阳落山了，中军帐前围满了将士，齐声问：“林都督出来答话！为何强令大军退兵？”

帐帘开处，林渊泓面色凝穆出来了。一位将军上前道：“破城只在顷刻，都督为何鸣金？”

林渊泓道：“纵然城破了，焉贼也不会束手就擒，街头巷尾还有一场苦战。我见攻城已异常艰难，若是短兵相接，洛军牺牲必不下一万，只好鸣金收兵。”

将士们道：“剿杀焉贼，我等何惜性命！”

林渊泓道：“我惜。”他笼起双手，沉沉踱步，“尺函谷外一战，牺牲了一万将士。

那一战本是诱敌深入之计，我却不能对将士们明讲，他们只当是生死决战，个个奋勇争先，肝脑涂地亦不旋踵，至死不知这是林渊泓佯败之计。林渊泓对一万条性命负有罪责，虽死难报。”

一个士兵高声道：“我们攻下竹枝城，斩杀孙牧野，便告慰了一万兄弟的在天之灵！”

林渊泓道：“何须再攻！竹枝城中人困马乏，饥病交攻，泽阳城下仇督军大败文宗海，如今孙牧野内有忧患，外无援军，已是走投无路之绝境，假以时日，竹枝城不攻自破，为何还要洛军将士白白送命？”

四周沉默了片刻，一位将军道：“都督总说假以时日，这时日是多久？”

林渊泓轻叹一气，道：“焉贼的耐力，已大出我的意料。孙牧野纵然是铁铸的，也断撑不过一个月去。”

那将军道：“圣上五日后便要听到捷报，今日没有打下来，圣上一定会怪罪，都督怎么办？”

林渊泓道：“林渊泓不惧降罪，但求无愧。”

众人在帐前默立半晌，终于无言回去了。

3

夜幕降临后，竹枝城内救伤兵的救伤兵，葬亡兵的葬亡兵，孙牧野却和十几个亲兵悄悄出了城门，去战场上捡残留的兵器。焉洛两军的尸体遍地横陈，乔恩宝问：“要不要把弟兄们抬回去？”孙牧野道：“来不及了。”众人趁着夜色来来回回，搬了许多箭囊、刀矛、甲衣回城，天明才歇。各街各巷都有士兵抬着同袍遗体穿行，全往东南角去，孙牧野也去看，深坑早埋不下了，遗体堆如丘高，几乎与城墙平齐。

孙牧野问：“昨日阵亡多少兄弟？”

部下回：“两千多。重伤还有七百多。”

孙牧野道：“都烧了。”

部下道：“火石都打不燃了，火折子也用光了。”

孙牧野道：“那就抬到城外去。”

正在搬遗体的士兵们闻言，都静止了看他。

乔恩宝道：“这些是自家兄弟。”

孙牧野道：“抬出去。”

一个兵叫道：“你把兄弟们抬去城外喂野狗？”

孙牧野道："城里没安葬的地方。"

另一个道："哪怕放在这里也好，为什么扔？他们是人，不是破烂！"

孙牧野道："这是尸体。"

那兵道："是兄弟的尸体！活着的时候一个碗里吃饭，死了就往外面扔？"

孙牧野牙把下唇咬破了，道："这是军令，不能留在城里。"

一个刚断了手腕的士兵还没包扎伤口，单手扛了一个兄弟尸身在肩上，道："这军令，我不听。"说完将尸身轻轻放在地上，腕口的血不小心滴在那尸身的脸上，他跪下来，牵袖子拭干净了，又将尸身端端正正摆放。众兵见他带头，便也大胆将许多尸身安放当地，将孙牧野的命令置之不理。

孙牧野道："有句话若是明说，对不住牺牲的兄弟，不说你们又不明白——若是蒸出尸气，生出疾疫，活着的人怎么办？"

那断腕士兵疾步走到孙牧野面前，厉声道："他们是听你号令才死的，你如今担心他们染病给你！"

孙牧野道："还有六千个活人在城里，我不能不管！文德十三年，夜州丰谷县死了一个哨兵没埋，不到三个月，周围五座军堡、七个村子没一个人活下来！"

断腕士兵道："就是因为没埋他，所以上天降罪！我们若将兄弟丢出城外，叫洛贼糟践，叫野狗啃食，上天又要降什么罪？"

孙牧野气急，一把揪住那断腕士兵，喝问："你是谁？"

断腕士兵道："我是孙将军麾下前锋营十夫长李三狗！"

孙牧野心中一凛，想起那个雷雨夜杨小满说过这名字，遂问："你是开元人？"

李三狗道："是！"

孙牧野道："和小满一起参军的？"

李三狗道："是！"又指了一指地上的尸身，道，"我们一起参军的！"

孙牧野攥紧他衣领的手松开了，走过去蹲在尸体边上瞧，问："他叫什么？"

李三狗道："杨元生。"

孙牧野去尸体怀中翻出名牌，果然上刻"杨元生"三字。他见这死去的士兵不过十七八岁年纪，一颗心突然沉如千斤铁砣难以跳动，悄悄将名牌放入怀中。士兵们请求道："孙将军，别扔他们。"

孙牧野不说话。

李三狗道："开元参军的三百兄弟，如今就剩我一个了。你若要把他扔出城，我也出城。"

忽然城头一阵混乱，墙上士兵叫道："孙将军！"

孙牧野起身问："什么事？"

士兵们手指城外，道："山上立起了一面大焉军旗！"

众人都惊动了，纷纷往城墙上跑去，孙牧野也三步两步上了城头，果见南面丘峦之中，一面焉军的赤红旗帜在飘动，焉兵们道："是不是援军到了？"都向那边招手吆喝，一个叫道："好似有一个人影！"

旗帜下隐约现出一人，他也遥见竹枝城头因他而轰动，便将手扬了一扬，放飞了手中一只小白点，那白点离了丘峦，飞入苍穹，城头焉兵道："信鸽来了！咱们也竖军旗！"

一个焉兵扛起军旗爬上高高的城垛，一边挥旗一边叫道："过来！"焉军素有驯鸽传信的习惯，军中信鸽都认得自家军旗，它在云中盘旋几圈，瞧见了竹枝城头的赤红旗帜，便往这边飞来，引得城头焉兵大声喝彩。

呼声也惊动了洛军，洛兵们都出来看热闹，发现丘峦上的焉军斥候，都道："山上的哨兵呢？抓住那个焉贼！"洛军把重兵放在青苎原、尺函谷和石踪关，山峦上只有稀疏的岗哨，便给了焉军斥候可乘之机，等洛兵赶过去捉人时，焉军斥候早收旗逃走了。洛兵又张弓射那信鸽，信鸽在焉兵的鼓劲声中躲开几支铁箭，降临了城头。

举旗的士兵先捉住信鸽，迫不及待打开鸽足上的纸筒，四周士兵急问："写的什么？"

那兵看过之后笑容满面，扬起纸条向孙牧野道："孙将军，又有援军来了！"

孙牧野还没说话，众人齐声问："哪一军来？"

那兵道："湘州节度使陈琳带了三万大军来救咱们！"

欢呼声四起，众人喜道："咱们有救了！"

孙牧野又下了城。遍地亡兵中，李三狗还呆坐着黯然神伤，乔恩宝问孙牧野："还要不要抬到城外去？"

孙牧野道："先放这里。"

4

七月初二，唐瑜只身离开开元城，踏上东行之路；七月十五进入皖州境内，在白鸢江边看见了增援泽阳城的章州军；他折而南下，入了湘州，七月二十八听见章州军遇挫回师的消息，湘州军亦在江边往船上装军资，都道："章州不顶用，该咱们去了！"唐瑜作书生装扮，买了一叶小舟，顺江而下，到了东南边的瑶国。

东边三国自北向南是沅、洛、瑶，昔年都尊大焉为共主，年年朝贡，后因大焉势微，沅、洛相继不臣，只有瑶国与大焉始终交好。唐瑜不能经洛国直去东海，只能先南下，取道瑶国，再北上入海。

东瑶僻处海角，与世无争，北方焉洛打作一团，东瑶还是太平和煦的好年景。此时中原已入了秋，东瑶却四季如夏，咸鲜的风从海天深处拂来，把缕缕白云牵上椰树枝头，唐瑜骑着海云阑走在海边，果真如一片黑云飘于碧海银沙之上，沙滩上织网的渔女们都看着唐瑜笑，蕉林下摘蕉的农夫也探出头打量他，一群在椰树下捡椰子的男童女童见唐瑜宽袍大袖，不似瑶人窄衫短裤，便撵着海云阑跑，问："阿郎，你从哪里来？"唐瑜答："我从中原来。""中原是什么模样？""此刻云湿小雨，花染轻霜。""霜是什么？""天明凝在枝头，夜深结在心头。"童子们不懂，举起椰子道："阿郎，你吃了再去。"唐瑜下马，弯身接来，微笑道："多谢童子。"再上马，把眉头轻锁了，向东去。

八月二十，唐瑜到了东海之滨。海色在大地尽处深邃起来，罡风挟来腥腐气，浊浪拍裂了嶙峋的崖，海边空无一人，唐瑜牵着马在乱石滩上行了一日，才在背风的石崖后寻到一间木屋，一个白发渔夫在屋前刮鱼鳞，见唐瑜便奇道："怎会有人寻到这里？"

唐瑜道："老丈，我要去蜃气岛，可是从这里出海？"

渔夫道："你要去海夷住的岛？"

唐瑜道："是。"

渔夫道："那如何不从东洛去？四五日便到了。从这里北上，半月或许得到。"

唐瑜道："老丈可愿带我去？"

渔夫笑道："只要给得起船钱，如何不去？"

唐瑜拿出两张金叶子，问："够不够？"

渔夫哈哈大笑，道："给五百文钱，老汉便去。"

唐瑜便道："多谢老丈。"

渔夫指着天际乌云道："今日走不成，阿郎在这里睡一晚，我们明日出海。"

是夜，借宿渔家的唐瑜做了一个诡奇的梦。他梦见一只硕大无朋的紫红章鱼，身子巨如楼船，触手长如船桅，每只触手上都密密长满了吸盘，从海底深处悄然无声地浮上来，两只触手向一头灰鲨缠去，灰鲨几无反抗之力，直挺挺地被触手送入黑洞般的口中。余下的鲨鱼惊慌而逃，章鱼十只触手八方伸展，将一头头鲨鱼都吸住、裹起，在海面来回摔打，把一片海水搅得沸涌不止，浪头打在唐瑜的脸上、他惊醒过来，天已破晓，出门看时，渔夫往船上装了两人的饮食，把渔网鱼叉一并带上了，招呼唐瑜上船，唐瑜看着那长不足一丈、宽不足四尺的小舟有些迟疑，渔夫笑道："不敢上船来？"

唐瑜道："海中风高浪急，老丈的船承受得住？"

渔夫道："老汉在海里讨了五十年的营生，被鲨兽咬过，被雷电打过，独独船不曾翻过！你放心上来。"

唐瑜登上船头，渔夫吆喝一声，在船尾把杆一撑，小舟滑出两丈，一个浪卷来，将小舟揽入了大海，唐瑜站立不稳，忙在船头坐下，那渔夫问："阿郎是哪里人？"

唐瑜道："中原人。"

渔夫道："大焉的？"

唐瑜道："是。"

渔夫问："想来不曾下过海？"

唐瑜点头道："只在诗画中见过海，今日亲见博大如此，才知见识浮浅。"

小船向北行了十余里，海面渐渐波平浪静，渔夫问："你为何千里迢迢赶去蜃气岛？不曾听说焉人和海夷有什么瓜葛。"

唐瑜道："商人逐利，不论天南海北，有利处都去得。"

渔夫问："你做什么生意？"

唐瑜道："中原少海食，听说蜃气岛边海物丰裕，想与海夷做一笔海物买卖。"

渔夫道："有什么海物！只听说那边有三丈长的章鱼、十条腿的海蜘蛛，不是能入口的东西。"

唐瑜笑道："三丈长的章鱼，卖的价钱足够养家一年了。"

5

二十日过去，竹枝城内生出了腐尸的臭秽气，起先只在东南角一团凝聚，然后慢慢向城南和城中蔓延，不久连城北也闻见了。死尸在坑边堆不下，便摆在了街上巷中，仿佛成百上千的人睡在一座死城。这日孙牧野再也容忍不了，亲自与卫兵们清理尸体，把死去的同袍一个个往城外扔，洛兵们在远处数尸山，数了半天，拍手叫道："死了三千多！只剩六千个了！"

到傍晚，城中的尸体都扔完了，孙牧野一边和士兵们打水洗地，一边道："再把各家宅院都检查一遍，不要遗漏。"乔恩宝回："还有一个没送出去。"孙牧野问："谁？"乔恩宝道："杨元生。李三狗守着，谁也不许动。"孙牧野问："在哪里？"乔恩宝指东道："尽头那家。"

孙牧野去了那户民宅，只见李三狗跪在院子中央，他左手腕断了，光秃秃杵着，只用右手刨地上的土，已刨了脸盆大的洞，孙牧野问："你这是做什么？"

李三狗道："埋在这里。"

孙牧野看了看一旁的杨元生。

李三狗道："这里埋不下几千个人，总埋得下杨元生一个人。"

孙牧野往门外看了看，只有乔恩宝守着，不见别人，便不吭气了。

李三狗刨得右手鲜血淋漓，一堆和血的黄土触目惊心。孙牧野问："你们一同在开元城参军的？"

李三狗道："是。"

孙牧野道："你们的房子也在玄武大道被烧了？"

李三狗道："没有。"他把五根血指插进土里，"我和元生不住玄武大道，我们住开元城西南角，他住草棚，我住茅屋，火没烧到我们那里去——去了也没什么可烧的。元生说要参军，我说玄武大道被烧不关我们的事，他说，大道是被洛贼烧的，和烧我们自家房子没什么两样，我说你自家住漏风漏雨的棚子，倒替住高楼豪宅的富人出头，他说不是替人出头，是替国家出头，他拉着我来参军……"李三狗紧紧攥起拳头，似要将黄土捏成碎末一般，"我说，参军就参军，但只打这一仗，打完东洛就退伍，回去了他还赶他的驴车，我还做我的菜贩子，他说好。"

孙牧野和他一起挖土，乔恩宝也进来帮着挖，挖出三尺深的坑，三人合力把杨元生抬入坑中，李三狗和乔恩宝把两边的土往坑里推，眼看杨元生的脸要被埋没，孙牧野轻声向那张枯竭的脸道："别恨洛贼，恨我。"

李三狗不解，问："为何不恨洛贼？"

孙牧野道："害你们来润州的不是洛贼，是我。"

李三狗道："是洛贼烧了玄武大道，我们才来润州打仗。"

孙牧野道："不是洛贼烧的。"

李三狗的手僵住，问："不是洛贼？"

乔恩宝拉孙牧野道："起来走了，外面还有事。"

孙牧野推开乔恩宝的手，道："二百九十九人到死不知真相，只剩他一个，我要叫他明白。"

李三狗起了身，问："明白什么？"

孙牧野向乔恩宝道："你去看外面有人没有。"

乔恩宝愤愤将李三狗瞪了一眼，出了院门，在门口守着，不多时，土墙之内忽然一声怒吼，正是李三狗在叫："孙牧野，你对不起开元城！"

乔恩宝忙冲了进去，只见李三狗抽刀向孙牧野疾砍，口中道："他抓不到真凶，便拿洛俘顶罪？你为何帮他作假？"

孙牧野躲过刀锋，却不争辩，李三狗又一刀劈来，道："你们两个联手唱了好戏，苦的是不知底细的我们！为你们胡诌的话，三百青壮舍家从军，惨死异乡！”

乔恩宝从后抱住李三狗一摔，把他摔在地上，恰好倒在土坑边，杨元生的脸近在咫尺，李三狗爬过去抹开杨元生脸上的土，叫道：“元生，你不该死！我们被骗了，被孙牧野和唐瑜耍了！”

孙牧野道：“错不在唐瑜，错在我，我悔在朝堂上答应收你们入伍。太后问得突然，我没过心，张口就应了，我只知道有人参军我便收，我不知道会败。”

李三狗已听不进去了，他把杨元生从坑中抱起来，号啕道：“你听见没有！我们本不会来送死！你冤！兄弟们冤！杨元生！我们错信了孙牧野！”

吵闹惊动了过路的士兵，几个人进来问：“怎么了？”

李三狗指着孙牧野道：“开元城的人都死在了他手里！”

士兵们诧异，问道：“孙将军，他怎么了？”

乔恩宝又来拉李三狗，却被李三狗抓住一扯，摔入坑中，道：“你替元生去死！”

士兵们都道：“他难道疯了？”几个去扶乔恩宝，几个来拖李三狗，李三狗伤痛欲绝，挣扎着不肯放开怀中尸体，道：“孙牧野害死了我们！害死了开元城的人！”

乔恩宝道：“李三狗！你冷静些！先把元生葬了！”来拦李三狗，李三狗双手被两个兵抓住，便张口一咬，咬在乔恩宝的手腕上，道：“不葬！他死不瞑目，不能葬！”

士兵们眼见李三狗发了疯，齐声道：“把他关到屋里去！当心他伤人！”三个士兵发力将李三狗抬起来，扔进屋中，从外面锁上了门。一群人将杨元生下葬，李三狗犹在屋内砸门，道：“孙牧野，你不能葬他！”

黄土将杨元生彻底掩埋之后，砸门声也停止了，孙牧野走过去，透过门缝往里看，突然一把匕首自缝内刺出，孙牧野猝不及防，眉间被刺入半寸，士兵们忙赶过来，孙牧野却推开众人，自己把眉头一擦，转身出去了。士兵们问：“李三狗伤了主帅，怎么处置？”乔恩宝道：“先别放他出来。”

6

小船沿着海岸线向北行了十三日，在这日黄昏到了一片蔚蓝水域，渔夫遥指海岸道：“那是东洛的思州。”唐瑜遂立身眺望，依稀可见岸边楼台参差，人影熙攘，果比瑶国繁华。渔夫摇桨折向东，往海水墨蓝处去，到第四日午后，茫茫海面终于隐现一座黑山，渔夫道：“蜃气岛到了！”

小船再随浪漂流四五里，唐瑜便看清了蜃气岛的全貌。百余根突兀的石柱一半没入海水，一半伸向天空，如一片石林，环卫一座荒凉的黑石山，那山好似死了一纪的巨鲸，只剩被风腐蚀的朽骨残架，寸草不生，人猿难攀。唐瑜道：“不像是住人的地方。”渔夫道：“若从那一面上去，还有些青草绿木，咱们这一面，海夷自己也不来。”

渔夫摇桨入了石林，驭船在奇异的怪石间穿行，唐瑜见石柱出了水面犹有数丈之高，柱上附着水苔和海虫，问：“这里是不是会涨潮？”

渔夫道：“这些日子东海申时涨潮，寅时退潮，咱们来得好时辰，赶在了涨潮之前。”

一炷香之后，渔船悄无声息近了泥滩，底下还有三四尺深的水，渔夫停了桨，道：“阿郎，不是我不送你上岸，船若搁在滩上，不好退。”

唐瑜道了谢，道：“老丈此番回去，又有八百里海路要走，千万保重。”

渔夫也道谢，道：“海不害人，人害人，你才要保重。”

唐瑜便跳下船，涉水往岸上走，渔夫也自去了。唐瑜逆着浊浪上了岸，在淤泥滩上走了百来步，忽听崖头一声海螺响，一个披着长发、赤着上身、戴着一串儿海物头骨的壮实汉子从石后冒了出来，手持鱼叉，瞪着唐瑜，唐瑜礼道：“大焉使者唐瑜……”

一句未完，那汉子抡起鱼叉向唐瑜掷来，唐瑜侧身一闪，鱼叉斜插入泥滩，叉柄犹颤动不止。唐瑜又礼道：“大焉使者唐瑜，求见蜃气岛海夷侯。”

那汉子不知听没听懂，还瞪着乌黑大眼不吭声，唐瑜思量要不要再说一次，那汉子忽然又举起海螺号仰天吹响，只听崖那边有人张口号叫回应，不多时，八九个同样赤身戴骨的汉子跳了出来，八九支鱼叉鱼戟一起对准了唐瑜。

唐瑜再道：“大焉使者唐瑜，求见蜃气岛海夷侯！”

汉子们愣了一愣，都看向崖头最高处的文鳞汉，那汉遍身文着鱼鳞，乍看真不知是鲛是人，他将唐瑜上上下下打量一番，开口问道：“到底是中焉来的，还是东洛来的？”

唐瑜听他说的是人话，暗暗松了一口气，回道：“是大焉天子派来的使者。”

文鳞汉道：“你说是便是？”

唐瑜示出玉符节，一个汉子跳下崖来拿了，呈给文鳞汉看，文鳞汉一脸迷茫地看了几遍，拿不定主意，便道：“你们看住他，我去叫尧伯来。”说完跳下崖头去了。

约半个时辰后，崖下嘈杂起来，众汉都道：“尧伯来了！”

一个身长八尺的青脸汉子站到了崖头，俯视泥滩上的唐瑜，问：“你是中焉来的？”

唐瑜道：“是。”

尧伯道：“如何让我信？”

唐瑜道：“玉节已奉上了。”

尧伯道：“这东西中焉做得，东洛也做得，连我们也做得，怎知真假？”

唐瑜道：“请将玉节呈于海夷侯案上。”

尧伯道："我若带个假使者去见大侯，要被剁成肉泥喂鲨鱼，所以一定要先验出真假。"

唐瑜道："足下请验，唐瑜有问必答。"

尧伯咧着嘴，仰天想了半天，忽然笑道："大焉乐舞，比起东洛另有一番意趣，焉国勾栏里唱的是些什么曲儿，你依样唱一首听听，我便信你。"一语说完，崖上众汉都大笑起来。

唐瑜愠怒了，高声道："我是大国使臣，持节来访，当受礼遇！"

尧伯道："我们是海夷，不懂你们假惺惺的礼遇！我们想笑便笑，想怒便怒，看你不顺眼，立时将你踢到海里去，哪国哪朝的王法都管不到我们！"

唐瑜拱手道："既如此，海夷侯见之无益，请借小舟一条，放唐瑜西归。"

尧伯放声大笑，向左右道："他来了竟还想回去！"

众汉都笑道："来了便由不得你了！"

文鳞汉抽出匕首，向尧伯道："杀不杀？"

尧伯与唐瑜对视，唐瑜坦然不惧，尧伯遂道："拿个笼子来，把他关在这里。"

文鳞汉问："涨潮了怎么办？"

尧伯道："淹死了是天意，淹不死便准他见大侯！"

顷刻，十多个大汉抬来一个装过野猪的大铁笼，放在淤泥滩上，把唐瑜推了进去，在铁笼上加了一把大锁，尧伯道："你在这里住下，三日后我来看你！"说完领着众汉去了。

唐瑜在笼中盘膝坐下了。午后阳光炽热，他坐在泥泞之中闭目入神，泛着白沫的海浪冲上前，又退回去，反反复复，不知逗惹了他多少回。须臾夕阳西沉，风骤然凉了，大浪扑到他的面前，便饿兽一般不肯再走，先将泥滩一点一点蚕食，再向他的身体爬蚀而来，不多时，唐瑜的袍角浸入了水中，浪头化作触角，沿着衣衫向上缠绕，漫过膝，漫过腰，暮色关合后，唐瑜的大半个身子已被吞没。海浪在夜幕的掩护下越发放肆，激起水花打他的脸，迷他的眼睛，想迫使他站立起来，唐瑜却不起，坐在浪里坚如磐石。当深夜过半，浪头不再升涨，只在他的鼻尖下寻衅时，唐瑜困倦了，他微微仰头，睁眼看天，比起开元城，海上的夜空仿佛更幽邃，繁星却更明澈，像极了一双灵动烂漫的眼睛，唐瑜看着一眨一眨的星光笑了，水下千百根冰针侵肤也不会令他软弱半分。不知不觉，天际泛出鱼肚白，长夜过去了，浪兽悄无声息逃回深海，留下一地碎的贝壳、死的海星，唐瑜从袍下拣出一只迷了路的螃蟹，将它托出笼外，复又闭上了双眼。

三日过后，尧伯如约归来，站在崖头看唐瑜盘膝而坐的背影，悄声问手下："他吵闹了没有？"

手下回：“三天了，一声不吭。”

尧伯又问：“哭了没有？”

手下回：“没哭也没笑。”

尧伯再问：“没要东西吃？没要水喝？”

手下回：“什么也没要。”

尧伯道：“总归动了一动？”

手下再回：“一丝儿也没动。”

尧伯道：“怕不是早死了？”跳下崖，大踏步踩泥过来，转到唐瑜面前，却见唐瑜看着海面，目色好似已容下整片大海，他心中讶然道：“不像是凡人。”便开口道，“我去问问大侯见不见你。”

此时海夷侯正在一个渔户家中断案。那渔户出海七日未归，女儿独自守家，昨夜有人破窗入户，将她凌辱致死，赤裸裸地倒在床上，十个指甲里全是挠的碎皮沫肉。尧伯找去，说了原委，海夷侯问：“为何把他关入笼子？”

尧伯道：“他们焉人自恃大国，傲气得很，所以先关他三天，杀杀他的锐气，不管他来谈判什么，咱们先把气势占住。”

海夷侯把那玉符节看了片刻，道：“以尊客礼，请大焉使者来乘桴堂见我。”

不到三刻，石崖之下鼓乐大作，两列侍者抬着肩舆跑下泥滩，当先一人叫道：“海夷侯请大焉使者堂上会晤！”

沐浪三日的唐瑜闻言缓缓起身，将褶皱的袍子理了理，在众海夷惊愕的注视下走出了铁笼。

7

海夷侯名叫伍阿丙，原是东洛思州的盐贩子，因官府打压民间的私盐买卖，转而在暗处做起军械生意，先是卖些匕首给乡民县民，进而打造横刀长剑卖给劫匪暴徒，十八年之后，天下十处造反，九处的刀枪盔铠都是从他手中买的。昔时思州一年的赋税有三百万贯，他的收入却有六百万贯，抵两州之富，终于惊动朝廷，下令思州官府将他抓捕归案。伍阿丙的军械团伙凭坚寨碉楼与官府对抗，寻常武侯攻了三日也攻不破，思州节度使只好调军队来打，打了五日，伍阿丙带着九个手下弃寨而逃，逃到东边，买帆出海，从此杳无音信，东洛朝廷只道他死在海里了，也就放弃了追捕。

七年以后，海中突然崛起一座蜃气岛，附近的海夷、贫民、逃犯都聚集于此，常常驱逐海上渔人，甚至登岸打家劫舍，搅得思州民不聊生，朝廷一打听，方知那岛上自封海夷侯的是伍阿丙，手下已从九人变为二万人。思州和蜃气岛打了三年，年年铩羽而归。当蜃气岛渐渐名扬天下，连列国的悍匪强徒都来投奔之后，东洛朝廷下决心派王师出海讨伐，欲将蜃气岛一举荡平，正当祝子钦和海夷侯打得难分难解之际，大焉挑起了皖润之战，蜃气岛就此躲过一劫。

唐瑜刚迈入乘桴堂，先听见一声惨叫，循声望去，只见堂西摆着一张檀香木刑架，架上绑着一人，乍看犹如一支行将融化的红蜡，全身血肉一缕缕地往下淌，地上一汪血水中仿佛浸着一大块布，唐瑜初以为是衣裳，再定睛细看时，才看清那是一张人皮——刑架上的人已被生生活剥了皮。唐瑜纵然冷静，也忍不住脊背发寒，他转身向高高在上的海夷侯道："君侯此非待客之道。"

身形魁硕的海夷侯坐在熊皮椅中也有六尺高，足下踏着一颗不知是人是猿的头骨，手中把玩着两粒青铜核桃，笑道："是他冒犯了上国尊客，我才罚他。"他一笑，满脸黑胡须便如铁丝般伸张开去。

唐瑜醒悟过来，那面目全非的受刑之人是尧伯，他疾步过去相救，尧伯却已垂头断气了。唐瑜道："其人罪不至死，君侯太过严苛。"

海夷侯立时翻脸道："若不是你，他也不会死，你倒怪罪起我来？"

唐瑜道："唐瑜是怜惜君侯手足，不是怪罪。"

海夷侯的面色稍缓，向左席一指，道："先生请坐。"向手下道，"为尊客上酒。"

须臾，黑奴托了一个银盘进来，里面盛着三只金船杯，一杯呈海夷侯，一杯呈唐瑜，最后一杯却送到右席，唐瑜看见右席还坐着一人，是个白面微须的秀士，那秀士见唐瑜在打量自己，遂向唐瑜一笑，唐瑜不承想在蛮荒之地见到如此斯文模样的人，也含笑点首回应。

海夷侯道："先生是上国雅士，尝尝我们荒岛的鲸须酒如何？"

唐瑜浅啜一口，道："浊色暗藏鲜香，粗服不掩天姿，是好酒。"

海夷侯得了恭维，哈哈大笑。既上了酒，一盘盘翅、鲍、肚、参都来了，又有六佾海夷在堂中舞叉助兴，海夷侯问："先生看我们的《渔猎乐》，比中原的《秦王破阵乐》如何？"

唐瑜道："《渔猎乐》是民舞，胜在质朴；《破阵乐》是军舞，长在雄壮。"

海夷侯闭口不言，许久又问："先生为何来海夷岛？"

唐瑜道："奉焉天子之命，聘问海夷侯。"

海夷侯问："焉天子也知道僻海贱民？"

唐瑜道："天子君天下，恤爱天下子民。"

海夷侯便笑道："还说什么君天下，如今列国不臣，大焉不是百年前的大焉了。"

唐瑜道："大焉正兴王师讨天下之逆，平北凉，复皖州，威震九遐，谁敢言不臣？"

海夷侯便哈哈大笑："那润州呢？你们不是被东洛打进竹枝城，输得一败涂地吗？"

唐瑜道："战局未定，数月之后，君侯再看胜败。"

海夷侯道："我们虽远在东海，那中原的时事，我们也是听说的，皖州节度使救援失败，章州节度使解围也不成，你们哪来的信心反败为胜？"

唐瑜道："信心正来自君侯。"

海夷侯斜眼看唐瑜，问道："这话怎么说？"

唐瑜道："东洛欺压蜃气岛久矣，眼下焉洛陷战于润州，正是蜃气岛雪恨之时，君侯还有何迟疑？"

海夷侯便笑道："原来是来求援。"

唐瑜道："东洛乃你我共敌，蜃气岛助焉军，便是焉军助蜃气岛。"

海夷侯看向右席的秀士，问："军师如何看？"

那秀士一笑，问唐瑜道："蜃气岛助焉军，若胜了，有什么好处？"

唐瑜道："大功毕成之时，大焉必以金玉万两、甲戈千船酬谢君侯和岛民。"

秀士追问："若败了呢？"

唐瑜道："必胜之战，何谈败字！"

秀士摇头而笑，向海夷侯道："唐先生只许诺胜了如何，却绝口不提败了如何，其心不诚，多说无益。"

海夷侯当下垮了脸，道："那就不必说了，请先生只喝酒，不谈兵事。"向门外道，"这酒太寡淡，上浓烈的来！"

须臾，一个童奴捧了一个琉璃缸进来，只见一条五尺长的花斑海蝰蛇盘在缸中蠕动，童奴打开缸口，那蝰蛇一窜而出，却被童奴抓住三寸，动弹不得，童奴拔出刀子将蛇身一划两半，挖出胆来，放入酒中，倒了三杯，先呈唐瑜，又呈给了秀士与海夷侯。唐瑜将酒水与蛇胆汁同饮入喉，海夷侯问："蝰胆酒的滋味，尊客以为如何？"

唐瑜道："苦中回甘，辛里藏柔，更是好酒。"

海夷侯又喜形于色。酒过三巡，海夷侯道："我听说先生乃天子帝师？"

唐瑜道："是。"

海夷侯道："先生如何教天子的，今日不妨也教教我。"

唐瑜道："天子所学博大万象，君侯想学哪一篇？"

海夷侯道："这蜃气岛，也算是方外小国，先生看，我该如何治岛？"

唐瑜道："居安思危，常备不懈。"

海夷侯问："备什么？"

唐瑜道："备战以御东洛。"

海夷侯问："如何备战？"

唐瑜道："君行君之道，民行民之道。"

海夷侯问："我行何道？"

唐瑜道："仁民爱物，率范德义。"

海夷侯问："民行何道？"

唐瑜道："耕者劳，渔者勤，兵者有章法。"

海夷侯便笑道："这三样，我们都有，可见东洛吃不掉蜃气岛。"

唐瑜便摇头道："海夷兵无章法，敌不过东洛水师。"

海夷侯忍不住冷笑，道："先生有所不知，东洛来打过无数次了，没有一次占到便宜。"

唐瑜道："那是东洛还不知蜃气岛的破绽，若知之，亡岛只需一日！"

海夷侯道："哦？"看向那秀士，"军师，咱们岛有破绽吗？"

秀士便道："蜃气岛占尽地利，此处潮汐恒常，石林环卫。洛军若在涨潮时来，要在九尺大浪中颠簸数里；若在退潮时来，要跋涉过膝深的淤泥滩；有石林拦海，大船巨舰不能通行，洛军只能换小舟过林，一舟只载得二三十军士，即便侥幸登岸，也难敌三万海夷。我以为，占据此岛，可保一世久安。"

唐瑜道："蜃气岛占了地利，而洛军可占天时。"

秀士问："何为天时？"

唐瑜道："每夜戌初，海水转凉；子中，水寒彻骨；丑正，浪头飞雪，浪中浮冰，唐瑜以手捉冰，单掌不能尽握。"

秀士道："在淤泥滩上困了三日，先生竟有此收获。"

唐瑜道："现是中秋时节，水已酷寒如此，一旦凛冬来临，蜃气岛海域必冰封三尺！"

秀士拊掌笑道："依先生之意，洛军可趁冰冻之时，弃船登岸？那东洛与蜃气岛交战多年，如何没想到？"

唐瑜道："东海之滨自古晴暖，沿海永不封冻，东洛想不到仅出百里之外，炎凉便有天差地别，所以每每只在春秋两季发兵，倘若冬季来攻，蜃气岛全无胜算。"

海夷侯和秀士一时不语。那堂上的海夷犹自舞叉助兴，秀士忽道："大侯，舞乐可休矣。"

海夷侯便一个酒杯掷下去，正中一个舞叉海夷的鼻梁，那海夷"哎哟"一声，乐声骤停，众海夷扶着他退了，唐瑜立起身，长揖道："唐瑜请辞。"

海夷侯道："这就走了？"

唐瑜道："天子赐玉节遣唐瑜千里渡海而来，是听说君侯乃一方雄主，欲与君侯共襄义举，依唐瑜今日所见，君侯非仁明之君，所以请辞。"

海夷侯脸又转了阴，道："你知道了蜃气岛冬季封冻的秘密，如何还走得了？"看向秀士，秀士便道："杀之！"

海夷侯道："好！"命黑奴，"把尧伯放下来，把唐瑜绑上去，依样剥了皮。"

唐瑜傲然道："四海列国，谁敢杀大焉来使？"

海夷侯道："我便杀你怎的！你们连润州都打不下来，还能出海来打？"

四个黑奴过来，唐瑜拒了，自家缓步走到檀香木刑架前，黑奴拿绳子把他往刑架上绑，唐瑜回首道："大军战败之耻必雪，一使受戕之辱必报，此大焉雄踞天下中央之本，唐瑜一人之命不足惜，海夷岛之命运却将从此颠覆，君侯，慎思慎行。"这话，却是面对那秀士说的。

秀士先摇手，再指上座，道："先生错矣，君侯在上座。"

唐瑜目视秀士道："唐瑜未错，你才是海夷侯。"

秀士忽一笑，道："先生何出此言？"

唐瑜道："蜃气岛上多海夷，还有许多死士凶徒，若海夷侯当真是暴戾恣睢、反复无常之主，岛民必起反叛之心。能将三万海夷集于麾下，抗衡东洛数十年，其主必待人以义，驭人以智。上座之人，有君侯之威，无君侯之量，而右座之君，有低眉之态，却有峥嵘之姿！"

那秀士看"海夷侯"，"海夷侯"也看秀士，半晌，那"海夷侯"哈哈大笑，抱拳道："唐先生，恕罪，恕罪。"收了霸蛮之气，躬身而退，秀士自走过来，亲手为唐瑜解绑，道："请先生归座。"

唐瑜淡然一笑，回席入座，神色无恙。

秀士重施见礼，道："上国使者，风仪高品，与先生一席话，伍某如拂濯濯春柳。"

他自称"伍某"，便是自认海夷侯了。唐瑜还礼，又指着尧伯尸身道："只这一件，若为威吓唐瑜，未免酷烈过甚。"

那海夷侯便道："前日岛上有个女儿被奸杀，指尖全是从凶犯身上抓下的肉屑，某见尧伯时，他的脖子上偏巧有几道新抓的伤痕，某稍稍问了两句，他便悉数招了，某杀他，不为过。"

唐瑜道："愿蜃气岛早日治安，君侯不必再用重典。"

海夷侯一笑，后道："请教先生，倘若东洛真在冬季打过来，如何是好？"

唐瑜道："只有一计。"

海夷侯道："愿闻其详。"

唐瑜道："君侯向焉天子称臣，天子赐坚甲锐戈万副，并遣大焉善战之将、善谋之士来岛，为君侯练兵，不出半年，君侯将有一支兵精粮足之新军，纵然海冻十尺，又有何惧？"

海夷侯道："先生还是在说出兵救竹枝的事。"

唐瑜道："洛军耗战两年，已成强弩之末，是以数攻竹枝城而不破。大焉国力远在东洛之上，白鸢江西尚有百万将士严阵以待，竹枝之围必解，大焉上下皆有全胜之志！两国交战，正是蜃气岛壮大的好时机，若错过了，他年东洛挥师下东海之时，君侯勿悔今日作壁上观。"

海夷侯默然许久，后道："伍某一听说先生驾临僻岛，便知是为竹枝而来，可我们有我们的忧虑：焉军受困竹枝，不知胜算还剩几成，若是竹枝撑不住，焉军全线败退，蜃气岛贸然出兵要反落一场空。伍某试不到焉军的底，只好试先生的底。"

唐瑜笑问："君侯试得如何？"

海夷侯道："今日乘桴堂之辩，先生弘敏雅正，胆略兼人，我由此窥见了大焉将士之精魂，所以，定了出兵的决心。"

唐瑜闻之畅然，道："君侯愿出兵？"

海夷侯道："焉洛之争牵动天下，谁能遗世而幸免？蜃气岛苦御东洛数年，光景每况愈下，早有心呼应大焉，牵扯东洛——伍某愿率三万海夷归顺大焉，将来东洛犯我之时，大焉勿忘我今日舍身相救之义。"

唐瑜起身揖道："君侯大义，当载史册。"

海夷侯哈哈大笑，携唐瑜之手，同坐一席，促膝而谈，就此商定了救竹枝之事。

第三十六章

孤城

1

到九月初，大半个竹枝城已被拆空，城头堆满了木块和土坯。这一日孙牧野在残垣之间巡视，一转角，便看见那个断腿老兵坐在墙下捉虱子。自入城以来，这老兵一直独来独往，半疯半癫，无人知他叫什么名字，也不知他是哪一部兵，只猜想他的同袍兄弟都已在青苎原一役阵亡了。此刻他捉到一只指甲盖大小的黑虱，举在阳光下瞧，见了孙牧野便笑道："孙小子，你吃不吃？"

孙牧野摇头，那老兵便将虱子抛入口中，嚼得啪啪响，道："过几日，连马肉也没喽，虱子肉也是肉！"

孙牧野走到小巷拐角处又回头，见老兵眼中好像闪出几点血红的光，他不敢细看，转出巷角走远了。

到正午时分，孙牧野走到井边看炊兵们宰马剥皮，没了火，只好生割生吃，他看了看四周，问："乔恩宝呢？"

士兵们都道："这两日没看见。"

一个兵一边割马腿一边道："马病死的病死，饿死的饿死，如今只剩二百多匹了。"

孙牧野道："病死的不吃，饿死的吃。"

士兵道："病死的都扔出城去了。大家都舍不得。"

孙牧野道："趁天气好，把马皮全拿出来晒，冷了好御寒。"

士兵们道："难道要在这里过年？"

孙牧野道："有年过就是好事。"

忽然一个兵跑来叫道："孙将军，信鸽又来了！"

孙牧野便去城头看，士兵把信鸽捧给他，他取出纸条，看了一遍，学过的字早忘光了，好容易认出一个"肖"字，问亲兵："是不是肖汉卿将军写来的？"

亲兵拿过纸条一看，道："是！肖将军看泽阳城的援军过不来，想自己带兵撤出沧澜湖，从南边来救。"

士兵们拍手道："这下可好！有两路援军了！"

孙牧野道："他一来，祝子钦也要跟着来。"

亲兵道："肖将军已经点好人马要开拔了。"

孙牧野道："回信肖将军，他在沧澜湖牵制住祝子钦，便是帮我们了，竹枝城还守得住。"

士兵们被一盆冷水浇下来，都怏怏垂下头去，亲兵在纸条背面写了孙牧野的话，卷好放入信鸽足上的竹筒里，鸽儿展翅一振，飞出城头，孙牧野看它往南而去，便往城下走，忽听士兵们又嚷起来，道："被射下来了！"

孙牧野转身一看，那信鸽一声啸鸣，从高天直落下地，身上横穿着一支大羽箭，原上几个洛兵纵马过来，捡起信鸽，向城头笑道："传什么信？没门路！"拎着鸽翅跑远了。

孙牧野冷着脸下城去了。井边，士兵们还在宰马，孙牧野看了一圈，道："少杀了一匹。"

士兵道："有人不许杀他的马，又在马厩纠缠起来了。"

孙牧野问："谁？"

士兵道："唐珝。"

孙牧野又去了马厩。

唐珝自入了城，便把自己封闭了起来，他不理旁人，旁人也不理他，唯一的伙伴只剩甜瓜。他每日都住在马厩里，和甜瓜一同吃一同睡，不知不觉竟熬过了这半年。每日士兵们进来挑马杀，他都牵起甜瓜远远躲开，直到这日，马厩中已寻不出一匹站得稳的马，士兵们便看中了甜瓜，非要宰杀不可。

孙牧野到时，几个拎刀士兵正围着这两个。唐珝紧紧搂着甜瓜脖子，又惊恐，又愤懑，一看见孙牧野，愤懑少了几分，惊恐却多了几分，手臂将甜瓜搂得更紧了。

时隔半年，孙牧野才和唐珝说上了话："你又在做什么？"

唐珝道："不能杀我的马。"

孙牧野道："别人的马都杀了。"

唐珝道："不准杀我的马！"

孙牧野问:“为什么?”

唐珝道:“甜瓜是我从家里带来的。”

孙牧野道:“谁的马也不是从天上掉下来的。”

唐珝弱声道:“你放过它,当我求你。”

孙牧野问:“那人吃什么?”

唐珝道:“还有那么多马。”

一个兵道:“凭什么杀别人的马,不杀你的马?”

另一个道:“他的是突厥马,难怪心疼。”

又一个道:“突厥马便金贵了?在别处金贵,在这里都贱。”

两个兵上前拖唐珝,道:“莫耽误时间,将士们没吃的!”

甜瓜鼻中喷着愤怒的白气,叼住唐珝的衣服不放他走,唐珝道:“这是我父亲赏我的马,它两岁便跟我了!”

一个道:“莫搬出你的父亲来,吓不住人了!”

唐珝顾不得拌嘴了,他挣脱二人,又环住甜瓜脖子,向孙牧野道:“求求你,留它一条命。”

孙牧野正在审视这匹突厥马。煎熬半年,城中人马都是皮包骨头,半死不活,独它还骨刚肉健,神气矫亢,若不是唐珝拦着,竟要和士兵们搏斗一般,把长长鬃毛甩得猎猎响,孙牧野道:“不杀也成,你把它借给我。”

唐珝忙道:“好,我借给你骑。”

孙牧野道:“我不骑,我找个兵骑它出城,突围传信。”

唐珝问:“传什么信?”

孙牧野道:“汉卿将军要从沧澜湖撤兵,来救援竹枝城。他若登岸,沧澜湖的平衡要破,竹枝城的平衡也要破,我想请他留在当地。”

唐珝的手把马鬃毛抓来抓去,想了又想,孙牧野问:“舍不得?”

唐珝道:“你找谁去传信?”

孙牧野道:“做事信得过的。”

唐珝道:“我去!”

孙牧野反问:“你?”嗤笑了一声,转身便走。

唐珝道:“甜瓜只听我的话,别人骑它要挨摔的。”

孙牧野只好站住。

唐珝道:“你……你让我去,你再信我一次。”

一个兵道:“孙将军,别再吃亏在他身上了。”

唐珝争道："你信我最后一次！"甜瓜仿佛明白了什么，展身奋蹄，来衔唐珝的肩，要他上背，唐珝想上又不敢上，两手按住马鞍，看着孙牧野道："好不好？"

孙牧野点头，唐珝喜出望外，翻身上马，孙牧野道："去收拾东西，半夜动身。"

唐珝道："是！"

到丑时，唐珝吃了生肉，喝了井水，用野草喂了甜瓜，便动身往南门去，一个兵搂着他的肩，陪他走了一段，道："出城后不要急，等乌云遮月了再走。西边的洛贼营帐比东边稀疏，你走西边。他们下半夜换岗慢，你看准哨兵下了岗哨，便溜过去。"

又一个道："我们早瞧好了，山上的哨兵一天比一天松垮，西南边最矮那个山坳，有片松林他们从来不去，你上山后便走松林，别怕黑！"唐珝道："我不怕。"

又一个赶上来，道："唐珝，这衣裳你穿上。"唐珝一看，那士兵手里拿着一件洛军衣，道："我在死洛贼身上扒的。"唐珝便穿上了。

跟着走的士兵越来越多，都叮嘱他："唐珝，这回别出差错！"

唐珝应道："绝不会！"

走到南城门，唐珝看见门洞里孑立着一个人影，正是孙牧野，他不由自主挺直了腰，过去招呼道："我走了。"

孙牧野道："传给汉卿将军的话，别忘记。"

唐珝道："是。"

孙牧野道："你把信传到了，就回开元城去。"

唐珝却没想到这节，一时愣住了。

孙牧野道："兵败受困，我负全责，苗车儿牺牲也不是你的错，你忘了这些事，安心过日子。你兄长托付我的事，我没有做好，你把我的歉意告诉他。"

唐珝垂头不应，牵着甜瓜从他身边过去了，孙牧野又道："若是……"

唐珝问："什么？"

孙牧野道："若是撞上了洛贼，别逃，告诉他们你是大焉先相之子，林渊泓是你父亲的门生。"

唐珝默然点头，和甜瓜去了门边，两个士兵打开一缝城门，放两个出去了。

待城门关闭，孙牧野心事重重地往回走，走过那条小巷，断腿老兵还倒在半截砖墙下，似已睡沉了，孙牧野蹲下拍他的肩膀，道："你回屋里睡，夜凉得很。"

这一拍，却让他的手凝在老兵的肩头。

这断腿老兵已死僵了。

孙牧野把他的身子扳转过来，借着云边昏暗的月色细看，一看之下更是骇然：老兵七窍流血，死相狰狞。

孙牧野倒吸了一口凉气，忽听巷口有人说话，两个士兵走了进来，见状都问：“孙将军，怎么了？”

孙牧野道：“他死了。”

两个士兵也凑过来看究竟，惊道：“他是怎么死的？”

孙牧野道：“不知道。”

三人面面相对疑惑半晌，孙牧野去抱那尸体，士兵忙道：“我们来。”一个抬手，一个抬腿，询问：“也扔去城外？”

孙牧野点头，两个便抬着老兵去了。

2

翌日清晨，海夷侯将唐瑜送到海岸边，唐瑜道：“一月之后，大焉会有百艘粮船兵舰来岛，供君侯征战之用。”

海夷侯道：“岛民备战需要时日，某力争在严冬封海之前发兵思州，望竹枝城焉军再坚守两月。”

唐瑜道：“唐瑜与竹枝城一同静等君侯捷音。”

海夷侯手执一碗龟甲酒奉给唐瑜，道：“某有心留先生多住些时日，只是先生嫌岛鄙室陋，不肯再降。”

唐瑜将酒一饮而尽，道：“唐瑜远行数月，牵累家人挂念，不能不仓促图归。”

海夷侯莞尔，执唐瑜之手将他送上归船，唐瑜在船头向海夷侯三揖作别，舍岸而去。此时晨光在海面画出一条长约千里的金色大道，小船在道上乘风御浪，轻快西驶，一走十多日，回了东瑶国境，眼见海岸遥遥在望，忽然船后响起鱼兽叫声，唐瑜回头看时，百余头黑身白眉的大鱼尾随而来，它们好似知道唐瑜在回头看自己，越发叫得欢，一个个腾跃而出，在海面画出一道道淘气的弯弧，再扎入海中，一时寂静的大海犹如春日的游园一般喧闹，船头掌舵的海夷笑道：“唐先生，怕不怕这大鱼？”

唐瑜道：“它们不像猎食的样子。”

海夷道：“这海畜本来凶残得很，那恶鲨见了它便逃，却单单和人亲近，我们入海打鱼时，见它们在，便知附近没有鲨鱼。它们也爱帮渔民的忙，把小鱼儿朝渔网中赶，我们收了网，再赏它们吃饱。”

一条大鱼近了船，冒出圆滚滚的头向唐瑜叫，竟露出讨人怜爱的笑意来，唐瑜蹲下身，对视这仿佛来自另一片天地的奇异灵物，海夷道：“唐先生，你摸摸它，它才肯走。”

唐瑜笑问：“它当真不咬人？”

海夷道：“当真，它什么鱼什么兽都欺负，就是不伤人。”

唐瑜果然伸手，触摸到了那乖胖的大鱼头，大鱼在唐瑜的掌下吱吱作声，唐瑜向它笑，它也向唐瑜笑，海夷也兴高采烈，大喝道：“逆戟兽护航，四海八荒都去得！走喽！”海风吹满船帆，小船畅游如飞，那群逆戟兽护船行了十余里，才依依不舍分道而别，掉头往沧海深处去了。

3

乔恩宝失踪七日了，孙牧野找遍全城三百处民房也找不到人，心中急躁，道：“猫窝大的地方，他能藏到哪里？”

一个兵道：“难道出城了？”

孙牧野恼火道：“出城做什么？买菜？”

那兵耸了耸肩，道：“莫不是悄悄投敌了？”

孙牧野突地回身盯那兵，那兵便不敢言语了。

孙牧野到了井边，一个士兵打上半桶水来，道：“井水也越打越少。”另一个道：“只怕要冬枯。”众人把十匹马宰割清洗了，分发给五十个百夫长，百夫长再分发给全城五千三百人。孙牧野最后领到自己的一份肉，握在掌心去了关李三狗的住家，开了屋锁，向内道：“李三狗，吃的来了。”

往常孙牧野一开口，屋内便大声唾骂，今日却安静得很，孙牧野探头往里看，见李三狗坐在椅上一动不动，孙牧野道：“你若不伤人了，我便放你出去。”

李三狗不应。

孙牧野走近两步，摊开掌心道：“你拿去吃。”

李三狗也不起身接，垂头似在瞌睡，孙牧野叫道：“三狗。”

李三狗缓缓抬头，气喘得又浊又长，屋内昏暗，孙牧野看不清他的脸，俯身凑近问：“你怎么了？”

李三狗猛地龇开牙，向孙牧野脖子咬来，孙牧野连忙后退两步，李三狗摔倒在地，抬头向他道：“你害死我了！”

孙牧野终于看清了李三狗的脸：血丝织满双眼，血水从鼻尖、耳尖滴下，血块堵满了嘴，七窍无一处不见红，孙牧野突然想起那日的断腿老兵，他下意识又退了一步，李三狗道：“孙牧野，偿命……偿命！”

孙牧野将肉放在离他三尺远的地上，道：“你先吃东西，我去叫医兵来。”

李三狗的目光立时被生马肉吸引，爬过去抓起肉便往嘴里塞，一时满手都染上腥红，不知是马血还是人血。孙牧野转身出屋去找医兵，却有一个兵跑来道：“孙将军，出事了！”

孙牧野问：“什么事？”

士兵道：“东南边有许多兵突然病了！”

孙牧野道：“什么病？”

士兵道：“医兵也不晓得！都全身发烫，眼红得像冒火一般！”

孙牧野回头看了看趴在地上啃食的李三狗，只觉头皮一阵一阵发麻，他猛然记起多年前在夜州耳闻的那场灾祸，连忙跑去了东南边，只见五六十个兵或坐或躺，个个七窍涨红，小医兵走过去要把一个的脉，孙牧野边跑边叫：“别碰他！”吓得小医兵忙收回手。

孙牧野近了前，一个血泪忍不住流的士兵道：“孙将军，我们病了，医兵要给我们看病。”

孙牧野问：“你们碰过尸体没有？”

病兵皆道：“东南角的尸体，是我们抬出去的。”

孙牧野心胆一颤，双手忍不住微微发抖，围观的士兵问：“他们生了什么病？”

孙牧野道：“只怕染了瘟疫。”

此言一出，没病的兵呼啦啦全往后退，得病的兵血脸转成白脸，原本站着的也瘫倒了下去。

孙牧野将四下一看，指着一家布庄道：“你们先进去，别出来。”

病兵道：“不是瘟疫！我们不进去！”

孙牧野道：“先进去！我们给你们送吃的，想法子医你们。”

小医兵远远逃出五六丈，一边拿帕子擦手，一边叫：“瘟疫医不了！神仙也没药！”

病兵求道：“救我们！”

小医兵还叫：“没救了！”

孙牧野道：“你别说了！”

小医兵逃远了，孙牧野依然手指宅院，道：“你们进去。”

病兵们谁也不肯去，口中道：“我们只是发了热，孙牧野便不管我们了！”

孙牧野心急如焚，回头看围观的士兵，士兵们生怕孙牧野点自己来拖人，慌不迭又退了十步远，孙牧野自向最近的一个病兵走过去，那病兵挣扎着往后爬，道：“我们和你一样是人，凭什么关起来！”孙牧野提起他的后领便往布庄里拖，病兵叫道：“我在青苎原上也没被洛贼打死，却要被你害死了！”孙牧野一听，气力尽失，再也拖不动人，忽然一个声音高叫道：“让路！”

围观士兵都闪开了，殷字营几十个士兵走了过来，被拥在中间的殷虚问：“遭瘟了？”

孙牧野道：“嗯。”

殷虚道：“扔出去。”

孙牧野道：“什么？”

殷虚道：“扔出城去，不然全完了。”

孙牧野道：“他们还活着。”

殷虚道：“留下他们，我们全死。”

孙牧野道：“咱们试试医他们。”

殷虚道：“你试试？你会望闻问切，还是开方捉药？”

那逃走的小医兵又转了回来，道：“不是我造谣，真没救！瘟气沾上一点，只有死！”

孙牧野摇了摇头，又去拉那病兵，道：“先去院子里，我给你们拿吃的。”病兵们听见殷虚要扔自己出城，倒宁愿去院子里了，孙牧野搀住一个往里走，殷虚道：“孙牧野，你不要命了！”

孙牧野道：“不能把活的人扔出城！”

殷虚道：“他们还活得过几日？你想想这些没病的人！”

孙牧野回头看了看肃然无声的围观士兵，道：“我把他们关在这里，我给他们送水送饭，你们想离远些，就离远些。”又向殷虚道，“你看我的眼睛。”

殷虚冷脸问：“你眼睛好看？”

孙牧野道：“我的眼睛若泛了红，你把我杀了，扔出去。”

殷虚闭上了嘴。孙牧野扶着病兵往布庄大院内去。不多时，一座宅院挤满了五十七个人，孙牧野叫亲兵搬来五十七条床褥放在巷口，自己抱进院子，一一铺好，给他们留了清水和马肉，最后一人出来，锁上院门，问巷口默默等他的亲兵：“乔恩宝呢？”

亲兵们道：“还是没见。”

孙牧野又找乔恩宝去了。他上一次只找院中和房内，这一次找的是地窖和地坑，一直找到半夜，孙牧野进了城西一家铁匠铺，找到了后院的地窖，他用手拉木头窖门，窖门纹丝不动，显是被人从里面锁上了，孙牧野便用手捶门，吼道：“乔恩宝！出来！”

窖下一丝动静也没有，孙牧野道：“你把窖口打开！”

捶了半天，得不到回应，孙牧野转身去了打铁铺子，抽出一柄斧头来，走回地窖边，抡圆了往木门砸，边砸边问：“你打算躲到几时？”

七八斧下去，木门碎了，孙牧野纵身跳了下去。地窖中暗不见物，只闻见浓重的霉臭和腐肉气，孙牧野到了窖底，蹲着不动，听见身右八尺外有轻弱的呼吸，便向那边爬去，那边响起窸窣声，似有人在退避，孙牧野加快爬过去，手刚触到一片裤角，那人终于张口叫道："你走！莫传染给你！"

孙牧野循声扑过去，将那人一把抱在怀里，恨声道："你躲到几时！乔恩宝！"

乔恩宝蓦然大声号啕，死命推孙牧野，道："传染！是瘟疫！传染！"

孙牧野道："刀箭来了咱们一起，瘟疫来了咱们也一起！"

乔恩宝道："何苦连累你……"

孙牧野道："是我连累你们困在这里。"

乔恩宝道："你活下去！带他们冲出竹枝城去！"

孙牧野道："你信不信我打得出竹枝城？"

乔恩宝道："信！"

孙牧野道："你信不信我不会让你死在这里？"

乔恩宝不说话了。孙牧野将他的头埋在自己的胸膛，道："我信。"

4

九月初九，炊兵往井里放了十多回桶，才凑满一盆水。等着领肉的百夫长们逗他："今日过重阳节，多给咱们一两，成不成？"

炊兵道："不成！只够吃一个月的！"

一个百夫长问："一个月后呢？"

炊兵道："不是饿死，就是渴死，要么瘟死！"

百夫长们都道："晦气！"各自领肉去了。孙牧野拿了一个盆来领肉，炊兵把肉块往盆里啪啪乱扔，道："不是我们自私！若救得活，自然给他们吃，明明救不活，上午吃了下午就死，还给他们！你自己去数数还剩几匹马？"

孙牧野拿眼神责备他，炊兵犹道："我说错了吗？我看王字营的兵一个也活不下来！"

孙牧野问："王字营？"

炊兵道："病的都是王虎将军的兵。"

孙牧野想起当初似乎是把王字营分去驻守小城东南角，正是堆积战友尸体的深坑那边，尸体腐烂之后，便是他们最先遭此横祸。孙牧野抬头看了看天，秋日异常猛烈，不知那刺眼的光晕是不是英魂怨忿的目光。孙牧野端着盆提着水去了布庄，殷字营的兵把守着庄门，见他招呼道："孙将军，今天又关进来十三个。"

孙牧野点点头往门里走，士兵道：“扔进去就是了。”

孙牧野道：“又不是喂牲口。”进了院子。上百个兵都是少气无力地躺着，听见有人进门，只两三个翻身看了看，孙牧野逐个分发生肉，道：“坐起来吃，打起精神。”士兵们接过生肉，勉强坐了起来，却有几个始终唤不醒，孙牧野想用手推，旁边的兵道：“已经死了。”

孙牧野把肉全分完，在众人中间一坐，道：“焉军上下生死都在一处。你们被关在这里不好受，外面的人也不好受，大家都是在撑，我望大家都能撑到援军来的时候。”

一个问：“陈琳将军还没来？泽阳城还没破？”

孙牧野道：“快了。”

另一个道：“东洛那死太监怎么如此厉害，先挡住文宗海，又挡住陈琳。”

孙牧野道：“城外的洛贼都说要增援泽阳，可见仇忠也撑不下去了。兴许月底，陈将军就能来青苎原。”

众人都问：“当真？”

孙牧野道：“当真。等竹枝城解了围，开元城的医师会来给你们看病。”

一个道：“不是说医不好吗？”

孙牧野道：“怎么医不好？夜州也遭过瘟疫，也是开元城的药方止住的。”

众人纷纷从席上坐起，道：“等陈将军来了，咱们也出城作战，两边夹攻洛贼！”

士兵们心中的晦霾在阳光下稍散了，孙牧野又和众人聊了半晌才出来，把街上晾着的马皮扯下半张，去了乔恩宝匿藏的铁匠铺。

乔恩宝也趁天晴从潮湿的地窖里爬出来，独自坐着晒太阳，听见外面有脚步声，他便要回地窖躲藏，见是孙牧野，才松一口气，还是往后爬了几步。孙牧野来乔恩宝身边坐下，乔恩宝道：“你坐远些。”

孙牧野兀自坐了，先把肉递给乔恩宝吃，又打量他道：“今日气色好多了，不要成日窝在地下。”

乔恩宝道：“坐在太阳底下，我恍惚觉得自己死不了了。”

孙牧野道：“是死不了。”他从怀里拿出一个布包，挑出大针和粗线来，乔恩宝问：“你做什么？”

孙牧野道：“我缝过冬的衣裳。”

乔恩宝道：“还早呢。”

孙牧野一边穿线一边道：“不早了，再过十日就立冬了。”

乔恩宝道：“要在竹枝城过冬？”

孙牧野穿好了针线，又拿匕首切皮，道：“不知道。”

乔恩宝道："陈琳也过不来泽阳城？"

孙牧野道："过不来。"

乔恩宝道："我看陈琳和文宗海一样，爱惜自家兵马，没有倾力打。"

孙牧野道："也难说，泽阳城不好打，他虽是会战的。"

乔恩宝道："咱们当初一过江就打泽阳城，四天就下来了！"

孙牧野道："那是洛军重兵都布在桑梓津，弃守泽阳。"

乔恩宝哼了一声，道："两州节度使就是有私心。"

孙牧野道："谁都有私心。"

过了半晌，乔恩宝又问："这几日军心稳不稳？"

孙牧野把马皮切了半天，道："千斤铁砣牵在头发丝上，就要绷断了。"

乔恩宝道："我怕……我怕过几日，你也管不住几千颗人心了。"

孙牧野不吭声，把马皮粗粗切了衣样，左右扭头满地找："针呢？我才穿好的。"

乔恩宝捡起针递给他，他便开始缝线，乔恩宝笑道："真像个小媳妇儿。"

孙牧野板起了脸。

乔恩宝双手枕头，仰躺在地，看了一会儿青天白云，又看了一会儿埋头缝衣的孙牧野，口中懒洋洋哼起歌来，孙牧野只听他唱：

太阳落山又落坡，
我来唱首扯谎歌。
深水塘中烧薪柴，
柴火灶里挑水来。

太阳落山又落坡，
我来唱首扯谎歌。
地上生云天生草，
丫头背起汉子跑。

孙牧野忽道："唐琊出城了。"

乔恩宝道："出城？他逃了？"

孙牧野道："我放他走的，他出去反而有生路。洛军抓住了不会伤他，若没抓住，他先去汉卿将军那里传信，之后便回开元城。"

乔恩宝道："走了多久？"

孙牧野道:“五天了。”

乔恩宝道:“想来已经出原了。”

孙牧野道:“城外洛军没有异动，他一定出去了。”

5

唐珝出城时，原上洛军军营只剩下森寂的轮廓，火把正燃，照得见哨楼上的洛兵，个个坐着不动。唐珝理了理身上的洛军衣，轻唤道:“好甜瓜，向前去！”甜瓜得令，箭一般冲入了空原，四蹄一起一落便出三五丈远，有一个洛兵在睡意迷糊中抬起头，向这边瞟了一眼，见是洛军装束的骑兵，不以为意，揉揉眼，又垂下了头。

甜瓜往西南方奔了小半个时辰，到了山岭之下，进了二岭之间的松林。这林中尽是百年老松，长年无人从此经过，灌木长了一人高，人马过林，惊得林中小兽小鸟一阵骚动。唐珝透过松林缝隙,看见了半岭上洛军岗哨的火把,也听见了守夜洛兵在说话，那洛兵却全然不知松林中的异常。半个时辰后,唐珝、甜瓜出了松林,翻到了山岭背面，当两个从岭上下来，彻底离开青苎原时，天已大亮了。

从北边的青苎原到南边的沧澜湖，不过八九日的马力，可因是战时，东洛在各地都设了关卡，没有关牒过不去，唐珝只好远离大路，避开人烟，翻荒山，过僻野，自己走出一条路来，又担心撞上洛军游骑，只能白日躲藏，夜半动身，足足走了一个月，才到了沧澜湖边。

焉军从横渡白鸾江那日始，便定下兵分两路的战略，孙牧野一路自往润州，肖汉卿一路却来了沧澜湖，目的是威胁东洛的王城，牵制洛军的精锐，减轻孙牧野的压力。肖汉卿和祝子钦在湖上对峙近三年，始终相持不下，他听说孙牧野受困于竹枝、陈琳受阻于泽阳，便想弃了沧澜湖，亲自去竹枝城救援。信鸽带去了信，却始终不见回音，肖汉卿坐不住了，这日下了密令，要两万将士暗暗打点行装，等夜半时分悄悄撤出沧澜湖，驰援竹枝。到日中，肖汉卿在帐中吃饭，忽然卫兵报告有信使从竹枝城来，肖汉卿立道:“请进来！”

唐珝进了中军帐，肖汉卿开口便问:“我的信，孙牧野收到没有？”

唐珝道:“收到了，孙将军派我来回话。”

肖汉卿问:“怎么说？”

唐珝道:“沧澜湖的兵不能动。咱们一撤，祝子钦必然追上来，又要生变数。”

肖汉卿哼了一声，道:“孙牧野怕我打不过祝小贼？”

唐珝道:“祝子钦有四万兵马，林渊泓还有三万，他们七万大军若合在一处，自然是咱们吃亏。”

肖汉卿问：“竹枝城还有多少人？”

唐玥道：“五千多。”

肖汉卿道：“五千多对一万，守得住？”

唐玥道：“守得住！我们一定撑到泽阳城的援军来。”

肖汉卿道：“陈琳在泽阳也吃紧。老子看不惯的是文宗海！才死几匹马就说打不过太监，回去了！”

唐玥道：“陈将军一定打得过。”

肖汉卿又问：“粮食衣被从哪里来？”

唐玥道：“在杀马吃，衣被是百姓留下的。”

肖汉卿点了点头，将唐玥一看，见他干瘦疲倦，想来也吃了许多苦，因问：“小子吃饭了没有？”

唐玥道：“没有。”

肖汉卿道：“过来一起吃。”

唐玥爽快应了，在下首坐下，卫兵拿来碗筷。肖汉卿道：“多吃肉。”

唐玥道：“好。”又道，“将军这三年在沧澜湖也辛苦。”

肖汉卿道：“辛苦个屁，两边隔着湖各干各的，打也打不起，走也走不掉。”

唐玥道：“祝子钦不打吗？”

肖汉卿道：“起初还打了一打，丁明焕被洛王烹了之后，他的劲头便减了一半；后来郑重也被烹了，他就索性出工不出力，只驻在对面钓鱼。”

唐玥把烹肉在两颊塞得鼓鼓的，问：“他也怕被烹？”

肖汉卿道：“他看不惯那两个被烹。”

唐玥“唔”了一声，拈起一大块排骨啃，肖汉卿面露笑意，问：“小子叫什么名字？”

唐玥道：“唐玥。”

肖汉卿道：“唐玥？玉羽玥？”

唐玥道：“是。”

肖汉卿道：“你父亲是先相？”

唐玥点头。

肖汉卿道：“唐瑜是你兄长？”

唐玥道：“是。”

肖汉卿道：“你若早来一步，便可以见到他了。”

唐玥一下子愣住，道：“什么？”

肖汉卿道："你兄长早晨还在我这里，刚走。"

唐珝整个人跳了起来，叫道："他怎么会在这里？"

肖汉卿道："他去东海出使回来，折道来看看我军状况。他对我说起弟弟在竹枝城，没想到你却也……"唐珝不等肖汉卿说完便起身冲出了帐，东张西望，江面只见军舰，江岸只见将士，却不见唐瑜的身影，肖汉卿跟出来道："他只住了一晚，今日一大早便动身回去了。"

唐珝道："我要去找他！"

肖汉卿往江畔那条大路一指，道："若是马力快，入夜前追得上。"

唐珝急忙回头叫："甜瓜！"

正在吃草的甜瓜奔过来，唐珝抚摸它的鬃毛，噙泪笑道："咱们今日要见到唐二了！"转身向肖汉卿行别礼，肖汉卿点点头，扬手道："去，找你兄长去。"

唐珝上了马，忽然那边一骑掠来，也向肖汉卿辞行，道："肖将军，我去了。"

肖汉卿道："好。此行艰险，自己当心，进了竹枝城，代我向孙牧野问个好。"

甜瓜刚扬蹄，唐珝又勒住了缰，问："他去竹枝城？"

肖汉卿道："没有信鸽了，只好派人去传话。你兄长说动了海夷出兵打思州，牵动青苎原的兵，要叫竹枝城知道，他们才有信心坚守下去。"

说话间，那骑兵要走，唐珝忙问："你认不认得路？"

骑兵道："我找得去。"

唐珝道："沿途都有关卡，不能走大路，只能走偏僻的地方。"

骑兵道："知道了。"

唐珝道："到了青苎原，要走东南方的松林……"却又住了口。

骑兵问："哪片松林？"

唐珝道："我说不清楚，你也听不明白。"

骑兵道："我去了看看。"说完又要走，唐珝忽道："等等！"

骑兵又看他。

唐珝向肖汉卿道："还是我去，我熟路。"

肖汉卿道："他找得到路，你自去寻你的兄长，他昨夜说到你，也揪心得紧。"

唐珝再一次回头，看江畔那条笔直宽阔的路，路尽头，仿佛有唐瑜和海云阑疾奔的背影。唐珝知道，海云阑跑不过甜瓜，黄昏之前，他一定追得上唐瑜，之后兄弟俩会一同回到开元城，他会见到苏叶，还会见到许多朋友，从此日日珍馐美馔，夜夜香帐绣衾，再不会吃杂草、吃棉絮，也再不用在马厩中担惊受怕，在城墙上和敌兵争夺死活——只要追上唐瑜，只在半日之后，这场战事便和他无关了。

甜瓜在不耐地走动，只等唐翊叫一声“走”，便要发力狂奔，唐翊却耐心地抚了抚鬃毛，向肖汉卿道：“我去竹枝城。路我走过一遍了，谁也没我熟。”

肖汉卿道：“你兄长在惦记你。”

唐翊道：“等仗打完了，我会回家。”

肖汉卿道：“小子，想明白了，回竹枝的路不好走。”

唐翊道：“我出得来，也回得去，我一定把消息带回竹枝城！”

肖汉卿赞道：“好小子！仗打完了，我回开元城请你兄弟俩喝酒！”

唐翊道：“约定了！”

6

每过一日，竹枝城里眼溢红泪、口流血水的兵便会多几个，冬月来临后，布庄里已关了二百来个兵，一大半来自王字营，其中几个好似有些冤，因为他们身上实无症状，只因与发病的兵同吃同睡，便被殷字营一并押来关住了。这日傍晚，这几个兵向外道：“兄弟，几时放我们出去？”

守门的殷字营卫兵道：“殷将军说了，关到打赢林渊泓再说。”

这几个兵道：“让我们出去，和洛贼打！”

卫兵道：“放你们出来，我们先死了。”

这几个兵道：“我们又没病，凭什么也关着？”

卫兵道：“昨天也有个说自己没病，今早就长了满脸血丝，王字营有一个算一个，都是瘟神，不敢放。”

此言一出，布庄里的兵都有了火气，叫道：“不要往王字营泼脏水！”

卫兵见惹了众怒，便不吭声了。

布庄中那几个兵气愤难平，凑在一起道：“从前王将军和殷将军不对付，如今借了机会整我们，没病没灾的，凭什么让人关着？”

一个道：“咱们就这样让殷字营骑着头？”

另一个道：“打出去！不让人这般欺负！”

其中罗伟却道：“出去会被砍死，就在这里算了。”

余下几个不听，捡起砖头往大门一砸，问道：“放不放我们出去？”

门外卫兵道：“不敢放！”

这几个便道：“好！”冲进布庄，找了木的扁担铁的榔头，砰砰铛铛砸向大门，口中道：“不放，我们就打出去！有病的没病的，一起出去！”

卫兵也恼火道："出来一个，射死一个，出来十个，射死十个！"

当兵的气力大，只砸了十来下，木门便烂开了几条缝，卫兵取三支长箭，一同搭上弓弦，叫道："回去！但凡让我看见一个人影，杀！"

说话间，门缝裂得更开，清楚看见一个兵在举扁担，卫兵再不啰唆，手一松，三支箭直穿门缝，自上而下钉在那兵的脸上、胸口、腹间，庄中众兵先是一愣，后呼道："殷字营杀王字营了！杀！杀！"打门越发打得猛烈，殷字营三十多个兵闻声赶来，在门口站成一排，只等庄中兵冲出来，便要数弓齐发，正哗闹间，罗伟大喝道："不要闹了！"

罗伟是百夫长，他一发怒，庄中众兵都不由得住了手。罗伟道："出去又怎的？打得过殷孙几千个兵？老老实实候在这里，该死的活不了，该活的死不了，听天由命吧！"

众兵你看我，我看你，都垂了头。门外来了个殷字营的将，问道："里面什么动静？"

罗伟道："没事了！几时送饭来？"

那将道："等着，姓孙的要来了。"

罗伟道："好！没别的事了！"向众兵道，"都散了。"庄中众兵便不甘心地慢慢散了，庄外那将听了半晌，估摸事态平复了，留下二十个值守，也去了。

冬来天黑早，布庄里有病的、没病的都心事重重，谁也睡不着觉，只有罗伟，头一沾枕便打鼾不止，一个悄悄道："他今日怎么睡得这样早？"另一个道："我看他一天都不对劲。平日闹事他抢先，今天却顺得很。"又一个道："他看开了。病就是命，命薄的害病，命厚的不害病。姓孙的天天进布庄，怎么没事？"一个道："我信命！我一定长命百岁。"另一个便踹他："老天爷明日便收你！"说了半宿，各自睡了。

下半夜，等众兵都横睡竖躺浑然无知后，罗伟悄悄睁开了眼睛，掀开被窝起身，从众兵身上一一跨过，拉开半扇房门，闪了出去。院中空无一人，他一个纵身翻上墙，也不着急跳下去，先趴在墙头看下边的动静。将至寅时，是人最困倦的时候，殷字营的几个卫兵正抱着矛倚墙打盹，罗伟便无声无息地落下来，轻手轻脚从他们身边走过，一转出巷子，他发足狂奔，翻过一道道断壁，穿过一间间破屋，回到了自己的睡处。

房子被拆了大半，只剩一间供三十多个士兵睡觉，罗伟走到席边，拍熟睡的士兵道："向里让让。"

那兵迷迷糊糊挪了挪身子，又睁开眼，惊道："你怎么回来了？"

罗伟淡然钻进被子，道："他们看我没遭瘟，就放我回来了。"

那兵问："其他弟兄呢？"

罗伟道："他们还要看几日。"

那兵道："你无事了？"

罗伟抚了抚额头，冰冰凉凉的，自然没有染瘟，遂道："我无事了。"这地方比布庄暖和许多，他很快在温热的被窝里睡着了。

快天明时下了一阵冻雨，罗伟起床出门后，见屋檐下放着几只碗，盛檐尖儿滴下来的水，他端起一只碗喝水，身边一个道：“别喝完了，给我留一半。”罗伟又喝了两口，把剩下的递给他，自己走了出去。

街上三三两两的士兵结伴儿去城头换岗，见了他招呼道：“罗伟，你出来了？”罗伟道：“没事自然出来了。”他和一火弟兄到了城墙上，只见城外横陈了许多洛兵尸体，土块木头堆了一地，罗伟问：“昨日又打了？”有人回：“下午打了一会儿。”

到午间，百夫长端了一盆马肉来，罗伟也凑过去，领到一条肉，和同袍们并肩坐在城垛下有笑有骂地吃，仿佛什么也没发生过。

第三十七章 绝地

1

立冬过后是小雪，雪虽未下，雨却刺骨了，两千张马皮不够五千一百人分，只好一半给战力犹存的精兵，一半给伤病最重的羸兵，余人只有剪棉被缝棉衣，勉强应付一日寒过一日的初冬。

孙牧野把自己的半张马皮缝成了夹棉的皮袄。这夜，他给最后一针打上结，递给乔恩宝，乔恩宝道："我有棉衣，你自己穿。"

孙牧野道："夜来地窖里冷。"

乔恩宝道："我不冷。"

孙牧野把皮袄扔在了两人的中间。这铁匠铺的房屋已被拆光，只剩一方半截墙的后院，两个倚坐在墙下，有一搭没一搭说了一阵，突听墙外响起脚步声，一个人在叫："孙将军在哪儿？"

乔恩宝起身往地窖里钻，孙牧野翻身跳出墙，问："谁？"

那小医兵瑟瑟地跑过来，问："你一个人在这边做什么？"

孙牧野反问："什么事？"

小医兵道："我本来睡了，梦里忽然想起一个方子，是小时候听村中老人说的，灵不灵我可不知道。"

孙牧野道："什么方子？"

小医兵道："熟石灰、野马毛和野艾根一起煎服。"

孙牧野把小医兵瞧了半天，勉强信了，问："熟石灰是不是从墙上刮？"

小医兵道："差不多。"

孙牧野又问："没有野马，战马行不行？"

小医兵道："凑合了。"

孙牧野又道："野艾根呢？"

小医兵想了想，道："只怕原上有。"

孙牧野又看小医兵。

小医兵道："你叫胆大的出城去找！"

孙牧野道："此刻别人都睡了。"

小医兵道："叫他们起来。"

孙牧野道："你又没睡，你去。"

小医兵跳脚道："被洛贼抓住了怎么办！"

孙牧野道："你身手这样灵活，谁也抓不住你。"

小医兵得了恭维，瞬间静了，嘀咕道："要文火煎，咱们又没火。"

孙牧野道："哪怕生吃，也要试一试。"

小医兵嘟起了嘴，孙牧野抚着他的背，和他一起往外去，道："趁夜深，你沿着城墙逛一圈，洛兵准不知道。我去给你找背篓。"

小医兵道："我去也成，若被抓住了，你别怪我投降。"

孙牧野道："好，不怪你。"

两人一起找了个大竹背篓，小医兵背上了，孙牧野把他送到西城门下，叮嘱道："别走远了，就在附近找一找。"

城门打开一线，小医兵瞄了瞄外面，见洛军军营的廓影远在一里开外，道："你叫城头盯紧些，若洛贼来了，要提醒我。"

孙牧野道："好。"

小医兵半个身子擦出去，又向城门下的兵道："记得给我开门，别把我关外面了。"

士兵们都点头道："就在这里守你回来。"

小医兵方去了。孙牧野走上城头，见那小医兵猫着瘦小的身躯，在地上一寸寸摸索杂草，渐渐身影混入夜幕，他看了好一会儿，才回了住处睡下。

睁眼到了第二日，孙牧野先去了水井边，问："还有水没有？"

炊兵坐在井边给木盆结绳，道："一夜好大风，井下冻住了，我正要下去把冰敲碎。"

孙牧野道："我去。"

炊兵结好了绳，把木盆扔下井口，孙牧野拿起一把铁锤，道："我拉绳子就扯我上来。"

炊兵道："是。"孙牧野跳入井里木盆中，几个士兵合力放绳，将他放下了深井。

每下一尺，寒意便深一分，孙牧野下到大半，忽听上面叫："孙将军在哪里？"炊兵们都道："下井了，什么事？"

孙牧野仿佛听见有人在焦急说话，木盆却到了井底，他探手一摸，果然薄薄一层井水已凝冻成冰，他拿铁锤用力敲，敲出一片冰碴，用手捧了放进木盆，忽然井口冒出一个头，叫："孙将军快上来，出事了！"不等孙牧野回话，已将绳索往上扯，眨眼把他拉出了井，亲兵们挤上来报："殷字营在杀人！"

孙牧野问："杀谁？"

亲兵道："杀王字营！"

孙牧野拔出横刀便问："在哪里？"亲兵们领着孙牧野去了。

折过两条街，孙牧野瞧见二三十个殷兵将七八十个王兵堵在死巷尽头，殷虚负手在不远处看，一见孙牧野，他决心先发制人，叫道："孙牧野，瞧你做的好事！"

孙牧野反问："你又怎么了？"

殷虚道："我说遭瘟之人留不得，你偏留！如今瘟疫关不住了，你自己去看看这些人！"

一个殷兵挥矛往一个王兵身上指，道："孙将军，你看看！"

孙牧野见那王兵衣衫已被划烂，露出皮肤来，满是红斑，其状恐怖，殷兵道："全遭瘟了！"

孙牧野认出了这是罗伟，本该关在布庄中的人，他大怒道："你如何逃出来了！"

罗伟道："我没遭瘟！"

殷兵道："七窍全出血了，还狡辩！"

罗伟的泪血流了一脸，面目虽狰狞，语气却悲伤，道："对不住！对不住兄弟们！我本以为……"身子跪倒，话语断了。

殷兵又一拥而上，大肆砍刺，孙牧野道："住手！"

殷兵不知是没听见还是不肯听，依旧向毫无还手之力的王兵攻击，孙牧野的亲兵持刀冲过去，叫道："主帅下令住手，抗命者死！"刀锋相交两个回合，勉强分开了殷兵和王兵，殷虚道："你还要留这些瘟人？"

孙牧野道："焉军不能杀焉军！"

殷虚道："你留他们，十日之内，城中人全死光！"

孙牧野向王兵道："你们回布庄去。"

殷虚质问："关住了没有？"

孙牧野道："没关住是你的错！你派人看守的地方，如何逃出病人来？"

殷虚道："那你自己派人看守！"

孙牧野道："好，我自己守！"却听街尾一个声音高叫道："不能留他们！"

孙牧野蓦然回头，不知何时，身后已站满了各营将士，都死死盯着他。千夫长秦义出列道："孙将军，士兵们每日挨饿受冻，还要站岗打仗，半句怨言都没有，可我们不想和瘟人活在一处。"

孙牧野道："他们住在布庄里，不出来。"

秦义道："说是不出来，怎么又逃出一个，害死了这许多人？"

孙牧野道："孙字营的兵亲自看守，不会再出错。"

殷虚冷哼道："谁说非要逃出人来才传染？若是气息传染呢？那气被风吹到小城八方，谁逃得了？"

人群不安地骚动，纷纷道："杀死他们！"

秦义再踏前一步，道："孙将军，若绝境之中军心大乱，后果你该明白。"

孙牧野道："这些兄弟是和你们一起在止狩台下誓师出征的。"

秦义道："你非要我们也害了病，送了命，才叫同生共死吗？"

忽然一个王兵走了过来，殷兵忙举起矛，道："再走一步，我刺了！"

那兵却向孙牧野道："孙将军，我们出城！"

一条街顿时安静下来。那兵道："我们也不想遭瘟，可既然遭了，只好认命。我们此刻便出城，你们守好这里，守到陈琳将军来援，若洛贼退了，莫忘记王字营也有功劳！"说完，那兵领着十几个同袍一起走，众人忙不迭让出一条大路，忽然人群外又有个声音叫："孙将军在哪里？"

一个人吭哧吭哧跑出来，却是那小医兵，他怀中搂着一大束野草，身上还背着满满一篓，见了孙牧野便道："找到这些！"

孙牧野向众人道："医兵出城采药回来了。能治瘟疫的药。"

殷虚拍手道："好个医兵！一千年无人能治的病，他能治！龙朔宫尚药局不请你做奉御可惜了！"

小医兵跑得急，又被抢白，顿时红了脸，道："我也是听的野方子，要试试才知道。"

孙牧野道："咱们试试。"

众人齐道："孙将军三思！竹枝城只剩五千人，再经不起大灾小难！"

孙牧野道："我叫他们去布庄，再逃出一个，你们找我问罪。"

众人都看秦义，秦义沉默片刻，先转身而去，于是七七八八都去了。等人群散尽，孙牧野向王兵们挥挥手，领着他们往布庄去，他身后，殷虚吩咐亲兵："都去洗一洗澡，把瘟气洗掉。"孙牧野头也不回道："水没多的。"殷虚向亲兵道："去孙字营借水来洗！"

孙牧野把王兵领回了布庄，里面又死了三十多个，他自将尸体一具具拖出巷子，拖上南城，扔出城墙外，无论哪营哪火都不肯帮忙，只在远处观望，他往返三十多次，才将尸体清除干净。小医兵将背篓放在巷口，自己无影无踪，孙牧野将野艾根摘下，去马厩剪了马毛，在墙上刮了石灰，和在一处切磨成粉，端进布庄，一人分一勺，让他们吃下。做完一切已是夜间，他走出巷子，亲兵要过来，他摇摇手不让他们近前，独自回了屋。躺在席上，孙牧野借窗外月色看自己的双掌，皮下仿佛生了几道红线，他再撸起袖子看手臂，也分不清是铜色是血色，半晌之后，他从怀里拿出仅剩的一小包药沫吃了。

2

大雪时令到了，郁积的乌云将整片青苎原死死笼罩，站在尺函谷口的山头俯瞰，那竹枝城已然是座死城。林渊泓穿着单薄的纱袍在山头站成了一株枯树，朔风吹过，引得他低咳不止。亲兵跑上山来，道："林相公，去黄武城讨冬衣冬粮的人回来了。"

林渊泓问："讨到没有？"

亲兵道："没有。"

林渊泓的唇泛出了紫色。

亲兵问："我们为朝廷打仗，圣上为何要克扣粮饷？将士们穿的还是秋衣！眼见要下雪了。"

林渊泓道："圣上是要逼迫林渊泓出战。"

亲兵道："那我们便战！焉贼看着不到五千人了，破城只在眨眼间！"

林渊泓道："交兵三年，大小四十战，你该清楚，两个洛兵才换得一个焉兵，攻五千焉兵，便要拿一万洛兵的命换。"

他看着那座了无生气的城，仿佛在疑问，又仿佛自问："明明不费一兵一卒便可摘得胜果，为何要一万将士作无谓牺牲？"

亲兵道："竹枝城每天都在往外扔尸体，右虞候军的人悄悄去瞧过，有的是饿死，有的是冻死，最近去看，还有病死的，那死状……"

林渊泓问："怎么？"

亲兵道："城里多半生瘟疫了。"

林渊泓点头。

亲兵又问："林相公，你说他们还能撑多久？"

林渊泓道："焉军的筋骨已垮塌，只有意志还系于一线，我在等这根线断。"

亲兵再问："几时能断？"

林渊泓道："那要看泽阳城的捷报几时到。"

亲兵道："仇督军要和陈琳决战了。"

林渊泓遥望西方，道："兴许今日，兴许明日，泽阳城下杀伐出胜负，洛焉两国这一局，终于要有定论了。"

他在山头顶风盘膝而坐，亲兵道："相公近来身子易病，吹不得冷风，回帐中休息吧。"

林渊泓道："我就在此地，守候仇督军的战报。"

亲兵道："纵然此刻仗已打完，也要六七日后才有战报来。"

林渊泓右手握拳在嘴边遮住咳嗽，道："我等六七日就是了。"他抬起苍白的脸，微笑道，"不知为何，我一年都等了过来，却等不及这几日了。"

亲兵道："我去端碗热水给你！"说完转身跑下山头。身边没了人，林渊泓的笑意变作忧伤，他目色切切地望向混浊的穹隆尽处，好似盼望下一瞬便有洛军信使纵马而来。

可他足足等了十日。

这日正是冬至，冻雨下了一天，林渊泓披的毡毯已被淋透，还立在半山不肯走，临近傍晚，一骑自西而来，登上山坡，亲兵们打马迎上去，问："来者何人？"

那骑兵出示信符道："我是泽阳城仇督军遣来的信使！"

林渊泓忙道："快把战报说来。"

骑兵道："林相公，仇督军送来一份冬至大礼。"

林渊泓问："什么大礼？"

信使从包袱中取出一个匣子，上呈道："陈琳的首级！中焉援军覆没了！"

话音未落，亲兵们已雀跃起来，互相庆道："陈琳死了！焉军败了！"欢庆之后，见林渊泓出神入定一般，目光锁着那匣子分不出悲喜，都道："林相公，你说句话。"

林渊泓转身看向竹枝城，叹道："孙牧野败矣！"

3

同为冬至，竹枝城最后一棵树被砍倒了，树叶早被吃光，士兵们便哄抢树枝、树皮和树根。抢不到的则去了马厩，试图在没了马的马厩里找出一块肉，或是一堆草，却一无所获。

秦义和弟兄们一起守北城，他坐在墙垛上，拿一把生了锈的匕首割马皮衣，割下半指宽的一条，放入嘴里嚼，问左右："是马皮好吃，还是棉花好吃？"

身旁的士兵也把棉被里的棉花扯出来吃，道："马皮难嚼，却有肉味；棉花好吞，却吃了肚痛。"

秦义又割下一丝马皮，塞进那兵的嘴里，道："吃肉吧！"

一阵北风吹过，秦义抹了抹脸，问："是不是下雨了？"

一个兵仰脸探了探，道："又下了！"

士兵们一面冻得瑟瑟发抖，一面振作精神道："快接水！快快快！"纷纷捡起杯、碗、盆放上城垛，在城墙上摆了长长一排，一个兵伸出舌头接雨，含糊道："老天爷，多撒点尿下来！"

秦义忽道："洛贼来了！"

正在咂雨的士兵们忙去拿武器，却见远处，来的不是成百上千的洛军，只是一骑，缓缓近了城，在十丈开外停住。一个焉兵大声喊："你找谁？"

那洛兵道："今日冬节，你们吃汤圆没有？"

焉兵道："我们吃饺子，正在下锅。"

洛兵道："北人粗蠢，冬节要吃汤圆。"

焉兵道："南人无知，今日是吃饺子！"

洛兵道："吃汤圆！"

焉兵道："这洛贼，无故来拌嘴吗？好没趣！"

洛兵道："冬至大如年，我们送你们一份礼。"

焉兵道："客气！送来什么礼？"

洛兵道："是仇督军送给林相公，林相公转送你们孙将军的！"

焉兵道："你丢上来！"

洛兵道："立个君子约：我近了前，你们莫伤人。"

焉兵道："两军交战，不斩来使，你大胆过来！"

洛兵果然策马到了城下，解下一个匣子，道："接住了！"手臂一抡，将那匣子抡上城头，一个焉兵接了，问："是什么？"

那洛兵却打马撤退，奔出十丈远才停，此时焉兵已打开了匣子，见是个血淋淋的人头，都诧异问："这是谁？"

洛兵叫道："不认识？他是你们湘州节度使，陈琳！"

焉兵们齐声喝道："胡说！"

洛兵道："不信，你拿去给孙牧野看！泽阳城打完了，焉军大败，陈琳被斩首，只逃回去四五千个兵！"

秦义捧着匣子的手抖个不停，洛兵道："你们再不会有援军来了！西项正在打中焉西线，哪里还顾得上你们？不如马上投降，归顺东洛，还有年过！"

焉兵们愤怒地骂道："滚！"

洛兵笑哈哈转马回去了。

焉兵们六神无主，都围着秦义问："千夫长，这是不是陈琳将军？"

秦义道："我……我只远远见过陈将军一次，记不清了。"

一个道："快去问孙将军！"秦义这才回过神来，连忙抱紧匣子找孙牧野去了。

孙牧野的两个亲兵出了事，一个死了，腹胀如球，一个还活着，正抱着肚子哀叫，孙牧野抱起活着的那个，问："怎么回事？"

那亲兵道："墙角生了石面……我们……我们吃了……"

孙牧野道："面了也是石头！吃了会死！"

亲兵抱着越来越胀的肚子，道："饿！饿得没法子了……"

孙牧野猛然将手插进他的嘴里，一直伸到喉中，道："吐出来！"

亲兵的喉咙被刺痛，在孙牧野臂弯中不住地呜咽挣扎，孙牧野发狠压他的舌根，他从喉到腹一阵翻搅，却怎么也吐不出来，孙牧野把他翻身向下，用膝盖顶他的心窝，三指在他的喉中死压，道："吐！不吐便死！"那亲兵心窝一阵抽搐，然后"哇"一声，一大坨湿土从口中呕了出来，孙牧野道："好！再吐！"

正在此时，秦义捧着匣子来道："孙将军。"

孙牧野头也不回道："我没空。"

秦义道："出大事了。"

孙牧野膝盖用力一顶，亲兵又痉挛着呕了几小口，秦义道："孙将军，泽阳城我们败了！"

孙牧野不动了，那亲兵从他膝盖上滚下地，伏着干呕，污秽糊了一地，孙牧野慢慢起身，将手在裤子上擦了擦，问："什么？"

秦义打开匣子伸到孙牧野面前，问道："这是不是陈琳将军？"

孙牧野往匣子里看了一眼，瞳孔蓦地射出惊怒的光，虽只一瞬，却被秦义看在了眼中，他最后一丝希冀落空了，道："是他，对不对？"

孙牧野道："是。"

秦义仰天长叹一声，道："援军没了！"

许多将士闻声而来，正听见秦义这句话，都问："是不是真的？陈将军败了？"

秦义道："人头在这里！你们自己看！"他将匣子向人群中一抛，陈琳的头颅掉了出来，众人都呆呆看那头颅，秦义问孙牧野："现在怎么办？没吃的了，没穿的了，也没援军了！”

孙牧野不知道。他回身扶起亲兵，又去挖他的喉，道：“吐！一定吐干净，石面不能吃！”那亲兵不听，孙牧野使劲拍他的背，道，“用力些！”

一个兵在后道：“孙将军，他已经死了。”

孙牧野一愣，将亲兵的脸抚起细看，果真没了气息，他深喘了一声，坐在了地上。秦义还要上去说话，几个士兵将他拉住，小声道：“让他想一想吧。”

秦义向孙牧野的背影道：“给你一夜想清楚，四千三百人，明日走哪条路。”

孙牧野回头问：“你想走哪条？”

秦义不应，分开众人去了。回到北城城头，士兵们问：“千夫长，孙将军怎么说的？”

秦义反问：“若有两条路走，你们是随孙牧野，还是随我？”

士兵们道：“我们一直是你带的兵，自然随你。”

秦义道：“好！”说完又坐上城垛，生起闷气来。到中夜，换岗的士兵上来，他带着自己的兵要回去，下到城门边，那门凑巧开了一寸，秦义喝问：“谁在那里？”

一个矮矮细细的身影从门外晃进来，却是小医兵，多半被洛军追赶了，逃得鞋也丢了，一双冻紫的脚在流血，秦义问：“你从哪里来？”

小医兵道：“去挖野艾根了来，好家伙！十几匹洛马追我！险些被射中！”

秦义向背篓里一瞧，道：“只有小半篓？”

小医兵道：“挖到这些就不错了。”说完要去，秦义一把抓住背篓，道：“瘟人是救不过来了，野草给我们吃了。”

小医兵道：“不行，是给害病的人吃的。”

秦义从背篓中抓出一大把，向手下道：“你们自己拿。”

小医兵急了，抢回草根抱在怀里，道：“这是治病的药！”

又有几只手探进背篓里拿，小医兵急得左右扭躲，道：“你们怎么和快死的人抢吃的！”

秦义叫道：“我们也快死了！”喝命手下，“拿！全拿了吃，多活一刻是一刻！”

手下一拥而上，小医兵双手乱挥将他们打开，道：“是给病人吃的，你们不能抢！”士兵们便也打他，医兵倒在地上，草根散了一地，幸得他手疾眼快，将草根都拢过来抱起，士兵们来夺，十几双手你推我搡乱成一团，医兵人小身快，从一人的两腿间爬了出去，逃出三四丈远，犹叫道：“是给病人的药，我辛辛苦苦挖了半夜，你们想吃自己出城挖！”一溜烟儿没了影，秦义火冒三丈，道：“追！打不死这兔崽子！”

一群人呼啦啦追到布庄门口，正遇到守门的孙字营卫兵，卫兵们见这群人来势汹汹，便问：“你们要做什么？”

秦义道:“做什么？找吃的！”

卫兵道:“这里没吃的。”

秦义道:“吃的都给了瘟人！”

卫兵道:“那是治病救人的药！”

秦义道:“治好了没有？治不好就别浪费了！”说完往门里闯，口中道，“我把瘟人都杀光，省几口给弟兄们！”

卫兵伸矛一拦，道:“将军有令，不许外人进去，你敢抗命？”

秦义道:“什么将军？唉狗屎的将军！”

卫兵怒了，矛头往秦义身上刺来，秦义一躲，道:“好！动手了！”秦义的兵也叫道:“看门的丧家犬，敢动手！”有刀的拔刀，有剑的拔剑，都向卫兵攻来。看门的卫兵不过四五个人，不是几十个怒汉的对手，几回合后，身上都负了伤，被捆住扔在地下。那小医兵远远叫道:“你们这样胡来，孙将军饶不了你们！”说完又逃走了。

秦义道:“一不做，二不休，咱们杀进去，怎么样？”

士兵们齐应:“杀了瘟人，才睡得安心！”

秦义道:“好！”领着手下砍断铁锁，冲进大门，向乌压压一地病兵喝道，“我们来送你们上路！”举起大刀，向手无寸铁的病兵杀去，病兵们一无气力，二无兵戈，慌不迭翻身起来乱逃乱爬，几如备宰的鸡犬，秦兵则乱追乱砍，仿佛凶暴的屠夫，布庄便成了杀戮的畜场。

王字营此刻还有二三百人在附近，撞到小医兵，听说了这节，忙操起兵戈，一路赶，一路高呼:“秦义反！秦义反！杀！”赶到布庄中，已有十来个病兵身首异处，情状甚惨，王兵悲愤填膺，全向秦兵杀去，秦兵也组了阵势，反杀过来，两边全然不顾同袍之情，比杀外敌更心狠手重，一时呼声震城，杀声冲天，转眼间，两边各有数十人毙命，忽而一人叫道:“孙将军来了！”

秦义的大刀在一个病兵的头上顿住，回头一看，孙牧野提一支狼牙棒从门外走了进来，凑巧有个秦兵在身边，孙牧野一把拎起他的后衣领掼甩在地，大棒悬在他面门上，问:“你杀没杀？”

那秦兵道:“杀了！”两字一出，狼牙棒直击下来，秦兵头如蛋碎，脑浆流了一地。众秦兵大怒，十几个一同向孙牧野杀来，王兵立马上前，替孙牧野拦住了。孙牧野直向秦义去，秦义不得已，挥刀向孙牧野竖劈，孙牧野侧身闪过，空手钳住刀柄，将秦义扯向自己，再转到他背后，一棒放上他的头顶心，喝道:“谁还敢动！”

秦兵眼看狼牙棒的铁钉离秦义的头只半寸高，只好都住了手。

孙牧野箍紧秦义的脖子，问:“你下令杀王字营的？”

秦义道："是！"

孙牧野道："死罪！"

秦义道："你要杀我？"

孙牧野道："杀！"大棒再起，眼看要向秦义的头颅落下，忽然门外无数士兵齐声道："孙将军，不能杀！"

孙牧野的手生生顿住，各部各营的兵都涌进来，全道："不能杀秦义！"

孙牧野问："为什么？"

众兵道："他是为了焉军，才杀这些瘟人！"

孙牧野道："患病的也是焉军！"

众兵道："可他们遭了瘟！秦义杀得没错！"

秦义高叫："谢众兄弟！"

众兵道："孙将军，打了败仗，我们不怪你；困在这里，我们也不怪你，可你一味偏袒他们，不顾我们的死活，吃的喝的，他们都要分一半，却好不了也死不掉，我们想不明白！"

孙牧野的手松开，狼牙棒垂了下来。秦义道："他们活，便是要我们死，你只能选一边！"

众兵道："你是顾他们，还是顾我们，做个决断！"

孙牧野心如被斧凿，悲疚呼道："焉军再不能自相残杀！"

众兵闻言都失望了，秦义向里里外外的将士道："孙牧野要保瘟人。"

一个兵叫道："那便是不顾我们了！"

秦义转身向孙牧野道："既如此，咱们分道扬镳。"

孙牧野问："你走什么道，我走什么道？"

秦义直直看着孙牧野，大声道："我要降！"

孙牧野盯着他不说话。

秦义向众兵道："我要出城降洛贼，你们去不去？"

众兵齐声道："去！"

秦义道："爽快！"向孙牧野一拱手，"就此别过。"大踏步向门外去了，先是秦字营跟着，而后各营的都跟上了，孙牧野站在院中一动不动，听得他们边走边叫："降了！降了！要降的都跟上！"

满城皆被惊动，守城的、入睡的都闻讯而来，想看究竟的，想跟着降的，三四千人，一路走到了南门下，守门士兵不敢开门，秦义道："孙牧野已答应我们降了，你们还拦什么？"

守门士兵不敢擅拿主意，急忙来找孙牧野，孙牧野还在布庄内，和一干病兵相对无言，听了报告，伸手向守门士兵道：“拿钥匙来。”士兵递出了钥匙，孙牧野提着钥匙来了南门，亲自打开重锁，道：“去。”

门被拉开了半扇，却无人敢走第一步。

孙牧野道：“要去的快去！”

众人都看秦义，秦义事到临头忽然心软，道：“要不，你和我们一起降了。”

孙牧野冷冷不说话。

秦义道：“但凡有一丝生路，我也不会降。事到如今，真没法子了，在这里，挨不过下一股寒流来。”

孙牧野道：“你们降得，我降不得。”

秦义问：“怎么降不得？”

孙牧野道：“孙家已经有一个降将了。”

三四千人齐齐闭住了气。

秦义道：“我们走了，你一个人……”

孙牧野道：“我一人守孤城。”

无人再敢吭声，进退两难之时，忽听一人叫道：“你们不去，我去！”

众人回头看，一个衣衫褴褛、似人似鬼的身影踉踉跄跄走了出来，走到孙牧野面前，露出两排白森森的牙，笑道：“你还认得我吗？”

孙牧野认出了李三狗。那日他匆忙从李三狗的房子出来，却忘了锁门，等他再回去看时，人已无影无踪，遍寻不见。孙牧野不知道李三狗躲在哪里，也不知道他是如何活下来的，但见他如行尸走肉一般，只剩一具空瘦的骨架和怨恨的眼神。孙牧野问：“这些时日你去了哪里？”

李三狗凑近孙牧野，神秘道：“我在到处找我那三百个开元兄弟。”

孙牧野不说话，他又突然哈哈大笑，道：“你放心，我没找到他们，是人是鬼都没找到。”

孙牧野道：“你随我去吃药。”

李三狗道：“吃什么药！我要投降！降洛贼！”索性向门外大叫道，“我要投降！”

竹枝城外，洛军早发现南门开了，已聚过来七八千人，只离城门百丈远，看得见门内的重重身影，洛兵知道孙牧野诡诈，怕是计，是以徘徊不前，听见李三狗的呼喊，便应道：“快出来！”

李三狗道：“孙牧野，我走了。三百弟兄交给你，你好好照顾他们。”他把城门大大拉开，走了出去，洛军看见一个身影出城，都欢呼道：“来降！来降！”

孙牧野在后道："三狗，回来。"

李三狗不理他，径直向千百支火把照映的东洛军阵走去，口中喊："我降了！给我饭吃！"

洛兵道："来来来，吃不完的饭！"

李三狗向前走了百余步，东洛步军阵中一人迎上来，李三狗向那人走去，道："给我饭吃！给我衣穿！"

那洛兵道："都给你，都给你，叫城里的人一起降了吧！"

李三狗步伐凌乱，一不小心栽倒地上，那洛兵便去扶，李三狗却突地抓住他的手臂，想将他拽倒，那洛兵大惊，想要挣脱，李三狗一口咬在他手上，洛兵大叫起来，拼命甩手，李三狗却顺势站起，又咬住他的肩死死不松，几个洛兵赶来相救，近到三步远，又往回逃，大叫："是遭瘟的人！"

洛军几个弓箭手一齐松弦，李三狗浑身中箭，又跌倒了，犹厉声叫道："好洛贼！吃瘟吧！"他扭转身子，面向城门，最后看了一眼，不再动弹。

城中焉兵惊骇无声，秦义愣了半晌，正要说话，可一和孙牧野对视，却陡然变色，道："你的眼睛！"离孙牧野近的几个兵细细一看，也惊道："孙将军，你眼里血丝满了！"

几乎同时，孙牧野觉得鼻中两股暖流淌了下来，拿手一抹，是鲜血。众人恐惧地后退，孙牧野把掌上血瞧了一会儿，道："都去吧，都降吧。出去以后，把门掩上。"说完一边拿袖子擦血，一边转身走了。

4

乔恩宝在地窖中冷得直打哆嗦，那夹棉的皮衣也御不住湿寒，他横竖睡不着，便在潮湿的角落抠青苔，抠一点吃一点，直吃得喉中干呕，忽听孙牧野在外道："乔恩宝。"

乔恩宝问："这么晚，你还来做什么？"

孙牧野跳下窖口，道："和你说说话。"

黑麻麻的窖洞，谁也看不见谁，乔恩宝拿手拍地，道："我在这里。"

孙牧野爬过来，倚壁坐了，将乔恩宝抱在怀中，乔恩宝问："怎么了？"

孙牧野道："没怎么。"

乔恩宝道："我刚才听见外面许多人跑过去，没听清在叫嚷什么，出了什么事？"

孙牧野道："没事。"

乔恩宝又道："壁上好像在滴水。"

孙牧野道："什么？"

乔恩宝道：“有水滴在我脸上了。”

孙牧野道：“是我在流血。”

乔恩宝忙问：“怎么了？受伤了？”他的手一紧，又问，“你身子怎么这么烫？”

孙牧野默了片刻，道：“乔恩宝，咱们得死在一块了。”

乔恩宝身子一抖，霎时明白了，忙把孙牧野推开，道：“你出去！”

孙牧野道：“已经病了，眼睛、鼻子、耳朵都在烧，你现在赶我有何用？”

乔恩宝哭叫道：“叫你离我远些！离我远些！你不听！”

孙牧野道：“不听。”

乔恩宝骂道：“你这油盐不进的烂脾气！”他语气带恨，手却与孙牧野紧紧相握，泪流不止。

孙牧野道：“你也是油盐不进的烂脾气。”他觉察到乔恩宝手指上仿佛缠有毛发，便问，“指上缠了什么？”

乔恩宝道：“头发。”

孙牧野问：“谁的头发？”

乔恩宝道：“我老婆的。”

孙牧野一笑，问：“想你老婆了？”

乔恩宝道：“想，想我老婆，想我孩子。”

孙牧野道：“你哪有孩子？”

乔恩宝道：“有，出征时，她怀两月了，如今该三岁了，也不知是男是女。她一个人在家带孩子，是不是很苦？”

孙牧野把头靠在墙上，缓缓道：“苦。世间最苦是军人妻。”

乔恩宝问：“你呢，你想不想蝉衣？”

孙牧野轻声道：“我想书房里的味道。”

乔恩宝问：“什么味道？”

孙牧野不语。

乔恩宝道：“她会不会想你？”

孙牧野道：“不知道。”隔一会儿道，“有一刻她会想到我——战败消息传回开元城的时候。”他的口里有了血烧灼的腥味，缓了片刻，又道，“李三狗怪我帮唐瑜，可他不知道，我在开元城无亲无友，我只能把她托给唐瑜照看，我只能帮他，我没法子。”

一语刚了，孙牧野忽觉一口气凝在胸膛，再也呼不出去，他呼吸急促起来，乔恩宝忙问：“你怎么了？”

孙牧野大口地喘，道：“我要先死了。”

乔恩宝抓住他道：“喘气！别停！”孙牧野喘不及，血从心口涌上来，呕在了乔恩宝身上，乔恩宝急道：“呼气！呼气！呼得进气就不会死！”

孙牧野闭眼叹息，乔恩宝只好陪他坐着，许久，孙牧野问：“是不是下雨了？”

乔恩宝道：“不知道。”

孙牧野道：“你听。”

乔恩宝静下心来听，果然上面有窸窸窣窣的细雨落地声，道：“是下了。”

孙牧野撑着墙壁站起来，道：“我要出去淋淋雨，热。”他爬上窖口，探头出去一看，道，“不是雨，是雪。”

乔恩宝问：“下雪了？”

孙牧野道：“是。”

两个一前一后爬出窖口。此时初雪已落满残垣上、断壁间，把颓废的光景轻轻粉饰了。孙牧野躺在薄薄的雪毯上，让身子冻冷一些，乔恩宝坐在他身边，道：“今年东方的雪竟比北方还早。”

孙牧野问：“你看雪是什么颜色的？”

乔恩宝道：“自然是白的。”

孙牧野道：“我看是红的。”

乔恩宝看孙牧野的脸，见他的双眼已被红丝铺满，眼白眼珠都看不见了，心中一酸，道：“雪……是有些红。我看也是红的。”

孙牧野摊开掌心迎雪，不多时雪满手掌，他用来抹脸，血抹尽了，雪却当真红了，他道：“乔恩宝，唱支歌来听听。”

乔恩宝道：“唱什么？”

孙牧野道：“那天唱的是什么？”

乔恩宝道：“扯谎歌。”

孙牧野道：“再扯个谎试试。”

乔恩宝低低清了清嗓，唱道：

太阳落山又落坡，
我来唱首扯谎歌。
鸡生獠牙蛇生脚，
牛下圪蛋马爬窝。

太阳落山又落坡，

我来唱首扯谎歌。
虱子席上磨牙齿，
蚱蚤床下拍耳朵。

乔恩宝自己唱笑了，问：“好不好笑？”

孙牧野闭着眼不回答，乔恩宝慌忙摇他，叫：“孙牧野！”

孙牧野低声回：“热。”

乔恩宝道：“雪越来越大了，一会儿便凉快了。”

孙牧野闻言睁眼，漫天杂杂扬扬的雪，片片落在他的眼里、唇上、鼻尖，又被他的灼热融化，他大口大口地饮雪，想吃出一丝凉意，却越发干渴。一阵凄风卷过，雪结得又厚又重，孙牧野的火烧不尽它了，便反被它一层一层掩埋，乔恩宝道：“你要冻死了，咱们下去。”想去拖他，可自己也是冻饿交加，再也动不了半分。

孙牧野的筋骨都僵了，可他的心还不肯熄灭，他睁着双眼，看着雪在地上寸寸堆积，将他的右半个身子遮盖，可他的左眼仿佛看见咫尺之外，雪中不知何时生出一朵花来，孙牧野辨不出它是白是红，抑或是剔透无色，只见它在风中微颤骨朵，然后悄悄舒张出六瓣，在他眼前温柔地绽放。孙牧野怕是幻觉，便轻轻伸手去摸，竟真触碰到了冰凉的花瓣，他忙将花摘在手里，叫道：“乔恩宝！乔恩宝！”

乔恩宝也几近昏迷，勉强应道：“嗯。”

孙牧野爬过去，把花往乔恩宝的嘴里塞，道：“有吃的了。”

乔恩宝扭头道：“你吃。”

孙牧野道：“你吃！”又看见乔恩宝的身边也长出两三朵，忙道，“还有许多，你快吃。”他把花都摘过来，全往乔恩宝的嘴里喂，“你活下去！”

乔恩宝睁开了眼，道：“咱们一起吃。”他手指孙牧野的身后，孙牧野回头一看，不知不觉，这雪地里已开满了不知来处的花，成片摇曳不停，孙牧野怔住了，乔恩宝却滚扑过去，见一朵摘一朵，道：“吃，吃，吃！”他把雪和花揉在一起，伸到孙牧野的口边，道：“你也吃！”

孙牧野吃了一口，忽听城中欢呼声大作，他耸然道：“洛贼来了！”

乔恩宝道：“什么？”

孙牧野道：“洛贼进城了！他们降了！”忙推乔恩宝，“快去地窖里！藏好了别出来！”又起身四顾，问道，“我的弓箭呢？刀枪呢？”

他睁着几乎已看不见的眼，到处找兵器，乔恩宝来拉他道：“去地窖！”

孙牧野一把推开他，道：“你去！我挡着！”

乔恩宝死命把孙牧野往窖口拖，道："进去！"

孙牧野叫道："我挡洛贼！你快跑！"却一个趔趄，扎倒在地。

大雪将孙牧野包围了，他终于感到遍身刺骨的寒意，他知道乔恩宝抱住了自己，切切地叫"孙牧野，孙牧野"，却不知声音为何如此遥远，仿佛在万里虚空中一般。他张了张嘴，无力说出话来，只尝到一丝花朵的芬芳，乔恩宝还在把花儿往他的嘴里塞，直到他彻底失去知觉。

5

雪夜之后，又是阳霁，孙牧野被暖烘烘的日头晒醒了，睁开眼，乔恩宝还守在身边。孙牧野坐起来，环视整座院子，黄土还是黄土，破砖还是破砖，半分雪迹也不见，仿佛昨夜只是一场迷梦，他摸了摸脸，没有血，也不觉热，乔恩宝问："是不是在梦里醒不来？"

孙牧野问："是梦？"

乔恩宝道："是天公扯了个谎吧。"

孙牧野站了起来，听见墙外有隐约的人声，便走了出去。焉军将士站满了一条小巷，秦义在，秦字营在，别的营也在，千百人齐声道："孙将军！"

孙牧野点了点头，穿过人群往东南角走，大街小巷都有将士夹道等他，他在心中默数，似乎四千三百人一个也不少。他走到了东南方关病兵的巷子，布庄的门大开，病兵们整整齐齐站在庄中，没有病患之苦，没有饥馁之色，站岗一般笔直精神，见到孙牧野，他们也叫："孙将军早！"

孙牧野道："早。"他分明看见几个士兵手中还握着几朵无色花——昨夜不是梦。他放了心，转身要回去，一个王字营校尉叫道："孙将军留步！"

孙牧野站住了。

那校尉出列一步，道："王字营四百八十五兵，从此愿效命孙将军麾下，为将军陷阵，为将军死战！"

孙牧野的身子又滚烫起来，却再不是绝望的烫，他定了定心神，道："好。"

王字营的将士全向孙牧野跪拜下去，孙牧野也回礼跪拜，门里门外堵满了人，都沉寂无声，唯有殷虚随手从断墙头拈起一朵六瓣花把玩，道："独我得罪人咯？"悠然转身而去。

第三十八章 反攻

1

冬至后三日，全开元城都知道了陈琳牺牲、援军溃败的消息。子夜，兵部尚书魏无伤匆匆进宫，和崔太后商量对策。为宽太后之心，魏无伤先道："启禀太后：大焉最后一拨军需已于今日从东瑶海岸启程，半月之后，将运抵蜃气岛。至此，大焉已为蜃气岛送粮一百万石，箭四十万支，矢二十万支，弓弩刀矛两万件，甲胄两万副，楼船二百艘，水军将士六千人。海夷侯允诺，冬月之内兵发思州。"

崔太后道："泽阳城既败，两面合击之计已落空，海夷纵然攻下思州又有何用？"

魏无伤道："龙朔宫当再遣援军，三攻泽阳。"

崔太后道："一遣文宗海，二遣陈琳，为了竹枝城的几千败兵，大焉又空耗钱粮百万，损兵数支，折将数员。"她轻声问，"魏尚书，我有一句疑问，你听了休带出如意宫去：大焉为何非要解救竹枝城之兵？"

魏无伤心中暗惊，知道崔太后动了放弃救援的心思，忙道："竹枝城必救，不容迟疑。"

崔太后问："为何？"

魏无伤道："天下列国，大焉各州，如今都把目光锁在竹枝城，不但观望城中焉军的动静，还观望龙朔宫的态度。若将为国征战的将士弃之不顾，龙朔宫从此不受全焉信任，不受天下敬崇。"

崔太后又道："趁我润州兵败，西项正急攻大焉西线，唐之盈、百里旗、简光舜三州节度使皆在前线御敌，已找不出善战者将去润州。"

魏无伤道："臣举荐一位小将，去泽阳城下定鼎胜败！"

崔太后忙问："小将？哪个小将？"

魏无伤道："已故太尉宇文穆之重孙、已故右将军宇文定之孙、卫尉寺卿宇文建敏之子，致果校尉宇文宸。"

崔太后紧皱的眉头舒展了些，想了片刻，道："我曾听先帝说起这孩子。他是不是在湘州？"

魏无伤道："是年湘州三郡蒲民反叛，葫沉瓢起，湘州军不能剿除，朝廷四调精兵不能平定，后宇文宸从戎湘州，半年即大破蒲军，活捉首领。宇文宸镇守三郡至今，蒲人不敢直身而行。臣请太后急调宇文宸，师出泽阳，芟除洛患。"

崔太后沉思片刻，命宫人道："宣卫尉寺卿宇文建敏来见。"

一个时辰后，宇文建敏趋步进了如意宫。崔太后道："不是我要搅宇文先生清梦，实是有军国大事和先生商议。"

宇文建敏道："请太后指示。"

崔太后道："魏尚书力荐先生公子去救竹枝城，先生以为如何？"

宇文建敏想了想，问："太后想要臣的哪个儿子？"

崔太后道："四郎宇文宸。"

宇文建敏一听，眉头一皱，横竖不答。

崔太后目光如炬，道："泽阳城连挫文、陈两位将军，战况艰烈，先生一定舍不得爱子涉险。"

宇文建敏叹了口气，道："国家需要，臣子岂有推辞之理？太后想调他去，尽管调，只是一点：太后为他配的副将和军师，一定要老成持重，性温气和——我怕他没和敌军打起来，先和友军打起来！"

2

十日后，驻守国境之南的宇文宸接到驰援润州的军令；翌日，他率领一万五千湘州军启程，于冬月二十九抵达泽阳城，与仇忠交锋两回，不能破，于是下令：围城驻旌，以观其隙。

3

孙牧野在这个夜半睡不着，从北城墙走到东城墙，再从南城墙走到西城墙，四面都巡查了一遍。从西城墙下来时，他不经意抬头，看见城垛上盘膝坐着一个人，他想了想，转身又上去了。

殷虚正在面西出神，却知道孙牧野来了，离得四尺远，他先问：“你多久没洗澡了？”

孙牧野道：“三个月。”

殷虚道：“离我远些。”

孙牧野依言后退，在一丈开外站住，悄悄把殷虚一瞟，见他扯了军旗缝作衣衫，旗上的龙鳞祥云在衣上布局又对称又工整，连一丝褶皱也没有，不知如何做到的，又看见他手中握着一个酒葫芦，因问：“你还有酒？”

殷虚道：“雪酿的。”

孙牧野便知是雪水，不应了。

殷虚自仰脖喝了一口，问：“知不知道今天是什么日子？”

孙牧野问：“今天什么月日？”

殷虚道：“冬月二十九。”

孙牧野道：“是先帝忌日。”

殷虚道：“嗯。”

孙牧野道：“一晃眼，先帝走了四年了。”

殷虚一笑，道：“你做涅火军主帅居然也四年了。”

孙牧野听出殷虚又要揶揄自己，心中先做了防御的准备，殷虚果然道：“我当初实在想不明白他为何会让你来做主帅，你瞧瞧你自己，有没有主帅的模样？”

孙牧野当然不会瞧自己，只斜瞧殷虚。

殷虚道：“先帝的风度，你也见识过的，气魄雄爽，嬉怒恣意，睥睨间，世上几人敢与他直视？昔年他单骑在西项军阵前挑阵，十万项军鸦雀无声，无一人敢出阵迎战！你呢？”他手拿酒葫芦，把孙牧野上下一指，“夜州山林出身的乡下童子，一口夜州土话……”

孙牧野纠正道：“我生在雍州。”

殷虚道：“雍州村野出身的乡下童子，一口雍州土话夹夜州土话。”

孙牧野又瞪他。

殷虚道：“休拿这眼神唬我。空有一张寻人晦气的脸，可谁怕你？扫地的兵也敢和你拌嘴。”

孙牧野索性把眼光移到了城外。

殷虚自顾自叹了口气，道：“如今我又想了想，先帝的托付并没有错。”

孙牧野道：“哦？”

殷虚道：“嗯。”

孙牧野原以为他要夸自己，谁知他骤然住了口，气氛一时尴尬起来。

孙牧野咳了一声，道：“有件事，我要向你道谢。”

殷虚道：“嗯？”

孙牧野道：“战青苎原的时候，你本来可以不救，我不会怪你。”

殷虚道：“我若不救，你早死在竹枝城外了。”

孙牧野道：“那至少保得住殷字营。”

殷虚道：“我要保涅火军。先帝把涅火军托付给你，你本该照看好，可你照看成这副烂样子，只好我来照看你们。”

孙牧野忍气道：“先帝又没把我们托付给你。”

殷虚饮了一口雪水，慢悠悠品了半天，道：“我权当他托付了。”

孙牧野不服地“呲”一声，殷虚装作没听见，又问：“他还交给你一个人，你照看得如何？”

孙牧野不解，问：“谁？”

殷虚道：“还能有谁？圣上！”

孙牧野道：“我偶尔进宫看他，也不知道说什么，只问问他的衣暖食饱，问一句他答一句，半刻就没话了。”

殷虚道：“他是天子，难道会冻着饿着？问不到点子上。如何不问国计民生，不问朝局时政？”

孙牧野道：“那些我又不懂，怎么问？”

殷虚道：“空有托孤之名。”

孙牧野道：“我为天子家复土安邦，也对得起先帝托付！学书学政的事，自有唐瑜教导他。”

殷虚便问：“听说你和唐瑜熟？”

孙牧野停了停，道：“不熟。”

殷虚道：“我就说，你们如何玩得到一起去？人家是什么门第，你是什么郡望？”

孙牧野道：“玩不到一起，只是见过。”

殷虚又问：“他弟弟呢？是死是活？”

孙牧野道：“回开元城了。”

忽然南城外传来几声马嘶铁响，殷虚叫亲兵：“去看看闹什么。”

亲兵去了片刻回来，禀道：“听说洛军大营有一阵骚乱，似乎在追拿逃兵。”

殷虚道：“洛贼也逃？他们也没饭吃了？”

孙牧野道：“若没事，我回去睡了。”

殷虚点头，孙牧野便去了。

孙牧野沉沉妥妥睡了一夜。第二日早晨，一个殷兵跑过来，道：“孙将军，殷将军叫你去南门。”

孙牧野问：“什么事？”

那兵犹豫一下，道：“你去了便知道了。”

孙牧野一路小跑去了南城墙，只见焉兵们全伸头往城下看，孙牧野挤进去问：“怎么了？”不待回答，他已看见城下站着十几个洛兵，还有一个被打得面目全非、鲜血淋漓的人，他一时没认出那人是谁，却听洛兵叫道：“再不降，你们帝师的亲弟弟就没命了！”

一道热气直激孙牧野的心口，他身子忍不住晃了一晃。三丈高的城下，唐玥也看见了孙牧野，他生怕孙牧野以为自己没完成任务，仰头大呼道：“信我送到了！”

4

唐玥回竹枝城的路比去时更漫长。他换了平民衣裳，日出时在深林山洞中睡，月升时在荒山野岭间行，绕过七八座城，翻过二三十重山，蹚过四五十条河，越往北，越寒冷，等他看见包围青苎原的群岭时，已是冬月末。

当日唐玥在山下乱石堆中睡了一觉，等月上中天时，才牵着甜瓜翻上山岭，进了松林。正是子夜，他在林中看见了满原的洛军火把，也看见了黯气沉沉的竹枝城。一人一马从岭上下来，隐藏在山脚阴影里，算出了东洛巡夜军每过二刻经过一次，到丑时，又一路巡夜军去远了，他才骑上甜瓜一冲而出，直往竹枝城奔去。

甜瓜知道身处险地，发力狂奔，寒风呼呼刮过，竹枝城的廓影渐渐在唐玥眼中清晰起来，他在心中默数，二百丈，一百丈，五十丈，连破损的南门都看得分明了，不知城墙上守夜的士兵有没有看见他？他在马背上直起身子，正要放声呼喊，忽然几株矮树后斜杀出一队洛军骑兵来，大喝道：“谁？”当先一骑险些撞上甜瓜，甜瓜急刹四蹄，转而向西逃，那队骑兵一边追一边叫：“停下！”

唐玥打马不停，骑兵在后紧追不舍，道：“再不停便放箭了！”唐玥却给了甜瓜一鞭，道：“快跑！”

又一队巡夜兵从西面赶来拦截，甜瓜只好再折向南行，弓弦声在身后响起来，两支长箭从唐玥耳边飞过，骑兵们在后道：“射马！射马！”

甜瓜狂奔了四五丈，忽然一声吃痛的长嘶，唐玥心知不妙，叫道：“甜瓜！撑住！”甜瓜拼力驮着唐玥往南去。洛军大营此时也惊醒了，许多兵出帐问道：“出了什么事？”哨楼上的兵向唐玥一指，叫：“那边有焉贼细作！”士兵们纷纷上马，赶来围追堵截，一时东南西北数股洛兵齐发，甜瓜四面找不到路，越跑越慢，一个洛骑追上来与甜瓜齐驱，一枪横扫在唐珝的背上，道：“下去！”

唐珝飞栽下地，洛兵都大声叫好，下马来捉。一个校尉分开众人，上前踩在唐珝背上，问：“你是谁？”

唐珝朝地上啐了一口，不说话。

众兵道：“必是焉贼的细作！”

校尉道：“搜身。”

两个兵上前，将唐珝里里外外搜了一遍，回道：“没有信件。”

校尉道：“必是口信！叫他说出来！”

一个兵向唐珝甩下一鞭子，道：“说，从哪里来，去竹枝城做什么？”

唐珝骂道：“关你屁事！”

那校尉大怒，拔横刀往唐珝的左腿猛砍下去，霎时破肉及骨，道：“若不说，这条腿立时要废！”

唐珝把牙咬得咯咯响，道：“狗洛贼，和你们无话可说！”

校尉道：“那就留不下全尸了！”刀锋一横，向唐珝的脖子划来，一个兵叫道：“曹校尉！”

曹校尉的刀在唐珝后颈二寸处停下，问：“什么？”

士兵指地上道：“他掉了一个东西。”

曹校尉捡起来一看，却是刻着唐珝名字的木牌，他念道：“唐珝？”

说完又扔在地上，一个兵道：“好像听说过这个名字。”

曹校尉问：“听说过？”

士兵想了想，道：“林相公吩咐过，焉军中有个叫唐珝的，遇见了不许伤他。”

曹校尉狐疑道：“是吗？”

几个兵都想起来了，道：“是！林相公下过军令的。唐珝的父亲是相公的恩师。”

又一个补充道：“他兄长还是大焉帝师。”

曹校尉道：“大焉帝师？来头不小。”想了半晌，道，“林相公在北门，什么也不会知道。先不杀他，还有用处。”他向围观的士兵们道，“谁敢去北门通风报信，我必杀之！”

5

被洛兵毒打了一夜的唐珝始终一言不发，却在看见孙牧野的一刹那大呼出声，然而一柄刀鞘扫过来，打中他的嘴，曹校尉骂道：“小鼠贼，此刻开口了！”

满嘴血污的唐珝爬起来，向孙牧野高喊：“肖将军说知道了！”话未说完，又被两个洛兵死死捂住嘴。

曹校尉向城头叫道：“降不降？若不降，我杀了他！”

唐珝使劲从洛兵的手掌下挣脱出来，道：“不能降！我们只有援军来！”

几条长鞭短棍向唐珝劈头盖脸地乱打，道：“住口！”

唐珝不管不顾，用力叫道：“东方也有援军来！大家撑住！不能降！”

曹校尉扯来一条绳子，绕上唐珝的脖子，打了一个结，双手发力，道：“我一寸一寸拉紧绳子，你们不说出降字，我便一直拉到他脖子断！”

唐珝的咽喉被勒死了，喘不来气也说不出话，城头焉军都看见了他微动的嘴唇，知道他在说：“不降！不降！”他把双手高高举起，奋力摇了摇，便沉沉垂了下去，焉兵们一阵惊呼，都道：“他死了！”曹校尉最后用力一拉，道：“是你们害死的！”

忽然两骑洛兵掠过来，叫道：“林相公有命，带唐珝去中军帐！”曹校尉连忙松开双手，唐珝一个倒栽伏地，那两骑赶过来，解开他脖子上的绳索，将他抱上了马背。

唐珝昏昏睁开肿胀的双眼，想寻找孙牧野的身影，想确认孙牧野有没有听清自己的话，可是血流满了他的眼眶，他不会知道孙牧野此刻的表情了。

6

林渊泓守望在中军帐口，见亲兵将唐珝带了来，他迎上去，把唐珝扶入帐中，放在自己的床上，又命医兵调了创伤药，亲自为唐珝涂抹伤口，唐珝虽受重伤，志气还在，他一把将林渊泓的手打掉，药洒了一地，道：“我不稀罕你们假仁假义！”

亲兵愤愤不平道：“林相公一听说，便急命我们去救你，你别不识好歹！”

唐珝满腔怒火，道：“救我做什么？我是敌兵，杀便杀了！”

林渊泓道：“这帐中不分敌我，只有故人。”

唐珝道：“我不认识你！”

林渊泓道：“我却认识你的父亲和兄长，算不算故人？”

唐珝气呼呼地擦拭嘴上的血。

林渊泓一面倒茶，一面缓缓解释：“我年轻时在东洛王城做官，觉察出国家的政体政纲有许多纰漏，便想学习大焉的为政之道，于是辞官去焉，求学应试。当年的主考官是你的父亲，殿试时，焉平帝欲评我为榜眼，唐公却说林渊泓当为状元，君臣争论半日，我才侥幸落得头名。及第后，我去佩鱼巷登门拜谢，唐公又引了唐鸣玉与我相识，我和你兄长虽非兰交挚友，却也曾窗下论诗、轩中对弈，当然算故人——他最爱城西纪叟家酒，是不是？我并没有套你近乎。”

唐珝道：“那我怎么不认识你？”

林渊泓微笑道：“我去你家时，次次不见你，我曾问唐公，如何不见三郎？唐公说，三郎是只三脚猫，除了家，哪里都爱去。”

唐珝脸上的血怎么也擦不尽，林渊泓递帕子给他，又道：“萦水渡口，你我终得一见，也算故人了。”

唐珝咕哝道：“我日日夜夜都悔恨，那时没杀了你！”

林渊泓忽而一笑，缓缓道：“我多半要遂你的心愿，活不长久了。”

唐珝这才抬眼看他，见他身形枯槁，面色憔悴，再不似渡口相见时的儒雅从容，不由一怔，问：“你……你生病了？”

林渊泓道：“风寒犯肺，积劳攻心，已成不治之身。”

唐珝瞟了一眼他单薄的衣衫，问：“你怎么不穿厚一点？”又见亲兵也还穿秋衣，遂道，“你们也没冬衣吗？”

医兵又端了药进来，林渊泓接了，坐在唐珝身边为他涂药，道：“今夜不说军中事。”

唐珝问：“你怎么不留在大焉，反而回了东洛？”

林渊泓道：“我在龙朔宫做了一年右拾遗，焉洛两国虽屡起争端，焉天子和同僚却赤诚待我，我自此敬佩大焉的宽宏气度。只是家中高堂不忍别离，频来家书催我回乡，只好又辞官归洛。这一别，没能再回开元城，也没能再见唐公一面。我还记得唐府门前那对憨态可掬的石狮，不知几时能回去看看。”

唐珝道：“早被雷劈了。”

林渊泓又问：“开元城变了模样不曾？天问楼是否还立在桃影河岸？”

唐珝道：“也被火烧了。”

林渊泓轻轻叹气，把药汤从火炉上端下来，放到唐珝身边，道：“片刻凉了喝。今夜就睡我这里。”

唐珝也不客气，药来了便喝，饭来了便吃，末了在林渊泓的床上躺下便睡。那床只容一人安身，他既占了，林渊泓只能坐在床尾一角，批复公文——他是东洛宰相，虽出征在外，却还要处理朝中的事。唐珝面帐假寐，听见灯油吱吱地燃，卷册嗒嗒地翻，心道：“若是唐二在这里，他也会让给我睡。”胡思乱想了一会儿，有人急急掀帐进来，道：“林相公！有急事！”

唐珝竖起了耳朵，听林渊泓道：“不要慌，慢慢说来。”

那人道：“东边传来军情：海夷进犯思州！”

林渊泓道：“海夷年年滋扰，思州节度使自会应对。”

那人却道："这回和往回不同！"

林渊泓问："如何不同？"

那人道："海夷倾巢而出，共三万兵力，二百楼船，已登临东岸！"

林渊泓长身而起，道："海夷哪来的二百楼船！"

那人道："据思州军报，海夷的楼船和焉军一模一样，射的箭、用的刀也是焉制！"

林渊泓震惊不已，道："中焉几时和海夷通了往来？"

唐玥强忍心中激动，暗暗大叫："好个唐二！"

那人道："思州被打了个措手不及，连输两阵，已向黄武城求援。"

林渊泓道："王城尚有甲士十二万，必能急援思州。"

那人道："只怕……"

话未出口，但听帐外马蹄如雹落，一人高叫："圣旨到！林渊泓速速接旨！"

帐中人都出门接旨，唐玥从床上爬起来，溜去门边贴着耳朵听，只听使者念道："悍夷侵州，危及王城，命林渊泓分兵一万五千，急援思州，克期十日，不得迟误。"又催，"林相公，快接旨。"等了半晌不见动静，使者问："林相公为何不接旨？"

林渊泓开口道："青苎原的兵，一个也分不出。"

使者大惊，道："为何？"

林渊泓道："焉洛在竹枝城相持半年，眼下正要决出成败，此时贸然减兵，必然陡增变数。"

使者问："竹枝城中有多少焉贼？"

林渊泓道："五千。"

使者问："林相公帐下有多少兵马？"

林渊泓道："三万。"

使者道："分走一半，也还有一万五千。一万五精兵强将，敌不过五千残兵败将？"

一个亲兵忍不住叫道："圣上知不知我们要守四座城门！一面只有七千守军，你们调走一半，一面剩三千人，焉贼还有五六千，他们若集合一部突围出城，从哪面出来我们都要以少敌多，你明不明白？"

林渊泓道："三年兵灾，八万子弟殒身沙场，十万军民浴血奋战，才换得焉贼囚桎竹枝城，覆灭旦夕间。此时锐减围城之兵，恰如为饿虎开笼，纵涸龙入海，一旦五千焉军起势，东洛再借不到山洪为兵！"

使者道："林相公，我有几句相劝：圣上三番五次催你出战，你只回'旦夕可下'，可这多少个旦夕过去了，还是等不到你的捷报，圣上也忍了下来。如今思州有变，你再抗旨不从，圣上若动雷霆之怒，新旧两账并算，世间便无人救得了林相公了。"

林渊泓道：“沧澜湖上情势缓和，林渊泓请圣上分沧澜湖之兵去思州。”

使者道：“还用相公说？圣上起初是打算分兵沧澜湖，可祝子钦拒不从旨，圣上也无可奈何。他是圣上的亲外甥，深受圣宠，他任性得，相公任性不得。”

林渊泓沉默良久，道：“等攻下竹枝城，林渊泓立刻东去增援。”

使者问：“几时攻城？”

林渊泓道：“三日之内。”

使者道：“好，我如实回禀圣上，听不听得进，那是圣上的事！”

林渊泓便道：“使者慢去。”

唐琊在帐中听闻几十只马蹄乱响，黄武城的使者去远了。林渊泓在冽风中呛咳了许多声，才缓缓进帐，唐琊跳上床，面向里，假装一直在睡。林渊泓进了帐还止不住咳，又怕吵醒唐琊，他用衣袖将口重重掩了，闷喘几声，坐回了书案边。

7

唐琊在中军帐内似乎是尊客，又似乎是软囚，这日洛军的攻城战，他便出不了帐。一个医兵给他换药膏，一个医兵给他倒药汤，唐琊烦躁道：“你们出去，我想睡觉。”医兵道：“你自睡，我们不吵你。”唐琊道：“有人在我睡不着！”医兵道：“骗我们走了你也逃不掉，帐外还守着四个兵！”

唐琊被揭穿心思，赌气坐下了，又道：“我是逃不掉，只出去瞧一眼成不成？难道我瞧一瞧，你们就输了？”

医兵道：“你易冲动，怕你看见战况，伤口又崩开。”

唐琊道：“等你们输了，我开心一笑，伤口还是会崩开。”

医兵瞪他一眼，道：“今日我们全军出动，只怕竹枝城一刻也撑不住！”

唐琊翻身上床，扯被子把全身都蒙住了，医兵又好言宽慰道：“他们输不输，都和你撇清了，你若想回开元城，我们相公会送你回去。”

唐琊道：“我是焉兵！我不回去！”

中午，炊兵端进来茶饭，医兵悄悄用眼神询问战情，炊兵微微摇头，医兵便懂了，面露忧色，唐琊在被子里瞄见了，喜出望外。这一仗足足打了三四个时辰，下午时，息战金钟在十面敲响，纷纷沓沓的人马归了营，两个医兵掀开帐门张望，唐琊趁机冲出中军帐，看见了远方的景象：城下堆了一丈多高的洛兵尸体，城墙被挖出许多深坑，几近洞穿，可城门依旧紧闭，城头的焉军大旗还在翻卷。卫兵赶上来，捉住唐琊往回走，他大声向城头稀稀零零的身影叫道：“弟兄们干得好！”再回过头，又看见了林渊泓。

林渊泓的身骨在未散的烽火中尤显消瘦，宽绰的长袍下仿佛只撑着一株枯草。他站在帐门口等唐玥走近，唐玥以为要受斥责，先倔倔挺直了腰杆，谁知林渊泓只轻抚他的后背，和他一同入了中军帐。

这夜的晚饭唐玥吃得极香，扒光一碗又一碗，林渊泓不动木箸，看唐玥吃，问："今天的药吃了不曾？"

唐玥道："吃了。"

林渊泓道："你早些睡，明日我派人送你过白鸢江。"

唐玥道："我还不想走。"

林渊泓道："留在这里没有益处，倘若有人和你为难……"

唐玥道："有你在，谁敢为难我？"

林渊泓反问："倘若我不在了呢？"

唐玥一怔，道："是不是今日输了，洛王又要怪你？"

林渊泓转看灯火。

唐玥追问："他会怎样对你，是革职，还是下狱？"

林渊泓拾起木箸，将灯芯挑了一挑，道："唐佩弦，有件事我始终不明白，你试为我解解惑。"

唐玥忙道："你说。"

林渊泓道："焉军的身子和意志，当真是铁铸钢浇的？我一次次以为他们即将土崩瓦解，却一次次算错谋空。他们是如何撑过无食、无衣、疾疫横行的时月？兵败时为何不内讧，困境中为何不哗变，绝境处为何坚守不降？他们为何愈战愈勇？我实不明白，你是焉军一员，你告诉我。"

唐玥口中含了半团米饭，怔了半天才吞下去，他将碗筷慢慢放下，道："因为润州本就是我们的。"

林渊泓凝眉看他。

唐玥道："若在你们的国土上，打到如此地步，我们一定坚持不下去了，可这里是我们的，所以我们守得住，你们打不下。"

林渊泓轻叹一声，再不言语。

8

六日后的黄昏，战事并未结束，洛王的圣旨却到了，随之而来的还有五百禁卫军。使者在中军帐外叫道："林渊泓听旨！"

林渊泓整肃衣冠，出帐接旨。使者道：“圣上叫问林渊泓，知不知罪？”

林渊泓道：“不知何罪。”

使者展开卷轴，道：“听好了！”

各军各部的将士在场，唐玥也在场，千万人悄无声息地听那使者数落林渊泓：“寒门庶族，本为凡庸之材；愚策短略，难堪辅国之任。十战九败，四郡拱手出让；枯原水战，实属贪天之功。暗通敌国，反叛之心包藏；养贼自重，僭位之志昭彰……”

使者还没念完，林渊泓胸中一团瘀气化作鲜血喷吐而出，一头栽倒在地，将士们齐声叫道：“林相公！”都冲上来搀扶，把使者挤到一边，那使者高举圣旨叫道：“奉圣上之命，革除林渊泓大都督之职，收回节钺军印，即刻押回王城受审！”

禁卫军拥上来抓人，一个将军抽刀喝道：“谁敢拿人！”

禁卫军头领道：“圣上要拿人！”

士兵们纷纷拔刀，上前拦成人墙，道：“谁也拿不去林相公！”

使者道：“你们难道要反叛！”

那将军道：“反叛便反叛！”

三军将士异口同声道：“我们都反了！”

禁卫军敌不过愤怒滔天的大军，悄然收了武器，回到使者身边，道：“我们回去，如实禀报圣上。”

使者将林渊泓孰视半晌，道：“林相公，今日之前，你的罪罚还有回旋余地；今日之后，神仙佛祖也保不了你了。”

林渊泓推却众人搀扶，独自回了帐，使者和禁卫军去了，众将士站在帐前不走，一声声道：“林相公，你说句话！打竹枝还是打王城，我们都听令！”

9

林渊泓拒不分兵、公治贤下旨夺印的消息很快传遍四面八方，泽阳城也听说了。当初青苎原大胜之后，林渊泓算到大焉必派兵来救，于是分了三万兵马给仇忠，命他进驻泽阳城，拦在焉援军的必经之路上。仇忠在泽阳先败文宗海，再败陈琳，如今又挡住了宇文宸的攻势，让竹枝城的焉军半年盼不来一兵一卒，功不可谓不高。这日，仇忠知道了林渊泓的遭遇，空坐了一夜，翌日，他找到副将康大君，道：“如今泽阳还有两万四千兵，我带走一万，你用一万四千兵守城。”

康大君吓了一跳，问：“督军要去哪里？”

仇忠道：“我去救思州。”

康大君道："圣上不曾调我们的兵。"

仇忠道："我自上书圣上请战，圣上必允。思州一旦平定，圣上的气自然消解，到时我死谏力争，林相公才可能保住性命。"

康大君迟疑道："那泽阳城只剩一万四千人，挡不挡得住宇文宸？"

仇忠道："他也只有一万五千人，何况我们是守，他们是攻，占了先势。昔日文宗海、陈琳都打过了，这小将不足畏惧。记住一条：任他们挑阵邀战，你只坚守不出。竹枝城熬不过一月半月了，那边一破，这边自然会退兵。战事结局就在眼前，你死活顶住最后一口气！"

康大君应道："我在城在，我亡城亡！"

仇忠道："凭这四丈高、两丈厚的城墙，我们输不了！"

当即，仇忠一边给公治贤上疏，自请救援思州，一边开始点兵点将。过了两日，上疏还在半路，他仗着公治贤素来宠信自己，便擅自决定出发。是值子夜，大军分成三拨悄悄从东城出走，那时焉军全驻于北城，仇忠自以为金蝉脱壳，却不知潜伏在树林中的焉军斥候把洛军动向看了个明白。

焉军斥候数清了洛军出城的人数，急忙来北城报告宇文宸。中军帐内，众将听说泽阳城的守军平白去了一半，个个喜出望外，宇文宸却怒火中烧，他猛地抽出横刀劈向书案，生生劈下案角来，骂道："死太监欺人太甚！"

10

宇文宸和卫鸯一样是鲜卑人，境遇却比卫鸯好得多。宇文家迁入中原极早，在大焉生活了五六代，早与华夏族民融为一体。他的曾祖位列三公，祖父官拜右将军，父亲是卫尉寺卿，他生在开元城，长在开元城，说的是中原官话，读的经史子集，从不曾像卫鸯那样长久背负"异族"的枷锁，卫鸯被骂"胡儿"是暗自含恨，宇文宸被骂"胡儿"必迎头反击。他十七岁时在赌坊赌钱，对家是刺史公子，笑他"胡儿不识丁，如何看懂牌？"他把筹码一摔，跃过桌子揪住便打："什么胡儿？我吃的和你们不一样？喝的和你们不一样？我家为国家立的功不比你家多？你装哪门子的正统？"一边说，一边把满桌的金砖往刺史公子的脸上砸，口中还道："胡儿怎么了？胡儿家塞牙缝的金子也够撑死你全家！"从此再无人敢在他面前说一个"胡"字。

宇文宸和唐琊、徐行最要好，也最爱惹是生非，三个闯的最大祸，便是打了恭王的小儿子卫佣。恭王是景帝的胞弟、卫鸯的叔叔，卫佣便是卫鸯的堂弟。他虽为男子，却比女子还爱梳妆打扮，每逢出门，必化一两个时辰的妆，把双眉描得又细又长，脸颊涂得又白又厚，还随身带一面四鸾衔绶金银平脱小镜，每隔一刻便拿出来照一照，时不时点匀唇露、添补胭脂。当日酒筵上，他先拿出小镜举到右边品鉴右脸，再举到左边欣赏左脸，逆光不够美，又找顺光的角度，恰好宇文宸喝醉了，晃过来挡住了烛光，卫俏便拈一片木瓜扔他，道："走开，别挡了我的光。"宇文宸看了他一眼，让开了，卫俏瞧了瞧他的脸，忽然惊叫道："你如何出来见人呢？"宇文宸反问："我不能见人？"卫俏道："胡须也不修，痘印也不去，怎么出得了门？"宇文宸火了，一脚踹在卫俏案上，道："我又不是娘们儿！"卫俏家奴见状赶来，揪住宇文宸道："王孙你也敢打！"宇文宸叫道："王孙我也照打！"家奴打宇文宸，宇文宸便打卫俏，唐翊和徐行见宇文宸动了手，也不问个由头因果，立马卷起袖子冲上来助拳，等余人把三个拖开时，卫俏已是鼻青眼肿，奄奄一息。

次日一早，恭王把卫尉寺卿宇文建敏、宰相唐之弥、秘书监徐久长叫到王府痛骂，当着三位高官又摔杯子又踢凳子，唾沫直往三人脸上溅，足足骂了一个时辰才放人出府。徐久长回到家，立叫家奴把徐行绑在长凳上，亲自提了棍子打；唐之弥回到家，把唐翊叫进书房，语重心长地说了半日"君子严于律己、宽以待人"的道理；宇文建敏回到家，只对宇文宸说了一段话："你再在皇城待下去，我宇文家迟早要被灭门。如今你堂兄在湘州镇反，你既爱动武，不如随你堂兄去打仗，把你那打好人的气力用去打反贼！"宇文宸便去了湘州从军。

湘州之南多蒲人，尊长老而不尊天子，从族规而不从国法，百年七叛，国隅难安。叛军对抗朝廷的资本是象军，战象上修楼，藏五人，一人驭象，四人射弩，每回开战以象阵打头。湘州军先以弓弩对付，那象皮厚三寸，箭矢不透；再以骑兵对冲，战马见巨象，畏缩不敢前行；最后以火攻，象兵用黑布遮象眼，象不知前方火险，依旧横冲直撞，所至靡散。湘州军无法，逐步让出了三郡。宇文宸到了南方，和象兵打了两回，想出了计策。他在鸡足峰下事先挖了数十个深坑，上覆木板杂草，佯败将象兵引到峰下，战象落入深坑，坑底全是铁蒺藜、木荆棘，扎得大象竖鼻惨叫，象最具灵性，坑外的众象听得懂叫声里的惊恐，纷纷转身落荒而逃，阵形大乱，宇文宸亲率长矛兵堵截后路，近身和巨象搏斗，将八百战象扎成了八百只巨猬，从此一战成名。

叛军蒲人生性狡诈，朝降而夕叛，反反复复，是湘州始终清除不尽的疮毒，宇文宸做主将后，便定下了不受降的军规，抓住蒲兵一律斩杀，以人头论功行赏，半年后，八万蒲民只剩老幼妇女，一家难见一个成年男子，南方遂定。宇文宸晋升从六品振威校尉，镇守三郡。值此焉军受挫润州之际，兵部尚书魏无伤从大焉千百位将领中挑出了宇文宸，押上了最后的赌注。

11

天还没亮，泽阳城下的焉军将领都在梦中被叫醒，催去了中军帐。坐在主将之位的宇文宸阴着脸，众将均不敢言。宇文宸开口问：“泽阳城的洛贼被调走一半，你们怎么看？”

一个中郎将道：“兵力减半，我们攻城容易多了，是好事。”

宇文宸跳起来道：“什么好事？你们不嫌丢人？”

众将一头雾水，实在不知哪里丢了人，宇文宸道：“如今孙牧野和林渊泓在竹枝城对峙，肖汉卿和祝子钦在沧澜湖对峙，我们和死太监在泽阳城对峙，那思州有变，东洛为何不调竹枝城之兵，不调沧澜湖之兵，单调泽阳城之兵？”他自己怒声答，“洛贼忌惮孙牧野，忌惮肖汉卿，那两头一个兵也不敢撤，单单不把我们放在眼里！”

众将一听，皆感受辱，道：“欺人太甚！”

宇文宸道：“说是来救援别人，自家却被堵在泽阳城一步也走不动，洛贼在看咱们的笑话！死太监打不过，死太监走了还打不过，一万五千张脸往哪里搁？”

众将皆道：“拿不下泽阳城，都去跳白鸢江算了！”

宇文宸拔刀往桌上一插，道：“即刻打破泽阳！再晚一些，孙牧野骨头都让人啃干净了！天明以后，三军同时攻城，若打不下来，帐中有一个算一个，都提头来见我！”

众将起身应道：“领命！”

12

仇忠带兵走了一夜一日，走出二百多里，忽然后面齐声叫：“仇督军，泽阳城有人来！”仇忠勒马回去，迎着来使问：“怎么了？”

来使道：“仇督军，你们一走，焉贼便开始大举攻城，康将军扛不住，求督军回师相救。”

仇忠道：“扛不住？焉小贼有这样厉害？”

来使道：“焉贼全是搏命的气势！我来时北城快破了！”

仇忠遂挥鞭道：“掉头，回泽阳！”

走了一夜半日，仇忠回了泽阳城南面，瞧见城头还飘着洛军军旗，墙上还守着洛军将士，暗舒了一口气，到了城门下，南城守将冒出头来，见是仇忠，问：“仇督军怎么回来了？”

仇忠认出那守将，问：“听说焉贼在攻城？”

守将道：“打完了，焉贼又大败而退！”

仇忠道：“好！康将军在哪里？”

守将道：“将军受了伤，正在卧床静养。督军进城来说。”说完叫守门兵打开城门。

仇忠的亲兵劝道：“既然无事，咱们也不用进城，赶路要紧。”

仇忠道：“他受伤了，若不去看望看望，显得我不懂人情。我只去慰问几句，不会耽误赶路。”

于是大军驻扎城外，仇忠只带几个亲兵进了南门，刚入瓮城，城门在身后铛的一声落下，把仇忠几个困在瓮中，亲兵大叫：“怎么回事？”

百张满弓四面探出，一齐瞄准了仇忠。城头洛兵放声大笑，解下洛军衣，露出里面的焉军衣来，叫道：“仇忠，降不降？”

仇忠心知不妙，暗自恨道：“中了焉贼的奸计！”

焉兵道：“你若下马投降，也饶你一条性命！”

仇忠道：“谁是主将，下来和我单对单战个痛快！”

城头焉兵闻言都看向一个人，仇忠也随之看过去，见到个一脸晦气的年轻焉军将领，他道：“小子，使阴招赚我，显不出真本事，你且下来和我一战！”

那焉军将领咬牙冷笑半天，大叫：“放箭！”

百张弓弦霎时发射，仇忠在瓮中避无可避，身中三十余箭，不屈而亡。

13

公治贤听说了竹枝城外的变故，却破天荒地没有追究——自古国君最怕军队哗变，若几万大军反叛，崇宁宫也难应付。既然林渊泓受将士爱戴，公治贤便暂时动他不得，只道：“等林相公得胜回朝，再理清对错。寒冬腊月，多给青苎原送肉、油、棉衣去，休委屈了将士们。”

崇宁宫的厚礼送到青苎原时，林渊泓已一病不起，这日是腊月初五黎明之前，半昏半睡的他被帐外的马喧吵醒，问：“什么声音？”

亲兵支支吾吾不说。

林渊泓要下床，亲兵忙拦下，道：“相公，大军又要攻城了。”

林渊泓道：“我并未下攻城之令！”

亲兵道：“将士们知道在相公这里讨不到兵符，只好擅自发兵，说只要打下竹枝城，任凭相公军法处置。”

另一个亲兵小声道：“大家是想打了胜仗，才有底气向圣上求情，求圣上饶恕相公。”

林渊泓道："林渊泓自受节钺那日起，生死便定了数，和胜败有什么关系？"

亲兵扶他躺下，道："相公再睡一睡，等天明见分晓。好也罢，坏也罢，都解脱了。"

林渊泓无奈躺倒，却见唐玥眼睛也大大睁着，十分凝心聚神，因问："唐佩弦，你在想什么？"

唐玥道："不知道想什么。只知道一切快结束了。"

林渊泓问："我问你一句话，你诚实和我说。"

唐玥问："什么？"

林渊泓道："若我们不攻，城中焉军还能撑多久？"

唐玥细听，马嘶声、人登云梯声、撞车前行声都往城下去了，知道战端已开，遂道："半个月。"

林渊泓道："当真？"

唐玥道："树根都吃完了，没有火，没有衣裳，寒冬腊月，能活多久？你们再困半个月，竹枝城一个也活不下来。"

林渊泓道："可谁也等不了这半个月了。"他苦熬两年，未免心有不甘，潸然道，"为山止篑，惜哉！痛哉！"

北风号卷，此时的东洛大军以背水一战的决心，漫天掩地向竹枝城冲去。疲惫不堪的焉兵们还在城下挤成一堆倦睡，城头哨兵已看见匝匝麻麻的洛军军阵，疾呼道："洛贼来犯！"死城惊醒了。

当全城焉兵奔上城头，洛军军阵已向前推了十余丈，千矢万箭淋过来，秦义和士兵们顶着矢雨躬身穿行，捡拾洛兵射空的长箭，搭上自家松弛的弦，飘斜的箭射不透铁皮云梯，秦义大叫："抬土石来！"士兵们应道："没了！"

整座城的房屋街巷已被拆得不成样子，士兵们把仅剩的几车圆木、土坯往最危急的东城西城抬去，北城南城的守军只能捡破砖碎瓦，向云梯扔，向撞车砸。一刻之后，洛军云梯搭上了城垛，秦义抛了弓弩，捡起生锈的长刀，叫道："最后一战了！痛快！"士兵们或捡起刀枪，或拾起棍棒，向云梯道："来，战个痛快！"

云梯门打开了，先出来的是一片劲弩，再放下一座四尺宽的桥，一个焉兵迎着弩风跳上桥，以铁斧力砍桥面，不让洛兵踏桥登城，几个洛兵拿长戟挑他，他把铁斧狠狠往木桥一劈，又接住一把长戟一扯，拖着那洛兵一起坠下城墙。又两个焉兵紧随而上，一个拦人，一个拔斧再砍，只三五回合，两人都中弩数支，双双掉落，十多个洛兵一起冲上桥，眼看离城垛只三尺远，那桥却轰然断裂，把十多个洛兵往城下抛去，也叫云梯中的洛兵失去了登城之路。

四丈远外，另一座云梯的四百洛兵上了城，两边终于短兵相接。秦义虽被饥寒蚕食得身子只重百来斤，一招一式却仍旧不乱，白光流转的刀口杀出一道劲风，专向洛兵的脖颈去，转眼七八颗人头落地。焉兵们随他在城墙上边走边战，在一座座云梯前封堵，登了城的洛兵虽多，却被搅得不成阵列，互相叫："先来杀这执刀人！"渐渐都往这边聚，把秦义围在中央。

战了两刻工夫，秦义被开合甚大的刀法耗弱了气力，刀风渐渐放缓，云梯送来的洛兵越来越多，焉兵却越来越少，渐成以寡敌众之势，秦义斩杀了洛军一个百夫长后，叫道："撤！往弟兄多的地方撤！大家聚到一起！"成百焉兵合拢过来，都往西面城墙退去，杀了百来步，只见西面一队焉军赶来接应，正是殷字营，殷虚看秦义大刀所至挡者披靡，赞道："好个秦义，有将军之勇！做千夫长屈才！"秦义笑道："你给我个将军做？"殷虚道："我让给你！"

殷虚的戟尖不知何时折断了，空余一支铁棍在手中，洛兵觉得断戟比大刀好欺，便向殷字营扑将过来。众殷兵或五人成阵，或七人成势，长枪短剑相辅相成，没叫洛兵讨到一丝好处。殷虚的招式不和秦义一路，他讲究轻灵细巧，不与一兵一卒缠斗，只把这人喉尖戳一戳，那人下腹刺一刺，伤了七分要害便收手，等亲兵上去终结性命，比秦义省了许多气力。两队合到了一处，秦义抹了抹血脸，道："怎么办，越杀越多！"殷虚道："只有一条路了。"秦义问："什么路？"殷虚道："死路！"转身又掠入敌阵，秦义叫道："死路一起走！"也随之融入刀光枪影之中。

此时登城的洛兵已有七八千，焉兵只余三千多人苦苦支撑，城头战成一团乱麻，却有一小队洛兵悄然下城而去，殷虚眼尖看见了，叫道："拦住，休叫他们开城门！"要冲过去，却被七八杆长矛堵了去路，秦义道："交给我！"举起大刀追上一个，用刀尖把人扎了个透，那队洛兵转身来战，当先一将持双锏向秦义双肩直落，又有一兵挥横刀来劈他的腰，秦义举大刀把双锏顶开，再转刀格住横刀，那双锏将道："你们拦住他！"左右两兵便来缠斗秦义，秦义不敢恋战，抢上一步去劈双锏将，却不料一箭从身后来，直透后背，秦义抖了一抖，紧握大刀喝道："有我在，你们过不去！"再向双锏将攻去，身后不远，又一个东洛箭兵举起了弓，殷虚连声叫："谁去救！谁去救！"却再无一个焉兵抽得开身，秦义只顾拖住身前的人，再也顾不得身后的箭，他举起大刀力劈双锏，却又被一箭射中了后颈，双锏将的头破开了，秦义却也倒栽地上，余下的兵从他身上踏过去，下了城楼。

殷虚杀尽了身边的敌人，下了城去，只见守门焉兵倒了一地，城门正吱吱呀呀地响，开门的洛兵在向外叫："进来！"殷虚恨得把长戟重重一砸，道："退！退去城中！"

此时东城门也快破了，撞车的铁尖牙把木门撞了一个半丈见方的缺口，看得见门外层层洛兵。孙牧野持一条木棍守在门后，向乔恩宝道："后不后悔跟我？"乔恩宝道：

“不后悔！”孙牧野道：“好！去了黄泉，你还跟我！”

木屑乱飞，城门塌了，掀起一道尘浪，四五十个洛兵涌了进来，孙牧野和乔恩宝并肩冲了上去，拿血肉之躯挡在铜车铁甲之前，以木棍和剑戟厮杀。门外洛军一时进不来，问：“前面怎么回事？”前面答：“焉贼守在门洞里。”后面问：“[illegible]少[illegible]？”前面道：“两个！”洛军怒了，数匹披甲战马直冲入洞，要将二人踏平，孙牧野先躲过一架，再以棍扫马腿，两条马腿应声而断，木棍也折成两半，孙牧野弯身捡起破棍，直挑左右两骑，一手刺马腹，一手挡马槊，顷刻挫败两骑，后面洛军都道：“此人必是孙牧野！”便有弓箭手挽弓瞄准，孙牧野索性冲入洛兵群中，教弓箭手不敢松弦，他被围数重，犹向外道：“乔恩宝！”乔恩宝正和三四个洛兵搏命，虽遍身流血，还大声应道：“在！”孙牧野放了心，木棍再断之后，他夺过一支长枪，从容在洛军阵中分出一条道，向乔恩宝去，两人合在一处，把洛军死死堵在门洞之内。又战了半刻，城头下来四五十个焉兵，道：“孙将军，殷将军叫去城中！”乔恩宝叫道：“洛贼粘在身上了，这他娘的怎么撤？”焉兵们忙上前支援。洛兵攻不进去，都叫道：“推撞车！撞死焉贼！”十来个洛兵把撞车推了过来，一半焉兵把洛兵赶退三四尺，一半焉兵跳上撞车，把车上的横梁竖木都砍断了，往车两边扔，孙牧野也把车上洛兵尽数清灭，于是车拦在门洞正中，两边横七竖八堆了木材，暂把洛军挡在门外，孙牧野自领众兵向城中而去。

以水井为中心，十字路的四个路口都布了焉军最后的力量，每一堵断墙之后都伸着无数支枪矛，等着洛军的马蹄踏来。孙牧野进了防线，殷虚道：“两千四百人，都在这里了。”孙牧野道：“不能等死，要反攻。”殷虚道：“攻哪边？”说话间，洛贼从四面而来，孙牧野道：“三方掩护，东边将士随我破阵！”率领东路战士冲了出去，忽然西边天际下号角之声突起，殷虚问：“什么声音？”两千将士精神大振，应道：“是我们的号角！”殷虚半信半疑道：“援军来了？”孙牧野挥枪入了敌阵，道：“杀出去就知道了！”

雨雪兼程的一万五千湘州军终于在此时赶到了尺函谷口，宇文宸俯瞰大战正酣的竹枝城，不由喜形于色，向身后将士道：“弟兄们！瞧瞧下面的竹枝城！被洛贼打得落花流水的是什么人？是大焉的涅火军！王师又怎样？最后还要靠咱们湘州军来救！休小瞧自己是边军，是兵卒！没有小兵小卒，那下面从二品的后将军就没命了！弟兄们！扭转战局就看咱们的了！快快随我杀进城去，找孙牧野要赏钱！”原本如临大敌的湘州军忽然哗声大作，怒声笑声、哄声喊声震天响，一个个叫道：“解救孙牧野，讨个喝酒钱！”“冲！冲！冲！”狂风卷起焉军大旗，一万五千铁骑顷刻轧下了青苎原。

中军帐内，唐珝也听见了焉军号角，他打了一个激灵，想冲出去看个明白，可那病榻上命悬一丝的林渊泓，竟让他迈不开步。林渊泓闭着眼问："唐佩弦，西边是什么声音？"

唐珝道："是我们的号角。"

林渊泓的眉头先一皱，须臾又舒展开，连唇角也含了笑，道："他们来接你们回去了。"

唐珝道："是！"

林渊泓道："好，好，好。我时常也想回开元城的，那里仿佛也是我的故乡一般。"

唐珝道："那……那我带你一起走。"

林渊泓又笑了，复闭双眼，摇首道："我哪里还回得去。"

帐外兵锋相击声近了，急了，烈了。林渊泓道："我当初若留在开元城，如今会是什么光景？或许是个写文书的七品官员吧。此刻自然不会在这兵争之地，我应该已在崇仁街买了一间房子，如此冬夜，最宜折梅饰瓶，围炉烹茶，说不定我还会打两角纪叟酒，邀唐鸣玉来舍下说说闲话。"

唐珝忍不住难过起来，道："你若不在这里，我早死了。是你救了我。"

林渊泓笑将手轻轻招，道："去，去寻你的同伴们，回开元城去。"

唐珝道："我再陪陪你。"

林渊泓喟然道："我也去了，孤身去了，好似有憾有恨，又好似无挂无牵。"

帐中灯忽地灭了，帐布上映出旭日的光，唐珝轻声叫道："林相公。"

林渊泓双目已瞑，永不再应答。唐珝向林渊泓行了拜别礼，转身出了帐。帐外已是混乱的战场，奔来驶去的人马，有洛军，也有焉军。唐珝拔出剑，向洛军高叫道："林渊泓已死！你们还不束手投降！"洛兵大怒，道："休得胡言！"十几个兵全向他攻来。

唐珝陷入了敌阵，十几张杀意沸腾的脸近在咫尺，还闻得见他们呼吸中浓稠的血腥气，唐珝死死握住剑，暗自道："不怕！"迎着当头一枪疾刺回去，划破了那兵的肚子，另一枪刺来，正中他的左胸膛，唐珝大呼一声，反手一砍，砍断枪头留在身上，再挥剑反击。身后又有数枪来刺，唐珝听到了风声，却转不过身防卫，暗叫不好，突然三骑焉兵驰来，马刀闪过，为他卸去了身后的攻击，三骑跃阵，洛军阵被搅得七零八落，逐渐退了，唐珝叫道："多谢！"那三骑拱手致意，唐珝问："你们是哪部兵？"那三骑道："湘州军！"唐珝竖大拇指赞道："好样的！"话音落地，那三骑转而攻向别处，唐珝也投入战场，遇见洛兵便斗，边斗边呼："林渊泓已死，洛军败局已定！你们降了吧！"几个洛兵跑回中军帐一看，出帐悲呼道："相公没了！"洛军顿时哀声大起，却厮杀更烈。又来七八个人围攻唐珝，他一边苦战，一边为自己鼓劲："我曾是大焉天子近卫！

我曾猎过野熊猛兽！我有何惧！”他习了二十年的武艺，终于得以大展身手，只身在刀锋丛中持长剑拼争，截则防御群刀，刺则穿透重甲，用四五处伤口，换了四五条性命。再战片刻，唐翊的剑锋钝了，再不能入骨削皮，他抛下残剑，赤手空拳向当先一个洛兵打去，那洛兵高举双锤，直落唐翊的头顶，唐翊闭了眼，用手去打洛兵的脸，用头去承受那双锤，可手打中了洛兵的鼻梁，双锤却没有落下来，唐翊睁眼一看，一支枪尖从那兵的后背穿出前胸，洛兵倒下了，唐翊看见了他身后的孙牧野，四目相对，唐翊心中莫名酸了起来，不知该说什么，只好大声说了那句他一直担心孙牧野没有听清的话：“信我送到了！”说完，他一阵头眼眩晕，颓然倒地，战场忽然万籁俱寂，这漫长战役的一切争斗、一切苦难都随着他眼帘的垂下而归于平静。

第三十九章

还家

1

唐翊也不知自己是醒着还是睡着，却知道自己躺在中军帐里，身上盖着棉被，半边脸耀着烛光，他听见医兵在说："睡醒了便好了。"有人低低应了一声。唐翊想看清那人的脸，只看见模糊一团影子，他直觉那人也在瞧自己，便冲那人点头，似乎没得到回应，他熬不住困意，终于陷入沉睡。这一觉又静又稳，醒来时烛光已灭，阳光把中军帐照得亮堂堂，唐翊睁开眼，看清了坐在身边的人，他招呼道："孙将军。"

孙牧野"嗯"了一声。

唐翊问："你几时来的？"

孙牧野道："刚来。"

唐翊心道："说谎。"面上却不拆穿，又问，"你有没有事？"

孙牧野道："没事。"

唐翊问："别的将士呢？"

孙牧野半晌方道："许多人都没事了。"

唐翊道："洛贼……"

孙牧野道："洛贼败了，退出润州了。"

唐翊道："那……那是不是说润州光复了？"

孙牧野道："是，润州回来了。"

唐翊蓦地把被子扯上来，蒙住自己的脸，躲在里面咽泣，孙牧野道："你的马也找到了，它在战场上到处寻你。"

唐玥哭得更厉害了，孙牧野便等着。过了一会儿，唐玥抹干眼泪，拉下被子问：“沧澜湖怎么样了？”

孙牧野道：“肖将军也来了润州，是他把残余赶出境的。”

唐玥急道：“他来了，祝子钦一定会追来！还有一场仗要打！”

孙牧野道：“他们讲和了。”

唐玥一愣，道：“讲和？”

孙牧野道：“嗯，祝子钦也回去了。”

唐玥长舒了一口气，又问：“那什么时候班师？”

孙牧野道：“等伤员休息几天，缓过气了咱们就回去。”

唐玥听见“咱们”二字，鼻子又开始发酸。孙牧野道：“你有一个朋友来过几次，你都没醒。”

唐玥道：“朋友？我哪个朋友？”

孙牧野道：“我去叫他来。”起身出去了。片刻，唐玥听见帐外一人边跑边问：“唐三醒了？”

唐玥未见人影，先笑叫道：“宇文四！怎么是你！”

宇文宸掀帘子进来，道：“怎么不能是我？”

唐玥道：“你不是在湘州吗？”

宇文宸道：“我若还在湘州，你的小命、孙牧野的小命、涅火军的小命，都没了。”

唐玥道：“我知道是湘州军来救，可不知道是你。”

宇文宸道：“我不出名，没人知道是我。”

唐玥笑道：“如今你出名了。”

宇文宸得意道：“可不是？此刻天下都知道了宇文四，舒先生肯定也知道了。”

说起两人的老师来，唐玥又被逗笑，道：“当年舒先生最恨的就是我和你，从前他说咱俩是学堂里的害群之马。”

宇文宸道：“他如今不恨我了，前年我去他家拜年，他还煮茶给我喝，说我去了湘州之后懂事多了。”

唐玥道：“说起学堂，我又想起一个人来……”话未说完，先忍不住笑了。

宇文宸道：“我知道，你要说郑小娘子。”

唐玥问：“后来你还见过她没有？”

宇文宸意味深长地吃松子，悠悠道：“怎么没有？”

原来当年宇文宸和唐玥在舒本和家中读书时，还有一个同学，是太子中舍人郑方友的爱女。宇文宸和唐玥不爱读书，总找借口请假逃课，今日说受了凉，明日说跌了跤，舒先生看得透彻，任假条写什么，一律驳回不许，弄得二人苦恼不已。后来唐翊发现郑小娘子也爱请假，那郑家婢子每回把假条送给先生，先生都只略看一看，也不多问，便点头准假。唐翊转身和宇文宸说了，宇文宸好奇心顿起，有一次趁先生午睡，把压在书卷下的假条翻出来瞧，见郑小娘子说的是肚子痛，便记在心里。隔两天，他依样写了一张说肚子痛的假条上去，舒先生喝道：“肚子痛也忍着！”宇文宸不服了，站起来指郑小娘子道：“为什么她肚子痛可以请假，我却不行？”此言一出，同学们都掩口而笑，郑小娘子却“哇”一声哭出来，逃出了学堂。舒先生气得胡须倒卷，拿起戒尺冲过来，问：“知不知错？”十二岁的宇文宸实在不知道错在何处，便拗道：“先生处事不公平，我没有错！”先生喝道：“手伸出来！”宇文宸把手心摊开任舒先生打，先生打几板便问：“认不认错？”宇文宸道：“不认！”先生打得自己手酸，又叫宇文宸去烈日下跪着反思，宇文宸足足晒了一个下午，都不松口认错。当日晚上，舒先生叫夫人去了宇文家，和宇文娘子说了头尾，宇文娘子这才教了宇文宸许多事，而郑小娘子却从此再没去舒先生家上课。

唐翊叹气道：“我许多年没见到郑小娘子了，你真该去找到她，和她道一声歉意。”

宇文宸道：“我前年见着了。”

唐翊道：“是吗？在哪里？”

宇文宸道：“我回皇城过年，可巧下了雪，陪母亲游桃影河，郑小娘子也和她母亲游河，两家船遇上了，母亲拖着我上她们的船道歉。险些没认出来！当年那么纤瘦的女孩儿，如今滚圆滚圆的。”

唐翊问：“然后呢？小娘子原谅你没有？”

宇文宸道：“何止原谅？”

唐翊道：“还怎么？”

宇文宸笑道：“她如今是我的娘子了。”

唐翊一个惊跳起身，问：“当真？她嫁给你了？”

宇文宸道：“当真嫁了，还随我去湘州呢。”

唐翊道：“好家伙，你成亲现在才告诉我！”

宇文宸道：“你那时关在大理寺，怎么告诉你？你成亲告诉我了吗？”

唐翊道：“我成亲慌张得很，没来得及告诉。”

宇文宸道：“回了开元城，你补请我，我补请你。”

唐翊道：“好！”

宇文宸道：“今日已走了一拨了，你伤重，孙牧野说再休息四五日。”

唐翊问：“伤的人多不多？”

宇文宸道：“我的兵不多，竹枝城的兵只剩两千活着，多半都有伤。”

唐珝忽然想起一人来，问：“殷将军呢？”

宇文宸道：“他走了。”

唐珝的心猛地一跳，忙问：“走了？”

宇文宸道：“他一个人找祝子钦去了。”

唐珝这才松了一口气，又问：“他找祝子钦做什么？”

宇文宸道：“谁知道？”

2

祝子钦的水军撤离了沧澜湖，向王城而去。船队在寒江上行得极慢，仿佛在等待他下定某个决心。十日之后，眼看要驶入东洛境域的河流，祝子钦坐在船头，重把弓弦系上龙舌弓，忽听船尾的士兵叫：“祝将军！岸上有人叫你！”江面一条条舰船都惊动了，互相道：“有员焉将在那里！”

祝子钦走过来，看见草木萧索的河岸上立着单骑单戟，执戟人正向江心问：“哪一个是祝子钦？”

士兵们反问：“你有何事？”

执戟人道：“叫祝子钦来和我打一场。”

士兵们道：“已讲和了，为何还要打？”

执戟人道：“这不是国与国之事，是我与他之事。”

祝子钦问：“你是谁？”

执戟人道：“我是殷虚。”

祝子钦听说是云麾将军殷虚，便叫士兵放下小舟，士兵劝道：“仗已经打完了，何必争这闲气？”

祝子钦道：“他是今世名将，无论如何，先会个面。”遂乘小舟渡到岸边，问道，“殷将军从竹枝城来？”

殷虚道：“是。”

祝子钦道：“焉军在竹枝城毅勇卓绝，是军人楷模。”

殷虚道：“战事完了，你我没完。”

祝子钦道：“我不曾和你交过手。”

殷虚道：“今日之后，交过手了。”

祝子钦道：“我还有事，没空闲。”说完转身要走，谁知那戟尖劈风分流，直追而来，祝子钦听得啸声迅疾，连忙闪身躲了过去，船上观望的将士喝骂不止，祝子钦火道：“你这是杀招！”

殷虚道：“血债本该血偿！”

祝子钦便从腰间拔出三尺短剑。亲兵在旁劝道：“祝将军，休理他，我们自去。”

祝子钦道：“久闻殷虚将军果锐冠世，今日祝子钦愿以七分力与将军切磋技艺，以武结交。”

他先声明只出七分力，便是不愿与殷虚拼个死活，殷虚听得明白，自己若出十分力，反倒落在下乘，当下呈出攻势，道：“我只出六分力，若不慎伤了你，休怨我估错了轻重！”遂向祝子钦挑来，亲兵在边上叫：“祝将军，拿长枪去！”祝子钦以短剑抵御了长戟先招，道：“不用了！”再近身刺向殷虚面门，殷虚不回戟挡让，却变招再攻，祝子钦心中一惊，只好弃攻用守，心道：“他和我有多大仇？竟要同归于尽！”当即凝心聚神，与殷虚缠斗一处。江上将士只见岸边戟影烈、剑光寒，厮杀凶猛，个个提心吊胆，不敢出声，忽然殷虚的花髯戟迸发出开山之怒，直击祝子钦的眉心，仿佛是无人逃得了、化得开的必杀手，祝子钦却纵剑巧入长戟月枝，一绕一转，把戟尖之力流水般引走了，惹得众将士齐声喝彩。殷虚虽下手狠辣，祝子钦出招也不谦逊，斗了五十回合，两个都知道了对方是好手，慢慢把那“七分力”“六分力”的气话抛在脑后；二百回合后，两人的血气注满全身，都把毕生的武功亮了出来，这一战，直打得枯树伏地、江浪冲天，自日中到日后，始终不分胜负。

殷虚见大起大落之招占不到上风，遂把力道一缓，改了轻钩慢啄，徐徐与祝子钦周旋；祝子钦觉察到殷虚在变势，却不愿随殷虚的节奏去，反倒加急了剑锋的攻速，逼迫殷虚跟上自己的快慢，三五回猛进后，殷虚被迫应战，骂道：“小贼不上道！”祝子钦不应，殷虚问：“在扶风城，你和孙牧野打过？”祝子钦道：“打过。”殷虚道：“你能和我战两百回合，怎么会输给姓孙的？”祝子钦挽出剑花虚挑殷虚的眼，道：“你觉得他弱？”殷虚笑问：“你瞧我比他如何？”祝子钦道：“他没你话多！”

长戟虽比短剑势大，耗力却更急，转眼过了三百回合，殷虚不愿再缠斗不休，他发现祝子钦的剑少避让而多相迎，便心生一计，先将戟上月枝去割祝子钦的手腕，祝子钦果然以剑格之，殷虚却蓦然变招，把戟尖在祝子钦腕上一绕，尺余长的花髯顺势缠住了祝子钦的剑柄，祝子钦要保剑则手腕必伤，要护腕则剑必脱手，他稍一迟疑，殷虚将长戟一收，扯落了剑，再扫向祝子钦的双腿，祝子钦应声倒地，没来得及跃起，殷虚已欺身上前，戟尖抵住他的右脸，道：“着了！”

江上将士怒骂不止，都降舟来救，亲兵早拔剑赶来，祝子钦制止道：“输了便认，别伤他。”

殷虚赞道："是大丈夫！"

祝子钦道："要杀便杀，休废话！"

殷虚把戟锋在祝子钦的脸上比比画画，要刺不刺，一个劲念道："小贼，小贼……当初我若在白鸢江，岂容你放肆？"他稍一用力，在祝子钦的脸上刺了一个血点，终究把他放开了。

天色将晚，殷虚去江边喝了几口水，而后坐在石上憩息，看向江水的目光是说不出的虚无，祝子钦走过去，道："任你今日是为谁而来，你都该明白，死在祝子钦的手里，不算屈辱。"

殷虚道："不错。"

祝子钦问："两清了？"

殷虚点头。

祝子钦道："我要回王城，不能久留，告辞。"

殷虚道："好。"

祝子钦便乘舟往大船去了。殷虚坐在江石上，看着数百条战船从江面驶过，消失在大江尽处，才起身上马掉头而去。

殷虚没有家，也就不急归还，只骑马在润州漫无目的地游。这本是大焉最富饶秀丽的州，战乱结束后，各郡各县、各乡各村都极快地重现了生机。他一路看见损毁的城池正在重建，破败的家园正在新修，从中原调来的焉军一部部从他身边驰过，去边境戍守，去各地驻防，去保卫他和孙牧野打回来的江山。一个月后，他在水镇小桥边听见居民们议论，东洛变了天，祝子钦挥师攻入崇宁宫，用龙舌弓的弦勒断了洛王公治贤的喉咙，从此东洛的王旗改了姓。再过一个月，他在古村柳树下又听见农夫们交谈，祝子钦已与海夷侯议和，蜃气岛从此归入东洛版图，自封的海夷侯成了官封的怀义侯，岛民归顺，朝廷抚抚。

3

唐玥骑着甜瓜随大军踏上了归家的路途。先出润州，再渡白鸢江，然后经皖、章二州，过未离原，当巍峨的开元城在望时，恰是早春二月。入城后，唐玥和宇文宸在玄武大道揖手分别，一个回城西，一个回城东。甜瓜见到熟悉的街市，连唐玥也拉不住缰了，它在宽宽长长的崇宁街上撒蹄飞奔，依旧引得行人大骂："谁家二流子，大街上跑马，快叫武侯抓住了打一顿！"

大街才过一半，早有望风的唐家奴瞧见了他，一迭声叫："起！"霎时，只听唢呐、铜钹炸天响，两头绣狮子蹦蹦跳跳向甜瓜迎来，惊得一条街的人纷纷注目，唐珝窘了，问：“你们这是做什么！”家奴笑道：“小奴们擅自做主，请了舞狮人来迎接三郎凯旋，图个喜庆热闹！”行人问：“什么凯旋？”一个家奴道：“我们唐三郎才从润州打完胜仗回来！”人们顿时欢呼开来，向唐珝招手道：“是战士回家了！”唐珝羞红了脸，一个劲儿叫甜瓜快走，领着一群家奴和舞狮人吹吹打打回了佩鱼巷。

巷口也有几个家奴翘首以待，见了唐珝，一边向巷内叫：“三郎回来了！”一边冲过来迎，唐冲把唐珝抱下马，道：“小祖宗，怎么瘦成这样了？”

唐珝被众奴簇拥着，欢欢喜喜往巷内走，走出十多步，便见府檐下站着唐瑜，唐珝忙小跑过去，要向兄长行拜礼，唐瑜下阶搀扶住，笑道：“三郎何必多礼？”

唐珝道：“我应该叩拜的，不只为我，还为我们焉军。”

唐瑜莞尔道：“‘我们焉军’？我反倒是外人了。”

唐珝道：“焉军许多将士都找到我，要我转告他们的谢意。”

唐瑜道：“谢我？”

唐珝道：“嗯，大家都在说你去蜃气岛的事，我听了心里真……真骄傲。”

唐瑜温言道：“你也是唐家的骄傲。”

兄弟两个进了府，唐珝只见桂堂椒楼，早树初花，都是旧时模样，那廊下相迎的奴婢也是熟面容，只不见他朝思暮想的妻，又羞于直问，便假装和唐瑜聊些家常，忽然灵机一动，故意问：“怎么不见嫂嫂？”

唐瑜似乎看穿了唐珝的心思，道：“两位夫人见初春阳暖，一早便出城踏青去了。”

唐珝一听，沉默走出十多步，又驻足抱怨道：“我出征三年，九死一生，好不容易今日回家，她们居然踏青去了？”

唐瑜道：“黄昏就回来。”

唐珝气道：“压根不该去！”

唐瑜便拿话安抚唐珝：“她们久在深宅，不知军旅征战的艰辛，反倒是好事——少了许多担忧之苦，对不对？”

唐珝道：“也是。”心情总算平复了一些，随唐瑜往后庭去。唐瑜又道：“叔父上午来信，说明日和叔母来皇城看你。”

唐珝猛醒道：“听说去年西项进犯宁州了？”

唐瑜道：“不比东边的动静小。焉军败困竹枝城的消息传来，西项便发兵六万攻打十字关，叔父率宁州军死守半年，抵御了项军四次强攻。后竹枝城解了围，西项佯作败退，转道南下，阴袭夜州，虽未击破防线，节度使却牺牲了，还损了两万兵马。”

唐珝咬牙道：“改年我打西项，一定叫他们血债血偿！”

唐瑜道："累征三年，竟还未厌战？"

唐翊道："四方未平，军人不敢厌战！"

唐瑜道："果真成长了。"

去了后庭，唐翊先沐浴洗尘，再和唐瑜入父母灵前上香祭拜，才到膳厅，唐翊大声吩咐："我要吃肉，一点素的也不要！"少时，奴仆便端来热气腾腾的鲜乳酿鱼、葱醋蒸鸡、水炼犊、火炙虾、宝相冷肝、御黄饭和醽醁酒。兄弟两个并坐两席，唐翊拿手撕了一条鸡腿大嚼，伺候一边的唐平笑斥道："全没个公子样了！"

屏风后人影闪动，八个龟兹舞女走上大堂，唐翊讶然道："唐二怎么也爱这个了？"唐瑜自抿酒不答；一个穿窄袖袍、踩乌皮靴的乐师也低首走出来，头上戴的皂罗巾似乎大了一些，把眉眼都遮住了，他怀抱龟兹琵琶，坐到灯影中，扬手一拢一捻，乐落满堂，迎出一个龟兹舞伎来。龟兹人不似中原自恃服饰华重，那绿罗轻衫又薄又窄，把女子身段裹得分外窈窕，腰肢袅袅一动，竟似要折断一般，唐翊衔着一口饭吞不下去，想看那女子容貌时，偏被一面白纱遮住了。乐师十指拨弄，异域妙音飘然而出，舞伎身随乐动，白臂上缠的金环、赤足上套的玉环铮铮作响，在唐家大堂曼舞开来。

唐翊干咳一声，把饭吞了，忍住不看那舞伎，问唐瑜道："这三年，你过得好不好？"

唐瑜正似笑非笑，听唐翊问，遂道："只是公务繁忙些，没有别的事。"

唐翊问："薛让有没有找我们家的麻烦？"

唐瑜道："没有。多时不曾听到沧山的动静了。"

唐翊品了品虾，又尝了尝鱼，问："嫂嫂也好？"

唐瑜道："好。"

唐翊问："她沉稳一些没有？从前总像个女孩儿。"

唐瑜又笑。

唐翊道："看来还是老样子。从前我们家，我和她都不懂事，如今我懂事了。"

唐瑜道："我们两个懂事便够了。"

唐翊道："也是，苏叶也不用长大才好。"

堂上乐舞入了佳境。舞伎和乐师仿佛心有灵犀，乐师抹弦轻缓时，舞伎裙转如闲云，乐师挑弦急促时，舞伎身飘如春花，当真是珠联璧合，浑然一体。那舞伎虽蒙着脸，却已让八个伴舞的绝色少女黯然失色，把满堂的目光都吸引了去。唐翊极力不看她，唐瑜偏问："你瞧我请的异国乐舞如何？"

唐翊不瞧，嘟哝道："唐二变了，她们两个不在家，你就私自请美人来伴酒，嫂嫂知道了有你好果子吃。"

唐瑜道："不叫她们知道便是了。"

唐珝重复道："唐二，你变了。"

唐瑜道："我何曾变？并不是为我自己。那舞伎是给你请的。"

唐珝道："我不要！"

琵琶声忽然急如落了玉珠雨，舞伎翩然舞上前来，唐珝心中一动，再定睛把舞伎细瞧，面纱虽把她的双目遮住了，眼波却漫出柔情，和唐珝缥缈地对视，唐珝纵然看不清她的脸，却知道了她是谁，叫道："苏叶！"他跃过桌子，冲到堂中，把舞女们都蝶儿一般惊走了，他一手揽住舞伎的腰，一手掀开她的面纱，纱下果然是苏叶因急舞而微红的笑颜，他又跳又叫道："你，你不是和嫂嫂踏青去了吗？"

苏叶挽住夫君的脖子，凝目看他的眼睛，柔柔道："知道你今日要回家，我们怎会出门？为给你接风洗尘，我学了两月的龟兹舞，你却不用心看。"

唐珝道："看看看！我现在好生看！"

苏叶笑指他身后道："要跳舞，先要乐师弹曲儿。"

唐珝一转身，看那抱着琵琶的男袍小乐师，摘下男帽，不是明幽是谁？他又叫道："我真没看清是嫂嫂！"

明幽笑吟吟道："唐三郎立了军功，连娘子都不正眼瞧了，自然更不记得嫂嫂。"

唐珝道："我才进家门，你们两个便捉弄我！"

苏叶笑腻在唐珝肩头，并不畏忌满堂的家人奴婢，明幽见她夫妇久别重逢，如胶似漆，心中又欢喜、又艳羡，自己放了琵琶，奔去唐瑜身边，唐瑜也将她轻揽在怀，明幽轻声道："世间成双成对的情人，各有各的爱法。我一时觉得咫尺天涯的相思最美，一时觉得形影不离的相守最好；一时羡慕苏叶和三郎分分合合的牵绊，一时觉得我和你朝朝暮暮的平淡才是幸福。"

唐瑜道："团圆的人最幸福。"

4

中午时，孙牧野和最后一队人马也回到了开元城。分别后，他打马往燕然巷的孙宅而去，远远望见府门大大开着，府内的树长高了，径上生出细碎的杂草，他进了府门先叫："陈留。"无人出来应答，去阍室一瞧，屋里只有一床一凳，不知人去了哪里，他转而去找蝉衣。蝉衣的房门虽掩着，却未上锁，孙牧野敲了敲，叫："蝉衣。"门后还和从前一样静默，他一边道："我回来了。"一边推门进了房。

蝉衣不在。屋中的摆设布局和走时没有分别。孙牧野去床边瞧，枕上没留下一根头发；又拉开衣柜瞧，还是那几件旧衫裙；桌上茶壶是空的，茶杯也是空的。他又转身出了房。

偌大的孙宅，闻不到一丝声响，孙牧野沿着仿佛许久无人走的路去虎舍，打开舍门，见到了午睡的星官儿，心总算落下一半，叫道："星官儿！"星官儿听见叫，四腿一缩，骨碌爬起来，见到孙牧野，竟然一愣，好似已把他忘了，孙牧野道："白眼出了，是我！"星官儿猛地回想起来，嗥嗥两声，扑上孙牧野的肩，把虎头在他脸上蹭个不停，孙牧野把虎背、虎肚、虎爪都揉了一遍，捏住它的脸问："蝉衣呢？"

星官儿呆呆想了一会儿，便带孙牧野去找蝉衣，去书房找了一圈，不见人，又去池边找了一圈，还是不见，星官儿也急了，又不会说话，只满府冲过来，窜过去，到了后庭，总算听见一座山石后响起脚步声，孙牧野忙迎过去，石后转出来的人却是陈留。

陈留挑了一担水从井边来，一见孙牧野，喜得丢下担子，道："孙二郎回来了！"孙牧野问："你还好？"陈留道："好！一直都好。"孙牧野问："蝉衣呢？"陈留道："不在屋里吗？"孙牧野道："不在。"陈留回想半天，道："是了，她早上说去云阶寺走走。"

孙牧野长舒了一口气，告诉星官儿："你在家里待着，我去接她回来。"星官儿要追去，陈留拖住它道："大天白日的，一街人要被你吓跑！"星官儿摇头晃脑想要挣脱时，孙牧野已去得远了。

马儿奔上了梵音山。云阶寺的大雄宝殿里，觉静方丈正在讲经，二百九十名比丘尼坐满了大殿，孙牧野迈步入殿，屏着气儿满堂搜寻，众尼闭目冥坐不理。他连菩萨和金刚的金身背后都找了，依旧没有蝉衣，只好出殿等着。等了两个时辰，经课散了，觉静方丈出大殿来，问："孙将军是找蝉衣娘子吗？"孙牧野点头，问："她在哪儿？"觉静道："娘子午后便告辞出寺了。"孙牧野道："她不在家里。"觉静道："却不曾说她去了何处。"说完行合十礼，和众尼过去了，却有一个小尼转了回来，道："孙将军，娘子好似说她要去西市逛逛。"孙牧野便又去了西市。

偌大的西市人头攒动，马也抬不起蹄，孙牧野牵着马，一条街一条街找，在果子行、杂货行、丝帛行、书笔行、酒肆、食店中寻了又寻，把每一个相似的背影看了又看，一千张面孔看遍了也看不见人。孙牧野在跋涉千里归途之后，此时终于觉得累了，他站在街心，怅然环顾东西南北，行人来来去去，和他擦肩而过。到晚饭时候了，许多店铺歇了业，贩子们推着空车离去，孙牧野只好再去别处寻，不想一个转身，那近在一丈之内的鲜蔬铺边，熟悉的身影终于映入眼帘。

蝉衣用手掂估一把菠菜的重量，正笑着和卖菜娘子讨价还价。她的髻挽得松，几缕长发随意散在肩上，身上的青布裙洗得旧了，像市井中最常见的妇人。孙牧野记得从前素面的蝉衣也动人心魄，可三年过去，她眼中的情韵、身上的雅致终于消散干净了。那些商贾和行人从她身边走过，谁也没有多瞧她一眼，谁也不知她有如何不凡的过往。

孙牧野想过去打招呼，却挪不动步，他在那一瞬间愧疚难当，似乎明白了她是自己造的无可挽回的孽。

蝉衣和卖菜娘子说定了价，给了钱，把菠菜放入竹篮，又要往下一家去，眼角余光觉察车水马龙的街心站着一人一马，又隐约觉得他们在看自己，便抬眼看了过去。

孙牧野也不是她记得的模样了。在北凉甘露宫初次遇见，他向她走来时还是个少年，全身散发着杀戮之后的戾气和骄负，那时他的眼神敌意、冷漠又居高临下，可眼前的孙牧野好像败了，败得一无所有般疲惫，蝉衣不明白他的目光为何如此惘然，甚或带有一丝自己读不懂的悲悯。

蝉衣向孙牧野走过去，在三尺远处站住。两个人都不开口，孙牧野伸手去接蝉衣臂弯的篮子，蝉衣想了一想，就势递给了他，依旧往前走，孙牧野一手牵马、一手提篮在后面跟着，蝉衣把一间间铺子看过去，道："我想买些蔓菁苗，却怎么也找不到。"孙牧野道："慢慢找，总是有的。"

5

唐府的团圆宴散后，唐珝苏叶一同回了惜环院，思奴儿一见苏叶便叫："打起黄莺儿，莫教枝上啼。啼时惊妾梦，不得到辽西。"唐珝向苏叶道："你平日念这些诗？鹦鹉都听会了。"苏叶吐了吐舌，闪身进屋，唐珝却停下，笑向思奴儿道："扁毛乖儿，我教你念一首新的，日高犹未起，为恋鸳鸯被。鹦鹉语金笼，道儿还是慵。"

至夜间，夫妻两个入了销金帐，唐珝道："你和我说说，这几年是怎么过的？"

苏叶道："清早逗逗思奴儿，绣绣花草，你说等我绣完《秋思图》便回来，可我把春夏秋冬都绣完了，你都没回来；下午逛东市、逛西市，起初什么都想买，后来什么都不想买了；夜间看书读诗，你那书房里的书，自己没读过几本，我全替你读完了。"

唐珝问："嫂嫂不陪你吗？"

苏叶道："自然是陪的，可她还有许多人要陪——她的夫君、她的娘家、她的那些公卿娘子朋友，哪里会日日夜夜只守着我呢。"

唐珝道："蝉衣娘子也是独自一个，你应该多找她说话。"

苏叶道："每过十天半月，我和幽儿都会去看她，可她的心思有些奇怪：她明明是喜欢我和幽儿的，却又不乐意和我们一处玩，宁愿一个人待着。"

唐珝道："她过得好不好？"

苏叶又叹气，道："和她比起来，我的寂寞不算什么了。我虽和你离别，却知道早晚会重聚，她和公子醇离别，已永无相见之日；我虽是异国人，东沅和大焉却没有交恶，她的北凉和你们是血海深仇；我每日还看得见满府来来去去的婢子家奴，孙府却冷冷清清只有一个看门人。她过得比谁都累，在我们面前却从不诉苦。”

唐珝道：“她为何不要奴婢？”

苏叶想了半晌，道：“她成心惩罚自己，把自己往苦难中推，兴许……兴许是为了她的丈夫和国人吧。”

唐珝道：“丈夫？她已有了孙将军。”

苏叶道：“有些事，你不知道，我和幽儿却知道：她并没有许给孙将军，身也没有，心也没有。”

唐珝“啊”了一声，道：“天下都以为她是孙将军的人了！”

苏叶道：“正是说呢，她一面守身若玉，一面却被世人越传越浊，连凉人都恨她了，去年……”蓦然住了口。

唐珝问：“去年什么？”

苏叶纠结了一阵，方道：“去年也是初春时节，我和幽儿拉她去桃影河边摘柳，不知从哪里冲过来一个人，把匕首往蝉衣姐姐的脸上刺，骂她‘乞怜焉贼，辱没北凉’，姐姐的右脸被划了一道，流了好多血。那人还骂姐姐‘不过古琉城一妓，改不掉的奴颜媚骨’，姐姐脸上的伤疤大半年才好。”

唐珝怒道：“是凉人混进开元城了，怎么不叫唐二抓起来！”

苏叶道：“抓了，开元府要治他伤人罪，姐姐却亲自去找你兄长，说不许惩他，你兄长没法子，只好把那人放逐出了坠雁关。”

唐珝问：“他骂蝉衣娘子是妓？”

苏叶道：“嗯。”

唐珝道：“他们怎能如此污蔑自己的王妃！”

苏叶伏上唐珝的胸膛，目光飘飘忽忽没有着落，道：“我从前也不懂蝉衣姐姐，那孙将军是人杰，又爱她入骨，她如何能一丝也不动情？可现在我懂她了。”

唐珝问：“为什么？”

苏叶道：“你们在东边打仗的时候，西边也打起来了。西项发兵的时候，我和幽儿恰好在宗山城看望叔母。战报传来当日，宗山城的乌云又浓又重，低低压在头顶，满城的人都喘不过气来。我亲眼见到宗山城的将士们穿上盔甲往宁州边境去，百姓们送出城外，妇孺都在哭，人们都说，这些将士，不知有几个回得来。他们说项军侵掠如火，若是十字关破了，宗山城也保不住，开元城也保不住。我心中想，若他们明日打了过来，我怎么办？若西项哪个将军看见我，要我从此跟他，我怎么办？”

唐珝也问：“你怎么办？”

苏叶道："我也不能转眼忘了我的夫君，转投仇敌的怀抱。那一刻我便懂了蝉衣姐姐。"

唐玥也听得心情凝重起来，道："我不是公子醇，我不会丢弃你，让你流落去别人那里。"

苏叶道："好。"

唐玥问："你们一直在宗山城陪叔母吗？"

苏叶道："不是，幽儿的夫君连夜来宗山城接她回家，我也跟着回来了。幽儿要叔母和我们一起走，叔母不肯，她说叔父守十字关，她便守宗山城，若守不住，她和叔父一起殉国。"

唐玥道："叔父守住了！明日叔父来，我要好好向他讨教打西项的方法。"

苏叶安抚他道："大晚上的，急得心咚咚跳做什么？安安静静的吧，三年了，总算睡上家中床了。"

第四十章 夜逃

1

翌日，孙牧野睡到中午才起床，他穿上公服从庭前过，见蝉衣在剪花下杂草，便走过去招呼道："我去宫中见见圣上。"

蝉衣头也不抬道："好。"

孙牧野道："见完圣上，还要出城一趟，多半夜间才回来。"

蝉衣道："自去。"

孙牧野道："今天之后，我可以在家多住几天。"

蝉衣道："这是你的事。"

孙牧野道："和你说一声。"

蝉衣继续剪草，孙牧野便去了。

至龙朔宫见了卫熹，孙牧野心中想说"好像长高了一些"，面上却说不出来。君臣礼毕，他在下首坐了，为卫熹讲述这三年征战的故事。起先讲桑梓津时，卫熹还饶有兴致地听；讲到泸陵城一节时，便有些走神；孙牧野又讲大军几时开拔几时扎营、如何在雨季长途跋涉、如何在夜半急行军、后勤征夫累死数千的事，卫熹不由困倦了；到后来，孙牧野讲起竹枝城，说每日都有士兵醒来后发现身边的同袍死去，战死，饿死，渴死，病死，活下的人吃石面，饮人尿，去城下扒尸体的衣裳穿，卫熹听得脊背发寒，忍不住打断他道："我不想再听了。"

孙牧野问："为什么？"

卫熹道："这些事已经过去，何必再提？"

孙牧野道："臣对陛下说这些，是希望陛下明白国土是如何一寸一寸夺回来的。如今檀州还在南荆，燕、云、朔三州还在西项，将来还会有征伐事，陛下只有体会了将士的苦难，才知道如何面对战争。陛下住在深宫，臣不说，陛下永不会知道。"

卫熹道："养兵用兵之事，自有宰相和臣僚去做，何况还有太后。"

孙牧野道："陛下将来要亲政，军国大事都要自己做主。许多事，文官有文官的说法，武将有武将的说法，朝中的奏疏说东，军中的奏疏说西，是非对错，全靠陛下辨别和定夺。陛下若有一道旨意出错，千万人就要用血和命去弥补错误。"

卫熹道："亲政还有许多年，我可以慢慢学。"

若眼前是别人，孙牧野早火冒三丈了，可卫熹是天子，他只好隐忍不发。卫熹也不喜孙牧野，两个人坐着再无话讲，孙牧野为打破尴尬，勉强道："若陛下在宫中待得枯燥，臣就陪陛下去洪武围场行猎玩耍。"

他想借机和卫熹熟络，卫熹却道："祖父是出宫后病逝的，父亲也是出宫后牺牲的，我不愿出龙朔宫去。"

孙牧野心中怒想："我难道会害你不成？这懦弱少年如何做天子！"

卫熹看他脸色转冷，也暗自想："怪道群臣都说孙牧野居功自傲。我是天子，谁对我不是和颜悦色、千依百顺？偏他不把我放在眼里，和我说话如同和孩儿说话一般。"也不发一言，气氛正微妙间，宫人进殿禀道："陛下，帝师唐瑜来了。"卫熹忙道："请进来。"

唐瑜手持书卷入殿，卫熹起身迎道："先生来了。"唐瑜还了臣子礼，又向孙牧野揖道："牧野将军也在这里。"孙牧野还礼了。

卫熹问："先生，今日学什么？"

唐瑜道："臣今日为陛下续讲《顾命》。"

卫熹却撒娇道："先生日日都讲《书》，着实厚重艰深，今日先生讲些轻快的缓一缓，好不好？"

唐瑜笑问："陛下想学什么？"

卫熹道："学《诗》。"

唐瑜应了，道："今日春意盎然，臣与陛下同学《周颂·良耜》，如何？"

卫熹拍手道："好。"他把书桌上的新鲜春果儿推给唐瑜，"先生吃了再讲。"

唐瑜道："陛下该先问牧野将军。"

卫熹仿佛才想起孙牧野还在一般，道："孙将军请吃果子。"

孙牧野起身道："陛下请专心学习，臣去看望太后。"

卫熹道："好。"

孙牧野和卫熹、唐瑜道别，出了大殿，只听唐瑜在内朗读道：“畟畟良耜，俶载南亩。播厥百谷，实函斯活。”

孙牧野去如意宫见崔太后，崔太后正握着一支长簪出神，见了孙牧野，越发显出忧郁之色。孙牧野问：“太后有烦心事？”

崔太后把长簪反复摩挲，道：“如今润州回归了，先帝却不能踏上润州的土地瞧一瞧、看一看了。七日后是吉日，你与百官一起，陪少帝去止狩台祭天祭祖，敬告卫家列祖列宗：收回的，我们一定好好治理；失陷的，我们迟早要打回来。”

孙牧野应了。

崔太后又笑道：“你立下不世之功，后将军该升右将军了。”

孙牧野便拜谢。

崔太后道：“牧野将军本已是万户侯，我昨日与凤阁、礼部、户部商议了，再为将军加封两千户，增月禄一千石。”

孙牧野却辞道：“不敢领受。”

崔太后问：“为何？”

孙牧野道：“八万子弟随臣东征，只余两千人生还，孙牧野对不起国家和百姓。不但不能加封增禄，连原来的万户食邑也请国家收回去，孙牧野一户不留。”

崔太后道：“将军是从二品功臣，岂能无食邑？”

孙牧野道：“臣是军人，睡只要一顶布帐，吃只要一碗黍米，没有别的奢求。”

崔太后拿团扇遮口一笑，道：“将军过得清贫日子，府上的北凉旧妃过不过得？”

孙牧野尴尬起来，崔太后便移开话头，道：“将军辞封，高风亮节，我深感敬佩。”

孙牧野道：“应该的。”

二人聊了一炷香的话，孙牧野告退出宫。过正仪门时，他问守门的骁禁卫：“唐府尹出来没有？”骁禁卫回：“还没有。”孙牧野便在龙首桥边等下了。

2

唐瑜为卫熹讲完《良耜》，照旧请他抄写十遍。卫熹一边抄，一边道：“先生，刚才孙牧野请我去洪武围场打猎，我没有应允。他为何要我去围场？”

唐瑜道：“牧野将军两年未见陛下，心中思念，所以想与陛下亲近相处。”

卫熹道：“他会思念我吗？”

唐瑜道：“他是受先帝托孤之臣，自然时刻牵挂陛下。”

卫熹道：“那为何他每次见我，都是冷冰冰地说话，不甚恭敬？”

唐瑜道："孙将军久在行伍，炼铸了铁石禀性，故与宫人不同。"

卫熹道："我和太后应该信任他吗？"

唐瑜道："孙将军和涅火军是国之柱石，陛下当信之重之。"

卫熹道："好。"又笑道，"我最信任的人是先生。"

唐瑜道："陛下既信唐瑜，那唐瑜陪陛下一同去洪武猎场，如何？"

卫熹拍手道："有先生在，我就不怕了。"

唐瑜含笑致谢。等卫熹练完字，唐瑜嘱咐道："请陛下今夜背记《顾命》篇，我明日会为陛下讲解。"卫熹爽快允诺，唐瑜遂告退。

出了正仪门，唐瑜见孙牧野负手站在护宫河边若有所思，过去问候道："将军还未归去？"

孙牧野道："我们走走，有几句话和你说。"

唐瑜便与孙牧野并肩而行。二人右手边是高耸入云的龙朔宫墙，左手边是清平如镜的护宫河水，走了数十步，唐瑜先打破沉默道："多谢将军这几年对唐珝的照顾。"

孙牧野道："我没有照顾到他，是他自己争气。"

唐瑜道："唐珝今早便吵着要回军营，可家中人笑他，说他给将军添了许多麻烦，将军早不想收他了，只是碍于情面不好明讲，他便泄了气，再不催收拾行李的事。"

孙牧野道："叫他休息一月再回来。"

唐瑜道："好。"

孙牧野道："开元城籍的士兵，只回来他一个。有三百名开元新兵没能回来。"

唐瑜悟了，轻声问："是上元火灾后参军的？"

孙牧野道："是。"

唐瑜不答话了。

孙牧野道："错不在你，在我。你只是要十个东洛战俘顶罪，料不到会有国人因此愤而参军。是我不该应允他们的请求，当时我若拒绝了，他们此刻还在开元城平常地活，不会命丧润州。可一切缘由终究是因你而起，你应当知晓这件事，记住这三百个人。"

孙牧野停下脚步，摊开紧攥的手掌，唐瑜见他掌心放着两个两寸长、半寸宽的木牌，问："这是？"

孙牧野道："士兵的名牌。死在战场上的人有时面目全非，分不清是谁，所以人人都随身带一个刻了名字的木牌，好在死后辨认。"

唐瑜细看木牌，只见一个刻着"杨小满"，一个刻着"杨元生"，孙牧野道："我只找到这两个，你分一个去留着。"

唐瑜便拿了"杨元生"放入衣怀。两个沿着宫墙走了一阵，唐瑜问："将军想邀圣上去围场打猎？”

孙牧野道：“嗯。我希望他像先帝一样，做个男子汉，可他不愿意去。”

唐瑜道：“圣上方才和唐瑜说，愿与将军去洪武围场。”

孙牧野道：“你说动他了？”

唐瑜道：“圣上不喜和生人处，唐瑜便随他同去，望将军借此多与圣上相处，多些亲近。”

孙牧野道：“多谢。”

两人过了虎翼桥，相对作别，唐瑜回了佩鱼巷，孙牧野却打马出了南城门。

往东南方行不到二十里，便是独鱼村，孙牧野径直去了魏家院子，见魏母坐在阶上摘菜，遂叫了一声：“阿娘。”

魏母怔了一怔，抬眼看清进门的是孙牧野，忙丢了韭菜冲过来把他揽住，口中直道：“孙二郎回来了！”

孙牧野道：“回来了。”

魏母道：“他们说焉军都在润州死完了，我只当……”说着眼泪夺眶而出，“我只当你也没了，我一个人真真没了盼头……”

孙牧野搀魏母在凳上坐了，道：“我回来了，阿娘不是一个人了。”

魏母道：“再不许去打仗了！”

孙牧野道：“要休息几年。”

魏母道：“以后难道还要打？”

孙牧野道：“要听国家的。”

魏母道：“你须听我的：咱们家里有田有土，全给你营生，不会让你饿着冻着，哪怕过得节省些，也比当兵强。”

孙牧野道：“将来天下太平了，我就来独鱼村住，年年月月侍奉阿娘。”

魏母道：“天下几时才能太平？我只怕活不到那一日了。”

孙牧野埋头陪魏母摘菜，忽然抬头看见屋顶破了一个大洞，瓦片遮不上去，因问：“顶棚怎么坏了？”

魏母道：“村中小孩儿淘气，爬到屋顶捉猫，把梁子踩断了，瓦片全掉进了屋里。我请村北冯家兄弟来修，五十文钱也付了，却总不见他们来，我上门去请时，一日推一日，两次三番后，我倒先臊了，不好意思再登门开口。我又说，若你们没空来修，就把钱退我，我另找人，他们却说从不曾收我的钱，四仰八叉地不认账，我一个女人家能如何？总不能打滚撒泼，只好忍一口气算了。新瓦早买来堆在那边，改日另找厚道的村民来修，这回要修好了才付钱。”

孙牧野便站起身道："我去把钱要回来。"

魏母见他那势头，先拉住嘱咐道："你去问一声，他们不认就算了——并不是缺那五十文钱——不要和人家闹！"

孙牧野道："我晓得。"便出门去了。

魏母提心吊胆地听北边的动静，生怕闹将起来，孙牧野一个人吃亏，却始终听不见鸡飞狗跳，半盏茶的工夫，孙牧野回来了，手中拎着一个钱袋，魏母道："怎的这么快就回来了？他们如何听你的话？"

孙牧野道："他们问我是谁，我说我是涅火军人，姓孙，他们便给我了。"

魏母道："这可奇了，那冯家兄弟是蛮横人，里正也拿他们没法子，你的姓怎么吓得着他们？"

孙牧野道："不知道。"

魏母想了一想，道："是了，好像涅火军的主帅也姓孙，他们听见你姓孙，还以为你就是那主帅呢。"

孙牧野道："倒沾了一点光。"

魏母道："你坐着，我做饭给你吃。"

孙牧野道："嗯。"他抬头看了看阴沉沉的天，只怕夜间要落雨，便道，"阿娘，梯子在哪里？我去补屋顶。"

魏母道："梯子在那堆干草下压着。你上去时小心些。"

孙牧野去抬木梯时，又看见角落有几包稻种，道："该育秧了。"

魏母在厨下应道："正说这几日下地呢。"

孙牧野道："我明日去种。"

他在院中劈了木梁，捆了干草，背着瓦片绳子上了房顶，此时已过申正，他心知回不了城了,正巧邻家送客出门,主人道:"吃了饭再去。"那客人道:"晚了城门就关了。"

孙牧野站在房顶问："老丈是回开元城？"客人道："是。"孙牧野问："老丈家住哪里？"那人道："城中宣阳街。"孙牧野道："我也住宣阳街燕然巷，烦请老丈去孙家说一声，我今夜就住独鱼村，明日晚饭时再回去。"那人道："好说。"便坐上牛车去了。

3

蝉衣上午除完了满庭的杂草，给星官儿喂了食，自己在小炉上煮了一碗汉宫棋作午饭，饭毕换了外裳，要去街上走走，到府门口时，正巧一行宫人骑马拥车而来，打头的内侍监王怀岁见了蝉衣，作揖问道："可是蝉衣夫人？"

蝉衣道：“是。”

王怀岁道：“孙将军在不在家？”

陈留藏在门后伸头道：“他不是进宫了吗？”

王怀岁道：“将军早出宫了。”

陈留道：“那可不知去了哪里。”

王怀岁道：“无妨，和夫人说是一样的。”

蝉衣问：“什么事？”

王怀岁道：“孙将军今日谢绝了龙朔宫的赏赐，连原来的万户食邑一并退还了，太后深感孙将军高义，故以如意宫之名，为孙将军和蝉衣夫人各送来一件小礼，请将军和夫人笑纳。”

蝉衣道：“他是你们的功臣，赏他便是了，我非中焉之臣，不需赏我。”

王怀岁道：“太后叮嘱了，不是赏，是送，夫人切莫多心。”

蝉衣道：“她送我什么？”

王怀岁向后招了招手，一个宦官双手捧上一个镏银莲瓣瑶波纹的小匣子，只四寸见方，蝉衣随手掀开一瞧，一方黑锦上缀着一对小小的滴水白玉耳珠，光泽温婉惹人怜爱。崔太后显然听说了蝉衣不爱妆扮，所以特意选了一份素净的首饰送来，可见用心之细，蝉衣不动声色，又问：“送给他的又是什么？”

王怀岁意味深长一笑，又招了招手，两个宦官走到鸾车前，掀开缎帘，扶下一个女子来。那女子头戴云绯色幂篱，重纱长垂及地，把面容和身子全包裹了，她向蝉衣叩拜行礼。王怀岁道：“太后听说孙府没有一奴一婢，牵挂将军身边无人卷帘端茶，便把最宠爱的宫婢送给将军使唤。太后说了，若夫人不喜这婢子，便立刻送回宫去，绝不许惹恼夫人。”

蝉衣瞬时明白了崔太后的用意：当年上元灯节，自己在万众之前公然顶撞崔太后，她早在心中记了一笔仇，她既以为自己是仗孙牧野而骄，便要寻一个美人来，夺去孙牧野之宠，出一口陈年恶气。孙牧野收复润州立下大功，崔太后借此时机，名正言顺把人送来了，却又假装大度，也送自己一份礼，故作友好无隙之意。这明里拉、暗里打的伎俩，蝉衣看穿，却不点破，她本对孙牧野无情，任崔太后送谁来，都不会令她扰心乱神，遂嫣然一笑道：“给我的礼，我收下；给他的礼，我也代他收下。回告崔太后，蝉衣一切心领，多谢。”

王怀岁告辞，领着一班宫人去了。陈留从门后跳出来，把那长纱遮身的女子瞧了一瞧，道：“这可如何是好？”

蝉衣道：“领到他屋里去，我去逛一会儿再回来。”便往巷外去，女子自随陈留入了孙家的门。

整个下午，蝉衣无所事事地在燕然巷附近闲游。先在茶肆点了一碗茶，坐了半个时辰，听邻桌几个布衣汉粗声大气地点评时局朝政；游至海棠树下，见几个梳双丫髻的女童在跳花索，颇活泼伶俐，便含笑在一边看，一个女童歪头向她道：“娘子也会跳索不成？”蝉衣道：“我只会踩着我们那里的歌儿跳，开元城的歌儿我听不明白。”女童们道：“娘子唱你家乡的歌儿，我们跟着跳。”蝉衣却婉拒了，再往前走，到了时常光顾的炊饼店门口，那婆婆正坐在阶上大骂儿媳不孝顺，逢人路过便讲，蝉衣被拉住倾诉半日，儿媳又从店里出来，反诉婆婆老不自重，蝉衣先劝解老的，再宽慰小的，陈情说理周旋半晌，说得婆媳重归旧好，一家人请蝉衣吃晚饭，蝉衣便留下吃了半碗青菜一个炊饼，至日落时分，方回了燕然巷。

进了孙府大门，蝉衣问陈留：“他回来没有？”

陈留道：“刚刚有个坐牛车的老丈送来口信，说他今晚就在独鱼村魏家住了，明日晚饭时才回来。”

蝉衣问：“星官儿喂了没有？”

陈留道：“才吃了六斤牛肉，一斤鸡蛋。”

蝉衣去看星官儿，星官儿正在后庭捉雀儿玩，它伏藏在一丛灌木后，竖尖了耳朵，瞪圆了眼睛，全神贯注等待雀儿下来落脚，蝉衣不好打扰，便转去了孙牧野的卧房。

房门开着，灯火在阶上折出几页暖黄，蝉衣放重脚步进屋，那少女已摘了幂篱，正坐在孙牧野的床上含羞出神，见了蝉衣，忙离床跪地道：“婢子拜见夫人。”

蝉衣道：“起来。”说完在远处长榻上落了座，又指了指下首的小圆凳，“坐过来。”

少女离了床，过来坐了，蝉衣把她的容颜细细一瞧，不过十六七岁年纪，眼神在稚嫩与娇艳之间游移不定，脸上的脂粉又轻又薄，是自信年轻无瑕，不屑繁重的修饰。蝉衣记得自己也曾有过一张未经风雨、至真至纯的脸，可那已是二十多年前的事了。

少女见蝉衣看着自己发呆，遂问：“夫人要不要喝茶？”

蝉衣反问：“你叫什么名字？”

少女道：“婢子叫初蕊。”

蝉衣道：“初蕊，你是崔太后身边的婢女？”

初蕊道：“是。”

蝉衣问：“你侍奉太后多久了？”

初蕊道：“婢子七岁便跟了太后，已有九年了。”

蝉衣道：“九年，你是太后看着长大的，必是她最宠信的人。”

初蕊道：“太后还是王妃时，婢子便在眼前侍奉，是比别的奴婢亲熟些。”

蝉衣道：“太后待你如何？”

初蕊眼睛眨了一眨，道：“太后把婢子当女儿一般疼爱。”

蝉衣笑道：“果真如此？那你的眼神飘忽什么？”

初蕊慌不迭垂下头。

蝉衣道：“休瞒得过我。中焉太后的秉性，我比别人明白：有豁达大度之态，锱铢必较之心；体恤关怀的善人是她做，吹毛求疵的恶人也是她做。在她面前走动，做对了自然奖赏，做歹了也少不了打罚，是不是？”

初蕊哪里敢说崔太后的短，唬得不敢应声。蝉衣往榻上斜歪下去，悠悠道：“你心中一定疑问，我为何看得穿崔太后的心性？因为我和她是同样的人。”

初蕊道：“婢子知道，夫人先前也是王妃。”

蝉衣道：“我先前是王妃，如今还有王妃的脾气，你在孙府和在龙朔宫是一样的，过得好与不好，全看我的心情。我想对你好时，也把你当亲女儿看；我想对你歹时，有的是苦头给你吃。”

初蕊道：“婢子一定尽心伺候将军，伺候夫人……”

蝉衣喝道：“休拿孙牧野来镇我！在孙府中，他也须听我的，我不许他近你时，你一生永在厨下做羹汤！”

初蕊慌忙叩头在地，道：“夫人若不想收留婢子，撵婢子回宫便是，若收下了婢子，婢子的余生便要夫人庇护，婢子不想惹夫人生气。”

蝉衣心一软，深深叹一口气，道：“你想做人有何难？我若不在这里，你此时已是孙家的女主人，只可惜……”

初蕊怔道：“可惜什么？”

蝉衣道：“只可惜有我挡在你和他的中间。”

初蕊道：“婢子早听说过，夫人是将军心尖儿上的人。将军的宠爱，婢子夺不走。”

蝉衣假意去看烛光，却又把目光横扫过来揣摩她的神色，道：“我离开，把他让给你，如何？”

初蕊道：“婢子不明白夫人的意思。”

蝉衣道：“如何不明白？我若在，你一生是廊下婢；我若走，你便是堂上妻。”

初蕊懵懵懂懂又问：“夫人为何想离开？”

蝉衣道：“这是我的事。”

初蕊又道：“夫人即便要走，将军也不会放。”

蝉衣道：“我悄悄走，不让他知晓。”

初蕊问：“如何悄悄走？没有关牒，夫人出不了开元城的地界。”

蝉衣道：“这就要你帮我了。”

初蕊吓了一跳，道：“婢子如何有那能耐？”

蝉衣道：“崔太后有这能耐。你既是她亲近的婢子，你便进宫去，代我向她请一张懿旨，命中焉各处关卡，无论昼夜，见旨开关放行，任由蝉衣北归。”

初蕊道：“太后绝不会下旨。”

蝉衣一笑，道：“她早恨我不能走。”

初蕊道：“太后不会！放走了夫人，将军要怨太后。”

蝉衣道：“孙牧野不会。看在桓帝的面上，他不会怨太后；看在太后的面上，他不会怪你。”

初蕊未谙世事的心一时想不明白，她垂下头，苦思纠结，蝉衣起了身，走过来，用二指拈住初蕊的下巴，以温柔而不容置疑的力道，要初蕊仰面和自己对视，初蕊不敢直看，蝉衣却盯住她一瞬也不眨眼，打量了许久，叹道：“天生一张人上人的脸，若逃不出苦中苦的命，岂不可惜？”

初蕊道：“夫人……”

蝉衣却撇下她，不紧不慢地往屋外去，走到门边，又倏地回眸，秋波流转过来，向初蕊一笑，隐藏多年的娆媚之态霎时染上眼角眉梢，初蕊的心被激荡得一颤，感受到了这布衣女子倾国倾城的力量，也明白了她说的不是谎话——只要她在，自己永远得不到孙牧野的心。

蝉衣走远了，初蕊痴痴傻傻发了半刻怔，终于追了出去。

4

次日一早，蝉衣陪初蕊出了孙府，送她至龙首桥边，见她纵马过桥，在正仪门下和骁禁卫说几句话，骁禁卫开侧门放她进去了，蝉衣便勒转马头，上了梵音山。

云阶寺的早课已开，蝉衣悄无声息走进大雄宝殿，在众尼中寻一处蒲团坐了，平静如常地念诵《如来藏心咒》，暗自祈求今日能得神佛护佑，凡事顺意。课毕后，她邀觉静去禅房叙话，觉静烹了半釜温山茶，斟与她品，道：“戎车回驾，贫道只道娘子近日来不了梵音山了。”

蝉衣道：“法师，蝉衣今后都不能来梵音山了。”

觉静问：“这是何故？”

蝉衣道：“中焉的关卡再也拦不住我，我要回到公子醇的身边了。”

觉静心中一惊，道：“娘子自由了？”

蝉衣展颜道："是。"

觉静又问："娘子知道了公子醇的下落？"

蝉衣道："不知道。我要一处一处去寻他。"

觉静道："山川湖海，无穷无尽，大雨举国之力都找不到他，娘子如何找得到？"

蝉衣道："我若留在此地不走，便永离他千里万里；我只要迈出开元城一步，便离他近一步。荒郊野外找不到，我便去绝地死路；深山险谷找不到，我便入大江大河；十方列国找不到，我便下沧海汪洋。只要他还活在世上，我终究会找到他。"

觉静叹道："娘子去意已决，贫尼竟留不住了。"

蝉衣道："蝉衣在中焉只牵挂三人，法师是头一个。蝉衣初为焉俘时，常怀嗔恨之心，时有厌世之念，是法师孜孜不倦慧言开解，蝉衣才能去浊养清，静绪生定，续命至今。今后蝉衣再不见佛寺晨光，再不闻空山梵音，请法师千万珍重。"

觉静合十道："前程风霜苦急，娘子最该珍重。"

二人叙了半日衷情，方相对辞别。蝉衣下梵音山时已是午后，她去了佩鱼巷唐府，门奴道："二位夫人去了右教坊学舞乐，娘子进府稍坐，奴去请回来。"蝉衣道："我自去找她们。"又勒马往光宅街右教坊去了。

开元城中和龙朔宫中各有两座教坊，属太常寺，专事豢养倡优、教习舞乐，内供宫廷宴飨，外侍侯门筵会，坊中充盈了能歌善舞的美人，不仅来自各州各国，甚或有西域的胡姬、东瀛的艺伎。那明幽和苏叶在深府寂寞，也不知谁出的主意，竟不避礼法，要来右教坊学艺，唐瑜既不干涉，太常寺也只好默许两个和俳优同学。苏叶爱舞，明幽爱乐，一练半年，倒和坊中最出众的艺人无差了。

这日苏叶正和碧眼胡姬学胡旋舞，蝉衣走到门边，见苏叶和胡姬足下各有一面小圆毯，胡姬一边讲解，一边在毯上急旋，苏叶歪着头领悟，唐珝抱着羯鼓在边上看，明幽也和几个箜篌伎有说有笑。蝉衣没有进厅，只悄悄地看两个小娘子又笑又闹，凑巧三个长袖舞伎正要进厅，蝉衣便道："我有两件小物什，烦劳几位交给唐家二位夫人。"她纤手出袖，拿出两串儿佛珠，一个舞伎接过了，蝉衣再致谢，转身往外去，刚上马，只听里面明幽、苏叶边跑边问："蝉衣姐姐在哪儿？"她重重一鞭，策马奔远了。

回孙府时已至黄昏，蝉衣一进门便问陈留："那小美人回来没有？"

陈留道："还没有。"

蝉衣又问："他呢？"

陈留道："也没有。"

蝉衣自往府内去，陈留在后道："不到一个时辰城门便要关了，他只怕此刻已进城了。"

蝉衣去厨下，舀了一大锅水烧着，又去虎舍吆了星官儿来。星官儿一见锅中在烧水，便知大事不妙，扭头要溜，蝉衣把门一关，星官儿怏怏不乐卧下了，蝉衣道："一见给你洗澡，就这般模样？"她平日绣了许多布球给星官儿，这次也拿了两个，抛给它玩耍，星官儿不想洗澡，抱着绣球乱咬出气，蝉衣则坐看炉火出神，半晌道："他迟早还要远征的，到时府里只剩你一个，谁陪你玩呢？你这样爱闹，若是落了单，会变成什么模样？"她轻抚虎毛而问，"你和我一起走，好不好？"

星官儿咬不住滑溜溜的圆球儿，越斗越气，也不听蝉衣说话，蝉衣索性把两个球夺了过来，右手拿一球，赤如焉军旗；左手拿一球，白如凉军旗，问："你选一个，选赤球，便依旧随他；选白球，便随我走。"星官儿先把赤球瞧了瞧，又把白球瞧了瞧，脸向赤球探过去，蝉衣手往后一让，道："你可想好了？"蝉衣越让，星官儿越抢，一下子把赤球叼过来，蝉衣又疼又恨，轻叱道："没有良心的畜儿，咱们相识五年，你当真舍得下我？"

星官儿和赤球斗得恼怒了，"嗷呜"一声，把球扔给了蝉衣，蝉衣接赤球在怀，无端端发起愣来，明知星官儿是无意，却又觉得它是在反问自己："你和孙牧野也相识五年，怎么就舍得下他？"

锅中水烧沸了，蝉衣往木盆里掺了一半凉水、一半热水，拉星官儿入盆，哄它洗干净了，再抱出来，拿一张大巾子抹它的皮毛，忽听一城的晚鼓渐次响起，那鼓声一止，城门便会关闭，要归城的人此刻都尽数回来了，蝉衣心中一沉，再来不及照顾星官儿，只命它在炉边坐着，嘱咐道："烤干了再去睡。"说完急步出房而去。

孙牧野的卧房果然已亮了灯，只不知回来的是谁，蝉衣放轻脚步，从门缝间向内张望，见是那少女向背独自坐着，方稳了一半心，推门进去。初蕊闻声，忙转过身来，手中握着一卷绢黄纸，蝉衣径直上前，夺过绢纸，打开一看，正是如意宫颁下的懿旨，命大焉各州、各郡、各县的关卡见旨放人，文末盖着太后印玺。蝉衣把懿旨藏入袖中，道："多谢。"说完便往门外去，初蕊又叫："夫人！"

蝉衣问："什么？"

初蕊微红了双颊，道："求夫人教教初蕊，我该如何……如何和将军相处？"

蝉衣定定看了她半晌，方道："他在这世上没有亲人，从此刻起，有了你。他是比别人难对付一些——你既要做娘，又要做妻。做娘时，要时常敲打他，约束他，他要撒蹄子，你便把缰绳拉一拉，不可由他蛮性胡来；做妻时，多关心他一些。他从前在外面喝酒应酬，喝到晚间，别家都有人去催，唯独他从来无人过问，以后他若久不归，你就遣奴婢去催一声，叫他知道有人在等他。他想要家，你若给他一个家，他什么都会给你。"

初蕊道：“婢子记住了。”

蝉衣道：“你识不识字？”

初蕊道：“太后闲时常教婢子读书。”

蝉衣道：“从此你要教他读书，他是右将军，再不认字，别人会笑话他。”

初蕊道：“好。”

蝉衣转身出了门，还未下阶，忽然迎面一个人影过来，惊得她袖中握卷的手一颤。

孙牧野回来了。他做了一天农活，却还不算倦乏，正自埋头大步走路，发现蝉衣从自己房中出来，便问：“怎么了？”

蝉衣道：“没怎么。”神态自如下了阶。

孙牧野立住不动，将信将疑看她。

蝉衣道：“今日太后送来两件礼物。”

孙牧野问：“什么？”

蝉衣道：“一对耳珠。”

孙牧野的声音难得放温柔：“是给你的。”

蝉衣道：“还有一件是给你的。”

孙牧野问：“什么？”

蝉衣飘然与他擦身而过，道：“在房中，自己去瞧。”

孙牧野一头雾水往自己房中去，蝉衣却不自主放缓了步伐，听孙牧野两步上石阶，两步过廊下，迈进门槛，走出一步，然后，步声戛然而止。

蝉衣再走出三步，孙牧野转身出来了，站在门下问：“屋里怎么有个女人？”

蝉衣道：“那便是太后送你的礼物。”

孙牧野道：“送来你就收了？你当我是什么人？”

蝉衣万料不到他这样问，遂道：“千里挑一的人儿，我若拒了，怕你怄我呢。”

孙牧野道：“是你在怄我！”

蝉衣看孙牧野一心要寻晦气，再不理他，自顾自要走，孙牧野道：“不说清楚怎么就走了？”

蝉衣道：“说清楚什么？”

孙牧野道：“你心里想的什么？可怜我，给我找个女人来？”

蝉衣道：“太后送来，我便收了。如意宫怜惜右将军征战辛苦，做了个好人情。”

孙牧野道：“我没说她送不送的事，我在说你收不收的事！她什么都不知道，你也什么都不知道？”

蝉衣心中暗道：“浑小子，崔太后送她来，原是想我找你吵架，谁知竟是你找我吵架。”她心中忌惮夜长梦多，当下道，“休得胡搅蛮缠。你在外面大吵大闹，想过那女儿的心情没有？人家第一次见你，你就这样待人？”

孙牧野怒道：“你收的你送回去！你早嫌这里是火坑，恨不能长翅膀逃走，别人来火坑你倒收下了？”

蝉衣高声道：“孙牧野！你今日吃了火药回来！要不要，自己去和太后说，与我什么相干！”

她转身便走，孙牧野道：“我不想要别人！你不明白？”

蝉衣却不再答话，消失在曲径那头。

孙牧野站在门口闷了半天，终于进了房，看坐在自己床上的少女。初蕊听见二人争吵，早吓得忐忑不安，先给孙牧野行礼道：“孙将军好。”

孙牧野道：“太后叫你来的？”

初蕊道：“是。”

孙牧野叉着腰想了半刻，道：“我叫看门人送你回去。”

初蕊道：“回去？”

孙牧野道：“回龙朔宫去。”

初蕊急声道：“不……”

孙牧野道：“怎么？”

初蕊纵死不敢说崔太后的不是，只拼命盈泪摇首，道：“求将军，别送我回宫！”

孙牧野便问：“你是哪里人？”

初蕊道：“是开元城人。”

孙牧野问：“家住哪里？”

初蕊细声道：“西南角，永阳街。”

孙牧野道：“好，我叫看门人送你回家。”

初蕊又道：“我……我也不能回家。”

孙牧野问：“又怎么了？”

初蕊道：“原是我家穷困过不下去，阿爹才把我卖去做奴婢，我回去了，他还要再卖我一次！”

孙牧野道：“你等等。”转身出了房，不到一刻回来了，手中拎着一个布包，估摸有四五斤重，他递给初蕊，道：“这些钱给你父亲，叫他做些营生，给你找个好人家。”

初蕊看着一袋子鼓鼓的钱，道：“孙将军如何这样嫌我？纵然容我洗衣做饭也好。”

孙牧野道：“不是嫌弃你，我是长年累月在外打仗的人，不能给你安稳。”

初蕊道：“那不是也给不了夫人安稳吗？你为何又把她夺来？”

孙牧野哑口无言，半晌道：“走，我叫陈留送你回去。”初蕊无法，只好跟着孙牧野出了卧房，往孙府大门去，走至一半，忽然西边马厩中传出一声长嘶，孙牧野听出是白龙马在叫，下意识往那边看了一眼，可隔着三五层房子，什么也看不见。二人走到门口，陈留刚要入睡，听了孙牧野吩咐，忙跑去套了牛车赶过来。孙牧野把初蕊送上牛车，那初蕊手挽布帘，樱唇轻颤，看着孙牧野似有话要说，孙牧野却避开她的目光，退开了几步，初蕊只好放下帘子，随牛车出了燕然巷。

孙牧野等车子没影了，又入府往蝉衣住的卧房去。房内灯火熄灭，想来人已入睡，孙牧野轻叩了两下房门，道：“我送她回她家了。”他早已习惯蝉衣的沉默，也不等她回应便走，先去后院冲了个凉水澡，再去厨下煮面吃，见星官儿在灶边打盹，灶灰沾了一身，又把它全身擦拭一遍，再送它回虎舍憩息，自己也回房睡下了。沾枕不到一炷香的工夫，孙牧野隐约听见陈留在叫：“孙二郎！孙二郎！”他睁眼细听，那叫声似乎含着惊慌，连忙跳下床打开门，陈留跑过来道：“娘子走了！”

孙牧野问：“什么走了？”

陈留跺脚道：“是逃了！逃出城了！”

孙牧野这一惊着实不小，立时向蝉衣的卧室冲去，陈留追在后面，气喘吁吁道：“我送那女人回了家，正把牛头往回拉，她又叫住我，说娘子向太后讨了一张懿旨，全焉各关见旨放行！”

到了蝉衣房前，孙牧野踹门而入，在黑暗中把床帐一扯，被褥一掀，果然不见人，再去马厩查看，白龙马也不见了，他问：“她几时出门的？你如何没发现？”

陈留道：“我没听见马蹄声！她准是走的后门！”

孙牧野又跑去孙府后门看，那本该紧闭的门已然大大敞开，外面僻静的小巷中树影婆娑，陈留道：“这可如何是好？”

孙牧野又回了马厩，跨上马背，长鞭猛抽下去，喝道：“走！”马儿不敢迟误，跃出厩栏，冲出孙府，向西奔去，陈留追到府门口时，只听见残留的马蹄声，他心惊胆战地去关门，门正要合拢时，一个兽影猛然从他身后窜出，追孙牧野去了。

5

西城门早关了，孙牧野到了门下，向门楼上值守的骁翊卫叫道：“开门！”两名正在聊天的卫兵向下看了一眼，依旧说自己的话。孙牧野下马往楼上去，立时有个执戟卫兵横加拦出，喝问：“什么事？”

孙牧野道：“谁去把城门打开，我要出城。”

那卫兵道："哪里来的疯子！"

孙牧野还往楼上去，卫兵把戟一比画，道："站住！"

孙牧野话不多说，赤手去抓戟尖，卫兵大怒，把戟一刺，眼见戟与手只差一寸，不知那手怎的一绕，却把戟枝抓住，卫兵反被扯扑在地，顿时城楼上大哗，骁翊卫都冲下来，道："谁在捣乱？"

孙牧野把戟抛了，道："我不捣乱，只请你们开城门，我有急事。"

一个年长的卫兵道："这后生不晓规矩，难道是头一回进城？这城门每日寅正开，酉正关，任你是王侯将相，误了时辰，都进不来也出不去。我守城门二十年，从没破过例！你算老几，就这样把骁翊卫呼来喝去？"

孙牧野道："我是孙牧野。"

卫兵问："谁？"

孙牧野道："孙牧野！"

那卫兵把孙牧野打量了一番，问："是涅火军的孙牧野，还是同名同姓？"

孙牧野道："天下只有一个孙牧野！"

众卫兵同吸了一口凉气，一个校尉模样的原本站在人群外看动静，听了此话，分开众人走上前来，向孙牧野行了个军礼，道："原来是孙将军，失敬，失敬。"

孙牧野道："烦请开一下城门。"

骁翊卫和涅火军虽同为军队，却互不隶属，那校尉明里懂礼，暗里依旧不买账，道："私自开城门是重罪，我等不敢违反。"

孙牧野怒道："耽误了我，休怪我做出恶事来！"

校尉道："纵然孙将军把我打死，我也不敢渎职。将军是如何约束麾下的，我们许将军也是如何约束我们。"

孙牧野道："好！许文普在哪里，我去找他说。"

那年长卫兵道："找许将军也没用，若是别的城池，头头将领说一声，放了也就放了；可这是皇城，孙将军该知道分量。私自进出的事，往小了说是违例，往大了说是谋反！孙将军不怕，许将军怕。依我说，将军不如去龙朔宫请一张圣旨，圣上太后一开口，你想去哪便去哪，想几时去便几时去。"

孙牧野把这话略想了想，向那卫兵道："多谢。"

众卫兵一起向他拱手，道："将军自去，有了圣旨，我等开门送出三里。"

孙牧野上前把那执戟卫兵的肩膀拍了拍，上马往龙朔宫而去。

龙朔宫昼夜戒严，中夜尤甚。此刻已过夜半四更，值岗的骁禁卫见一骑飞掠过护宫河，如临大敌，举弓搭箭，喝问："来者是谁？"

孙牧野在龙首桥下驻马，道：“我是孙牧野！”

一个中郎将叫道：“孙将军如何中夜还不休息？”

孙牧野下马走到正仪门前，道：“相烦开门，我来见太后。”

中郎将问：“太后可曾宣召？”

孙牧野道：“不曾。”

中郎将道：“将军见谅，未受召，不得入。”

孙牧野道：“我有急事求见！”

中郎将道：“有何急事？”

孙牧野道：“是我家事。”

城楼上便有骁禁卫嗤声，中郎将却不苟言笑，道：“那只好请将军明日和太后说。”

孙牧野高声道：“我的事一刻也耽误不得！你放我进去，太后必见我！”

中郎将道：“恕难从命！”

孙牧野怒道：“你不开门，我就要闯了！”

众禁卫闻言，重举起手中弓箭，道：“将军言语慎重！”

孙牧野清晰听见二三十条弓弦拉紧之声，恰如一团熊熊燃烧的烈火被泼了百斤酒，道：“高山长河都挡不住我，你们这几把软弓脆箭也拦不住！”

一个骁禁卫叫道：“脆不脆，中了才知道！”

孙牧野挑衅道：“射下来试试！”

中郎将慌忙伸手相阻，劝孙牧野道：“孙将军，冷静说话，休伤了和气。”

孙牧野的马背上还系着征战的弓刀未解，他取下来，一张弓拉成圆月，仰对九丈高的城楼，道：“我教你们如何射箭！我头一箭射檐上的脊兽狻猊，再不开门，我射檐下系灯笼的绳，再不开门，我便射灯笼下的人！”

一个骁禁卫道：“龙朔宫一草一木皆是皇家物，将军敢动！”

孙牧野手指一松，长箭直向城楼重檐射去，众卫只见一道疾光闪过，头顶嗖一响，抬头看时，果然飞檐之上，一排九只脊兽，单单狻猊之眼中了箭。那兽本是坚石雕刻，孙牧野从城楼之下仰射上去，半支长箭入石不见，众卫也不禁暗暗叫好。孙牧野搭了第二支箭上弦，喝问：“开不开门？”

中郎将道：“将军的武功，天下皆知，不必此时在龙朔宫下耀武扬威。休说将军射了狻猊，便是把九只镇兽一齐射下来，我也不敢开门！”

孙牧野道：“好！”话音刚落，箭羽再离弦而去，众卫这回连箭影也未见，那飞檐下随风轻摇的灯笼已应声而落，系灯笼的绳粗不过小指尖，在昏然夜色中被十丈开外的孙牧野射断了。中郎将叹气道：“我不知将军因何事如此恼怒，只是你践踏皇家威仪，是置圣上和太后于何地？犯下的错正如射出的箭，一旦离手，断收不回了。”

孙牧野的第三支箭已瞄准了中郎将，再厉声追问：“你开不开门？”

众卫一齐道：“孙牧野反了！你再出箭，我们必开弓！”

孙牧野心中岂不知，这一箭当真射中了人，自己便是谋逆的死罪，再无回转余地，可他已被蝉衣的叛逃搅乱了心智，见不到崔太后，他宁死不肯干休，当下道：“能被你们射中，我大小二十仗白打了！”

众卫道：“定叫你过往功勋一笔勾销！”

孙牧野道：“等着！”那勾箭羽的二指轻轻松了，眼看长箭要脱手，楼上众卫却叫：“虎！虎来了！”

孙牧野心中一提，回头看去，龙首桥上冒出星官儿的身影，正急急向自己奔来，他忙叫：“星官儿回去！”

星官儿看着孙牧野指向城楼的箭，似乎明白了什么，全身虎毛直竖，冲着城楼一声大吼，檐下的灯笼瑟瑟飘栗，众卫把弓弦拉得更紧了，中郎将道：“孙将军，昔年沧山法吏擅闯龙朔宫，后果你也知道：一池护宫水红如朝日！将军是要重复当日故事吗？”

孙牧野道：“看看今日染红护宫河的将是谁的血！”

他言辞俱厉，星官儿的兽性也被激发了，它奋力仰头，再发出一声浑厚绵长的虎啸，啸声可怖，十里可闻，护宫河那一头，已有三三两两的民居亮起了灯。一个骁禁卫似乎被啸声惊吓，长箭松了手，向孙牧野射去，孙牧野只偏了半边身子，那长箭恰恰射在右足边半寸，星官儿怒不可遏，向宫墙上冲去，一跃二丈，却寻不到落爪处，无奈落地，上头又有一支箭射了下来，它要躲时，孙牧野的箭已出手，把那长箭拦钉在墙上，星官儿倾了全力向城楼怒吼，吼声震碎了幽空，惊醒了长夜，玄武大道上的居民纷纷出门，隔河来看究竟，众卫无人再敢放箭，孙牧野始终下不了射杀的决心，星官儿急躁地绕来绕去，正对峙不下时，正仪门开了，黑暗中趋步走出一个宦官来，高声道：“太后请孙将军如意宫相见！”

第四十一章 三月初三

1

当日卫熹用过晚膳，便来如意宫，躺在母亲怀中撒娇。崔太后抚挲爱子的脸，笑问："唐先生今日教了什么？"

卫熹道："《周颂·良耜》。"

崔太后明知故问："那讲的是什么？"

卫熹道："是说农人春耕秋祭的事。我并不明白唐先生为何讲这篇。"

崔太后奇道："难道讲不得？"

卫熹道："农事是低贱事，与我们有何关系？我是天子，当学治国平天下的大学问。"

崔太后道："农事便是天下第一大学问，你要治国，先要知农。"

卫熹道："母亲如何这样说？国之大事，难道不在祀与戎？"

崔太后道："陛下想一想，我们祭祀的是什么？"

卫熹道："首祭祖先，次祭社稷。"

崔太后再问："何为社稷？"

卫熹道："土谷之神。"

崔太后道："土谷便是社稷，社稷便是国家，土地上的五谷，便是国之根本。我们向祖先社稷祈求国泰民安，便是祈愿大焉土地上千千万万的农人，四季勤耕不辍，一年五谷丰登。他们若弃锄，我们便无以为食；他们若饥寒，国家便根基动摇。你记住：农人安，则天下安；农人乱，则天下乱。"

卫熹道："如此说来，那田地里的农人比庙堂上的公卿还重要？"

崔太后道：“我们国家八千万子民，十之有九是农人，有谁比他们重要？你若不懂农情，便不能懂国家。”

卫熹道：“我从不认识一个农人，也没历过耕种之事，如何能懂？”

崔太后道：“这便是唐先生为何教你《良耜》。你非但要学书卷上的知识，还要亲身去田中地里看一看，把五谷种子握在手心掂一掂，才知道其中的分量。”

说到此节，卫熹又想起一事，道：“孙牧野也邀我出宫去看一看。”

崔太后问：“去哪里？”

卫熹道：“洪武围场行猎。”

崔太后笑道：“这便是‘祀与戎’之‘戎’了。”

卫熹道：“母亲，我该不该去？唐先生说该去。”

崔太后点头道：“去。你去学习策马奔腾，弯弓射狼，如同你父亲当年一样。”

卫熹道：“我……我若从马上摔下来怎么办？”

崔太后柔声道：“熹儿，你已十三岁了，要像大丈夫一样无畏。那些不羁的烈马，欺弱小，敬强大，你若胆怯，它便脱缰撒野，你若勇敢，它便温顺听话。”

卫熹又问：“母亲，什么样的人才算大丈夫？”

崔太后想了想，笑道：“孙将军，唐先生，大概都算。”

卫熹道：“可他们不一样。”

崔太后道：“如何不一样？”

卫熹道：“孙将军是武人，唐先生是文士。”

崔太后道：“临难不惧，百折不屈，混沌中有开拓之志，危局中有担当之心，此可谓大丈夫，与他执笔还是执刀全无关系。”

卫熹道：“母亲，你想我做唐先生那样的人，还是孙将军那样的人？”

崔太后道：“你是天子，要做天地之间的完人，比他们都强大。”

卫熹振奋了，道：“是！母亲，洪武行猎，我带父亲的悬雕弓去！”

崔太后道：“悬雕弓要三石之力才拉得开，须等你长几岁再给你。我稍后把你父亲年少时用的弓箭找来，给你备下。”

母子两个不觉聊到四更，忽听几个宫人在惊慌私语，崔太后换了厉色，问：“在窃窃说什么？”

一个宫人上前禀道：“她们说，在门外听得见虎啸声。”

崔太后问：“哪里来的虎啸？”

宫人回：“说是正仪门那边传来的。”

崔太后微一沉吟，向卫熹道：“陛下该就寝了。”

卫熹道："我就在母亲这里睡。"

崔太后便向宫人道："伺候陛下去内暖阁休息。"

宫人引着卫熹向内暖阁去了。崔太后向王怀岁道："去正仪门，请孙牧野来。"王怀岁答应着去了。

四刻之后，孙牧野大步迈入宫殿，崔太后先道："孙将军深夜为何事而来？"

孙牧野道："请太后为孙牧野下一道旨。"

崔太后问："什么旨？"

孙牧野道："太后给了蝉衣什么旨，就给孙牧野什么旨！"

崔太后道："孙将军竟是兴师问罪来了？"

孙牧野道："我为寻人而来。"

崔太后悠悠道："她自己想走，将军何必追呢？"

孙牧野道："这是孙牧野的家事。"

崔太后道："你囚了她五年，耽误了她五年，不如放她去。我送去的女子你若不喜欢，我再送你十个绝色。"

孙牧野道："太后纵送我一千个，也抵不过这一个。"

崔太后面露难以名状之色，问："她究竟好在何处，竟让将军痴绝如此？"

孙牧野道："不劳太后过问！"

他既言辞无礼，崔太后也动了气，道："将军也不该如此和我说话！"

孙牧野心知，每拖延一刻，蝉衣便去远一里，再耽误些时辰，天茫地广哪里还寻得到，当下上前一步，再道："请太后下旨！"

崔太后道："我若不呢？"

孙牧野孰视崔太后，问："太后铁了心放她去？"

崔太后道："是她自己铁了心要去。"

孙牧野再向前一步道："我也铁了心要追她回来！"

侍立于阶下的骁禁卫立时叫道："将军退两步说话！"

孙牧野生生站在原地不退，与崔太后只隔七步之遥，道："我为国为君立了大功，太后却在背地里乱我的家！"

崔太后道："你立了军功，便能胡作非为吗？便能欺凌女人，拆散夫妻吗？"

孙牧野倔性发作，瞳子都放阴了，道："孙牧野在北凉拆散的家何止十万，先帝还封我侯，拜我将！"

崔太后心口气得生疼，向宫人道："大焉的右将军好威武，在如意宫撒野也无人敢管！"

宦官们忙斥道："孙牧野，速速退下！"两个宦官来拉人，孙牧野猛地伸手把两人推翻在地，骁禁卫见状喝道："孙牧野反了！"拔刀向孙牧野劈来，孙牧野下意识向一柄横刀迎去，右手化作铁爪袭眼，左手化作钢钳夺刀，禁卫霎时被缴去了兵械。横刀在孙牧野手中一抡，扫退了两三柄细剑，宫女们尖叫逃开，满殿宫人齐声喊："保护太后！"纷乱中，一个童声叫道："母亲！"

众人循声看去，屏风后奔出来的身影正是卫熹。原来卫熹听说虎啸宫外，心中便隐隐不安，睡不到一炷香的时辰，又悄悄转回来看究竟，孙牧野和母亲的争执，全落在了他的眼里，及至孙牧野夺了护卫的刀，他担心母亲安危，不由得惊呼出声，跑了出来。满殿宫人都跪下了，叫："陛下！"崔太后反担心孙牧野伤他，也叫道："陛下快回去！"卫熹不听，挡在崔太后的身前，向孙牧野怒目而视，问："你要做什么？"

孙牧野瞬间收敛了气势，无言以对。

卫熹道："你在御前持械冲撞，该当何罪！"

孙牧野醒悟自己手中还有兵器，便蹲下身，把横刀轻轻搁在地上。

卫熹道："骁禁卫，把孙牧野拿下！"

骁禁卫要上前拿人，孙牧野道："孙牧野只是和太后说两句话。"

卫熹道："你哪里是来说话的？你是谋反！"

崔太后却镇静了，向卫熹道："陛下请去休息，余下的事，我来处理。"

卫熹道："不！他要欺负太后，我绝不许！此事该我来处理！"

孙牧野昨日见卫熹时，卫熹是坐着的，看不出有什么变化，此刻见他直身站着，才发觉他已长高了许多，虽还单薄，却有成人的轮廓了。孙牧野想起在护宫河边和唐瑜聊的话，自己说希望卫熹能长成男子汉，没想到今日便见着了卫熹如男子汉的模样，可他万没料到，卫熹的骤然成长竟是为了和自己对抗。孙牧野看出卫熹心中在怕，他却不能让这怕加剧，他要护住卫熹这好不容易激出的勇气，遂决定退步，把语声放软道："孙牧野家中走失了一个人，要请太后下一道旨，容许孙牧野连夜出城寻人，绝没有冒犯圣上和太后之心。"

卫熹昂然道："太后说不下旨，便不下旨，岂容你逼宫？"

孙牧野道："不是逼宫。"

卫熹道："那你为何还不退下！"

崔太后却在卫熹耳边道："请陛下为孙将军下旨，容他出城。"

卫熹一愣，道："母亲！"

崔太后把卫熹一看，有无限深意要透过双目传递给他，卫熹读不懂，崔太后再劝道："请陛下速速下旨。"

卫熹看母亲当真不是敷衍，遂向宫人道：“取笔墨玉玺来，朕下旨。”

孙牧野道：“多谢陛下！”

宫人顷刻便把笔墨纸砚和天子玉玺奉上，卫熹在崔太后的指点下写了圣旨，盖了天子印，交与孙牧野，孙牧野拜谢而去。如意宫重归宁静，惊魂未定的宫女为母子奉上安神定惊的暖茶，卫熹哪里喝得下去，问：“母亲，你为何容他逼宫？他方才已犯了株连九族之罪！”

崔太后道：“依陛下之意，该如何处置他？”

卫熹道：“叫骁禁卫把他抓捕，投入大理寺，叫大理寺、御宪台、刑部会审他的逆反罪。”

崔太后道：“可如今，百姓不许我们抓他，百官也不许我们抓他。”

卫熹问：“这是为何？”

崔太后道：“他刚刚收复了润州，正是名望鼎盛之时，我们若抓他，百姓要唾骂，百官要进谏，争论一开，又要牵连出我放走他爱姬的事来，倒显得我理亏了。”

卫熹怔道：“我不是天子吗？都说天子至高无上，我为何不能自主？凭什么我要听官员的，听平民的？”

崔太后道：“古往今来，那些独断专行的君主被后人称作昏君、暴君，你是要做桀纣，还是做尧舜？若要做圣君，官谏要听，民意也要察。”

卫熹道：“若是父亲在，他想杀谁便杀谁，难道他也是桀纣？”

崔太后道：“你父亲不同，他是一棵参天树，底下有千百条根系，把他支撑在大地上，任什么狂风暴雨，他都不怕。可你不一样，你还是一棵小树苗。”

卫熹道：“父亲的根系是什么？”

崔太后道：“是二十万常胜不败的涅火军。”

卫熹道：“涅火军如今归了孙牧野！”

崔太后道：“孙牧野和涅火军，便是你父亲留给你的根系。”

卫熹道：“我难道要依靠孙牧野，才能立于大地之上？”

崔太后道：“是。”

卫熹道：“可他若把涅火军当作他的根，自己长成大树，怎么办？”

崔太后道：“所以你还要扎下许许多多的根，比如端木先生，比如满朝文武，比如十三州百姓。根多了，你这棵树便立住了。”

卫熹想了想，道：“等我长成大树之时，纵少了他这一根，也不怕了，是不是？”

崔太后的心猛然一动，许久方道：“那是很久以后再思虑的事了。润州是在陛下的时代回归的，何尝不是陛下的功绩？请陛下记住孙牧野的功劳，忘了今夜的事吧。”

2

孙牧野出了龙朔宫，同守在龙首桥边的星官儿合在一处，向东城门去，那守城门的骁翊卫看了圣旨，嘀咕道：“真是怪事，十年没人夜半出城，今夜倒一出出两个。”开门放孙牧野和星官儿去了。

孙牧野知道蝉衣必北上，便向北而追，人马和虎披着月色在未离原上狂奔，星官儿本不善长袭，因见孙牧野的气色大异，知道此回非同寻常，便奋力跟上战马的飞蹄，一步也不肯落下。跑出二十多里，天际发了白，原上的人影渐渐多了，早起的农商遥遥看见马和虎一掠而过，时而猛虎在前，时而健马在前，都惊讶道：“到底是虎在撵人，还是人在猎虎？”来不及看清，马和虎都沉下了地平线。

战马一气不歇追了七个时辰，到下午时，出了开元城的地界，到了芦州平原，孙牧野看见原上有一匹同样在疾驰的白龙马，离广原尽头的芦州关仅二里之遥。

奔逃一夜的蝉衣，也在此刻看见了芦州关，她估算着，不到一刻的工夫便会到关下，守关将士见了太后懿旨一定会放她过去，再过芦州，过雍州，出坠雁关，到了北凉，她便如鹰翔长空，无拘无缚了，故国子民会掩护她，帮助她，她会找到公子醇，孙牧野却再也不能找到她。逆风中，蝉衣沐浴了久违的自由，她向已在百步之内的关口驰去，忽然身后一声呼哨响起，白龙马不由得停了一停，蝉衣回头一看，看见了星官儿，也看见了孙牧野，她的心陡然坠入冰渊，再也顾不得疼惜白龙马了，又抽一鞭，叱道：“跑！”

孙牧野又打呼哨了，白龙马听出是孙牧野在呼唤自己，而蝉衣一鞭加一鞭催促它向前去，它一时想停，一时又痛得要逃，四蹄乱了节奏，犹豫间，孙牧野已到十丈之内，蝉衣索性从马背上翻下来，徒步向关卡逃去，孙牧野也下马去追，十步并作五步之后，蝉衣已近在眼前，他伸手去拉，拉住披帛的瞬间，蝉衣忽地转身，抽出袖中暗藏的剑，向孙牧野刺去，孙牧野猝不及躲，只能徒手抓住剑锋，蝉衣双手紧握剑柄，决绝地把剑尖往孙牧野的喉头推，饶是孙牧野也握不住剑了，直划得满手鲜血，星官儿却倏地跃了出来，衔住蝉衣的衣袖，猛然一扯，蝉衣被扯得一个踉跄，孙牧野趁机夺下了剑，蝉衣骂星官儿：“孽畜！”还转身想逃，孙牧野早冲过来，将她拦腰抱住。

杀气腾腾的孙牧野什么也不顾惜了，他重手重脚把蝉衣往自己的马背上拖，蝉衣一边挣扎一边叫：“孙牧野！住手！”

孙牧野不听，蝉衣又叫：“放开我！放我走！”

孙牧野还是不听，蝉衣便恨声道：“你瞧瞧我，瞧瞧我的发！”

她忙乱地扯过鬓边一缕散发，孙牧野手虽未松，人却静止了，依言看她的发。

蝉衣把长发凑到孙牧野的眼前，道：“你瞧，我生白发了！瞧见没有？”

孙牧野冷冷不应。

蝉衣把一丝白发挑出来，给孙牧野看：“五年，我在你这里蹉跎了五年，老了五十岁！我已不知自己还能不能再活五年！我三十四岁了，等不起，耗不起！你放我走，放我人找我的丈夫，找得到找不到，我余生都念你的善！”

她辞色厉疾，直直扯着那丝白发不松手，不像诉苦，反像示威，孙牧野毫无触动，他冷冰冰看了半晌，然后伸出右手，粗鲁且坚决地把那丝白发拔了下来，再把蝉衣往马上托，蝉衣又叫道：“我再和你说一件秘事！说了你便放过我。”

孙牧野依旧一言不发，却又停下来，听她说。

蝉衣道：“我身子受过伤，再不能有身孕，不能给你生儿育女，你要的家我给不了。”

她对视孙牧野，果见孙牧野的眼中闪过一丝意外，忙接着道：“你迟早也要找别的女人，不如此刻便放了我，为我好，也为你好。”

孙牧野眨眼又镇静了，双臂再用力，把蝉衣托上马背，自己也翻身上去，一手箍住她的腰，一手勒紧缰绳，掉头又进入未离原。蝉衣在马上犹不停地斥责，孙牧野好歹都不应，等她自家说累了，伏在马背上困倦休憩。两个人、两匹马、一头虎，走过黄昏，走了彻夜，在又一个黎明来临之际回了开元城。

到了孙宅门前，孙牧野半拎半抱地挟持蝉衣往府中去，倒把陈留吓了一跳，道：“如何这般莽撞？”要上前拦阻，孙牧野一双冒火的眼睛横过来，唬得他不敢再劝。孙牧野抱着蝉衣回了她的卧房，一脚踢开门，把她抛在床上，懿旨从她怀中滚落出来，孙牧野捡起看了一眼，三抓两抓撕成碎片，扔了满地，自己转身出门，“啪”地把门撞合了。晕头转向的蝉衣伏在床上歇了几口气，跑过去打开门，只见孙牧野叉抱双臂直挺挺堵在门前，森森然盯着她，她也猛地把门摔闭，回身坐在床沿生闷气。

从日出到日落，蝉衣和孙牧野隔着一道门对峙，外面的人不动，里面的人也不出声，忽听窗边吱呀作响，蝉衣转头看时，却是星官儿前腿趴上窗台，把窗户打开了，一个大花脸冒出来，探看蝉衣的脸色，若是蝉衣和气些，它又要跳进来玩耍，谁知蝉衣把尖尖食指对着它叱道：“畜生奴儿看我做什么？我养了三年也养不熟你！两个合了伙儿对付我，好生横行霸道，为所欲为！天下万事，你爷俩说什么便是什么，想怎样便怎样？此刻不收敛些，将来有报应的时候！”

星官儿心亏，转身溜了，孙牧野却不觉得心亏。他不知道从战乱中捡回一个女人有什么错，又觉得这些年对她千依百顺，早已问心无愧。他以为蝉衣对他的心意在变——从最初的敌对，到愿意和他一张桌上吃饭、一盏灯下读书，她似乎在慢慢接纳自己。出征润州时，孙牧野日夜担心她会离开，谁知三年归来，她还在，那个时候孙牧野踏实了，相信她的伤痛已被抚平，会和自己长长久久过下去，像最寻常的夫妻一般。蝉衣的出逃，对孙牧野而言犹如一盆凉水顶头浇下，又如一柄利刃穿心而过，他出离愤怒了，他一厢情愿地认为蝉衣背叛了自己，正如已经投诚的敌人重新捡起刀戈，悄悄刺向他的后背。孙牧野无以宣泄一腔怒火和委屈，便在门口站成了木桩，以此昭示自己绝不放手的决心。

天黑尽了，蝉衣坐到身心俱疲，便拖过一张椅子挡在门口，和衣上床睡了，却睡不踏实，夜半大风吹断了一根树枝，也惊得她翻身起来看，看见门上还映着那个一动不动的人影，心中又是气，又是叹，又恨他，又恨自己，百感交陈，睡半晌，醒半晌，浑浑樯樯熬过了一夜。

第二日一早，陈留跑来向孙牧野道："孙二郎，唐家奴问娘子在家没有，若在，两位夫人要来找她。"

孙牧野道："不在！"

陈留道："娘子和她们一起说说话才好，你两个在家横眉对冷脸的，都不爽快。"

孙牧野转念一想，便转身走了，陈留自向屋中叫："娘子，稍后唐家夫人要邀你出城游玩。"

蝉衣听说，应了一声，忙起床净脸梳头，才把发髻挽上，便听两只黄鹂儿叽叽喳喳走近了，苏叶先推门进来，道："姐姐，出了什么事？"

蝉衣装作不明白，问："什么？"

明幽道："我们听说孙将军大闹皇宫，找崔太后要你，你们俩是闹别扭了吗？"

蝉衣道："我不过出城游玩一回，他只当我逃了。"

明幽吐舌笑道："好黏人的将军。"

蝉衣拿木梳在明幽的头上拍了一拍，起身去翻衣裳，苏叶把皓腕上的佛珠给蝉衣瞧，道："姐姐怎么去了教坊司又不见我们？佛珠我们都戴上了。"

蝉衣道："见你们一个在弹，一个在舞，也不好搅扰你们的雅兴。这珠子是我闲时做着玩的，并不是精致物，若不喜欢了，便收起来。"

明幽也举起双手灵动地摇，道："一边是苏叶的错缠结，一边是姐姐的佛珠，我永不会摘下来的。"

蝉衣笑问："哪个地方放唐二郎的礼物呢？"

明幽指了指头上的金雀钗，道："在这里。"又指耳朵和手臂，"双瑶珰是阿娘给的，缠金钏是嫂嫂给的。"

蝉衣道："蜜罐中长大的丫头。今天你们又要拉我去哪里？"

苏叶道："今日是三月初三，大家都去城外桃影河游春，咱们也去。"

明幽道：“二郎三郎在门口等着呢。”

苏叶道：“三郎叫问姐姐，要不要叫孙将军一起去。”

蝉衣道：“他不在家。”

苏叶道：“明明在的，我刚才看见了。”

明幽道：“你看见他了？”

苏叶道：“咱们过来的时候，刚好有个人从那边往内庭去，我猜就是他。”

明幽好奇道：“他长什么样？”

苏叶道：“只看见背影，比三郎还壮呢。”

明幽道：“只看背影，你如何知道是他？若是客人，是奴仆呢？”

苏叶道：“就是他，上过战场的人，身形和别人不一样。”

明幽想了一想，道：“他是不是很丑，所以姐姐才不喜欢他？”

蝉衣道：“丑。”

明幽的双眼滴溜溜地转，道：“我要亲眼看看他是丑是俊。”

苏叶推她道：“快去，去。”

明幽果然蹦出房间，装模作样下了两步阶，又转回来，咯咯笑道：“我不敢去，都说他凶得很。”

蝉衣换了干净衣裳，道：“走吧！你最爱无事生非的。”随两个娘子出了门，唐瑜和唐珝果然在府外候着，唐珝先问：“蝉衣娘子，孙将军在不在？”

蝉衣道：“不在。”

明幽和苏叶便悄悄挤眉弄眼，也不揭穿，各自上了马，往西城外去了。

3

三月初三女儿节。此刻作别严冬，候来春融，蛰伏了一季的万物，又在和风煦阳里重现盎然生机。春水化时，最宜洗濯祓除、去垢防疢，于是女儿节也成了春浴节。当日，满城百姓扶老携幼，结伴出城，溯河踏青，士子曲水流觞，童子逐水戏泳，少男少女兰草传情，蔚为春日欢景。此刻桃影河两岸熙熙攘攘，花丛中友朋相聚，树荫下合家宴饮，竟比东西两市还热闹。明幽、苏叶、蝉衣在前，唐瑜、唐珝在后，各说各的闲话，明幽最是欢快，一时叫锦儿把红枣抛到河中去，让枣儿浮水流淌，看下游谁捡着了，一时自己也去河边捞上游漂来的煮鸡蛋，剥了送给奴婢们吃。

蝉衣始终郁郁寡欢，苏叶便一直陪她，见路旁一个中年娘子在卖桃花糕，苏叶买了两块，递给蝉衣一块，又问身后五步之外：“你们吃不吃？”

唐珝道："不爱吃甜的。"转头又和唐瑜续说未完的话。

几个童子呼呼赫赫打闹过来，一个撞入唐瑜怀中，唐瑜把他扶正了，那男童忙作揖道："郎君见谅，不是故意的。"

唐瑜含笑问："你们是哪里人？"

男童道："是长兴村人。"

唐瑜问："居可安，衣可周，食可足？"

男童们听不懂，唐瑜又问："长兴村赋税几何？"

男童只道："我们那里是恭王的食邑，是给恭王上税。"

一个挑担的农夫听见了，边走边回头道："郎君打听这个作甚？他们那里一丁要纳的粮，折下来有三千文。"

唐瑜向唐珝道："官府法定，一丁纳一千五百文。恭王的封地要多纳一番的税。"

童子们嬉闹着跑了，唐珝问："恭王食多少户？"

唐瑜道："万户。假设一户三丁,恭王一年收的税有九万贯。"他缓缓踱了几步,又道，"开元府去年税收八十万贯。"

唐珝吓了一跳，道："恭王一家的收入，抵过十分之一的皇城了！"

唐瑜心中一句话未说出来："除却龙朔宫，便是恭王府对国库的消耗最大。"他看了看玩闹的乡村孩童，道，"这些无忧无虑的童子，尚不知压在父母头顶的山有多重。"

一行人走出十余里，走到桃林边，锦儿忽然指着一处围帐道："娘子，你瞧那边，好像是咱们家的家奴！"

明幽看过去，那织霞绣鹜的彩帐下，进出的果然是明家奴，欢喜道："是我家！我阿爹阿娘也来踏青了。"牵着苏叶向后唤道，"快些，我们去看看他们。"

蝉衣却站住了，道："你们自去，我在河边等你们。"

明幽问："姐姐为何不去？"

唐瑜明白蝉衣只和明幽、苏叶好，对余人还疏远，便向明幽道："娘子喜静，你容她幽处一时也好。"

明幽只好道："我们一会儿便出来，姐姐别走远了。"

蝉衣颔首相应，明幽便领苏叶、唐瑜、唐珝去了。

四人入帐见了文昭侯夫妇，明如海命唐瑜、唐珝分坐左右两榻，先向唐珝道："唐三郎长大成人，再不是当初的纨绔少年了。"

唐珝吃了一惊，挠头道："我还当明公不认识我。"

明如海道："如何不认识？明熙的狐朋狗友哪一个我不知道？明着不过问，暗地也要查，一个一个数遍了，也只有唐家两兄弟佼佼出众。如今你两个出息了，明熙还在恭王府中当闲差，若不是我还有几分薄面，恭王哪里容得下他？可我年事已高，还能扶持他几年？将来我驾鹤西去，明家要败落在他手里！”他转向唐瑜道，“你和明熙是郎舅，我说话他听不进，你劝劝他或许还有用。”

唐瑜应了。明如海又问：“近日开元府有没有事情？”

唐瑜道：“无甚大事。”

明如海道：“我听说有民众聚在开元府前讨房子？”

唐瑜道：“是城南角永阳街重建的事。”

明如海问：“怎么回事？”

唐瑜道：“永阳一街七巷的木屋都被雨蚀虫蛀多年，破落不堪，实不能再住人，唐瑜请示了凤阁，由国家出资，重建永阳街。六百五十八户人家被暂时迁出，安置在城外校军场，因六个月过去还未建成，一些百姓难免怨言，时常来开元府催要新居。”

明如海道：“为何半年了还没修好？”

唐瑜略一沉默，道：“若是开元府一家的事，倒好办，因要和龙朔宫、凤阁、户部、工部打交道，所以拖延了。”

明如海从政多年，对此深有体会，点头道：“一件事，假如五日便能做成，一家独做，要十日；两家合作，便要二十日；三家合作，要四十日；四家合作，要八十日！这是朝廷多年积弊：放权一家，必然缺失监督；多家牵制，必然效率低下。”

唐瑜道：“监督办公效率，本是御史台之职，可御史台行文督促了数遍，见效甚微。”

明如海道：“孙泽羽要监督官员，可力量真如湿了水的羽毛，不过二两重，如何镇得住官场上的彪狼狡狐？”

唐瑜道：“孙大夫大公至正，只是下属执行乏力。”

明如海道：“缺执行的岂止是御史台？朝廷上下，都不缺有识之士，只缺苦干之人。如今上层颁布政令，刚到中层，便打八分折扣；再到下层，又打七分折扣，还能做成什么？十之有七草草完事，十之有三不了了之。问责不严，等同纵容怠政。不是我当着你兄弟两个夸薛让——当年御宪台掌管监察时，比御史台强多了！政令执行十日，沧山便盯足十日，几时考核几时惩处，端的是雷厉风行，所以上至凤阁，下至县府，谁也不敢有敷衍塞责、有始无终之事。”

唐瑜道：“沧山执法严苛过甚。昔年国家存亡绝续之际，若不革除陈弊，则有覆国之危，景、桓二帝皆英雄之主，有大破大立之志、壮士解腕之勇，故敢于重用薛让，如今少帝……”

明如海道：“如今时局平和了，龙朔宫那母子但求安稳，不求进取，所以不敢用薛让。可见薛让之沉浮，到底取决于时势。”

唐瑜道:“无人的命运不决于时势。”

明如海又问:“重建的土木事是哪家负责?”

唐瑜道:“工部找的工人。”

明如海冷笑道:“不知谁的亲戚得了这肥差。”

另一边,明幽拜见了母亲,又拉过苏叶来,道:“阿娘,这是苏叶,我和你说过的。”

明夫人笑向二人招手,叫明幽坐在自己左边,苏叶坐在自己右边,她挽了苏叶的手,道:“好乖巧的孩子,真真是我见犹怜。幽儿每次回家必说起你,你为何不随她来家中玩?”

明幽道:“苏叶不爱见生人。”

明夫人道:“我如何是生人?”转向苏叶道,“你和幽儿是妯娌,等同姐妹,我便是你在开元城的母亲,你也该像幽儿一样,常来明家,陪我说说话。”

苏叶道:“夫人若不嫌,以后幽儿回娘家,我便跟了去。”

明夫人褪下玛瑙镯子,戴在苏叶腕上,道:“纵然她不来,你也来得,你只把明家当作自己娘家。”

苏叶笑向明幽摇手腕,道:“幽儿,我的两边也戴齐了。”

明幽假意生气道:“纵然我不回去都使得了,阿娘偏心新女儿。”

明夫人又把明幽揽在怀中,道:“两个我都爱,只恨你那个哥哥!”

明幽便问:“哥哥嫂嫂呢?”

明夫人道:“带你侄儿去河边钓鱼了。”

正说话间,明熙和甄婉带着儿子明心进了帐,三岁的明心见了明幽,欢叫道:“姑姑!”便扑到明幽怀里,明幽把他抱在膝上,问:“心儿去了哪里?”

明心道:“去河边钓鱼了。”

明幽问:“钓到大鱼没有?”

明心道:“大鱼小鱼都没钓着,我们遇见水蛇了!”

明幽道:“水蛇?”

明心道:“是水蛇!”他大大地张开双臂,“有这样长!”

明幽心知桃影河里没有大蛇,却故意惊怕,道:“这样吓人!咬到心儿没有?”

明心道:“没有,蛇不咬我。”

明熙站在地下,道:“小小年纪故作惊人之语,不过筷子长短的蛇,还离得三丈远,你胡说什么?”

明心便翘起了嘴,明幽道:“心儿和我闹着玩,谁要你揭穿了?”

甄婉笑道:“幽儿这样爱孩子,怎么自己还不生一个?”

明幽便有些害羞，道："我还不想做母亲。"

明夫人忙问："怎么还不想？"

明幽道："我怕生孩子疼。"

明夫人道："我当初若怕疼，你兄妹两个从哪里来？总归要过这一关的。"

明幽道："容我再清清静静玩儿两年。"

明夫人道："我们容得，唐二郎容不容得？"

明幽道："他说我也是孩子，再多一个孩子，他反倒要头疼了，还是等我长大了再说。"

明夫人怜爱道："你几时才长得大！"

几个人说话时，明心从姑姑的膝上滑下来，走到苏叶面前，把苏叶瞧了一瞧，问："你怕不怕蛇？"

苏叶点头，明心便吓唬道："蛇来咬你了！"

他伏到苏叶的腿上，两只手在苏叶眼前挠啊挠，龇牙"呲呲"地叫，苏叶便向后躲，笑道："哪里来的小蛇？别咬我！"

明熙远远喝道："心儿做什么？过来！"

明心却不听，苏叶越怕，他越放肆，明熙又叫甄婉："你容他对外人这样无礼？还不去拉过来！"

甄婉被丈夫大声责怪，便瞪了他一眼，道："多大的事，吵嚷什么？"说完去苏叶身前夺了明心，抱到明幽这边来，道："三四岁的孩儿，难道也能迷了心窍！"苏叶闻言，心中一抖。明夫人沉下脸，道："你阴阳怪气地说什么？"甄婉便住了口。气氛凉得入冬一般，明幽最尴尬，正想找话头说，忽听帐外家奴们隐隐叫："是蝉衣娘子……"

帐中众人都听见，明幽几个慌忙向帐外去，正撞上一个婢子进来，禀道："有人在欺负蝉衣娘子！"

4

蝉衣早因出逃一事闹得心力交瘁，是不愿辜负明幽和苏叶的好意，才勉强游了这一日，此时偷得半刻安静，她随意在河边寻一块矮石坐了，望着余晖下的河面出神，不知过了几刻，波光褪了，河边燃起了篝火，她寻思着，再不回城，有人又要翻天揭地到处找她了，忽听身侧有人叫："夕奴。"

蝉衣凝望渐暗的河水，一动不动。那人向她走近两步，又叫："夕奴。"

蝉衣侧头，看见五步之外站着一个紫袍男子，身后还簇拥了数十个豪奴，那男子见着蝉衣的面容，又走近三步，笑道：“夕奴，果然是你，我还以为眼花了。”

蝉衣道：“你认错人了。”

男子一愣，再把蝉衣深深一看，道：“我绝不会认错，你便是夕奴。”

蝉衣转身便走，那男子抢上来，拦在蝉衣面前，道：“十八年前，在北凉翼国公府上，我见过你。”

蝉衣冷然道：“你认错人了。”

男子笑道：“你我曾有一夜恩情，我如何会认错？”

众奴便口中打起轻佻的呼哨来，蝉衣要从男子身边过去，那男子就势拉她的袖，问：“你如何来了大焉？”

蝉衣蓦地抽回衣袖，后撤了两步，男子不依不饶地上前，道：“十八年了，我时常忆起当夜情景，恨不能再见你一回，必是上苍听见了我心中祈愿，竟让你我在桃影河畔重见！”

众奴也起哄围了过来，蝉衣被三面包围，只好往桃影河退却，男子道：“你是北凉灭国之后来的大焉吗？谁带你来的？”

蝉衣双足踩入了河水，那男子忙拉住，道：“你躲我做什么？你当真不记得我了？”

蝉衣斥道：“休碰我！”她急于挣脱这男子，却不想踩到河中青苔打了滑，眼看要摔倒，那男子一把将她搂在怀里，众奴鼓掌大笑起来，男子道：“你随我走。”

众豪奴肆无忌惮的笑声惊动了远处的唐家婢子，婢子们循声观望，道：“那些轻薄人又在欺负谁？”

一个眼尖的叫道：“好像是蝉衣娘子！”

几个再细细一瞧，果然是蝉衣，都慌道：“出事了！”急忙跑去禀报了明幽。

明幽一行赶来时，蝉衣已被男子拖到岸上，她欲掌掴男子，却被两个豪奴拉住了手，男子吩咐：“牵马来！”

唐珝先冲上去，朝男子面上就是一拳，男子手一松，蝉衣逃开了，众豪奴见状大怒，要打唐珝，唐家奴也一拥而上，男子见势不妙，叫道：“住手！”众豪奴住了手。明幽气极，向男子道：“你是吃了熊心豹子胆，敢欺负她！”

男子道：“我们故人重逢，情难自禁，与你们何干？”

众人闻言大感意外，苏叶问蝉衣：“姐姐认识他？”

蝉衣面色煞白，道：“不认识。”

男子道：“假装不认识我？当年在北凉，你忘了是如何伺候我的？”

众人一听“北凉”二字，便知道男子不是胡诌，唐珝问：“你是谁？”

男子道：“我是前礼部侍郎蒋琬之孙！我祖父去北凉出使，那北凉的翼国公设宴招待我祖孙二人，便是她伺候我的！”

明幽怒道：“你痴心妄想入了魔！姐姐是北凉王妃，如何伺候你！”

男子一愣，问：“王妃？”

明幽道：“正是北凉王妃！”

男子又一愣，忽然哈哈大笑起来，先指了指蝉衣，再指明幽、苏叶、唐琊、唐瑜，问：“她对你们说她是北凉王妃？”

蝉衣拉了拉明幽，道：“我们走。”

男子大叫道：“她不过是翼国公府中一家妓！什么王妃？”

唐瑜严声吩咐家奴：“将这人赶走。”

家奴们上前拿人，男子后退几步，道：“我绝非污蔑！她和我睡觉了！一夜恩爱，我怎会忘记她的模样？她叫夕奴，是翼国公家养的妓女，绝不会错！”

河边原本人迹不多了，经此一闹，却不知从哪里又冒出百十个人来，围住看热闹，有人窃窃私语：“王妃？是不是孙牧野从北凉掳回来那个？”

男子猛醒过来，笑道：“你哄骗孙牧野你是王妃，他才带你来了大焉，是不是？”

恰在此时，众人听唐琊叫道：“孙将军！”

蝉衣陡然一凛，回头看去，孙牧野分开人群走了出来，蝉衣看他的神色，便知他已听见了一切。男子见孙牧野向自己而来，便问：“你是孙牧野？”

孙牧野不答。

男子道：“我好心告诉你，这女人不是王妃，是妓，我睡过，许多人都睡过，你别被她骗了。”

孙牧野猝然挥拳向男子击去，蝉衣却一下拉住他，道：“你住手！”

孙牧野生生停了手，那男子先一缩，又站直了，调戏道：“你还护着我？”

众豪奴笑道：“一日夫妻百日恩。”

孙牧野闻言又要动粗，蝉衣双手紧紧拽着孙牧野的衣袖，呵斥道：“你别闹事！”

孙牧野说不出一句话，只用不解而愤懑的眼神询问蝉衣，蝉衣泛白的双唇说出了虚弱的话：“几百双眼睛盯着看戏。你把事闹大一分，我便要被人多打量一分，转身还要被人多传一分！”她颤着语声，轻道，“走，带我回去。”

孙牧野用难以言喻的眼神看了她半响，终于妥协了。他转背先行，蝉衣跟在他身后，随他在众目睽睽中分出一条路来，离开了。

5

躺在床上的蝉衣冷得睡不着。她是凉人，耐得苦寒，在开元城最孤凄的冬夜也安之若素，可在这暮春时节，她竟蜷在被中瑟瑟发抖，风从每一处缝隙钻进来，给她遍身上刺刑，她把自己抱得再紧也抵御不了，索性起了床，提一盏灯，出了房门。

此刻是子夜，孙牧野的卧室门却大大敞着，蝉衣走在门口向内一瞧，无人，床上的棉被乱掀在一边，她转去虎舍，见不更事的星官儿四腿朝天缩着，兀自睡得香甜，她又去荷池，总算看见了人影。

孙牧野不知在亭中坐了多久。待蝉衣近到十步之内，他才回头看，看笼罩着蝉衣的一团迷蒙灯火，两天了，他头一次开口和蝉衣说话："你怎么还不睡？"

蝉衣反问："你怎么还不睡？"

孙牧野道："我白天睡多了。"

蝉衣道："别骗我。"

孙牧野闭上了嘴。

蝉衣道："你在想那人说的话，你在猜是真是假。"

孙牧野道："我没猜真假。我知道是假的。"

蝉衣立在孙牧野的面前，声音仿佛自虚空中来："倘若他说的是真的呢？"

孙牧野道："假的。"

蝉衣道："真的。"

孙牧野扭过头，看一池墨水。

蝉衣道："倘若是我骗了你，我不是北凉王妃，我是翼国公府中一妓，我叫夕奴，不叫蝉衣，你怎么想？"

孙牧野道："我什么也没想。"

蝉衣盯着他看了少时，忽然唇角蔑然一笑，道："你想和我上床，是吗？"

孙牧野不敢承认，也不想否认，便沉默。

蝉衣道："自然是想的。"

孙牧野还是不答。

蝉衣道："可惜你来错了时候，也来错了地方。你若早十八年出现在翼国公府，只需开一开口，招一招手，我便和你到床上去。我本是妓，你想怎样，我都依你，何至于像如今，费尽了心思，还是不能得偿所愿？休恨我，该恨你自己，为何不早些去那里。"

孙牧野转过头来，也把蝉衣深深凝视，半晌方道："若早些出现在那里，我还是要带你走。"

蝉衣又觉得冷了，身子一晃，手中灯笼便摇曳不止，烛光紊乱，她道："可惜，可惜带我走的不是你。"

孙牧野问："是宋醇？"

蝉衣背转身，向着荷池压抑心绪，孙牧野只看得见她颤抖的双肩，自道："一定是宋醇把你带走了。"

片刻寂静之后，孙牧野又道："我不会再让人把你带走。你余生都要在孙家过。我要娶你。"

蝉衣道："你说要就要？"

孙牧野道："我说要就要。"

蝉衣恨到无言。

孙牧野道："我不会一生做征人。我打的这些仗，都是为了将来去打念波城。念波城丢在我父亲手里，我必须打回来，给国家和百姓一个交代。等念波城收复了，我就卸甲，和你好生过日子。你若喜欢孩子，我们就抱养几个，你若不喜欢，就我和你清静过。"

蝉衣道："你去爱别人，去娶别人！"

孙牧野道："我不要别人！"

孙牧野越赤诚，蝉衣越悲戚，她追问："为何？为何偏偏就是我？"

孙牧野道："从流放夜州以来，我也时常问上天，为何偏偏是我。上天不能答我，我也不能答你。有些事偏偏是我，有些事偏偏是你。"

蝉衣把灯笼抛入池中，转身逃入黑夜，孙牧野不追，只看熄灭的灯笼在池面荡出圈圈涟漪，忽然陈留远远叫："孙郎！"

孙牧野问："什么事？"

陈留道："宫里来人了！"

正说着，一个宫人走了出来，道："孙将军，小奴来传一句圣上的话。"

孙牧野问："什么话？"

那宫人道："圣上昨夜受了凉，圣体小有不适，洪武围场不去了。"

孙牧野停了半刻，道："知道了。"

第四十二章 清明

1

上巳节后，又是寒食节。这日天气晴好，唐瑜巡视半城之后回了开元府，下马时，拍落了满肩的柳絮。他一进府门，廊下三三两两闲聊的差役都站直了招呼："府尹来了。"唐瑜含笑应了，见一个短瘦精干的小差役也在，便唤："侯望书。"小差役道："在！"趋步过来，弯腰跟在唐瑜身后走，笑道："府尹，他们都叫我猴毛儿，你也叫我猴毛儿吧。"

唐瑜问："明日清明，你要不要去给父亲扫墓？"

侯望书道："要，值完班就和母亲去。"

唐瑜道："明日叫我一声，我也去你父亲的墓前拜祭。"

侯望书道："府尹太多礼，有这份心，我们就知足了。"

唐瑜道："你父亲是唐三郎的救命恩人，也是国家烈士，我自当相敬。"

侯望书应了，又道："今日寒食节，家家都吃彩蛋，我母亲昨晚煮了五十来个蛋，个个都雕了长命富贵的花样儿，叫我送给府尹一家吃。"

唐瑜道了谢，问："你母亲近日身体可好？"

侯望书道："前几日有些咳，这几日又说没事了。"

唐瑜道："你要时常在母亲身前侍奉才是，不可再像从前那样蹉跎光阴。"

侯望书道："是。如今除了在开元府当差，就是回家陪伴母亲。父亲过世后，我就是家里顶梁柱了。"

唐瑜点头，又问："在开元府收送公文，传讯带话，嫌不嫌辛苦？"

侯望书笑道："就是每天骑马在一阁六部跑来跑去，好玩得很，不辛苦。"

唐瑜道："收送公文虽是力气活，却关系重大，你一要勤快，二要细心，每一份公务都不可迟误，更不可丢失。"

侯望书道："我今早取了三份公文来，已经送到府尹的办公厅了。"

唐瑜道了声"辛苦"，便放侯望书去了。进了厅，秘书丞陈金石迎上来，道："府尹回来了。"

唐瑜问："上午有事没有？"

陈金石道："没有。"倒了一杯水呈上书案，笑道，"今日不能煮茶，只好请府尹饮凉水。有两份公文要府尹处理。"

唐瑜在书案边坐下，把两份公文翻了翻，一份来自凤阁，一份来自礼部，遂问："是今早送来的吗？"

陈金石道："是。"

唐瑜亲自回复了，后问："没事了？"

陈金石道："今日却闲些，没事了。"

两人对坐谈了半炷香的政务，小吏进门道："午膳已备好了。"

唐瑜和陈金石同去了膳厅。因是寒食节，天下的灶头都禁了火，厨师昨夜熬了一锅大麦粥，拌上碎杏仁，凉了一夜，此刻凝成半粥半糕的冷食，又有昨夜炸的蘸蜜面，煮的雕花蛋，都摆在长案上，供官员们自行取食。唐瑜独坐吃了一碗麦粥、半个子推蒸饼，拿着剩下半个出了厅，官员们都问："府尹去哪里？"唐瑜道："我去找巡山狸。"

开元府中不知何时来了一只流浪猫，橘背白肚，憨态可掬，大官小吏都怜爱，容它在府中安了身。它于每日上午卯时、下午酉时必去各个办公室逛一遍，好似巡查谁迟到、谁早退一般，于是大家戏呼作"巡山狸"。

走到膳厅阶下，唐瑜轻唤了几句，巡山狸果然现身，唐瑜把蒸饼掂碎了往它口中喂，不多时，差役们吃完饭，嘻嘻哈哈从后堂出来，见了唐瑜，立马屏声静气，招呼道："府尹。"

唐瑜点头，见侯望书也在其中，因道："侯望书，去给巡山狸舀一碗水来。"侯望书应了，转身奔回食堂，其余差役告了退。

少时，侯望书端一碗水出来，放在巡山狸身边，两个一起看猫儿饮水，唐瑜装作无意问："你今早取了几份公文回来？"

侯望书道："三份。"

唐瑜道："没记错？"

侯望书道："实打实去了那些地儿，如何会记错？凤阁、工部、礼部。"

唐瑜问："公文送到办公厅，谁收的？"

侯望书道："秘书丞陈金石，每回都是先呈给他。"

那陈金石是前任府尹的亲信，面上对唐瑜客客气气，暗里却颇有抵触，今日扣下一份公文不呈，唐瑜明白其中必有缘故，不动声色和侯望书聊了几句，转身走了。

回到办公厅，陈金石上来道：“府尹快趁中午歇会儿，下午吏部有个会，请府尹出席。”

唐瑜问：“什么会？”

陈金石回：“说是整顿会风的会。前日有个官员在吏部尚书主持的会议上打了瞌睡，呼噜声满厅响，尚书便说要整顿一番。”

唐瑜笑道：“他不反思为何别人听他讲话会困吗？”

陈金石也笑道：“一天三五个会，一月六七十个会，场场都是一个调儿，谁听都想睡。今日是整顿会风会，只怕明日要开贯彻整顿会风会的会。”

唐瑜道：“下午请李少尹去出席。我们去未离原上各村各寨走走看，换下官服去，休惊动了县令里正。听田中农一句，胜过听坐堂官十句。”

陈金石应声，便出门找少尹李传煜去了。

2

开元府管辖的不止开元城，还有未离原上的九个县。下午时，唐瑜和陈金石换了布衣，去了未离原东北面，两个时辰后，到了兰田县的地界外，陈金石道：“府尹，这兰田县是恭王的食邑，收成都归恭王，好不好都不与咱们相干，不必去看了吧？”唐瑜道：“既然来了，看看又何妨？”于是纵马进了兰田县。

只隔了一条小沟，兰田县的景象和原上别处并无二致，气氛却阴霾了许多，唐瑜和陈金石走出三里，只见男女老少皆埋头耕种，不闻一丝人声，陈金石抻了抻背，笑道：“不知怎的，一进兰田县，就觉得背上在发凉。这些人都是哑巴聋子吗？”仿佛为了反驳他的话，只听一人大叫道：“天兵来了！天将来了！”

唐瑜和陈金石循声望去，只见一个十四五岁的年轻人挥舞着一柄蒲扇从田垄上飞奔过来，披头散发，右脚趿鞋，左脚光赤，口中直叫：“天兵天将来收徭赋了！快逃！快逃！”

田中一农道：“这疯子又来了！”

听说是疯子，唐瑜和陈金石便继续向前走，那人却追过来，拦在马前道：“你们可是阎王老爷派来催命的？”

陈金石笑骂道：“老子是太上老君派来度人的！”一鞭虚抽过去，喝道，“闪开！”

那疯子缩肩闪到一边，却又嘻嘻笑起来，跟在马儿后面走，絮絮叨叨没完没了。走到小村口，但听一间茅屋中爆出一阵吵闹，一个女人高声骂道：“打死这偷腥汉！打死这土娼妇！”然后屋中砰砰铛铛响个不停，是打人声，也是摔物声，那疯子拍手欢道：“有打架看了！”先奔了过去。那边，三四个彪悍村妇拽着一个赤裸女子从茅屋中出来了，又有一个男人边穿裤子边追出来，道：“莫打人！”

个村妇叉腰骂道：“我打不死你个贼肚！说是去下田，如何又钻到这土窑里来？”一边骂，一边脱了鞋向男人劈头盖脸打去。另一边，两个村妇对那女子又是扇耳光，又是吐口水，许多村民赶来拉架，道：“何苦哟！好生说话！”村妇又骂：“我们打娼妇，和你们什么相干！”

陈金石见场景粗鄙不堪，便向唐瑜道：“府尹，我们走。”

唐瑜始见那女子无衣，便已转马扭头，听陈金石说，便点头要走，谁知那疯子兴高采烈跑去看热闹，却看清了女子的脸，张口叫道：“阿娘！”

唐瑜闻言又停下了。疯子扑到女子怀中，替她挡住拳脚，哭道：“阿娘！”

几个力壮的村民趁机把村妇们拉开，道：“看她寡妇疯儿的可怜，算了吧。”

当先村妇跳脚拍掌道：“寡妇就能谁都卖吗！要卖就卖鳏夫，如何卖给我男人！”

那男子系好了裤带，过来道：“回家去！我丢人，你难道不丢人！”

村妇道：“我丢什么人！卖的不是我！”到底扯着男人，骂骂咧咧去了。

有老妇解下围腰，把那赤裸女子包裹了，道：“快回家去。”那女子三十出头年纪，比寻常村妇秀气了两分，她从容起身道了谢，挽着疯儿子的手，在众人注视下平平静静回屋去了。

老妇摇头叹息一回，见陈金石和唐瑜立马一边，便道：“客人们休看我们村的笑话——若不是没法子，哪个女人会走这条路？”

陈金石问：“那儿子疯多久了？”

老妇道：“生下来就是傻的！七八岁还不会说话，屎尿都往炕上拉，他老子熬不住，撇下母子偷偷跑了，去外县打零工，可是落不了户，只能做流民，两个月就被官府抓住，打了一顿，遣返回来，又被这边官府打一顿，当晚就死了。一个家若没了男人，就要遭欺负，田也被人抢了，屋也被人占了，告官官不管，求人人不理，只能在村头搭个茅屋住，独自把这疯儿养大。她一个女人家，要糊口，还要缴税，你不让她卖身，她能做什么？”

唐瑜问：“她家也要缴税？”

老妇道：“一年三千文，一文都少不得！”

陈金石道：“要成年男丁才纳税，她家就一个疯子，也要纳税？”

老妇道：“官府说了，那疯子满了十四岁，也要缴税，那些健全的男丁，在田里一年忙到头，才凑得起三千文，纵然凑不齐，也可以充徭役抵赋税；这疯子什么也做不得，钱从哪里来？只能靠他娘的身子！”

唐瑜听完，下马去了茅屋门口。那疯子已忘了刚才的事，此刻正坐在地上流着口水唱儿歌，他的母亲独自坐在阴影里发呆。唐瑜叩了叩门，那女子抬眼看了看，并不答应，唐瑜解下玉佩放在门槛边，转身便走，那女子在后道：“这点钱有什么用？”

唐瑜一怔，回头看她。

女子脸上显出万念俱灰之色，道：“哪怕这玉够用三年，三年后呢？”

唐瑜不能答。

女子缓缓向唐瑜跪下去，泣泪道：“你若是贵人，就帮我母子离开兰田县，去哪里安身都行。”

唐瑜沉默片刻，去了。

两人转马离开兰田县，在未离原上纵奔一个时辰，回了开元城。陈金石问：“府尹夜间有事无事？”

他平白突问，唐瑜心中一动，顺口道：“今夜倒得闲。”

陈金石道：“金石早想和府尹叙谈一回，听说府尹爱纪叟家酒，不如……”

唐瑜笑道：“陈先生若肯做东，唐瑜就去。”

陈金石也笑道：“做得，做得。”

于是两人同往西市而去。

3

纪叟家还是低檐窄屋的旧模样，两人掀帘进门，纪叟的小儿子见了唐瑜，招呼道：“二郎还是一素一荤一壶酒？”唐瑜道：“今日是两人，二素二荤一壶酒。”陈金石道：“如何分了府尹的一半酒去？先上两坛来。”

两人在窗边坐了，才说了几句闲话，又见门帘掀开，几人有说有笑进来，陈金石一看，拊掌道：“原来开元城这样小！才出府衙，又遇见了。”

那几人见是唐瑜和陈金石，忙行礼道：“唐府尹，陈先生，几时回城的？”

原来这几个都是开元府的文书，陈金石道：“刚回来，本以为今日见不到你们，可以偷半日清静，谁知又在这里撞上！”

那几个笑道：“有缘才做得同僚——虽然多是孽缘。”

陈金石向唐瑜道：“府尹，既遇见了，不如两桌拼成一桌热闹些。”

一个忙道：“府尹不喜闹，我们不敢打扰。”

唐瑜道：“孽缘也是缘，都过来坐了。”几个拱手齐道了搅扰。纪家小子抱了几张座席过来，几人分坐在唐瑜的下首，又加了许多菜和酒。

酒热宴开之后，众僚一齐敬唐瑜，问：“府尹今日出城有什么见闻？”

唐瑜这一杯饮快了，稍有些头晕，以手扶额，向陈金石道：“你说给他们听听。”

陈金石便把今日下地方的见闻说了一遍，总结道：“底下县衙里的歪风邪气都是阶前草，锄一日，净一日，几日不锄，又要满庭疯长。府尹，我看又要严治一回了。”

唐瑜道：“还请诸公拟个公文出来，请御史台和开元府一同去下面巡行按察。”

众僚都应了声。

唐瑜道：“公文也是开元府的门面，文辞若不达意，上下要笑话府中无人，所以还请诸公用墨时审慎一些，休在浅易处出错。”

一个道：“若论文风，我等皆不及府尹醇正，日后还要多向府尹讨教。”便向唐瑜敬酒，唐瑜饮了，一时众僚都来敬，唐瑜拒谁都不是，只好一一对付。一巡酒毕，陈金石问：“今日城里有什么事？”

一个笑道：“听说了个笑话，府尹和先生听了乐一乐。”

陈金石道：“快说来。”

那人道：“说是礼部有个七品官，名叫杨绢，不知怎么打通了宫中，和太监王怀岁攀上了亲，认了人家做干爹，王怀岁也疼这儿子疼得紧，谁知杨绢打的算盘不止一个，一转脸，又认了个干爹，是个少监，叫张怀昆。杨绢盘算着找两重靠山，两个都靠得住最好，一个靠得住也成，不承想给王怀岁知道了，这王公公觉得被干儿子耍了一道，破口大骂，叫了吏部尚书去，非把杨绢打出皇城，派去夜州做乡官。”

众僚道：“这可是杨绢犯浑，他跟了三品太监，又何必再找四品少监？”

李达荣道：“休小看了这少监。张怀昆也是个有脾气的，见王怀岁拿干儿子开刀，他脸上抹不开，便决心和王怀岁斗上一斗，也去找吏部尚书，要把杨绢升调凤阁！可怜吏部尚书左也不是右也不是，这几日称了病，躲在家中不敢出门，是不是好笑？”

众僚拍掌大笑，道：“这事一定没完，宫中又有热闹看了。”

陈金石笑向唐瑜道：“依府尹说，吏部尚书该如何办？”

唐瑜却双手撑额，双目微闭，似已睡去，陈金石放轻声叫：“唐府尹。”

唐瑜未应。陈金石回顾众僚，众僚把眼色递来递去，半晌，陈金石听唐瑜呼吸愈重，便悄悄把手一招，一僚立刻从怀中掏出一卷册子送上，陈金石拿着册子凑到唐瑜身边，低声唤：“唐府尹。”

唐瑜含糊道：“你们先饮，我稍歇一歇。”

陈金石道：“这里有一份公文，上午忘了给府尹，请府尹签上名字，明日一早好送去凤阁。”

唐瑜半晌方问："什么公文？"

陈金石道："是关于永阳街重建的事。"

唐瑜问："永阳街建好了？"

陈金石忙道："建好了，这就是验收工事的公文。那工事是工部牵头、开元府承办，如今也要两家共同验收。工部已经验过签字了，只消咱们开元府再签一个字，便可以送去凤阁，告结此事。"一僚拿来一支蘸了墨的笔，陈金石拈着送到唐瑜面前，"百姓们也可以早日乔迁新居了。"

陈金石盯住唐瑜，只等小醺的他在册末签个名字，这事便算完了。众僚也屏住呼吸，看唐瑜是何动作，只见他又眯了一时，缓缓睁眼，坐直了身子，接过公文细看一回，问："工部去验过了？"

陈金石道："验过了，门门户户都修得好，一点毛病也没有，所以签了字。"

唐瑜道："工部验过了，开元府也该再验一次。"

陈金石闭了嘴，眼见唐瑜的目色转瞬清澈了，绝无半分醉酒的模样。一桌人都说不出话，唐瑜悠悠把册子卷了，放入衣襟，笑道："诸公尽兴没有？今夜小聚到此为止，如何？"

无人接话。唐瑜唤纪家小子过来问了账，陈金石道："该我请府尹的。"便僵硬着掏怀里的钱，唐瑜却已把钱放在了桌上，他一面向外去，一面道："明日清明节，耽误诸公半天假，请诸公随唐瑜去永阳街走一走，看一看。"

4

这个清明节，雨含蓄，风却狂恣，唐瑜一行走过桃影河上的同济桥，碎浪溅上了马蹄。陈金石在马背上举着伞凑过来，挡在唐瑜头上，唐瑜道："吹面不寒，沾衣不湿，岂不快哉？先生在清明节为唐瑜遮风雨，恰如七夕不许唐瑜晒书、重阳不许唐瑜赏菊一般煞风景了。"陈金石讪讪收了伞，一行人冒雨去了城南角的永阳街。

一条街建成不足五日，居民还未入住，在这萧瑟的节日里尤显凄清。侯望书今日无事，也跟了唐瑜来听使唤，道："我从前常来这里耍，那时破烂得不成样子，无风无雨也要落两片瓦下来，如今修成这样真好看。"

陈金石道："虽不比城北的雕梁画栋，倒也齐整敞亮，百姓住起来舒心多了。"

唐瑜走过去把门梁抚看，问："承重梁用的是什么木材？"

陈金石回："用的是五针松，不易开裂，干缩小。"

唐瑜道："五针松并不是十分耐腐。"

陈金石道：“十分耐腐的栎木柯木太贵，买不起；三分耐腐的云杉桦木又不敢用，只好取其中，用五针松。”

唐瑜点头，叫开元府的小吏来检验门、窗、梁、柱的尺寸，小吏们拿着准绳和规矩爬上爬下，挑二三十间房子测量了，回来禀道：“柱长短了三毫，柱圆小了四毫，墙面薄了二毫。”

陈金石道：“都是人的双手刨的，多多少少有些出入，工部也允许有误差。”

唐瑜问：“允许误差的数字是几何？”

陈金石呈上了工部的数字，道：“柱长误差在三毫上下、柱圆误差在四毫上下、木面厚度误差在二毫上下，都是合格的。”

唐瑜接过来看了看，笑道：“倒也卡得精确。”

陈金石赔笑道：“工头要赚钱，从哪里赚？就是这样一毫一毫抠。”

唐瑜问：“这样一条街建下来，能赚多少？”

陈金石道：“户部那帮人，钱是一文掰成四瓣掏的，给工头的报酬定的是五十贯，他再在材料上动一动手脚，节省一点，可以翻一番，赚一百贯。”

唐瑜问：“工人的报酬是多少？”

陈金石道：“是按日计，一日二十文。”

唐瑜道：“若做满六个月，有三贯。”

陈金石道：“听起来不少，只是这点钱要吃几年，毕竟难得遇到这样大的活计。”

一行人把一街七巷六百五十八户的堂厨庭院遍览了，陈金石道：“我们隔三岔五都要来监督一回，眼看着房子修起来的，知道底细。倒麻烦府尹空走了一趟。”雨斜飘下来，浇湿了整条街，陈金石以手虚扶唐瑜，“府尹当心污了靴子。”

唐瑜却驻了足，看街面。雨落下后并不洼聚，而是流向街边，淌入下水道去。每家每户的屋前都开了二尺圆的井口，居民们每日的生活污水便从此倒下，地下蛛网般的下水道，把污水引出城外大河中。

陈金石见唐瑜不走，便道：“下水道也是新修的，以前这些住家，满街乱倒污水，臭气熏天，脚都踩不下去，如今有了下水道，就干净了。”

唐瑜走到一个井口边，隔着井栏向下看，问：“下水道多大？”

陈金石道：“有七尺圆。”

唐瑜道：“用什么铺设？”

陈金石道：“陶。”

唐瑜道：“数里长的下水道，要用的陶不少。”

陈金石道：“是，再省也不能省这个钱。”

唐瑜转头问几个小吏："谁下去看一看？"

陈金石便叫一个相熟的小吏："李三，你下去看看。"

李三应了，纵身跳下去，把陶烧的壁敲得当当响，道："是陶糊的。"弯腰爬向深处，陈金石问："里面如何？"

李三叫："也没毛病！"

陈金石禀道："府尹，没毛病。"

唐瑜道："叫他上来，我们回去。"

陈金石便叫："李三上来！"

李三在下水道深处道："好！"半晌后现了身，侯望书在井口搭了个手，把他拉上来，不知怎的心中一转，道："府尹，我想再下去看一看。"

唐瑜本要走了，闻言又停下，道："好，你小心些。"

侯望书也跳了下去，顷刻不见了踪影，唐瑜等了半炷香不见人，便唤："侯望书！"

侯望书在井下回道："府尹！"

唐瑜应道："我在。"

侯望书大声道："不对头！"

唐瑜问："怎么？"

侯望书匆匆忙忙爬到井口，道："我四处看过了！只有每个井口下面一截是陶，深处什么也没有！"

唐瑜皱眉问："什么也没有？"

侯望书道："是！就是挖的土洞！壁上什么都没糊！"一边说，一边从井口爬出来，面对众人把手摊开，手心是一把潮湿的泥。陈金石动了动嘴，没有说话。唐瑜盯着那把泥看了片刻，道："你现去街上，买准绳和规矩来。"

几个小吏连忙双手奉上，唐瑜道："侯望书自去买。"侯望书便骑马去了，须臾，买了绳、尺、规回来，随唐瑜进了民居。十几个官吏无人敢跟去，眼睁睁看着两个从这家出来，又进了那家，把一条街量了大半。直到众人的衣衫湿得如被瓢泼大雨淋过，两个才走回来，唐瑜问："为何唐瑜量出的数字与诸位不一样？"

侯望书抱着一根短梁道："这是白蚁蛀空的木料，怎么撑得起屋顶！"

谁也不敢应答。

唐瑜又道："侯望书。"

侯望书道："在！"

唐瑜道："去请工部验收的官员即刻来永阳街，重验一遍！"

5

侯望书去了四刻便返回了，工部官员却在一个时辰后姗姗来迟，他下了牛车，在离唐瑜三丈远的地方站住，拱手道：“工部郎中骆加川见过唐府尹。”

工部郎中虽是从五品，比开元府尹低了两阶，可工部和开元府互不隶属，他也就不用对唐瑜十分恭敬，仅仅轻礼了事，唐瑜问：“永阳街的工事是骆郎中主持验收的吗？”

骆加川似有似无地叹了口气，道：“是。”

唐瑜道：“验收合格的公文也是骆郎中签的字？”

骆加川道：“是。”

唐瑜道：“工部郎中是土木兴建的行家权威，是天下工匠营造修缮的斗柄指向，郎中签下的每一个名字不仅关乎职位责任，也关乎个人信誉，骆郎中签字时可想明白了？”

半晌，骆加川道：“唐府尹叫骆加川来是为何事，骆加川心中清楚。十之八九的民居，都短了材料，柱子要细一两厘，板壁要薄七八毫；地下全长十九里的下水道，只在每个井口处烧了陶壁，余下看不见的地方，都是土壁，居民倒水下去，土会化成泥。这里的房子，少则五年，多则八年，必出意外——不是上面倒，就是下面垮。”

唐瑜道：“一街七巷四千人居于危房之下、险地之上！若房屋倾圮，土地塌陷，百姓伤亡，是工部负责，还是开元府负责？”

骆加川看完了天，又看地。

唐瑜道：“唐瑜邀郎中来，是请工部和开元府共同重验永阳街，把结果如实记录在册，上报凤阁，如何？”

骆加川许久方开口：“永阳街是我看着从平地建起来的，哪家屋顶少了片瓦我都知道，如何不知道地上地下这点龌龊事？”

唐瑜道：“骆郎中知道，却不说。”

骆加川重重一声叹息，道：“唐府尹，骆加川不怕当着众人和你说句实话：我头一回验收，就拒绝在验书上签字。当日夜里，有人送一对玉蜻蜓上门，我退了回去；次夜，又有人端一尊琉璃无相佛上门，我又退了回去；再过一夜，就有人送了二十三把匕首来，我收下了。”

唐瑜问：“二十三把匕首？”

骆加川道：“骆家上下恰好二十三口人。”

唐瑜顿了一顿，问：“朝廷命官受了威逼利诱，如何不上报开元府和御史台？”

骆加川冷冷一笑，道：“若报官了不敢查，或查了不敢抓，谁都尴尬。”

唐瑜问:“修建工事的工头是谁?”

骆加川道:“工头姓甚名谁不打紧,打紧的是工头背后的人姓甚名谁。唐府尹细想一想,修建永阳街,不是刨条凳子的活计,是开元城几十年一回的大事,上千万的钱来来去去,几十个工头抢破了头,最后抢到的人,会是等闲之辈?”

唐瑜道:“任他是谁,工事做成这副模样,只怕难上岸了。”

骆加川道:“我再劝唐府尹一句:府尹是天下看好的名公子,一有才略,二有门第,右迁荣升不过三两年内的事,哪怕五年后永阳街烂成渣,也是下任府尹来扛黑锅,和你没多大关系,府尹不如两眼半睁半闭,放大家过去;若把此事闹大,工头固然上不了岸,可府尹若被拖下深潭,岂不可惜?”

这话听得侯望书一怒,道:“你是在威胁人吗!”

骆加川道:“骆加川家里还放着二十三把刀,如何威胁别人?”说完拱手道,“工部还有事务要处理,骆加川告辞。”

他转身要上牛车,唐瑜道:“郎中且慢。”

骆加川回头看他。

唐瑜把手中卷册递过去,道:“验收合格的公文,开元府否决了。请郎中把公文带回去,再转告工头:永阳街必须大修,十日之内,务必开工,两月之内,务必完成。不然,开元府必以律法处之!”

骆加川孰视唐瑜,接过卷册,重作长揖,登车去了。

6

回程的气氛凝重得很,随行人的脸色一个比一个难看,还没过同济桥,便有几个官吏借口加班告退,过了同济桥,陈金石和秘书们也说要上坟,分道而去,只剩侯望书跟着唐瑜出了西城门。两个先去了侯文远的衣冠冢前,侯家娘子早到了,正在墓前烧纸浇酒,侯望书也去添土上香,唐瑜折一枝柳插在墓上,在心中谢了侯文远当年舍命救唐玥的恩德。祭拜完后,两人又转去桃影河边。唐之弥的灵柩早迁回皖州故里埋葬,唐瑜不能去,只在河边倾下一壶素酒,遥寄父亲。他在河风中伫立半晌,末了问:“侯望书,你是如何想到再下井去看一看的?”

侯望书挠挠头,道:“若壁上全是陶,那人说话应该像在陶罐里说话一般,瓮声瓮气才是,可李三在下面说话,那回声儿不像撞了陶壁,倒像被土吃进去一般,我就有些不信。”

唐瑜把这话细想了想,向侯望书行礼道:“侯家儿郎可算是唐瑜老师了。”

第四十三章

己任

1

暗夜深沉，唐瑜还在书房里写上疏——一卷动笔半年还没完结的疏，一卷比他写的任何文章都艰难的疏。三更过后，响起敲门声，唐瑜拿空白宣纸把文稿遮挡了，方道：“进来。”

门开处，唐晋进来禀道：“二郎，邻家徐言请见。”

唐瑜问：“徐言？”

唐晋道：“是。”

唐瑜道：“请进来。”

唐晋退回门口，又忍不住道：“二郎，你当真要见他？”

唐瑜道：“如何不见？”

唐晋贴身陪侍唐瑜多年，早也养成了谦和的秉性，只这一回，他懑然道：“自从唐公出事后，徐公和两位公子每日从门前过，我们行礼招呼全装听不见，生怕株连到他家去。那徐家奴每回扫街，都故意把落叶堆到我们门口来，后来二郎复职，徐家奴又来帮我们扫地，外人都说，‘唐家是兴是败，看徐家奴的脸色就知道了’。徐言五年没登我家的门，此番前来，必是有事相求，二郎理他做什么？”

唐瑜道：“他五年不上门，今夜迈过唐家的门槛不知下了多大的决心，我们应当有礼有节请进来。”

唐晋只好应了，须臾，引了徐言进门。徐言还牵着一个六岁的童子，笑指唐瑜道：“这是唐家二叔，你还认不认得？”

那童子摇头，唐瑜含笑上前，蹲在童子面前牵他的手，道："邻家幼儿已长大矣。"

童子便叫了一声："唐二叔。"

唐瑜应了，问："徐小郎近日在读何书？"

童子回："学到《论语·宪问》了。"

唐瑜笑道："可巧，我也正在学此篇。"

童子问："二叔学到哪里了？"

唐瑜道："子路宿于石门。"

童子便诵道："子路宿于石门。晨门曰：'奚自？'子路曰：'自孔氏。'曰：'是知其不可而为之者与？'"

唐瑜赞赏了童子，从笔山上取了一支诸葛笔送给他，道："徐小郎聪慧伶俐，他年成就必不在祖、父之下。"

童子躬身谢了，徐言道："你且出去逛一逛，我和唐二叔有话叙。"唐瑜便叫进唐晋来，叫他领童子去庭院玩耍，唐晋带了童子出去，唐瑜和徐言分宾主坐了。

徐言先道："唐公遘罹之时，偏逢我家祖母辞世，忙于张罗凶事，竟误了悼唁唐公，于是外间有人传，说我徐家见风转舵，趋炎避凉。我家秉承祖上'止谤莫如自修'之训，未加一句辩白，只是从此不好与唐家兄弟相见，生分至今。若我今日不来，二郎也绝不会登我徐家门，是不是？"

唐瑜道："倒有几回想去找你论诗，又被俗务绊住了。"

徐言道："我也是杂事缠身，许久不曾开卷了。"又问，"三郎在不在？"

唐瑜道："他在校军场，难得回家一次。涅火军征了新兵，他便成了老兵，要做表率。"

徐言笑道："从前有大唐相、大唐将，只怕将来还有小唐相、小唐将。"

唐瑜摇头笑道："官场战场皆凶险，谁都是如履薄冰，何敢奢望将来。"

徐言便道："说到官场，我才听说了一件事。"

唐瑜问："什么事？"

徐言道："说是二郎驳回了工部的文书。"

唐瑜笑道："风声流传倒快。"

徐言道："是为重建永阳街吗？"

唐瑜道："是。永阳街验收不过，还须大修一回，只是又苦了七百家百姓。"

徐言道："百姓又要等多久？"

唐瑜道："两月。"

徐言道："大修一条街，两个月是不是太紧？"

唐瑜道："已经耽误了许多时日，再也拖延不起了。"

徐言长长品了半盏茶，后道：“二郎可曾替那工头想过？”

唐瑜问：“什么？”

徐言道：“这回重修，户部一文钱也不会掏，全要工头自己负责。他要在十日内重聚资金、重组人力来办这件事，不容易。”

唐瑜道：“他本该秉持工匠操守，做好这件事。既没做好，自然要承担后果。”又笑道，“你今夜是为工头说情而来？他纵有些家业，终究是工商一层，如何与徐家有纠葛？”

徐言道：“徐言是受人之托。”

唐瑜问：“受谁？”

徐言不答，另道：“我并不认识那工头，听说他连名字也没有，只有个绰号，叫花鳞蛇。也是穷困出身，生在芦州东北，五岁时，父亲让沼泽吞没了，七岁时，半州瘟疫，母亲也死了，从此流浪乞讨为生。他是苦怕了的人，如今虽然拼出了头，却养成了唯利是图的劣性。这件事，自然是他错了，却还有弥补的余地。”

唐瑜问：“如何弥补？”

徐言道：“二郎姑且签一个验收合格，先让百姓搬进去，那住房一时半会儿绝不会出事；再容他慢慢筹措资金，逐步把该修补的地方修补了，一则不耽误百姓搬新居，二则给他将功补过的机会，岂不两全其美？”

唐瑜道：“让百姓迁住危巢之中？笔重千斤，唐瑜签不下去。”

徐言道：“那二郎的意思，是一定要花鳞蛇付出代价了？”

唐瑜道：“承建永阳街，其利厚，其责亦重，他接下工事之时，当有敬畏之心。”

徐言又道：“二郎认为我是为花鳞蛇而来，却不知我也是为你而来。工头固然卑微，只是打一条河蛇容易，只怕牵出一条海龙来，不好请回去。”

唐瑜笑问：“何方来龙？”

徐言欲言又止。

唐瑜道：“‘知其不可而为之’这句话，你我四岁就会背了，如今又传教于后辈。这是我们希望子孙懂得的圣人之道，难道自身不该践行吗？”

徐言无言以对，许久礼道：“我早知今夜是白来，却又不得不来，冒犯之处，二郎见谅。”

唐瑜还礼道：“今夜得与老友再会，是平生快事。”

徐言便出了门，唤回庭前玩耍的儿子，向唐瑜告辞。唐瑜亲送父子二人出了唐府大门，又唤：“徐言。”

徐言回身，听唐瑜道：“云消雾散之后，唐瑜还想去徐府坐一坐，和你如旧年一样，弈月下棋，赏庭前花，如何？”

徐言躬身道："随时恭候。"唐瑜也回礼，两厢作别。

2

当晚，骆加川拿着被驳回的文书去找了工部尚书杜鹏程。杜鹏程听完头尾，道："唐瑜秉公办事，也不能说他做错了。"

骆加川道："是没错。"

杜鹏程道："错的是徇私舞弊的我们。"

骆加川道："是错了。"

杜鹏程道："可我们难道是为了自己？花鳞蛇贪多贪少，工部没拿到一个铜子儿！"

骆加川道："他得了利益，和我们没半点关系；他若被处罚，我们却要倒霉了。"

杜鹏程道："说来说去，还得叫唐瑜回来签字才行。"

骆加川摇头道："我看他的神色，怕是难以说动。"

杜鹏程道："是人总会有弱点，我们揪住弱点打，就能打动他。去叫开元府的秘书丞来问问，唐瑜的弱点在哪里。"

三更天后，陈金石进了尚书府，他早和工部暗通了气，见面便道："卑职尽力了，没有蒙混过去，尚书休怪。"

杜鹏程摇摇手，道："耍伎俩，本就比做正事费周折。一计不成，咱们再生一计便是。我请你来问一问，你和唐瑜朝夕共事，可知道他有何喜好？"

陈金石道："除了在办公厅养了一缸鱼和一只狸奴，不曾见到别的爱好。"

杜鹏程便道："那就去寻几尾名贵鱼来，给他送去。"

陈金石笑道："唐瑜在闲暇时也曾和卑职谈论鱼经，听他的语气，这世间各色的珍稀鱼，唐家都曾藏豢过，只怕市面上那些他瞧不入眼，就是此刻去东海找，也来不及了。"

杜鹏程问："那他爱不爱金银？"

陈金石道："尚书说笑了。唐之弥当年就是因财遭殃，唐瑜无论如何也不会碰这条线。"

杜鹏程又道："他是少年公子，想必恋色？"

陈金石道："家中只有一妻，不纳妾，不收媵，不养外宅妇。"

杜鹏程笑向骆加川道："这日子可少了许多乐趣。"

骆加川叹气道："妾媵要争宠，外宅要哄钱，多了乐趣却也少了清静。"

杜鹏程拊掌道："骆郎中这话，一听便有内情。"

骆加川便笑了。

杜鹏程在心中盘算半日，又道：“官场中人，倘若不爱财也不贪色，其志了得。唐瑜在开元府如何办公的？”

陈金石道：“朝夕无懈，慎始慎终，深受端木相公器重。”

杜鹏程听来了精神，道：“专心前程，这就好办了！”起身在堂中转了几圈，叫进家奴来，吩咐，“速速备马，我要去天官府上。”

天官便是吏部尚书，主掌人事变动，陈金石明白了，眉开眼笑拱手道：“祝杜尚书马到成功！”

四更时分，杜鹏程进了天官府。吏部尚书文道权早已睡了，听说冬官深夜来访，只好从床上翻起来，穿衣戴冠，把人迎进书房。文道权事先不知道永阳街这段故事，听杜鹏程阐明原委，拈断了好几根胡须，终于道：“这件事交给我。明日我叫唐瑜来谈谈。”

3

次日一早，文道权亲笔写了请帖，命家奴送去唐府，家奴去了回来，手中拿了唐瑜的回帖，道：“唐瑜应了文公的晚宴之邀。”

文道权下班回家后，安排厨司做了小巧别致的三菜一汤，布置在水榭中，唐瑜准点而来。两个见面，唐瑜先行礼，称：“唐瑜拜见文尚书。”文道权笑眯眯道：“今日没有上司下属，是我和鸣玉小友偷闲小叙。”唐瑜道谢，坐了客席，文道权坐主席。

一旬酒毕，文道权夹起一筷在笋汤中滚过的河豚片，蘸了橘醋入口，道：“前几日，文府后门的锁坏了，请了锁匠来看门，好打个纹样相配的锁来换。我正巧无事路过，便与那锁匠交谈了几句，问他近日生意兴不兴旺，那锁匠却说，这两年在开元城找不到顾主了，打算迁家去别州做生意，鸣玉知不知是为何？”

唐瑜便回：“请文公告知。”

文道权笑道：“那锁匠说，开元城的治安一年比一年好，扒门翻窗的窃贼都没了，大家白日出门不上锁，夜间睡觉也不上锁，哪里还有生意可做？唐鸣玉做府尹三年，便把开元带到‘路不拾遗、夜不闭户’的升平境界了。”

唐瑜道：“是开元武侯日夜巡守之功。”

文道权道：“我做官三十二年，看得明白：但凡功让于人、责揽于己者，必贤；功归于己、责推于人者，必奸！小吏执行得力，是上司统领有方，鸣玉，我该敬你一杯。”

唐瑜不好推辞，便饮了。文道权道：“从前天下流传一个说法，说今世有四公子：焉之唐瑜，凉之宋醇，洛之渊泓，项之秋藏。这几年，已甚少听见此说法了，为何？

宋醇自不必说，至今流亡不知所踪；林渊泓当在史书中有一传，可惜未能善终；秋藏，当年侵略大焉时风头极盛，只是败于西项宫廷之变，多少年不曾有他的消息，只怕已泯然于世矣。如今四公子只剩鸣玉，青年才俊，长风万里不可估量。”

文道权说完，又举杯相邀，唐瑜婉拒道：“唐瑜稍后还要入宫为圣上侍讲，不敢多饮。”

文道权恍然道：“我竟忘了。教授天子是正事，不可贪酒误了。”便放下酒杯，用公筷给唐瑜添了几丝从鹅肚里蒸出的松茸，又问，“圣上的文章写得如何？”

唐瑜道：“初学写作，尚有雕字绣辞的瑕疵，不过布局有大眼界，足见天子之资。”

文道权道：“都是这样过来的，刚提笔的时候，恨不能把一切辞藻都堆砌上去，要几时学会删繁就简，通畅文气，几时便算悟了道。”

唐瑜应道：“正是。”

文道权又道：“从古至今，为帝师者，都要加封一品太傅，大约因为你太年轻，所以太后和圣上还不曾提这一桩。如今你做了帝师的工作，却没有帝师的待遇，我倒有些不平，改日一定上疏，给你要一个名分。太傅之位固然难当，我先争一个二品太子太傅来，如何？我追随先帝和太后多年，倒还有些面子，太后和圣上必允。”

唐瑜忙放筷谢绝道：“唐瑜微才末学，得侍天子读书已觉天恩难承，绝不敢奢求晋爵。”

文道权便假装不悦，道：“年轻人要有上进之心，就是别人不提，自己也该争取才是，如何推托呢？”

唐瑜道：“果真是浮才不堪实位。”

文道权连连摇首，吃了几口菜，又道：“你若不爱虚衔，那我另给你一个实职——调你来吏部做侍郎，如何？开元府虽好，到底是地方，吏部却是中枢，三年五载之后，我是要告老还乡的，届时你来做天官，除了宰相，谁出其右？”

唐瑜笑着告了膳毕，问：“文公今夜要为唐瑜连升两职，唐瑜不胜惶恐。是不是唐瑜在开元府失职，非调离不可？”

文道权忙摇手道：“鸣玉多心矣。”

唐瑜便离席道：“若文公无事相告，唐瑜请告退。”

文道权把一尺长的美髯捋了又捋，道：“此刻还是龙朔宫用膳的点，你不必着急去。”

唐瑜便坐了回来，也不开口。

文道权道：“你是聪明人，该知道我的良苦用意。”

唐瑜便问：“是为永阳街之事？”

文道权点头。

唐瑜道：“做土木的工头，如何请得动天官做说客？”

文道权道：“我何曾认识他？是工部尚书杜鹏程昨夜找到了我，要我拿这张薄面在你这里碰碰运气。”

唐瑜道：“原来工头是杜尚书的人。”

文道权道：“若是他的人，他自己解决去！可惜，他也是受人之托。”

唐瑜心中诧异莫名，问道：“文公，这工头究竟什么来处，何以让工部的官舞弊，开元府的吏掩护，三家高官为他说情？请明示唐瑜。”

文道权叫奴婢们出去了，水榭中只剩他二人，方道：“我且和你说一个故事。十二年前，除夕夜，有个五岁童子在开元城中看花灯，随行的家奴虽多，个个都是偷懒贪玩的，一不小心，让那童子走丢了。童子误打误撞，钻进了城东一条小巷，东走西走出不来，于是心急乱跑，却又在拐角处给一辆马车撞了，立时肋骨断掉三根，人也昏了过去。那驾马车的人知道闯了大祸，若让童子的家人逮住，不是赔钱就是赔命，也慌了神，他看四下无人，索性把童子抱到车上，打算拉去城外扔掉。”

唐瑜摇首道：“人心竟凉薄至此。”

文道权道：“除夕当夜，城外人要进城观花灯，城里人要出城烧纸钱，城门是不关的，卫兵们也查得松懈，那马车顺顺当当就出了城，把童子拉到了未离原上的一处乱坟岗。车夫把他扔在一座老坟后头，生死不管，转身就走。眼看那童子就要不明不白死于非命，谁知苍天有眼，这一幕叫一个人看见了。”

唐瑜问：“谁？”

文道权道：“那个工头，花鳞蛇。”

唐瑜便不应了。

文道权道：“花鳞蛇那时是个乞丐，讨了几个州的饭，讨到了未离原。他知道除夕当日，许多人都要上坟祭祖，少不了孝敬些瓜果酒肉，于是来坟场候着，等夜晚人走光了，悄悄去坟头搜罗食物，偏巧不巧，撞见了车夫扔下那童子要逃，他还有良心，先拦下车夫不准走，又去查看那童子，发觉还有气息，便逼着车夫拉童子去找医人，那车夫先是不肯，被花鳞蛇打了一顿，车夫才无奈把童子抱上车去寻医，花鳞蛇一路跟着，天明后，在一个村子里找到了一个土医工。”

唐瑜问：“童子得救了？”

文道权道：“得救了。那童子家不敢声张，只铺天撒地悄悄寻人，天明后找到这村子，把童子接了回去。那车夫不必说，一家十口消失得干干净净，连当夜随行的家奴也死得差不多了，唯独花鳞蛇，从此得道升天。”

唐瑜深吸了一口气，终于问：“究竟是谁家童子？”

文道权的长髯抖了一抖，道：“是恭王的嫡长孙，卫煦！除了当今天子，他便是皇家最重要的一脉！”

唐瑜惊道：“恭王？”

文道权道：“正是恭王！”

榭中顿时沉寂下来，只闻窗外水漾之声。那皇室卫家，原本昌盛，可接连三四代的变故之后，人丁凋零，如今最亲近的血缘，只剩天子、恭王和卫煦，花鳞蛇救下的是卫煦，是以连唐瑜也大受震动了。

半晌后，文道权缓缓道：“花鳞蛇从此进了恭王府，当了一名王府侍卫。三年后，他在开元城混熟了，不知怎的找到了包工的门路，收入比做侍卫丰厚得多，恭王便放他出来，由他去做，又在暗中相助，所以没费多少年月，花鳞蛇成了开元城最大的工头，这回包揽永阳街的生意，是恭王授意杜鹏程给他的，如今卡在你这里，花鳞蛇要吃大亏，恭王便有些动怒了。”

唐瑜明明已住了筷，却又拿起酒壶来，给自己斟了一杯。

文道权语重心长道：“鸣玉，我无论如何，比你多吃几年皇粮，你要听我一句劝：千惹万惹，休惹了皇家，那几百年的根基长在那里，我们动他是蚍蜉撼树！花鳞蛇算什么东西，值得为他得罪恭王？你且把那验收文书签了，放他一马，恭王自然记你的情，他是先帝的叔叔，天子的叔公，他若要撑你，什么事不好办？”

唐瑜道：“若他年永阳工事败露，凤阁和御史台追查起来，问唐瑜为何在文书上签字，唐瑜该如何回答？”

文道权又开始捻须，道：“百姓也好，上头也好，我去平息，我不行，还有恭王在，你大可放心。”

唐瑜又道：“若天子知道了，又该如何？”

文道权不解，问：“什么？”

唐瑜道：“若天子知道每日给他授课的老师，为官渎职，为人屈节，这老师还有何面目站在御书房中，教天子立身成人？”

文道权的脸变了色。唐瑜避席将文道权一拜，道：“百姓也好，百官也好，都对唐瑜寄予厚望，望唐瑜教出一个明君圣主，引领国家复兴。唐瑜夙兴夜寐，唯恐辜负了天下重托。唐瑜才华不拔于群，只愿德行不亏，入宫见天子不惭，入世见苍生无愧。文尚书今夜的劝诫，是对唐瑜的保护，唐瑜心中感激，只是劝诫之事，唐瑜万难从命。”

文道权的手握着胡须一动不动，许久方道：“鸣玉请去，明日回我的话也不迟。”

唐瑜道：“唐瑜言已出口，再无收回。”

文道权点头不语，唐瑜便行了别礼，出榭而去。

文道权却动不了身，坐在席上发起呆来，片刻之后，杜鹏程从外面进门，问：“文尚书，事情如何？”

文道权叹了口气，道：“志气比他老子还大，只怕下场比他老子还惨！”

4

这是唐瑜定下的十日开工期限的最后一日，清晨，他独自骑马又去了永阳街。果不其然，僻静的街巷还是旧模样，不见工匠，不见材料，没有半分开工的意思，那一栋栋偷工减料的残次房，似乎知道唐瑜了解自己的底细，竟显出傲慢的姿态来，满不在乎地排在街道两边，任他打量。几个盼望归家的平民在街上游游逛逛，其中一个认得唐瑜，问：“唐府尹，我们几时能搬回来？”唐瑜道：“两月之内。”平民便叫起来：“如何又推迟了？”唐瑜回应：“是我大意失察了。”平民愤愤道：“无家可归的不是你们，你们当然不急！”唐瑜默然，打马而走，没有回开元府，却去了工部。工部尚书杜鹏程接见了他，唐瑜道：“有件事，要开元府和工部合力去做，望尚书支持。”

杜鹏程问：“什么事？”

唐瑜道：“夺去花鳞蛇承建永阳街资格，另寻承建人，立即开工大修。”

杜鹏程皱眉，问：“大修一遍？”

唐瑜道：“别无选择。”

杜鹏程沉默了，后道：“另找人容易，资金从哪里来？百万贯的钱打水漂了，赵自芳不会再拨一个子儿。”

唐瑜道：“花鳞蛇侵吞浪费的每一厘国家资金，都必须偿还。”

5

无所事事的明幽睡到日满纱窗才醒，醒来却不知该做什么。苏叶今日和唐珝去了宗山城看望叔父叔母，叫她一起去，她却惦念唐瑜下班回来家中无人，便没去。她不知这一天该怎样过，也不起床梳妆，只歪在床上读诗，读了二三首，忽觉房中比往常还安静，她想了想，支起身问：“团团圆圆呢？”

锦儿在帘外应道：“二郎走时门没关严，两个小家伙一晃眼逃出去了，只怕又去花园中捣乱了呢。”

明幽又歪了回去，再过一阵，又道：“你叫婢子去孙府看看蝉衣姐姐在做什么，邀她下午逛东市去。”

锦儿吩咐一个婢女去了，半晌婢女回来，道："蝉衣娘子说星官儿这几日吃坏了肚子，没别人照顾，走不开。"

明幽轻叹一声，悠悠起了床，在梳妆台边寥寥地梳长发，不知不觉日上三竿，忽然筝儿进帘道："娘子，明府派了人来，说夫人想娘子了，要娘子回去玩一日。"

明幽闻言欢喜道："阿娘总算想我了！"

筝儿又道："夫人说，叫小娘子妆扮盛大些，要外出。"

明幽笑道："阿娘这是何意？难道还要给我挑婿？"和婢女们挑拣了半晌衣饰，方出唐府而去。

入了明府，明夫人正坐在妆镜前，让婢女往鬓中插镂金包玉梳，明幽问了安，明夫人忙向她招手，道："过来，阿娘看看你鹅黄贴得端不端正。"又道，"叫你穿戴隆重些，怎么裙子只穿了六幅的？"便吩咐婢女去找明幽往年穿的八幅礼裙来换。

明幽："阿娘今日这样隆重，是要逛街呢，还是上朝？"

明夫人道："今早恭王妃下来帖子，邀我下午去行渡寺听戏，又叫你兄妹一起去，所以我急忙叫了你来。"

明幽奇怪道："王妃请阿娘去也就是了，又叫我做什么？"

明夫人道："我虽一年只见王妃一两次，可每次见了，她总要问问你的近况。说起来，你兄妹也是她看着长大的，她惦念你，也算是对明家的恩宠。"

明幽翘嘴道："我只见过她二四回，哪里就是她看大的了？"

明夫人便爱责道："做了唐夫人这么久，还全然不懂人情世故！你和她亲近些，连唐瑜也要受惠呢。"

明幽道："二郎才不喜欢我为他交际。"

明夫人道："他难道一辈子只做开元府尹？总还要向上走的，一面他自己要努力，一面你的支持也少不得。"

少时，婢女拿了礼裙来给明幽换，明幽一边穿，一边道："我倒宁愿他做个七品小官儿，公务少些，每日可以在家多待一刻。"

明夫人道："他不常在家吗？"

明幽道："每日都是天不亮就走了，过三更才回来。"

明夫人忙问："果真是忙公务？会不会是在外面有人了？"

明幽皱着俏鼻头，道："阿娘想到哪里去了？他早许了诺，一生只要我一个，他才不会食言呢。"

明夫人便笑着为明幽展平裙边，道："若真如此，我女儿就没嫁错人。"

忽听婢女们叫道："阿郎来了。"

话落时，明熙兴冲冲掀帘进来，问："母亲好了没有？车马都备齐了。"又向明幽道，"哟，姑奶奶回来了。"

明幽道："还早呢，你急什么？"

明夫人道："他自然急了！昨日恭王开了口，要把他的侍卫升到从六品去，他高兴得一夜没睡着！"

明熙笑道："在恭王身边伺候这么多年，也该升了。"

明夫人便起身道："走吧，咱们去见见王妃，向她道一声谢。"

行渡寺在城中，与梵音山上脱俗的云阶寺不同，这里的堂宇花木都沾着凡尘气，方丈俗讲、戏班杂戏都在寺中，若是往常，庶民贱籍都来得，因今日驾临的是恭王妃，只好闭门关寺，只容尊客出入。明夫人和明熙、明幽到时，恭王妃早等着了，明夫人慌忙领着儿女上前行大礼，恭王妃笑命婢女搀了，寒暄问："诰命夫人别来无恙？文昭侯好？"

明夫人回："时蒙皇室恩眷，妾家和合安康。王妃近来可好？"

恭王妃叹了口气，道："别的还不论，只是心口常犯绞痛。"

明夫人道："是王妃忧劳太过之故。"

一时明熙明幽和恭王妃都见过了，坐在明夫人的右首。戏场开了，两个优人上台演起了《参军戏》，一唱一和故作愚痴，逗得在场众人都笑。王妃听了几句，闲谈道："上回我说鬓边见了白发，你便送了天保九如粥的方子来，我叫侍女们依样去做，却叫千岁看见了，他笑我竟也到了'哀感中年'的时候，惹得我心中不快，和他冷了半月不曾说话。"

明夫人忙躬身笑道："竟是妾的方子惹的祸了。"

王妃叹道："男人哪，任他是皇亲国戚还是贩夫走卒，都不明白咱们女人家忧老的心病。"

明夫人道："可不是？我这眼角的皱纹一年深似一年，连镜子也不敢多照了。"

王妃道："祛皱要用鱼子和石榴熬炼的膏。我把方子给你，你叫下人去制，每晚入睡前勺半指甲涂上，不出半个月，管保平复如初。"便命侍女去取方子，明夫人躬身道谢，王妃又笑道："咱们谈论驻颜之术，这两个孩子一定要笑话的，他们这年纪，哪里担忧这些！"

明熙和明幽便道"不敢"，王妃道："幽儿以前精灵得什么似的，今日见着，总算稳重了一些，有些四品命妇的模样了。"

明夫人道："她是在王妃面前不敢放肆罢了，回家还是淘气。"

王妃便问："幽儿每日在家做什么？"

明幽回："就是读书、绣画、游园，闲得很。"

王妃叹道："千岁忙的那几年，我不也是这样过的？我那时和千岁说，丈夫有何用？还不如时时陪在身边的猫儿狗儿呢！"

明幽道："幽儿也和二郎说，我家的貂儿只认得我，不认得他了。"

王妃道："昨日有人送了我一只波斯进贡的猫，一身柔毛如雪丝儿一般，真如软玉温香，倒和你有几分相似，不如我转送给你，给你加个伴儿。"侍女立刻抱了一只乖巧可掬的猫儿来，明幽接过谢了，玩笑道："只怕二郎借口我有了猫儿陪，越发在外面不回家了呢。"

王妃道："他们出去玩，咱们也出去逛！你哪里去不得？回娘家陪母亲也好，去龙朔宫陪太后也好，来王府陪陪我也好，就是别在家里困着，等他一连几日回家找不到人，才知道独守空房的坏处呢，以后还在外面逗留时，便知道家中妻子的心情了。"

明幽笑道："这倒是个好主意。"

王妃又指明熙道："这话，我虽是教你妹妹的，却也是说给你听的，你也年轻，也是贪图玩乐的，以后要多回家陪陪妻小，不可总去酒肆勾栏！你在王府这么多年，我已把你当成自家孩子看待了，你做错时，我就要训，休在心里怨我多事。"

明熙忙起身应道："王妃教训得是。"

明夫人道："明熙以后还要仰赖王妃照看。"

王妃道："只是有些小毛病，大处却还好，千岁也喜爱他，行猎蹴鞠，次次必定叫他一起。明日做了六品侍卫，担子又重了一分，人也要成长一分才是。"

明夫人和明熙、明幽一起拜谢了，王妃命三人归座，又道："夫人养育了这样一双可人的儿女，身为女人，足以欣慰了，哪里像我，儿女没一个成器的！"明夫人和明熙唯唯诺诺，明幽却忽然想到王妃那妖娆的小儿子，比女儿家还爱涂脂抹粉，被唐三郎打过一回，不由悄悄一笑。又听王妃道："只有我那长子最好，文武双全，世人谁不夸赞？千岁疼他疼到骨子里，只可惜命运不济，早早去了。"

明夫人小心翼翼道："不幸之万幸，是世子留下的长孙，如今也成人了，妾听说小世子仪表非凡，颖悟过人，也是人中麒麟。"

恭王妃道："也只剩这个孙儿，能慰藉我夫妇了。只有一点：身子一直不太好，全因幼时遭过一场劫难。"

明夫人忙问："这是怎么？"

王妃听了几句苍鹘戏耍，方笑道："这事当年压得严实，如今时过境迁，和夫人说说也无妨。他五岁时走丢过，在小巷里被一辆马车撞断了身子，那天杀的车夫不说救人，却把他拉到城外的乱坟岗扔下！若不是一个好心人撞见，仗义救下小世子，他哪里会活到今日！”

明夫人一听，忙双手合十，念了几声“阿弥陀佛”，道：“上天有眼！小世子是龙血凤骨，岂能被一个贱民害了！”

王妃点头道：“是大公垂怜，也是那好心人的功德。”

明夫人便问：“是谁救下的？”

王妃道：“原是个苦命的孤儿，也因为这个，进了王府，给小世子做侍卫，我把自己教养大的婢女嫁给他，帮他安了个家，他自己又在外面找了包工的活计做，如今有妻有子，日子倒上路了。他那孩儿常去府中玩耍，等同是在千岁的膝下长大的。”

明夫人又念起“阿弥陀佛”来，道：“他这一念之善，也改了他的命，能遇见千岁、王妃这样知恩回报的人，何尝不是他自己的福呢？”

王妃道：“说起这一节，我倒想念那孩子来了。”便命侍卫，“去叫沐恩来看看戏。”侍卫得令去了。

又听了半场，侍卫领着一个七八岁的男童来了，相貌装扮虽不十分富贵，却也齐整干净，规规矩矩向王妃和明夫人行了礼，明夫人看在王妃的面上，解下银薰球送给他，童子接过了，站在当地低头不言，王妃笑着递给他一只桃儿，问：“如何今日这样拘谨，还是怕生吗？”

这一问，男童便红了眼圈，只顾摇头，王妃道：“难道是你母亲打你骂你了？只管和我说。”

男童便哽咽道：“是阿爹……”

王妃问：“你阿爹打你了？”

男童道：“不是，是阿爹要死了！”语音刚落，便禁不住嘤嘤哭开了。

王妃闻言大惊，忙叫戏乐停下，女婢男奴们跟着一迭声叫止戏，台上的参军和苍鹘便退了，席中安静下来，王妃问：“沐恩如何说这话？你阿爹出了什么事？”

男童一边啜泣，一边道：“阿爹没修好永阳街的下水道，如今要被官府抄家抓人，他们说，阿爹进了官府就要被打死，阿娘哭昏过去了，我、我……”伤心之下，再也说不出话了。

明夫人道：“永阳街重修的事，我倒听说过一回。是你阿爹承工的吗？”

男童道：“是。”

明夫人便问：“那下水道又如何不修好呢？”

男童道：“没钱了！阿爹的钱全付了苦工工钱。”

明夫人惊道：“工钱也该是户部出，如何是你父亲出呢？”

男童道：“我、我不知道。”

王妃叹气接话道："说是国家出资，可户部的钱，从来能拖一日是一日，好像在国库多留一刻能多下几个金蛋似的；那些工人两三个月拿不到钱，就要闹，他父亲也是无法，只好东挪西凑，自家也垫付了许多，如今没了修下水道的钱，也只好认罪伏法了。"

明夫人道："如此说来，却是工部不近人情了，工头倒是情有可原，如何就要抄家抓人？"

男童又哭道："不是工部要抓我阿爹，是开元府！"

明幽一直抱着波斯猫儿怔怔地听，并不搭话，可这"开元府"三字一出，她立时明白了今日这场会遇的因由，心咚咚跳个不停，只听王妃笑道："开元府？这倒误投了自家人的网！看来你阿爹还有一线生机。"她转向明幽道，"是不是，幽儿？"

明幽便假装糊涂道："什么？"

王妃道："我请你夫君放沐恩的父亲一马，把这件事饶过去，你可愿意为我带这个话？"

明幽道："这是开元府的公事，我也不知道他听不听我的。"

王妃道："满城都知道唐府尹独宠明家女儿一人，多少女子拿他羞自家丈夫呢，难道这点小事，你还做不得主？"

明夫人忙道："幽儿说话，唐瑜一定听的，如今唐家的大小事务，都是幽儿掌管。"

明熙也道："唐瑜不了解这中间的内情，你回去和他说，工头不容易，他要谅解才是。"

明幽道："个中内情，这小童子说的一定真吗？那永阳街到底是什么缘故，要等开元府查明白了再说。"

明熙道："难道王妃还会骗你不成！"

明幽又不吭气了。

恭王妃便手抚绞痛的心口，道："幽儿也不必勉强，若唐二郎一定要秉公处理，我们也没法子。"吩咐在场众人，"休告诉千岁这件事，他入春以来一直犯病，怕他听了动肝火。"

明熙急道："幽儿！"

明夫人也道："你不知道怎么开口，我自家叫唐瑜来问问，究竟是什么情形。"

明幽便弱声道："我回去和他说就是了。"

恭王妃复眉开眼笑，道："如此，我先谢过幽儿。"又叫沐恩来给明幽叩头，沐恩走到明幽身前，跪下去以头碰地，叫道："多谢唐夫人。"明幽暗叹了一口气，把他扶了起来，她详视童子那双无邪的眼睛，心中一迷糊，也拿捏不准真假是非了。

6

过了四更，明幽心中装着王妃、母亲和哥哥的叮嘱回了家，怀中还抱着那只波斯猫。婢女们迎出门道：“娘子回来了。”

明幽问：“二郎还没回来？”

婢女们道：“回了，说是去庭院走走。”

锦儿道：“我去找找。”

明幽道：“我自己去。”走到门口又问，“团团圆圆回来没有？”

婢女回：“刚才回来吃了些雀儿肉和果子，又不知跑到哪里去了。”明幽点点头，抱着猫儿出了怜玦轩，先去了书房，见案边无人，案上书卷半掩，一张宣纸遮住了卷上字，她走过去想揭开看，犹豫一瞬又止住了；转去追思厅，发觉唐之弥的牌位前燃着香，显是人刚走不久；又去后花园，把亭台楼阁都走遍，却还不见丈夫的人影。明幽站在夜色中发了一阵呆，蓦然想起一个地方来。

书寄池边，鸟已宿，鱼未眠，明幽放轻脚步，沿曲径绕了大半个池，终于看见了唐瑜的侧影。池光黯淡，他脸上的神色不清晰，身形却是疲倦的模样，明幽了解唐瑜，他独处时总爱袖手小立，此刻却席地而坐，任袍角落入水中。鱼儿在他的足边游来游去，指望他如往常一般，撒些食儿下来，唐瑜却只想和它们说说话。明幽忽然觉得身上冷了，她把双手深深埋入猫毛中取暖，无声无息向唐瑜走去。

走到一株初盛的海棠树下时，明幽隐约听见了唐瑜的低诉：“可是，工部尚书不赞成，他决意要我在验收文书上签字，放花鳞蛇过关。国家资金卷入私囊，留下一街危房，损失只能由朝廷和永阳街百姓承担，尚书签得下这个名字，我签不下。”

明幽呆呆地听。唐瑜兀自向水中鱼儿道：“名字亦有轻重。别人可以看轻自家的姓氏，而我不行。我姓唐。自我懂事以来，便知道这姓氏的分量，我还是唐氏宗子，要继上，要传下，所以这分量全在我一人身上，我生来和别人不一样。别人可以懈怠，我不行；别人可以无忌，我不行；别人可以后退，我不行。”他深深叹息一声，“我也多想在人前醉一醉，在人后歇一歇。”

鱼儿怡然自得甩尾拍起浪来，一池“扑通扑通”之声，衬得夜更加空谧。唐瑜道：“做唐家子，非我之选；做寄禄人，亦非我之选；做天子师，更非我之选。可身为唐家长子，不能不修己身；官授开元府尹，不能不为百姓立命；奉命做天子老师，不能不为天下计虑，三重身份，哪一样都辱没不得，哪一步都步履维艰。”唐瑜俯下身去，用手弄鱼，鱼儿却扭头逃开了，唐瑜的手收不回，浸在水中，倦声道，“让我做一夜的鱼，体会一夜你们的逸乐，明日再做回人，去直面一场平地风雷。”

明幽的身子战栗起来，怀中猫儿也不安了，挣扎着似要下地，明幽生怕惊动唐瑜，慌忙一边把猫儿抚慰，一边悄悄转身离去。

回了房，明幽唤来锦儿，把猫递给她，道：“你去交给外面家奴，叫他们立刻送回恭王府去。”

锦儿奇道：“王妃送的礼，娘子不要了吗？”

明幽道：“不要了。”

锦儿只好应了，抱着猫走到门口，又问：“娘子有没有话带去？”

明幽道：“王妃看见猫，自然就明白了。”锦儿答应去了。

明幽独自把偷听来的话回想一遍，心中不免哀倦起来，婢女们要来伺候，她也让退了，自己恍恍惚惚把妆卸净，去了床上歪着出神，不知不觉，醒了两遍，睡了两遍，唐瑜回来了，明幽又不知如何面对他，只面向帐里，闭眼假寐，唐瑜也入了帐，默了半刻，翻身过来，拥住她的身子。明幽明白丈夫要索取，悄问了一声：“你、你今日不累吗？”唐瑜一句话也不说，却用力扯她的睡裙，明幽这一吓不小，睁大了眼看丈夫，问：“怎么了？”话音未落，睡裙已被撕得零碎。唐瑜不和明幽对视，只枯燥地闯入了她，没有气息温存，也没有言语逗惹，从前哪怕是最意乱情迷的时候，他也十二分地疼爱明幽，可今夜，他自私地往凌虐边缘去了。明幽从未这样痛过，但她不叫痛，只任唐瑜掠夺，她早习惯了唐瑜的包容，或许此刻，是她该包容唐瑜的时候。

7

寅末，婢女们端了早点进门，明幽今日却比唐瑜先醒，和婢女们一道，把一碗汤饼、一碟茆菹和一串葡萄摆放在外间，过不多时，唐瑜起了床，用过早点，明幽亲自取来官服给他穿上，又为他系水苍玉佩，唐瑜颇意外，笑问：“明娘子今早现学了三从四德吗？”

明幽扁了扁嘴，柔声道：“我想对你好，你别不领情。”

唐瑜道：“却之不恭，受之有愧。”

明幽把唐瑜的衣襟理平了，把他往门外推，道：“去上班吧，别迟到了。”

唐瑜应声，出门去了，明幽又叫：“你等等。”

唐瑜回头问：“怎么？”

明幽追过去，道：“我送你到府门口。”

唐瑜心中大感意外，他猜测明幽一定知道了什么，却又不知她知道了多少。两个并肩走了十多步，唐瑜试探道：“我只是去上班，你如何像送征人一般？”

明幽顾左右而言他，道：“三郎和苏叶今日要回家，夜间咱们玩什么好呢？”

唐瑜道：“酒令、木射、投壶？”

明幽想了想，道：“咱们下双陆！”

唐瑜笑道：“那谁也下不过三郎。”

明幽道：“你等着瞧，我把他一年的军饷全赢过来。”

唐瑜道：“那敢情好。”

夫妇俩走近了唐府正门，一众家奴却没发觉，三三两两向府门奔去，又听一个在门外叫：“先去回二郎，暂且别让夫人知道！”

明幽大奇，问：“这是怎么了？”

唐瑜抢在明幽之前疾步过去，家奴见他来了，叫道：“二郎来了！”齐齐让开路，唐瑜迈出偏门槛，向正门看了一眼，又转身回来，明幽也过来了，一边问：“外面有什么？”一边要探身出去看，唐瑜把她拦住，道：“你先回房去。”

明幽大为起疑，她躲开唐瑜的双臂，道：“我出去看看。”唐瑜又来相拦，明幽急道：“不要瞒我！”她打掉唐瑜的手，径自迈出门槛去，顺着众家奴的目光往正门看，只见两个小小的物事吊在门框下，却是她的一对白貂，被麻绳勒住脖子吊着，七窍流血，身子僵直，早已死去多时，明幽霎时全身发凉，撕心裂肺叫了声：“貂儿！”双目一黑，晕在了唐瑜的怀里。

8

直到巳时，唐瑜安顿好了明幽，方往开元府来，陈金石迎出办公厅，道：“府尹今日头一回来迟。有许多公务在等府尹处理。”

唐瑜道：“先把最要紧的一件办了。”

陈金石忙问：“什么事？”

唐瑜道：“去请缉捕司王茂来。”

陈金石一愣，想要相劝，见唐瑜面色不好看，又不敢多嘴，犹犹豫豫去了，不多时，缉捕司司长王茂进来，问：“府尹有何吩咐？”

唐瑜拿出一张早拟好的文书出来，道：“永阳街承建工头花鳞蛇，滥造工事，贻误工期，侵吞国家资金，三罪戴身，着缉捕司即刻捉拿归案！”

第四十四章

捕蛇

1

虽已是春末，花鳞蛇却还裹着一身灰羔裘，躲在堂屋深处见不到光的地方，露在裘外的脖上手上隐约可见诡异的纹图，和青筋交错在一起，如一窝乱盘的长虫。他自七岁起流浪四方乞讨为生，落了一身病，怕冷又怕热，活不好也死不去，起初进了恭王府做小世子的护卫，没过一年，在开元城混熟了，找到了一条承建工事的路子，便从王府里出来了，原来只想接一些修屋顶、圈院子的活计做，混口饱饭吃，可恭王感他忠义，便帮他把小路拓成了大道，十年后，他成了开元城最大的工头。

花鳞蛇在堂屋中坐了半日，娘子领着沐恩进来看他，沐恩叫了声："阿爹！"扑到他怀里，花鳞蛇乖戾的脸上显出难得的微笑，把儿子轻轻搂住了。他娘子曾是王妃的婢女，性情温顺，此刻也在花鳞蛇的下首坐了，小声道："开元府有人递了消息来，说府尹刚下了缉捕令，要来抓人抄家，只怕武侯稍后就到了。"

花鳞蛇慢慢把笑收了回去，目中映光如蛇吐了芯。

娘子道："何苦和官府怄气？不如当面去求一求唐府尹，请他再宽限些时日，咱们把永阳街该修的修，该补的补了，成不成？"

花鳞蛇冷冷道："从前我为吃一口猪泔水也要求人，如今不想求了。"

娘子便低头悄悄擦泪，又道："你当初若好好把房子和下水道修了，哪里有今日的事？"

花鳞蛇道："我若不克扣，赚的钱不够你母子吃饭！"

娘子道："哪怕倾家荡产，咱们再去要饭，也不能叫开元府真把你抓走！你要是坐了牢，我怎么办，沐恩怎么办？”

花鳞蛇道：“谁说我要坐牢？娘们儿家就是胆小怕事。”他把沐恩推过去，“去叫你娘莫哭了，谁也抓不走阿爹。”

沐恩便走过去擦母亲的泪水，道：“阿娘，莫哭，阿爹出的是小事，谁也抓不走他。”

说话间，家奴匆匆进门，道：“主人，武侯到巷子口了！”

花鳞蛇道：“把门关了，谁叫也不开。”家奴得令去了。

娘子问：“要不叫家奴去王府说一声？”

花鳞蛇微一沉吟，道：“先看看开元府要闹到哪一步。”

过了半炷香的工夫，家奴又冲进来道：“前门被砸了个洞，主人快带小主人和娘子从后门走！”

花鳞蛇便向娘子道：“你带沐恩去王府。”

娘子道：“你呢？”

花鳞蛇道：“我看家。兔子被捣了窝也要乱咬，何况是人？”

娘子道：“咱们先去避一避，房子给他们抄！只要人在，钱再赚就是了！”

花鳞蛇道：“我一辈子只得这一个家，谁要抄，我和谁拼命！带我儿走！我打发了开元府，自然会去接你们。”

娘子哭道：“要走一起走！”

花鳞蛇喝命家奴：“把她娘儿俩送去王府！”

娘子哭哭啼啼起了身，拉着沐恩往门外去，却听不远处十来个奴婢一起喊：“武侯闯进来了！”

花鳞蛇从椅子里长身而起，大步出门一看，果见二十来个佩刀武侯走了过来，当先一人问：“哪个是花鳞蛇？”

花鳞蛇反问：“哪个是唐府尹？”

那人道：“想见唐府尹？这就随我走——开元府缉捕司王茂，奉唐府尹之命，前来抓捕花鳞蛇候审。”

花鳞蛇道：“小人不知有何罪！”

王茂道：“我带你去永阳街瞧瞧那些蛀空的栋梁，你就知道你有何罪了！”回头便叫武侯，“镣铐拿来，把人抓走！”

武侯们大声应了，取出镣铐便要上前捉人，花鳞蛇猛地掀去皮裘，抽出腰间铜钩来，叫道：“我若进去了，不知会咬出多少人来！回去转告唐瑜，不想惹火烧身，就放我一马！”

王茂道：“你亲自去和他说！”手一挥，武侯们便冲了上去，和众家奴撞在一处。花鳞蛇的妻儿躲在门后瑟瑟发抖，忽见一个武侯持刀近了花鳞蛇，沐恩大叫："阿爹！"冲出来抱住花鳞蛇，那武侯伸手来捉人时，花鳞蛇把钩斜划过去，险些钩中武侯的耳朵，武侯连退三步，花鳞蛇一手护子，一手持钩防身，向家奴们叫："只管斗！打死了算我的！"王茂大怒，亲自拔刀过来，三下两下打退了家奴，离花鳞蛇只三步远，花鳞蛇要迎斗，沐恩却紧紧抱住他的腿，只哭叫："阿爹！"花鳞蛇回头向门里叫道："还不把孩儿抱走！"他娘子早吓得瘫软在地，才站起来走两步，又被门槛绊倒，王茂过来，使五分力去刺花鳞蛇的手臂，花鳞蛇举钩挡住滑开，反去袭击王茂的腹，王茂便用七分力向花鳞蛇大腿砍去，沐恩道："莫伤我阿爹！"闪出来挡在花鳞蛇前，王茂的力道收不住，刀锋划过，只听一声尖叫，沐恩的脸上溅出一道血光，花鳞蛇和娘子同时大叫："孩儿！"娘子连爬带滚过来抱住儿子，花鳞蛇的钩向王茂攻去，王茂一时慌了神，连连后退，一个家奴从后赶来，拽住他的肩扳倒在地，花鳞蛇抢上两步，一脚踏上王茂的心口，王茂叫道："是我失了手！"花鳞蛇的双目烧得赤红，呼道："动我孩儿，我要你死！"一钩生生砸进了王茂的脑门。两边众人见有大变故，都住了手不敢再动，武侯们赶过来看王茂时，已是脑浆溢出，命丧当场，几个武侯还要冲过来打，花鳞蛇叫道："一个也是杀，两个也是杀，谁敢来！"

武侯们彼此看了几眼，终于收了刀。几个过去抬起王茂的尸首，走下阶时，一个回头道："闹到这个地步，你从坐牢的罪变成杀头的罪了。"

花鳞蛇提着血淋淋的钩子站在阶上，冷笑道："我这条命是千岁给的，要拿也只有他拿去，唐瑜算什么东西！"

武侯们不再作口舌之争，抬着王茂去了。这边花鳞蛇把儿子紧紧抱住，抹净他脸上的血，后道："我们去王府。"

2

三刻之后，王茂的尸身被抬进开元府，摆在了办公厅大堂。缉捕司大大小小的官吏都听说了，全赶过来围观，唐瑜站在尸身旁问："花鳞蛇去了哪里？"

武侯回："带着老婆孩子往城东去了！"

陈金石叹气道："不用说，一定是躲去恭王府了。"

唐瑜转身去了书案边，重写了一封缉捕令，道："开元府府尹令：着缉捕司立刻去恭王府拿人。"

缉捕司的人你看我，我看你，谁也不上前接书，一个道："府尹，恭王府不是说去就能去的。”

另一个道：“恭王府是皇家禁地，我们擅闯，和逆反同罪。”

唐瑜收手，把缉捕令放回了桌案。

陈金石道：“只能暗暗在王府附近安排布衣武侯巡查，除非花鳞蛇一辈子不出府，出来就抓！”

唐瑜却道：“请陈先生随唐瑜亲去恭王府。”

陈金石一愣，道：“去要人？”

唐瑜道：“是。”

陈金石忙道：“好，好。”于是两人一同出了开元府，策马往城东而去。

安业街世荣巷，说是一条小巷，却宽广如大街，巷中只有一户人家，便是恭王府。两匹马在长巷中足足奔了一炷香的工夫，方见威严的恭王府门下，十八卫士持戟而立，看见来人，一名校尉出列问：“来者何人？”

陈金石道：“这位是开元府尹唐瑜，请见恭王千岁。”

校尉便向唐瑜作了个小揖，道：“千岁与蓬莱方士在寿阳观炼丹，已两月不出。”

唐瑜问：“寿阳观在哪里？”

校尉道：“自然在王府中。”

陈金石赔笑道：“劳烦军士通报一声，说开元府有急事求见。”

校尉勉强进去了。二人在外等了快半个时辰，校尉方出来道：“千岁只说了三个字。”

唐瑜问：“哪三个字？”

校尉道：“‘知道了。’”

陈金石问：“那千岁见是不见？”

校尉道：“千岁没说见，我就不能放你们进去。”

唐瑜问：“千岁炼丹要多长时日？”

校尉道：“这可要看三清老神仙的脸色了，神仙高兴时，今夜便赐下长生不老丹来；神仙不高兴时，三年两载也炼不出。”

唐瑜又问：“王妃在不在？”

校尉道：“王妃昨夜心疼病犯了，不能见外人。”

陈金石对唐瑜道：“这就没办法了，只好先回去。”

唐瑜掉转马头，却又勒住马缰，道：“有件私事相问：唐瑜妻兄明熙，可在府中？”

那校尉想必和明熙也有酒肉交情，听到这名字，脸色缓和了些，道：“只怕在寿阳观外值守，此刻也出不来。”

唐瑜道：“无妨。烦请转告一声，请他夜间去我家小聚。”

校尉拱手道："好说，好说。"

唐瑜便和陈金石打马去了。

3

明幽躲在床帐中哭了一日，双眼肿得如桃儿一般，唐瑜端了一碟玉露团进来哄她吃，明幽只把头埋在枕中摇，唐瑜温言安慰道："人生在世，难免有几场生离死别要面对，你要畅达些，就能少却许多忧愁。"

明幽道："那是你送我的貂儿！"

唐瑜道："我改日再去围场给你捉一对来，好不好？"

明幽眼泪汪汪道："纵然捉了两只一模一样的来，也再不是团团圆圆了。"

唐瑜道："不是团团圆圆，那是什么呢？颠颠倒倒？零零落落？"他俯身为明幽擦泪，"难道叫哭哭啼啼？"

明幽道："你别闹！"

唐瑜道："我再捉一对'生生世世'来给你，如何？"

哄了好一阵，明幽总算止住了泪，勉强吃了一只玉露团，婢女进门道："阿郎和甄娘子就到了。"

明幽便下了床，理了发鬓衣裳，不多时，明熙和甄婉进来了，甄婉先把明幽搂住了看，道："我才听你哥哥说唐府出了事，还没敢和大人说，怕吓到他们。貂儿事小，你有没有事了？"

明幽跺足嗔道："貂儿也是命，怎么事小了！"

明熙道："唐二非要和那花鳞蛇过不去，不然哪里会有这些事？"

甄婉道："这几日你就在家里，二郎出门也要小心，多带些随从。那花鳞蛇虽躲到恭王那里去了，只怕追随他的下人要来报复你们。"

明幽道："我不怕他们！叫花鳞蛇来面对面回答我，拿两只宠物儿泄愤，便是他的能耐吗？"

她一动怒，甄婉少不得又好言安抚，唐瑜自向明熙道："我们出去走走。"明熙便跟他出了门。

唐瑜问："花鳞蛇当真进了恭王府？"

明熙道："怎么不真？王府上上下下都知道了。"

唐瑜问："府中是什么态度？"

明熙道："王妃是真真疼爱小世子，自然把花鳞蛇当作自己人，决不许你们抓他；

千岁看重的是自家的地位威望，若让你把人抓走了，世人必说堂堂皇家还拦不住个小小府尹，他的颜面还要不要？所以进府抓人的事，你想也别想了。”

唐瑜又问：“你认不认识花鳞蛇？”

明熙道：“不认识。”

唐瑜道：“他不是曾在王府中做侍卫吗？”

明熙道：“王府护卫、奴婢、门客加起来，七八千人，我哪里认得完？”又道，“不过这几日，常听府中人谈论起他。”

唐瑜问：“谈论什么？”

明熙道：“说他在王府的时候就孤僻得很，从不和别的侍卫来往，结交的都是街上的贫民混子，他包工的活路怎么来的？就是西市口什么卖驴肉的钱五元介绍的，总之上不了台面。不过他对小世子和老千岁倒是忠心耿耿，挑不出毛病来。”

唐瑜道：“那他为何从王府中出来？”

明熙道：“听说他从小吃苦，害了一身伤病，连久站都不行，又没有武艺，如何做得了护卫？千岁一家虽然默许他任闲职，他自己却不愿意吃闲饭，就出去自谋生路了。”

唐瑜一听此话，心中一动。明熙道：“要我说，闹到现在也差不多了，你别和恭王撕破了脸。放过花鳞蛇，恭王必定记你这笔情，将来修补永阳街缺钱了，你去和他念一声，说不定他还要贴补些——除了龙朔宫，谁还能比恭王有钱？”

唐瑜笑了一笑，不置可否，又道：“花鳞蛇进了王府，只怕一时半会儿不出来了。”

明熙道：“王府里等于半个城，他就是一辈子不出门，也不会闷，他怕什么？”

唐瑜再点头，两个在园中逛了一盏茶的工夫，转身往回走，到了怜玦轩月门下，唐瑜道：“明日你进了王府，去找找那花鳞蛇，把我的几句话带给他。”

明熙忙问：“什么话？”

唐瑜便低声说给明熙听，明熙道：“行。”

两个进了屋，明幽也被甄婉宽慰平复了，四人对坐谈了一时闲话，明熙夫妇方告辞而去，这边唐瑜先哄明幽睡了，自己出了门来，吩咐唐晋：“去请陈金石来议事。”唐晋道：“若是要事，二郎休和他议，我瞧这人不可信。”唐瑜道：“我有分寸。”唐晋便去了。

半个时辰后，陈金石气喘吁吁地赶来，唐瑜道：“武侯们不敢去恭王府拿人，如何是好？”

陈金石道：“若是别处，大家赴汤蹈火都敢去，可这一回是龙潭虎穴，当真闯不得。”

唐瑜想了一想，道：“我想上疏圣上，请调骁翊卫帮忙捉人，陈先生以为如何？”

陈金石大惊失色，道：“何必惊动圣上？越发闹大了。”

唐瑜道："难道有别的法子？"

陈金石皱眉道："没有。"

唐瑜便拿笔蘸墨开始写疏，陈金石在边上歪头看，越看脸色越青，唐瑜却毫不察觉，遇到拿不准措辞之处，还向陈金石请教，一炷香烧过一半，一封上疏已然写成，他一面静候墨干，一面道："眼下有两件事做：一件是唐瑜进宫面见圣上，一件是请陈先生去拿一个人。"

陈金石问："拿谁？"

唐瑜道："西市口一个卖驴肉的钱五元。"

陈金石又问："这人是谁？"

唐瑜道："是花鳞蛇的朋友。"

陈金石应了，便告辞往外走，唐瑜在后叫道："陈先生。"

陈金石转身弯腰道："府尹还有何吩咐？"

唐瑜笑道："还请先生立刻带武侯去，只怕钱五元得到风声跑了。"

陈金石道："不会，不会。"

唐瑜道："明早唐瑜上班之后，一定要见到钱五元，若不然，抓捕武侯一律从重论处。"

陈金石听得明白唐瑜的言外之意，若抓不到人，自己也难保，忙道："我亲自带人去，不会叫他跑了。"

唐瑜拱手道："辛苦先生。"陈金石躬了躬身，出门去了。

4

次日，明熙在恭王府寿阳观下值守了半日，只见观内不时有青烟缭出，混着丹砂和雄黄的气味，又有方士在咕咕哝哝地唱诀，他知道恭王一时半会儿出不来，便随意和别的卫士闲聊，不到一刻钟，套出了花鳞蛇住在王府西南角的荔香院，再过二刻，他寻了个由头离了寿阳观，去了荔香院。

刚进院门，便见一个童子在草坪上踢蹴圆，半边脸上包扎着白棉布，神态也有些萎靡。明熙举目四望，见到三丈外的石阶上坐了一个人，光着上身，身上文满了古怪的图案，整个人似被蛛网密密包裹住一般，他早看见明熙进来了，却不出声，明熙走过去搭讪道："今日这日头不得了。"也在阴影处坐了。

花鳞蛇不理他，明熙只好问："你是花鳞蛇？"

花鳞蛇反问："你是明熙？"

明熙一愣，道："你认得我？"

花鳞蛇道："恭王身边的侍卫，我见过你几次。"

明熙道："这可奇怪了，我怎么没见过你？"

花鳞蛇又不接话了，只拿眼睛去追寻儿子。明熙又道："你若在王府待得烦闷了，只管去和我们耍。"

花鳞蛇哼笑了一声，道："若是唐瑜叫你来的，你有话直说，少混套近乎。"

明熙一听又呆住，花鳞蛇转头森森盯住他，道："你不是唐瑜的妻兄吗？"

明熙干咳一声，算是默认了，道："是有几句话和你说。"

花鳞蛇道："说。"

明熙道："我昨夜去看他，他说要上疏圣上，请圣上派守卫皇城的骁翊卫来王府拿你。"

花鳞蛇漠然道："不是我夸口，就是十万御林军来了，千岁也不会把我交出去。"

明熙道："可这样一来，千岁不就得罪圣上了吗？"

花鳞蛇又冷笑。

明熙道："唐瑜叫我转告你，如今只是你和他的事，一旦骁翊卫出动，便成圣上和千岁的事了。"

花鳞蛇不接话。

明熙长长叹了口气，道："说起帝王家事，可比寻常人家头疼多了。论情他们是骨肉，论理他们是君臣，是太远了不行，太近了不行，忤逆了更不行，所以自古以来，皇帝和亲戚们打交道都是天上走细绳，谁也不能歪一歪，稍微一步走偏了，就有人要粉身碎骨。"他停了一停，又道，"所幸当今的帝王家一团和气，皇亲国戚们都处得好，千岁敬万岁为尊，万岁也敬千岁为长，真是古来罕见。"

花鳞蛇冷冷道："圣上若肯为我一个贱民动用御林军，倒真是给我面子。"

明熙便站起来，拍拍他的肩，道："他叫我带话，我带到了，别的我管不着，你若一定在王府住下去，还是那句话：无聊了去找我耍，下双陆摇骰子，我什么都奉陪。"

花鳞蛇把手拱了拱，明熙便去了。花鳞蛇望着儿子的背影出神，不多时，他娘子急匆匆奔进院子，花鳞蛇便呵斥道："不经事的婆娘！什么事大惊小怪的？"

他娘子道："听说宫里来人了，正往寿阳观去见千岁，也不知是什么事，你快去看看。"

花鳞蛇一边捡起地上的衣裳穿了，一边道："看好孩儿。"自己往寿阳观而去。

一入观门，只见十八个手持麈尾的宦官分列两行，立在观前，当先一个小宦官在阶下站定，清声道："龙朔宫内常侍周怀启，谨奉万岁之命，来见恭王。"

明熙正在门口护卫，道：“恭王在清修悟道，说是七七四十九日后出关，只差一日了，此刻出关，前功尽弃。”

周怀启拉高声调道：“我举圣嘱而来，如同圣人亲临，恭王如何推托？”

明熙无法，便去敲门，敲了半日，一个小方士开了一线门，放明熙进去了，一炷香烧去大半，两个仆人扶着恭王出来。那恭王闭关四十八日不出，面色有些苍白，他缓缓下阶跪在周怀启足下，道：“卫庠俯首，诚听圣谕。”

周怀启道：“圣上和太后听说有个杀害朝廷命官的案犯逃入了恭王府，特差小奴来问是真是假。”

恭王沉默了顷刻，回：“此人于卫庠家有大恩，卫庠自当给他一个安身之所。”

周怀启道：“圣上说了，他既触犯了律法，便该由官府依律处置。他若果真对皇家有忠义之事，可酌情减刑，却不可私自包庇，请恭王立时交出他去，休教天下人说帝王家带头徇私枉法。”

恭王这回沉默了更久，道：“我听说唐瑜今早上疏，要请调骁翊卫闯府拿人，此刻如何不见踪影？那骁翊卫的大将军许文普来了没有？”

周怀启微微变色，后笑道：“恭王言重了。唐瑜的上疏，圣上和太后都看见了，这才命小奴来问话，并不曾许诺调兵之事。”

恭王道：“卫庠叩请太后和圣上准了唐瑜的上疏，叫骁翊卫来我家捉人！”

一个宦官斥责道：“恭王无礼！如何出言挑衅二圣！”

恭王冷哼不语。周怀启傲慢道：“圣上的话，小奴已带到了，恭王的话，小奴也会如实回禀，恭王自家保重。”

白发苍苍的恭王弯下身子，再向那年不足十八的小宦官叩头，道：“周常侍慢走，卫庠恭候许文普来。”

周怀启一甩麈尾，领着众宦官去了。两仆忙过来扶起恭王，方士从观中出来道：“这一冲撞，断了四十九日的修行，丹药失了灵气，如何是好？”

恭王缓缓道：“我休息一日，明日重来。”抬步往外走，看见了站在墙角的花鳞蛇，便招了招手，花鳞蛇走过去，带着一脸的怨愤，恭王问：“你这是怎么？”

花鳞蛇道：“是我让千岁蒙了阉人之辱！千岁如何向他下跪！”

恭王摇摇手，道：“我非跪他，是跪天子，不算什么事。你自安心在府里住下，一切有我。”说完和仆人们去了。花鳞蛇一腔闷气不知怎么发，立在当地如空心燃烧的木桩，又听身后一人悄声叫道：“花鳞蛇！”

他转头一看，见是陈金石从观中溜出来，便拱手道：“陈先生如何在这里？”

陈金石拉了花鳞蛇躲到一株树后，道：“我来向千岁报信，只说到一半，宫中就来人了，还有一半没来得及说，你要知晓。”

花鳞蛇忙问：“什么？”

陈金石道：“唐瑜那小子用心歹毒，使了两手诡计：一手是请圣上出面，一手是抓钱五元下狱！”

花鳞蛇道：“钱五元？”

陈金石道：“就是钱五元！唐瑜不知从哪打听到钱五元和你交情不浅，昨儿晚上叫我带人把他抓了，如今扔在开元府的牢里，污蔑他宰卖的驴是瘟驴，要关他个五年八年的，我来的时候，开元府还在捏造证据！”

花鳞蛇勃然大怒，撕嗓叫道：“唐瑜就是要逼我出府！好！我去会会他！”

陈金石忙安抚道：“你好生在府里待着，我去求恭王想想办法……”

花鳞蛇道：“不要再让恭王烦忧了！我一人做事一人担！”说完猛地推开陈金石走了，陈金石在后跺脚道：“我们这么多人帮你，你可别意气冲昏了头！”

花鳞蛇听不进去，火速回到荔香院，娘子正抱着沐恩等他回来，见他气色大异，忙问：“怎么了？”

花鳞蛇一把拉过沐恩来，蹲下去，捧着他的脸细细端详，把眉毛、眼睛、鼻子、嘴唇看了又看，沐恩吓得直抖，问：“阿爹，出了什么事？”

花鳞蛇道：“今后你要听娘的话，不要淘气，要好好念书。”

娘子吓道：“你这是什么意思！”

花鳞蛇又站起来，把娘子紧紧搂在怀里，似要把她揉进自己身体一般，低声道：“把我孩儿抚养成人，来生我让你娘儿俩过好日子。”

娘子颤声问：“你想做什么？”

花鳞蛇道：“千岁和钱五元都是咱们的恩人，我不能叫他们代我受过！”说完撇下娘子和沐恩，转身便走，娘子慌忙跪下来牵他的袖，哭道：“你不能去！去了就是死！”

花鳞蛇道：“死有何怕？死也要拉上几个伴！”

娘子尖声叫道：“我不准你去！”越发扯死了袖子不放手，沐恩也抱住他的腿哭闹：“阿爹哪里也别去！”

花鳞蛇三下两下挣不脱，恼火起来，一手夹起孩子，一手拖住娘子，走到门前，把母子两个往房中一扔，关上门，从外落了锁，厉声道：“从今往后，对咱有恩的要牢记，和咱有仇的莫忘怀！”再也不顾母子在内哭求，转身奔下了阶。

花鳞蛇出了荔香院，先去了恭王住的斋外，也不近前，只在十丈外跪下，恭恭敬敬叩了三个响头，又去了王妃的居前，依样叩了三个头，最后去了内书房，去看他最牵挂的一个人。

和往常一样，小世子此刻正在读书。花鳞蛇躲在书窗外的竹林中悄悄地看。小世子再不是当年乱坟岗中孱弱无助的孩童了，他长成了风流蕴藉的佳公子，见过的人无不夸赞。听说他已定了亲，眼看也要做丈夫、做父亲了。花鳞蛇自知地位卑贱，从不肯与小世子来往，却常常向府中人打听他的近况，读书怎样，身体怎样，他在心中隐隐把小世子当作了自己的孩子，尽管这念头大逆不道。小世子也是知恩感恩的人，逢年过节总要遣人送礼去他家，又常邀沐恩进府来，和自己一同念书向学。花鳞蛇明白自己当初的一念之善，不仅是救了小世子，也是救了自己，而善恶皆有报应，如今的一念之恶，也将毁灭自己，任谁也救不了了。他在竹下站了许久，直到小世子不知读书读到什么有趣之处，莞尔一笑，头向窗外稍微一偏，花鳞蛇生怕自己被看见，这才悄悄离去。

花鳞蛇骑一匹青马出了恭王府，那在府外盯梢的布衣武侯立即打呼哨示警，三骑现了身，逐马近前相拦，花鳞蛇抽出弯钩扫过去，道："滚开！" 四个武侯到底不敢下杀手，马虽让开了，却在后紧紧追随，几匹马在街上横冲直撞，不知惊扰了多少行人，花鳞蛇什么也不顾，武侯们却怕伤及无辜，渐渐被甩落后面，一个武侯向同伴叫道："两个盯死他，两个回去报告府尹！" 于是两骑转马向开元府去，余下两骑一直紧追花鳞蛇到了家门口。

花鳞蛇进了家门，看门奴一见忙叫："主人回来了！" 眨眼间，三四十个家奴聚过来，齐声道："主人！" 花鳞蛇咬牙问众奴："我平日待你们如何？" 众奴七嘴八舌道："和兄弟没两样！" 花鳞蛇道："好！如今我要和开元府耍一耍，愿意去的兄弟站出来！" 有几个胆大的叫道："耍就耍，怕什么！" 众奴都道："去！去！和唐瑜斗上一斗！" 花鳞蛇便喝道："操起家伙来！我们去永阳街！" 众奴同声应了，呼呼啦啦找了刀剑棍棒来，随花鳞蛇又冲出家门，在武侯的尾随之下奔去了永阳街。

5

唐瑜自递交上疏后，一直在办公厅袖手端坐，闭目养神，酉正，宫使来了，向唐瑜道："圣上和太后都看了府尹的上疏。太后驳回了府尹请调骁翊卫的事。" 唐瑜躬身致谢，宫使又道："圣上已遣使去了王府，命恭王放出嫌犯，请府尹静候音信。" 唐瑜再致谢，宫使便去了。陈金石擦着门框进来，度了度唐瑜的脸色，道："不知太后和圣上的敕令，恭王听不听？"

唐瑜不应话。他早知道崔太后一定不会派出骁翊卫，公然与恭王翻脸；可缉捕司长毕竟是国家命官，崔太后也不能不去向恭王施压，给朝廷内外一个交代。唐瑜也知道恭王顶得住压力，他寄望的是花鳞蛇不愿恭王为自己承压——倘若花鳞蛇真如明熙所说的那般义气，他一定会把这重压揽回自己身上。

果不其然，又等了半个时辰，便有武侯进门道："府尹！"

唐瑜问："什么事？"

武侯道："花鳞蛇出了恭王府，往家方向去了！"

陈金石忙道："立刻派一百个武侯去，包围花鳞蛇的老巢！"

语音未落，又一个武侯冲进厅来，道："府尹，花鳞蛇和四十多个家奴一路舞枪弄棒，似要往永阳街去！"

唐瑜闻言起了身，道："我们也去永阳街。"

6

永阳街此时已有近百户人家入住了。虽然官府三番五次告诫房危楼险，可百姓们在外寄居了半年多，如今只看得见外面崭新的房，看不见内部蛀空的梁；只顾得上今夜吃在何处睡在何处，顾不上将来厄运几分横祸几成，于是纷纷冲破官府的阻挠，把家搬了回来。花鳞蛇率众奴到了街口，把双钩一挥，叫道："看见点了灯的人家，通通冲进去抢！有酒抢酒，有油抢油，把棉被也全抢出来！"众奴齐发一声喊，分头向各家各户杀去，正是晚饭时分，家家都在烧菜煮饭摆桌子，谁也不会锁门，众奴闯了进去，霎时男惊女吓，鸡飞狗跳，桌裂碗碎，一条街乱如悍匪狠盗来劫掠一般。不多时，酒、油和棉絮全被掳出来铺洒一地，男女老少也被赶上了街。

花鳞蛇爬上街口头一栋房子的房顶，一手举火把，一手往棉被上浇酒，向百姓们道："这是我和开元府的事，与你们无关！识趣的快快离去，不然火烧起来，大家一起化成焦炭！"于是百姓们扶老携幼，匆忙逃离了永阳街。

人走尽后，花鳞蛇从容指挥众奴撕床单绑出一条白布来，横拦在街口，任何人不许进入，他站在猩红的火烧云下，向街口外的百姓和武侯叫道："叫唐瑜来见我！"于是又一拨武侯急忙去了开元府。

不多时，夜幕初临，开元府一众官吏在街口现了身，花鳞蛇问："哪一个是唐瑜？"

便有一个青年士子从人群中走出来，在白布栏边站定，道："我是唐瑜，请花鳞蛇下来说话。"

花鳞蛇叫道："唐瑜！世人都说你是君子，我却看出你是小人！钱五元有何罪？你拿不到我，就栽赃给他，心肠何其险毒！"

唐瑜道："唐瑜未必是君子，花鳞蛇却是义士，你若能承担自己的过错，我担保钱五元无事。”

花鳞蛇冷笑道：“我宁信梁上的耗子、灶上的猫，也绝不信你。”

唐瑜道：“若不信我，又何必叫我来见？”

花鳞蛇作势将火把往下一戳，火焰停在那浇了酒的棉被上三寸，道：“我叫你来亲眼看一看，永阳街烧起来是什么模样！”

唐瑜高声道：“花鳞蛇！火起之时，你的罪孽又要深重一分！”

花鳞蛇道：“我早已是死罪难逃，我怕什么？”

唐瑜道：“可你心中不甘心一人伏法，还妄图让这四十个家奴为你陪葬！”

花鳞蛇道：“他们是我的奴，生死随我，与你何干？”

唐瑜道：“家奴也有父母妻子，何苦牵扯上他们？”

花鳞蛇低头看站在街上的四十多个家奴，那四十多双眼睛也在望着他，花鳞蛇道：“好！你们自去，我一把火也烧得尽一条街！”

一个家奴叫道：“主人，不如再想想！”

花鳞蛇道：“想什么？我是到了绝路尽头的人，怎么想也没用了！”

唐瑜应声道：“你倒真该想一想，是如何走上绝路的？”

花鳞蛇道：“是你唐瑜害的！”

唐瑜道：“害你的是你自己，是那些包庇你、纵容你、煽惑你的人！”

花鳞蛇一愣，哑了口，唐瑜道：“每一步路，你都选错了。当初接下永阳街工事时，你面前有两条路：一是精益求精，二是敷衍了事，你选了后者；工事验收不过时，又有两条路：一是亡羊补牢，二是蒙混过关，你又选了后者；开元府上门缉捕时，还是两条路：一是认罪伏法，二是负隅顽抗，你依然选了后者——从杀害王茂司长那一刻起，你走的路已不能回头。从贪图小利到触犯大律，从轻罪到重罪，你细想一想，是谁之过？”

花鳞蛇不语，唐瑜又道：“你总以为唐瑜是在和你过不去，可唐瑜是把你往正道上引，而为你谋划、为你掩护的诸君，他们到底是救了你，还是害了你？”

花鳞蛇焦躁地在屋顶盘桓了几回，唐瑜高声道：“花鳞蛇！此刻你面前依旧是两条路，一条回头是岸，一条万劫不复，你想清楚了再走！”

花鳞蛇咬了半晌牙，道：“唐瑜，你若肯依我三件事，我就放过永阳街！”

唐瑜道：“请讲。”

花鳞蛇道：“这是你我二人的过节，你不可再挑唆圣上和千岁的关系！”

唐瑜一笑，道：“依你。”

花鳞蛇道：“钱五元是无辜的，你立刻放了他，别再泼什么卖瘟肉的污水！”

唐瑜道："依你。"

花鳞蛇道："第三件事，你也要依我。"

唐瑜道："请讲。"

花鳞蛇道："我自负责修好永阳街，我犯下的过错，一笔勾销！"

众奴也哄然道："对！一笔勾销，再不许追究！"

唐瑜闭上了唇。此时夕阳西沉，天色渐暗，花鳞蛇挥了挥火把，试图看清唐瑜的脸色，不见回应，便追问："你到底依不依？"

唐瑜道："人命关天。"

花鳞蛇又一愣，随即呼道："那我还是没有活路可走！"

武侯们叫了起来："你杀了朝廷命官，还想走活路？"

花鳞蛇道："那我就死在这里，叫永阳街陪葬！"说完将火把向棉被杵去，唐瑜又叫："还有一句话你听好了！"

花鳞蛇问："你还要如何哄骗我？"

唐瑜道："你是要一人上刑场，还是要妻小陪你上刑场？"

花鳞蛇一张脸都青紫了，道："你还要报复我妻儿？"

唐瑜道："永阳街是国家财产，也是百姓居所，一旦被毁，上有朝廷追三族之罪，下有百姓报家破之仇，你固然一死脱罪，而你的妻小在恭王府躲得了几时？"

花鳞蛇说不出话来，执火把的手不由自主地抖，唐瑜见那簇火苗越跳越乱，心中有了底，他在白布栏边徘徊了一遭，道："不必急，你想明白了再做决定。"

花鳞蛇下不了决心放火，却也不甘束手待毙，咬了半晌牙，忽听远方马蹄声又多又急，一个平民叫道："恭王府的护卫来了，大伙儿快闪开！"百姓们慌忙躲避。一队卫士冲到街口，大叫道："花鳞蛇在哪里？"

花鳞蛇道："我在这里！"

卫士们纵马跨过白布栏，道："我等奉千岁和王妃之命，来接你回府！"

花鳞蛇先是一喜，再是一悲，道："我……我不能回去。"

卫士长问："为何？"

花鳞蛇道："我罪孽深重，不能连累恭王府！"

卫士长道："普天之下，谁敢和千岁作对？放心和我们去，看看谁敢拿你！"

花鳞蛇道："不，我既出来了，就不该再回去。"

卫士长道："花鳞蛇，小世子叫我们传一句话给你，你听不听？"

花鳞蛇忙道："听！"

卫士长道："小世子说，当年你救他的时候，你们在一辆马车上坐了一夜，那时他的生死，都在你的手里，如今小世子还当自己和你坐在同一辆车上，你的生死，他来负责！”

花鳞蛇闻言，猛地蹲下去，拿一只手拼命捶自己的头、扯自己的发，哭道：“我该死！我该死！”

卫士们叫道：“快下来，随我们回王府，王爷和小世子都在等你回去！”

家奴们也叫：“主人，回去吧，娘子和小主人也在等你！”

花鳞蛇抹了满脸的泪，起身道：“好！”他看向布栏外的唐瑜，唐瑜面不变色，立身不动。花鳞蛇将火把往腋下一裹，生生裹灭了火焰，命众奴：“灭火，咱们回王府。”众奴都把火弄熄了。花鳞蛇叫一声：“走了！”纵身向平地跳下，身子还在半空，却听一道尖锐的铁声划破夜幕，直直向他而来，他无法躲闪，但觉心口一阵剧痛，低头一看，一支长箭穿透了心。花鳞蛇霎时失去了气力，如装泥的麻袋一般重重掉在地上，他挣扎着，朝箭来的方向看去，一座座屋脊之后，翻出一个个穿甲胄、持弓箭的士兵来，花鳞蛇盯着当先那人看，那铁盔之下的面庞眉眼，分明是唐瑜，可唐瑜还站在白布栏外，那人到底是谁？还是自己眼花了？花鳞蛇神志开始迷糊，他张了张口，喉舌却发不出声，又听王府卫士在怒喝：“你们是什么人？”

士兵们昂声道：“永阳街有难，危及皇城，武侯和骁翊卫管不住，涅火军来管！”

在场百千人一起惊呼道：“涅火军？”

当先那人道：“涅火军唐珝，奉命击杀悍徒，敢有拦者，格杀勿论！”

花鳞蛇听见这个名字，仿佛醒悟了什么，可已来不及了。他残喘着，把永阳街切切地看，心中多希望整条街崩塌下来，把他埋葬，可直至闭眼的那一刻，那些房子都安然伫立着。

第四十五章

将别离

1

年岁走到大焉允治五年，修儿六岁了。在他一两岁时，身子如豆苗一般孱弱，微寒便咳，轻暑便烧，杜若一天十二时辰都要寸步不离地守着；长到三四岁时，他又如猴儿一般淘气，时而爬凳，时而翻桌，捡到石子泥土都往嘴里塞，杜若一天要花七八个时辰看着，不敢让他离开自己视线半分。及至五岁之后，修儿渐渐懂了事，知道哪些能吃哪些不能吃、哪里能去哪里不能去了，杜若才稍稍喘了口气，得了些闲。

这日黄昏，秋热褪去，谷上几抹绯霞悠悠聚散，杜若洗过碗，坐在竹椅上泡豆子，修儿撒小米喂了十来只小鸭子，便来母亲身边坐着，帮母亲把生虫的豆子找出来扔掉，母子两个一时无话，杜若先道：“怎么没声儿了？”

修儿问：“不然呢？”

杜若道：“阿娘听了一天你和小鸭子说话，和鱼儿说话，和蝈蝈说话，此刻它们都走了，阿娘真怕你孤单。”

修儿道：“我可以和阿娘说话。”

杜若笑道：“那你念一首诗给阿娘听。”

修儿问：“听哪一首呢？”

杜若道：“阿娘昨晚教你的那首。”

修儿便念：“空山新雨后，天气晚来秋。明月松间照，清泉石上流。”

杜若面带恬静的笑，和着修儿一起缓缓念：“竹喧归浣女，莲动下渔舟。随意春芳歇，王孙自可留。”

修儿问：“阿娘，什么是浣女？”

杜若答：“是竹林间洗衣裳的女子。”

修儿又问：“咱们这里为何只有竹林，没有浣女？”

杜若道：“阿娘洗衣裳的时候，不就是浣女了？”

修儿道：“只有阿娘一个吗？”

杜若不解，问：“什么？”

修儿道：“世上只有阿娘一个浣女吗？为何不见别人来溪边洗衣裳？”

杜若一怔，低头捡了一会儿豆子，道：“世上有千千万万条溪，也有千千万万个浣女。”

修儿道：“别的溪在哪里？咱们去瞧瞧。”

杜若道：“你还不快去摆桌子？薛台令要来教你念书了。”

修儿道：“是了，薛台令要来了。”抛下豆子，跑进竹屋，点了灯。不多时，薛让从小桥那头走过来，手中握着一卷书。杜若起身迎他，他只点了点头，径自往竹屋中去了。杜若如有所思地把一盆豆子拨弄半晌，又悄悄走去檐下偷听，只听薛让在内读卷：“虫有虺者，一身两口，争食相龁遂相杀也，人臣之争事而亡其国者，皆虺类也。”

修儿问：“什么虫？”

薛让道：“细颈斑纹的蛇。”

修儿道：“蛇怎么有两张口呢？”

薛让道：“两口之蛇就是虺。”

修儿道：“我见过小蛇，只有一张口。”

薛让严声道：“此处不需辩，要留心的是后半句。”

杜若在窗外听得室内一阵沉寂，想是修儿闭了嘴。须臾，又是薛让道：“一蛇生二口，便要自相残杀；一朝有二党，便要钩心斗角。蛇想活命，须斩去一口；国家想长治，须革除党争。”

杜若不由自主打了个战栗，离了檐下。两炷香烧过，修儿送了薛让出门，薛让一边下阶一边叮嘱：“后日我来讲授三虱争讼，你可以请你母亲先教你读一遍。”

修儿道：“是。”

薛让又问起家常：“晚饭吃的什么？”

修儿道：“莲藕猪骨汤，又酸又甜的菘菜，还有蒸蛋。”

薛让道：“好。”

修儿道：“薛台令，我想吃糖蟹，阿娘说这个季节的蟹太贵了。”

薛让道：“改日我去开元城买来。”

修儿“哎”了一声，问：“你会带我一起去买吗？”

薛让反问：“你想去开元城？”

修儿道：“想。”

薛让道：“你把书念好了，我才许你去。”

修儿道：“我念好了。”

薛让道：“改日我出个试卷，做对了才算好。”

修儿道：“好吧。”

杜若迎上来道：“修儿，热水倒在盆里了，快去洗脸。我送薛台令。”修儿道：“好。”便去了厨下。

薛让道：“以后洗脸水让他自己倒。”杜若应了一声，陪着薛让走上木桥，道：“薛台令，有一件事，我忍不住想问一问。”

薛让道：“你问。”

杜若道：“台令为何要给修儿讲《说林》？”

薛让原本在漫不经心看桥下鱼，听杜若突然问出这话，他突地转过目光，把杜若一看，道：“韩非子乃古之圣贤，我传授他的学说，有何不对？”

杜若道：“我和修儿是出世的人，法家却是入世的学问。”

薛让道：“学问不分出世入世。流传千年的圣人思想，皆有启智开慧之效。”

杜若道：“可修儿不需学经国治世的学问。”

薛让冷了脸，不再争论，从袖中拿出一袋钱币递给杜若，道：“无事时，你带他去城里逛一逛，只是别让他知道自己姓卫，当心别人问他。”

杜若道谢接了，又道：“我是怕宫中旧人认出我来。”她把鬓边乱发撩到耳后，迟涩笑道，“不过这六年过去，我已老了十岁，大概也难认出了。”薛让不应话也不看她，径直离去了。

2

这晚星官儿吃多了牛肉，虎肚儿胀得睡不下去，只在院中疯玩消化，蝉衣陪它闹了半宿，至夜过四更，方见它来了困意，于是领它去虎舍睡，路过花园时，看见孙牧野不知何时从校军场回来了，正在月下擦拭长弓，边上晾着毡衣毡帽，蝉衣从他身边过去时，随口问：“这么晚还回来？”

孙牧野道：“后日要领涅火军去夜州演习。”

蝉衣道：“夜州？”

孙牧野道："两年之内，要向南荆讨檀州。檀州地形和夜州相似，所以先去夜州练兵。"

星官儿来和孙牧野磨蹭招呼，孙牧野便轻抚它的头，仿佛在和它说话："大概要半年才回来。"

蝉衣吆过星官儿来，道："快去睡了。"径自往前走，孙牧野在后道："明日我在家待一天。"

蝉衣道："嗯。"

孙牧野道："你想做什么？我陪你。"

蝉衣道："我不消人陪。"

孙牧野道："那你陪我。"

蝉衣回头横波如霜，待要斥他时，见他眼神又软又诚，便不好开口，依旧往前走，孙牧野道："咱们带星官儿逛西市去。"

蝉衣不置可否，领着星官儿走了。

到明日，孙牧野先去叫起星官儿，再去蝉衣的屋子。一人一虎在小径上瞧见门开了，帘子却还垂着，孙牧野小等了片刻，便支使星官儿："你去叫她。"

星官儿翘着尾巴摇摇进去了，半晌，顶开帘子出来，在孙牧野脚边卧下，那神气便是说还要等，孙牧野在小径边一块石头上坐了，望天发了片刻神，又叫星官儿："你再去催催。"

星官儿慢慢悠悠走去催，过一会儿又出来，索性在孙牧野面前打了个滚儿卧下，孙牧野暗中叹了口气。再过三刻，他又道："快去，再催一回。"

星官儿却在草地上蹭来磨去，不肯再动，孙牧野只好自己去催，走到帘外，模糊见蝉衣坐在梳妆台前，便咳了一声，蝉衣头也不回，他询问："我进来了？"

蝉衣不答，孙牧野听不见拒绝，便当她是允许了，轻轻掀帘进屋，走到梳妆台边。蝉衣犹对着铜镜描眉，孙牧野站在一边颇觉没意思，把妆台看了一看，随手拈起一个越瓷小盒，打开看见一盒烟紫细粉，因问："这是什么？"

蝉衣道："是蜀水花磨的面粉。"

孙牧野道："面粉？不该是灰色的？"

蝉衣道："这不是吃的面粉，是施妆的面粉。"

孙牧野闻一闻，放回去了，道："不像蜀水花的味道。"

蝉衣道："是我去未离原上采的，怎么会错？"

孙牧野道："南方山间的蜀水花比这个香。"

蝉衣不以为然地应了声："是吗？"

孙牧野又拿起一支细如梨花枝的笔，问：“这是什么笔？”

蝉衣道：“描风梢的笔。”

孙牧野问：“风梢是什么？”

蝉衣道：“总之是画脸上的。”

孙牧野把蝉衣的脸一瞟，却见她除了双眉，都还是素的，便问：“那你怎么不画？”

蝉衣道：“我是为了消磨时日做着玩，谁说一定要画？”起了身先往外去，孙牧野在后跟上了。

如今满城人都知道右将军孙牧野养了一只虎，所以星官儿现身街头再无人恐慌，百姓见了虎，便知那身边人是孙牧野，偶尔有胆大的叫：“孙将军！”孙牧野便应了。蝉衣一时和星官儿说话，一时和孙牧野说话，只是话头生硬得很，断成一截一截，如冬枯的泉眼儿一般冷涩，始终不能像秋水一样滔滔绵绵延续下去。

到了西市，还是熙来攘往的景象，北边有波斯邸，遍身金银的波斯商人站在路边检视从远方运来的昆仑奴，检完一个付一个的价钱；西边有胡姬酒肆，帘下胡姬含着巧笑，一双碧眼儿在人群中搜到了健壮的孙牧野，便把他看了又看，忽然发现他身边已有女伴，便瞬间收了笑消失了。走到东边，孙牧野道：“我前天在生铁行打了两对马掌，现在去取来。”蝉衣和星官儿便随他到了生铁行，孙牧野进了铺子，星官儿追进去，蝉衣却留在门外，随意找了个驻马桩坐下休息。

街对面，一队异国商人就地铺开一张毡席，把背篓里的货物拿出来摆放，皆是晒干的天麻、烟熏的腊肉条和绣了蕨菜花的蜡染布，商人们一边放一边吆喝：“南荆土货来了大焉，快来瞧一瞧！”见到对面的蝉衣，笑道，“娘子不来瞧瞧吗？”蝉衣见一堆竹雕有些意趣，便移步过来看，又有路人问：“你们当真从南荆来？”

商人举起一匹蓝布道：“还能有假？看看这蓝靛染的色，中原人哪里有南荆土巫女人的技艺？”

便有一个路人笑道：“天下都知道咱们大焉下一个就打南荆了，你们还敢来招摇？”

南荆商人呵呵笑道：“谈论这个作甚？只说生意。”

路人们一边取笑，一边把货物挑拣点评，一个问：“如今檀州是什么光景？”

商人道：“不比前些年了。如今的年轻人都懒得很，不愿种田耕地，全跑了出去，胆小的做生意，胆大的做盗匪。家中老的小的哪有气力干活？许多田地无人耕，都荒芜了，山中匪徒倒一天比一天多，座座山头都占满了，所幸去年换了一个节度使来，这一年大大小小杀了三四十个土匪头子，总算肃清了地盘。”

路人问：“换了哪个节度使？”

商人道：“是个苗人，叫蚩，听说过没有？”

众人皆摇头道："没听说过。"

商人道："你们自然不知道，可在咱们南荆，上到掉了牙的老者，下到满地爬的孩儿，没有不知道苗人蚩的！"

众人便问："他有什么能耐，这样出名？"

商人嘻嘻笑道："我只说一件事，你们就明白了。"

众人问："什么事？"

商人道："咱们荆王请他出任檀州节度使时，他说'须请荆王赐我一个人，若不许，我便不去'，和国君讨价还价，是何等狂妄？更狂妄的是他居然想要那个人！"

众人道："谁？"

商人道："荆王后宫的妃子！"

此话一出，众人都吃了一惊，道："他要荆王的妃子？"

商人道："可不是怎的？你们见过哪个男子讨要别人的老婆吗？见过向国君讨老婆的吗？谁也做不出来的事，苗人蚩偏做得出来。"

一个道："这事换作寻常男人，也忍不得，你们荆王难道不把他满门抄斩了？"

商人道："抄斩？咱们荆王非但没有怪罪，反倒大大方方把妃子送给他做了小妾，你们知道他在南荆的分量了吧！"

众人便啧啧称奇。一时孙牧野从生铁行出来了，蝉衣也买了一只竹雕笔筒，两个在街上并肩走，孙牧野把笔筒一瞄，问："是筷子筒吗？"

蝉衣道："笔筒。"

孙牧野问："上面雕的是什么？"

蝉衣道："似乎是土巫族的民谚，也不知是什么意思。"

孙牧野道："你念给我听听。"

蝉衣念："不是青苔不爬岩，不是良人欠不来。欠是何意？"

孙牧野道："土家话说'欠'就是'想'的意思。"

蝉衣把这话一思，悟了，孙牧野补充道："他们不说'我想你'，是说'我欠你'。"

蝉衣不语。

到城中时，正是晚饭时分，两人挑了一家街边小铺吃鸡汤馄饨，又在邻家铺子买了一篮裹羊肉的芝麻胡饼，肉馅给星官儿，孙牧野吃饼皮，引得过往行人惊奇不已。吃毕饭，三个回了孙府。入府门后，蝉衣问："今夜你学不学字？"

孙牧野道："学。"

蝉衣道："三天打鱼两天晒网，夜里学十字，天明忘九字，我看你不如省下这点工夫，去后庭习射是正经。"

到了书斋里，孙牧野坐下磨墨，蝉衣去书架找诗集，孙牧野问："你不焚香了？"

蝉衣道："我竟忘了。你不是不爱闻百合香吗？"

孙牧野自去捡了香饼抛入香炉。蝉衣取了一卷诗集来，在书案边站着，道："我今日教你诗。"

孙牧野道："不教文了？"

蝉衣道："若说文章，只怕星官儿都比你有悟性。"

孙牧野"呲"了一声。蝉衣翻卷道："诗不过五言四句、七言八句，最是简单，若再学不明白，我也不想当你的先生了。"

孙牧野问："学哪首？"

蝉衣把长卷翻了翻，吟道："'对酒不觉暝，落花盈我衣'如何？"

孙牧野道："没意思。"

蝉衣又翻了一翻，道："'天上秋期近，人间月影清'如何？"

孙牧野道："没意思。"

蝉衣把他看了一眼，另开了一卷，念道："'一身从远使，万里向安西'如何？"

孙牧野问："从远使？"

蝉衣接着念："汉月垂乡泪，胡沙费马蹄。寻河愁地尽，过碛觉天低。送子军中饮，家书醉里题。"

念完再看孙牧野时，见他双目盯着空白的宣纸出神，也不知是听得懂还是听不懂，蝉衣把诗卷摊在案上，道："你先依样抄一遍。"

孙牧野默默地开始抄写，写完，蝉衣讲解道："诗有三层境界：匠心之美，会心之美，攻心之美。我先对你说匠心，是指诗的作法：一在韵律，二在对仗。何为对仗？你瞧这前两联，一身对万里，汉月对胡沙……"

一语未毕，孙牧野忽然问："家书怎么写？"

蝉衣一怔，问："什么？"

孙牧野指着最后一句，道："他在写家书。"

蝉衣道："远行的人，自然要写信回家。"

孙牧野问："怎么写？"

蝉衣反问："你也要写？"

孙牧野道："我去了夜州，就写家书回来。"

蝉衣道："写信有何难？信首写上收信人，信尾写上写信人，中间说说近况，就是了。"

孙牧野便提笔向信首，问蝉衣："你的名字怎么写？"

蝉衣道："收信人是我？"

孙牧野道："自然是你。"

蝉衣道："这二字我不会教。"

孙牧野道："为什么？"

蝉衣不说话。

孙牧野追问："我叫你不也答应？为什么不可以写？"

蝉衣站直了，袖住手，叹了一口气，道："我不是你的家人，你要认清这一点。"

孙牧野道："那我写家书来，谁收？"

蝉衣迎着他的目光看，半晌，淡然道："既然没人收，就不必写了。"

孙牧野的脸变了色。蝉衣转身把诗卷放回书架，缓缓道："我来中焉六年了。两千个日夜不算短，足以驯服最野蛮的禽兽，也足以软化最刚硬的骨头。使人为奴的法子无非二种：一种烈火烤，一种温水熬，你用前一种对付北凉人，用后一种对付我，是吗？"

孙牧野道："我没拿你当奴。"

蝉衣道："那就放我自由。"

孙牧野双眼冒火，道："你还在想走？"

蝉衣道："这心思说穿了，你要发火，我也添堵，还不如彼此心照不宣。"她一面说，一面走到帘下，又回头道，"六年，什么伤都该好了，你是这样想的？或许连唐家两个小丫头也这样想。你们都指望我愈了伤忘了疼，再把敌国当故国，他乡当故乡。连我自己也怕，我怕有朝一日会记不清许多事，只好每个夜半自己把伤口撕开，让它明明白白存在身上，叫我永不忘记焉军攻入甘露宫的那天。"

孙牧野怒道："记就记！你记住如何被我掳出北凉的！"

蝉衣掀帘出去了，走出十余步，便听房中呼啦啦一阵乱响，灯也坠了，桌也翻了，隐约还有竹筒竹册摔裂之声，她知道孙牧野又在发狂撒气，也懒得制止，径自去了。

3

中秋子夜，唐瑜在文尾落下最后一笔，这封历时两年有余的奏疏终于写成了。他轻轻将笔放回笔山，静坐等候墨干。一刻之后，他卷好上疏，拿缃帙包裹，放入小屉，另从小屉中取出一张白绢，把绢上字又看了一遍，再过半个时辰，他把白绢放入袖袋，这才出了书房，回了卧室。

明幽似乎已睡了，长发散了一枕，不知睡前是怎样地辗转。唐瑜目不转睛地看她，忽然发觉她呼吸时急时缓，便道：“原来是装睡。”

明幽的唇角便漾开笑容，睁眼道：“我明明已睡了，是被你吵醒的。”

唐瑜道：“明日放旬假，我不上班，只陪你。”

明幽问：“果真？若是早上叫你呢？[illegible]叫你呢？[illegible]叫你呢？”

唐瑜柔声道：“谁叫我都不应，除了你。”

明幽这才欢喜起来，道：“那咱们逛未离原去！”

唐瑜道：“好。”

明幽兴致勃勃道：“咱们叫上苏叶，再叫蝉衣姐姐，三郎和孙将军都去了夜州，她们……”

唐瑜道：“只有我和你去。”

明幽道：“就我们两个？那就不热闹了。”

唐瑜道：“清清静静才好，谁也打扰不了我们两个。”

明幽复又嫣然，道：“依你。”

4

翌日，明幽穿上了葱绿绸裙，不似送秋，倒似踏春一般——于她而言，春不足伤，秋不足悲，本就无甚分别。夫妇两个出了城，到了未离原上，风儿也比城中鲜畅了许多，明幽骑在海云阑背上，唐瑜牵着马缰悠悠走，他眯起眼看明阔的草原，忽而问道：“我上一回这样牵着马带你走是什么时候？”

明幽道：“你不记得了？都过去好多年了。那时我初见你，就悄悄喜欢了你，有一天我想你了，就从家中跑出来，去了纪叟酒坊前，我也不知自己怎么去的——或许是上天也疼爱我，引我去的——总之你真的从酒坊里出来了，你问我‘明家小娘子，你在这里做什么’，我说‘我只是出来逛逛’，你说‘想来也逛够了？我送你回去’，于是送我回了明府，后来……后来我就嫁给了你。”

唐瑜道：“咱们是几时成亲的？”

明幽道：“腊月十八，七年前。”

唐瑜微惊道：“已有七年了？”

明幽叹道：“是，我有时也纳闷，为何一天一天的日升月沉那样慢，一年一年的冬去春来却这样快。我还记得出嫁那夜的情景，清晰如同昨日，可又仿佛上一世的事了。”

唐瑜轻声问：“那夜是什么情景？”

明幽的思绪便漾去了七年前，悠悠道：“等你来迎我的时候，我坐在明家正堂的金马鞍上，穿的嫁衣是阿娘做的，拿的团扇是嫂嫂绣的，姑姑、婶婶、姨娘、堂姐、表姐……好多人围着我，这边嘱咐‘在家作女惯娇怜，今作他妇信前缘’，那边叮咛‘公婆同样知冷暖，父母还是贴心人’，听得我头也昏了。后来堂外的人都叫：‘新郎来了！’大家就一齐向外看，我看见一重一重的帐帘打开，一个身影向我越走越近，心中还好笑呢。”

唐瑜问：“如何好笑？”

明幽道：“你从前都穿天青色、鸦青色，那天乍乍的穿一身鲜红，自然好笑了。”

唐瑜莞尔问：“难道不好看？”

明幽道：“我也想看清你的脸，可团扇遮在我面前，只能透过并蒂芙蓉的扇面儿看你，你的身影朦朦胧胧的，就站在三尺之外，也不知是在笑，还是在发呆。”

唐瑜道：“我心中在发呆，脸上在笑。”

明幽道：“后来你跪在我身前，把雁儿放在咱们之间，我就把团扇放下了，总算看见了你，也让你看见了我。”

唐瑜道：“我看见你的睫毛一张一翕，好像收尽了人间花与雪。”

明幽嫣然道：“你温暖，花才会开；你润泽，雪才会落。”

唐瑜的目光移向浮云无常的天际，道：“大雁放生后，我和你辞别明家父母，我抱你上了墨车，领着你往唐家去。”

明幽道：“红灯笼长长照了一路，前面看不到头，后面也看不到头，百姓们站在大街两旁看，好多女孩儿说‘新妇衣裳真像天上仙女穿的’，说得我都羞了。人太多太多，墨车走得真慢，明家到唐家才离两条巷子，却走了半个时辰。唐家的侍娘们迎我进门，送我去百子帐，我一路躲在团扇后看那些楼阁，心中说，这里就是我的家了，我要熟记每一处模样，不然，我若哪天在府中迷了路，就像客人，不像主人了。”

唐瑜道：“这些年你做唐家主人做得极好，我该向你道谢。”

明幽道：“此时道谢不嫌太早了吗？”

唐瑜道：“那应该什么时候？”

明幽道：“等到咱俩雪鬓霜鬟、垂垂老矣的时候，坐在夕阳下说起这些年的往事，你再对我说：‘幽儿，谢谢你把一生给了我。’我也对你说……”

唐瑜问：“说什么呢？”

明幽俏皮道：“五十年后你就知道了。”

唐瑜便缄默了。

明幽又道：“来唐家的第二天，我见到了唐公。去拜见之前，我心想他一定严厉得很，任他训诫什么，我听就是了，切切不可反驳。可当我上前为他奉茶，他笑得真亲和，不像我阿爹总是板着脸，又不说那些晦涩艰深的话，只说：‘若二郎不好，只管来告诉我，我和你父亲共事过，若你在这里受了委屈，我不好向你父亲交代。’那些如何做贤惠媳妇的事一点也不提，我心中一下子就轻快了。”

唐瑜道：“父亲对他都宽厚，只是对三郎严厉些。”

明幽道：“说起三郎，我出阁之前，哥哥就和我说：‘二郎是不错，三郎却是个混世魔王，你过去之后，休惹他。’那天三郎来见我，我倒有些怕他，可他有礼有节地拜我，一言一语都恭谨得很，哪里像传闻中的浪子模样？后来熟悉了，我才知道那天他是装的，果真就是个嬉纵的公子，连我也捉弄不过他，不过他心地终究良善，不是那种没心没肺的人。”

到了桃影河边，明幽下了马，踩着河滩上斑斓的鹅卵石走，道：“再后来，我就见到了苏叶。”

唐瑜道：“你上来走，当心摔了。”

明幽道：“摔下河，咱们就游过去，苏叶教过我游泳的，她游得真灵巧，前世一定是条鱼儿。”

唐瑜道：“江上长大的人，自然善泳。”

明幽忽道：“我和你说一个小秘密。”

唐瑜问：“什么？”

明幽眨眼道：“苏叶有身孕了。”

唐瑜一惊，道：“真的？”

明幽道：“自然是真的，再过八个月，大鱼儿要生小鱼儿了。”

唐瑜问：“三郎知道吗？”

明幽道：“还不知道。正是三郎去夜州的前夕发觉的，苏叶就说，先别叫三郎知道，不然只怕他分心，连夜州也不想去了呢。”

唐瑜便点头，明幽道：“三郎如今在涅火军升了百夫长，眼瞧着有出息了。”

唐瑜道：“王师征了许多新兵，他成了老兵，所以多了一分做引领的责任。”

明幽道：“你说，孙将军喜不喜欢三郎？”

唐瑜想了想，道：“我不知道。”

明幽问：“连你也不知道吗？”

唐瑜道：“我和他并不熟，猜不到他的心思。”

明幽蓦地回想起一事，笑道：“记不记得有一次我和蝉衣姐姐逛街，你和孙将军走在后面，你问一句，他答半句，始终聊不起来，我们在前面热热闹闹，你们在后面冷冷寂寂，我瞧着都尴尬。”

唐瑜也笑，道："我那天才发觉，找话是件很难的事。"

明幽道："你们两个为何不能做朋友呢？"

唐瑜道："或许是他无意和我做朋友。"

明幽道："我猜他不爱和文绉绉的人说话，他们军人都讨厌和士子打交道。"

唐瑜道："也是。"

沿着桃影河再行三四里，明幽累了，二人便坐在河边小憩。时近中午，明幽依在唐瑜左肩上，道："我小睡一会儿，两刻后你再叫我。"唐瑜道："好。"

正是秋阳不燥、秋风不濡的时候，唐瑜静看了一会儿云，忽觉明幽的发丝痒痒飘上自己的耳，他悄悄用右手去拂时，却见明幽的双眼还若有所思地睁着，便问："怎么还没睡着？"

明幽道："我在想一件事。"

唐瑜问："什么事？"

明幽道："咱们……咱们也生个孩子吧。"

唐瑜道："你不是不想生吗？"

明幽道："可是你想要孩子的，对不对？"

唐瑜不答，明幽自道："昨晚徐言带着才满月的徐二郎来咱们家，你抱着二郎摇啊摇，把那婴儿的脸看了又看，我就知道，你也想要孩子了。"

唐瑜道："可是唐二夫人又怕疼、又怕老……"

明幽道："我忽然不怕了。"

唐瑜道："是吗？"

明幽道："嗯。"她柔柔道，"我也想要一个小圆球儿叫我阿娘，夜夜在我怀中安睡。我已经懂得照顾别人了，我一定会做一个好母亲，如何？"

唐瑜轻轻笑了，明幽喃喃道："等三郎回来的时候，咱们家该多两个人了。"

唐瑜见她目光惺忪起来，便道："你先睡一睡。"

明幽道："好。"

明幽睡去之后，天地都安谧了，云好似落在了河里，与白波缱绻。明幽的气息和稻香一样甜，引得唐瑜也犯了困，他微眯着眼看河面，莫名想起自己的母亲来。在唐瑜的记忆中，母亲可不是端庄严肃的夫人，却像天真烂漫的少女，脸上始终带着好奇和新鲜的神气，她从未当自己是唐瑜的母亲，而是他的朋友。唐瑜记得自己三岁的时候，在后花园捉到一只黑翅金尾的蝶，便拿去问母亲："母亲，这是什么蝶？"母亲也瞪大了眼睛，双掌合捧，困住蝶儿举在阳光下瞧，糊涂问："咦，这是什么？"便带唐瑜去书房，把讲虫豸鸟兽的书全找了出来，母子两个趴在地上，一本一本地翻，一个一个地比对，最后她欢喜地跳起来，拍手道：“这是断弦蝶！走，咱们拿去考你爹爹，他肯定也不知道！”她和唐瑜一起成长，一起探究这美妙的人世，可是天意弄人，唐瑜长大了，她却没有。唐瑜忽然觉得世事很奇异，他如今竟到了比母亲当年还大的年纪，又有另一个女子，因他而愿意做母亲。唐瑜知道明幽会是一个好母亲，会给他生一个可人聪颖的孩子，再过一两年，当他下班回家的时候，等着他的就不止明幽一个了。

唐瑜的肩轻轻颤抖起来，他怕惊着明幽，便尽力紧握双手，好叫自己的心绪稳定一些。过了半个时辰，他摘一枝蒲公草去点明幽的鼻子，明幽迷迷糊糊睁开眼，问：“什么时候了？”

唐瑜道：“日昳时分，该回城去了。”

明幽应道：“走吧。”

唐瑜唤了一声海云阑，海云阑闻声过来，明幽道：“回了城，咱们去吃什么？”

唐瑜未应。

明幽一边理海云阑的鬃毛，一边道：“不如去城东亲仁街谢五娘家好不好？我想吃五绺鸡丝了。”

她正要拾镫而上，唐瑜却在后缓缓叫道：“明幽。”

明幽莫名一惊，回过头问：“怎么？”

唐瑜道：“我有话对你说。”

明幽怔怔站直了身，问：“什么事？”

唐瑜道：“明日是朝参日，我要入朝面见天子和太后，有一封疏，我会呈上去。”

明幽再问：“什么疏？”

唐瑜道：“重似千钧的疏。”

明幽身子一凛，道：“你……你这是要做什么？”

唐瑜道：“身为国家命官，不能不做的事。”

明幽不知所措地看看唐瑜，又看看远方，茫然片刻，又问：“然后会怎样？你会怎样？”

唐瑜道：“朝政会地动山摇，唐瑜必凶多吉少。”

明幽大惊，道：“什么疏，什么事，你告诉我！”

唐瑜道：“明日你就知道了，全天下也会知道。”

明幽道：“你现在就和我说！”

唐瑜道：“现在，你只需明白一件事。”

明幽问：“什么？”

唐瑜道：“明日之后，唐瑜或许有杀身之祸，唐家或许有倒悬之危……”

明幽道：“那你还是要去做！”

唐瑜道：“职责在身，不能不做。”

明幽道：“那你等三郎回来，和他商量了再说！”

唐瑜道：“他去夜州正是时候，在涅火军中，他才能安全。”说着，他把手伸入袖，“现在，我还要保你安全。”

明幽下意识地重复：“保我？”

唐瑜从袖中拿出了那张藏了一夜的白绢，递给明幽，明幽心知有变，不肯接，只问：“这是什么？”

唐瑜道：“放妻书。”

这三字一出，明幽只觉头顶苍穹压了下来，足下大原翻了个底，一阵头晕目眩，尖声道：“你要休我？！”

唐眼见她摇摇晃晃站不稳，忙抢上去扶，道：“幽儿！”

明幽猛地打开唐瑜的手，兀自道：“你要休我！你竟要休我！”语音未落，眼泪滚滚而下，唐瑜道：“不是休你……”

明幽一把夺过白绢，扬开了，只看一眼，那“放妻”二字格外刺眼，便往唐瑜身上抛去，哭道：“不是休我，那这是什么？是什么！”

唐瑜道：“是我保护你的法子。你若不是唐家人了，我的祸就牵连不到你身上……”

明幽道：“我如何不是唐家人了！但凡有些风吹草动，你总想把我推出门去！什么白头偕老，什么同甘共苦，全是哄我的！你时时刻刻在想着不要我、赶我走，是吗？”

唐瑜又要上前安抚，明幽倔倔地往后退，道：“走开！你既已放了我去，你就走！”

唐瑜道：“幽儿，我是为你好，我不愿你随我受苦难。”明幽却又捡起白绢，举到唐瑜的眼前：“最苦最难的是这个！是你亲笔写的！”她恼起那白绢来，便一面哭，一面撕，三下两下把绢布撕成碎片，扔了一地，“你若有休我的心思，何苦当初娶我？你既接我入了家门，又为何始终不拿我当家人？”

唐瑜无言以对，他想抱住妻子，明幽却又挣又躲道：“别碰我！”转身翻上马背，扬鞭叱道：“走！”海云阑见唐瑜还站在当地，便犹豫了一下，明幽一鞭子抽下来，道：“快走！”海云阑无法，驮着明幽小跑而去，只留唐瑜孤零零地站在原上。

5

明幽纵马回了唐府，只见府门开着，家奴在往马车上装东西，便问：“这是做什么？”

家奴们道：“二郎今早吩咐我们，说送苏娘子去宗山城住一阵子。”

明幽一听，怒声道："他非要把一个家拆完撵尽才算呢！"

苏叶也从府中跑出来，问："幽儿，怎么了？二郎为何要我去找叔父叔母？"

明幽下马，拉了苏叶往府里走，道："你哪儿也不去！就在家里！"

苏叶问："出了什么事？"

明幽道："什么事也没有，你别怕，别怕。"她紧紧攥住苏叶的手，不知是给苏叶安慰，还是给自己安慰，"天塌不下来！纵然塌下来了，我也会保护你，你放心！"

苏叶惊慌了，又问："是不是家中要生变故？"

明幽心中一酸，想把今日之事对苏叶说，可想到那张触目惊心的白绢，她什么也说不出来了，只道："我改日再和你说，我……我此刻只想一个人待着。"说完转身向伶玦轩逃去，任苏叶在后怎么追怎么叫，她都顾不得了。

回了卧房，明幽斥退了婢子，反锁了门，一个人蒙在被中伤伤心心地哭，不知过了多久，窗也黑了，屋也冷了，只听有人咚咚敲门，明幽道："不许进来！我谁也不见！"

却听唐瑜在外道："幽儿。"

明幽听见他的声音，平添了三分火气，道："你不是休了我吗！你就当我去了！"

唐瑜道："你开门，咱们说说话。"

明幽道："你我从此陌路，有什么好说的？"

唐瑜缄默了一阵，道："别说气话了。"

明幽道："是你明明白白写了放妻书，怎么是我说气话？"

说完又藏进被子里，酸酸楚楚哭一阵，怨一阵，过了几个时辰，泪哭干了，她便翻身起来看，见窗纸上还映着唐瑜的影子，明幽先是心疼，转念又想到他递放妻书时的冷决之色，暗自道："要放我去的是你，舍不下的还是你，你要怎样？你要我怎样？"她本是女儿心性，情爱是天大的事，唐瑜不要她，便是地拆山崩的痛，至于为何不要她，她此刻却不细想了，索性放下帐帘来，扯过被子睡下，可心中如千只蜂蜇一般，如何闭得上眼，她翻来覆去挣扎许久，又悄悄掀开帐帘看，唐瑜的身影不见了，明幽急忙跳下床，贴着窗户向外瞧，此刻月渐沉西，庭中一个人影还在独自徘徊，似乎觉察到明幽也在看自己，他驻了足，隔着一团漆黑与明幽对视，明幽一咬牙，又躲回床上，这一天的大起大落、疲痛交加，终于把她拖入了睡眠，睡中也不清净，耳边一直嗡嗡作响，不知是自己在和唐瑜闹，还是外人在和唐瑜闹。似乎才睡了一眨眼，她的身子往下一沉，心往上一提，又醒转过来，再掀帐看时，窗外泛了灰白，她冲去窗边瞧，这一回，庭中也没有唐瑜了，明幽打开门四处张望，径上也没人，树下也没人，她慌忙向书房跑去，正撞上一个人过来，却是唐晋，明幽问："二郎呢？"

唐晋回："二郎才来换了朝服，上朝面君去了。"

明幽不等他说完，转身向府门奔去，看门奴正在关门，见她来，招呼道："夫人要去哪里？"

明幽问："二郎呢？"

看门奴回："上朝去了，骑马刚走，今日不知为何，家奴也不带，一个人去的。"

明幽冲下台阶，站在佩鱼巷中，踮起脚向尽头看，看门奴道："只怕是看不见了，海云阑快得很，一鞭子就不见影了。"

明幽愣愣站着，一直把天站得透亮，方回了怜玦轩，重净了脸、梳了发、换了衣，再独自一人出了唐府，上了大街。街上行人熙熙攘攘，谁也不知她昨夜经历了什么，也不在乎她今日将要遭遇什么。明幽的脚步轻浮得借不上力，走得飘飘摇摇、魂不守舍，到了龙首桥前的阙楼下，她看向桥那头，只见龙朔宫门紧闭着，她知道丈夫此刻在里面，却不知在做什么、说什么。明幽倚在桥栏上等，不多时，巡守的骁禁卫纵马过来警告："无关人等，休得近桥。"明幽只好离了桥，向南去了玄武大道。

大道尽头的第一栋酒家，离龙首桥只有十丈远，是官员下朝的必经之地，明幽入了酒家，在二楼拣了个挑窗位子坐下，目不转睛地盯着龙朔宫门，一个时辰过去，两个时辰过去，三个时辰过去，日升中天的时候，龙朔宫侧门开了，早朝散了，三三两两的官员出来了，家奴们牵马过去，迎上自家主人，一同往龙首桥这边来。明幽起身眺望，有文官，有武官，有的沉默不语，有的还在低声交谈，他们从楼下一奔而过，明幽看不清他们的神情，猜测不了吉凶，她始终没有看见唐瑜，不知是泯于众人走了，还是留在了宫中。明幽等了又等，到了午饭时候，酒家的客人渐渐多了，酒博士见明幽茶不点菜不点，便过来作揖问："娘子要不要用饭？若不用，请挪个座儿，客人们没有坐处。"

明幽起身让了座，移步往楼下去，木梯下到三四步，她听见那刚落座的客人们在交谈，一人道："我才遇见殷尚书的牵马奴，听他说今日朝中出了大事，你们知不知道？"

余人道："什么大事？快说，快说。"

那人道："唐瑜……"

明幽扶着栏杆站定，听他道："唐瑜上了封奏疏，向圣上太后进言，要削封地，收封赋。"

众人齐问："削谁的封地？收谁的封赋？"

那人道："皇家七王的封地！"

满楼的客人都惊了，问："皇家的封地也能削？"

那人道："唐瑜说必削，他第一个要削的，是恭王……"

明幽似乎又犯倦了，她步子沉如铁，眼帘重如铅，一步也迈不开，只好倚着栏杆软软坐下来，就坐在人来人往的木梯上，头向木栏一歪，昏昏睡去。

第四十六章 设局

1

早朝虽散了，龙朔宫却未平静，卫熹把唐瑜的上疏看了又看，问：“七位亲王，是我的叔爷爷、堂伯、从堂兄弟、从堂侄、外祖父、表叔、舅舅，唐先生为何要削他们的封地？”

崔太后道：“七处封地合起来，有二十五万户，一百五十万人，这百万子民的赋税，是不归朝廷的，只纳给亲王一家。”

卫熹道：“若是收回封地，便能收回这些子民的税了，是吗？”

崔太后道：“果真收得回来，国库一年的收入要多百分之三。”

卫熹道：“咱们缺这点钱吗？”

崔太后失笑道：“这点钱？这些钱收过来，足够涅火军半年的军费了。咱们才经历了北凉和东洛两场大战，几乎耗尽了国库十年积蓄，将来还有南荆和西项要打，十万兵马出征，走一天驻一天都要花钱，钱从哪里来？朝廷上上下下都在谋划，唐先生的主意，便是削封地了。”

卫熹又问：“唐先生为何说首当削恭王？恭王是我的叔爷爷，如今在卫家，他是我最亲的人！”

崔太后道：“正因他血缘最近、地位最尊，所以唐瑜先找上了他。何况恭王的封地在开元府境内，收回封地，恭王府的税收便归了开元府。”

卫熹道：“那唐先生的奏疏，咱们准是不准？”

崔太后道：“这是天大的事，哪里是写一个准字驳字那么简单？若笔尖落错了，只怕时局要乱。”

卫熹道：“收回封地，对国家有利，百官和百姓一定是希望我们准的。”

崔太后道：“可七王如何愿意拱手让出世袭的恩惠？他们若反抗，咱们该如何？”

卫熹便沉默了。

崔太后把奏疏放下，道：“陛下请先用膳，先把削封之事放一旁吧。”

卫熹不解，道：“放一旁？唐先生是当着文武百官上疏，此刻只怕朝野都传遍了，我们若置之不理，如何向万众交代？”

崔太后道：“陛下说得是，如今朝野都知道了唐瑜削封的事，恭王一定也知道了。今日之后，恭王府和开元府必有一场交锋，陛下且坐山观虎斗，等两边分出高下，陛下再来评判胜负。”

2

自步入花甲后，恭王迷上了修道炼丹，他在王府中修了一座寿阳观，经月足旬在观中伴着丹炉打坐，炼出一盅盅太一神精丹，一半供奉三清，一半自己续命。他把从前行猎蹴鞠的喜好都摒弃了，也把亲友故旧都疏远了，贴心人只剩一个蓬莱方士。早朝还没散，宫中便来人通风报信，说唐瑜公开要求削亲王封地，恭王听后一言不发，坐在蒲团上凝神入静，直到下半夜，他才睁开眼，看着满屋萦回的仙气道：“我虽老了，却不迂腐，我明白如今的年轻人，不比从前了。”

方士点头称是，恭王继续道：“我们年轻时是怎样？敬畏神明，敬忠君主，敬孝尊长。如今的年轻人是不懂的，他们不把神明放在眼里，不把君王放在眼里，不把尊长放在眼里！叛天反地，捅上捣下，哪里有他们不敢的事？我且和你举两个例子。”

方士忙道：“亲王请说。”

恭王道：“我的小儿子卫仴，你们是知道的，虽说有些女气，到底是个心地纯良的孩子，他爱涂脂抹粉是他自己的事，碍着了谁？与别人何干？他欢欢喜喜去赴友人的宴，却莫名其妙被打了一顿！那宇文建敏的儿子和唐之弥的儿子凭什么打他？”

方士大惊，道：“打世子？这可等同反了！”

恭王道：“正是这话！我是灵帝之子，卫仴是灵帝之孙，堂堂正正的帝王血统，打他就是打皇家！古往今来，哪个帝王子孙挨过打？偏叫我遇上了！”他忽地冷笑一声，“世人都道我要把宇文家和唐家掀个底朝天，可我呢？我忍了，自己咽了碎牙，没和那两个兔崽子计较，难道我是个斤斤计较之人？”

方士忙道：“亲王有负载万物之量。”

恭王点头，又道：“我再和你说第二件事。有一年我要修后花园，向如今的右将军孙牧野借三百个兵，以我之地位，哪里调不到搬砖的兵？多少将军想借兵我也不要！不过因为当时他刚战过北凉，立了军功，我看得起他才想结个交情，这难道不是抬举？偏偏他不识抬举，回什么‘将军只懂打仗，不懂为王侯盖花园’，生生把我堵了回来。四海列国，哪家皇亲国戚受过兵奴的气？又叫我遇上了。你们道我要报复？不！我又忍了，后来在朝中遇见那小子，我还主动和他打招呼，我的气量，自己也佩服。”

方士连连称是，恭王道：“只可惜，我当自己是宽宏，别人当我是懦弱，如今第三个人又来了——唐之弥的另一个儿子，唐瑜。他要收我的封地，剥我的赋税。我的封地从何而来？我爷爷赐的，天子赐的！他有什么道理叫龙朔宫那母子抢回去？”

方士应道：“这本是亲王家事，唐瑜不过小小一个开元府尹，竟敢过问皇家事来，真真不自量力。”

恭王一口气出了半炷香那么长，出完又念叨：“如今的年轻人……你纵不看上天的面子，不看皇家的面子，也该看看我余齿的面子，我是和你们祖辈父辈一般的年纪，只想避世隐居，寻仙问道。世上多的是为非作歹的贼，朝中多的是作奸犯科的官，你为何不去管？怎么偏与我过不去？”

方士道：“唐瑜宵小，亲王若不出手治治他，只怕不能静心修行了。”

恭王闭目养起神来，嘴边却扯开一笑，问：“你认为我该治他？”

方士道：“自然应该。”

恭王蓦地睁开双眼，那眼光刺透了浓厚的白烟，喝道：“不！我再忍让他们一回！”

方士一愣，忙问：“依亲王的意思？”

恭王道：“去和小世子说，叫他代我写一封疏，说恭王自愿削去一半封地，两万五千户子民奉还龙朔宫，算是我为国分忧了——叫他立刻写，立刻送到小天子那里去！”

方士惊道：“五万户封地生生斩掉一半，亲王可使不得！”

恭王把麈尾一甩，闭了眼，以出世的姿态道：“持而盈之，不如其已；揣而锐之，不可长保。功遂身退，天之道也！”

3

明幽恍然醒了，看见如烟的纱帐外，唐瑜还在守着她。她不说话，唐瑜也不说话，直到锦儿端了汤药进来，唐瑜方接过药碗，掀帐坐上床沿，唤道：“幽儿。”

明幽道：“你是谁？叫我做什么？”

唐瑜便知她还在怨，遂道：“我是唐瑜，我在请发妻饮下这碗药。”

明幽道：“你哪里还有妻？你的妻被你放回明家去了。”

唐瑜温言道：“那青鸾帐中人是谁呢？”

明幽道：“是个木头壳子，她的心早走了。”

唐瑜道：“她的心寄在唐瑜这里，不会走。”

明幽道：“果真走了，不在了。”

唐瑜道：“分明还在，还沉甸甸压在我心上。”

明幽又恼起来，道：“你就是嫌我累了你！”

唐瑜叹了口气，把药碗放下了，道：“自你嫁入唐家以来，几番风波也累了你，你嫌过我吗？”

明幽道：“没有！”

唐瑜道：“你不会嫌我，正如我不会嫌你。”

明幽呜咽道：“我没写过离书，你写了。”

唐瑜手指香炉，道：“书已化作尘渍，湮灭了。”

明幽道：“可一字字都还在我心里！”

唐瑜一时无言，明幽又道：“那绢上字，你写了多久？一年？难道这三百天来，你明里和我恩爱相亲，暗里却想着休妻的措辞吗？我想到这些就难过，我被你蒙在鼓里这样久！”

唐瑜道：“每写一个字，我的心也如滴血，这三百个日夜，我比你煎熬。”

明幽听出他的痛，心便悄悄软了下去，沉默半晌，道：“你……为何要上那封疏？为何要削七王封地？你明知此事凶险，为何……为何宁肯舍弃我也要去做？”

唐瑜道：“七王封地上的农人，税负最重，力役最苦。”

明幽道：“可他们的不幸，是自古就如此，祖祖辈辈都如此。”

唐瑜道：“那就让这不幸终结在唐瑜的任上。”

明幽道：“满朝文武谁都明白，却谁都不敢过问，为何偏偏你要站出来？”

唐瑜道：“总要人出来担当。有人的仕途是通天道，可我的路是地隧径。”

明幽沉默了，唐瑜又端起碗来，道：“把药喝了。”

明幽乖乖顺顺坐起来，就在唐瑜手中抿了几口药，道：“我……我爱上你的时候，没想过会走这样一条路。”

唐瑜问：“当初若是知道呢？”

明幽垂下头去，睫毛把泪珠儿一滴一滴切入碗中，道：“我还是会去纪叟家门口守你。”

唐瑜沉默了，明幽道："夜也长，地隧也长，我不放心你一个人走。你牵着我的手向前去，一回头就看得见我，你就不会害怕了。"

忽然帘外家奴叫道："二郎，宫中来人了。"

唐瑜起身问："什么事？"

门外道："圣上请二郎立刻进宫议事。"

唐瑜回头看明幽，明幽打起精神道："去，做你想做的事。"

唐瑜点头，明幽道："我等你回来。"

唐瑜道："好。"

两相作别，唐瑜出了怜玦轩，在湘妃竹道走了十余步，却见竹下石上坐着一个纤婉的身影，她的手抚在腹上，似在怅然出神，唐瑜刻意把脚步放得缓而重，那身影蓦然回首，便起身向他行礼，道："二郎。"

唐瑜问："苏娘子何故在此？"

苏叶道："我想看看幽儿，婢子们说你也在，我就不好进去。"

唐瑜微笑道："幸好我要出去，不然妨碍了双姝私语，会讨人嫌弃。"

苏叶细声道："不妨碍。"

竹道只宽三尺许，唐瑜便走入竹间，让出小道，苏叶碎步过去了，唐瑜方回道上来，苏叶忽又回头道："二郎！"

唐瑜驻了足。

苏叶问："你去哪儿？"

唐瑜道："龙朔宫。"

苏叶道："我听见一些风声，他们说你……"

唐瑜道："苏娘子放心，明幽会平安，你也会平安。"

苏叶顿了一顿，道："我不是担心自己。"

唐瑜微笑道："三郎更不必担心，他在牧野将军麾下，谁也伤害不了他。"

苏叶在摇荡的湘竹叶下无言伫立，唐瑜见她不回话，便颔首转身去了。

4

丑时，唐瑜进了宫，卫熹一见他，便示出手中册，道："唐先生，恭王府上了一道疏。"

唐瑜问："恭王对陛下说了什么？"

卫熹道："他自请削去一半封地。"

唐瑜问："一半？"

卫熹道："唐先生，恭王与景帝是兄弟，与先帝是叔侄，我在私下从来直呼叔公，他是皇室宗亲，封邑五万户既合祖制，也不触律，从无臣民对此有异议，先生忽然请求削封，我……"

唐瑜道："陛下错了，恭王封地上的五万臣民皆有异议。"

卫熹道："这是为何？"

唐瑜道："开元府地界的农人，一丁一年纳税一千五百文，而恭王封地，一丁一年纳税三千文。一陇之隔，公平悬殊，农人税重，苦不堪言。"

卫熹道："三千文？不过一件袍子的价值，可见他们的负担并不重。"

唐瑜道："这是陛下一件袍子的价值，却是农家老少一年的衣粮。"

卫熹不信，道："大焉民富，断不至于困窘如此。"

唐瑜道："请陛下去民间看一看，偏远村落，食不果腹、衣不蔽体者家家皆有。"又补充道，"国泰年丰的收成尚难足税，若春遇旱，夏遇涝，秋遇蝗灾，收成或者折中减半，或者颗粒无收，农人便有饥寒之患，税却如附骨之虫，逃不开。"

卫熹道："那他们交不上税，又会如何？"

唐瑜道："一年的税交不上，便要弃田离家，去为恭王府做一年的劳役，许多农人不堪重负，或出逃成流民，或自杀求解脱。"

卫熹又问："那其余六州的六王，他们的封地也是如此吗？"

唐瑜回："以恭王为首，六王皆效仿之。"

卫熹低头不语，唐瑜也缄默下来，等卫熹自己思索。半晌，卫熹道："自小到大，身边人都告诉我，在我祖父和父亲的治下，大焉民殷财阜，国泰家康，难道全是谎言？"

唐瑜道："大焉有过苦难深重的年月，战火连年，赤地千里，哀鸿遍野，是景帝十年之治，叫难民回了故乡，流民有了居所，农人重回耕地，商人重张旧业；桓帝即位之后，鼓励农人勤耕，工商勤作，从此懒惰者蜕变，投机者绝迹，一代一代，大焉都在进步。"

卫熹道："到了我这一代，我们要做什么？"

唐瑜道："要让勤奋之民得酬劳，苦干之人有回报。"

卫熹道："七王封地上的农民，就是苦干而无回报的人？"

唐瑜道："是。"

卫熹道："要叫全大焉的百姓都安居乐业，首先必须削去七王封地，是吗？"

唐瑜道："陛下英明。为国计，自恤民生始；恤民生，自削封地始！"

卫熹道："可是，七王岂会束手待毙？他们地位尊贵，追随者众，他们若发难，龙朔宫可招架得住？"

唐瑜道："陛下若认定了正道，就请不反顾、不旋踵地去，为天子也好，为凡人也好，不怕失败，怕犹豫不决；不怕挫折，怕畏难不前。"他一笑，道，"这些话，唐瑜不以臣子身份说给陛下，是以老师身份教与学生。"

卫熹大觉触动，向唐瑜行礼道："多谢先生教诲。"

唐瑜还礼，卫熹再次扬起恭王的上疏，向左右道："叫凤阁下诏，龙朔宫决心收回七王封地，一户也不能少！请恭王在十日之内，将五万户籍悉数上报，若逾期不报，便请开元府亲自去恭王府缴取！"

唐瑜谢恩，告辞而去。卫熹站定了，看向身后那面绘了梦游天姥的屏风，屏上云霓一明一灭，是有身影在动，随即崔太后徐徐转了出来，卫熹问："母亲，我做得对不对？"

崔太后叹了口气，道："我劝过陛下，暂且静观事态，不可显露偏向，陛下却站到了唐瑜一边，那诏书一下，咱们卫家可算公然决裂了。"

卫熹道："可母亲也听见了唐先生的话，他难道说得不对吗？"

崔太后一笑了之，道："陛下若认为对，只管去做——一旦做了，便要做彻底，切不可迟疑动摇。"

卫熹道："唐先生也是如此说的。"

崔太后点点头，又道："我还请陛下记住一点：唐瑜虽是老师，却也是臣子，臣子谏言，陛下可以听之信之，却不可偏听偏信——我看古书上的有些臣子，你听他一件，他会夸赞陛下从谏如流；你听他十件，他会以为陛下任他摆布。"

卫熹糊涂了，问："那、那我到底应不应该听唐瑜的？"

崔太后道："陛下已吩咐了凤阁下诏，如同箭已离了弦，何必再纠结对错？如今应当全神贯注，去应付七王。"

卫熹应了，崔太后便领着十余宫女出殿去了。

5

三日后，凤阁的诏书送达恭王府，使者到了寿阳观外，宣道："请恭王速速出观听旨！"

守在观外的卫士们谁也不动，明熙道："可不巧，今日恭王才开始一轮炼丹，这是头一日，万万惊扰不得。"

使者道："这是凤阁奉龙朔宫之命下的旨。"

明熙道："亲王闭关前特意吩咐，若是太上老君驾临，就进去叫他；若是别人，一律不得叨扰。”

使者心头怒起，大踏步走到门前，高声向内道：“凤阁之诏，下走送到了，恭王领与不领，悉听尊便。”便将诏书放在门槛下，告辞而去。

恭王沉得住气，等到第九日过了子时，方命方士开门，拿了诏书进来，他展卷看了一遍，笑道：“小天子给我十日之限，叫我把五万户口送上去。”

方士掐指一算，道：“就是明日了。”

恭王道：“明日再不呈送，唐瑜就要亲自上门来讨。”

方士忙问：“亲王送是不送？”

恭王道：“我若送了，如同凡人被夺去了吃饭的碗，从此一瓢水一粒米都要仰仗龙朔宫那母子给。”

方士道：“贫道有一句话不当说：恭王的封地是灵帝所赐，若是灵帝再生，叫亲王原物奉还，亲王别无二话；别人哪里有权力剥夺了去？”

恭王道：“是了！我父亲送我的立身之本，五万户、十万户，与龙朔宫何干？那妇人童子为何来打主意？”

方士道：“依贫道所见，二圣尚有怜恤骨肉之心，只怕全是唐瑜从中挑拨。”

恭王道：“不是他是谁？不知餍足！我主动让出二万五千户，算不算高风亮节？换作别人，谁有这等气度？可我让一寸，他唐瑜要进一丈！唐之弥如何养出这样的祸害！”

方士道：“亲王该拿出气势来——再退让一步，就被他撵下谷渊去了！”

恭王又开始闭眼沉思，过了三刻，方士都以为他睡了，他却又睁开眼，道：“我从前还算瞧得起唐之弥，他虽死了，面子还在，看在他的分上，我不和唐瑜计较。”

方士惊道：“亲王难道甘心把封地拱手让出？”

恭王却转头叫一个小道士：“去找小世子，让他写一封请柬，立刻请唐瑜来府中坐一坐，我和他面对面谈谈。”

小道士得令去了。恭王向三清金像告了罪，出了寿阳观，换下道袍，去浴殿熏了三刻的暖雾，叫侍女们伺候换一身干净衣裳，还在系蟒带，那小道士匆匆找来，恭王问：“如何了？”

小道士道：“唐瑜回了小世子的请柬，说夜深气寒，不敢烦扰。”

恭王脸色转了青，侍女们吓得悄悄退了，那恭王却复又一笑，解下蟒带扔进浴池里，在凉榻上坐下，吩咐：“去叫你师父来。”小道士应声又去了，半晌，方士赶来拜见，道：“亲王，唐瑜如此无礼，怎生是好？”

恭王道：“你知道我此刻最恨什么？”

方士道：“贫道鲁钝，不知千岁心思。”

恭王道：“当初本王不只有五万人丁，还有三万护卫。景帝上任，裁了一大半，桓帝上任，又裁了一大半，如今堂堂王府，只剩两三千卫士，还全是斗鸡走狗的官商子弟，我恨当初，任人宰割，还不如带三万兵反了！”

方士叹道：“当初亲王失去卫军，就好比仙鹤折了双翅，再无冲天之力；如今亲王再失去封地，只怕落足之地也没有了。亲王再不能饮恨第二回。”

恭王点头道：“是该给唐瑜一点颜色瞧瞧了。”

正说着，小道士又跑进浴殿，恭王问：“什么事？”

小道士道：“小世子来了，他好像瞧出事态不好，请见亲王。”

恭王道：“叫他回去歇了，明日该读书依旧读书，勿问窗外俗事！”

6

明熙在浴殿外等到夜半，总算等来了值后半夜的卫士，两边换了班，他自回卧房休息，躺在床上横竖睡不着，开门叫了家奴明书进来，吩咐：“你去找唐瑜，说他可把恭王彻底得罪了，刚才恭王和那妖道凑在一起嘀咕了一晚上，不知说些什么，多半是商讨对付他的法子，你叫他千万小心些。”

明书应了要去，明熙又道：“若遇见人问，你就说是回明府给我拿换洗衣裳。”

明书道：“小奴明白。”便闪身出了门，半个时辰才回来，明熙起身问：“话带到了？”

明书道：“带到了。唐二郎说知道了，又说明日将有一场纷争，阿郎不如避一下嫌，权且请个病假，回家休息一段时日。”

明熙又躺了下去。

明书道：“阿郎，我瞧唐二郎说得在理，明日他来了王府，决计和恭王有一场针尖对麦芒，咱们不如先躲回家去，任他们怎么斗，都和咱们没关系。”

明熙“呀”一声，道：“这是姓卫的和姓唐的干架，和姓明的有何相干？我此刻走了，倒显得我心虚怕事。”

明书道：“小奴怕阿郎夹在中间左右不是人。”

明熙道：“怎么不是人了？我伺候亲王十多年，他待我和亲儿子差不离，上回龙朔宫赐下的兜楼婆香，他连小世子也没给，单给了我，这是什么情分？他再恨唐瑜，也决计不会迁怒到我身上。”

明书道：“明儿若打起来，恭王叫咱们赶唐瑜出去，那赶是不赶？”

明熙道：“明儿又不是我当值，我就去远处瞧瞧热闹。”

明书道："不当值倒好，面对面少不了尴尬。"

明熙便扬手道："别想多了。就是姓唐的抄了王府，咱们大不了收拾东西回家，不靠这点俸禄活，老头子有的是钱；或者姓卫的把姓唐的扳倒了……"

明书笑道："那姑奶奶也要回家住着了。"

明熙道："照样叫老头子养！算来算去，只有老头子吃亏。"

明书便笑嘻嘻地告退，明熙道："急吼吼走什么？又去找那小婢女？"

明书笑道："阿郎休打听，安生睡。"

明熙便道："滚吧！"

7

天明之后，唐瑜率开元府武侯来了世荣巷。守卫王府的卫兵全撤离了，紧闭的府门下，只有一个五六岁的小道士在打坐，唐瑜问："小道长从何方来？"

小道士道："小道自蓬莱来。"

唐瑜问："何故在王侯府前打坐？"

小道士道："小道奉恭王之命，在等一个人。"

唐瑜问："等谁？"

小道士道："唐瑜。"

唐瑜道："我便是唐瑜。"

小道士便行礼，道："恭王叫小道问唐先生三句话。"

唐瑜道："道长请问。"

小道士道："第一句：兰田县封地是恭王先祖赐给恭王的家产，唐先生为何一定要夺去？"

唐瑜道："兰田县从来是国家公产，无人能夺之。"

小道士道："第二句：恭王愿让出一半税户，唐先生依是不依？"

唐瑜道："五万税户命运一体，不应分开。"

小道士道："第三句：虎被夺食有撼地之怒，鹰遭侵巢有冲天之悲，倘若蒙屈受辱的是唐先生，先生该如何对之？"

唐瑜沉默良久，道："兽类相斗不分善恶，人间相争可辨是非，唐瑜会做自认为对的事，恭王亦当如是。"

小道士向唐瑜行揖礼，唐瑜也回礼，小道士便回身去叩府门，门开了一线，把小道士放进去，又严严实实合上了。一众武侯皆问："怎么办？"

唐瑜道：“先等一等。”

于是众人在恭王府下候着，过了一个时辰，还不见动静，武侯们道：“府尹，难道恭王躲一年，咱们就等一年？不如破门进去，速战速决。”

唐瑜道：“恭王心中明白，此事避不开，他迟早会出来面对——若是自尊之人，就不会拖到开元府破门而入的时候。”

武侯问：“他一定会见府尹？”

唐瑜道：“一定会。”

又过了半炷香的工夫，有武侯从门缝中瞧见里头人影闪动，忙道：“有人出来了！”

话音刚落，府门砰砰訇訇开了，只见八个家奴抬着一面紫檀木板出来，细看时，板上覆着一块白布，布下分明是个人形，众武侯吓了一跳，均在心中道：“难不成恭王自尽了？”

家奴迈出门槛，把木板放在阶下，一个家奴叫道：“哪一位是开元府尹？”

唐瑜道：“我是。”

那家奴道：“恭王府昨夜出了一桩命案，亲王说了，既是在开元城出的事，就该由开元府来主持公道，请唐府尹看着办。”

唐瑜陡然皱了眉，他盯紧那檀木板看，却看不穿白布之下有一张怎样的面孔，后问：“这是谁？”

家奴道：“是亲王的爱姬，芮夫人。”

唐瑜问：“夫人因何不幸？”

家奴道：“说起来，倒是一桩简明的案子——芮夫人昨晚遇见了一个人面兽心的歹徒，以致清蒙尘、玉染垢，魂消九天。”

唐瑜忽然沉默了。武侯们问道：“歹人抓住没有？”

家奴道：“他倒是想逃，可惜插了翅也逃不出王府去。”

武侯便道：“那就把他带来。”

家奴便向府内高喊：“把人带过来！”

顷刻，府中响起轱辘声，一辆笼车被推了过来。那笼车在行猎时最为常见，是困猛兽刁禽的，此刻却关着一个蓬头赤脚、遍身污血之人，仿佛已昏死过去。笼车推出府，一个武侯过去，探手试那人的呼吸，问：“人是死是活？”

他的手指戳到那人的脸，那人立刻惊醒过来，翻身爬起向外看，看见唐瑜，他双手抓住木栏直摇，叫道：“妹夫！救我！”

家奴笑道：“竟忘了，明校尉是唐府尹的妻兄。”

明熙见唐瑜一言不发，越发激动起来，边捶笼门边叫：“妹夫，我是冤枉的！我……

他们给我设了个局，引我往局里钻！他们陷害我是因为你！你快救我！”

家奴上前，向唐瑜拱了拱手，道：“既然凶手是府尹的亲戚，为避嫌，开元府审不了这案子了。”转身吩咐，“把人拉回去，咱们再请示亲王，找哪个衙门来断案！”

家奴们抬起紫檀木，推起囚笼车，又往府中去，明熙在笼中叫道：“妹夫！快带我去开元府，这里一刻也待不得！他们下死手打我！”一言未毕，王府门又撞合了。

武侯们面面相觑，一人鼓起勇气过来问：“府尹，要不咱们……”

唐瑜抬头看了看恭王府的高墙铜门，道：“先回开元府去。”

第四十七章 三法司会审

1

唐瑜回了开元府，坐了一盏茶的时分，陈金石溜进来，道："府尹，我听说又不好了。"

唐瑜问："如何不好？"

陈金石道："六王都给恭王写了信，说和恭王同进同退，他们七王合成一股力，可就不好办了。"

忽听门外侯望书叫："府尹！"

唐瑜抬头看，侯望书兴冲冲奔进来，道："府尹，我听说六州节度使都上疏，说支持府尹的削封策！"

唐瑜点头，道："你再去外面打探打探，看有什么消息。"

侯望书应声，风也似的冲出了门，过了近三个时辰，晚饭时候才转回来，道："府尹，恭王又使坏了。"

唐瑜问："怎么？"

侯望书道："他叫家奴把那芮夫人的棺材抬到了正仪门下，说请二圣主持公道，龙首桥这边好多瞧热闹的百姓。"

唐瑜问："龙朔宫是何态度？"

侯望书道："听说有个太监在劝，说二圣震动了，正在请刑部、大理寺和御宪台的人进宫探讨案子，叫他们回去听信，那些家奴说，真凶不偿命，他们死也不走。有恭王在背后撑腰，骁禁卫也不好赶人。"

唐瑜道："好。辛苦你了。"

侯望书便去了，与他擦身而过的是唐晋，唐晋疾走到唐瑜身边，小声道：“娘子和娘家人来了。”

唐瑜一怔，道：“来了这里？”

唐晋未及答话，门外一个妇人急声问：“唐瑜在哪儿？”

唐瑜忙起身迎了出去，只见明夫人气色大变，急步而来，一边侍着明幽，一边侍着明熙之妻甄婉。唐瑜先向明夫人行礼，口称“母亲”，再向甄婉行礼，口称“嫂嫂”，甄婉回了礼，明夫人却不顾不理，径自入堂，在上首坐了，竖起柳眉斥道：“开元府尹，瞧你做的好事！”

明幽道：“阿娘休急，好好说话。”

明夫人道：“你哥哥如今还被关在恭王府里生死一线，你父亲气急攻心一病不起，你叫我如何好好说话！”说时，两行泪夺眶而出，手指唐瑜道，“你要捅天也好，翻江也好，是你的事，我本不该过问，可如何牵扯到了明熙身上？”

唐瑜道：“恭王不愿交还封地，故以明熙要挟，想迫使唐瑜放弃削封之策。”

明夫人噙泪点头道：“这就是明家和唐家联姻的好处！”

明幽急道：“阿娘如何说气话？咱们要一起想法子救哥哥。”

明夫人扯出袖中绢帕，拭了拭泪，问：“怎么救？咱们家的宫里旧友才托人带了话来，说太后请刑部、大理寺、御宪台三法司会审你哥哥的案子，这架势，竟是把他往死里整了！咱们都明白，你哥哥是被人诬陷的，他虽说有些小习气，可大节上从来不亏，如何会强污恭王的小妾？恭王和二郎过不去，却找不到二郎的岔子，就拿你哥哥开刀，枉你哥哥死心塌地服侍他这么多年！”转而又指甄婉道，“昨夜他若回家来，也不会出事了，我嘱咐过你多少次，不许他随意在外过夜，不值班的晚上一定回家住，若听我的，要少惹多少是非！你怎么就管不住他？”

甄婉道：“我平日多说他一两回，婆婆又说我凶悍，我哪里还敢说他半句？”

明夫人气结，道：“你还和我顶嘴！明熙若有个三长两短，我先赶你走！”

甄婉看了看明幽，把头扭过去了，明幽便道：“阿娘急昏头了吗，说话没轻没重的。”

明夫人拍心口道：“那是我的儿！我不急谁急！”

明幽道：“是阿娘的儿，难道不是嫂嫂的丈夫、我的哥哥、二郎的妻兄吗？我们谁不着急了？阿娘说这些话，先寒了女婿的心，后伤了媳妇的情，外人稍稍用点计，咱们就支离破碎了，难道我家连这点风浪也经不起吗？”

明夫人闻言，总算镇定了些，转念一想，向唐瑜道：“你也是我的儿。如今家中一个被关，一个病倒，你就是最大的顶梁柱，我才来找你商量。我一时说话冲些，你看在幽儿的面上，休往心中去。”

唐瑜应了，明夫人道：“恭王对付明熙，全是因你而起。你和明熙从前是朋友，如今是兄弟，为了他，为了明家，你权且把削封地的事放下吧。”

唐瑜道：“母亲不用着急，明熙既然清白，三法司就定不了他的罪。”

明夫人道：“你如何就不明白？恭王若存心害明熙，丢针落线都是死；恭王若存心救他，逆反的罪也救得下来！”

唐瑜道：“恭王不能左右大焉律法。”

明夫人道：“恭王能左右执法之人！那刑部尚书和大理寺卿长没长耳朵？若是长了，谁知道他们听不听恭王的话？更何况还有个御宪台的薛让，他和你家是不共戴天之仇，安知不会迁怒到明熙身上？”

唐瑜道：“至少恭王不能左右唐瑜。”他对着明夫人解释，眼睛却看着明幽，“唐瑜不会容人陷害无辜。”

明幽顿时卸下心中重担，笑道：“阿娘嫂嫂听见了吗？有二郎在，哥哥不会有事的。”

明夫人疑道：“你一个人对付得了恭王和三法司？”

明幽凑到明夫人耳边道：“阿娘忘了？二郎可是帝师，大焉天子最敬重的人，谁也别想欺负咱们。”

明夫人醒悟过来，终于缓下脸色，道：“这倒也是，二郎若求一求天子，明熙自然有救了。”

忽然门外有人叫：“唐府尹在哪里？恭王府使者求见。”

唐瑜去了门下，问：“有何事？”

门外，恭王府人道：“恭王有话：三日之后，三法司在刑部会审芮夫人遇害案，恭王向三法司请了个座，留给府尹旁听，去不去府尹自拿主意。”

明夫人忙道：“去，去！你在场，就好办了！”

唐瑜问恭王府人：“恭王去不去？”

那人冷笑道：“恭王要侍奉三清，无暇顾及俗事。”

唐瑜便拱手道：“多谢恭王有心。”

那人也拱拱手，去了。明幽在内生了气，道：“恭王故意要你亲眼看哥哥受辱！他是在示威呢！”

明夫人道：“那也得去，有二郎在，他们就不敢严刑逼供。”

甄婉道：“明熙看见二郎也安心些。”

唐瑜道：“一定前往。”

明夫人擦了擦眼角，道：“从前我就和幽儿说，二郎可比明熙出息得多，咱们家的家运，只怕要依仗二郎，今日可算应了这句话。明熙好不好，明家败不败，就看二郎的了。”

唐瑜躬身道：“母亲言重。”

明夫人便向明幽道：“咱们还得回家去瞧瞧你父亲。”

明幽道：“是。”扶着母亲起了身，又向唐瑜道，“你下了班就到明府来，咱们等你吃饭。”

唐瑜点头，明幽便和明夫人出了门，甄婉有意在后留了步子，欲言又止，唐瑜道：“嫂嫂也请宽心。”

甄婉轻叹了口气，道：“那个天杀的……”一句未完，红了眼圈，“你见了他，告诉他一声，心儿乖得很，我娘儿俩等他回家。”

唐瑜应了，又问：“出事当夜，伺候明熙的家奴是谁？”

甄婉道：“是明书，从来只有他一个随明熙进王府。”

唐瑜问：“他现在何处？”

甄婉道：“不见回家，只怕也被关在王府里了。”

唐瑜点点头，道：“若他回了家，就叫他来见我。”

甄婉道了声“好”，告辞而去。

2

第三日，离申正还差二刻，刑部尚书雷英最先来到审讯堂，在正席坐了，一刻之后，大理寺卿林玺也来了，坐在右席，两个聚首探讨案情，雷英低声笑道：“死个小妾，也要三法司会审，岂非杀鸡用牛刀？”林玺道：“一边是一品王的妾，一边是三品侯的儿，还捎带了开元府尹，算大案了。”

没说出十句，唐瑜也进了堂。雷英和林玺知道他和明熙的关系，先道了声“颇觉歉意”，唐瑜回“公事公办”，坐了右次席。堂前日晷离申正只剩一毫时，差人们叫道：“薛台令至。”

自从御宪台被架空后，薛让下沧山的时候更少，经年隐匿，仿佛连步子都生疏了，忽忽飘飘进了堂来。雷英虽和薛让同品，却年长多岁，便坐着不动，只有林玺和唐瑜起身相迎，薛让先和雷英见过，再与林玺和唐瑜互见，他的眼睛把唐瑜一瞟，道：“四年不见，唐二公子从平地直上青云，可喜可贺。”

唐瑜道：“浮沉随波，不及台令高山安坐。”

薛让道：“哪里，我是山中修竹叟，公子是时局弄潮儿。”

雷英道：“二位是青年才俊，国势的上升下行，将来还要你们主宰。”

薛让向唐瑜小揖，唐瑜回礼，薛让便去左席坐了。刑部官员上来请示开审，雷英点头允了，少时，两个差役押了一人进堂，身穿囚服，手戴镣铐，正是明熙，他一见唐瑜，便大为动容，唐瑜轻轻压手要他冷静，雷英发问："受审者何人？"

明熙道："三品文昭侯明如海之子，明熙。"

雷英道："你在恭王府中任何职？"

明熙道："是王府正六品侍卫。"

雷英道："如今恭王控告你奸杀王妾芮夫人，你认不认罪？"

明熙道："不认！"

雷英道："且将当夜经历细细说来。"

明熙道："当夜我在浴殿外值班，守着殿内的亲王，一直守到子中，换班的卫士来了，我换了班就回房睡觉，睡了不知多久，听见外面有人叫我，说潘校尉他们几个在晚眺楼，叫我去打叶子牌，我说太晚了，他说明儿大家都不当值，可以痛痛快快要个通宵，天明再回来补觉，我就穿了衣服出了门，门外却没有人，我自个儿走到晚眺楼，见二楼乌黑一片，却有人影在动，我心想这群家伙又在装神弄鬼吓我，也不在乎，就上去了，谁知推开门一看，地上躺着一个女人，衣裳也没穿，脖子上勒着一条白布，似乎是死了，我吓得转身就往楼下跑，谁知此时，潘校尉他们几个不知从哪里冒出来，把我堵在楼梯上，后来他们说我、说我奸杀了芮夫人！把我关进了王府地牢，拿鞭子打我，要我认罪，我说我是冤枉的，他们也不听！"

雷英问："门外叫醒你的人是谁？"

明熙道："不知道！我忘了问名字，也没听出声儿。"

雷英又问："潘校尉是谁？"

明熙道："也是王府侍卫，潘涛，平常和我极好的！"

雷英便道："传潘涛来。"

过不到一刻，小吏带了一个王府侍卫进门，雷英问："来者何人？"

那侍卫道："在下是恭王府从六品侍卫，潘涛。"

雷英道："芮夫人遇害当夜，你在何处？"

潘涛道："那夜该我当值，一直在府中巡逻。"

雷英问："你可曾叫人去约明熙打叶子牌？"

潘涛道："不曾。"

明熙怒道："潘涛，你凭良心说话！"

潘涛道："不当值的时候，我是偶尔和明校尉他们几个消遣，只是那夜有任务在身，十几个兄弟等着我去巡逻，我如何敢找他赌钱？"

雷英问:“是你在晚眺楼发现芮夫人遗体和明熙的，是不是？”

潘涛道:“是。”

雷英道:“速把当时情景说来。”

潘涛道:“我和弟兄们巡夜到了晚眺楼下，见楼上有烛光，我寻思这个时辰，睡又嫌太迟，起又嫌太早，不知谁在上面捣鬼，就说上去看看，才上楼梯，就看见明校尉跑下来，神色慌张得很，我心想不对，就拦住了，问他如何在这里，他吞吞吐吐说不上来，我亲自上楼去查看，一推开门，就看见芮夫人赤身裸体被勒死在地上，我心知不好，就扣住明校尉，去请示恭王怎么办，恭王开口说动刑，我们岂敢不从，只好打了明校尉一顿，问他怎么回事，他却不肯说。”

明熙道:“我是被人陷害冤枉的，叫我说什么？”

潘涛便道:“我说的句句是实，堂上三公若不信，一同巡夜的弟兄都是证人。”

雷英道:“传证人上堂。”

小吏去传，顷刻，十二个侍卫依次入堂供词，皆与潘涛说法相合，一个个都在证词上签了字，雷英阅完证词，道:“如今潘涛是一个说法，明熙是一个说法，潘涛有证人，明熙，你若有证人，就快报出名来。”

明熙焦急道:“我睡觉是一个人，去晚眺楼是一个人，谁能给我做证？”

林玺道:“你说有人在外叫你去晚眺楼，还有谁听见？”

明熙道:“我一个人睡的，没别人听见。”

薛让忽道:“你把这叫你去的人供出来，案子立刻结了。”

明熙一愣，道:“当真不知道是谁。”

雷英和薛让、林玺互换了眼色,便道:“休庭,三法司需合议合议。”起了身往堂外走，又道，“请唐府尹也随我来。”

四个人相继来到雷英的办公厅。雷英屏退大小官吏，关了门，道:“依诸公看，此案该如何判？”

林玺便叹了口气。

薛让问:“芮夫人的遗体，刑部鉴定了？”

雷英道:“鉴定过了，着实是生前遭了侵犯，被白布缢颈而亡，被潘涛他们发现之时，刚刚咽气不久。”

薛让便道:“不是疑难案子。”

雷英道:“十几个证人说明熙有罪，唯独明熙一人说自己无罪，换作往常，此刻已经判了，只是，”他看向唐瑜，“明熙是唐府尹的妻兄，故我等不能轻率定论。”

唐瑜道:“唐瑜有个疑问，请三公解惑。”

雷英道：“请讲。”

唐瑜道：“夜阑更深，芮夫人为何独处晚眺楼？”

雷英道：“若是芮夫人没死，倒可以问个清清楚楚，可惜……”

唐瑜道：“夫人虽故，侍女还在。”

林玺也道：“是该叫芮夫人的近身婢女来问一问，先弄清楚芮夫人在晚眺楼的事有几人知道，谁传出去的。”

雷英点头，看薛让，薛让不置可否，雷英便向外道：“升堂。叫芮夫人的婢女来见。”

四人复回审讯堂，一个婢女怯怯入了堂来，生得十分乖巧，下跪道：“芮夫人房中婢女端端来回诸公的话。”

雷英问：“如何只来了你一个？芮夫人房中有多少婢女？”

端端回道：“芮夫人有近身婢女十二，那十一个都被亲王关押了，只许端端来回话。”

雷英便问：“关押她们做什么？”

端端泛红了眼，道：“夫人不幸罹难，亲王要我们为夫人殉葬。”

雷英道：“你若肯如实供述当夜情形，我亲自去王府为你们求情；若是有一丝隐瞒，你就在此地为芮夫人殉葬！”

端端忙道：“端端不敢欺瞒诸公。”

雷英道：“快快讲来。”

端端道：“当夜，婢子侍奉夫人就寝，夫人说这几夜总做些神神鬼鬼的梦，吓人得很，命婢子和她同帐入睡。睡没多久，夫人惊醒过来，说梦里看见晚眺楼的夜昙开了，之后左右睡不着，夫人说，不如真去晚眺楼守夜昙开，婢子只好伺候夫人起了床，去了晚眺楼，满楼的昙花却没开。守了半个时辰，夫人说冷，婢子说点火炉和灯烛，夫人却不许，只叫婢子回去把那件云狐毛裘拿来，婢子回去拿，不到一刻赶回来，老远就听见那边许多人在吵嚷，婢子慌忙跑过去看，只见侍卫们上上下下地忙，恍惚听见有人说‘芮夫人遇害了’，婢子吓得昏了过去，什么也不知道了。”

雷英问：“你和夫人去晚眺楼，还有谁知道？”

端端道：“夫人不想惊动别的婢女，只有我们两个，悄悄去的。”

忽而唐瑜开了口：“你说要为夫人点灯烛，夫人不许？”

端端道：“是。”

唐瑜再问：“为何？”

端端道：“夫人说人用的烛火和灯火都是浊光，天然的月色才是清光，夜昙花在清光下才开得美，所以不让婢子点火，宁愿那样冷冷清清等着。”

林玺道：“合了明熙的说法，他说到晚眺楼时，楼上是乌黑一片。潘涛却说看见了烛光才上楼的。”

雷英道：“再传潘涛！”

少时，潘涛上了堂，雷英厉声道：“当夜晚眺楼上有灯无灯，你如实说来！”

潘涛道：“有灯，在下亲眼见着了。”

雷英冷哼一声，道：“若不是恭王的侍卫，刑部早把刑具搬上来了。”

潘涛道：“纵然三法司把家当都搬来，在下也不改口。”

雷英被顶撞，正待发作，林玺道：“派人去恭王府，看看晚眺楼的灯烛有没有烧灼痕迹，便知谁说了真话，谁说了假话。”

雷英一听有理，便向身后亲信道：“你亲自带人去晚眺楼查看。”

亲信得令去了。堂中潘涛和端端各怀心事，沉默不语；三法司大小官吏皆不敢出声；雷英和林玺低声交谈；薛让斜斜打量唐瑜，正巧四目相对，薛让似笑非笑，唐瑜自把目光移开了。

半个时辰不到，雷英的亲信回来，呈上一支不足三寸的白烛，烛身沾满烛泪，潘涛见了便有底气，道：“王府中的白烛皆长七寸，这已烧了一大半，可见在下没有说谎。”

那雷英亲信却道：“诸公明鉴：这烛芯烛泪上沾了一层薄灰，恐怕是闲置多时才会积灰，至少昨夜，绝没燃过。”

雷英道：“拿上来。”

亲信依言上呈，雷英看了一眼，递给林玺，林玺看了一眼，递给薛让，薛让未接，只点了点头。

潘涛道：“这蜡烛被人调了包！在下昨夜确实见到了光亮！雷公若不信，把随行的侍卫再问一次！”

雷英冷笑道：“不用问，他们必然和你一个鼻孔出气！”喝命小吏，“把他拖下去！”小吏便把潘涛拖下了堂。

堂中又陷入短暂的安静，后林玺道：“婢女离开不到一刻，芮夫人便遇害，明熙恰在这一刻之内遇见夫人，到底是蓄谋，还是凑巧？若是蓄谋，他如何得知夫人会去？若是凑巧，他半夜去晚眺楼做什么？”

薛让道：“当再提审明熙和端端。”

雷英道：“已经审过了。”

薛让道：“是雷尚书审过了，不是薛让审过了。”

雷英脸上便有些挂不住，道：“原来雷英怠慢了薛台令，恕罪，恕罪。”

薛让道：“无妨，尚书若不想薛让审，薛让就不审。”

雷英转头叫小吏：“提明熙和端端来！”

立刻，小吏押明熙和端端回了审讯堂。薛让先问端端：“你回去为夫人拿毛裘，不到一刻便来回？”

端端低首道：“是。”

薛让道：“那晚眺楼离夫人居所不远。”

端端道：“是不远。”

薛让转而问明熙：“这楼离侍卫的住处有多远？”

明熙隐约一颤，不能答。

薛让道：“我去看过了，晚眺楼在王府后庭，在恭王众妾居所之中，而侍卫住处在前庭，但凡是个心智无恙的侍卫，都不会去这里聚众赌钱。”

明熙还是不答。

薛让道：“明校尉心智还好？”

明熙道：“我……”

薛让道：“你自然不会无缘无故去晚眺楼，一定有人相邀，能叫动你夜探王府深处的，不会是潘涛，也不会当真是打叶子牌。”

雷英便问：“台令的意思，明熙说谎了？”

明熙忙道：“我没有！”

薛让道：“说谎了。若不是信任之人相邀，明熙不会去。”

雷英道：“也就是说，明熙清楚叫他的人是谁？”

明熙道：“我不清楚！”

薛让道：“我清楚。”

此言一出，举座皆惊，雷英问道：“是谁？”

薛让向堂外等候的御宪台法吏道：“提上来！”

唐瑜沉着一颗心往外看去，只见一人被法吏架进门来，竟是明熙的家奴明书，便知事态不好，但听明熙大叫：“明书！你如何来了这里？这几天你在哪里？”

明书道：“阿郎，我……”便把头磕到了地上。

薛让问：“进堂者是谁？”

明书道：“回台令：小奴是明熙的家奴明书。”

薛让问：“明熙出事当夜，你在何处？”

明书道：“当夜……当夜我回明府给阿郎拿了几件换洗衣裳来，说了几句话，就去睡了。”

薛让问：“在哪里睡的？”

明书道：“在王府东墙下，和养马奴一起。”

薛让道："你是明熙家奴，如何不近身听唤？"

明书道："台令说笑了，阿郎在王府也是伺候恭王的奴，睡的是侍卫厢房，哪里还有我们这二等奴睡的地儿。"

薛让道："明熙去晚眺楼的事，你知不知道？"

明书又把头叩在地上，薛让问："到底知不知道？"

明书道："知道！"

明熙便道："明书！"挥起戴着镣铐的手要冲上前，两个沧山法吏横栏过来，将他推翻在地。

明书哭道："阿郎，我……恭王放我来做证，他要我实话实说，不然……不然端端就要殉葬！"

明熙叫道："你别乱说话！要记得你我主仆之……"法吏抽出一张手帕，塞进了明熙的嘴。

薛让向明书道："他叫你别乱说，你就别乱说，只把你看见的听见的，实话讲来。"

明书便道："当夜，我和养马奴挤在一张席上睡，不到半个时辰，忽然外面有人敲门，我去开门，不见人影，只见地上有一株月见，我捡起月见，就去找阿郎，阿郎收了月见，就去了晚眺楼。"

薛让问："其一，你为何见了月见就去找明熙？其二，明熙为何见了月见就去晚眺楼？"

明书咽了口水，道："台令的两个提问，小奴用一句话就可以回答。"

薛让道："说。"

明书道："芮夫人和明熙，一直在用月见传情，私下幽会！"

此言一出，满堂大惊，唐瑜起了身，道："明书，若做伪证，是重罪。"

薛让道："唐府尹是在威胁证人？"

唐瑜只盯着明书不说话，明书转向他叩头，道："二郎，我一句假话也不敢有！阿郎和芮夫人相好多时了，他们早约定，以月见为信物，若是阿郎找夫人，就叫我折一支月见给端端；若是夫人找阿郎，就叫端端折一支月见给我。是以那夜我见了月见，还以为是端端抛下的，就去找阿郎，阿郎立刻去了晚眺楼——他们每回幽会，都在晚眺楼！"

端端忽然痛哭失声，啐道："明书！你不该说！"

明书转而跪端端，道："恭王说了，只要我说真话，你就不用为芮夫人殉葬！"

这一案，直审到夜幕降临。薛让仿佛是只夜枭，夜色每重一分，他的目光便清醒一分，此刻他大扫萎靡之态，欺上前去，拽住端端的发髻，冷笑道："好一个贱婢，敢把朝廷高官当猴耍，你当刑部大堂是戏园子，容你一张巧嘴说书唱戏！”

端端咬紧了牙，一双怨恨的目把薛让回盯，薛让喝道：“说！芮夫人去晚眺楼，是去等夜昙，还是去和明熙幽会？”

薛让收回了，问雷英：“此刻是请刑部的行家显显手段，还是叫[illegible]山的法吏操斧班门？”

雷英便知薛让要动粗，劝道：“虽然是奴婢，到底是恭王的人，不好伤她。”

薛让也不辨，道：“善人雷公做，恶人薛让当。”当即命法吏，“先敲她两颗牙下来。”

一个法吏随手操起一个灯台走来，明书扑过去护住端端道：“打不得！她打不得！”

薛让笑了，向堂中众人道：“诸公看明白没有？两个主人成了双，两个奴儿也成了对。”

明书又急又悲，抓住端端直摇，道：“你快说实话，别再瞒了，瞒不过他们去！”

端端却倔强地不吭声，明书无法，跪行至薛让脚下，道：“薛台令！端端早和我说了，那夜也有人敲她窗户，抛进去一支月见，她就以为是阿郎相邀，夫人就往晚眺楼去，等来等去，没等到阿郎，因为夜寒重，端端回去拿衣裳，待她回来时，夫人已死了！薛台令，这分明是有人故意陷害阿郎，他……他们两个郎情妾意，哪里有什么强迫？又哪里会杀人害命？”

端端忽然一巴掌打在明书脸上，哭道：“夫人已逝，别再辱没她了！”

明书道：“名声是他们自己做坏的！却连累了我们！”说完抱住端端，两个越哭越悲，薛让烦不胜烦，叫法吏带了两个下堂，向雷英和林玺道：“依二位所见，找谁要凶手？”

雷英皱眉道：“还是要从潘涛下手。”

薛让道：“正是！”

不多时，潘涛和十二侍卫又被押上堂来。横梁上吊下十三圈绳，法吏们上前，把十三个人都捆上了往绳里套，潘涛怒叫道：“我们是恭王的人，你们敢动！”薛让冷冷道：“报案的人也是恭王！”说话间，十三个人全被捆成了粽子，头朝下，足朝上，一排倒挂在横梁上。薛让向雷英道：“向尚书借十斤醋。”雷英给手下递了个眼色，手下便转身出门，买了一担醋回来，薛让拿葫芦瓢舀了一瓢，走到潘涛身前，箍住他的头，把醋水从他鼻孔灌了下去，还有十二个法吏上前，依样对那十二侍卫用醋猛灌。潘涛鼻里是醋，口里是醋，不多一会儿五脏六腑里全是醋，他呛叫着，在薛让的手底挣来挣去，醋水却越淋越多，如一缸一缸倒不完似的，又听得左右同伴都在惨叫。堂中众人看着十三个人如上钩的鱼一般，吊在空中乱扭乱跃，也不禁起了阵阵寒意，忽然一个侍卫坚持不住，凄呼道：“我招！我招！”

薛让便问："凶手是谁？"

那侍卫喘道："是……是……"

正在此时，门外叫道："恭王府来人了！"

雷英便起身道："薛台令手下留情！"

侍卫们同时叫道："亲王救我们！"

门口一片人影闪动，恭王府使者来了，见了堂上惨状，气得一脸铁青，道："我说句大俗话，打狗还要看主人，如今千岁的侍卫出庭做证，竟被三法司作非人对待。唐府尹还没上门抄家，诸位就敢把王府的人当豚犬来践踏，唐府尹明儿上了门，只怕千岁也人人可欺了？"

薛让拿了张干净帕子净手，道："御宪台奉二圣之命来断案，和唐府尹做的那些大事不相干，休混作一谈。"

唐瑜却听不见这些了，他迅速走到那侍卫跟前，道："凶手是谁，你说出来！"

那侍卫早缓过气，高声道："是明熙，还用问吗！"

唐瑜道："你心中分明有另一个名字！说出来！"

众侍卫皆道："就是明熙，不用多问！"

那使者便问："你们来做证，该证的都证了？"

众侍卫道："都证了！"

使者道："好，我奉恭王之命接你们回去。"

众侍卫喜道："走！回家了！"

唐瑜不依，拦住那侍卫道："说，是谁杀害芮夫人，是谁陷害明熙？"

众侍卫一把将他推开，呼呼喝喝出门去了，唐瑜还要再追，林玺赶过来拉住他，唐瑜转身向使者道："你回告恭王，这是唐瑜和他的事，让他来直面我，和我对话。"

使者斜眼道："恭王好心请府尹来听审，我瞧府尹却恨不能一人就审了这案子，三法司的权力几时划归开元府了？"

雷英也过来，把唐瑜挡在一边，向使者拱手道："三法司就要结案了，先生请去。"

使者把角落的明熙一看，道："审完了？这位是斩首还是流放？"

明熙此刻才醒悟一般，冲过来对唐瑜道："妹夫，你说句话，就说不整什么削封地了，快说！说了我就有救了！"

唐瑜一时不知应答，明熙抓住他直摇："妹夫！救我一命！你说不和恭王作对，他就放过咱们了！和他为敌不会有好下场！"

使者轻蔑一笑，向诸官拱手道："告辞！"招手向明书、端端道，"还愣着做什么？回王府了。"

明书扶起端端，瑟瑟挪了过来。明熙看见明书，越发失了神智，高举双手，把镣铐向明书砸去，骂道：“你这刁奴！为了个贱婢出卖我！”又踢打端端。雷英吩咐刑部小吏：“把明熙押回牢去。”小吏冲过去拉了明熙出堂，明熙还不死心，一路大叫：“唐瑜！当初我出手救回你唐瑜！我是被你害的！你救不救我！

使者领着明书、端端去了；又过半刻，唐瑜亦向三人揖别，独自离了刑部。堂中总算恢复平静，雷英把卷宗和证词最后看了一遍，道：“这件事的真相，我私下和二位一说：想来是恭王经年累月沉迷于丹药，冷落了芮夫人，而夫人正值韶华，怎甘寂寞？那明熙恰好是风流公子，两个一来二去，有了私情。恭王呢，早听见了风声，只是炼丹要紧，睁一只闭一只眼放过去了，直到唐瑜向二圣提出削封之策，惹恼了恭王，就拿明熙开刀。他早知明熙和芮夫人以月见草通信，当夜指使人先往端端窗中抛月见，再往明书门前抛月见，引诱芮夫人和明熙去了私会之地——晚眺楼。芮夫人先至，因怕人知晓，没有点烛，凶手在明熙到达之前，先把芮夫人杀了，端端凑巧去拿御寒衣服，躲过一劫；她要回护主人的名声，所以隐去月见草一节，谎称是来守昙花；明熙到了之后，发觉芮夫人已死，知道中了陷阱，慌忙外逃，却被埋伏已久的潘涛抓了个正着。明熙要撇清和芮夫人的关系，才故意说是潘涛叫他来打叶子牌。至于杀害芮夫人的凶手，多半是侍卫，只怕潘涛的嫌疑最大，可是再难追查了。依薛台令和林卿之见，这案子到底该如何判？”

薛让道：“天色已晚，城门将闭，我急着回沧山，罪名你们定夺。”

雷英一愣，笑道：“薛台令追索了一日，临到头却放手不管了？”

薛让起身向外去，道：“探索真相如烹山珍海味，怡情养性；收拾结局却如倒残羹剩饭，不胜其烦。这碗筷，雷尚书和林卿来洗。”说完和沧山法吏一同消失在门外。

雷英和林玺相对良久，雷英道：“侍卫们的供词咬定了是明熙杀人，这罪名怕是洗不脱了。”

林玺笑道：“依在下之见，恭王的谋杀嫌疑，远大于明熙。”

雷英一听也笑了，道：“把恭王判刑？”

林玺道：“昔年薛让能把宣王判绞刑，雷尚书如今若把恭王判个斩首，刑部从此就压过沧山去了。”

雷英哈哈大笑，连连摇手道：“做不到，做不到。他薛让有玉石俱焚之勇，可如今是什么境况？咱们不一样，咱们要把罪人溺死在马桶里，却不能沾一滴屎尿在身上。”

林玺笑道：“薛让有大勇，而尚书有大智。”

雷英道：“依我看，明熙不急判，能拖一日是一日。若是恭王倒了，咱们保下明熙也是善行一桩。”

林玺拱手道：“全凭尚书主持。”

3

这是秋后最凉的一场雨，把凛冬将至的先兆浸入薄衣。雨滴落入书寄池，池面如一个个圆镜被打碎，却又环环相缠，难舍难分。鱼儿早失去了踪迹，空留唐瑜在岸边来来回回，寻寻觅觅，子夜过后，他走乏了，拣了一方池边石坐守，不经意，他发现池中多了一个影子，抬头一看，明幽正沐着雨，缓缓向他走来。

唐瑜想迎上去，却又觉一身沉重，起不了，只能看着明幽过来，他忽然惊觉一件事：明幽走路的姿态变了。她从前总是牵起裙儿，俏皮地细碎小跑，把宝钗玉环的叮叮当当声洒一路，可如今她的步子又稳又轻，头上的步摇纹丝不动，身下的裙角黏滞不扬，倒终于像个成熟的妻子了，可这是好事吗？唐瑜藏在袖中的十指尖莫名地钻出了痛感。

明幽在离唐瑜五步之外站住，她想近前，却又不敢，仿佛再走一步，就要面对她不愿面对的结果，可唐瑜终究还是开口了，他轻声道："幽儿，我没能救下明熙。"

明幽目中的忧戚顿时加重了三分，她低下头去，似有似无地叹息了一声，唐瑜道："我食言了。"

明幽的鬓上雀翅颤了一颤，大约是在微微点头，唐瑜道："对不起，本是我一个人的事，却伤及明熙，带累明家。"

明幽把目光移开，也去池中觅鱼儿，唐瑜道："此刻明熙在恨我，岳家在恨我，嫂嫂也在恨我，是吗？"

明幽细声道："我不知道。"

唐瑜道："你呢？你恨不恨我，总该知道。"

明幽的头在动，却在晦夜里看不分明是点头还是摇头，唐瑜也陷入沉默，两个就静对无言，那池中鱼仿佛为了击破这凝固的尴尬一般，蓦地一跃，在池面跃出一个顽溜的水圈，明幽却再禁不起一吓，双肩一颤，发梢的雨珠如断线一般滴下，唐瑜便道："你先回房去睡，别淋出病来。"

明幽"嗯"了一声，未起步，唐瑜又唤："幽儿。"

明幽便用眼神询问他，唐瑜道："你心中想不想我放手？我若放弃削封地，明熙就没事了，我们今后也没事了。"

雨势正在此刻加剧了，打得池面凌乱不已。千万缕雨丝在明幽的眼前横飞直冲，她想盯住其中一缕，弄清它究竟从何方来、向何方去，可那缕细丝瞬间没入纷繁的雨阵，向四面八方掠袭开了。明幽出了一会儿怔，又走回来，也在那湿漉漉的石上坐了，唐瑜道："我让你先回去。"

明幽道："你淋雨，我也淋雨。"

两个并肩坐着，便有一面的风雨被彼此挡住了。书寄池升起寒气，把二人重重结绕，谁也看不清谁，只有肩头相依之处尚存一分温热，那似有似无的热一点点在全身弥漫开去，倒把真真切切的冷一步步逼退了。风雨恣放许久却徒劳无功，终于颓靡下去，到下半夜后，匿回乌云之中，从开元城上空掠走了。云开而雾散，霁月烘出[illegible]苗夜华，在池面流转，花树又在水中倒映成影，鱼儿现了身，在枝叶之间游来戏去，这一夜波折仿佛已流尽无痕，唐瑜正要唤明幽回房，却见唐晋手拿一卷物事，急急忙忙穿道而来，他不知又出了什么事，心中一沉，道：“幽儿，你先回房去。”

明幽也看见了唐晋，下意识问：“又有事？”

唐瑜轻推她道：“无论什么事，我会告诉你，但我要先知道。”

明幽只好依依不舍去了。

这边唐晋横越过几重小径，向唐瑜扬着手中纸，笑道：“二郎，是三郎来信了。”

唐瑜暗自舒了一口气，展颜而问：“信上说什么？”

唐晋开信看了，回道：“三郎说了许多夜州的风土人情，又说了他们演兵行军的事，倒也真有趣。”

唐瑜道：“说来听听。”

唐晋一边借着月光看，一边回：“三郎说，二郎也该去夜州看一看，那边的山才真真叫山——咱们未离原上的山，是平地拔起一座；夜州的山，是成千上万的山摞在一起！大军分扎在几座山上，一到晚上，满山都是营火，将士们一边喝酒一边拉歌，这个山头唱，那个山头和，热闹得很，三郎说，在夜州的山顶喝酒，可比在开元城的酒馆中喝酒气派多了。最近他们在练强渡飞索桥，就是从两山中间拉一道铁索当桥，一军练守，一军练攻，那桥比白云还高，底下山缝中是绿莹莹的深涧水，许多平原去的兵不敢过，可三郎不怕，他的唐字营，有一回把孙将军亲兵的防御给破了，孙将军过来在他肩头拍了几掌，三郎说，这动作比什么赞赏都宝贵。”唐晋顿了顿，又道，“三郎还说，开元城也入秋了，请二郎和明娘子都保重身体。夜州常常下雨，不算冷，只是潮湿得很，衣裳洗了半月也不能干，叫家里多给他捎几件换洗衣裳去。”

唐瑜下意识向南方的天空望去，天际一线绯红夜光，仿佛真是夜州征人燃起的篝火，又听唐晋道：“三郎他们都听说二郎请削封地的事了。”

唐瑜道：“是吗？”

唐晋道：“三郎说，任你做什么，他都信你，支持你。”

唐瑜似乎笑了一笑，唐晋又道：“我方才在外面，听见有人传。”

唐瑜问：“传什么？”

唐晋道：“传孙将军今日给龙朔宫上了疏，说赞成二郎的削封策。”

唐瑜目中几种说不清的情绪一闪而过，终于笑了，道："知道了。"唐晋方退。

风又起，唐瑜转身离了书寄池，走出十多步，便有婢子迎面而来，道："二郎，甄娘子此刻正在唐府外面，想入府见你。"

唐瑜稍稍一顿，道："请甄娘子恕罪，唐瑜愧见。"婢子会意而去。

唐瑜继续走，过了二重庭院，又有家奴奔来，道："二郎，明夫人来了唐府外，一定要见你。"

唐瑜道："请夫人恕罪，唐瑜难见。"家奴也去了。

三刻之后，唐瑜入了怜玦轩，身后又有家奴相唤，唐瑜回身问："什么事？"

家奴道："明公来了，说有话和二郎说。"

唐瑜站住，向唐府大门遥遥行礼，道："请明公恕罪，唐瑜不见。"

4

次日一早，恭王炼丹破天荒地失败了。六两六钱生金精投入丹釜，才烧了一炷香的工夫，便在釜中轰然炸开，方士掀开釜盖一看，金精早化作灰渍，沾了满壁，焦臭的浓烟冒出来，恭王默然良久，道："莫非是我行错了一步，神仙在降罪？"

方士道："亲王何错之有？错的是芮夫人和明熙。"

恭王问："若我炼丹的时候少一些，伴她的时候多一些，她还会不会私通明熙？"

方士道："夫人天性轻浪，亲王不必自省，是夫人的错。"

恭王不知是赞成还是不赞成，总之许久不开口，干巴巴坐了半个时辰，方问："她的遗体如今在哪里？"

小道士怯怯回道："就在王府后巷里停着，埋也不是，丢也不是。"

恭王便道："她爱昙花，就把她葬在晚眺楼的昙花丛下吧。"

小道士应声去了。恭王坐得烦躁，道："今日不炼丹了，出去透透气。"

方士忙应了，随恭王出了炼丹房，只见外间天晴风爽，秋阳灿蔚，庭中香樟翠色丰腴，恭王眯眼叹道："常年困在烟炉里，竟忘了一墙之隔，有如此好景。"

方士道："好景只在一时，长生方能过万世。"

恭王便道："所以还是炼丹要紧。"

忽然有侍卫过来，恭王重做出不怒自威之色，问："有何事？"

侍卫回道："亲王，文昭侯明如海求见。"

恭王道："明如海？我倒忽略他了。他自然是要来给儿子求情的。"

侍卫笑道："这明如海求情的法子倒特别。"

恭王问：“怎的？”

侍卫道：“他孤身一人，一进世荣巷就跪下了，磕一个头，挪一步，口中直叫‘亲王恕罪，亲王恕罪’，涕泪横流，我等知他是四品侯，便上前劝他起来，他也不听，一路磕行到王府门口，此刻看门的侍卫不知该不该放他进来，故来讨亲王示下。”

恭王便道：“放他进来。”侍卫得令去了。

奴婢端来一把椅子，铺上豹皮毯，恭王坐了，一边晒太阳一边等，直等到茶过二盏，方听见广庭尽头一人叫道：“亲王恕罪！”

明如海果真一身伏地，向恭王跪行而来，饶是隔了十余丈，也看得清他满面的血和尘，道士惊道：“从王府门口到这里，走也要两千多步，他就这样一步一磕头来的？”

明如海遥见恭王在座，叫得越发高声：“亲王恕罪！子不教，父之过，明熙犯下大罪，全因明如海教导无方，明如海情愿代子受罚，千刀万剐也无怨言，只求亲王饶过明熙一命！”

恭王向方士叹道：“舐犊之情，感人肺腑。”

明如海每近一步，头便磕得沉重一分，咚咚撞地之声闻者胆寒，他泣诉道：“明家多年来一直蒙亲王和王妃垂爱，是我们不识抬举，非但没有报答大恩，反而伤了亲王的心，伤了皇家的颜面，明熙该死！可明家只得这一个独儿，他若死了，明如海无法对祖宗交代，也只能随他一同死！求亲王开恩，允许明如海替儿去死！”

再行近些，恭王看清了明如海，他的额头磕破了，血、灰和泪，糊成一脸血泥，花白的头发一把一把搭下来，被汗水粘在脸上脖上，其状凄惨。恭王与明如海相识二三十年，从未见他如此卑微乞怜，一时说不出话来。明如海年事已高，跪行近三千步，早没了力气，他双手撑着向前爬，依旧把血额头往地上磕，又道：“唐瑜触怒虎须，罪该万死！可唐姓是唐姓，明姓是明姓，不可混为一谈，我家的罪，我来背；唐家的罪，亲王应当找唐瑜算！”

到了恭王座椅的阶下，明如海爬不动了，他抬头看着恭王，哭道：“王妃对拙荆，十年来施恩如主，用情如姊，只求恭王看在这一点，容明如海顶罪！”

恭王深叹一声，起身走下阶来，扶起明如海，道：“如海，我这些年，又何尝不拿你当兄弟，不拿明熙当亲儿子看？”

明如海颤声道：“是，是！亲王对我们恩重如山！”

恭王亲自把明如海的散发挽上去，道：“我这两年执着于炼丹，相聚的时候少了，竟没注意，你的头发几时全白了？”

明如海道：“就这一年，日日都有白发生。”

恭王指了指自己的头，道：“我的头发，是在大世子去世那年全白的。”

明如海怕触动恭王的伤心事，不敢接话，恭王自道：“可怜天下父母心。”

明如海凄然道：“正是这话。”

恭王道：“你说子不教，父之过，我深以为然。我既把明熙当半个儿，也有一半教导他的责任，如今他走了邪路，我自然也有一半的过错……”

明如海忙道：“亲王无错，全是明如海……”

恭王摇手止住，道：“不说这些了。明熙来王府后，我没管教好，可他还年轻，今后的路还长，你再费一费心，教他改过自新吧。”

明如海一听，又惊又喜道：“亲王之意……”

恭王道：“我稍后叫可靠人去找雷英说说情，看能不能给我个面子，把案子撤了。”

言下之意便是放过明熙了，明如海喜得又跪下去，道：“多谢亲王开恩！明如海从此甘为亲王门下走卒，侍奉前后！”

恭王又扶他起来，道：“我难道缺看门牵马的人？我是缺说知心话的人。你有空要常来王府看看我，咱们都时日无多了，能聚一日是一日吧。”说完，也面露萧然，明如海忙道：“只要亲王召唤，明如海随叫随到。”

恭王点点头，扬手道：“去吧，去刑部找儿子吧。”

明如海感激涕零，再拜及地，告辞匆匆去了。这边恭王坐回椅子，先安排亲信去刑部找雷英，后闭目养神，忽听婢子叫道：“王妃来了！”

恭王一睁眼，便见王妃怒气冲冲大步而来，他问：“这是怎么了？”

王妃道：“怎么了？就这样放过明熙了？”

恭王道：“我见他老子求得可怜，就放过他算了。”

王妃道：“你如今可怜别人，他日被抄家，没人来可怜你！”

恭王道：“有罪的是唐瑜，又不是明熙，是不该混为一谈。”

王妃道：“明熙偷了你的人，你也不在乎？”

恭王道：“什么错，一条命也够抵了，我还在乎什么？”

王妃道：“那唐瑜呢？你也放过了？”

恭王冷笑道：“放过？我和唐瑜的斗法才刚开始！”

5

明如海去了刑部，亲自把明熙接回了家。在明府，他洗净了脸，更换了衣，梳理了发，除了额上一块血疤外，又是平素那威严的模样了。家中众人知道他今日受了天大的委屈，谁也不敢上前和他说一句话，他独自在正堂坐到黄昏，忽然开口喝道：“去叫明幽回来！”

6

唐瑜下班回了怜玦轩，明幽早在月门下等着了，等唐瑜近前，她小心翼翼道：“今日可有什么事？”

唐瑜道：“明熙被无罪释放了。”

明幽先一愣，继而合手道：“上天开眼！哥哥是冤枉的，对不对？”

唐瑜道：“是父亲救他出来的。”

明幽便笑逐颜开，道：“还是阿爹厉害！我知道他最有法子！他是如何救哥哥的？”

唐瑜沉默走过几步，道：“他请恭王放人，恭王就放了。”

明幽想了想，道：“也对，恭王和阿爹有旧交，阿爹出面，他自然应允的。谢天谢地，咱们家终于度过一劫。”欢欢喜喜挽着唐瑜进了房，身后有婢子追来道：“明娘子，娘家来人了。”

明幽忙道：“请进来。”

她和唐瑜等了少时，明家几个仆妇进来了，向二人行礼道：“小娘子，阿郎从狱中出来了，明公和夫人请小娘子回家看看。”

明幽道：“好。”向唐瑜道，“咱们一起回去。”

唐瑜悄悄抽回被明幽挽着的手臂，道：“你先去，我还有公事要应付。”

明幽道：“你是不是不想面对哥哥？他不会介意的。”

唐瑜道：“果真有公务，何况入夜还要进宫授课。”

明幽撇了撇嘴，道：“好吧。我只去一个时辰，看看就回来。”

唐瑜道：“好。”

明幽便带着婢子随仆妇出了房，唐瑜送出月门下，看着明幽去远，忽然叫道：“幽儿。”

明幽回头问：“嗯？”

唐瑜眼也不眨，把明幽深深地瞧，明幽的眸子却左转右转，迷糊道：“怎么？”

唐瑜抑住心绪，淡然道：“你加一件斗篷再去，夜深风凉。”

明幽道：“我一点也不冷。”

唐瑜只好点头，明幽向他甜甜一笑，道：“我去了？”

唐瑜道：“好。”明幽便踩着轻快的步子，随明家仆妇消失在小道那头。

四刻之后，明幽回了明府，她径直前往明熙的住处，见门窗紧闭，灯烛不燃，只有甄婉独自坐在阶上发呆，过去招呼道：“嫂嫂，哥哥呢？”

甄婉这才回过神来，作了个噤声的手势，道：“才喝了安眠的药，睡了。”

明幽便悄手悄足在甄婉身边坐下，问：“他没什么事吧？”

甄婉先点头，又摇头，道：“身上的伤好治，心中的伤不知怎么才能好。”她的手指在眼角轻轻一划，“你是没见到他今日的模样，天可怜见，这么大的人了，吓得跟个孩子似的。”

明幽道：“哥哥这几日受委屈了。”

甄婉若有所思地看着空远处，道：“你说，他和芮夫人，是不是真的？”

明幽道：“分明是恭王诬陷他，我不信他会做那样的事。”

甄婉道：“可满城的人都说是真的。”

明幽道：“那些人听风就是雨，你别听，也别信，这种事，你要听从自己的心，你觉得他是那样的人吗？”

甄婉痴痴想了一阵，道：“以前没出事的时候，我觉得他就是那种人，他每次一出门，我就胡思乱想，疑心他要去找别的女人，可如今真出了事，我却不愿信了，我又想起他素日的千般好来，我信他玩归玩，到底有分寸，不会做对不起我的事，你瞧他允诺我不纳妾，不是做到了吗？”

明幽道：“天下所有人都不如你了解你的丈夫，你若信眼中的他，就别信别人口中的他。”

甄婉却又苦笑起来：“可妻子眼中的丈夫一定真实吗？有些事，是做妻子的不想知道，不敢知道，哪怕有一天知道得真真切切，也要假装糊糊涂涂，把真相蒙混过去，把自己蒙混过去。天下的女子都会装糊涂，不过聪明的知道自己在装，愚笨的不知道自己在装罢了。”

明幽听得一愣一愣的，道：“我……”

甄婉道：“你还小，自然听不懂。”

明幽道：“我听得懂，可是，我不会装糊涂，任什么真相，我都敢正视它，我不怕它。”

甄婉道：“你若面对它，家就要支离破碎；你若放过它，还能换个残缺的团圆，你如何选？”

明幽道：“我……我……”

甄婉打住她，叹气道：“我不该叫你选，这道题，你一生都遇不到才好。”

明幽没来由地忧愁起来，把头垂下去，甄婉伸手刮了刮她的鼻头，道：“别胡思乱想了，你哥哥回来了，咱们都该开心些。”

明幽点头称是，两个又说了一时贴心话，明幽道：“我要回去了，明儿再和二郎一起来，看望哥哥和父母。”

甄婉便勉强支起身，道：“我送送你。”

忽然影壁那边一个声音道："不用送她。"

话毕，明夫人和一众仆妇转了出来，明幽道："阿娘！"正要迎上去，却见母亲脸色不对，便站住了。明夫人道："你回你的闺楼歇息，不必回唐府了。"

明幽道："我要回去，二郎一会儿从宫中回来……"

明夫人厉声喝道："从此他是他，你是你，你再也不能去唐府了！"

明幽大惊失色，道："阿娘这是说哪里话！"

明夫人道："你父亲亲笔写了离书，此刻已经送达唐府了，从此明唐两家一刀两断，你和唐瑜再不能有半分纠葛！"

明幽尖声道："什么离书！谁说我和唐瑜要分离！我不许！"她蓦地冲下台阶要逃离，几个仆妇拦将出来，道："小娘子请回闺楼去。"

明幽道："不！我要回唐府去！那里是我的家！"

仆妇们抱住明幽道："小娘子休闹，这里难道不是你的家？"

明幽气急攻心，道："不是！这再不是我的家了！"

明夫人勃然大怒，道："忘本的孽障！你想想我家今日之祸是如何来的！"

明幽道："阿娘不能怪二郎，他并没有做错什么！"

明夫人道："你迷了心窍了！唐瑜要把我明家老少都害死，你还当他是良人！"当即喝命仆妇，"带她回闺楼休息，叫二十个可靠人日夜轮守，别叫她逃出府去！"

仆妇们便拥着明幽，一边哄，一边往外抱，明幽又挣又闹，道："阿娘，放我走！别怨二郎，他没做错！"

明夫人见女儿失魂如此，复又心软，含泪道："唐瑜是朝不保夕了，我做母亲的如何能让女儿随他走上不归路？将来有一日，你会明白阿娘的苦心！"

顷刻，明幽被带回了她从前住的闺楼。仆妇们将她送进房，立刻转身而出，把门落了锁，明幽抢过去拽门，拽不开又一个劲地拍打，道："我要和阿爹说话，我要和阿娘说话！"

守在楼下的婢女们早得了明夫人的命令，只恭恭敬敬地站着，却一声不吭，明幽急道："你们去请阿爹来！"还听不见回应，她拼命地打门，"你们放我走，我不是囚犯，我是明幽！阿爹！阿娘！嫂嫂！我是幽儿！放我出去！"

无人理睬。一个时辰之后，明幽终于泄了气，她跪在地上，无力地拍门，向外泣求道："你们谁去唐府和二郎说一声，我没写离书，那书不作数！我一定会回去！"

第四十八章 贪案

1

明熙被释放当夜，升平街的豹三吃过晚饭，躺在庭中凉榻上消食，半晌，他小儿子鬼鬼祟祟从影壁后贴进来，想从右廊下穿过去，豹三眼也不睁，却问:“从哪里回来？”

他小子忙躬身过来，赔笑道:“原来大人在这里，竟没看见。”

豹三再问:“在哪里混了半日，此刻才回来？”

小子道:“去刑部那边看了看热闹。街坊都说恭王放过明熙了，孩儿去等了半日，果然瞧见明熙从刑部出来，被他老子接回去了。”

豹三道:“神仙打架，要你操心？还等了半日！”

小子垂手道:“半城的人都去看了，昨儿三法司会审的时候，刑部那条街都挤得满满当当。”

豹三道:“看一眼又怎么着？能看来一钱银子，还是看来一个老婆？不和你老子学经商，倒和那些闲汉厮混，哪里鸡飞狗跳往哪里凑！”

小子道:“大人做生意的道行在开元城数一数二，放在全天下也是排得上的，寻常人哪里学得来？孩儿连大人的皮毛也没学到——若学到两三分，早也富甲一方了。”

豹三听了恭维，脸色好看了些，道:“老子有的都在教，是你们仗着大树底下乘凉，只知道花老子的钱，不知道学老子的经验，将来我两腿一蹬，天上不掉地下不生了，你们就等着坐吃山空吧！”

小子道:“孩儿当真不是做生意的料，不如……”

豹三道:“不如什么？”

小子笑道：“孩儿这两日在刑部外头逛，几家的大官儿都见着了，一个个穿红着绿的好不晃眼，大人不如给孩儿买个小官儿做，让孩儿也穿穿官家的袍子。”

豹三道：“做官有什么用？我见到的官多了，都是面上光鲜，底下叫苦。一年到头，累死累活，一要应付上面，二要应付下面，三要应付左右。上面的心情不好了，指着你头脸骂，也不敢还嘴；下头的心情不好了，暗地指着脊梁咒你，只好假装听不见；左右的不管心情好不好，都爱给你使绊子，一不小心，摔你个狗吃屎！你当官一年能赚多少钱？撑死了两三百贯，为这点养鸟钱，几头当孙子，哪里比我们做生意自在？想几时开张就几时开张，想几时休息就几时休息，哪个顾客敢刁难，老子先赶他出门不伺候了，那几文钱买不死人！你打消做官的念头，安下心来和我学买卖是正经。”

小子只好道：“是，若说生意经，大人还需多多教导孩儿。”

豹三道：“咱们做生意，和别家不同。他们在大街上开门面，品位就落了下乘。千金的宝贝，摆在门口任人评点，要贬值一半；藏在深院不轻易示人，要升值一倍。所以你看我，从来不做沿街叫卖的勾当，有了好东西，只暗暗放出风去，让街坊邻居口口相传，一条巷一条街地传——此时不要心急，真是好货，十年八年也等得起——总会传到识货人的耳中，他自己就会找上门来，这时务必记住：以诚待人，不诓骗，不讹诈，宁肯自己吃点亏，要叫买家舒心。一个买家舒心，会带来十个买家，招牌就打出去了。你看咱家的大门，七尺高三尺宽，在开元城中最寒酸，可再看看咱们家的财路，比玄武大道还广！你老子积累了半生的口碑，才有你们坐着等钱上门的日子……”

正说着，影壁那边的地下映出一个人影，豹三道：“看，钱来了。”

那影子走出来，豹三从榻上坐起，一边借光看那人的脸，一边问：“是哪位？”

那人踱过来，道：“豹三好小子，认不得我了？”

豹三定睛一看，那人微胖身材，白面浅须，却是开元府的秘书丞陈金石，忙笑着从榻上起来，拱手道：“原来是陈先生。”

陈金石道：“可算还记得我。”

豹三让陈金石坐了，笑道：“多时不见先生了，怎的今日想起光临寒舍？”

陈金石道：“闲来无事，逛到附近，顺道来看看你近日又进了什么好货，开开眼界。”

豹三吩咐小子：“把我屋里那包蒙顶石花茶煮来。”又向陈金石笑道，“我前儿得了一盒从大食国来的龙脑香，一会儿先生拿去。”

陈金石笑道：“看低人的矮货，我讨你这点便宜做什么？我能缺什么东西？我哪次来找你不是为公家采买？”

豹三道：“是了，从前韦府尹在的时候，开元府常常添置东西，先生都是来豹三这里买，如今换了唐府尹，倒许久不见采购了。”

陈金石道："今日不是照顾你生意来了？最上品的砚、最名贵的纸，拿出来我瞧瞧。"

豹三却站着不动，笑道："先生宽恕，若再说和开元府打交道，豹三却不敢了。"

陈金石问："这话怎说？"

豹三道："从前开元府买货的时候虽多，付钱的时候却少，多少笔墨纸砚、屏风字画，只见货进去，不见钱出来，欠条堆了我半屋子，豹三去找韦府尹要，十回有八回在开会，剩下两回在出差，人也见不到，如此拖了几年，我一文没赚，倒把本钱贴了个精光；幸好换了个唐府尹，我生怕他翻脸不认前任的欠条，若不认，我也只好弃家去要饭，谁知他认了账，两年还了我六十万，如今还有三十万没付，我都不好意思催了，如今开元府再想采买，还请先生另寻周转得开的豪商。"

陈金石呸道："你个油滑贩子，少和我叫穷！开元府能欠你几个钱，怎么就弃家要饭了？你这凉榻底下埋了多少金子我能不知道？"

豹三嘿嘿一笑，道："先生私人若要，把我家底全搬走，我也甘愿；官府若要，豹三却不伺候了。"

他小子端了茶来，陈金石啜一口，品了品，道："不愧天下第一茶。"又问，"开元府先前欠你九十万？"

豹三道："是这个数。"

陈金石再问："唐瑜还了六十万？"

豹三道："是，还差三十万。"

陈金石道："那你怎么不问他要了？"

豹三道："他肯还这六十万，我已经谢天谢地了，本来不是他任上欠的。我听说他也有难处，着实东拼西凑，分了三年才还这些，剩下的，他付不起，我也不好再开口，只是从此长了记性：再不和官家打交道。"

陈金石吹了半晌的茶，道："我早了解你这脾气，好面子，讲义气，他还了一大半，你就当他心意十足了，再不好意思开口，"

豹三笑道："正是，韦府尹几次敷衍我，我就咽不下这口气；唐府尹坦诚对我，我也让了一步。"

陈金石道："我是开元府的秘书丞，府账上有多少钱，我比谁都清楚，这区区三十万，开元府还得起。"

豹三道："是吗？我怎么听说唐瑜为了还钱，把自家物什都变卖出去了？"

陈金石道："他哭穷你就信了？若他是借口不还呢？"

豹三一愣。

陈金石道："堂堂皇城官府，拿不出三十万文钱？只怕十岁童子都不信，你却信了，如今全城都暗地笑你豹三被唐瑜当傻子糊弄，你还不知道呢！”

豹三道：“那，陈先生明日再牵个线，容我找唐瑜问问？”

陈金石道：“他若不认，你能怎样？我教你一个巧法，管叫唐瑜明日就把三十万文送上门来，一文不少。”

豹三忙问：“什么巧法？”

陈金石压低声音道：“你写一封状子，去御史台告状，说开元府欠债不还，公信破灭，御史台是专盯官员犯错的，他们为你主持公道，唐瑜也要乖乖就范。”

豹三道：“就为这点钱，闹去御史台，未免小题大做了？”

陈金石霎时拉下脸，道：“这点钱，你自然不放在心上，竟是我多管闲事了。”

豹三不好开罪陈金石，忙笑道：“陈先生的好意，豹三心领，只是，欠款的真不是姓唐这位……”

陈金石道：“任他姓糖还是姓盐，他既认了账，就该还！”

豹三不语。陈金石走到豹三身边，从袖中抽出一卷册子，道：“状子我都给你写好了，你送去御史台就成了。”

豹三猛地睁大了眼，道：“陈先生今日是特意找上豹三了？”

陈金石微微一笑，道：“当初是我帮你拉了开元府的生意，如今也该帮你讨回开元府的债。”

豹三道：“生意虽是先生搭的桥，可钱没收回来却和先生无关。依我说，过去了就过去了，我也不想为这点事得罪开元府。”

陈金石收了册子放入衣襟，坐回凉榻。

豹三凑上一步，道：“不敢让先生白来一趟，看上豹三家里什么，只要手指点一点，我立刻差家奴送到先生府上去。”

陈金石冷笑道：“我知道，你家中宝贝多得很，海里的珍产，山中的风物，商周的玉璧，汉唐的墨宝，只怕比皇宫还丰盛呢！”

豹三道：“哪里哪里，可不敢和皇宫比。”

陈金石问：“都从哪里来的？”

豹三道：“什么？”

陈金石道：“这四海列国十三州的宝贝，怎么全聚到你豹三这里了？”

豹三赔笑道：“自然是四处收购的，如今有一点名声传出去了，也常有人抱着东西上门卖。”

陈金石道：“难保没有小偷大盗寻上门来销赃。”

豹三立马叫屈，道：“先生开不得玩笑，豹三做的是一清二白的生意！”

陈金石又拿鼻子嗤笑："你若是在门口摆个摊儿卖豆腐，说清白我还信，可你做的是钱用牛车拉的大买卖，一个月少说三四十万的流水，这几十年下来，你敢说笔笔钱都来得干净？未离原东山村那个傻子从自家地里挖出一个青铜象尊，怎么没过一个月人就死了？那象尊怎么过两年又出现在你这里？太仆寺王少卿从你手中买的两个扶桑艺伎，是如何来的中原，是关牒通关还是拐卖偷渡？整个开元城都在我眼皮子底下，哪件事瞒得过我？我是懒得查！"

豹三的后背瞬时被汗打湿了，喏喏道："先生说笑了，说笑了。"

陈金石道："我没空闲和你说笑。"他边说，边起了身，"明儿你哪里也别去，武侯要上门清查仓库，你好生等着。"说完拔腿就走，豹三默默跟出几步，道："陈先生是在把我往绝路上逼哩！"

陈金石道："怕什么？为人不做亏心事，夜半不怕鬼敲门，你既然生意做得干净，就不怕武侯上门查。"

豹三道："我是说，先生在逼我去告唐府尹哩。"

陈金石停下脚步，斜眼看他，道："你敢不敢告？"

豹三道："豹三不蠢，先生的意思我明白。唐府尹要削恭王的封地，恭王想方设法要扳倒他，先生自然和恭王站一边，拿豹三当刀子，往唐府尹的身上捅。"

陈金石问："你站哪一边？"

豹三刚要开口，陈金石又道："小心些选，若选错了，今夜你还是大豪商，明早就是阶下囚。"

豹三叹了口气，总算点了点头，陈金石眨眼换了一副和气脸色，把状子给了豹三，走出几步又问："那大食国的龙脑香呢？"

2

唐瑜收到了明府送来的离书，寂寂看了彻夜，天明后照常去上班。入了办公厅，侯望书风风火火奔进来，口中大叫："府尹！"

唐瑜轻责道："这动天惊地的是做什么？沉稳些。"

侯望书道："御史台来人了——他们这会子来，准没好事！"

唐瑜闻言，先出了门等着，须臾，几个御史台官吏过来，行礼相问："可是开元府尹唐瑜？"

唐瑜也还礼，道："是唐瑜。"

当先一人道："请唐府尹随我等去御史台，接受问询。"说话时，两个上前来请。

开元府武侯聚了不少，可人人皆知御史台专察百官善恶，权势不小，是以谁也不敢阻拦，眼睁睁瞧着唐瑜被御史台带去了。

入了台院，唐瑜被请进一间空房，房中只有两方旧坐榻，唐瑜拣面北一方坐了。这一坐便是四五个时辰，既无饮水，也无食物，更无人来问，他知道这是御史台的攻心法，要在问责之前先把人的精神磨损一半，便闭目蓄神，在心中数着时刻，直到午夜时分，矮门悄悄打开，一个从六品服的官员、一个手执烛火和纸笔的小吏进来了。

唐瑜避席相迎，那官员亦行见礼，道：“御史台侍御史顾临，奉命问责开元府尹唐瑜，望府尹坦诚作答。”

唐瑜道：“御史请问，唐瑜知无不言。”那小吏便在角落铺开纸卷和笔墨，要将二人的对话如实记录。

顾临先问：“开元府是否欠过民间私人债务？”

唐瑜沉思片刻，道：“开元府曾因添置四面屏风、九张装点书画、五十两茗茶、二十两奚氏墨，欠下升平街商人豹三九十万。”

顾临问：“几时欠下的？”

唐瑜答：“在唐瑜任职之前，有欠条为证。”

顾临问：“这笔债务可偿还？”

唐瑜道：“已尽数还清。”

顾临问：“还清了？”

唐瑜道：“还清了。”

顾临问：“还债之钱从何而来？”

唐瑜道：“六成开元府的税收，四成唐瑜的家私抵卖。”

顾临追问：“你用自己的钱补公家的空？”

唐瑜道：“是。”

顾临又问：“几时还的？”

唐瑜道：“从唐瑜入职后开始还，至去年四月结清。”

顾临问：“一文不少？”

唐瑜道：“一文不少。”

顾临问：“可有凭证？”

唐瑜道：“九十万分三年十次还清，开元府存有十次支出记录，豹三签过十次收钱单据。”

顾临问：“是你与豹三面对面还款，还是有中间人过手？”

唐瑜道：“由我下文，开元府户科拨钱，武侯押送至豹三家中，豹三收钱后确认签字，单据存回户科。”

顾临道：“御史台将立刻赴开元府和豹三家核实，今夜要委屈唐府尹在此歇息了。”

唐瑜坦然拱手道：“无妨。”

顾临便与刀笔小吏出了门。

3

子时三刻，顾临到了开元府，召全府官吏廊下听唤，自己亲自检索豹三案的始末。他先去办公厅查阅公文，那开元府每回发文皆有记录，某年某月发至某处，编号几何，均一一登记在册，顾临把册子看了一遍，证实唐瑜先后下发了十道公文到户科，他便转去户科，把十道公文都找到了，又调出账本，查看开元府近四年的钱款出入记录，见户科已照唐瑜的公文，分十次将九十万文钱还给了豹三，开元府的武侯负责押运钱款，去来都有回执为证，顾临一环一环找不出破绽，眉头皱了一会儿，问户科主事安录：“每回送钱过去，豹三都签字了？”

安录从柜中取下一卷布帙，打开一看，是十张黄纸，呈上道：“这是豹三签的收据，十次十张，都在这里。”

顾临拿着十张纸走至灯下，一张一张仔细地看，十张纸质相同，笔迹相同，连墨色也相同，显然是同一人所书，他沉吟不语，安录笑道：“咱们开元府已经把钱还清了，是这刁商收了钱又翻脸，诬告唐府尹。”

顾临便向御史台吏道：“传豹三来。”

豹三来时，公堂上点了数不清的烛，却只有顾临一人。顾临把案上十张黄纸铺开，问：“豹三，开元府总共欠你多少钱？”

豹三道：“九十万。”

顾临问：“还了多少？”

豹三道：“六十万。”

顾临问：“分几次还的？”

豹三道：“七次。”

顾临便指案上黄纸：“七次，你如何会签十次收据？”

豹三道：“没有十次！只签了七次！”便把武侯在何年何月何时去的自己家数开了，数下来果然只有七次，顾临笑道：“你记性倒不错。”

豹三道：“咱们是做生意的，别的都记不牢，可欠钱还钱的事一文也不会记岔！”

顾临把一沓纸全递给豹三，道：“哪三张不是你写的，指出来。”

豹三底气十足地接过纸看，一张看过，脸色就变一分，十张看完，整个人都糊涂了，道：“怎么都是我的字迹？”

顾临道：“分明十张都是你写的。”

豹三道：“冤枉！七次就是七次，他们仿写我的字，吞了我三十万！”

顾临追问：“他们是谁？”

豹三一愣，道：“我怎么知道？”他挑出其中三张，“这三回，时日不对，是他们乱写的。”

顾临把这三张摆在书案右边，另七张铺在书案左边，俯下身去，一笔一画地比对。豹三站在地上一动不敢动，寄望顾临生了一双明察秋毫的眼睛，能证实自己没有撒谎，可顾临的眼似乎不太灵光，把十张纸看了半晌，也没看出个所以然来，豹三在心中叹气道：“有人暗里把我的笔迹学了去。休说外人，就连我自己也认不出来，为了贪这点钱，是何等用心！”

又过不久，顾临忽然不用眼看了，而是鼻尖凑上去，把纸一张张闻，闻完又伸舌，去蘸纸上的字，豹三心中发毛，又不敢多问，顾临把十张纸都尝完，笑道：“这三张，和这七张是不一样。”

豹三忙问：“怎么不一样？”

顾临道：“用的墨不一样。你家用的什么墨？”

豹三道：“奚氏墨。”

顾临道：“不愧是皇城巨富，用的是昔年贡墨，上品中的上品。”

豹三赔笑道：“做生意讲究个面子，来往书笺若用下品墨，别人会瞧不起。”

顾临道：“这十张纸，七张用奚氏墨写的，三张用赝墨写的。”

豹三惊道：“这……顾御史还闻得出真品赝品？”

顾临道：“奚氏墨光泽如紫，麝香永固。这赝品的颜色学了九分像，连我也看不出来，可香味只学了七分，麝香太淡，不过几个时辰就散了，如今真品尝起来还有甜味，赝品却涩了。”

豹三猛一拍掌道：“御史英明！那赝墨决计不是我用的！”

顾临抽出那三张仿写的收据，道：“一张六万，一张八万，一张十六万，恰好三十万。有人吞了三十万欠款，再仿写你的字迹，归档户科交差。”

豹三拱手道：“请御史台做主，查查谁贪了草民的血汗钱！”

顾临又问：“你是不是曾卖给开元府二十两奚氏墨？”

豹三道：“是。”

顾临便叫小吏：“去把开元府的墨取来。”

小吏出门，唤开元府的人取来七根奚氏墨锭，回："用了四年，只剩这几根了。"顾临亲自把墨磨开，蘸笔写了几个字，然后静等墨干，开元府、御史台的人里里外外陪着他干等，直至天明，顾临把字闻了闻，笑道："你们瞧，香味没了。"

一个开元府官员道："这是开元府在豹三那里花重金买的。"

顾临问："花了多少钱？"

那官员道："二千文一两。"

顾临便指豹三道："好个豹三！吃了官家四万文，却卖赝品给我们！"

豹三道："我哪里知道是赝品？我分不出来。"

顾临道："这就只有你心中清楚了。虽然是件缺德事，却救了你——这三张收据，是开元府的人仿写你的字，贪了你三十万文钱。他们以为用纸、用墨、字迹都和你一样，神仙也判不出真伪，谁知坏心眼遇到黑心肠，他们亏了，你赚了。"

豹三擦了擦汗，不说话了。顾临道："你先回去，随时听唤。"豹三便告退。

顾临在心中理了理，暗自道："开元府有内贼，上诓了唐瑜，下蒙了豹三，中间截了三十万，涉案人恐怕不止一两个。"忽然响起敲门声，顾临问："是谁？"

门"咿呀"开了一线，陈金石探了半个头出来，笑道："侍御史，小人有内情报告。"

顾临便道："进来说。"

陈金石抬脚进来，转身关了门，趋步到顾临身边，低声道："这三十万的事，小人知道。这笔钱，是唐府尹卖了自家门铺，凑出来的私钱，叫以公家的名义还给豹三，那些人收了钱，却没有还给豹三，而是私自吞了。"

顾临问："那些人是谁？"

陈金石道："一条线上的，一个也逃不掉：收钱放钱的户科官吏，押钱的武侯，伪造签名的是个刀笔吏。"

顾临沉吟不语。

陈金石道："侍御史明察：国家拨下来的公款，每一笔的去处都有几层监督，他们断不敢私吞；可这三十万，是唐府尹私人献的，没有人会追究来去，所以这些人钻了空子，唐府尹却是冤枉的。"

顾临便道："你把这些人的名字写下来，我们一个个查。"

4

唐瑜被御史台幽禁了两日，这日黄昏，御史台小吏开门道了歉意，放了他出去。侯望书早在廊下候着了，道："府尹，这案子结了。"

唐瑜问："怎么回事？"

侯望书道："府尹叫还给豹三的三十万文，被户科官吏和押运武侯吃了。十三个人，按官职大小分了干净，御史台连夜抄了这一窝人的家，大多认罪了。"

唐瑜不语。两个出了御史台大门，唐晋匆匆骑马而来，道："二郎，又出事了。"

唐瑜问："什么？"

唐晋道："恭王上疏龙朔宫，弹劾二郎领导不力，纵容属下鲸吞国家财物，过失甚大，当免官！"

侯望书跳道："什么国家财物？那是府尹自家的钱！"

唐晋道："交付给了开元府，便是国家的钱了。"

唐瑜许久道："先回开元府。"

三人上马，往开元府的方向去，小半个时辰后到了，府门下守着卫兵，见到唐瑜，却无欣喜之色，反倒尴尬起来，唐瑜下了马要往府中去，几个卫兵你推我，我推你，终于推出一个来，小声道："府尹。"

唐瑜点点头，继续走，那卫兵道："府尹，开元府才接到龙朔宫的旨意，说……"

唐瑜问："什么？"

卫兵道："说圣上一连收到许多上疏，都是弹劾府尹的，所以下令暂停府尹的职务，待查明真相再说。"

唐瑜便站住了。侯望书道："连府门也不让咱们进了？"

卫兵道："是怕外人看见府尹还在府中，又要借口弹劾，府尹不如先回家避一避风头……"

侯望书叫道："避什么避？我们做了什么亏心事要避！"

唐晋拉住他道："休吵嚷，不成体面。"

唐瑜转身下阶上马，道："回家去。"

定昏时分，唐瑜回了家。怜玦轩如寒渊中的溶洞一般死寂，唐瑜推开门，下意识向深处叫了一声"幽儿"，床帐被破门而入的风扬了扬，却无人相迎，他猛然醒转明幽已回了明家，再不会躲在帘下捉弄他了。唐瑜从袖中寻出火折了，要点燃桌上的烛，转念一想亮烛了也无事可做，便放下火折子，和衣躺在了床上。

5

半日之间，卫熹收到了十多封弹劾唐瑜的奏疏，他拿着疏去找崔太后，道："母亲，奏疏又来了。"

崔太后问：“也是弹劾唐瑜吗？”

卫熹道：“是。”

崔太后问：“都是如何说的？”

卫熹道：“几十封疏都是一个意思：开元府十三官吏窃取国家资产，涉案人之多十年未见，唐瑜身为开元府长官，监管无能，当以首罪论处。”

崔太后问道：“依陛下看，这奏疏中最严厉的是哪一句？”

卫熹道：“监管无能？”

崔太后摇摇头，道：“是‘涉案人之多十年未见’。”

卫熹奇道：“这为何最严厉？”

崔太后道：“十年未见，就是说这十年间，前前后后、中央地方的官员，都不曾闹出如此严重的案情，可在唐瑜的治下，开元府出了。”

卫熹幡然而悟，道：“那唐先生的罪可大了。”

崔太后道：“陛下等着吧，未来几日，各州的弹劾也会接踵而至，至少缺不了六王。”

卫熹道：“今日弹劾，就是恭王带的头。”

崔太后便问：“这一点，陛下如何看？”

卫熹道：“是唐先生的削封策惹恼了恭王，所以恭王找了先生这个岔子，要把先生逼退，先生若退了，削封策就不会再有人提了。”

崔太后道：“陛下英明。如今唐先生的岔子已被抓住，这么多奏疏送上来了，咱们应该如何对付？”

卫熹低头沉思片刻，道：“母亲，我已支持了唐先生，若把他惩治，削封的事付之东流，是先生的失败，难道不是我的失败？”

崔太后万没想到卫熹会思及至此，半晌方道：“陛下所言极是。”

卫熹道：“我想保下唐先生，却不知该如何做。要不，咱们把这些奏疏置之不理，说不定过个十天半月，大家也就不提了。”

崔太后道：“陛下，人君有时就像躲猫猫的小孩儿，你越躲，大家越要找，你躲得越深，找你的人就越多。若一味逃避，陛下会失去群臣的信任，所以，陛下要直面一切难题。”

卫熹道：“唐先生又不能罚，又不能放，那我如何是好？”

崔太后道：“先暂停唐瑜开元府尹之职，平息众怒，也算缓兵之计。”

卫熹问：“然后呢？”

崔太后道：“然后，看看唐瑜能不能自救吧。”

6

豹三当日被顾临传唤，在开元府公堂足足站了一夜，腰椎的旧疾又犯了，五日过去还不见好。日落后，豹三又去庭中凉榻上歪着，叫小妾来给自己捏腰，“哎哟哎哟”哼唧了半晌，道：“御史台的小白脸有些本事，老子请高人仿做的奚氏墨，自己都分不出真假，他居然给闻出来了——以后再仿造时，要增加檀香的比重才行。”

小妾白了他一眼，道：“还仿？被人查出来了你还敢仿？”

豹三道：“御史台又不管民间的事，他们只查唐瑜，不用怕。”

小妾道：“他们虽不查办你，可只要动口去外面说一说，一传十十传百，满城都知道你卖假货了，哪个讲究人还找你买东西？”

豹三闻言，眉头一皱，道：“是了，我的信誉要紧，绝不能让这消息传出去。”

小妾道：“你还不赶紧拿钱堵住那御史台官员的嘴？”

豹三道：“钱不顶用，御史台就是专门查别人贪钱的，他们自己绝不敢收钱。”

小妾道：“那如何堵得住？”

豹三趴在凉榻上，眼珠转了半日，忽然笑着捏了捏小妾的鼻尖，道：“只怕要你的嘴才堵得住他的嘴。”

小妾作势啐他，道：“你这是什么意思？”

豹三道：“我偷偷把你送给他，如何？御史台的也是人，也是要收小妾的。”

小妾的媚眼一亮，问：“他是什么官？有几品？”

豹三道：“御史台侍御史，好像是从六品。”

小妾眼中的光便熄了，啐道：“为了个从六品的芝麻官，你就要把我送出去？”

豹三吃了一脸唾沫，气道：“虽是从六品，可看见正三品的也横着走！哪里委屈你了？你个勾栏出身的小贱妇，还要看高看低了？”

小妾被豹三辱骂，也动了怨气，在他腰上狠狠一捶，道：“我是小贱妇，你又贵到哪里去？从六品的小官儿传唤一次，也吓得你几天直不起身，改日来个正六品正五品的，只怕你连亲娘也要搭上呢！”

那一捶痛得豹三浑身要散，一迭声骂道：“这小娼妇，我惯得你无法无天了！”要扬手打时，小妾早哭哭啼啼跑了，豹三没法起身追，只骂：“滚回勾栏去！老子不养你了！”

吵闹间，影壁下好几个人影现出，豹三警觉，问：“谁在那里？”

走出来七八个人，当先一个瘦猴儿般的年轻人笑嘻嘻走上来，道：“豹三大老板，还记得我吗？”

豹三把那人看了看，问："你是谁？"

那年轻人道："我姓侯。"

豹三想起来了，"唔"一声，躺回凉榻，道："原来是猴毛儿。"

侯望书笑道："多谢大老板还记得咱。"

豹三眼角把他斜斜一看，道："这两年上街看不见你了，如今在哪里高就？"

侯望书道："在开元府谋了个跑腿的差事。"

豹三道："开元府？猴子爬上参天树了。"

侯望书笑道："倒是比从前混得好了。从前在街上遇见豹三老板，还隔着十丈远呢，家奴就来赶人，生怕我摸走了老板腰间的钱袋；如今我进你家大门，家奴们也不拦了，不怕我再偷你家东西不成？"

豹三道："你从前不学好，不要怪别人防你，看看从前和你混的那帮人，要么偷鸡摸狗被抓去坐牢，要么打架生事被人打瘸，哪个有好下场了？你如今脱离他们走上了正道，连我也高看你一眼。"

侯望书拱手道："多谢豹三老板看得起了。"

豹三问："你今日来有什么事？"

侯望书道："豹三，咱们唐府尹对你不薄，一认了前任的债，二拿自己的钱还你，你却恩将仇报，去御史台告诬状，弄出这一大摊子事，是不是不厚道？"

豹三问："与你何干？"

侯望书道："我是唐府尹的腹心人，你害他，我还不能来找你算账了？"

豹三半坐起来，道："腹心人？你？"

侯望书道："可不是？当年我父亲为了救唐府尹的弟弟，死在润州战场上，府尹上月还去我家看望我母亲呢，你说这是什么交情？"

豹三顾不得腰疼了，坐直身子问："你到底来做什么？你们若乱来，我就找武侯了！"

那七八个人都道："不用找，我们就是武侯。"

豹三连声叫："家奴们呢？"

侯望书跳起来道："你叫不来人了！我要降不住这几十个奴儿，就白在升平街头混了十几年！"

豹三道："猴毛儿，你要做什么？你如今是吃公粮的人，可不能胡来！"

侯望书道："不胡来，只好好问你几句话。"

豹三道："问什么？"

侯望书道："问你的生意做得有多大。"

豹三道：“你也不是头一天认识我，你自己估量估量，我这生意有多大。”

侯望书道：“我估摸你的生意就像八爪鱼，半个城都伸过去了，连开元府也伸进去了。”

豹三道：“有眼力。”

侯望书道：“只怕还不止开元府。”

豹三道：“那是，一阁六部九寺，无论公家私家，都照顾过我的生意。”

侯望书道：“只怕欠债的事情，不止开元府一家吧？”

豹三警惕道：“你这是什么意思？”

侯望书道：“我的意思是，你有种告开元府，就该有种把一阁六部九寺全告了。”

豹三心中一转，道：“不曾有别的衙门欠我的钱。”

侯望书道：“果真？”

豹三道：“果真。”

侯望书笑了，揽住豹三的肩膀道：“咱也是街头巷尾混大的，见识得多了，多少衙门买东西都是不给钱，只记账，譬如招待各州进京的官员，都是请到最贵的酒楼吃山珍海味，吃完签个字在簿子上，转身就走，酒楼年年抱着簿子去衙门要钱，反倒吃饱了闭门羹，单我知道的被吃垮的店，就有七八家，你豹三就没在这些衙门吃过亏？”

豹三坚定道：“没有！”

侯望书转头向武侯们道：“豹三不好说话，先把他小子拉来打一顿。”

豹三道：“猴毛儿！你别以为穿了身官皮就飞升了！你们敢动我家的一草一木，我一定告你们下监牢！”

侯望书道：“你去告！我还要告你呢！”

豹三冷笑道：“告我什么？我抢了你家的钱？”

侯望书道：“豹三，五年前我和张七郎、王老四他们几个在未离原上挖了一家祖坟，偷了几个随葬银具来卖给你，你没有收，记不记得你当时说了什么？”

豹三道：“不记得了。”

侯望书道：“不记得？你说未离原离开元城太近，墓主人的亲戚都在城里，偷他们的东西容易撞见，当时撵我们走了，可你晚上亲自来我家说什么？你叫我们去芦州挖坟！你说芦州武安侯的母亲墓里有的是值钱宝贝，叫我们几个弟兄去偷偷拿些出来，我们去芦州的车马费还是你出的，现在记起了没有？”

豹三道：“记不起了！”

侯望书提起他的耳朵叫道：“那我偷了一条嵌珠玛瑙项链来，两千文卖给你，你也不记得了？这才过去五年，你断不敢公开拿出来叫卖，藏在哪里了？”说完，他唤武侯们，“进去搜，豹三家里全是盗墓贼挖的东西！”

武侯们应了，果真分散四处去搜，豹三站在原地跳脚，骂道：“王八羔子！”

武侯们哐哐当当抄了许久，果然抱了一堆项链过来，侯望书挑出一条嵌珠玛瑙项链，拿在手中甩圈儿，笑道：“赃物找着了。武安侯虽早就死了，可他的儿子却是芦州节度使，手握五万大军！我明儿放出风去，他后日就会知道是你捯弄偷他奶奶的东西，你还有活命没有？”

豹三咬牙道：“王八羔子，老子落到你井里了！”

侯望书道：“你虽落了井，猴毛儿却能把你拉上来，你伸伸手，就接住了。”

豹三气呼呼绕了两圈，道：“猴老爷，你为我想一想，我若把全皇城的衙门都告了，我还有活路没？”

侯望书道：“猴毛儿早给你盘算好了：你自己不用出面，我知道这半城的商家都要仰仗你的鼻息活，你叫那些小商家去告，他们敢不去吗？有一家告一家，有十家告十家。”

豹三问：“十家都下了水，唐瑜就上岸了？”

侯望书又揽住豹三的肩，赞道：“不愧是做大生意的人，全身透着聪明！”

7

御史大夫孙泽羽连续加班两个昼夜，总算把开元府十三官吏贪腐案查了个明白，这日一大早，他穿着朝服、抱着卷宗准备上朝汇报，走到正门下，一个台院小官追上来道：“孙大夫慢走一步，顾御史有急事禀报。”

孙泽羽问：“什么事？”

小官回：“昨夜有十几家商户来告状，吏部、礼部、户部、刑部、工部、太常寺、鸿胪寺、司农寺、太府寺九衙是被告。”

孙泽羽一惊，问：“告了这么多？”

小官道：“顾御史收了状子，却不知要不要查，故来请示大夫。”

孙泽羽一寻思，这些案子和开元府案同类，可以并作一案，便向下属道：“去龙朔宫禀报，开元府案又旁生枝节，我改日再入宫汇报。”

下属得令去了，孙泽羽自来台院找顾临。顾临的案上堆了十几卷状子，正对案叹气，孙泽羽问：“怎么火一堆接一堆烧起来了？先是开元府，又是吏部、户部的。”

顾临道：“这些商家平日吃够了官府的哑巴亏，如今有豹三打头状告开元府，也都跟风来了。”

孙泽羽道："你既已收了状子，怎么又犹豫查不查？"

顾临笑道："一查，御史台要和九衙结仇，别的先不说，吏部和户部不好得罪。"

孙泽羽道："御史之责本就是纠百官之过、正百衙之风，不要畏首畏尾。"

顾临道："诸衙害怕，首先是惧大夫，大夫若顶得住压力，顾临一定查个水落石出。"

孙泽羽道："查！"

顾临领命，便开始着手布人查案，一日之间，传了四五个侍郎、七八个少卿来问话，三日之内，禁闭的屋子有六十多个人来来去去，五日之后，卷宗堆了小半个屋子，顾临查清了每一家衙门的案情，第七日卯时，御史台小吏把卷宗装上牛车，赶着和孙泽羽一同上朝去了。

8

崔太后这日有意旷朝，是为了让卫熹独自面对这道难题。朝堂上，卫熹问道："孙大夫曾说两日之内完结开元府贪案，为何推迟了七日？"

孙泽羽道："因贪腐案旁生枝节，故御史台又查了七日。"

卫熹问："又生了什么枝节？"

孙泽羽道："贪腐不止开元府一家。"

纵然孙泽羽不言，这几日的风波也早传遍了皇城，此刻文武百官各怀心事，目光虽都及地，耳朵却都向孙泽羽支去，只听卫熹问："还有哪些衙门？"

孙泽羽回："其一，刑部去年在东市刘五家订买二百件囚衣，每件向上报二十文，实付十五文，中间克扣一千文。"

刑部尚书雷英脸都气白了，拿笏板指着孙泽羽道："孙泽羽你查明白了！雷英的眼皮子没那么浅，没稀罕搜刮这一千文！"

孙泽羽道："查明白了，是刑部司狱司司长犯的案。"

雷英的面子还是挂不住，道："不消你御史台查，刑部自己查自己判！"

内侍监丁怀安上前劝道："雷尚书，御前注意礼仪。"

雷英愤愤回了队列。

孙泽羽又道："其二是太常寺，去岁冬至郊祀，太常寺郊社署令奉命采买牺牲和酒醴，他先收了升平街欧阳兴的二千匹绢，允诺把大宗生意给他，后又吃了东市毛宏的三千匹绢，便把大宗给了毛宏，小宗给了欧阳兴，共计受贿五千匹绢。"

五千匹绢不是小数，堂上的气氛便微妙了，太常寺卿张怀稳出列行礼道："多谢御史台为太常寺除污去垢。"孙泽羽还礼。

礼部尚书殷鹤在旁叹道："礼部也主持过多次祭享，却从未有过贪污受贿之事。"

孙泽羽道："殷尚书只怕要回去查一下主客司了。"

殷鹤忙问："怎么？"

孙泽羽道："主客司设宴接待四海来宾，拖欠了十二家酒楼六百余万文钱，每回宴席有两份菜单，上报的一份清汤蔬食，实吃的一份炊金馔玉，主客司的官吏未必把钱放进了口袋，却一定吃进了肚子。"

朝中官员便窃笑起来，殷鹤有意无意举起笏板遮住脸，不吭声了。孙泽羽又点了工部、吏部、鸿胪寺、司农寺、太府寺出来，把诸衙的过错一一细说，完毕后，雷英先出列，解下官帽放在陛前，向卫熹道："刑部风纪不正，雷英负首责，请陛下准臣先自查自纠，再去官做民。"

张怀稳也道："太常寺出了大案，臣无颜再任寺卿之职。"

一时间，四部的尚书、四寺的寺卿都自请去职，殷鹤也伏地跪倒，道："臣有两点要说：其一，礼部主客司犯了大错，臣当负领导不力之责；其二，臣提议，以此案为契机，再将皇城与各州大小衙门彻查一番，肃纲正纪。"

卫熹问孙泽羽："孙大夫以为如何？"

孙泽羽道："御史台人力有限，若要查遍大焉，则需沧山相助。"

此话一出，满朝官员都暗吸了一口凉气。没哪个衙门有十足的底气经得起查，有些错，关上门看不算错，放到御史台的案上便是错，纵然在御史台不算错，到了沧山却一定是错，是以无人愿意再被牵连。只听太仆寺卿张圣庆道："听了孙大夫的陈述，只有太常寺、礼部两处算案子，余者皆是小过，不足以放上朝堂。那工部夏季加固河坝是为民生，欠下几个运沙钱，又不是不给，放在哪朝哪代都不是事，孙大夫一味在这些细枝末节上做文章，今后人人自危，谁还敢再出面做事？就是将来，后人也要说本朝苛政过于商鞅。依老臣看，非但不该牵连过广，就连这几位尚书和寺卿，也不该为他人戴罪。跪在御前的八个人全是重臣，他们若走了，这朝堂的柱子要少一半，一时半会儿的，上哪里再找栋梁之材？"

卫熹略一思索，道："太仆寺卿言之有理，八位高官虽有过错，却不至于贬官。孙大夫，依大焉律法，这八位的责任该如何追究？"

孙泽羽道："当罚薪俸一年。"

卫熹道："那些主犯呢？"

孙泽羽道："依法查办。"

卫熹点头道："案件到此为止，不要再起事端，以免人心浮动。"

孙泽羽领命，又问："那开元府尹唐瑜该如何处置？"

卫熹环视群臣，问：“诸卿认为呢？”

群臣沉默许久，不知谁道：“当与四尚书、四寺卿同等论处。”

卫熹道：“好，罚去唐瑜一年薪俸，保留开元府尹之职，以观后效。”

孙泽羽应道：“御史台遵命。”说完，他走向户部尚书赵自芳，“九个衙门尽被查，唯独户部经住了御史台严查，户部是大焉最富之衙，却无一笔账糊涂，无一人触纪，赵尚书当受孙泽羽一拜。”便长揖在地，赵自芳回礼道：“尽本分罢了。”

9

自从炼丹釜烧坏之后，恭王再没找到一座称心的铜釜，炼丹的心情也就渐渐怠了，这夜他翻来覆去睡不着，忽然挂念那片夜昙今夜会不会开，便独自披了衣裳上晚眺楼等着，坐了半夜，空枝还是空枝，月下一片死气沉沉，他忽然醒悟岁已入冬，花期早尽，今年不会再开了，又坐了少时，他下楼，沿着花径往回走，却有一个侍卫迎面赶来，叫道：“千岁原来在这里。”

恭王问：“做什么？”

侍卫道：“有客深夜求见。”

恭王不悦道：“谁这么不懂规矩，夜半叨扰？就说我睡了。”

侍卫道：“只怕此人千岁愿见。”

恭王便问：“谁？”

侍卫道：“御宪台令薛让。”

恭王小吃一惊，暗自道：“我和沧山从无来往，他突然上门，必有蹊跷。”便道，“请他去书房。”自己也往书房而去。

三刻之后，恭王在书房见到了薛让，二人互礼毕，分宾主而坐，恭王先笑道：“我只当唯有龙朔宫请得动薛台令。台令为何事而来？”

薛让道：“为今日朝中事而来。”

恭王道：“朝中有何事？”

薛让道：“四部、四寺、一府出了贪案，涉案之人合计上百，涉案之金合计千万。”

恭王道：“这与恭王府无关。”

薛让道：“却与沧山有关。”

恭王道：“哦？”

薛让道：“十余件贪案，皆出在这两年之内。”

恭王点头道：“便是御宪台让权、御史台上位的时候。”

薛让道："御宪台掌权二十年，天下清明，御史台掌权两年，举朝腐化，长此以往，大焉必危！"

恭王沉吟片刻，道："台令如何看孙泽羽？"

薛让道："孙泽羽只能惩治官吏于犯罪之后，不能震慑朝野于犯罪之前，可做治世之贤臣，不可做乱局之鼎臣。"

恭王斜眼把薛让一看，笑道："薛台令说说，此时是治世，还是乱世？"

薛让道："监察之界，永无治世。一刻松懈，贪腐便要滋生；一时闭眼，奸邪便要反扑。御宪台二十年重压狠治的成果，两年化作流水，便是例子。"

恭王对薛让起了敬重心，略坐正身子，道："这些事，是几法司的纠葛，台令为何与我说这个？"

薛让道："沧山应当攫回监察大权，非如此，不足以挽救大焉。"

恭王把细髯一捋，道："你是来请我帮忙的？"

薛让道："不，薛让是来和恭王做交易的。"

恭王问："什么交易？"

薛让道："恭王助薛让重回政局中心，薛让为恭王献上一计。"

恭王道："什么计？"

薛让道："倒唐瑜之计。"

恭王道："哦？"

薛让道："唐瑜骤然提出削封之策，搅乱了恭王府一池春水，恭王两次反击唐瑜却无功而返，此刻还有第三计吗？薛让有。"

恭王便道："你若有能耐除去唐瑜，我也有能耐叫几法司把分去的权还回沧山来。"

薛让道："成交了。"

恭王问："倒唐之计是什么？"

薛让道："这一计有两条路，任唐瑜走哪一条，都是死路。"

恭王问："竟没有活路？"

薛让道："绝没有。"

恭王笑道："愿闻其详。"

薛让起身，走到恭王咫尺之内，不疾不徐说开了话，恭王的眉头越听越舒展，至后来，他拊掌而笑，称道："善！普天之下，唯有薛台令能出如此妙计。"二人筹谋了一夜，天明方散。

10

这个黄昏，豹三又在凉榻上休息了，这回却没有躺下，也没有闭眼，而是端端正正直腰坐着，双手叉胸，板脸向家奴道：“把小郎找来。”

半晌，他小子叉手趋步过来，问：“大人有何吩咐？”

豹三瞪了儿子半天不吭声，他小子小心翼翼问：“大人要吩咐儿子什么？”

豹三环睁了眼，喝道：“说！你要当什么官，老子倾家荡产也给你买来！”

第四十九章

修史

1

唐瑜复职当日，在开元府处理了堆积的公务，下班后，照常去龙朔宫为卫熹授课。卫熹见了唐瑜，要行见师礼，唐瑜却先行见君大礼，卫熹忙叫唐瑜免礼，道：“太后曾教导卫熹，要先论师生，后论君臣，先生今日何故先行大礼？快请平身。”

唐瑜道：“开元府贪案，陛下偏护了唐瑜，所以唐瑜该向陛下道谢。”

卫熹道：“我相信先生做的是对的事，自然要站在先生一边。”

唐瑜道：“君之视臣如手足，则臣视君如腹心。今日唐瑜为陛下讲解《孟子告齐宣王》。”

唐瑜去开卷时，卫熹调皮道：“先生当真要感谢我，就放我一日假，不念书了。”

唐瑜道：“陛下已经放了多日假了。”

卫熹道：“那再放一日。”

唐瑜知道自己的学生是天子，不能挥舞戒尺逼着他学，只好道：“陛下说说放假后要做什么，若唐瑜信服了，就放。”

卫熹道：“梨园新编了大曲《春江花月夜》，我想去听一听。”

唐瑜问：“陛下想听曲乐？”

卫熹道：“嗯。”

唐瑜把书卷在手心轻轻拍了几拍，卫熹怕他不肯，央求道：“宫人们都说极好听，先生和我一起去听听。”

唐瑜道：“依唐瑜看来，最动听的曲乐在宫外。”

卫熹一怔，道：“宫外？”

唐瑜道：“是。陛下想听，就随唐瑜去宫外听。”

卫熹问：“我几年不曾出宫了。”

唐瑜道：“错过世间绝唱，岂不可惜？”

卫熹听说是绝唱，便心动了，问：“宫外哪里？”

唐瑜道：“不在‘春江’，在‘冬河’，唐瑜请陛下去冬夜的桃影河，听听陛下平生未闻之音。”

卫熹喜道：“好。”便叫内侍监去安排车马护卫，唐瑜却道：“唐瑜愿独自陪陛下微服私往。”

卫熹道：“连骁禁卫也不叫吗？”

唐瑜道：“开元城中，唐瑜有能力保护陛下。”

卫熹道：“太后一定不许我们这样。”

唐瑜微笑道：“外间少年在陛下这个年纪，都不爱听母亲的话。陛下一向恪尽孝道，就是偶尔自主一次，太后也舍不得怪罪。”

卫熹头一回被唐瑜怂恿逆反，顿时心中大动，道：“好，我听先生的。”

左右笑劝道：“陛下休听唐先生开玩笑，出宫可不是闹着玩的，若衣冠在哪里磕着碰着……”

唐瑜道：“唐瑜不是开玩笑。陛下是上苍庇佑、神灵护航的天子，休说去开元城，即使走遍四海八荒，又有谁敢伤其分毫？”

左右便不敢再言语。卫熹换了一身平民服饰，千叮咛万嘱咐不许叫太后知道，便和唐瑜一起出御书房，出龙朔宫，过龙首桥，到了开元城中。

此时满城居民多半还在做晚饭，临街铺子的商人们就在门边支起一个小锅，胡乱煮些汤饼为餐。唐瑜和卫熹在桃影河边吃了黄家娘子的蒸茶饭，出来寄存了两人的马，另雇了一舟，逆河向西而去。卫熹坐在舟头看唐瑜摇桨，不由笑道：“我竟不知，先生还会做船夫的活计。”

唐瑜道：“我从前爱在秋夜来桃影河上钓鱼，御舟的手艺，就是那时学会的。”

卫熹问：“如今还钓吗？”

唐瑜道：“城中鱼早被居民捉完了，如今想钓鱼，只能出城去。”

卫熹道：“那咱们现在是要出城？”

唐瑜道：“是。”

小舟向西走了半个时辰，天色暗了，水路尽头是西城的水门，皇城晚鼓已停，守门的骁翊卫正在放闸门，见这小舟过来，都叫：“要出城快点，门就要关了！”

唐瑜把桨一划，舟向门洞下钻去，卫熹道："先生，出了城，今夜咱们就回不来了。"

唐瑜道："是。"

小舟一入门洞，两人就像进了一个黑笼，门闸在舟尾落下，挡住了回城的路，卫熹道："不如，我们先回去，明天白天再来。"

唐瑜把舟划出城门，投入未离原中，温声问："陛下在害怕什么？"

卫熹问："城外有没有歹人？"

唐瑜反问："陛下信任唐瑜吗？"

卫熹点头，唐瑜道："那么陛下放心随唐瑜去。"

卫熹的目光越过唐瑜的头顶，见开元城在逐渐后退，身边平野越铺越广，问道："若有什么意外，先生会不会保护我？"

唐瑜道："当然。"

舟在桃影河上行了许久。当开元城沉入地平线，一弯月牙漂浮在河心，荡漾着为小舟牵引前行的路，再多行二十里，舟边翻起的浪化出许多萤火，在波中逐着月牙飞，却是天上星的倒影。到中夜，万点夜芒托起轻舟，沐着原上清爽的风，不疾不徐一直向西，起初两岸尚见烟火人家，时闻鸡鸣犬吠，两个时辰后，四周人迹全无，万籁俱寂，天地间只剩木桨轻轻入水之声，卫熹已困了，躺下去看夜空，道："先生猜，我此刻在想什么？"

唐瑜道："陛下一定想此刻留久一些。"

卫熹道："咦，先生一猜就是。"

唐瑜道："因为唐瑜也是这样想。"

卫熹道："若每一夜都像今夜，就好了，没有如山的奏章，也没有母亲的念叨。"

唐瑜道："那今后陛下可以常随唐瑜来桃影河，躲一夜是一夜。"

卫熹便拍手笑道："先生不训导我勤勉理政，却怂恿我偷懒，也算不上好先生了。"

唐瑜也笑，道："我是头一回做先生，也不知如何做才算好。"

卫熹道："原来你还在学做先生！"

唐瑜道："是，我也和陛下一样在学，在成长。"

卫熹便道："我想跟着你长大。"

唐瑜道："好。"

小舟又行二里，卫熹终于累了，道："还没到吗？这未离原上，哪里有世间绝唱？"

唐瑜道："陛下休睡，已经到了。"

卫熹一骨碌翻身起来，抬眼望去，黑原之上，只这一条曲折的银带，没有想象中铺金镶玉的戏台，更没有抱琴执笛的乐工，哪里听乐去？卫熹疑道："咱们是不是走错了？”

唐瑜道：“我来听过许多次，绝不会错。”

卫熹问：“乐在何处？”

唐瑜指了指前方，道：“陛下请看。”

卫熹顺着一看，三十丈外有个码头，没有舟船停泊，却依稀有许多人影。唐瑜再划近二十五丈，便不再前进，将小舟悄悄靠入水边芦苇丛里。码头上有四五十个人，或坐，或躺，竟无一人出声，情状好生诡异，卫熹问：“这些是什么人？”

唐瑜道：“是挑夫。”

卫熹问：“挑夫？挑什么？”

唐瑜道：“自西而来的商船，都停在这太平码头。再往东，河水浅缓，载不起大船，所以只能在此卸货，要靠挑夫们把货物挑到开元城去。”

卫熹道：“此刻是半夜，哪里有商船来？”

唐瑜道：“船水同行，不舍昼夜，谁也不知下一艘船几时到，他们只能在码头上等。”

卫熹见那些挑夫在冬月还穿着单衣，便问：“他们如何经得起这原上冷风？”

唐瑜又指码头不远处的一间木屋，道：“那是开元府为挑夫建的房子，可以遮风挡雨，可他们不愿去。”

卫熹问：“为什么？”

唐瑜道：“他们怕进了屋，会错过船来的时候。只有离船最近的人，才抢得到生意。”

忽然码头上响起啼哭声，却是个刚足月的婴儿。人群中站起一个粗壮妇人，抱着婴儿，边哄边走，吵醒了席地而睡的挑夫，几个翻身，几个在嚷：“把嘴堵上！”妇人只好抱着婴儿往码头外去，一个年老挑夫道：“别走远了，当心野狗把你娘儿俩一起叼走。”

那妇人在人群边缘停住。一个问：“你男人是谁？他不来找活路，却叫你拖儿带子来当苦力。”

妇人横竖不吭声，年老挑夫又问：“是儿子还是女儿？”

妇人道：“女儿。”

年老挑夫道：“女儿好，女儿养大了知道记恩，儿子是不会记的。”

另一个便笑问：“这话怎么说？”

年老挑夫道：“二十多年前，这码头上也有个女挑夫，丈夫死得早，她一个寡妇带两个儿子，一要供他们温饱，二要供他们念书，一年三百六十天，她吃在码头，睡在码头，挑东西比男人还厉害，一百七八十斤的货，背起就走，一日往返开元城三四回，赚三四十文钱。就这样把两个儿子供出来，都有了家室事业：大儿子在皇城里开了家熟食铺，小儿子在太医署当了医工，却谁也不提把母亲接去赡养。后来她老了做不动了，只好去投奔大儿子，住不到十日，大儿子就把她送到小儿子家；在小儿子家住了一个月，又被儿媳妇拿扫帚打了出去。她原本在村里有几间房，早变卖了，分给两个儿子在开元城买房，如今儿子都落了户，她却没了去处，只好回码头找活路，可五六十岁的老妇人，还挑得动什么？谁也不雇她，她在这里待了几日没事做，又走了，这一去，就半年不见人影，我们只道儿子们良心发现，收留她了，谁知那年冬天，河上游飘下一个尸体，正是这妇人，瘦得像猴，衣衫只剩几缕挂着，想必那半年都是要饭捡剩过来的，最后不知是饿死冻死，还是跳河自杀的。"

众人听了这一番话，瞌睡也没了，嘤嘤嗡嗡议论着，忽听一个仰面躺着的赤膊挑夫冷笑道："赶走亲娘也算不得什么，我可是亲手杀了自己儿子。"

此言一出，众人大惊，皆问："这可怎么说？你如何能杀自己儿子？禽兽也做不出此等事来！"

赤膊挑夫淡淡道："他出生那天，我从接生婆手里接过他时，也没想到后来会杀了他。他生得俊，比城里那些娃娃还白净，人又伶俐，村里人都说，他将来肯定会考功名，做大官。"

一个问："后来呢？"

那挑夫道："有一年过除夕，家里揭不开锅了，一粒米也拣不出来，他娘叫我去邻家借半斤面，我说，上月借人家的两碗米还没还，此刻如何去开口？他娘又说，那就去村西头姨夫家借，我说，昨天才去人家里混了一天吃的，今天怎么又去借？要去你去。那婆娘脸皮薄，不肯去，又说，叫儿子去，他是小孩子家，不要面子。就叫儿子去，儿子才五岁，也不懂啥面子，欢欢喜喜就出了门。我两个在家里烧开了水，等着和面下锅，左等右等不来，天也黑透了，只好去找，到了姨夫家，姨夫说，他早提着半袋面走了，怎么还没到家？我就知道不好，赶忙四处去找，那夜雪大得很，什么都遮住了，半个脚印也找不到，家家户户的门都敲过去，谁都说没看见人，只有一个说，刚才听见后院有鬣狗叫，怕不是被鬣狗叼去了，叫我们去看看。"

便有人问："去看了吗？"

挑夫道："去了。他果真就在那里。鬣狗叼不动他，只咬了两条腿去，剩半个身子，血糊糊躺着雪地里。"

码头上顿时满是叹息之声，又问："救活没有？"

挑夫道："救活了，腰以下都没了，从此吃喝拉撒都在炕上。他娘照顾了他半年，就承受不下去，趁我外出找工时，吊死了，等我回家来，梁上是个死人，炕上是个半死的人。"

有人道：“难道你是怕独自一人养不活他，就把他杀了？”

挑夫道：“不能够。我给他说，你娘没了，你爹还在，只要我还有一口气，就有你一口吃的。我没田地，只有一身气力，就在村里做些短工，农忙时节，一天有十文钱，农闲时候，钱没处来，只好找四邻借米，借面，借了却还不起，人家就上门来要，要不到，就堵在门口骂，我两个也不敢还口——都是穷苦人，谁有多的接济别人？后来村里人都吃不上饭了，就打我家当的主意，他们支使家里小子们，趁我外出的时候，到家里来抢，有什么抢什么，我儿子不让他们抢，从炕上滚下来拦，打起来了，那边都是十来岁的小子，下手哪里知道轻重，有一个拿铁钎子乱戳，恰恰戳进他右边眼睛，把眼戳瞎了。”

挑夫们愤懑起来，都道：“去告官！不能这样算了！”

那挑夫道：“告了，几个小子进了牢，可我在村里也住不下去了，只怕我一出门，那些当爹娘的来报复，又对我儿子下手。我带着他离开村子，去投奔我爹，他是个瘸子，也是孤苦伶仃一个人，正好帮我照顾儿子，我好放心去找活路。爷孙三个一处，虽说缺衣少食，却好歹有了照应，谁知才过了半年，又生了变故。”

有人问：“什么变故？”

挑夫道：“儿子病了。三天两头晕睡，手抖，拿不住东西，嘴烂了，全是血泡，有个江湖游医路过，看过之后说，吃药没有用，要吃肉，吃肉就能好。”

便有人道：“莫非是没有肉吃生出的病？”

挑夫叹气道：“我记得他过一岁生日的时候吃过一回肉，之后就再没闻过肉味。听了游医的话，我四处去找肉来给他吃。说是找，就是偷，哪家有鸡叫鸭叫，我就去哪家偷，偷了两回，被抓住了，打了一顿，送去县衙，关了三个月，我在牢里想，只怕一老一小已经饿死了，谁知出来回家一看，儿子的病却好了一些，嘴里不生血泡了，只是我爹瘦了，只剩一个骨头架子，看着就七八十斤，也躺在炕上起不来，见我回来，还要起来给我做饭，一下子滚在地上，我去扶他，只觉得他身上一丝肉也没有，干骨头捏着吓人，我把他衣服揭开一看，吓得魂飞魄散！”

众人问：“怎的？”

挑夫道：“全是血疤子，一块一块的肉全没了！”

有人接口道：“没了？”

挑夫的声音打起颤来：“是他自己割下来，煮熟了给我儿子吃。”

忽然无人问话了，卫熹也在舟头浑身发冷，唐瑜便轻轻指了指自己身边，卫熹挪过来，靠着他坐了，又听挑夫道：“回家的第二天，我爹就死了。”

一人道：“想来是你怪儿子害了父亲，也把他杀了。”

挑夫道："不能够。我说，我爹死了，我照样要活着，你爹还没死，你更要活着！我带着他出门讨饭，这未离原的东南西北，我都走遍了，要得到饭，就他一口，我一口；要不到饭，就吃草皮，吃老鼠肉，就这样走了四五年，咱俩照样活下来了。"

便有人问："后来呢？"

挑夫沉默了半晌，道："后来，有个庄主看我有些气力，就留我做长工，担保给我们一个住处，一天两餐饭，我想也没想就答应了。我后来才知悔！我千不该万不该进那家的门！"

众人诧异道："出了什么事？"

挑夫道："庄主家有三个孩子，二男一女，都和我儿差不多年纪，我出去做工的时候，就把儿子抱去院子里，晒晒太阳。那三个孩子有时也来院子里玩耍，两个男孩都不理我儿，那女孩好心些，见我儿可怜，有时吃剩了饭菜，会悄悄叫家奴给我儿吃。我儿念她的好，有一回见她过来玩，就捡了一朵花，给那女孩，那女孩收了。下一回，我儿多捡了几朵，绑成一束给她，却叫那两个男孩看见了，转头告诉了庄主娘子，那娘子牵着女儿过来，叫她把花摔我儿脸上，那女孩先不肯，庄主娘子就打她，啐她，那女孩经不住打，就把花扔了过来，两个男孩在边上起哄，叫女孩骂我儿，庄主娘子也押着她骂，她就骂了。"

众人问："骂的什么？"

挑夫道："骂他是瞎子，是废人，是癞蛤蟆。"

众人便叹开了，挑夫道："后来，男孩们还嫌骂不够，又牵狗来咬我儿，咬了七八处伤口，我回来后，看见血流了一地，我要抱他去看村医，他却不肯去，哭着直说'让我死！让我死！'"

一人问道："难道你就听了他的话？"

挑夫道："不能够。我说，别管人家瞧得起瞧不起，咱们都要活下去。我带他去找村医，村医给他开了一服药。我照看了他两天，见他没事了，第三天照常下田，把他锁在房里，不敢放他出门。晚上回来，家奴说，听他一直在房里闹，又是叫，又是乱撞，没人敢进去看。我开门进去，见他在地上滚来滚去，一见光射进来，疯得更厉害，扑过来扯住我，嘴一张，露出两排牙齿，我以为他要咬我，他却叫'阿爹！杀了我！杀了我！'我就知道他害了疯病。我把他死死按住，拿绳子捆了，煎药来喂他，他发狂一般挣扎不肯吃，我死命灌，他死命吐，翻来覆去叫'让我死！'折腾许久，一滴药也没喂进去。到下半夜，我看他一脸的青筋暴出来，眼珠子凸出大半个，知道是不行了，他最后哭着求我给他一个痛快，我，我就拿裤带把他吊上了梁，叫他去找他的娘。"

桃影河上风啸声剧，唐瑜感觉到身边的卫熹在发抖，便握住了他的手。卫熹问："先生，他说的是真的吗？”

唐瑜道：“是真的，我在这河上，听过许多这样的故事。”

卫熹道：“许多？难道还有许多人也活得这样苦？”

唐瑜道：“那码头上的人，个个都苦，只是有些说，有些不说。

卫熹回头看了看来时路，道：“先生，我们回去吧，我不想在这里了。”

唐瑜道：“陛下不想听这些？”

卫熹道：“是，我听了心里难受。”

唐瑜道：“陛下要治天下，这些人就是天下。”

卫熹语结，忽听码头上挑夫们哄动起来，有人大叫道：“船来了！”

唐瑜和卫熹一同望去，皎如白练的河水上，一艘两层楼高的商船徐徐开来，船头的水手见了码头，也叫道：“到开元城了！”

船还没临岸，挑夫们已蜂拥而去，有个刹不住脚的一头栽下河，却无人去拉一把，众人在栈桥边缘向船挥手，嚷嚷道：“我来！我来！”那妇人也抱着婴儿挤，男人们把她往后推，道：“你去看孩子，抢什么抢！”那妇人不听，冲船头叫道：“我来挑！”

船泊定了，放下一条绳梯来，恰好在妇人面前，妇人一手抱着孩子，一手要攀绳梯上去，两个男人扯住她衣服不准上，妇人挣叫道：“别扯我！”她蛮力上来，两个男人也抓不住，爬上三步，又一只手伸过来，抓住婴儿往下拽，她又叫：“别动我孩子！”可一只手抱不紧，婴儿被人夺了去，那人把婴儿扔包袱似的扔出人群，道：“臭婆娘，捡你孩子去！”婴儿坠地，顿时哭号不止，那妇人又骂又打，挤开人群，找到孩子，抱起来看了看，确认无事了，又想往人群中挤，却再也挤不进去，只好指着众人哭骂道：“挨千刀的，欺人太甚！”

船上的商人全醒了，在船舷边站成一排，看着下边乱哄哄的人群，忍不住哈哈大笑，一人伸出两只手掌，道：“只要十个！”

四五十个挑夫更急了，抢到绳梯的赶紧往上爬，那扔婴儿的挑夫也拽到了绳梯，还没来得及爬，忽觉头皮一紧，头发被人捞住，猛地拖了下来，他“哎哟”一声抱住头，回头骂道：“哪个杂种打我？”只见那赤膊挑夫稳稳站在面前，冲他道：“我叫你尝尝被人扔的滋味！”

那挑夫怒从心起，啐了一口，一拳向赤膊挑夫打来，赤膊挑夫毫不退让，也抬腿向他踢去。那挑夫挨了两回窝心脚，知道打不过，向上边道：“杨老三，牛蛋子，你们还不下来帮忙！”那两个挑夫听见叫，低头一看，同伴吃了亏，都道：“反了反了！这码头是谁的地盘！”跳下来，操起扁担便冲赤膊挑夫打去。

这边打成一团，那边已有十个挑夫抢先上了船。商人们理清货物，开了舱门，放出跳板，十个挑夫背着货物过来，装上了自家的担子和车子。码头上的挑夫见局面已定，到底错过了这桩生意，都一屁股坐在地上，眼睁睁看着商人押着挑夫沿岸而去。

一行人过来时，离小舟只有一丈远近，卫熹见一辆独轮车上装了七八个箱子，怕有五六百斤，牵绳深深勒入挑夫的肩头肉，几乎听得见来回磨皮的声响；几个背篼挑夫每走几步，背便折下去一些，走出小半里后，上身几乎压到了地上，从河影中看，一个个全像直立行走的瘦猿一般；当头一个拉车挑夫斜冲着身子，脖子梗梗直直地向前伸，极像一只快化出人形的鹅，仿佛头向前一寸，车子也能向前一寸。卫熹不忍看了，低下头去，闭了眼，却听见一声高昂的吆喝，他又睁眼去看，只见一个挑夫在队伍中间挥起手来，道："唱哟，唱哟，不唱要睡着了！"

众挑夫道："唱！你起个头！"

那挑夫咳了咳嗓子，当头唱道："哎喂——炸力！喂呀——招号！"

两个挑夫应道："前头拉起！后头推起！用力一手，往前一走！"

一时挑夫们皆仰天张口，"哎喂、哟嗬"怪呼开了，这声一起，原上四处都有了动静，这岸是鬣狗吠，那岸是野狼嚎，仿佛与人遥相呼应，挑夫们不惧，反倒笑起来，唱得越发大声："哎喂炸力，喂呀招号，路水茫茫，打湿草鞋；哎喂炸力，喂呀招号，走完这程，布鞋买来！"挑夫们原本压低的腰仿佛直了一些，踏着号子一步一脚印走远了。

卫熹听得全身起了鸡皮疙瘩，道："先生，这就是你要我听的世间绝唱，是吗？"

唐瑜却道："不是。"

卫熹一愣，道："不是？"

唐瑜道："再等等。"

卫熹道："等什么？"

唐瑜转头再看向码头，卫熹也跟着看，只见那赤膊挑夫还躺在地上，打架早散场了，他却一直动也不动，不知死活，那妇人守在他旁边，给他擦拭身上的血迹。须臾，婴儿又开始啼哭，妇人一手拍着婴儿，一手顾着挑夫，口中隐隐喃喃不知在唱些什么，好像是在哄孩子，又好像是在哄那挑夫。有几个挑夫坐在码头边，看着西方出神，大概是被妇人的歌声浸染了，不知是谁起头，也开始轻轻唱：

天也空来地也空，
人生渺渺在其中。
雾也空来路也空，
船从西来水向东。

另一个唱道：

金也空来银也空，
转头又是白头翁。
生也空来死也空，
黄泉路上早相逢。

沉寂片刻，有人接唱：

天也空来地也空，
北风吹尽起春风。
雾也空来路也空，
翻山过河莫放松。

赤膊挑夫还是不动，口中却接了过来：

金也空来银也空，
草庐胜过龙朔宫。
生也空来死也空，
桃影河边休误工。

码头上，众挑夫都清醒了，一个个皆唱道：“生也空来死也空，桃影河边休误工！”

卫熹的心一凛，看唐瑜时，唐瑜向他点点头，卫熹明白了，他暗暗把这几句唱词反复咀嚼，忽听一个挑夫高声道：“船来了！”

众挑夫纷纷起身看去，果然，尚在酝酿的曙光中，一艘楼船出现在天河交接处，人群又涌到栈桥头，向楼船挥衣衫、挥毡帽，叫道：“过来！过来！”赤膊挑夫翻身而起，也去抢位置，那妇人要跟去，挑夫转身向她挥挥手，道：“看好你孩儿，我去！”妇人便站住了，挑夫挤到人堆最前，招手道：“来！”

2

天明了，唐瑜划着小舟走上归程，一夜不眠的卫熹毫无睡意，托着腮看着日头道：“先生，冬日升起来了。”

唐瑜道："今日是晴暖天，真好。"

卫熹又看唐瑜，道："先生划得可真慢。"

唐瑜笑道："我也乏了。"

卫熹便去接唐瑜手中的桨，唐瑜道："让天子划桨，唐瑜大逆不道了。"

卫熹道："为先生撑舟，不是学生该做的吗？"

唐瑜笑了，便把桨给了卫熹，道："沧波同渡之谊，或许胜过君臣和师生。"他惬然看向两岸，岸边树退得极快，便道，"陛下划得如此快，是急着回城吗？"

卫熹道："是，就要上朝了。"

唐瑜道："陛下今日上朝要做什么？"

卫熹道："有许多事要做，我，我还没头绪，可是有了方向。"

唐瑜点头，看似不经意道："我们都有许多事要做。"

3

开元城只晴了一天，随后下了七天的雨，第八天，唐瑜再次率武侯去了恭王府。众人到了王府大门下，但见五扇正门、偏门齐齐敞着，仿佛是开门迎客，又仿佛是请君入瓮。唐瑜取出圣旨，朗声道："开元府奉龙朔宫之命，来恭王府接收兰田县户籍，请恭王知悉。"

门下走出一个府臣来，向唐瑜拱手道："唐府尹来晚了一步，亲王今早出去了。"

唐瑜问："去了何处？"

府臣答："去了皇陵。"

唐瑜闻言一怔，武侯们也吃了一惊，窃语道："他去皇陵做什么？"

正在此时，远处马蹄声碎珠似的响，一人叫道："龙朔宫使者请见开元府尹！"

巷子尽头奔来一马，马上人是宫使装扮，驰至门下，宫使下马向唐瑜行礼，道："龙朔宫人奉太后之命，来请唐府尹暂停收户籍之事！"

唐瑜问："这是为何？"

宫使道："恭王今早去了先帝陵，惊动了龙朔宫，太后此刻正在去皇陵的路上，又遣我来告诉府尹，恭王必是因削封之事去打扰先帝，因恐皇陵受惊，故请府尹暂且放下眼前事。"

唐瑜一时未答，宫使上前一步，悄声道："本是俗间事，却牵扯进了天上人，太后听说恭王去找先帝，大为动怒，此时府尹万万不可忤逆太后。"

唐瑜思之有理，便行礼道："唐瑜谨遵太后之命。"宫使回礼，先告辞去了。

4

卫家皇陵在未离原之西，面东遥眺六十里外的止狩台，陵中葬着大焉二十位帝王，卫骞的陵寝在最南，陵山堆成千子大马昌山的形状——那是他击败西域大军的地方。陵山下树着一座简朴的述圣碑，是供人祭祀之地。恭王端坐在碑前，斟了一爵酒，放在碑下，再为自己斟一爵，喃喃不知念了几句什么，将酒一饮而尽。他坐一阵，饮一爵，七八爵酒入腹之后，神道那头，车马声由远及近，一人道："太后至！"

恭王回头看去，凤辇曳曳而来，在离碑九丈处方停，崔太后从车上下来，摇手退了一切侍从，独自走向恭王，笑问："今日是什么日子，恭王为何突然想起来祭先帝？"

恭王指了指陵山，道："里面这个人，从前始终叫我叔父，你为何不跟着叫？"

崔太后道："我若跟着当今天子叫，还得尊你一声叔公呢。"

恭王道："那更好。"

崔太后的笑容收了，问："恭王为何来叨扰先帝？"

恭王道："我们姓卫的在一处说话，不用姓崔的来过问。"

崔太后把碑座一指，道："先帝的碑，只占了碑座的一半，恭王猜猜，另一半碑座，是给谁留的？"

恭王道："自然是你的。"

崔太后道："我将来归天，碑要树在先帝身边，这帝陵有一半姓崔，恭王来惊驾，姓崔的当过问。"

恭王冷笑一声，又举爵，不知敬卫骞，还是敬太后，总之饮尽了，把一缕酒气长长叹出来，闭了双目。崔太后拈起碑下那爵酒，道："我替先帝感谢恭王来访。"也将酒饮毕，又道，"恭王若有话对先帝说，我听了也一样。"

恭王的须发在寒风中微动起来，喃喃道："你听见没有？有东西在列祖列宗的坟茔间穿行。"

崔太后道："只有风声。"

恭王道："是冬意。冬来了。祖宗在唤我了，我大概也该去了。"

崔太后似笑非笑道："恭王炼了多年的长生不老丹，难道还没炼成？"

恭王道："是我不想再炼了。昨夜先帝又来梦中唤我，说我们叔侄好久没在一起打马球了。"

崔太后的眉轻轻一挑，问："你梦见先帝了？"

恭王点头道："我还梦见先帝向我诉说忧虑。"

崔太后问："先帝有忧虑？"

恭王道："当然有。"

崔太后狐疑道："先帝还有什么放不下的？"

恭王道："声名！"

崔太后道："先帝不重身后之名。"

恭王道："你小瞧了先帝。先帝有改天换地之志，揆文奋武之才，生前不甘碌碌无为，身后岂愿寂寂无名？他渴望青史留名，并肩汉之武帝、唐之文皇，你竟半点不觉察？"

崔太后默然良久，轻声一叹。

恭王道："先帝梦中和我说，他一生有功也有过，却不知后世要怎样诉说，不知是千秋赞颂，还是被万人戳着脊梁骨唾骂！"

崔太后周身一凛，喝道："休得胡说！"

恭王道："这是先帝亲口之言！"

崔太后道："先帝若真有忧虑，也该托梦与我和圣上，如何去找你？"

恭王道："侄儿找叔父说心事，有何不可？"

崔太后便道："那你如何回的？"

恭王道："我对先帝说，史书上的名声，全是史官写的，史官赞之，后世便颂，史官诟之，后世便骂。先帝说，可叹至今，大焉的史官还没有为他修实录，他的功与过，还没被记下来，他竟不知史家会如何评判他，所以在九泉之下，辗转难安。"

崔太后重复道："修实录？"

恭王道："太后，到了为先帝修史的时候了。"

崔太后沉吟不语。

恭王道："我在梦中对先帝说，一定请太后和圣上召集史官，为他编撰实录，先帝说，书成之日，务必来帝陵，烧给他看，他要把自己的一生从头看一遍，方能瞑目！"

崔太后仰头把述圣碑渺渺地看，须臾，轻声道："多谢叔父对先帝的一片赤诚。我回宫之后，即刻宣召集贤殿史官，为先帝修史。"

恭王道："太后圣明！"

崔太后转身向凤辇走去，恭王瞄她迈了十多步，忽然又叫："太后，我还有进言。"

崔太后止步道："叔父请说。"

恭王问："修史的总编官，太后可有人选？"

崔太后道："事出突然，一时想不到谁能担任。"

恭王道："我想举荐一人。"

崔太后问："谁？"

恭王道：“唐瑜。”

崔太后又是一惊，道：“唐瑜？”

恭王道：“正是。唐瑜曾在集贤殿修史数年，熟谙史书之道，又是青年英才，心力和体力都足以应对编撰的辛苦，最重要的，唐瑜是帝师，与帝王家同心同德，能想皇家之所想，忧皇家之所忧，他任总编官，先帝放心，圣上也放心。”

崔太后糊涂了，她把恭王看了又看，笑道：“天下士子，最追崇三件事：进士及第，娶五姓女，修国史。修史对士人而言是天大的光荣，恭王当真要推举唐瑜？”

恭王道：“我出于公心，认为总编官之职，非唐瑜不可。”

崔太后问：“恭王不曾因削封策而记怨唐瑜？”

恭王坦然道：“只要唐瑜尽心尽力编好我卫家之史，我甘愿拱手让出封县！”

崔太后道：“恭王此言当真？”

恭王道：“君子一言，驷马难追。”

崔太后知道恭王和唐瑜是你死我活之仇，所以她不信恭王是真心推举唐瑜来做这件功德兼隆的大事——唐瑜的名望将因此再上一层，对恭王有什么好处？崔太后想不明白。末了，她抬目看向马首山，山上群树飒飒摇摆，她那雄才伟略而又骄骜急躁的丈夫就葬在山中，他似乎真的没有死去，还在等着世人给他定论，崔太后遂向陵山低声许诺道：“我会立刻去做。”

5

翌日，唐瑜收到崔太后的召令，立即赶往龙朔宫觐见。虽是清晨，崔太后却微有倦意，妆容也有些漫不经心，唐瑜拜见过，问：“太后召见唐瑜有何吩咐？”

崔太后兀自把双手十指缠了半晌，许久道：“唐先生，先把收兰田县的事暂且搁下吧。”

唐瑜问：“太后何出此言？”

崔太后叹道：“昨日我去皇陵，恭王也在那里，他说他梦见了先帝，所以去看看，我还当他是胡说，可是，我昨夜也梦见先帝了。”

唐瑜道：“太后思念先帝甚浓，是谓日有所思夜有所梦。”

崔太后摇头道：“我有些日子没念他了，他偏在昨夜闯入梦来，是真真有话和我说。”

唐瑜问：“先帝对太后说了什么？”

崔太后道：“他在意后世如何看他。”

唐瑜道：“先帝抵御西项、克宁北凉、收复皖州之威烈，彪炳千古。”

崔太后幽幽道：“可他也做过许多错事。”

唐瑜良久方道：“先朝汉武有巫蛊之祸，唐文有玄武之变，仍为绝世之雄主。先帝一生功大于过，青史自会公道评判。”

崔太后道：“此刻便是写青史的时候了。”

唐瑜一怔，道：“此刻？”

崔太后道：“是。我想召集集贤殿的史官，为先帝修实录，先生以为如何？”

唐瑜便沉默。

崔太后道：“他若在九泉之下忧思难消，我、我也醒不安生，睡不安生。他对恭王说，要书成之后烧给他看，才能瞑目，我如何不急？”

唐瑜问：“恭王还说了什么？”

崔太后道：“恭王还推举你做修史的总编官。”

唐瑜的心霎时如明镜般，照出了恭王的用意，他立即拜道：“臣学识浅陋，担不起泰山之任。”

崔太后笑道：“若帝师无学识，则满朝无人可用了。”

唐瑜再拒道：“开元府诸事纷繁，臣无力兼顾修史。”

崔太后道：“唐先生正是青年施展之时，两头照应不算难事。”

唐瑜道：“大焉朝野不乏博学鸿儒，臣请太后另择贤哲。”

崔太后奇怪道：“修国史是千万士子可望不可即的荣耀，先生为何执意推辞？”

唐瑜道：“臣实是有心无力。”

崔太后便失望而叹，向左边道：“陛下，唐先生婉拒了我们，如何是好？”

珠帘启处，卫熹轻轻走了出来，唐瑜的心便一跳。卫熹问：“先生真的不愿为先帝修史吗？”

唐瑜在卫熹的面前不愿以谎言推托，便沉默。

卫熹道：“昨夜太后对我说，想请唐先生做总编官，把我父亲的事迹写于竹帛，传于后世，我说，自然应该由先生来做，再没有比先生更合适的人。”

崔太后道：“陛下还说，他也要去集贤殿，看先生如何修史，跟随先生走一走他父亲走过的路，再看看他的父亲在先生的笔下是什么模样。”

卫熹翘嘴道：“若是别人，我就不想去了。”

崔太后安抚他：“修史要翻读浩瀚的档案，删繁就简；要走访旧地故人，去伪存真；要一字一句精雕细琢，经得起万世的检阅。修史是最艰巨的任务，唐先生或许畏难，咱们不该苛责他，不如……另请国子祭酒来做总编官，如何？”

卫熹不愿意，道：“我只想要唐先生来做。”

崔太后无可奈何地看向唐瑜，唐瑜思索少时，起身缓缓行礼，道：“臣愿为先帝修史。”

6

龙朔宫集贤殿，对唐瑜而言并不陌生，他十八岁中进士之后，便进集贤殿做了九品校理官，校勘了四年史书，誊录了四年起居注，而后外调开元府。他已七年不曾回来，路还熟悉，人却都陌生了。大殿中，七位士子已等候多时，一个身穿伽罗色圆领袍的青年士子迎上来行礼，问：“可是唐鸣玉先生？”

唐瑜还礼，道：“正是唐瑜。”

那士子道：“集贤殿侍讲学士申寒峻奉命协助鸣玉先生修史。”

唐瑜听说姓名，复行大礼，道：“原来是申先生，久仰。”

申寒峻也还礼，道：“愧不敢当。”

唐瑜见申寒峻仪表坦朴而眉目昭朗，心中暗道：“夜州百年只出这一位状元，自然有过人的气质。”

另五位士子也上前和唐瑜相见，却还有一人，坐在桌前，手撑皓首，双目微闭，似在小憩，有若隐若现的酒气飘来。唐瑜见他白发苍苍，便礼道：“下走唐瑜，请与先生相见。”

那人悠悠睁眼，把唐瑜看了看，拱手道：“宋心湖奉太后旨意，来为唐先生研墨洗砚。”

唐瑜一闻姓名，长揖在地，道：“竟是慈镜先生。唐瑜久仰先生才名，今日得见，不胜荣幸。”

原来宋心湖是大焉名士，经史诗文、词曲音韵、金石篆刻无所不通，因自号慈镜，故士人尊称其为慈镜先生。十五年前，宋心湖被景帝请至东宫，做了太子卫佑的老师，官封从一品太子太傅。卫佑若顺利继位，他便是大焉帝师，谁知卫佑在千潺涧遭遇不测，东宫臣子都失了势，宋心湖也被调入集贤殿，贬为从六品侍讲学士，他从此在集贤殿专心著述，再不过问世事。

宋心湖从桌下捡起一壶酒，一杯倒给自己，一杯倒给唐瑜，道：“喝。”

唐瑜道：“先生见谅，此时不宜觞饮。”

宋心湖道：“喝！”便向唐瑜举杯，唐瑜只好喝了。宋心湖道：“我有几问，你能答则答，不能答便以酒拒之。”

唐瑜道：“先生请问。”

宋心湖道：“我们来做什么？”

唐瑜道：“为先帝写实录。”

宋心湖问：“那写不写千潺之变？”

唐瑜道：“这段故事躲不过去。”

宋心湖便问：“如何写？”

唐瑜把酒饮了。宋心湖再为他斟满，问：“我们是来写史，还是来说书？”

唐瑜道：“写史。”

宋心湖再问：“是写信史，还是秽史？”

唐瑜道：“信史。”

宋心湖又问：“写信史，用直笔，还是曲笔？”

唐瑜又把杯中酒一饮而尽。宋心湖笑了，抛了酒壶，又用手肘支住头，闭了醉眼。

唐瑜向众士子道：“七位学士，一个月后，太后便要初稿，请七位听唐瑜……”

宋心湖打断他，浊声吟道：“我醉欲眠卿且去，明朝有意抱琴来。”

7

这一日眨眼便过去了，唐瑜回到伶玦轩，依然是空庭黑窗的光景，门却大大开着，他记得自己上午走时闭了门的，心知不对，急步上阶，却听房中乍起细碎的脚步，唐瑜试探道：“幽儿？”说着迈进门，床边果然站着一个女子身影，要躲却无处躲的模样，唐瑜展颜而问：“幽儿回来了？”向那身影迎去，那女子却弯身肃拜，道：“二郎，我是苏叶。”

唐瑜一怔，停住了，又悄然退回门边，方问：“苏娘子？”

苏叶道：“我……我来看幽儿回家没有，她为何还不回来？”

唐瑜道：“等我忙过这段时日，再去接她回来。”

苏叶道：“我也去过明府，可明家奴不许我进去，他们说，幽儿不愿回唐家来了。”

唐瑜道：“他们在骗你。”

苏叶道：“我知道。”

唐瑜道：“现下她在明家是好事，苏娘子不用担心她。”

苏叶点头，道：“那……我回去了。”说着走过来，唐瑜侧身，让开路，苏叶出了门，唐瑜在她身后道：“苏娘子，有一句话，本不该我冒昧过问。”

苏叶问：“什么话？”

唐瑜道：“明幽说你有身孕了。”

苏叶轻轻“嗯”了一声，唐瑜道：“唐家要添小辈人了，谢谢你。三郎和明幽都不在身边，你有什么需要，来和我说。”

苏叶道：“此刻，唐家好像只剩我们两个了。”

唐瑜问：“惜环院的婢子有多少？”

苏叶道：“四个。”

唐瑜道：“若不够，我明日再买几个来。”

苏叶道：“够了，我也没什么需要别人侍候的。”

唐瑜问：“三郎信中有没有说几时回来？”

苏叶道：“最迟不过腊月，总归要回家过除夕的。”

唐瑜道：“还有三个月。”

苏叶道：“是。”

唐瑜点头，二人再无话讲，苏叶道：“二郎早些歇息。”

唐瑜道：“好。”苏叶便去了。

唐瑜回了屋，心中一阵疲乏，独自袖手徘徊两转，却怎么也理不清思绪，终于倦了，他往床上一坐，又忽地起了身。床上铺的被褥换过了。明幽走后，唐瑜忽略了炎凉，季节虽已入冬，他却一直在盖那张轻薄的秋丝被，直到此刻。唐瑜站在床边，看着这张温厚的冬棉被，困意转成了清醒。

8

五日之后，唐瑜和申寒峻拟出了桓帝实录的大纲，恰巧身边无人，申寒峻问：“依鸣玉看，写先帝的生平，最难在何处？”

唐瑜道：“自然是千潺之变。”

申寒峻道：“千潺涧发生的事，龙朔宫从未承认，鸣玉如今要如何下笔？”他意味深长道，“太后的手段，未必弱于先帝。”

唐瑜便叹气，道：“是棘手的难题。”

申寒峻道：“这便是恭王荐举你编史的用意。他把你推给太后对付。”

唐瑜默然良久，道：“若先生是唐瑜，会如何落这一笔？”

申寒峻道：“我不是唐瑜。”

唐瑜只好点头。

申寒峻道：“因你是唐瑜，所以你写史之时，要思及恭王，虑及太后，顾及天子，推及削封策的成败，你写不出纯粹的字。而申寒峻，只是集贤殿一史官，史官不顾忌任何人，只对竹帛上的字负千年的责任。”

唐瑜肃然倾听。

申寒峻道：“史官有承前继后之使命，一代代史官写就一代代历史，是以华夏文明之河源远流长，它不该在此时断流，也不该在流于后世时，淌满谎言和矫饰，故，申寒峻只能写我应写，书我当书。”

唐瑜道：“倘若太后不依……”

申寒峻道：“那是太后的事，不是史官的事。”

唐瑜行礼道：“申先生有高义，当受唐瑜一拜。”

申寒峻还礼道：“鸣玉上削封策，为苍生黎民计，三遭攻剿不曾退却，也当受申寒峻一拜。”

第五十章 士子

1

二十九日过去，明日便是向如意宫交初稿的日子。深夜，崔太后的贴身太监王怀岁来到集贤殿。大殿中央七位士子七张席，围而趺坐，见王怀岁进来，都不说话，王怀岁先笑道："七位学士真辛苦。"七子问："内官驾临，有何见教？"

王怀岁问："太后差小奴来问一声，先帝实录写好了没有？"

申寒峻道："下午已誊写完毕。"

王怀岁道："拿来我瞧一瞧。"

申寒峻道："明日唐鸣玉自会呈送太后。"

王怀岁道："学士最好拿来小奴看一看，是好是歹都叫太后有个准备，不然明儿乍乍地送到面前，若有一言半语扎了眼睛，谁都担待不起。"

宋心湖道："所谓实录，便是将先帝毕生事迹据实记录，是好是歹，太后心中早有数，还何须做准备？"

王怀岁听见"据实记录"四个字，唰地变了色，喝道："稿子在哪里？拿来！"

七子齐道："须明日亲呈太后！"

王怀岁啐了一口，道："我平生最厌和士人打交道！一根筋的陈腐气！"便命小宦官，"给我搜！"

那十来个小宦官便在大殿散开，去书桌上乱搜乱检，眨眼把典籍丢得满地都是，一个士子起身去拦，道："这是国家史馆，藏的史册何其珍贵，岂容你们践踏！"

两个小宦官把那士子架开，道："学士息怒，我等是奉太后之命行事。"

小宦官们上蹿下跳，翻箱倒柜，士子们看着满地零落的卷册和札帙，怒道：“侮辱斯文，是集贤殿之耻，龙朔宫之耻！”

申寒峻长叹一声，走到西面，拉开窗帘，露出窗台上齐整堆放的竹册，道：“初稿在这里。刚刚把墨晾干。”

那堆竹册仿佛有慑人的威力，一现身，嘈杂的大殿顿时安静下来。王怀岁走过去，问：“就这么一点？”

申寒峻道：“共三十卷。”

王怀岁问：“有多少字？”

申寒峻道：“计一万五千九百九十五字。”

王怀岁叹道：“那般壮阔的一生，竟然一万字就概括了。”又问，“写先帝继位的，是哪一卷？”

申寒峻还不想说，王怀岁道：“申学士趁早说，不然孩儿们去一卷一卷翻坏了，还要劳烦你们重抄一回。”

申寒峻愤道：“第十五卷。”

王怀岁便过去找，找出第十五卷打开看，看到中间几行，冷森森笑了，小宦官们围过来问：“王公公，怎么写的？”

王怀岁道：“我念给你们听：十一年六月初二，伏兵千潺涧。及佑出，左右射佑下马，佑乞告免，不许，亲枭其首，弃于河道。旋入寝宫，告上曰：‘已斫佑首。’上惊惧而崩。”

一语未了，小宦官们大惊失色，伏地大哭道：“何苦来哉！竟如此污蔑景帝、桓帝和前太子！”

王怀岁向七子道：“这些字叫太后看见，诸公的九族还活不活了？”

七子道：“九族易灭，事实难改！”

王怀岁便叫道：“孩儿们，点火！”

七子大怒，均道：“史馆不能见明火！”

小宦官们却不理，在大殿中央点起一堆火来，王怀岁拖着散开的卷册走到火盆边，丢了进去，火舌立刻把竹册舔住，七子大急，连忙上前，小宦官们横拦出来，不许靠近。众人眼睁睁看着牛皮绳被烧断，竹册散作一片一片，竹上字迹渐渐焦黑，皆悲道：“焚书辱士，历朝罕见！”

王怀岁冷笑道：“诸公今夜把十五卷改写了吧，保重。”便领着一群小宦官赫赫扬扬出了集贤殿。

七子去火中救出十来支残缺的竹片，其余早化作了灰烬。一个问：“这可如何是好？”

申寒峻起身道："我要去如意宫，向太后申诉。"

其余六子道："同去！"

2

近丑时，如意宫的守宫人本已昏昏欲睡，耳中忽闻踏步之声，睁眼一看，七个士人并肩而来，宫人问："来者何人？"

宋心湖道："集贤殿士人请见太后。"

宫人道："七位学士见谅，太后早歇息了。"

申寒峻道："今日太后的内侍监王怀岁大闹集贤殿，烧毁了先帝实录第十五卷，我等要求严惩王怀岁。"

宫人便进去了，顷刻又出来，道："太后说，书既然烧了，再写一回就是。"

申寒峻怒声道："欺辱史官、毁灭史册是重罪，太后如何敷衍我等！"

宫人耸肩道："七位学士还是赶紧回去重写吧，小奴听说明日就是交稿之期了。"

宋心湖道："上回写的给烧了，这回如何写，请太后明明白白指示。"

宫人道："太后当真休息了。"

宋心湖道："那我们就等到太后醒来！"七人在如意宫门下坐成一排，宫人一看不对，又进去了。

半个时辰后，如意宫门大开，两行宫人提着灯笼拥着一人出来了，申寒峻心中一凛，暗道："莫非是太后来了？"再凝目一看，却是王怀岁。王怀岁笑容可掬道："七位学士为了王怀岁，在此饮了一夜北风，真是过意不去。"

七子皆怒目而视。

王怀岁道："七位学士告王怀岁，告倒了没有？若没有，王怀岁可要反告七位了。"

宋心湖反问："你告我们什么？"

王怀岁道："告你们四重罪：毁谤先帝，要挟太后，渎乱史馆，擅闯后宫！"

七子被激怒，纷纷道："无耻宵小，血口喷人！"

王怀岁长袖一挥，抽出一卷黄册，道："太后有旨：集贤殿七士人夜闹深宫，罪同谋逆，着骁禁卫即刻逮捕七子，押送沧山！"

此话一出，七子皆惊，申寒峻高呼道："太后岂能听信王怀岁谗言！申寒峻请见太后！"

已有一列佩刀骁禁卫过来，把七子压在地上，拿布巾捂口，绳索绑身，推上马车，火速驰离了如意宫，王怀岁看着马车消失，干笑了一阵，才进门去了。

3

这夜，卫熹一直学到子末才去休息，唐瑜出了御书房，便徒步往集贤殿来，进大殿后，只见殿中一片狼藉，几个太学生正在收拾残局，见了唐瑜，皆道："唐先生可算来了！"便把经过说了一遍，唐瑜立刻转身往如意宫去，走了大半个时辰，到了宫门下，此时已不见七子身影，唐瑜叩门高呼："唐瑜求见！"

足足叩了两刻钟，宫门才开，王怀岁毕恭毕敬走出来，道："唐先生如何还没休息？太后早已安寝了。"

唐瑜问："集贤殿七学士在何处？"

王怀岁道："七位学士强闯如意宫，惹得太后大怒，已经派骁禁卫送出宫了。"

唐瑜问："出宫？去了哪里？"

王怀岁道："沧山。"

唐瑜斥道："他们犯了什么罪，要被你置于死地！"

王怀岁道："未宣而至之罪。"

唐瑜道："唐瑜请见太后。"

王怀岁道："太后心疼病犯了，才煎了安神的药吃了睡下，实在不能见唐先生。"

唐瑜目视王怀岁，道："七位学士为何会冒险来如意宫请命？是谁撺掇了这把火？"

王怀岁躬身道："先生是在说小奴吗？小奴做的一切，都是为了太后。"

唐瑜道："你是内臣，要明白内宫外朝的界限。如意宫的事，该你伺候，集贤殿的事，不该你过问。内臣干政是死罪！"

王怀岁忙道："先生言重了！小奴一心一意伺候太后，太后说什么，小奴便做什么。"

唐瑜再不听他辩解，径自去了。

4

卫熹在离卯初还有二刻起了床，刚刚梳洗完毕，宫人来禀道："唐瑜在外等了陛下一夜。"

卫熹忙道："什么事？请进来。"

须臾，唐瑜进来了，礼道："陛下，集贤殿七学士危矣，唯陛下能救！"

卫熹吓了一跳，问："他们怎么了？"

唐瑜道："昨夜如意宫内侍监王怀岁到集贤殿无故寻衅，焚毁了先帝实录第十五卷，七学士到如意宫请命严惩奸宦，却被王怀岁谗言污蔑为谋反，现已被关押至沧山大狱，性命危在旦夕，请陛下即刻下旨，将七学子无罪释放。”

卫熹道：“有这等事？我去问问太后。”

唐瑜道：“陛下乃天子，有自立自决之权！”

身旁宫官忙道：“先生此言差矣。哪里有母亲才开口，孩子便驳问的道理！”

卫熹便道：“正好我要去给母亲请安，待我问清了因果，稍后给先生答复。”

唐瑜道：“请陛下慎思：七学士为先帝修史，兢兢业业不辞劳苦，他们不该以言获罪，因文遭难。”

卫熹道：“知道了。”匆匆梳洗完毕，乘辇往如意宫而去。

崔太后一夜没睡安稳，因为要等卫熹来，还是勉强起了床，还在对镜梳发，卫熹进了门，先行见母大礼，后问：“母亲，昨夜如意宫抓捕了集贤殿七位修史的学士，是吗？”

崔太后笑道：“谁把消息传得这样快？”

卫熹道：“母亲，是不是真的？”

崔太后道：“是。”

卫熹问：“为什么？”

崔太后道：“他们写了不该写的东西，我叫王怀岁给烧了，他们要我惩罚王怀岁，那不是叫我自己罚自己吗？我就把他们送上沧山去冷静几日，反思过错。”

卫熹道：“写了什么不该写的东西？”

崔太后把宫女屏退了，自己拿梳子梳头，半晌道：“就是那件让你父亲受尽天下唾骂的事。”

卫熹道：“千潺之变？”

崔太后点头，卫熹陪着母亲沉默下来，后道：“千潺之变是真的，对不对？”

崔太后道：“陛下一定要知道？”

卫熹道：“我是一国之君，也是父亲的儿子，我该知道真相，好的坏的都该知道。”

崔太后便徐徐道：“是真的。前太子无能，他若继位，会把大焉拖入深渊，只有你父亲，才能旋乾转坤，把大焉引上正道。他做到了，如今传位给你，你也做得极好，灭北凉，败东洛，是你父子二人的功绩，足以证明你父亲在千潺涧的决断无比正确。陛下如今该明白，帝王家的是非，和凡人不同，我们做错的事，是为了走对的路，我们负一人，是为了天下人。”

卫熹道：“那学士们写的是事实。”

崔太后严厉道：“是事实，未必能见世！”

卫熹道：“可他们也不该因为写下事实而受罚！”

崔太后道：“若不罚，那从此人人皆可写，人人皆敢说，你父亲的名声、你的名声还要不要了！”

卫熹道：“可唐先生说了，士子不该以言获罪，因文遭难！”

崔太后道：“唐先生还说了什么？”

卫熹道：“先生说，圣主要有豁达心胸，要建清平之世，不能动辄严刑峻法……”

崔太后把梳子啪地往梳妆台一放，道：“豁达！你叫人去他面前骂唐之弥是贪污犯，看他豁不豁达！刀子没扎他的心口上，他自然劝人豁达！”

卫熹见母亲动怒，便不敢说话了，崔太后道：“这是你头一回顶撞母亲。我真不知唐瑜平素都教了你什么？就教你反对母亲的旨意？我开始后悔请他做帝师了。”

卫熹道：“先生教的是为君之道。”

崔太后道：“什么为君之道？夜半三更带你出城看挑夫们聊天扯皮，就是为君之道？竟一个侍卫也不带！你若有个三长两短，母亲怎么办？”

卫熹吃惊道：“母亲怎么知道了？”

崔太后冷笑道：“我知道的不少呢！‘这年纪的少年就该反叛母亲’‘天子有自立自决之权’，是不是他说的？”

卫熹一听便叫道：“怎么才一会儿，话就传到这里了？”

崔太后道：“我若没有些耳目，就被他蒙在鼓里了！我就这一个儿子，难道放着让他带偏不成？”

卫熹急道：“不是母亲想的这样！先生是好先生！他都是为了我好！”

崔太后道：“我对唐瑜不薄了，他以后少挑拨我母子的关系！”

卫熹翘着嘴，眼泪已在眼眶中打转，崔太后把他拉过来，一面抚他的脸，一面道：“终有一日你会明白，先生再好，都有他自己的心思，只有母亲，才会从始至终陪着你，可以把心剜给你，把命掏给你。”

卫熹道：“可难道天子不应该自立吗？”

崔太后道：“当然应该，等你长大成人了，母亲会把一切都交给你自己去做，可现在还不是时候，你还小，还不知道路怎么走，母亲还放心不下。”

卫熹便不吭气了。

崔太后拍了他半晌，道：“打起精神，上朝去。修史的事，陛下不要再过问，交给我去管。”

卫熹问：“还修吗？”

崔太后道：“修。我再给唐先生选七个学士，一定修出一卷良史来！”

5

唐瑜在集贤殿等到日中，等来了卫熹被驳回的消息，他又起身往如意宫来。宫门下，王怀岁已恭候多时，笑道：“唐先生如何又来了？”

唐瑜道：“我来见太后。”

王怀岁道：“太后身体还是不适。”

唐瑜愠怒道：“臣有要事向君禀报，君岂有避而不见之理！”

王怀岁道：“太后只说，又为先生选了七位学士，助先生修史。”

唐瑜道：“不必选了，太后想改的二三行字，唐瑜亲笔撰写！”

王怀岁忙问：“那先生要如何写？”

唐瑜冷然道：“是太后教导唐瑜，还是宦官教导唐瑜？”

王怀岁闻言一愣，塌下脸进去了，三刻之后出来，道：“太后说了，唐先生想如何写便如何写。”

唐瑜拂袖而走，王怀岁又道：“还有一句要紧的。”

唐瑜便回头，王怀岁笑道：“太后说，先生提笔之前，可以去沧山看望七位学士。”

唐瑜向宫中道：“多谢太后。”

6

一个时辰后，正在直辨堂断案的薛让听法吏来报：“唐瑜来了，他想见牢里的七学士，放不放行？”

薛让把笔在指尖转了两圈，道：“晾他五日再放行。”

7

五日后，法吏打着灯笼领着唐瑜进了沧山大牢，边走边道：“唐府尹若以为学士们在沧山受了委屈，就错了。我们没动谁一根手指头，是他们自己在闹绝食，再过一两天，多半要出人命了，府尹既来了，就劝劝他们。”

绕过七八道暗廊，走到一间大牢前，法吏开门放唐瑜进去了。牢顶吊着一盏灯烛，照着七个衰弱的人，全似失去了知觉，只有倚坐墙角的申寒峻，面色虽憔悴，却含笑微声道：“鸣玉来了。”

唐瑜在牢房中间跪拜诸子，道：“唐瑜含愧来见诸公。”

那六子无力回应，只有申寒峻道：“何愧之有？你我皆无愧于心。”

唐瑜问：“为何要绝食？”

申寒峻道：“慈镜先生不肯饮食，我等自当从之。”

宋心湖是士子领袖，他一绝食，士子们便谁也不动筷。唐瑜挪到宋心湖身边，轻唤道：“慈镜先生。”

申寒峻道：“先生从昨日到现在都是昏迷的。”

唐瑜叹息。申寒峻问：“如今外面是什么情形？谁在修实录？”

唐瑜道：“只有一个了。”

申寒峻问：“你？”

唐瑜道：“是。”

申寒峻道：“你要如何写？”

唐瑜道：“我不知道。”

申寒峻笑问：“是来讨我的主意吗？”

唐瑜道：“我不知道。只是心指引我来了。”

申寒峻沉默许久，道：“唐鸣玉，你和我们不一样，所以不必走和我们一样的路。”

唐瑜问：“什么不一样？”

申寒峻道：“我们只是士子，言行只需遵从我们的心。可你还是官，你担负了更多。譬如削封之事，你若败了，削封策就败了，封地上的黎民皆败了，所以你不能折在中途，不能进这沧山大牢来。”

唐瑜轻点头。

申寒峻道：“守道，是士子的事，不是官的事。我们来做士子，你去做官。能屈能伸、懂得妥协的官，才是成大事的官。”

唐瑜又点头，申寒峻道：“切记，无论你要做什么，首要是二圣的支持，所以你为先帝写实录，只能有一种写法。”

唐瑜心中已然明朗，道：“多谢先生指点。”

忽听那边一个苍老声音道：“申寒峻，你是在教唆唐瑜篡改历史吗？”

申寒峻道：“慈镜先生，申寒峻为自己选了对的路，也为唐鸣玉选了对的路。”

宋心湖道：“他的路不由你选。”向唐瑜道，“任你做多大的官，总归是读圣贤书长大的，你若权欲熏心，屈节媚上，唐家便要毁于你之手！”

唐瑜道：“先生息怒。”

宋心湖道：“你明白说来，要如何写！”

唐瑜不应，宋心湖恨得捶地道：“我亲眼！亲眼看见太子身首分离！我掀开棺盖看见了！他们肆无忌惮把太子草草入棺火葬！一颗头、一截身子就那样拼着，那脖子砍得平平齐齐，分明是刀锋！他们装视而不见，你们也装充耳不闻！”说毕，涕泪俱下，又昏迷在地。

唐瑜忙过去把宋心湖扶起，半晌，宋心湖缓过气来，紧攥住唐瑜的手，道：“不要乱写，否则，我做了鬼也要找你！”

铁门开了，法吏叫道：“唐府尹，再不走天黑了。”

唐瑜只好抽身道：“诸公见谅，唐瑜告辞。”

申寒峻道：“等一等，我还有事相求。”他向唐瑜招了招手，唐瑜便过去，申寒峻道：“我一直劝你好生做官，是有私心的。”便从怀中取出一张皱巴巴的宣纸来，塞进唐瑜的袖，唐瑜问：“这是什么？”

申寒峻道：“一封疏，给圣上的。”

唐瑜问：“什么疏？”

申寒峻道：“请建夜州学疏。”

唐瑜不解，申寒峻道：“大焉十三州，只有夜州没有官学，那些博学多才的学士，谁也不愿去穷乡僻壤教书。山重水叠，世间的学问进不了夜州，孩子们的目光也透不出大山。中原人都说夜州无才子，可我们的学生想学，却找不到求学之门。我先后上了三封奏疏，请在夜州各地开办官学，请朝廷派遣优良的学士去教孩子们，奈何人微言轻，圣上没有放在心上。我想请你出面，把这封疏呈给圣上，请他认真看一看，想一想。”申寒峻抖着语声说道，“倘若能在夜州办学，十年之后，安知夜州不若中原人才之盛！”

须臾，申寒峻又道：“我在集贤殿这些年，只想做成这一件事，却一直没能如愿，若你说服圣上准了这奏疏，我便无憾了。”

唐瑜却推手，拒了那张纸，申寒峻诧异道：“鸣玉？”

唐瑜在他耳边轻声道：“你亲手交给圣上。”说完起身，出了牢房。

8

唐瑜走后三日，申寒峻觉得自己到了濒死边缘，他爬到牢门边，把手中宣纸向外伸去，叫道：“这沧山大牢可有仁人志士，愿将这疏送入龙朔宫？此愿未了，申寒峻不能瞑目！”

牢门外一个尖声道：“申学士写了什么疏？给小奴瞧瞧。”

牢门开了，先进来两个掌灯小宦官，后是王怀岁现身，他走到申寒峻身边，抽过宣纸瞧了瞧，竟作揖道：“申学士做的是功德无量的大事，学士快快随小奴进宫，送呈太后。”

申寒峻一愣，问：“什么？”

王怀岁笑道：“小奴来给诸公报喜：先帝实录完结了。小奴特意来接诸公下沧山。”

宋心湖问：“完结了？”

王怀岁道：“是帝师唐瑜亲笔完结的。”

宋心湖道：“他是如何写的？”

王怀岁道：“慈镜先生休问，先回府沐浴用膳要紧。”

宋心湖厉声道：“你说！唐瑜是如何写的！”

王怀岁向牢外招了十几个宦官进来，道：“把学士们都架出去，一个一个送回家。”

宋心湖不肯走，道：“天昏地聩，我自当以死明志，你带他们走，我留在此地。”

王怀岁道：“架去车上拉走！休听这酸儒废话！”

宦官们便扶起七位学士，出了大狱，下了沧山，到了开元城中。不多时，载着士子的牛车分路而行，往各家而去，王怀岁过来问宋心湖：“老先生住何处？”

宋心湖道：“带我去集贤殿。”

王怀岁笑道：“去吧，去吧。你不过就是想看修好的先帝实录，你去看，看了就死心了！”便命牛车转道，一直进了龙朔宫，到了集贤殿下，把王怀岁牵下车，丢在台阶下，回如意宫复命去了。

宋心湖独自迈过十二级台阶，推开了集贤殿的大门。十余个太学生正在殿中整理书册，见了宋心湖，皆行礼道：“慈镜先生回来了。”迎上来扶，宋心湖先问：“先帝实录写成了？”

太学生道：“写成了。书已抄成十份，一份留存在集贤殿，九份已送往九州的书院。”

宋心湖问：“千潺涧是如何写的？”

太学生便缄默，宋心湖又问：“书在哪里？”

一个道：“前朝二十帝的实录，都藏在顶楼的乾元阁。”

宋心湖便拾梯而上，到了七楼乾元阁，把堆放十九帝史册的书柜都略过去，径直到了桓帝的书柜前，拣出第十五卷展开，逐字逐句地瞧，瞧到千潺涧一节，只见上面写道：“时夏水盈涧，河苔滋蔓，佑坠马死，上闻耗，心裂而崩。”

他把这二十个字看来看去，竟看出一脸的笑意来。顷刻，他卷好书册，放归原位，走了下来，太学生们还在大殿中等着，见他脸色诡异，都试探道：“慈镜先生，可要更衣用膳？”

宋心湖道：“好，为我拌一杯醋芹，温一壶酒来。”

一个道："先生初出牢狱，身子衰弱，不宜饮酒。"

宋心湖道："此刻我千愁缠于一身，正该以酒解之，速去，速去。"

太学生不敢再驳，便去备了几样小菜和一壶淡酒来。宋心湖自斟了，道："你们去，我独自在集贤殿坐一坐。"

学生们便告退。出殿时，尚见宋心湖坦然送酒入喉，不见异样。学生们在殿外窃窃讨论了一阵，叹息着走了。走出二三里宫路，忽听四处宫人都惊叫道："走水了！走水了！"学生们回头一看，皇宫西方升起一缕浓烟，正是集贤殿的方向，学生们暗叫不好，连忙回身急走，一路遇见许多救火的宫人。到了集贤殿下，但见七层高楼已烧成了火柱，几百个宫人也救不过来，有两个学生慌道："慈镜先生出来没有？"

围观的宫人道："火一下子就涨开了，没人逃出来。"

有四五个学生闻言立刻往火楼冲去，宫人们叫道："你们去是送死！快回来！"却无一个学生犹豫，齐齐投身没入大殿，宫人们又叫："快泼水！快泼水！"

上百个骁禁卫从皇宫各处运水来救，却如杯水车薪，无济于事。眨眼的工夫，柱梁皆被烧断了，木楼喀啦啦几声裂响，向东南方倾下来，唬得宫人们四散而逃，逃不出十步，但觉足下一震，集贤殿塌了，屑飞烟散之中，大焉三百年来积存的史册，和几位士子一起化为灰烬。

9

崔太后又做噩梦了。她梦见大焉二十位故帝站在一片废墟中争吵，一帝道："灭史是亡国之记忆，辱士是折国之脊梁，闹到如今，是谁之过？"

另一帝道："妇人监国，乃是祸始。"

丈夫桓帝道："她是为了卫家的名声，为了卫熹，列祖列宗怪不得她。"

灵帝冷笑道："如何怪不得？她监国这数年，可有半分成就？世人都说我昏乱暴虐，我瞧她的任性妄为，还在我之上！从不闻有妇人会治国者！"

景帝道："如此下去，景桓两代的励精图治要前功尽弃，太后不废，大焉复兴无望。"

崔太后辩解道："我如何不会治国！我也在关心农桑，扶持商市，如今国家的户口畜积都胜过了景桓二世！我还在劝天子厉行节约……"

景帝道："集贤殿一桩罪，足以把一切功绩抹杀！千百代的士人，会因此对你大加唾骂！"

崔太后道："我没想到宋心湖会在殿中自焚，这也怪我吗？"

忽听一个声音道："老师？老师在哪儿？"

崔太后转身一看，前太子卫佑跌跌撞撞过来，头浮在脖上三寸，左右乱晃，道："谁在叫我的老师？他在哪儿？"便向崔太后扑过来，"你还我老师的命！"

崔太后惊叫一声，醒转过来，宫女们赶过来道："娘娘醒了。"

崔太后定了定神，问："什么时候了？"

宫女回："寅时一刻了。"

崔太后想到卯正还要上朝，忙起来梳洗，少时，宫人报："圣上来问安了。"

说完，卫熹趋步进堂问安，又道："母亲面色不太好，是为集贤殿下那些人吗？"

崔太后问："集贤殿下？怎么了？"

卫熹道："集贤殿一百五十士人在殿下坐了一夜。"

崔太后便起身，道："我们去看一看。"

出了如意宫，到了集贤殿，崔太后遥见百余士子盘膝而坐，人人尽着黑衫，似一片乌云降在殿下，卫熹悄声问："母亲，怎么办？"

崔太后道："别管他们，咱们上朝。"便叫御驾回头，去了太初殿。

百官朝拜之后，卫熹问："今日朝议何事？"

宰相端木拙道："回禀陛下、太后：老臣以为，今日首当议集贤殿之事。"

崔太后问："集贤殿？还议什么？"

端木拙道："议谁为焚史之难负责，为士子之死负责。"

崔太后道："难道这一切不是宋心湖酗酒之过？不是集贤殿管理不严之过？"

御史大夫孙泽羽出列道："太后差矣，宋心湖之死，死得其所。如今该追究的，是逼死宋心湖之人。"

崔太后反问："谁逼死了他？"

孙泽羽道："是太后！"

众官闻言大惊。崔太后道："我？"

孙泽羽道："太后要修史，士子便修史；太后要改史，士子不愿改史。这就是焚史之难的根源。如今真史被抹杀，士人殉葬，太后是头一等罪人。"

太仆寺卿张圣庆拄着拐，摇摇出列，道："老臣不能苟同孙大夫的话。"

孙泽羽便道："张寺卿请讲。"

张圣庆道："你口口声声说太后是罪人，请问太后犯了何罪？太后从始至终只做了一件事，便是命集贤殿修史，至于修史惹出的一串祸事，与太后何干？"

孙泽羽道："过不在修史，在改史。"

张圣庆道："谁说太后改史了？老臣只知龙朔宫下过修史的圣旨，不知几时下过改史的圣旨！"他扬起拐杖，指王怀岁道，"把中书舍人都叫来问一问，近来龙朔宫有没有下过一道命集贤殿篡改史实的圣旨。若有，拿出来给大家瞧一瞧，然后请太后和圣上写罪己诏！”

王怀岁笑道：“大夫说笑了。”

张圣庆道：“太后是叫别人写，实录若写错了，如何怪到太后这里！”

礼部尚书殷鹤明知故问：“那执笔者是谁？”

张圣庆道：“任他是谁，都违背了二圣好意，视写史为儿戏，肆意篡改，该对集贤殿失火、宋心湖自焚、众士子殉身的事负一切责任！”

崔太后心中似乎射入一线光，在困顿中照明了路，还未及详加思索，忽然一个宫人急急忙忙奔入朝堂，叫道：“太后，不好了！”

崔太后问：“怎么？”

宫人道：“上千士子都聚在宫外静坐，为宫中士子声援！”

崔太后从帘后出来，道：“我们去瞧瞧。”

车辇走了近半个时辰，到了龙朔宫正仪门，崔太后与百官站在门楼之上，但见宫城下一片霜色，仿佛全开元城的学子都到齐了，个个缟衣白冠，肃然为殉道士子护灵，见了太后百官，学子们垂袖而揖，齐声道：“史不容改，士不容辱！”

百官纷纷摇头，殷鹤叹道：“这些孩子，成何体统。学子就该在学堂读书，倒懂不懂的年纪，掺和什么窗外事？”

崔太后一言不发看了半晌，便命散朝，自乘辇归去了。

10

这个夜，崔太后无论如何也睡不着，翻来覆去几遍，忽然看见帐上王怀岁的影子细细长长地走过来，便问：“又有什么事？”

王怀岁赔笑道：“小奴还以为娘娘睡着了。这些奏疏，明日再看吧。”

崔太后问：“什么奏疏？”

王怀岁道：“几个州送上来的，各处学子都罢学了，全在节度使和刺史们的府衙前请愿，都是年轻文人，节度使们也不好动粗赶人。”

崔太后掀开帐子，命王怀岁在脚踏上坐了，问：“你说，现在如何是好？”

王怀岁道：“娘娘，今日张圣庆已经出了对策了。”

崔太后道：“全推在唐瑜身上，是吗？”

王怀岁道：“正是。”

崔太后道：“他是顺着我的旨意写的，是在维护我们卫家。”

王怀岁道："难道要娘娘向天下认错？娘娘是错不得的。"

崔太后道："是吗？"

王怀岁道："是。二圣的旨意，只能对，不能错，错的全是执行之人。"

崔太后遂道："我对唐瑜倒没什么，只是圣上向来敬爱他，如何和圣上说呢？"

王怀岁道："不如此刻，小奴去探探圣上的语气？"

崔太后想了想，道："你去问问，快去快回。"

王怀岁应了，出了如意宫，去了天子寝殿。卫熹已经睡下了，听说此节，急忙从暖阁中冲出来，要去找崔太后，王怀岁和一众宫人慌忙抱住，叫道："祖宗，这冰天雪地的，稍微吹了冻了，小奴万死莫赎！"

卫熹道："我去和母亲说！不许罚唐先生。"

王怀岁跪在他身前道："陛下不同意，小奴如实回禀娘娘就是了，不敢惊动陛下为一句话奔走！"

卫熹道："那你回母亲：唐瑜是天下最好的良师益友，若失了唐瑜，谁来教熹儿经国理政？"

王怀岁磕头道："小奴记住了。"

卫熹道："快去快去！"

王怀岁答应着去了，回到如意宫，崔太后问："圣上同意吗？"

王怀岁道："回娘娘，圣上不同意。"

崔太后问："圣上是如何说的？"

王怀岁道："圣上说，'唐瑜是天下最好的良师益友，若失了唐瑜，谁来为熹儿经国理政？'"

崔太后一凛，蓦地站起来，道："果真如此说？"

王怀岁道："小奴不敢隐瞒。"

崔太后心胸急剧起伏起来，道："唐瑜经国理政？"

王怀岁道："有件事，娘娘还不知道：圣上案头的奏疏，大多是唐瑜代为御批；圣上下发的圣旨，也多半是唐瑜授意。这朝廷好不好，有一半是唐瑜说了算了。"

崔太后便暗咬细牙，道："唐瑜留不得了。"

王怀岁道："那圣上那边……"

崔太后道："我不信大焉十三州再找不出一个好老师！不用管圣上，先叫中书舍人来，拟定治唐瑜的诏书。"

王怀岁应了，又问："娘娘要问问端木相公吗？"

崔太后道："他也是向着唐瑜的，问了反而坏事。这件事，如意宫自己定！"

王怀岁笑着应声，便转身出门找中书舍人去了。

11

天明后，流言比诏书更早出了龙朔宫，苏叶走在街上时，便听见了好几种说法。有人说崔太后要唐瑜为士子们偿命，昨夜子时已叫御宪台把他抓上沧山了，可苏叶记得丑时去怜玦轩外看时，还见他的影子映在窗上，这说法一定是假的；又有人说，圣上和端木拙一直为唐瑜力争，所以并没有判死罪，而是流放两千里，今早大理寺就会去抓人，苏叶便有些将信将疑；还有一些年长的老者推测，大焉历来以礼责官，太后断不至于如此严酷，多半只将他罢官，又做回庶民，苏叶心想，这已然是最好的结局了。

她其实不愿听见一切和唐瑜有关的闲言碎语，也不愿这个时候在街上走，可腹中的胎儿最近总在不安分地闹，她食不好也睡不稳，只好出门寻医。到了城中道兴街，见了蒋医师，望闻问切之后，医师说她是忧思成疾，伤及胎儿，开了一服舒缓情绪的药。苏叶取药出门，在玄武大道向北走了一段，便见一行宫人纵马而来，行人都道："好像是如意宫的人！"紧接着有人问："是去传旨给唐瑜吗？"

那行宫人飞驰而过，果然是去往开元府衙的方向。这一过路，仿佛是往江中倒下一盆鲜肉，路人们立时化身饥饿的鲇鱼，追着腥味儿游窜而去，苏叶原本也想去看个究竟，却赶不过四周争先恐后的人，怕伤了身中孩儿，便急急忙忙回了唐府，等待即将降临在唐家的命运。

唐瑜似乎已有预感，早上一到开元府，便叫来少尹和秘书丞，交付未竟的事宜，半日之后，他把手中公事详详尽尽托付了，便听门外叫："如意宫内侍监，来传太后懿旨！"

唐瑜出门，在庭中跪而听旨，王怀岁道："今有开元府尹唐瑜，任职四年，无所建明，城乱吏贪，灾异频发，不宜久居重位，故夺开元府尹，贬芦州楠杆郡砵县县令，并罚抄没房产家财，裁减奴仆侍婢，立执行。"

唐瑜接旨起身，王怀岁笑着拱手道："贺喜唐先生，要去体验两千里外风土人情了，将来有空回皇城，请为小奴带些芦州土产尝尝。"

唐瑜道："芦州穷山恶水，结的都是苦果，王少监果真要，我就为你带些回来。"

王怀岁冷笑道："那也要回得来才行。"拱手去了。

半个时辰后，凤阁遣了使者来，向唐瑜长揖道："下走奉端木相公之命，来向鸣玉致歉，未能谏阻如意宫下旨，相公心痛如绞。"

唐瑜道："与端木相公无关，相公不必抱愧。"

使者道："鸣玉若有诉求，请直言，端木相公一定倾力而为。"

唐瑜道："确有两件事，要烦相公相助。"

使者道："请说。"

唐瑜道："佩鱼巷唐府，是我家百年旧宅，若被夺走，唐家未归人回来找不到家。请相公向二圣谏言，留下唐府，容唐家无罪之人有一个安身之所。"

使者肃然道："是。"

唐瑜道："其二，集贤殿申寒峻，理识正远，执心贞固，有救时之能，相公当重用之。"

使者便问："鸣玉认为申寒峻当任何职？"

唐瑜道："可入礼部，掌广治学、弘文教等事。"

使者道："一定如实转达相公。"告辞去了。

稍后，卫熹也派了宫人来为他送行，宫人道："圣上要出宫来见，太后不许，只差小奴悄悄来看望先生，请先生千万保重。"

唐瑜道了谢，道："宦海浮沉乃寻常事，天子不必为唐瑜动肠。"

宫人凑近道："先生还有什么要叮嘱圣上吗？"

唐瑜便道："圣上的路，请圣上自己走。有人舍不得圣上遭遇荆棘坎坷，便想替圣上把路走完，可圣上终有一日会明白，该生的荆棘，一处也不会少；该经的坎坷，一处也躲不掉。请圣上推开庇护，只身向前去，只管去挫伤，去跌倒，去磨砺，有朝一日，靠自己双足把险阻都踏平，便是明君雄主了。"

宫人躬身谢道："多谢唐先生。"唐瑜回礼，宫人也告辞而去。

顷刻，开元府吏来报："申寒峻来了。"

唐瑜静坐着不起身，后道："告诉申先生：唐瑜今日走，不愿凝噎相看；唐瑜他年归，但愿把酒言欢。"

小吏得命去了。唐瑜把办公桌上的笔墨纸砚摆放整齐，走出门去。全开元府的官吏都来为他送行，唐瑜含笑下阶，向众人道："开元城乃天下中都，国家中心，开元府安城治郭之任最重，还请诸公多多费心。"

官吏们道："是。"

唐瑜走到行列尽头，不见侯望书，便问："侯望书呢？"

一个道："他母亲这几日病重，请了假在家照顾，还不知道府尹的事。"

唐瑜道："侯望书有时淘气不知礼数，也请诸公多多包涵。"

官吏们应了，唐瑜再向众人揖别，转身出了开元府门。

12

黄昏后，苏叶在房中收拾衣裳，涟儿掀帘进来，叹气道：“唐家又垮了。房子虽然保住了，可家奴婢子全被官家收走了，如今偌大的府里，只剩唐晋、唐冲和我了。”

苏叶把衣裳放在膝上叠，低头细声道：“你若不想伺候我了，也可以走。”

涟儿把眼睛一横，道：“我是伺候你吗？我是伺候三郎，还有他的孩子。”

苏叶便幽幽叹气。涟儿问：“你在做什么？”

苏叶道：“一会儿抄家的人要来了，我把三郎这几件贴身衣裳藏起来，怕被他们搜了去。”又问，“从前二郎给他的那把折扇呢？”

涟儿便去找，找着了，苏叶把扇子藏在衣裳里，又把衣裳塞入床垫下，便听惜环院外嘈嘈嚷嚷，两个到窗边一看，四五个宦官进来了，吓得两人不敢作声，眍眼那些人走梯子上来，苏叶怯声问：“二郎在哪儿？”

涟儿道：“满府都在查抄，他哪里顾得上咱们！”

话音刚落，帘子开了，几个宦官探了探脑，问：“就你们两个？”

涟儿道：“是。”

宦官问：“你们是什么人？”

涟儿道：“是唐珝的奴婢。”

宦官们便直身走进房，指东喝西，七手八脚翻检开了，不多时，唐珝的衫裤靴帽全被翻出来，宦官们品鉴道：“质地还不比宫里的差。”便这个在身上比画，那个往头上套戴，各自认领了；又把苏叶的衣饰刨一地，一个笑道：“这些送给相好的，要讨多少喜欢，可惜我没有相好的。”一个捡起一件绫纹织云锦裙扔给他，道：“拿这个送宫里雏儿。”也把苏叶的东西瓜分了干净；那妆匣中的金银首饰自然也逃不过，宦官们你争我夺，心思快的抢到了钗、梳、步摇、华胜、镯子；手脚慢的只捡到半只耳铛、扯断了的项链、用了半盒的胭脂，便拍手骂开了。

正闹个没完，惜环院外的宫人叫：“你们抄完没有？要走了。”宦官们应道：“就来！”理了理衣冠，一个个走出门去，谁知廊下笼中的思奴儿见场面热闹，便附和道：“且莫思归去，须尽笙歌此夕欢。”

领头宦官闻言驻足，笑道：“这扁毛畜生还真有意思。”伸手入笼去抓，苏叶慌忙跑出来道：“别捉它！”

那宦官手一用力，把鹦鹉捉了出来，苏叶急道：“金银首饰都给你们了，这只鸟儿就留给我。”

宦官笑嘻嘻道：“这畜生我也收着玩儿。”便收进怀中，思奴儿闷得直扑腾，苏叶一把抓住那宦官衣袖，道：“求你把鸟儿还我。”

宦官眼珠儿一转，笑道：“我的鸟儿，你要吗？”

听得众宦哄笑起来，道：“你还有鸟儿？胡扯。”

那宦官把苏叶的脸一捏，道：“来世我做个健全人，一定娶你做小老婆。”便闪身要走，苏叶拦住道：“还我！”宦官不耐烦，猛地把苏叶一推，道：“滚开！”

苏叶身弱，顿时摔在门槛边，那宦官又顺着一脚踹在她肚上，苏叶惊叫一声，疼得双目一黑，险些晕过去，涟儿吓得从房中出来，叫道：“你们别打她，她有身孕！”

那宦官又笑了，道：“有身孕？怎么看不出来？”

众宦一起打诨道：“果真看不出来，是不是假的？”

涟儿拦在苏叶身前，道：“不是假的！”

那宦官道：“要看看才知道。”

他一把拖开涟儿，去掀苏叶的裙子，苏叶叫道：“走开！”她站不起来，只能爬着往房中退，那宦官却跟了进来，笑道：“看看又怎的？我们给你检查检查，怀了几个月了。”向门外众宦招手道：“一起来耍耍。”众宦便嬉皮笑脸进了门，苏叶忙叫道：“出去！涟儿！”涟儿要冲进来，两个宦官拦在门口道：“你若多事，我们先打你！”涟儿胆小，便不敢再动，两宦径直把门关上了。四五个人围着地上的苏叶，把她上身下身一起亵弄，口中道：“瞧瞧怀的是男孩儿，还是女孩儿？”苏叶又疼又怒，挥着双手拦阻，尖叫道：“别碰我！”却敌不过十多只肮脏的手。不多时，她的衣裙都被褪光了，赤裸的身子被众宦全瞧在眼底，一个啧啧赞道：“真真是世上难见的尤物。”领头宦官脖子耳朵涨得通红，忍不住道：“你们出去。”众宦涎皮道：“你又不行，叫我们出去也没用。”那宦官道：“滚出去！”众宦便讪讪起身，才挪步，他便急不可耐趴在苏叶身上，苏叶心胆俱裂，叫道：“走开！走开！涟儿！”被粗重身子磨压之下，苏叶的腹更是剧痛难忍，连声哭叫：“涟儿！涟儿！救我！”

房门砰地开了，苏叶透过婆娑的泪眼，看见唐冲和唐晋来了，唐瑜也来了，宦官们慌忙择路而逃，唐冲和唐晋手执长棍追打了出去，唐瑜捡起地上的衣衫，罩住了她，苏叶急道：“思奴儿！不许他们带走思奴儿！”说完周身一冷，晕了过去。

不知过了多久，苏叶在暖衾中醒来了。烛光跃入红绡帐，似乎此夜和从前一样安稳，可是，帐外的蒋医工在叹气，向帘外道：“那孩子与世无缘，已经去了。”苏叶闻言，两行清泪落湿了枕巾。她看向帘外，唐瑜立在那里，身影是说不出的僵硬，苏叶分明听见他心中在说：“我欠下了你，欠下了三郎，一生也还不清了。”她却不知该不该回应。只有思奴儿在唐瑜身后笼中安然待着，它并不知帘内帘外人的两重悲苦，还欢快地叫：“几度凤楼同饮宴，此夕相逢，却胜当时见。”

13

翌日，吏部使者送来从七品硃县县令的官印，道：“如意宫有旨意，请唐鸣玉今日务必启程赴任。”

唐瑜收了官印。他独自在房中收拾了行李，出了门来，看见唐晋立在庭中等他，便道：“你留下，不用随我去。”

唐晋不解，问：“二郎？”

唐瑜道：“你若也走了，家中男子只剩三郎和唐冲，他们两个一般冒失，我不放心，只有你在家中照看着，我才能心安。”

唐晋道：“可此去芦州二千里，你一人怎么行？那芦北盗匪横行，刁民遍地，倘若在路上被打劫……”

唐瑜便道：“是吗？那非唐瑜去治理不可了。”

唐晋顿足道：“我若是二郎，宁肯辞官！”

唐瑜便默默往庭外去，唐晋在后跟着，唐瑜道：“后日三郎该回来了，他知道了这些事，一定会闹。你告诉他，休怨任何人，勿做出格事。为了将来团聚，我可以受难，他也可以忍耐。”

唐晋应了。二人走出府门，唐瑜转头看了看门楣上的唐府匾额，道：“又积了尘，三郎回来后，叫他把匾额擦一擦。”

唐晋也应了。两厢别过，唐瑜下阶牵了海云阑，独自往佩鱼巷外去，嗒嗒马蹄走到巷口，却见街边系着一匹瘦马，边上蹲着一个穿斩衰的服丧人，听见蹄声，他抬起头来，却是侯望书，见了唐瑜，他红着眼圈儿起身叫道：“唐府尹。”

唐瑜问：“你这是？”

侯望书道：“我母亲昨夜没了。”

唐瑜便低声叹息，侯望书道：“府尹，我，我以后就是孤儿了。”

唐瑜道：“你若愿意，可以住到唐府来。”

侯望书道：“不，我随你去芦州。”

唐瑜道：“芦州可没什么好玩的。”

侯望书道：“我给你做个伴。”

唐瑜道：“你可想好了？此去两千里，反悔也难回来了。”

侯望书道：“不悔。只有和府尹一起，侯望书才是侯望书，不是猴毛儿。”

唐瑜便在他肩头轻轻一拍，算是许了，侯望书解了瘦马缰，随唐瑜出了佩鱼巷。夕阳西下时，二人出了东城门，过了折柳桥，侯望书回望皇城，道：“府尹，要是咱们回不来，这就是最后一次看开元城了。”

唐瑜却不回头，自牵马向前去，道：“路遥日暮，何必回首。”

侯望书却似没听见，他定定看着折柳桥的那头，忽然道：“府尹！”

唐瑜停下问：“什么？”

侯望书手指远处，叫道：“那是，那是……”

唐瑜顺着他手指的方向看去，夕阳余晖中，一个娇小的身影向他奔来，他先是一愣，忽然丢了马缰，疾步迎了过去，不多时，在霭色暖暖的折柳桥上，他和明幽又相遇了。

明幽气喘吁吁地笑，指了指自己的咽喉，涩声道：“嗓子哑了，我叫你，你竟没听见。”

唐瑜道：“对不起，对不起。”

明幽吐了吐舌，道：“我又逃出来了。”

唐瑜道：“多时不见，还是这样淘气。”

明幽虽又累又憔悴，却还有一股打压不去的活泼气，小得意道：“明府后花园，桃林后的墙矮了一截，抱两块石头堆上去，再踩上花窗，就可以翻上墙头，在墙上弯弯绕绕走一阵儿，就出后巷了，只要不把瓦踩下去，谁也发现不了。”

唐瑜心中悲喜交集，面上犹开玩笑问：“那唐二夫人逃出来，是要去哪儿？”

明幽道：“唐二郎去哪儿，唐二夫人就去哪儿。”

唐瑜道：“我要去芦州。”

明幽道：“我也去芦州。”

唐瑜道：“小儿有谚：芦州芜，芦人苦，天如炉，地如腐。唐二夫人怕不怕？”

明幽喃喃念道：“天如炉，地如腐……竟有这样的地方？”

唐瑜道：“是。”

明幽悠悠转着眸子，故意想了许久，方道：“我们已历过了繁华，现在，你带我去看看荒芜吧。”

唐瑜轻轻笑，道：“好。”便向明幽伸出手，明幽笑吟吟过来挽住了，随他下了折柳桥，见过侯望书，三个一起上马，往未离原的东北而去。

14

城门将闭的前一刻，一匹白龙马从城中飞奔而出，驰过折柳桥。冬野寥廓，四下无人，马上的蝉衣焦急不已，先打马往东追了一里，再转马向北追了二里，却还是没有追到明幽的身影。

孙牧野去夜州后不久，蝉衣便进了云阶寺，日夜修行，不问世事。她在大焉这些年，已不自觉融入了这国家，如今她对开元城一百零八条街都了如指掌，也习惯了大焉的饮食，说顺了大焉的口音，忽然有一日，一个问路的外乡人笑问“娘子是大焉哪里人”，她才猛然意识到，自己已被大焉俘虏了。她恼恨起自己来，遂背身躲入方外净地，连明幽和苏叶也拒之门外，仿佛两个小女子也是来软化自己的阴谋。

直至今日，蝉衣听见几个香客闲聊，方知这段时间的变故，心中悔痛，急忙下了梵音山，先去唐府，打听到唐瑜已启程，后去明家，见府中大乱，在寻明幽，便猜想明幽一定随唐瑜去了芦州，追来送别，却还是迟了一步，明幽早已消失在天际下。

身后的开元城响起暮鼓，城门在催关了，蝉衣依依不舍看了看东北方，无奈打马回了城，心中念着，不知明幽几时回来，几时再见，她此刻还不知道，她与明幽已成永别。

第五十一章 昔日恩仇

1

又过两日，大焉允治六年的除夕到了。蝉衣中午离了云阶寺，领着星官儿回了燕然巷，一进门，门仆陈留便笑道：“果然是团圆夜，孙二郎才回来，娘子也回来了。”

星官儿听了，便要钻进府寻人，蝉衣偏把它拉住，呵斥道：“你就这样想他！”勒令它和自己慢慢走。走到荷池，先见武器毡包堆在一旁，再走十余步，便见孙牧野背对自己，半跪池边，把池水舀进一个花钵，那背影专心得很，竟听不见一人一虎过来的动静，星官儿一个长跃过去，趴在孙牧野背上，孙牧野反手过来拍拍它，还去舀水，蝉衣走过去，在他身边站住了，孙牧野抬头看了看她，捡起身边一个小布包，道：“蜀水花种子。”

蝉衣不解，问：“什么？”

孙牧野道：“从夜州采的蜀水花种子。”他从包里抓出种子来，撒入钵中，“到春日开花后你看，是不是比未离原的香。”

蝉衣只站着瞧他忙活，一语不发，忽然小路那头现出一个陌生人，远远作揖道：“那边可是右将军？”

孙牧野起身问：“你是谁？”

那人再揖道：“下走是恭王府丞。现有涅火军校尉唐珝在王府门前闹事，侍卫们捉拿他虽易，恭王却顾全大局，不愿伤了王师和右将军的颜面，故遣下走来报一声，将军若得空，就请把唐珝领回去。”

孙牧野一听，便和府丞出了孙府。蝉衣把花钵看了半晌，俯身舀半勺水添上了。

2

王府门前，唐字营一百多个士兵全聚齐了。唐玥气势汹汹如一头小狮，手持金环刀向府内喝道：“恭王出来！你和我当面对质！”士兵们皆道：“打进去！”只有唐晋和唐冲两个在拦，哪里拦得住。隔着府门，一个侍卫在内叫道：“你兄长自己修史修岔了，和千岁有什么关系？你有胆，去龙朔宫闹！”

唐玥更是大怒，道：“恭王用的那些阴谋诡计谁不知道！他若敢作敢当，就叫他出来！”

语声传进去，侍卫们都道：“他在公然辱骂千岁。”一个道：“把他抓了算了。”另一个道：“还是去请恭王示下。”

于是到了寿阳观，禀报了恭王。恭王端端正正服下丹丸，淡然道：“世道不同了，这些孩子是闹上天也不怕的，你今日抓他，明日涅火军就敢来砸王府的门，难道要我们和他们真刀真枪打一场？赢了也没什么脸面，孙牧野把他带走就是了——孙牧野来了没有？”

府人回：“府丞去了大半日，多半要来了。”

唐玥在外叫了半晌无人理会，又道：“再不出来，我可砸门了！”

府中不应，唐玥便三步两步迈上阶，挥起金环刀力劈王府大门，却没注意士兵们忽然全没了声儿，才劈了两下，高扬的右手突地被人擒住，他勃然大怒，转头道：“你做什么？！”

话出一半，对上了孙牧野严冷的眼，唐玥一愣，兀自倔道：“你做什么？”

孙牧野道：“回去。”

唐玥道：“不！我要见恭王！”

孙牧野道：“回去！”

唐玥道：“我不回去！我哥哥被恭王陷害了，我要找他算账！”

孙牧野的手猛一使劲，把唐玥拖下了阶，唐玥大叫：“我哥哥去芦州了！被他们害走了！”

孙牧野一拖三五步，唐玥踉跄着，拼命挣扎，道：“你别管！这是我的事！我哥哥走了！”

孙牧野停下脚步，盯紧了唐玥。

唐玥问：“怎、怎么？”

孙牧野冷然道：“我哥哥死了。”

唐玥问：“什么？”

孙牧野不再答，拖着唐珝大步走，又向众士兵道：“都回家去过年！”

到了佩鱼巷，孙牧野推着唐珝进了唐府门，唐珝回到家，眼中才滚出两颗泪珠来，又赶忙擦去。孙牧野问：“年夜饭吃什么？”

唐珝道：“我不吃。”

孙牧野挽袖子道：“我去做。厨房在哪里？”

唐晋带着孙牧野到了唐家厨下。厨门边系着一只兔，案上有半边羊肉，池中有两条鱼，篮中许多蔬菜。他把羊肉切块，用黄酒和姜汁渍了三刻，然后把肉块和葱蒜用大火翻炒，倒水焖煮，再放萝卜、当归、党参、蘑菇入锅，加盐、花椒、八角一起细熬；趁熬汤的时候，他宰鱼去鳞，杀兔褪毛，肉全切成薄片；把白菜、菠菜、莴菜叶也洗净了，各自分篮装好。半个时辰后，羊肉汤的香气把半个唐府都罩住了。

唐珝还在惜环院一楼的小厅里坐着发呆，孙牧野右手端铜锅，左手提两篮肉蔬，腋弯夹一坛剑南烧春进门，道：“接一下。”

唐珝上前接了铜锅，安在炉上，孙牧野把火拨旺，让铜锅在上沸腾，分了碗筷给唐珝，自己夹一片鱼肉，涮了涮，捞出来一尝，又添了些花椒进去。忽然窗户翻红，照得满室生光，又闻爆竹声在四面八方唱和，孙牧野道：“家家都在吃年夜饭了。”

唐珝抽了抽鼻子，开坛倒了两碗酒，一碗递给孙牧野，道：“不知唐二现在走到哪里了。”

孙牧野道：“想来已经进芦州了。”

唐珝道：“也不知他们有没有年夜饭吃。”

孙牧野道：“驿站也有年夜饭。”

唐珝叹了口气，喝了一大口酒，孙牧野也喝了一口。

唐珝问：“你恨吗？”

孙牧野道：“恨谁？”

唐珝道：“让你失去哥哥的人。”

孙牧野沉默良久，后道：“恨。我恨派他修栈道的卒子，恨判我们株连罪的人，恨叛国投敌的父亲。”

唐珝道：“那，你的恨如何消解？”

孙牧野道：“打云州念波城。收回这座城，我就解脱了，不恨了。”

唐珝道：“云州念波城……是你父亲叛卖的城池吗？”

孙牧野点头，将酒一饮见底，道：“你的恨要消解，比我简单得多。”

唐珝问：“我要怎么做？”

孙牧野道：“好好干，你越争气，你兄长回来的机会越大。”

唐琊道："等我也有了千军万马，就谁也不敢欺负唐二了。"

孙牧野道："过两年，檀州就是你的战场，你要做好准备。"

唐琊道："何止打檀州？将来，将来我要随你打念波。"

孙牧野一笑，向他举了举酒碗，唐琊也举了，两个对饮而尽。

惜环院的二楼房中，也煮着一只小铜锅，苏叶半倚榻上，并不动箸，蝉衣便轻声道："他是粗人，只会做这些浓膻的食物，我去为你煮些清淡的来，如何？"

苏叶怅然道："不，姐姐，纵是玉食金肴，我此刻也吃不下。"

蝉衣道："我知道，你还在担心幽儿和唐二郎。"

苏叶道："姐姐，我失去的不只幽儿和二郎。"

蝉衣问："什么？"

苏叶一语未出，泪光先现，便把话咽了回去。蝉衣看了看苏叶苍白的容颜，又见她双手始终护在肚上，忽地醒悟，问："你有身孕了？"

苏叶珠泪滚落，道："现在没了。这孩子前几日还在我的肚中闹呢。"

蝉衣心中一颤，几番欲言又止，道："我，我也不知怎么劝你了。"

苏叶道："那些宫人，去了势的宫人，他们为何……"她不知该怎么说，便用发抖的手在虚空中比画，要把那屈辱的场景向蝉衣倾诉，"为何也要侮辱我？"

蝉衣忙把她的手握住，道："他们的心也残缺了。"

苏叶道："我不明白，为何总是我。姐姐，你说，难道是我上一世害了许多男子，所以这一世，他们……他们……"

蝉衣道："别胡思乱想，不是你的错。"

苏叶凄然问道："那为何永远是我呢？"

她一哭，那窗外流光溢彩的烟火也颓黯下去，蝉衣叹了口气，心中悄道："她若生了一张平常的面孔，或许还能有宁和的一生吧。"

忽听得唐琊在楼下叫："唐冲，再去提几坛剑南烧春来。"苏叶忙拭去泪，向蝉衣道："姐姐，你别和三郎说，他还什么也不知道。"

蝉衣道："你有身孕的事，他也不知道？"

苏叶道："我怕他在夜州练兵不安心，不敢和他说，如今看来，幸好他不知道。他失去兄长，本就心里不痛快，再知道这件事，又不知要发作成什么样。"

蝉衣便道："好。"

锅中白羊汤沸了半晌，蝉衣舀起两勺来，吹冷了，叫苏叶喝下，苏叶慢慢喝了，道："这做汤人的手艺，姐姐真该好生尝尝。"

蝉衣口中道："有什么好尝的？"却不自觉举勺抿了一口。

苏叶问："姐姐，你和孙将军好没好？"

蝉衣反问："什么叫好？"

苏叶道："要么把心给他，要么把身给他。"

蝉衣道："我的心给了你和幽儿，身给了云阶寺。"

苏叶道："那为何他一从夜州回来，你就从云阶寺还俗呢？"

须臾，蝉衣道："我明日还回云阶寺去。"

苏叶忙拉住她的手，道："姐姐，我说着玩的，你多陪陪我。"

蝉衣道："那就不许提他了。"

偏偏孙牧野的说话声从楼下时不时传来，苏叶幽幽道："提不提，他都在，姐姐躲不掉。"

蝉衣不语。苏叶道："姐姐，我想你和孙将军好。"

蝉衣嗔道："你倒偏向他，来赚我呢。"

苏叶道："不，我是有私心的。"

蝉衣问："怎么？"

苏叶道："我没了孩子，没了幽儿，不敢再没有你。我真怕有一日醒来，你却离开了开元城，离开了大焉，再也找不到了。"

蝉衣无端端出神起来，苏叶道："你就应了孙将军，成不成？你嫁给他，就永远不会离开了。我若想你了，可以随时去孙府找你；你若想我了，也随时来唐府找我。将来三郎和孙将军出去打仗，咱们两个就住在一处，等待的时日就不会寂寞了。"

蝉衣却道："我是嫁了人的。"

苏叶道："可公子醇早从世间消失了，你等不到他了。"

蝉衣道："他还活着。他若死了，全天下都会知道，若无消息，就是活着。"

苏叶道："若他已过上平民百姓的日子呢？若他已娶了别人呢？"

蝉衣喃喃道："娶别人？"

苏叶道："你们离别已近十年，他对你的心，不知还剩下几分，若他遇见别的美人……"

蝉衣道："他不会。"

苏叶道："我不信男人。"

蝉衣道："你若知道我和他经历过什么，就会信他了。"

片刻沉寂之后，两人同时叹了一气。楼下此刻也安静得很，苏叶挂念唐珝，因道："我去看看他们。"蝉衣忙把她按住，道："外面冷，我去。"她出了门，下到一楼，把窗户轻轻推开一线，看见一锅汤还在煮，酒坛子倒了许多，而唐珝仰躺在座席上，孙牧野俯卧在毛毯上，都醉眠了。

3

不只是开元城，未离原上的除夕节也十分热闹，沧山虽然萧索，那山下村庄的爆竹响、鸡犬吠还是遥遥传了上来，修儿站在溪边俯看原上，杜若在厨下忙了半日，出来问：“修儿，你在做什么？”

修儿道：“阿娘，山下过年真热闹。”

杜若道：“过来帮阿娘放食案。”

修儿便跑去竹屋，摆了两张食案、两张座席，杜若先后端了两碗水煮鲜鱼、两盘蒸茄、两碗平菇葱汤、两盘蜂蜜炖肉块、两碗稷饭来，分放两张食案上，修儿坐上右边一席，杜若却道：“阿娘今早如何说的？慎终追远，除夕勿忘祭拜祖先。”便牵了修儿的手，出了竹屋，到了小溪边，吩咐修儿面西而跪，修儿便问：“祖先在西边吗？”

杜若道：“是。”

修儿道：“他们在那边做什么？”

杜若道：“他们已长眠了。”说毕，将一杯屠苏酒倾入小溪，吩咐修儿九拜列祖列宗，修儿依言拜了，杜若这才带他返回竹屋，一个坐左席，一个坐右席，修儿又问：“为何只有我们两个？”

杜若问：“怎么？”

修儿道：“山下农家过年，好多亲戚。我们的亲戚呢？”

杜若道：“我们没有别的亲戚了，阿娘只有你，你也只有阿娘。”

修儿道：“和别人家不一样。”

杜若道：“是。”

修儿等母亲动了箸，自己才举筷，忽而又问：“薛台令呢？”

杜若道：“薛台令今日不来授课。”

修儿道.“他也要过年？”

杜若道：“是。”

修儿道：“他和谁过年？他有阿娘没有？”

杜若道：“修儿，你的问话越来越多了。”

修儿不吭气了，先夹一筷鱼丝吃，又放下筷子，拿勺子舀稷饭吃。杜若却忧心忡忡，无心进食。修儿八岁了，越长大，他心中的疑问会越多。他若始终庸钝如农家子，倒是好事，可他偏偏善思勤学，颖悟过人——终究是流淌卫氏血液的子孙。杜若隐约觉察到，修儿的成长，很快便将不由自己掌控了。

吃过年夜饭，修儿帮母亲收拾餐具到厨下，见锅中还有一条鱼、一碗蜂蜜肉块、一盘蒸茄，想是母亲以为薛让会来，为他准备的，可他到底没来。母亲道：“这些放在灶边，明日吃。”说完便去屋后洗碗，修儿想了想，取过一只竹篮来，把鱼、肉、茄都摆进去，提上竹篮，向屋后道：“阿娘，我去桥那边走一走。”

杜若道：“一刻之后就回来。”

修儿应了，提着竹篮出了门，过了溪，也穿出了竹林。既然母亲也为薛让准备了饭菜，说明薛让没去别的地方过年，原本会来，可为何又没来？修儿一直蒙母亲和薛让的教导，知道尊师敬长的道理，他不愿薛让冷冷清清过节，便好心为他送年夜饭去。

修儿不知道薛让是做什么的，也不知道他住在何处，每回见到他时，他都是从竹林里慢慢踱出来，可回去时，是去了哪里？修儿出竹林后便迷糊了。后山这一片，从来人迹罕至，这条羊肠小道下到山脚，是个小村庄，薛让和村里那些人衣裳举止都不一样，肯定不是在那里。后山不在，莫非在前山？可母亲一直说，前山有凶兽，专咬人的手指头吃，不许自己去，这可如何是好？修儿纠结了顷刻，还是往前山而去。

沧山虽不绵阔，却崎险，一条杂草路想必是农夫和薛让踩出来的，歪歪斜斜，隔三五步便蹲着一只蛤蟆；走过十几步，便是陷坑，再走百来步，又是矮崖，修儿小心翼翼护着篮中食，走了半个多时辰，方转到了山前。这是向西一方，修儿眺望山下，竟有一座灯火辉煌的城池。修儿知道这是开元城，他只去过两三次，是母亲带他走后山，在原上绕了一大个圈才走到，他本以为这城离自己极遥远，谁知就在眼下。修儿看见大街小巷都有爆竹闪光，原来世上还有千万户人家也在过节。修儿看了一阵，继续往前走，此时山路渐渐平缓了，走了千多步，便见一座庄子立在前方，庄前果然有一头凶兽，五丈高的身躯，铜尾铁头，龇牙咧嘴，修儿不知它会不会吃人手指头，他在暗处静静观察，见凶兽始终一动不动，便折一根木棍在手，要过去试探，忽然凶兽身后的庄门开了，修儿警觉地躲了回去。

一个身影从庄中走出来，正是薛让，他回头向法吏道：“关门，我今夜不回来。”法吏应道：“是。”把庄门关闭了。薛让慢步离了山庄，却不走修儿来的路，反而往更僻远处去，修儿狐疑起来，悄然跟踪而去。

走到看不见直辨堂和獬豸像的时候，薛让钻进一片松林，借着残星弱光走，全然不知身后五六丈处还有一个人。越往密林深处，修儿的猎奇之心越重，不需人教，他自觉屏住呼吸，走得轻，迈得徐，没有惊动四周分毫，只有那一篮食物还紧紧提着，不知几时才能给薛让。

走了大约半个时辰，到了松林尽头，是一片厚苔遍布的绝壁，薛让沿着山壁向东行了八百余步，忽而身子往壁上一闪，竟不见了，修儿踩着他的足迹过来，把枝叶杂草都拂开，发现山壁上有个二尺宽、六尺高的缝，濡臭的风从缝中吹出来，令人后脊发寒。修儿稍做迟疑，还是侧身挤了进去，十多步后，山缝越走越宽，可容他正身前行了，又走[illegible]十来步，忽然前面一亮，修儿忙止了步，身子贴住山壁看去，是薛让点亮了火折子，里面现出一个三四丈方圆的洞屋子来。

薛让用火折子点燃了洞壁上的火把，向洞屋暗处道："我来看你了。"

暗处有一汪水潭，谭边有一个铁笼，笼中却不知是人是兽，闻声动了一动，薛让去笼边坐下，从怀中取出一壶酒、两只酒杯，道："今日是除夕，我来陪你过年。"

笼中物慢慢坐起来，竟是个老人，脸埋在数尺长的须发中，不知从前是何模样。

薛让倒了酒，递杯进笼，老人接了。薛让道："又到了年终回顾的时候，我来向你禀报，这一年御宪台做了些什么。这是御宪台成功之年，也是失败之年。今年御宪台处理刑讼四百五十八件，惩治不法之徒七百二十八人，无一人冤屈，此为成；而案发数和罪徒数远少于当年，此为败。"

薛让又道："当年你我共事之时，御宪台之势何其兴盛，一年斩首的罪徒也有三两千，西市口的血腥气经年不散，国家才迎来风清弊绝、国泰民安的曙光。可这五年，不是沧山一处说了算了，大理寺、刑部、御史台分权掣肘，让多少该死之人还苟活世上。"他长叹了一口气，"年复一年，时不我待。御宪台不能再退让了。明日之后便是新年，沧山也将气象一新。"

那老人终于启口问道："怎么？"

薛让道："十日前，恭王服丹服岔了，一丸下去，五脏六腑烧了一半，卧床不起，他上疏龙朔宫，说是丹药被人下毒，请二圣做主捉拿凶手。三日前，唐瑜倒了，削封策废了，太后不得不修补和七王的关系，便命三法司联合追查。当日查出，是丹丸中的雌黄含了砒霜，于是把卖雌黄的西市商人逮捕。这商人，是一家三兄弟，和沧山有些瓜葛，我自请回避，只有大理寺和刑部参与此案。一夜之后，三兄弟认罪，说是王府在他家买了几年的药方，欠了上千金不给，因此怀恨在心，犯险投毒。天明之后，三兄弟被押赴刑场，当众斩决。大理寺和刑部的效率，多少年没这样快了。"

薛让有意停了停，又笑道："刑场的血还没干，恭王府竟另送了一人去投案，却是伺候恭王炼丹的小道士。这小道士当日还想往雌黄中抹砒霜，被当场捉住打了个半死，送去大理寺没多久，就一命呜呼，怀中还有半包没来得及放的砒霜。无论如何，那三兄弟是被冤杀了。真相一出，举城哗然，大理寺卿林玺和刑部尚书雷英如今成了热锅上的蚂蚁，眼看着要从位置上摔下来了。"

那老人伸出空杯来，薛让为他续满。老人道："是你给恭王出的主意？"

薛让道："是。恭王此刻已进宫和太后商讨善后之事，其中一件，便是大理寺和刑部靠不住，残局非御宪台出面收拾不可。"

老人道："沧山又要再起了。你还如当年一样绝断。打不倒你，就打不倒沧山。"

薛让道："御宪台交给我，你尽管放心。你为御宪台一生鞠躬尽瘁，我不能辜负了你。"

老人缓缓问："那你几时放我出去？"

薛让沉默长时，道："我不能让天下知道，景帝之死，与我有关——他药中的鬼笔菌汁，是我给卫佑的。"

老人道："事过境迁，我不会和任何人提起，我只想出这山洞。"

薛让道："你也是御宪台出身，你答应过那些囚徒的出狱请求吗？"

老人叹道："当初我待你如子，如今却成了你的笼中囚，是我自己错了。"

薛让道："你若糊涂些，也许至今还是御宪台令，我还是你的下属。可你偏偏微察秋毫，发觉了我和卫佑的往来。卫佑在先帝饮食中滴毒汁，滴了三年，宫人奉御一概不知，竟被你知晓，不愧为御宪台第一令。"

老人道："卫佑即位心切，要谋杀景帝，还算是个理由；可景帝一直看重你，你为何要助纣为虐？"

薛让道："因为卫鸯也想篡位。若让卫鸯抢占先机，夺得皇位，沧山必被架空，故我们只能先下手，让卫佑即位。卫佑乃庸主，庸主座下方出能臣。可你却试图向景帝告发我。我若没发现残留的鬼笔菌失踪，早被你送至景帝御座之前，我也早被凌迟处死了。"

老人半晌又道："皆往矣，皆往矣，如今景帝死了，卫佑死了，卫鸯也死了，昔日恩仇，一笔勾销，如何？"

薛让道："我不敢放你出去。"

老人道："我在这笼里关了十二年，你纵然放我出笼，我也站不直身子，你纵然放我出洞，我也看不清日月光明，还担心我告发你吗？我没那个心了，我只想下山去，远远听一回老妻和三子说话，只听一回，就可以死了。"

薛让道："沧山容不下一丝仁慈和疏忽，这是你曾教我的道理。"

老人便惨然笑道："作法自毙，是执法者自古以来的宿命。"

薛让道："御宪台是在谭良洲任上崛起，当受薛让三拜。"说完，郑重伏地，叩首三回，道，"我过些日子再来看你。"说毕起身便走，那过道上的修儿正无处可躲，薛让忽又站住，道："还有一件事，忘了告诉你。"

谭良洲问："什么？"

薛让道："那被错杀的三兄弟，是你的三个儿子。你'死'之后，他们也离开了官场，做起了商人，阴错阳差和恭王府攀结了生意，以致如今之祸。我之所以回避此案，就是因为他们的父亲是我从前的上司。在西市口处决的时候，他们的母亲也当场撞树而死。"

谭良洲愣住了。薛让继续走，不出十步，谭良洲抓住笼子狂叫道："薛让！你杀了我！"

薛让转身问："什么？"

谭良洲道："我可以死了！你杀了我！休再一年一年折磨我了！"

薛让道："你对我有知遇之恩，我如何忍心杀你？"

谭良洲道："你当真感恩？你记得是我把你从国子监提拔到沧山的吗？你记得是我极力向景帝推荐你吗？你记得是我始终对你委以重任吗？"

薛让道："我记得。"

谭良洲道："此刻就是你报答的时候了！让我死！"他猛地扯开褴褛的衣裳，露出瘦骨嶙峋的胸膛，"我死了，你也解脱了！"

薛让便缓步走了回来。修儿隐隐见他从腰间解下一条细鞭，在手中绕来绕去犹豫不定，谭良洲厉呼道："勒死我，你我两清了！"

薛让问："我杀了你，就不欠你的恩情了？"

谭良洲道："不欠了，都清了！"

薛让便抽鞭入笼，绕上谭良洲的脖颈，双手用力一扯，鞭子一下嵌入谭良洲的咽喉，他先是"咯咯"作声，挣扎干呕，又"咝咝"地不知倾诉什么，终于，求死之声冲开鞭子的禁锢，破喉而出，吓得山洞都颤抖起来，薛让的手不敢松，咬牙道："我不欠你！也不欠景帝！我会把他抚养成人，送他登上……"话音未落，谭良洲的头一歪，咽了气。

薛让松了手，靠在笼上喘气，忽闻东西落地之声，而后是仓促逃走的脚步声，薛让大惊，喝问："谁？"

他追过来，看见一个竹篮歪在地上，半条鱼掉了出来，薛让把鱼拈起闻了一闻，便急步出了山洞，可是松影摇摆，人已不见了。

4

谭良洲临死前的嘶号像千百只厉鼠，在修儿耳中又撞又闹，把他的心噬空了。他恍恍惚惚逃出松林，却忘了来时方向。天上无光，地上无路，东南西北含混不清，修儿稍一迟疑，却仿佛听见薛让挥着鞭子一步一步走近，只好往西边而去。枯木杂草齐腰深，把他拦了一层又一层，似乎存心要拖慢他、困住他；他用双手划开拦截，努力寻找竹林的方位，可直觉告诉他，他已离家越来越远。山下也没了光景，不见城，不见村，仿佛撞入了一座无边无际的黑色死穴。不知怎的，他隐约听见母亲在叫："修儿！修儿！"待要答应，却见身后草丛影子一闪，大概是薛让追过来了，修儿咽下回应，继续往西逃命，扑腾了百来步，突然脚下踩空，身前竟是斜崖，他收势不及，一栽倒，向崖底滚了去。

修儿醒来时，星辰如芒，把溪水照出一片紫气，他已回到了竹林桥上，再清醒些，他发觉自己伏在一人背上，却是薛让，修儿忙道："放开我！"伸手去推，可一根鞭子早把他和薛让紧紧绑在一起，修儿叫道："你杀人了！"

身边的母亲忙扶住他，道："修儿，怎么了？"

薛让道："他梦魇了。"

修儿道："不是梦，你真的杀人了！"

薛让问杜若："他几时开始梦游的？"

杜若惊疑道："我不知道，傍晚还好好的，只说过桥走一走，不知……"

修儿道："他就是杀人了！我亲眼见到的！"他用力一挣，和薛让一起翻倒，两人滚下桥，鞭子断了，修儿跌在一边，薛让起身去扶他，修儿伸腿一踢，大声道："你离我远些！你是杀人犯！"

杜若赶过来扶，焦急道："这是怎么了！"

修儿伸手一指这幽谷，道："这也是个山洞，那屋子就是笼子！他把我们关在这里，十年，二十年，然后要杀了我们！"

想到洞中惨状，修儿浑身发抖，道："母亲，我们是他的囚犯，早晚要被他杀死！"

薛让向杜若道："去烧些热水，给他洗浴，好生哄他上床睡觉。"

杜若犹豫不去，薛让道："你先去，我有话和他说。"

杜若只好先去了。薛让向修儿道："你在梦里见的是假的。"

修儿道："是真的。"

薛让道："你和他不一样。"

修儿道："这里也是笼子，我们也是犯人，你要困我们多久？你几时杀我们？"

薛让轻声道："若没有我，你不会来到这世上。我看着你从婴儿长成少年，我一岁一年等着你长大成人，我怎会杀你？"

修儿愣住了。

薛让伸手，去抚修儿的头发，道："这里不是囚牢，是你和你母亲的家，是我舍命为你们安下的家。现在，你去家中睡下，天明之后，梦就消了。"

修儿却问："你是谁？"

薛让道："我是薛让。"

修儿问："你是我的谁？"

薛让道："是你的老师。"

修儿长长呼了几口气，问出了他长久以来的疑问："你是不是我父亲？"

薛让道："不是。"

修儿问："那我父亲是谁？"

薛让往西一指，道："他死了，墓在西方，有朝一日，我带你去见他。"

就在此时，杜若出了屋，叫道："修儿！"

修儿把薛让看了看，再不说话，起身回屋去了。杜若过来，和薛让交谈了几句，送他过桥，转回竹屋，见修儿已在床上躺下，沉闭了双眼。杜若满怀愁绪，悄悄在门边守了半夜，才回屋睡了。浅短的一场眠后，天已大亮，杜若出了竹屋。这是大年初一的清早，幽谷见春，日暖生烟，溪中鱼和草中禽都欢快起来，修儿独自立在桥上思索，他才七岁，那姿态却有些像成人了，杜若走过去叫："修儿。"

修儿道："阿娘。"

杜若试探问："昨夜睡得可好？"

修儿道："一夜无梦。"

杜若又问："昨夜的事……"

修儿在朝晖中眯了双眼，道："昨夜有什么事？我已不记得了。"

5

大年初一正午，薛让在直辨堂迎来了龙朔宫使者，使者拱手向薛让贺喜，道："今早大理寺卿林玺自请辞职，刑部尚书雷英左迁外州，从此督捕、审讯、惩罪之事，要请沧山暂为代劳了，台令休辞劳苦。"薛让道："分内之事。"便接了诏书，送走了使者。

下午申时，薛让从上狱出来，听得外面众吏讶声不绝，有人道："沧山收权第一日，竟遇见如此大案！"

话音未落，一吏进来禀道："台令，出大事了。"

薛让问："怎么？"

法吏道："芦州快马急报：节度使杨庶民昨日凌晨遇刺身亡。"

正二品掌兵重臣遇刺，薛让的眉也皱了，问："怎么回事？"

法吏道："急报只这一句，不知详情。"

忽然又有几骑飞来，是一拨龙朔宫人，当先宫人叫道：“二圣有旨，着御宪台火速查办芦州节度使杨庶民遇刺案，早定民心军心！”

薛让便命法吏：“备马，我们去芦州。”

两日之后，薛让与三五个得力法吏赶到了芦州大方城。将军幕府中，杨庶民的遗体放在正堂中央，亲眷哭成一团。薛让上前，见棺中杨庶民面目铁青，一眼可知，是因冻致死。杨夫人哭哭啼啼道：“那日睡到子夜，他不知中了什么魔，醒过来，说要去后庭习刀剑，我说寒冬腊月的，你是没吹过北风吗？趁早睡了。他偏不听，提着大刀就出了房，我既管不了他，就自睡了，一觉过来已快寅时，他还没回来，我就叫婢子去催，婢子去了半晌，回来一路大呼小叫，说不好了，将军出事了。我慌忙起床问什么事，婢子说，将军吊在枣树上了。我这一吓不轻，把合府上下的人都叫起来去看，到了后庭，果然见他被五花大绑在那光秃秃的枣树上，绳子一层一层，缠得粽子一般，就在北风里坠来荡去，家奴们忙爬上树解开绳子，把他抱下来，可身子早僵了，哪里还有命在！就这样生生冻了两个时辰，冻死了。”说完又嘤嘤哭开了。

薛让问：“杨将军可与谁结了仇？”

杨夫人道：“他是军人，要说结仇，不知结了多少，杀过的敌人、打过的卒子，哪里数得过来？可他的武功了得，天下有几人能把他绑上树去？这可是遇见鬼神一样的人了。”

薛让道：“带我去后庭看看。”

杨夫人便带薛让和法吏去了后庭，但见枣树立在原地，大刀弃在树下，薛让过去一瞧，刀上没有打斗印记，四周也不见异常。许多家奴过来听候，薛让问：“你们当夜听见了什么？”几个家奴同声道：“没听见别人的动静。”薛让问：“可听见打斗之声？”家奴们道：“一丝声音也没听见。”

薛让思索开了。杨庶民似乎是在练刀的时候被人擒住捆绑，全无招架之力，可他是大焉名将，如何会在自家后院束手就擒？可见凶手绝非寻常之辈。薛让和法吏们在后庭搜寻蛛丝马迹，转过一座假山，见山下横着一块半丈长的石灰条石，又粗又破，断不是装饰园林之物，薛让便问：“这是什么？”

杨夫人道：“是当年将军攻下北凉古琉城后，挖下的城墙石，运回来作纪念。”

薛让问：“古琉城是杨将军攻下的？我如何听说是孙牧野先破的城？”

杨夫人道：“我们将军攻的是北门，这石头是从北城墙挖下来的。”

薛让便回顾法吏，问：“是凉人干的？”

忽然一个当地官员冲进庭来，问：“薛台令在哪里？”

薛让问：“什么事？”

官员道："龙朔宫快马送来急诏，请台令亲启。"

薛让接过诏书，随手递给一个法吏，道："念。"

那法吏打开一看，霎地变了脸色，道："台令，又出事了！"

薛让问："如何叫又出事？"

法吏便道："雍州长烽城府尹陈人文于大年初一被谋杀。"

薛让问："死了？"

法吏道："死了。"

接连两位高官遇害，无论巧合阴谋，都是举世罕见，薛让立即往庭外走，道："去雍州，长烽城。"

杨妇人追了几步，哭怨道："那我家将军就不管了吗！"薛让自上马去了。

疾驰七天八夜，薛让在黎明之时赶到了长烽城，陈府和杨府一般光景，只是陈人文的遗体已被火化，剩一个骨灰盒放在灵堂。陈母亲自面见薛让，慢慢道："台令可曾听说光天化日之下，刺杀一城府尹之事？我家竟遇见了。"

薛让道："请夫人细说端底。"

陈母道："就是初一当日，我儿身为长烽府尹，去慰问城中鳏寡孤独，为他们送去米油盐衣。走访了十三家，都没出事；到第十四家，那家中只剩九十多岁的老婆子和十来岁的重孙女，她家门檐矮，家中窄，多两三个人便周转不开，我儿便命武侯们在外等候，自家进屋，看看家里灶上煮什么，床上铺什么，切身察民情，解民忧。武侯们在外等了不到半炷香的工夫，便进去相请，谁知家里竟没人了，两间房，一个二丈大小的后杂院，都找不到人，又没有后门，人如何就不见了？武侯们里里外外地找，有个人细心，发觉后院有一半的土要散些，像是才松动过，把土挖开一看，我儿果然就在里面，嘴里塞了布条，是被活埋憋死的。"

薛让问："那老妇和重孙女呢？"

陈母道："去向无踪。"

薛让又问："全城搜寻没有？"

陈母道："当时就封城搜了，没有半分收获。"

薛让问："陈府尹近日可曾与人结仇？"

陈母道："休说近日，哪怕从他出生那日说起，三十二年不曾与谁争执半句。薛台令不信，去问问全城上下，谁不知我儿为官廉慎，为人温惠？"

薛让点了点头，又问："陈府尹和芦州节度使杨庶民可有往来？"

陈母摇头道："我儿是文官，他是武将；我们在雍州，他在芦州。连面也不曾见过，何曾有什么往来？"

薛让一时陷入思索。陈母见他面色疲倦，便道：“膳厅已备下薄宴，为台令和法官们洗尘，请台令先去用膳，查案之事，不急一时。那凶手归不归案，我儿都活不过来了，我早已看空。”

薛让便和法吏们出门，下阶三四步，又听陈母在内吩咐家人：“把我儿的骨灰和他父亲葬在一处。他父子二人皆因公牺牲，是陈门之耀。”

薛让一听便转了回来，问：“他的父亲是谁？”

陈母道：“我丈夫叫陈纪俞。”

薛让问：“他如何因公牺牲？”

陈母道：“大焉并北凉之后，他一直在关外四州驻守，有一年冰封肃州，巡视时马蹄打滑，他从马背上摔下来，被惊马踩死了。”

薛让追问：“陈纪俞是武将？”

陈母傲然道：“是，他当年曾守坠雁、袭玉犀、破转马、下古琉。大焉战胜北凉，也有我丈夫一份功绩！”

薛让心中一个念头一转，问：“他也进攻了古琉城？”

陈母点头道：“当年攻破古琉城西门的，是我丈夫统率的军队！”

薛让起身向法吏道：“去查一查，当年攻南门和东门的是谁。”

法吏们领命去了。这长烽城在雍州北部，与凉境相去不远，城中许多人对伐凉一战如数家珍，不多时，法吏们打听明白了，急奔回来禀道：“台令，攻南门的是百里旗，攻东门的是孙牧野！”

话音刚落，府外来了许多人，纷纷叫：“这可真是翻天了！”

陈母出堂问道：“何故喧哗？”

一人道：“夫人，满大街都在传，百里将军……”

另一人抢着道：“百里将军昨夜领兵出坠雁关巡视，中了凉贼埋伏，身中数箭，力竭而死！”

法吏们闻言，大惊失色，道：“台令，这……”

薛让长吁一口气，道：“急报龙朔宫，千万严守开元城！”

6

北凉极北之处，便是白鸢江的源头。这是腊月二十九夜，长河凝冻，孤月西辗，二十个采冰人悄然出现在如镜的江上，他们身穿熊皮袄，用冰斧和冰钎子在江面凿出厚半丈、长一丈的坚冰，把长绳一头的铁钩钩住冰，一头缠上自己的肩膀，将冰块拽出江面，再以棉布和稻草层层包裹，装上岸边马车。还余一个中年男子，以狐毛毡帽遮面，坐在江边寂然旁观。直至天明，二十块重约千斤的寒冰被装上二十辆马车，他才随采冰人们登车而去。

十日后，白鸢江水复滔滔，采冰人们弃车换船，一路顺波南下，每到一处关卡，他们便出示关牒，道："我们是北方采冰人，此去开元城，是要卖冰给皇城贵人，供他们盛夏消暑。"守关卒子掀开棉布和稻草检查，果见是一块块冒着寒气的冬冰，便挥手放了行。

一个月后，送冰船出白鸢江，入桃影河，转而向西，再过七日，采冰人们立上船头，看见河尽头渐渐升起一座巍峨的城池，皆打起呼哨来，回头唤道："公子，开元城到了。"那毡帽男子闻声，也起身远眺，满面风霜随之消散。

第五十二章 家妓

1

二月春临，孙宅一片暖景融融，蝉衣在午间无事，便和星官儿去园中晒春阳，闲看柳絮与软尘在和光中戏舞，她耐寒不耐热，不多时发起春困来，倚在美人榻上要睡，星官儿却拿尾巴扫了扫她的裙角，蝉衣一睁眼，便见孙牧野进了园。

孙牧野在五步外站住，随手折了一枝柳在手中甩来甩去，蝉衣先问："什么事？"

孙牧野道："昨日朝堂议定，等梅雨时节过了，就打南荆。"

蝉衣道："我昨夜听说了。"

孙牧野道："哦。"

蝉衣自看东边采花的蝶，孙牧野自看西边筑巢的燕，园中除了两个人，都有事做。孙牧野问："今日做什么？"

蝉衣道："你想做什么做什么。"

孙牧野道："要不去书房学写字，大半年没学，全忘了。"

蝉衣道："难为你还记着这桩。"便懒懒起身，唤着星官儿，一起到了书房中。孙牧野坐上书案，见案上还放着几张蝉衣昨夜写的字帖，便问："你写的是什么？"

蝉衣道："是李太白的《子夜秋歌》。"

孙牧野道："念来听听。"

蝉衣便念："长安一片月，万户捣衣声。秋风吹不尽，总是玉关情。"

孙牧野看着纸上的六句诗，听着蝉衣只念了四句，问："后两句呢？"

蝉衣道："只有四句。"

孙牧野道：“明明还有两句。”

蝉衣道：“那是注。”

孙牧野看着那排得整整齐齐的十个字，疑惑道：“怎么不像注？”

蝉衣道：“就是注。诗要么四句，要么八句，哪里有六句的？”

孙牧野回想自己学过的诗，果然没有六句的，怕是自己外行，便不吭声了。

蝉衣道：“你就学写这首诗。”

孙牧野边写边问：“长安是哪里？”

蝉衣道：“那是诗书里的城市，谁也不知在何处。”

忽而帘外陈留叫道：“孙二郎。”

孙牧野问：“什么事？”

陈留道：“上月咱们找关外北人买的冰，今儿运到了，就在府门外。”

孙牧野道：“你带他们去冰窖。”

陈留应声去了。

孙牧野向蝉衣道：“冰到了。”

蝉衣道：“好。”

孙牧野道：“入夏之后，你就不用怕热了。”

蝉衣道：“嗯。”

孙牧野道：“这个夏季，我在檀州。”

蝉衣随口问：“下个夏季呢？”

孙牧野道：“不知道。”

蝉衣道：“你把唐三郎照顾好些，他家里有人在等他。”

孙牧野道：“我还要把自己照顾好些。”

蝉衣不接话，孙牧野自道：“星官儿在家里等我。”

星官儿却四仰八叉卧在一旁，“噜噜”打起瞌睡来。孙牧野写了十来张纸，把二十个字都认识了，蝉衣道：“秋歌写完了，我教你春歌，如何？”

孙牧野问：“春歌又是什么？”

蝉衣执笔只写了四句，教念道：“秦地罗敷女，采桑绿水边。蚕饥妾欲去，五马莫留连。”

孙牧野一句也听不懂，抬头要问，却见门帘外悄然现出三个身影，便问：“谁在外面？”

帘外人答道：“孙将军，我们是北地采冰人。”

孙牧野道：“送去冰窖了吗？”

帘外人道:“送去了。冰窖中的陈年冰化了许多，不知怎的，化出的水是血红色的，请你去看一看。”

孙牧野问:“陈留呢？”

帘外人道:“他也不知怎么回事，叫我们来请你。”

孙牧野便向蝉衣道:“我去看看。”

蝉衣点头，往榻上斜倚下去，慵然道:“我先睡一觉，你下午些再来。”

孙牧野便出帘随三个采冰人去了。

2

到了花园，孙牧野见梨树下坐着一个披灰裘的男子，阔边毡帽压得极低，看不见面目，便问:“你是谁？”

那男子不抬头也不起身，采冰人道:“他是我们采冰的头儿，耳朵不太好，叫不答应。”

孙牧野便转身走了。到了冰窖屋，已有两个采冰人在门口等着，问:“来了？”

跟着孙牧野的采冰人道:“来了。”

两个采冰人侧身一让，先让孙牧野进门，再和那三个采冰人一起进来，掩了门。狭窄的石屋暗下来，孙牧野的脊梁下意识地一紧，他回头看，那五人道:“请将军下去瞧瞧。”

孙牧野的疑心从来不轻，他想起了前段时日遇刺的百里旗、杨庶民和陈人文，也想起了龙朔宫三番五次的上门警示，一双眸子阒然黯了下去。采冰人问道:“将军怎么了？”孙牧野走到冰窖口，木梯之下，采冰人们也在仰头看，问:“将军，这一地的血水从何而来？”

孙牧野只停了一停，便稳步踩着梯子而下，才走了五六步，忽觉身后一道厉风甩来，他立时坠身急跃而下，梯下的采冰人早候着了，个个往厚袍下抽出七八支长剑，迎上而刺，要把他截杀于半空之中，孙牧野右手攀住木梯横杆，如鹞子般翻身躲入长梯后面，往下纵跳，落地的一瞬，两支利剑从左右两边追索而来，一支刺面门，一支刺心口，梯后狭窄，孙牧野躲无可躲，蹲下回旋一扫，绊落右边一人，左边那剑又至后颈，孙牧野在剑锋一寸之下掠开，长身赤手欲夺剑，那采冰人再变势，横剑向孙牧野咽喉猛划，孙牧野俯身一闪，先抢出路去，背抵一座冰墙，面向这群不速之客。

二十个采冰人都到齐了。一块寒冰被打碎，二十柄长剑从中取出，映得满窖寒意更浓。采冰人呈半圆围住孙牧野，皆道:“孙将军好功夫。”

孙牧野边挽袖子，边把采冰人一个个打量，问：“凉人？”

一个道：“北凉甘露宫禁军残部二十人，来请将军还血债。”

孙牧野冷然道：“只剩二十个了？”

另一个道：“要你血偿！”

孙牧野高声道：“来！”

先有三柄剑从三面齐攻，孙牧野暗自蓄力，向来势最快的左剑移去，待剑尖几乎划过睫毛，他才偏头躲过，那剑直入冰壁数寸，孙牧野擒住那人挡在身前作盾，余下两剑见难而退，那人反肘击孙牧野的腰，孙牧野双臂环住他的头一撅，生生撅断了脖颈，扔过去，拔下壁上剑，环顾而衅道：“死了一个。”

又有四人四剑，同向孙牧野杀去。那右边二人倾尽全力，一个迂向孙牧野的腿，一个直向孙牧野的肩，却见孙牧野身影极快，两剑屡次划到衣衫和发梢，却触不到一片皮肉；左边二人的剑却结结实实与孙牧野之剑相交，铁光四溅之处，二剑险些脱手，孙牧野趁势连击，不小心出了个破绽，被一剑刺穿臂弯，他的剑却扎入那人咽喉，再反手一式，挺剑刺入另一人心窝，喝道：“三个了！”

采冰人齐声大呼，不知七剑还是八剑，密不透风攻袭而来，孙牧野三面对敌，仿佛是回到了曾经的战场，他舞剑如疾驰车轮，从左面杀破一个口子，转过冰壁，退到一处角落，面前横亘了几座冰墙，座座叠着三四块千斤重的寒冰，两侧过道皆不过三尺宽，只容一人行走，纵然千百人过来，也只得两人与他近斗。孙牧野既抢得先机，越发从容不惊，等着两条道里的采冰人来挑战。果然，当先两个冲过来，双剑同时切绞孙牧野之喉，孙牧野长剑挽似弯钩，纠缠了两个剑尖，破了剑法，手松之时，剑尖弹入一人之眼，几乎同时，另一剑往他肋下急插，孙牧野闪避不及，利剑入肋骨四寸，他咬牙一振，挥剑切断那人之颈，三人的血溅上冰面，两人倒下。孙牧野从肋骨拔下剑，左右手同舞剑花，傲然道：“五个！”

三回合较量过，采冰人明白了轻易击不倒孙牧野，一人暗声道：“和他斗，不可一招定生死，只可一点一滴耗。”众人会意，又有两个仗剑攻去，却不痛下杀招，而是一边护住自己，一边往孙牧野上身下身点刺，引诱他从角落离开；孙牧野若攻左，则右边进犯；他若攻右，则左边后袭。孙牧野要护自己后背，不能恋战，只留在角落抵御两方。这回缠斗，无一招致命，却招招致命——不多时，他全身多了十来个血点子，观战的采冰人皆声援道：“耗死他！耗死他！”

数十招后，孙牧野的青衫染成红色。他明白自己耗不起，不如冲杀出去寻个生机，便探剑左右周旋了四五回合，探出右边那人功力浅些，便向左佯攻，三招连刺打得左边乱了步子身法，等右边来援，他才回手一拦一刺，谁知右边早有防备，迎上相击，卸了孙牧野的攻势。孙牧野不得已，再退回角落，左边一剑不等他喘气，向他头顶劈落，孙牧野躲开的一瞬，右边一剑又至，硬邦邦砍入了肩胛骨，孙牧野大喝一声，回身挥肘向他太阳穴狠狠一击，不待那人倒下，他已底气十足地叫道："六个！"此刻左剑未退，还向孙牧野疾攻，孙牧野的脸连破两道口子，只能向右后撤。那右剑死时，又有一剑补上，依然对孙牧野呈夹击之势，迫使孙牧野两头迎战。血光剑光乱洒一气，冰壁上、窖墙上瞬时糊满了双方的鲜血，十招过后，两人倒地而亡，剩下孙牧野以剑撑地，身靠角落，向两边道："八个。"

北凉人见孙牧野虽困于一隅，身负数伤，犹昂扬不屈，心中恨虽不消，却又添了三分敬畏。一人出列行礼道："北凉小卒胡一箭，愿与将军切磋武功。"

孙牧野问："单对单？"

胡一箭道："单对单。"

孙牧野把两条过道上的北凉人看了看，道："我如何信你？"

胡一箭向众人挥了挥手，道："都放下剑，我与孙将军单独较量。"

北凉人便放下手中剑，让出了过道。胡一箭抬手请道："角落狭窄，请将军随我去中间宽敞处。"孙牧野想了想，果真随他去了。

冰窖正中，才运来的几块冰散乱堆放着，还剩两丈见方的空地，二人站定，胡一箭道："将军有伤，当起先手。"

孙牧野也不多话，双剑一振，齐向胡一箭面门刺去，胡一箭横手一格，挡了一剑，另一剑却绕过防御，直杀他心口，他急忙动身闪开，孙牧野早算准了他的退路，剑势一转，改攻胡一箭之肋，胡一箭又回剑破了，顺势将剑尖送至孙牧野的右颊，孙牧野侧首避过的一瞬，胡一箭再飞起足尖，踢向孙牧野的喉结，孙牧野以一剑削其足，一剑刺其面，胡一箭不得已收身自保，各自站定。这一去一来四个回合，两人都在鬼门关外走了一遭。胡一箭不待孙牧野喘息，再大开剑势，轻攻而来，先往孙牧野的各个伤口搅袭，每碰到一寸，伤势便加重一分，孙牧野急于取胜，复出重剑，划十字劈向胡一箭的胸膛，胡一箭双手举剑一截，虎口竟震痛如裂，他吃了孙牧野的力道，知道孙牧野有冒进之心，心中一动，故意滞重右边，引孙牧野来攻己之右，孙牧野果然长剑深入，去挑他的右软肋，却不顾自家失了防护，胡一箭躲过来势，敛气仗剑，向孙牧野的腹部劲扫，孙牧野闪避不及，衫上又横了一道鲜血，胡一箭乘胜连刺，孙牧野退了几步，忽然踩到一摊冰化水，一下子滑倒在地，胡一箭心叫"着了！"竖剑向他头颅扎下，孙牧野手中剑一闪，反戳向门户大开的胡一箭心窝，周围采冰人看得惊心动魄，大呼起来，胡一箭之剑离孙牧野的头还有半寸时，孙牧野之剑已触及胡一箭的皮肉，饶是胡一箭敏锐过人，急忙收剑回撤，孙牧野鱼跃起身，趁他站立不稳，再一连几招撩、刺、挑、扫，把胡一笳逼退至半丈之外。

两边战不多时，仿佛透支了半生的气力。孙牧野难遇匹敌之人，因问：“你叫什么？”

胡一笳道：“胡一笳。”

孙牧野道，“你也是甘霖宫禁军？”

胡一笳道：“是公子醇马前一卒。”

孙牧野眸子又降了色，问：“宋醇在哪里？”

胡一笳道：“就在园中，等我们的捷报。”

孙牧野蓦然想起梨树下的灰裘男子来，心猛地一沉，闪身要掠出窖去，采冰人皆大叫起来：“休教他逃了！”胡一笳斜杀过来，拦住去路，疾点孙牧野肩、腰、腿三处，孙牧野右腿中剑，血溅二尺，怒道：“闪开！”化双剑如斧，往胡一笳双肩同劈，胡一笳顶着剑气迎上，喝道：“拿命来！”两手握剑，向孙牧野大敞的心口推去，孙牧野不得已转攻为守，回剑作门，拦住了致命一剑，铁器相交之时，胡一笳的剑被弹飞出去，撞上冰壁，未及落地，孙牧野已攻势大展，要将赤手空拳的胡一笳即刻击杀。胡一笳连退了四五步，吃了三四剑，忽见孙牧野一剑往自己腹中来，他咬牙沉气，身子微侧，却没躲开，剑镶入肋骨骨节，孙牧野回手竟未拔出，胡一笳飞身踢中孙牧野的腕，厉声一喝，自家拔出骨中剑，叫道：“一剑对一剑！”孙牧野应道：“是大丈夫！”十招之后，孙牧野虚晃一势，引开胡一笳的剑，再回一腿，硬邦邦踢中胡一笳受伤的肋骨，满窖人皆听骨头如劈断的柴木，咔嚓一声响，胡一笳痛呼出声，拼尽最后一丝气力，削下孙牧野右腿五六寸长的皮肉来，自己倒了地，孙牧野胜算在手，一边叫道：“九个！”一边把剑头重重插进了胡一笳的后颈窝。

围观的采冰人顿时大乱，纷纷道：“一起上！”个个从袍下抽出二尺长的短剑，向孙牧野冲过来，孙牧野三面有敌，只一面挡着胡乱堆放的冰块，仿如一座七八尺高的小冰丘，他三步两步爬上冰丘，几把短剑已追上，刺中他的足踝和小腿。孙牧野已不知自己受了多少处伤，只知血浆如细蛇，八条九条地往冰丘下蜒流。采冰人们很快四面合拢，向冰丘围攻，一人跃上冰块，挥剑仰刺孙牧野，孙牧野俯身拦了两剑，把那人踢下冰丘，自己也摔跪冰上，却觉身后杀气骤生，冰面斜映出 人举剑的影了来，孙牧野就地一滚，那剑刺了个空，孙牧野起身将那人抱摔冰上，两人搏斗几回，孙牧野反手夺了短剑，抓住那人发髻划了一圈，血淋淋撕下半张头皮，扔下丘去，道：“十个！”一语未毕，忽觉头晕眼花，又有两剑袭来，刺穿了他的双腿。采冰人们见孙牧野摇摇欲坠，无法还手，均道：“他不行了！上！上！”接二连三往冰丘上登，眼看只在咫尺之遥，冰窖上方忽然震开一声怒吼，不是人，是兽。

众人循声望去，只见一头吊睛白额大虎现身窖口之上。星官儿来了。它本在书房中午睡，忽然贴地的耳朵听见地底传来声响，竟是铁剑在击打，是孙牧野在奋呼，那是战场上才有的声音，星官儿一个激灵醒转，奔出房门，追索而来，到了花园，鲜血气味引着它到了冰窖，它站在窖口俯身一望，与孙牧野对上了眼神，孙牧野顿觉元气复生，喝叫道："星官儿！来！"星官儿又一声如雷咆哮，跃下窖底。采冰人们齐声道："先杀虎！"三四个人向星官儿杀去，星官儿身壮如牛犊，冲跑中卷起寒风，扑立时有一人半高，它巨掌一拍，拍掉来剑，张开大口咬碎那人半边头颅，又回身咬住另一人咽喉，摇头一甩，把那八尺男子抛砸墙上，再一个长跃，跃上冰丘，与孙牧野并身反向而立，共同面对四方来敌，孙牧野有了必胜的决心，他把长剑凌空一振，厉声道："还剩八个！"

3

蝉衣的午觉淡而安稳。她听见了身边那些恬静的春声：窗边绿枝上，一双黄莺儿叫得清嫩，竹帘被东风吹动，一开一合轻拍门框，星官儿也在榻边酣睡，呼噜声又憨又痴，惹人笑怜。她知道有一个瞬间星官儿扑地翻身起来，冲出房去，不知是被梁间燕子挑逗了，还是被邻家猫儿唤去了，蝉衣睁不开眼，犹自舒睡。梦中，她依稀看见园中的蜀水花开了，朵朵花瓣沐光盛开，溢出紫香如烟，丝丝缕缕往书房飘来，再睡一刻，她恍然发觉那不是香气，而是笛声，北凉的霜笛声。横笛幽怨，如澄霜月，是蝉衣熟悉了许多年、也陌生了许多年的声音，她忽觉身上春衫太薄，御不了寒了。是日落了吗，还是返冬了，抑或是自己已归了故乡？蝉衣苏醒过来。梦散去，笛声犹在。她定了定心神，走至门边，掀开竹帘，向外张望。空园无一物，只有一声孤吹的霜笛萦绕，是在唤她一见，蝉衣压抑住狂跳的心，不知待了多久，才往笛声来处而去。越近花园，笛声越真切，蝉衣的心越跳得厉害，入了园中，那笛声一扬，似乎在问她是否已做好重逢的准备，蝉衣周身都抖了起来，她缓而切地寻，寻了半个园，转过一棵梨树，终于看见一个灰裘男子背身而坐，那身影清癯疲老，却不似当年故人，她便站住了。

那男子一曲终了，缓缓回过头来，见了蝉衣，他揭下毡帽，露出两鬓灰发，微笑道："蝉衣吾妻，多年不见了。"

4

蝉衣生长之地，是凉国古琉城的翼国公府。她是孤女，自幼不知自己父亲是谁、母亲是谁，是针绣房的绣娘们抚养了她，那时她没有姓名，绣娘们只随意唤她"小奴儿"。

小奴儿长到豆蔻之年，正月十四那日，公府的府丞来到绣房，把她上上下下看了两眼，走了。夜间临睡时，一个绣娘来悄悄告诉她，她的母亲曾是府中家妓，不知和谁生下了她，在她半岁时，母亲不堪苦难，自杀身亡，而从今以后，她要继承母亲的命运，去做一个家妓，伺候贵人们了。

次日是元宵节，黄昏后，绣娘们为小奴儿穿上凤仙色画罗裙，送她出了绣房门。她随婢子们走了许久，走到了公府大殿——她在府中活了十三年，却不曾到过的地方。宝殿之上祥羽飞绕，朱光泛动，殿中欢宴正兴，升平之乐嘈嘈切切，妩魅之舞影影绰绰，觞酒豆肉浓浊扑鼻。她随一个婢子进了殿，见到了满殿的舞姬乐工、醉宾醺客，还有翼国公。婢子把小奴儿送到翼国公面前，翼国公睁眼把她稍一打量，便笑伸手道："过来。"她顺从地过去了，翼国公把她揽在怀中，时而应酬宾客，时而与她调笑，说了些什么，她不记得了，只记得他用脸厮磨她的脸，有硬挺的胡茬和热濡的口气。宴凉客散之后，翼国公把她按在杯盘狼藉的残席间，占有了她。事毕之后，翼国公兀自举烛赏鉴她的面容和身子，问："你叫什么？"她回："小奴儿。"翼国公笑道："这算什么名字？"他看了她许久，道，"眸如夕色妩昧，身如夕月柔皎，我赐你个名，叫夕奴。"

此夜之后，夕奴成了翼国公最看重的家妓。他不仅自己宠爱她，还慷慨地把她荐给上门的尊客们飨用，无论朝廷的官，王城的商，还是公侯的子孙。不出一年，全古琉城都知晓了翼国公府有个绝世的尤物，再后来，中焉、东洛、西项的外使来访，也要她侍枕，仿佛她也成了国家颜面的一部分。

公府豢养的家妓数以百计，夕奴成了新宠，旧欢们难免妒忌，其中一个叫银娃，她见夕奴在华宴上夺去众人的目，便暗暗斗起气来，她一面找翼国公讨怜索爱，一面对宾客们撒娇抛媚，要把夕奴的光芒分过去。夕奴起初并不想争，可男人们被银娃惹得魂飞魄散，她也渐生了不平之意，起了回击之心。她以为女人的宠辱都在男人的一念之间，便学着去取悦男人的心和身，她在交杯共盏时琢磨，在颠鸾倒凤时领悟，三度春秋、数场聚散之后，知道了对男人几时该近，几时该远，几时该嗔，几时该笑，知道了如何撩动他们的心弦，如何迎合他们的情欲。十六岁这年，夕奴掌控了男人，也看轻了男人，只有一个少年例外。

少年是翼国公的小儿子，府中人都叫他公子醇，夕奴只见过他四次，是那年上元、中秋、冬至的家宴和翼国公的寿宴。公子醇从不要家妓相陪，只坐在末席用膳。酒宴的起初，气氛还算端重，可三杯两盏过后，该失态的还是失态了。夕奴有时坐在翼国公身边斟酒，有时坐在杨驸马膝上吟歌，他们笑，她也笑，他们醉，她也醉，偶尔回首，便会对上公子醇的眼睛。他似乎时常看她，可是目中含义，夕奴辨不出来。他若对她笑一笑，她就有信心降服他——历来对她笑过的男人，她都降服了——可他只是清远地审视，或者带了一丝怜悯，夕奴便觉得心中无底，甚至有些敬畏他的孤洁了。

又过一年，夕奴和银娃的争妍斗艳结束了，因为银娃有了意中人，是公府的常客，王孙宋元爽。品貌翩翩的宋元爽虽有了妻室，却对银娃倾心不已，送了她数不尽的珠翠罗绮，家妓们都酸道："半个公府都被银娃的聘礼堆满了，如何还不嫁过去？"银娃便反唇相讥："拙的丑的都不急嫁，我急什么？"她相信宋元爽会休妻娶她，便一心一意等着，再也不奉承别的客人，连翼国公相邀，都斩截地拒了。

银娃没了争心，夕奴也就释了怀。两人的年纪和境遇都相仿，竟不知不觉成为知己。不侍人的时候，银娃常来与夕奴同眠，寒夜布帐中，两人总有说不完的话。银娃说的点点滴滴全是宋元爽，说他风流倜傥，饮酒时爱行手势令，修长十指一时比作虎膺，一时比作潜虬，怎么比画都好看；说他温柔多情，她每次悄悄换了唇脂颜色，他总是第一眼就瞧出来，还亲手制了十七种颜色的唇脂送她；又说他擅欢愉之术，在床笫之上总让她"魂儿飘荡荡离了身子"，夕奴听到此处，幽幽问："魂离了身，是什么感觉？"银娃吃惊道："你有过那么多男人，难道还不知道？"夕奴道："不知道。"银娃又问："那他们呢，你可让他们舒适了？"夕奴回想男人们兴奋时的姿态，道："或许吧。他们总是一次又一次贪求，那应该是舒适了。"银娃道："能让男人一次一次要，就是咱们的本事。"两个便在枕上调笑开了。夕奴赞同银娃的话，她已在许多个夜里明白了自己的"本事"，明白让男人的魂魄飞升能换来什么好处，至于自己的魂儿在何处，她也不甚在乎了。

夕奴在十七岁那年的冬末怀了孕。和她的母亲一样，她也不知道孩子的父亲是谁，可母亲至少生下了她，她却在犹豫要不要这孩子。那几日她把自己关在房中左思右想，不肯见人，是夜，翼国公宴请宋家几位王子王孙，点名要夕奴银娃相陪，夕奴推说身体不适婉拒了，银娃却因宋元爽在席，盛妆而去。夕奴独在房中待到深夜，忽然一个小婢子在外叫："夕奴，你去看看银娃！"

夕奴问："怎么了？是醉在雪地了，还是跌进酒池里了？"

小婢子道："她只怕要死了！"

夕奴这一惊不小，忙出门问："怎么回事？"

小婢子领着夕奴往宴厅去，口中道："宴开到一半，元爽公子的夫人来了，她不许下人们通报，一个人闯进堂去，说巧不巧，银娃正坐在元爽公子怀里弄琵琶，夫人见了，冲过去把她拉下来，先啪啪扇了两耳光，银娃不敢动，夫人又骂了半晌'贱女下娼'，银娃也不应声，那妇人还不知足，揪住她的头发要往柱子上撞，银娃那脾性，忍到此刻也是破天荒了，就挣出来，反扇了夫人一巴掌，骂她人老珠黄，还有脸霸着正室位置不让。可那元爽公子，夫人打银娃时，他不作声，银娃打夫人，他倒一下子跳起来，护着夫人，把银娃踹在地上，夫妇两个就当着宾客们的面，把银娃打得死去活来，此刻除了你，谁敢去劝？”

夕奴一路小跑到了宴厅，在外便听见银娃在尖声哭求，客人们在起哄假劝，夕奴冲进厅去，只见宋元爽手持腰带，一边狠抽银娃，一边骂：“小贱女，蹬鼻子上脸了！夫人也是你能动的？”银娃血痕满身，她求了元爽许久不得，此刻向上席的翼国公爬去，叫：“国公救我！国公救我！”翼国公安坐不动，笑道：“你这贱婢，先前立了誓，说只认元爽公子，为何此刻又来认我？”

夕奴上前夺下宋元爽的腰带，元爽睁圆了醉眼，瞧见是夕奴，笑向翼国公道：“国公府上的妓儿怎么今日都反了？”

翼国公便道：“夕奴退下。”

夕奴把银娃从地上扶了起来，宋夫人拦在面前，道：“这奴儿要做什么？”夕奴不言，只扶着银娃绕过了宋夫人，宋夫人喝命众家奴：“把贱婢子抢过来。”

家奴们得令，上前抢人，夕奴突然拔出髻中钗，抵住自家咽喉，向翼国公道：“今日若有人要银娃死，夕奴亦死，死之前，这堂上必溅第三人之血！”

翼国公一震，见夕奴凛然玉立，便向宋元爽夫妇道：“我私下再惩治她两个。”宋元爽便与夫人告辞而去。

夕奴扶着银娃回了房，为她洗伤口，银娃回不过神，道：“他如何这样对我？他从前说过，早厌倦了那黄脸婆子，他早想休了她，娶我过门的，今日如何为了那婆子打我？他是不是喝酒了，糊涂了？”

夕奴不应，银娃道：“他一定是喝醉了，认不出我了，他怎会舍得打我？”她颤着指尖，指着一房的珠宝锦衣，“你瞧，他送了我这许多宝贝，他是疼我的，对不对？”

夕奴道：“或许是吧，他只是醉了。”

银娃闻言便笑了，笑完又哭。夕奴在房中陪了银娃三日，银娃哭了三日，每过一日便憔悴十岁，第三日是大寒，她已显出风烛残年之态。是夜，鹅毛大雪沙沙簌簌掠过庭前，银娃忽而清醒，问：“是不是他来了？”

夕奴问：“他来做什么？”

银娃听了半晌，道：“他来了，果真是他来了，你听见没有？”

夕奴凝神一听，只听见北风枯号，银娃却道：“他来了，他在向我道对不起，他说那夜喝醉了，不知打的是我，请我原谅，夕奴，你快去，快去迎他进来！外面风雪太大！”

夕奴走过去拉开门，满天洒地的雪豸乘风扑面而来，她稍等了等，又把门闭上，道：“他回去了，说明日再来看你。”回身看时，银娃半个身子栽在床下，五尺青丝铺了一地，死了。人一咽气，这间陋室便莫名惨淡起来，只剩角落一堆珠宝兀自熠熠生辉。

夕奴愣了许久，小婢女又跑来叩门，道：“夕奴，杨驸马来了，在东小阁，叫你去。”

夕奴道：“你去回了，说我今日有事不能去。”

小婢女道：“若叫你不去，他们要打我。”

夕奴便道：“我稍后来。”小婢女这才去了。

夕奴独自把银娃抱出门，深埋在庭前梨树下，然后去了东小阁。这是场私会小聚，只有翼国公的大公子、三公子和杨驸马。重帘之后，伺候两位公子的家妓们已被褪去了衣，赤裸的玉身藏在公子们宽大的貂毛袍下，煞是诱人，只有杨驸马落单，闷酒不知喝了三斤还是四斤，见了夕奴，他压下怒气，问：“姗姗来迟，要如何罚？”

夕奴便过去为他斟酒，杨驸马饮了半盏，晃晃悠悠起身，面对夕奴，掀开长袍，松了裤带，那边两位公子都击掌大笑起来，杨驸马一边打酒嗝，一边指身下阳物，命道：“吞了它，我便饶你来迟。”

夕奴道：“不。”

杨驸马再凑近半步，把那挺直的物事杵到夕奴脸上，命道：“吞了！”

夕奴斩然道：“不！”

这不是杨驸马初次向夕奴提要求，却是初次被拒绝，他恼羞成怒，一掌按下夕奴的头，往自家物事上塞，叫道：“小贱人，你也敢说不！”

夕奴生平头一次懂得了屈辱，未及多想，她狠狠咬了下去。杨驸马痛得大叫一声，一耳光把夕奴扇出去，自己也倒在地上，捂住下身翻来覆去地滚，两位公子忙赶过来，一连声叫家奴：“把这贱人绑了丢在外面，等驸马发落！”又叫府医来救。

家奴们得令，三手两手把夕奴衣衫全剥了，用绳缚住，抬到厅外。此刻满庭雪积了二三尺厚，家奴们问：“丢在哪里？”领头的眼珠四处一转，笑指庭中铜仙鹤道：“叫她骑鹤去。”家奴们便笑嘻嘻把夕奴抬到铜鹤背上，让她骑着，用下等言语调戏了几句，便回厅听候去了。

铜冷雪凉，像一千把锉刀在夕奴的身上刮，刮裂了皮和骨，也刮走了气与神，她清晰地感知血在凝结，肉在剥离，身体在坍融，命在一分一分消逝，只有腹中那一团，此刻越发热烈地挣扎、拧扯，代她与死亡抗争。一刻之后，冽风掀起半丈雪，覆住她的身子，压住她的睫毛，遮住她下身淌下的滴滴血迹，仿佛把她盖了棺，她便闭上眼，坠倒在鹤背上，放弃了。

大约过了一世，夕奴醒了，她已被人从鹤背上解救下来，护在怀中。雪地上远远近近站了许多人，杨驸马在大叫：“我要杀了这小贱人，请国公成全！”翼国公便道：“宋醇，你让开，这不关你的事。”国公夫人也匆忙赶来，道：“醇儿，过来！”

宋醇解下灰裘，裹住夕奴，横抱起来，道：“我要带她走。”

翼国公问："去哪里？"

宋醇道："哪里免受人间苦厄，就去哪里。"

国公夫人急道："你疯了！她是我们家养的妓！"

宋醇道："从今以后，她也是人。"他抱着夕奴，从众人惊讶的目光中走过，翼国公大发雷霆，道："宋醇，你若出了公府之门，就自断了回家之路！"宋醇便驻足，向父亲和母亲深深一鞠，决然而去。

古琉城西南角的一处街边小楼，成了宋醇和夕奴的容身之处。立春过后，夕奴的身心皆愈了。这日午后，竹院中传来断时续的笛声，她下楼去看，是公子醇伐了一杆白竹，做成横笛，正在试音，见了夕奴，他笑道："我在寻找生计。"

夕奴问："生计？"

公子醇道："雪后竹最宜做霜笛，我想做霜笛去卖。"

夕奴道："你吹来我听听。"公子醇便执笛而吹。听了半曲，夕奴忍不住一笑，公子醇问："是不好吗？"

夕奴道："这笛声，像鱼儿在封冻的池塘里一跃一跃的。"

公子醇也忍不住笑了，道："这可卖不出去。"

夕奴去他身边坐下，接过笛来，道："咱们一起琢磨。"

北凉人人会笛，无论宫廷乐工，还是村野童子。夕奴听过的笛声无数，见过的霜笛也无数，她把平生所见名笛之形神回忆出来，说与公子醇，公子醇又择了一节竹，重凿音孔，至夜半，再成一笛，吹与夕奴听，夕奴道："像猫儿在雪夜的屋顶上唤同伴儿。"

公子醇道："也不算妙音。"又趁月色另选良竹，夕奴熬不住困，先去睡了，公子醇直至天将明，也未试出一支好笛来，只好也去歇息。

公子醇这一觉睡到黄昏时，忽有一缕笛声入耳，是平生未闻之音，他忙翻身起来，出门凭栏而望，是夕奴在竹院中独自吹笛，公子醇缓步下去，在她身后静静聆听，夕奴一曲终了，回首问："这声如何？"

公子醇道："像客雁归故乡，一鸣万里。"

夕奴嫣然一笑，扬笛道："我把苇衣用竹枝露水浸过，晾干，音色就廖远了。"

公子醇道："这笛该叫'夕奴笛'。"

夕奴却淡了笑容，默然须臾，道："我不想再要这名字了。"

公子醇悟了她的心思，道："好，咱们换个名字。"

夕奴侧脸，见竹叶上留着一只空蝉，是蝉羽化去后蜕下的一身剔透的衣，她拈在手心，道："我想叫蝉衣。"

公子醇便柔声道："蝉衣，初次相逢，望多关照。"

之后一年，公子醇不但卖霜笛，还卖字画，为街坊邻居写信写铭，二人的日子倒也惬意。这日午后，雪漫白城，蝉衣在书房中随公子醇学书，她在暖炉边写《菩萨蛮·杏花含露团香雪》，公子醇在榻上小憩，楼下行人在闲谈，不过是大雪误了农事、家中年货未备之类，忽而有人议起中原战事，说前几日大焉的念波城失了守，因为一个军官开城投敌，西项又并了大焉一州，只怕大焉离覆国不远了。蝉衣什么也不关心，她悠悠闲闲地写字，写到"春梦正关情，镜中蝉鬓轻"一句时，不知怎的，指尖也酥起来，心尖也酥起来，她回头看舒睡的公子醇，犹在温柔地呼吸。

蝉衣搁了笔，袜步过去，坐在他的腰上。公子醇缓缓苏醒，见蝉衣媚目如丝，瞬间会了意，他一笑，揽住蝉衣要翻身，蝉衣却不许他动，自家在上，褪落衫裙，把身子献在他的眼底、他的身上。酥麻从心尖指尖弥漫全身，她闭了眼，时急时缓，随着自己的心意与他欢爱，不知何时，窗户被风撩开，雪蕊纷纷扬扬涌入，窥探两个缱绻的情状。裸身的蝉衣肩上沾满雪痕，却不觉冷，反觉炽热不已，忍不住蛇了双眉，纵容这火恣意燃烧自己，终了，公子醇托着她共赴巫山之巅，蝉衣吟叹一声，魂儿碎成瓣，飞离空身，和满室的雪花搅在一处，又坠下去，化在公子醇的身内，一世也出不来了。

两年后，公子醇和蝉衣同满二十岁，在白露当日成了婚。向暮之时，公子醇为蝉衣穿上夭桃红的嫁衣，牵她上墨车，自己骑上白马，自西向东穿过古琉城，往翼国公府去。此刻半城人都知道了二人的身份，男女老少全挤在街边看热闹，妇人们的目光几乎把墨车射穿，交头接耳道："家妓就坐在车里头！"那些七八岁的童子跟着白马跑，嘻嘻念道："公子醇，好儿郎，为何携妓见高堂？"男人们唾道："把那浪妓拉出来瞧一瞧！"

不知哪个卖菜郎，把一兜萝卜向墨车砸去，哐当一声，点醒了义愤不平的人们，霎时间，卖菜的扔菜，担水的泼水，两手空空的便拍掌啐骂，秽物污言一同向墨车白马攻去，一条长街走完，车门被砸坏了，粪土横飞入车，脏了蝉衣的婚裳，公子醇也披了一身污渍，却昂首正身坐在马上，领着墨车走过一街又一街，一关又一关。

走到公府前，大门紧闭，悄无一人，公子醇扶蝉衣下车，双双跪在门下，行八拜大礼，公子醇朗声道："今夜良辰，儿与蝉衣结为夫妇。涸鱼相濡，斗水可活；残雁共翅，寸枝可栖。儿有归宿矣，双亲勿念。"拜完，告辞而归。

蝉衣与公子醇做了十年贫贱夫妻，她本以为还会平平静静再过二十年、五十年，可命运之途还是拐了一个弯。北凉王驾崩了，卫氏三支势力为了王位，纷争不休。三家势力相当，谁也挤不下谁，谁也夺不了位，让时局乱了大半年，王位也空了大半年。僵持之中，一个消息惊醒了北凉朝野：大焉卫鸯登基，发来战书，誓夺坠雁关。战争一触即发，国家不能无君，三家终于放下争端，聚首商讨对策，决定各退一步，另扶一位代王，暂时监国。三家把宋氏全族的子弟都过了一遍，最终选出了宋醇：他超然世外，与三家皆无仇无亲；他博雅多识，或有理政之才；他淡泊名利，波平之后绝不会恋栈权力、占位不走。

三家使者来小楼相请时，蝉衣激烈地反对，她把公子醇拦在房中：“我不在意坠雁关，也不在意北凉，我只在意你在何处！你就留在家中，任外面天翻地覆，都和我们没关系！”公子醇直等蝉衣闹完，方戚然道：“北凉兴亡，宋氏之责，若使命在我，我岂能逃避？”开门应了使者的邀。蝉衣悲不能已，却还是随公子醇去了甘露宫。

一个月后，凉军战败，坠雁关重归大焉版图。三个月后，公子醇签下军令，集结北凉十三万精兵，与焉军再战坠雁。正月二十，前方军报传回：凉军与涅火军苦战一夜，溃败，俘虏营中五千焉兵遇害，六万焉军以复仇之名，攻入北凉国境。蝉衣问：“你当真下了杀降之令？”公子醇道：“我没有。”蝉衣不解：“那是谁？谁杀了五千焉军，给了中焉侵略的口实？”公子醇不知道，谁也不知道。

三月，焉军奇袭玉犀川，破了转马关，举国大哀。甘露宫中愁云惨淡，蝉衣又与公子醇起了争执，她道：“北凉衰落了十年，岂是你一人所能挽救？带我走，离开甘露宫，我们去极北大荒，饮冰沐雪，了此余生。”公子醇道：“你走，我留下。”蝉衣泣泪不休，道：“你带我走！这不是你我该在的地方！”公子醇把她揽入怀中，细细地安抚，耳中却听见了焉军开临城下的号角声。

六月初五，古琉城存亡之战打响，未时，宫人来报：“公子，四方都守不住了！”两千甘露宫禁军立于殿下，请战道：“请公子下令，我等去与焉贼一战！”公子醇看看上千将士，又回头看蝉衣，道：“我不能躲在宫中了，我该去守城门了。”这一回，蝉衣不争了，她平静道：“好，你去。我在这里等你回来。”公子醇向她长揖在地，拔剑出殿，与两千禁军一同上马，向宫外疾驰而去。

蝉衣独自回了正殿，闭上门，端端正正坐在榻上，在心中默数时刻。她知道公子醇会回来，要么以死身，要么以活身——若是死了，她就随他去，若是活着，她也随他去。殿外纷争之声起了又停，停了又起，最后，宫殿的门被推开了，可向她走来的人，却并不是她的丈夫。

5

公子醇见蝉衣怔怔站在七尺之外，生疏如陌路初见，不免愧然道：“蝉衣，对不住，我来迟了。”

蝉衣道：“迟来也比不来的好。”

公子醇问："迟了七年，你可曾怨我？"

蝉衣却问："我一直在甘露宫中等你，你为何不来接我？"

公子醇道："我与两千禁军去了东门战场，战不到一刻，焉军登上了城墙，他们说，孙牧野也上来了，就在百步之外，我想过去与他对战，却冲不出八方焉军之围——你知道，我的武艺稀松得很。五六十支长枪，把我和战士们挑下了城墙。等我从昏迷中醒来，城门已破了，百姓们怕焉军屠城，扶老携幼逃出城外，许多焉军在原野上游走拦截，我们只能拼死保护百姓冲破包围，向西去寻生机，这一去，就再也没能回头。"

蝉衣问："这些年，你过得怎样？"

公子醇一笑，随手指了指满面皱纹，蝉衣也指自己的眼角，道："纹如縠，一年深过一年。"

公子醇道："都不是少年模样了。"

蝉衣道："仿佛你我的一生，已快过完了。"

公子醇道："我们的一生还长得很。"便向蝉衣伸手，"我来带你走，这些年失去的，我们一同找回来。"

蝉衣忽然双泪盈眶，呵斥道："你此刻才想到带我走！当初，若你当初……"言语被泪水冲灭了。公子醇上前拥住蝉衣，蝉衣心中百种情绪忽然如洪水决堤，怨是其中最凶猛的一股浪，她在他怀中又挣又打，像俗世最不讲理的妇人一般，边打边哭，念叨他走错的每一步，细数自己熬过的每一日。公子醇不争辩也不还手，只等她把这七年积攒的泪全倾干，倦在自己怀中无声无息了，方道："随我走，我用余生补偿你。"

许久，蝉衣应道："好。"

公子醇道："再等等，还有二十个旧卫和我们一起走。"

蝉衣问："他们在哪？"

公子醇道："在冰窖里，很快就会出来了。"

蝉衣陡然一醒，道："他们就是卖冰人？"

公子醇道："是。"

蝉衣道："那，孙牧野……"

公子醇凝目看蝉衣，道："他也在冰窖里。"

蝉衣什么都明白了，她的容颜忽地苍白起来，悄然离了公子醇的怀抱，公子醇询问："蝉衣？"

蝉衣问："你们要杀他？"

公子醇反问："血海深仇，岂能不报？"他见蝉衣神色异样，心中滋味难辨，又问，"你在担心他？"

蝉衣摇头。

公子醇便道："那你过来。"又向蝉衣张开怀抱。

蝉衣却又不动。

公子醇道："他和你我有国仇家恨，你没忘吧？"

蝉衣听不进去，她转头看向百步之遥的冰窖，那石屋半敞着门，悄无声息地立在那里，谁也看不出来，屋中二丈深的地底，此刻正有一场血淋淋的屠杀在进行，她在夕照中瑟瑟发抖起来，忽然向石屋冲去，公子醇道："蝉衣！"急忙过来，将她揽住，蝉衣急道："不行！不行！"

公子醇道："什么不行？"

蝉衣道："不该这样！"

公子醇道："他杀了成百上千的国人，毁了我们的一生，我难道不该复仇？"

蝉衣道："可是……可是……"终究什么也说不出来，公子醇问："你是原谅了，还是遗忘了？"

蝉衣道："我没有！"

公子醇道："那我们走！"

蝉衣依旧道："不行！"她用力挣开公子醇，欲向石屋去，可一转身，却又惊愣住了。

石屋这回不空了，两个身影出现在门口，一个是人，一个是虎。遍体鳞伤的人，倚在门框上，手持残剑，盯着蝉衣和宋醇一声不响。星官儿杀意正酣，弓身一刨，杀奔过来，蝉衣叫道："星官儿！"抢先拦在宋醇身前，星官儿竖尾一绕，绕到两个的身侧，一扑一拱，仗着三四百斤的体重生生打散两个，纵身把宋醇压倒在地，张开血盆大口，两排虎牙钳住宋醇的咽喉，只等孙牧野一声令下，便要让宋醇头身分离。蝉衣怒道："星官儿！放开！"来推打虎身，星官儿却杀出了兽性，死死咬住宋醇，连她的话也不听了。

孙牧野拿剑当拐，一瘸一挪过来了，蝉衣忙挡在宋醇身前，道："孙牧野，你冷静些。"

孙牧野道："你让开。"

蝉衣道："你不许伤他！"

孙牧野一把将蝉衣推出五六尺远，右脚踏上宋醇胸口，道："星官儿让开。"

星官儿便撤了，宋醇犹在震惊中回不过神，道："我甘露宫禁卫……"

孙牧野断喝道："全死了！"他骤然发力，高举剑柄，就要刺下，蝉衣已抢过来，赤手截住剑尖，孙牧野被迫收了力道，蝉衣犹握着剑锋不松手，鲜血从指缝中漫延而出。两人对视良久，蝉衣问："你还记得曾说过的话吗？"

孙牧野问："哪一句？"

蝉衣道："你说过，打北凉是你们国家意志，君王意志，你做不得主。"

孙牧野问："那又怎样？"

蝉衣道："如今呢？你这一剑，是为国家，还是为你自己？"

孙牧野抿口不答。

蝉衣道："你有借口恕你从前的罪，可还有借口恕今日之罪？"

孙牧野大怒，道："我有什么罪？是他们先来杀我！"

蝉衣道："可他们已被你杀死了！二十条人命，什么也抵得过了，你还有何理由杀公子醇？"

孙牧野冷笑。

蝉衣道："我和他的一生，被你毁了大半，若你放过我们的残年……"

"我们"二字刺痛了孙牧野，他道："不放！"举剑砍向两个中间，要把他们隔开，公子醇未放弃握着蝉衣的手，蝉衣也没有，卷瘸的剑身划过，削入公子醇的右臂，孙牧野道："该你放手！"

公子醇却道："是你该放手。"

孙牧野恼羞成怒，一把拽过蝉衣，道："你过来。"蝉衣被孙牧野拽近的一刹那，用力一肘打在他心口，这一击，大出孙牧野意料，心口那三四处重创一起烧痛起来，他向后踉跄了两步，蝉衣借机夺下残剑，公子醇也从袖中抽出匕首，刺向孙牧野，星官儿在后看见，扑起一口，咬住公子醇的右肩头，把他掀翻在地，这一边，蝉衣剑尖抵上孙牧野的喉。

孙牧野道："你杀不了我。"

蝉衣道："你若不放我们走，我必杀你！"

孙牧野立时叫道："星官儿，咬死他！"

星官儿得令，张口向宋醇的脖子去，蝉衣大惊，回剑直扫星官儿，星官儿忙一跃躲开了，蝉衣过去护住宋醇，恨声道："孙牧野，你泯灭了天良！"

孙牧野自向宋醇道："要女人护着，不算大丈夫，起来和我打。"

宋醇便要起来，蝉衣知道他不是孙牧野敌手，按住不准他起，孙牧野道："你拦什么？你知道他不是我敌手！"走过来，要扯开蝉衣，蝉衣拼死不起，道："孙牧野，你疯了！"孙牧野也怒，道："你为何偏要跟这弱夫！"

纠缠不休之际，忽然一个声音叫道："天王老爷，这是怎么了！"

三个一起回头，见陈留大惊失色站在那边，道："孙二郎，如何一身刮得鱼鳞似的？"

孙牧野问："什么事？"

陈留道："沧山的人来了！"

话音未落，薛让和三十多个佩剑法吏走了进来，见这般情状，薛让向众吏道："我们来迟了一步，幸好未酿成大难。”

孙牧野问：“你来做什么？”

薛让道：“探子报凉人进了开元城，薛让亲自赶来救将军。”他将宋醇上上下下看了两眼，“就这[illegible]？”

陈留道：“还有二十个，说是北方卖冰的，我就带他们下了冰窖，怎知竟是凉人的刺客！那些人呢？”

薛让向众法吏扬头，众吏便去了冰窖，少时出来，禀道：“二十个全死了。”

薛让向孙牧野拱手道：“孙将军果然是不世出之猛将。”

孙牧野吐了口血水，又去拉蝉衣，蝉衣见御宪台来人，心中失了底，忙向孙牧野道：“放过我们。”

薛让问：“这男人是谁？”

孙牧野道：“宋醇。”

薛让道：“宋醇？北凉后主宋醇？”

孙牧野点头。薛让笑道：“得来全不费工夫。至今日，北凉彻底灭矣。”便叫众法吏拿人，蝉衣连忙横剑去护丈夫，法吏们三两下夺了剑，将蝉衣推在一边，架起宋醇便走，蝉衣去拉宋醇的袖，法吏一拽宋醇，蝉衣便扑在地上，正巧薛让从身边过，她情急之下拉住薛让的袍角，叫道：“放过公子醇！”宋醇心中一酸，道：“蝉衣起来！你只当我早已死了！”蝉衣道：“我等了你这些年，不是为了看你死！”她忽然折膝，向薛让下了跪，道：“放过他！我求你！”薛让看也不看，绕开她过去了，蝉衣回头，双目正与孙牧野对上，她叫道：“孙牧野，你救救公子醇！”

孙牧野不应，蝉衣把跪姿转向他，又叫：“我求你！我求你救下他来！”

孙牧野还回不过神，蝉衣便把头磕了下去，磕在碎石路上，咚咚作响，道：“孙牧野，你救下公子醇，我什么都依你！”

孙牧野问：“什么？”

蝉衣道：“你救下他，我一切都依你！我从此做你的奴，做你的婢，顺顺当当伺候你，你要怎样就怎样！只要你救下他！”她一路向孙牧野跪行过来，“孙牧野！你救下他来！救下他来！我求你！”

孙牧野定定地看，看蝉衣向自己越跪越近，看她长发凌乱，面目恓惶，姿态卑微，是从来不曾见过的模样。薛让和众吏已走出二三十多步，孙牧野终于开口：“站住。”

薛让闻声回头，问：“什么？”

孙牧野捡起地上残剑，慢慢走过去，道：“放了他。”

薛让道：“宋醇是国家公敌，放不放，不由孙将军。”

孙牧野道："今日的事，是我和他两个的事，我说算了，就是算了。"

薛让便道："孙将军宽容。可惜百里旗将军、杨庶民将军、陈人文府尹的事，却不能这样算了。"

孙牧野一脸杀气，道："我说算了，就是算了！"

薛让心平气和道："先前遇害的，两个是将军，一个是将军之子，焉军上下同仇敌忾，都向沧山要凶手，孙将军却是个例外，要沧山放了凶手。"

孙牧野道："任你说什么，今日你们带不走宋醇。"

薛让道："果真如此，将军如何向百里、杨、陈三位的在天之灵交代？"

孙牧野辩不过薛让，心下一横，自去推众法吏，道："让开。"要拖过宋醇来，众吏当然不放，皆道："孙将军，不可阻碍沧山执法。"孙牧野挽剑向当先一吏虚挑，众吏大喝，三支法剑一同出鞘，把孙牧野的剑截在半空，孙牧野立转剑锋，反刺薛让之面，薛让纹风不动，眼见一点寒光扑面而来，生生顿在离眉心半寸之处，只听孙牧野道："放了宋醇，若不然，我再杀二十个！"

薛让把剑尖盯了半晌，心中忽然一股业火升起，厉声道："御宪台行执法事，哪一回不是障碍如山！每次惩凶戮罪，文官说情，武将威吓，奸人要作梗，好人也要拦阻，可见国家法治之难！若无薛让顶着，大焉之律等同废纸，大焉之法几如空谈！"

孙牧野问："你到底放不放人？"

薛让眨眼恢复平静，笼袖淡然道："恕难从命。"

孙牧野的剑抖了一抖，到底刺不过去。薛让自从剑下撤身，就近找了块圆石坐了，吩咐法吏："孙将军若让路了，我们就走；孙将军若不让路，我们就再等等。"法吏们眼见孙牧野身上血流不止，站姿虚浮，知道他撑不了多久，便应了，和他面对面站着对峙。僵持了一刻，陈留在中间拉也不敢拉，劝也不敢劝，急得搓手道："孙二郎，这可如何是好！"

孙牧野早已头昏心衰，他心里明白，至多再过一刻，自己就要倒下去，便向陈留道："你去叫乔恩宝来。"

陈留便要去，薛让问："乔恩宝是谁？"

陈留道："是将军的部下。"说完匆匆去了。

薛让便知孙牧野是要搬救兵，陈留的话一带到，涅火军顷刻就会卷奔过来，到时休说这二十个法吏，就是二百个二千个，也不是那些粗头兵的对手，他暗叹了一口气，忽而道："放了宋醇也不难：若他允诺从此做大焉顺民，摒弃复仇复国的念头，一切好说。"

孙牧野便向宋醇道："你答应他。"

宋醇未答，蝉衣先道：“公子，答应他们！”

宋醇看蝉衣，蝉衣依旧是伏地之姿，道：“你就答应了吧，我要你好生活着！”

宋醇五内如裂，终于妥协，后道：“我承诺离开焉境，永不再来。”

薛让追问：“离开焉境去哪里？”

宋醇道：“去南荆。”

薛让道：“那你就去南荆吧。”说完起身，拍了拍袍下，向众吏道，“我们走。”

法吏们万没想到薛让竟然妥协了，皆惊道：“台令？”

薛让道：“走了。”果真往前去了，众吏无法，也跟了去。

孙牧野过来为宋醇松了绑，宋醇向孙牧野长揖，孙牧野道：“我送你走。”

宋醇道：“不劳烦将军。”

孙牧野道：“薛让不会就此罢休，他一定在打别的主意，有我在，他不敢动你。我送你出焉境。”

宋醇再向孙牧野长揖，孙牧野却去了蝉衣那边，把她从地上拉起来，道：“你也走。”

蝉衣一怔，问：“什么？”

孙牧野道：“你和他一起走。”

蝉衣似回不过神，她用目光去探捉孙牧野的目光，孙牧野却转身道：“你们随我来。”

宋醇过来扶起蝉衣，随孙牧野和星官儿出了孙府。孙牧野牵来两匹马，套好车，叫蝉衣和宋醇进了车厢，自己和星官儿坐上车头，重重一扬鞭，骏马便载着三人一虎出了燕然巷，车身颠簸，半条街没走完，孙牧野忽然一口污血呕出，花了双眼，不自主栽倒车上，不省人事了。

6

孙牧野醒转的时候，天上月照着旷野，马车还在晃晃悠悠往南走，身上的伤不知几时被包扎过了，笼罩着药草的气味。星官儿还把他的伤口轻轻舔，孙牧野把它搂住，转头看车厢，厢门开着，蝉衣坐在里面，宋醇倚坐在门边，孙牧野问：“到哪里了？”

宋醇道：“还在未离原上。”

孙牧野问：“出了未离原，去哪里？”

宋醇道：“往南走，去檀州。”

孙牧野道：“我们迟早要把檀州打回来。”

宋醇道：“那我们就继续往南走。”

孙牧野看着原上缓慢退离的黑树影，道：“多年以前，我也走过一条南下的路。”

宋醇道："是被流放的时候？"

孙牧野道："是。"

宋醇道："我如今也似被流放了。"

许久，孙牧野道："我无罪，你也无罪，可我们都被流放了。"

宋醇未答，孙牧野忽地支起半个身子，道："那树后有人。"

宋醇顺着看去，暗夜中，一棵棵树是一团团影，看不分明，他问："在哪里？"

孙牧野道："就在树后，是薛让的人，我看见了。他还是不肯放过你们。"

宋醇虽未瞧见，也只好应道："是。"

孙牧野道："我会送你们出国境，出了大焉，你们就没事了。"宋醇道谢，孙牧野却又困意上浮，抚着星官儿的毛向宋醇道："若遇见关卡和盘问，就说它是星官儿，全大焉就无人拦我们了。"一语未了，又昏睡过去。

马车走了四十五日，这日早晨，总算走到了大焉和南荆的边境。一条五尺宽、半尺深的小溪是国界线，这一边是丰州，那一边是檀州，各自有边军驻守。开元城的风声比马车早一步来到此处，焉军皆知是孙牧野在送人，便只遥遥观望，不加过问。宋醇自向车中蝉衣道："我先去河那边，和荆军说一说。"蝉衣低应一声，宋醇便去了。

孙牧野也下了马车，去溪边清洗身上的伤。一身大大小小四十处伤，多数都脱了痂皮，只有左肩一处始终不见好，还在时不时向外渗血。孙牧野解下沾血的布条，用水漂洗了；抓一把白茅，撅下根茎，揉碎了敷在伤口上，再把布条绑上去。布是从衣角撕下来的，又宽又短，他反手去系，怎么也系不紧。不知不觉，蝉衣过来了，她跪坐在他身边，从他手中抽走布条，另从袖中取出一张旧帕子，三缠两缠，包紧了伤口，之后，孙牧野以为她会走开，可她没有，她如凝结了一般，在他身畔不盈半尺的地方，不动了。

孙牧野扭过头，再把蝉衣深深地瞧，她的眉又没描，淡白得似染了霜。蝉衣却不看孙牧野，她的目光飘飘忽忽，停在他肩上二寸的空无处。孙牧野问："你去了之后，会不会写信来？"

蝉衣不回答，孙牧野道："我会认你的名字了，你就写这两个字寄回来，我看见，就知道你平安了。"

蝉衣忽然大凄，她凑近孙牧野，向他的肩头咬了下去，血又溢了出来，孙牧野又多了一道伤，可蝉衣不顾不惜，她真真用力地咬，咬他的骨，咬他的心，把对他的恨——从前的恨、此时的恨——全倾泻出来，一点也未保留。孙牧野不知道痛，也不知道蝉衣为何把泪洒在自己的肩头，他只是放任她咬，放任她这样蹊跷地与自己告别。直到血泪浸湿半边衣裳，蝉衣才饶过孙牧野，起身头也不回，涉溪而去，宋醇已在对岸等着了。星官儿觉察到不对，慌忙抢入溪中，衔住蝉衣的裙角，蝉衣把它的毛最后捋一遍，道：“星官儿，回去。”星官儿不松口，孙牧野过来，抱着星官儿往后拖，星官儿恨不能言，转身把孙牧野扑在溪水里，冲他又吼又跳，孙牧野好不容易把星官儿拽上北岸，再回头看时，那两个身影互相搀扶着，越行越远了。

7

四十日后，孙牧野又进了未离原，也进了梅雨季。满原遍布青绿的水洼，不知积了多少日的雨，向晚时分，春雷在头顶滚来滚去，眼见又有一场大雨将至，孙牧野原以为能在今夜丑时走到开元城下，看来不得不推迟了。他见官道旁有一株厚树冠的黄杨树，便与星官儿过去避雨，坐下不到一刻，霆雨滴滴答答下来了，一道闪电随之而降，劈在三丈远的地方，吓得两匹马拖着车子逃得无影无踪，孙牧野也不追，背靠着树，叫星官儿枕在自己腿上，睡着了。

天明之后，宿雨收了，官道被朝阳照得光坦如练，马铃儿响处，一行人自南而来，当先一人骑高头大马，穿五品官服，显是朝廷官员，他见黄杨树下一人一虎依偎沉睡，先是讶异，转念明白了，忙命人马停下，自己走到树外，作揖道：“这位可是右将军？”

孙牧野睁了眼，道：“是。”

那官员道：“下走是礼部郎中罗筑。”

孙牧野的身心犹倦，只勉强拱手客套，问：“从哪里来？”

罗筑道：“下走出使南荆，这才回来。”

孙牧野突地清醒了三分，问：“南荆？你去做什么？”

罗筑打量孙牧野的脸色，道：“将军还不知道？”

孙牧野问：“知道什么？”

罗筑叹道：“这三个月，将军一去一来，竟隔绝世事，未闻这桩公案吗？”

孙牧野再问：“怎么了？”

罗筑道：“将军前脚把宋醇送去南荆，薛让后脚便抓捕了上百名荆人，有来做生意的商贩，也有来焉求学的士子。”

孙牧野莫名竖起了一身的刺，问：“他想做什么？”

罗筑道：“薛让上疏龙朔宫，要求以百名荆人为质，换回宋醇，太后立准，命礼部与荆国交涉。下走奉命出使南荆，面见荆王，会谈三日，详陈利害，荆王迫于内外压力，同意交还宋醇，如今百名荆人已尽数回乡，宋醇也来了大焉。”

孙牧野转头把马队看了个遍，问：“宋醇在哪里？”

罗筑手指马背上的一个方匣，道：“宋醇的人头就在里面。”

孙牧野盯着那一尺见方的匣子看，匣子恍惚摇了一摇，不知是不是宋醇在与他招呼，他的脸色逐渐转青，手也不由自主僵了起来，罗筑道：“孙将军？”

孙牧野问：“蝉衣在哪里？”

罗筑问：“将军说的可是前凉王妃？”

孙牧野便点头。

罗筑道：“我们只要宋醇，没要前凉王妃。檀州伪节度使苗人蚩，杀了宋醇，把人头送还了我们，却扣下了前凉王妃。我听说，苗人蚩欲对王妃行不轨事，被王妃用钗划破了脸，苗人蚩大动肝火，下令把王妃送去军营做营妓。王妃入营当夜，被几个荆兵轮番奸污，后来她抢下一柄剑，刺死了一个，却因此激怒了一营的兵，荆兵们用长矛扎碎了她的身体，把遗身扔进山沟，再也找不到了。”

说毕，他深叹一口气，再看孙牧野。孙牧野稍稍抬起头，从黄杨树冠的缝隙中看天空，天上云来云往。星官儿坐在一旁，忽似回过了神，仰首长唤起来，一声接一声，是说不出的愤郁和哀戚。罗筑忙躬身道：“下走告辞，将军保重。”孙牧野点头，罗筑转身上马，率众去了。

孙牧野坐着听星官儿吼唤，等它唤哑了嗓，才起身，拍了拍沾满泥渍的衣衫，道：“我们走。”

星官儿垂下尾，跟在孙牧野的身边，沿着官道向北而去。孙牧野疲惫得很，像一具注满铜水的空壳。他一时希望下一刻就能看到家门，能让他躺在自己床上，蒙上被子睡个三天三夜；一时又希望这路途长长地伸展下去，能让他一直走，永远别停下来。

（第二部完）

FONGHONG
凤凰联动出品